U0434222

# 老北大宿舍纪事（1946—1952）

## 中老胡同三十二号（增订本）

江丕栋 陈 莹
闻立欣 等 编著

—北大记忆—

北京大学出版社
PEKING UNIVERSITY PRESS

**图书在版编目（CIP）数据**

老北大宿舍纪事：1946—1952：中老胡同三十二号 / 江丕栋等编著. —增订本. —北京：北京大学出版社，2019.1

（北大记忆）

ISBN 978-7-301-29773-5

Ⅰ.①老… Ⅱ.①江… Ⅲ.①回忆录－作品集－中国－当代 Ⅳ.①I251

中国版本图书馆CIP数据核字（2018）第182459号

| | |
|---|---|
| **书　　名** | 老北大宿舍纪事（1946—1952）：中老胡同三十二号（增订本）<br>LAO BEIDA SUSHE JISHI（1946—1952） |
| **著作责任者** | 江丕栋　陈莹　闻立欣 等编著 |
| **责任编辑** | 张文华 |
| **标准书号** | ISBN 978-7-301-29773-5 |
| **出版发行** | 北京大学出版社 |
| **地　　址** | 北京市海淀区成府路 205 号　100871 |
| **网　　址** | http://www.pup.cn 新浪微博：@ 北京大学出版社 |
| **电子信箱** | pkupw@qq.com |
| **电　　话** | 邮购部 010-62752015　发行部 010-62750672　编辑部 010-62750112 |
| **印 刷 者** | 三河市国新印装有限公司 |
| **经 销 者** | 新华书店 |
| | 660 毫米 × 960 毫米　16 开本　34.5 印张　476 千字 |
| | 2019 年 1 月第 1 版　2019 年 1 月第 1 次印刷 |
| **定　　价** | 79.00 元 |

# 目录

# 代　序

徐光宪教授

1951年我和小霞从美国回来，在北京大学工作了近60年。其间曾经居住过的地方也将近10处。

刚回国时，先住在红楼的教室里。后来孙承谔先生、曾昭抡先生分别邀请我们住到他们在中老胡同宿舍的家中。我们很荣幸能够住在北大前辈居住地中老胡同宿舍中。

住在孙先生家时，北面正对着写《给青年的十二封信》这本名著的作者朱光潜先生家。他是我青年时代就非常崇敬的北大前辈。

后来搬到曾昭抡先生家，曾先生把他家的大部分房屋让给我们住。曾先生是我在哥伦比亚大学的同学好友唐敖庆的老师。我们就是在曾先生、闻一多先生等人爱国精神的影响下，在 1950 年抗美援朝后，美国总统已提出法令禁止留美学生回国，等待参众两院通过后生效的半年特殊时期，决心克服重重阻难回到祖国，并在北大任教的。

曾先生的隔壁是张景钺、崔之兰先生家。我和高小霞很荣幸地和这些老前辈住在一起。他们都是年轻人仰慕的楷模，他们反映了北大的精神，弘扬了北大的优秀传统。

我住在中老胡同的时间虽然很短，只有一年，但是非常怀念那里。

我很感激大家热心回忆和编写中老胡同时期的情况，把北大这段历史保存下来。

徐光宪

2010 年 7 月

# 献身祖国　一代师表[1]

## ——纪念曾昭抡院士诞辰100周年

徐光宪 | 化学系教授
曾居住于中老胡同32号内13号

曾昭抡先生是我国著名的化学家、教育家，他是中国化学会的创建人之一，并担任《中国化学会会志》(《化学学报》的前身）总编辑达20年之久。他热爱祖国，对我国化学和教育事业做出了重要贡献，1955年被选聘为首批中国科学院学部委员（院士）。

他在1926年获麻省理工学院博士学位后，回到祖国。先任中央大学化学系教授，兼化工系主任。1931年任北京大学化学系教授兼系主任。

抗日战争胜利后，化学家曾昭抡、数学家华罗庚、物理学家吴大猷带领唐敖庆、朱光亚、孙本旺、李政道和王瑞五位青年教师，于1946年赴美考察原子能科学技术。这件事是由曾昭抡通过他的内兄俞大维向当时国民党政府建议促成的。曾昭抡、华罗庚、唐敖庆、朱光亚、孙本旺五人先后回国，对新中国的科学和教育事业做出了很重要的贡献。到美国后，唐敖庆被推荐在哥伦比亚大学攻读量子化学博士学位。我在1948年到哥伦比亚大学化学系做研究生兼助教，也攻读量子化学，有幸结识了唐敖庆学长。唐敖庆的超人才华在哥大化学系二百余名研究生中是非常突出的，只有他一人得到最高的校设奖学金（University Fellowship)。我问唐敖庆为什么他的数理基础这样

---

① 本文原载《化学通报》1999年第5期。——编者

好。他告诉我他在西南联大时，不但听曾昭抡、杨石先、黄子卿等名师的化学课，还选修王竹溪、吴大猷的物理课和陈省身、华罗庚的数学课，并且从老师们的身上继承了北大“科学”“民主”“爱国”“进步”的光荣传统。唐敖庆还告诉我，1938 年春由北大、清华、南开三校组成的长沙临时大学在迁往云南时，曾昭抡先生参加赴滇步行团，带领青年学生步行到昆明，途中休息时，还不时对他们进行教学，历时 68 天，行程 1663 公里。曾昭抡先生等师长以实际行动培养青年学生艰苦奋斗和勤奋学习的优良学风。

到达昆明后，曾先生还参加中国民主同盟，与闻一多先生等主张联共抗日、反对内战、反对腐败的民主运动，使青年学生埋下了出国学习深造是为了抗日救国的坚定信念。这些信念也使我和高小霞受到了深刻的教育和感染。唐敖庆同志在 1950 年获得博士学位后，应曾先生的召唤回国在北京大学任教。1951 年我获得博士学位后，曾先生通过唐敖庆写信给我，说新中国急需人才，邀我和高小霞到北大任教。那时候高小霞还需要一年时间才能完成博士论文，而我的老师也再三希望我留在美国，到芝加哥大学马立根教授处做博士后。但我们冷静地分析当时的形势，抗美援朝开始已有 4 个月了，美国国会即将通过法案阻止中国留学生回国。我们克服了重重阻难，终于在 1951 年 5 月回到祖国，在北大任教。那时候受曾先生召唤回国的留学生还有不少。

我们到北大化学系后，因教员宿舍紧张，暂住沙滩红楼的一间大教室里。曾昭抡先生和夫人俞大絪先生得知后，把他们在中老胡同的一座精美小院的大部分让给我们住，只留一间自住。那时曾先生任教育部副部长，教育部给他一套住房，但他仍兼北大化学系主任，俞先生任西语系教授，住中老胡同比较近便。所以让给我们住，实在是对我们这样的青年教师的爱护和关怀。

在与曾先生同住一院的日子里，我们从来没有看到他的屋子在晚上 12 时前熄灯。原来他在白天处理繁忙的公务之余，晚上还要为一年级学生编写普通化学讲义。我读过曾先生的讲义，内容新颖而简要，文字流畅而富有启发性。他让我为三年级学生讲授物理化学课，当时没有中文教材，常用的几本英文教科书也不尽如人意，于是我也学习曾先生，夜以继日地编写物理化学讲义。我自信那时（1951 年秋季至 1952 年春季）讲课的内容，要比哥伦比亚大学本科生的物理化学课好（我做过助教），试题内容要比哥大深（我收集过 1945—1950 年哥大物理化学课的全部考题）。在曾先生任系主任期间，北大同学们对无机、有机、分析和物理化学等基础课的反映都较满意。这也是曾先生忠诚教育事业给我们后辈做出的榜样。

到了 1957 年，风云突变，曾先生被错划为“右派”。1958 年他离开北大和夫人俞大絪先生，单身到武汉大学任教。他在受到不公正的打击的同时，不改献身祖国、从事教育和科研、培育人才的初衷，高瞻远瞩，看准当时化学学科发展的前沿，创办元素有机化学专门化，先后建立了有机硅、有机氟、有机硼和元素有机高分子化学等科研组，对元素有机化合物的合成和性质进行了深入广泛的研究，发表了

曾昭抡和俞大絪，
1960年于北京

一系列重要的科学论文，撰写了《元素有机化学》专著多册。他是我国元素有机化学的奠基人之一。

一向被西语系师生尊重的俞大絪先生，在“文革”初期突然被打成执行修正主义教育路线的“毒瘤”。她在心理上受不了，曾先生又远在武汉，于是含冤而死。次年（1967年）12月8日，一代师表的曾昭抡先生也在武汉与世长辞，但他毕生致力于科学教育事业和献身祖国的精神，将永远活在我们心中。

# 家在北大[1]

高小霞 | 化学系教授
曾居住于中老胡同32号内13号

住在中老胡同的曾昭抡先生，是我老伴徐光宪在哥伦比亚的同学唐敖庆的老师。唐敖庆在1950年回国。1951年，时任北大化学系主任的曾先生和唐敖庆邀约我们回国到北大任教。但那时抗美援朝已经开始，美国总统已经提出法案要禁止中国留学生回到共产党统治的新中国，该法案正在等待参众两院批准。那时光宪已经获得博士学位，导师竭力希望他留校任讲师。我在纽约大学攻读分析化学博士学位，还要一年才能答辩。但估计不久就要通过法案不能回国，中美已经打仗，我们不愿留在敌人的国家里。于是我决心放弃学位，借口我们是华侨回国探亲，一月后仍回美国，这样才克服重重困难得到签证，于1951年4月15日离开旧金山乘船回国，满怀对新中国的激情于5月初到达首都北京，至今已整整47年了。两个月后，有留美同学乘船回国，途经檀香山时，法案通过，他们又被送回美国了。

那时北大理学院在沙滩，教师宿舍比较紧张，我们被分配暂住红楼的一间大教室里。不久校方让我们去住黄米胡同一小间，实在太小，放不下仅有的几箱书和衣物。住在府学胡同的张龙翔教授好心腾出他家后面一两间房来，但他的母亲有点不乐意。光宪一气之下，把那几只箱子搬上一辆三轮车回了红楼。40年后我们去燕南园看望张

① 本文原载《青春的北大》，北京大学出版社1998年版。个别文字订正。——编者

教授时，还提起此事，表示歉意。他笑着说："那时你们年少气盛，见怪不得。"住在中老胡同32号院内4号的孙承谔先生也腾出了他家一大间屋子，终于让我们住了进去。至今我们还深深感谢孙先生和他夫人黄淑清先生，怀念他们伉俪乐于助人的高风亮节。后来黄先生在"反右"运动中受到极不公正的待遇。孙先生在美国时师从著名量子化学家艾林（H. Eyring）教授，共同发表著名的关于化学反应理论的论文，至今仍被化学界当作化学动力学方面的开创性经典著作而广泛引用。





不久，曾昭抡和俞大絪先生把他们在中老胡同宿舍13号的一座精美小院房让给我们住，有了卧室、书房和客厅，我们十分高兴。大女儿徐红在那时诞生，还可再请个小保姆管理家务。院子不大，住着几家著名学者，如冯至、朱光潜、张景钺、芮沐等先生。庭院中央花坛种着一些花草，清早、傍晚可以和芳邻相逢，谈上几句，很是愉快。在北京有了一个家，也就不再作南归之想了。这只是一年多点时间里的故事。

1952年院系调整，我们留在北大，但要迁居到海淀中关园新建的一大套平房中去。记得那时从动物园往北，马路两边少有人家。田野青青，一派郊区清静风光。中关园刚建起一排排平房，房前小院尚未种花栽树，甚至还没挂上门牌。我一天夜归，竟找不到自己的住宅。不过很快，同事们都搬来，热闹起来了。我家门外和大家一样也筑起一道短篱笆，种起各色花草。其中有一树月季，春天竟开了一百多朵黄红色大花，引得路人驻足观赏。家里有了一个大客厅，邻居的中、小学生常来看电视。一次国际乒乓球大赛，来了许多人观看，结束后，保姆收拾房间，不觉惊喜地叫起来："看！今天我们还拣了个男孩！"原来他蹲在门旁呼呼睡着了。中关园有一条小溪，架一石桥分隔成沟东、沟西，我家在沟东。溪中芳草、流水，春夏天还能听到蛙声。园内柳树渐成荫，我骑车出北门，经过一段沙石路和一家桃园，

徐光宪和高小霞

徐光宪全家：徐燕、高小霞、徐放、徐红、徐光宪、徐佳（左起）

便来到新建的化学楼。初夏晚上，我从实验室出来骑车回家，风飘飘吹衣，邻家篱笆架上蔷薇阵阵送香，各家灯火相映，光宪也尚在伏案工作，一切是宁静、安乐。每逢佳节，我们总要到园里散散步，看看柳梢明月，听听邻家孩子歌声笑语。冬天大雪纷飞，火树银花。曾有一次，我们带着两个大女儿在未名湖冰上溜着玩。在来北京前我们曾想过要学会滑冰，谁知一直很忙，这次算是圆了一场冰上的梦。我们就这样在中关园276号大平房度过了令人难忘的十多年。

随着国内风云变幻，住房紧缩，我们搬到了中关园69号。那是有四扇房门通向中间小客厅的一套平房。我曾开玩笑说："可以在各房间转来转去，像小白耗子似的。"房前也有一块小院地，我们无心种花，姥姥喜欢种花生、向日葵。不多时，我们去江西鲤鱼洲农场，两个大女儿分别下乡，去云南和黑龙江建设兵团，家里只有姥姥管着两个小的。1971年光宪从鲤鱼洲、我从德安相继回校。一进门，最小的女儿横躺在椅上啼哭，我一把将她拉起说："爸爸妈妈都回来了，不哭了。"姥姥从厨房迎出来，高兴得流泪。一家得团聚，尤其是大的孩子们轮流回来探亲，更显热闹。但在这里也只住了两三年，房子要一分为二，供两家住[①]，于是我们又搬到中关村25楼二层去住。那里只有前、后两大间，旁边朝南两间，分别有两家好邻居住着。我们只得用上下铺，姥姥睡下铺，床下、桌上都堆满了书，紧凑得很。说好邻居一点不假，他们两家也都有孩子，够挤的，但他们多方照顾我们，十分友好热情，真是难得！这里也只住了两三年，我们便要搬到校西门外蔚秀园去。

蔚秀园内也是一片新建楼房，不同于中关园的是，蔚秀园设计精巧、秀丽，有水池，有山坡，树木茂盛，环境宜人。我们住在楼下一层，与王竹溪教授家对门。房子比较宽敞，但我家人多，还要用上下

① 1966—1967年，中关园75平方米、100平方米的房子打隔断，分为两家。——编者

铺。屋前种花、屋后种竹，我们打算长住了。1976 年两个大女儿先后从云南和黑龙江回来，去工作或上学，一家七口，是我家全盛时期，虽然很挤，但其乐融融。我们有时在小山坡石头上坐坐，有时到邻近的承泽园看牡丹，向南走，到一大荷塘，荷叶青青，阵阵飘香，是个好去处。我去化学楼要骑车横穿校园，从西到东习以为常，因为我们已有一个温馨热闹的家。

1978 年学校把我们调整到校内朗润园，四层楼公寓的一套宽敞的住房。姥姥住东房，四姐妹住一大间，我们有卧室、书房，还留了一大间客厅。姥姥坐在客厅里看电视，感慨地说："现在住上大房间，享享福，可惜我老了，走不下楼去。"朗润园在未名湖北面，有后湖与万泉河相通。后湖一池碧波，一边是几座楼房，一边是小山坡和几间竹篱小舍。垂杨柳围绕在湖旁，小山坡上有亭翼然，掩映在绿树丛中。楼间距离较大，两排高大杨树将它们隔开，树间有时可见鸟窝。楼下各家门前都有小花园。若在早上到湖边一站，空气清新，但见鱼跃湖中，一群群鸽子绕树飞翔。夏日傍晚，若在湖边长椅上小坐，可以看到夕阳余晖将山坡上小亭、绿树倒映在湖水中，轻轻荡漾，煞是迷人。更可喜的，若能遇上一两位名教授，聊上几句，很受教益。中文系陈贻焮教授是研究杜甫诗的专家，我说过要跟他学作诗。一次他对我们说："有一外宾来访后，说北大真美，朗润园是 Paradise!"我不知道 Paradise 有多美，只愿在人世间，长住景色如画的朗润园。

人有旦夕祸福，1983 年年底，我在图书馆摔伤骨折，出院后，行走不便，去化学楼要有人带着。家里姥姥已去世，孩子们多已出国，房子很宽敞。校方照顾又让我们从四楼搬到二楼，出入可以方便一些。1989 年化学楼迁到校东门外的新大楼，我买一辆轮椅，偶尔去大楼开会或去实验室就让研究生推着轮椅。所幸我还能慢步上楼，坚持工作到 1997 年 7 月最后一位博士研究生毕业。最为难得的是我的老伴，他工作很忙，但他常常自告奋勇，推着轮椅，让我到园内各处看看。季羡林先生在他楼前的湖中投下一些莲种，现在已长成一大片荷叶。我们都称它为“季荷”。当荷花盛开时，我们就去欣赏季荷。季老带着他的两只眼睛有不同颜色的波斯猫，总来和我们谈几句他种荷的得意杰作。中秋夜我们不在楼前，便到未名湖边去赏月。去年未名湖新整理，格外清明，湖光塔影，使人流连忘返。国庆夜晚，我们又去湖边观看中关村放出的焰火。湖面上还浮动着十几只小灯船。真好看！我们认为在校园内胜似去圆明园，人不多也不少，玩倦了想回家，一下就到家了。





47 年来我们在北大，从东搬到南，从南搬到西，又从西搬到校内北边，绕了一个大圈子，终于在“天堂”住下了又是十多个年头。有人告诉我，明年清华、北大在蓝旗营合建一个专为院士、教授住的现代化楼群，你们可以去。我不免怅然，搬家的故事不是已经讲完！只有现在陪着我们的大女儿很高兴，她说：“妹妹们带着他们的孩子一起来也能住得下！”

47 年我们在北大有了一个温馨的家，看到北大不断发展、前进的光辉成就，衷心祝愿百年校庆后，当以更豪迈的步伐迎接 21 世纪，再创辉煌！

# 沙滩中老胡同 32 号纪实[①]

闻家驷 | 西语系教授、校委会常委
曾居住于中老胡同32号内21号

现任武汉市人大常委会主任黎智，原名闻立志，是我的嫡亲侄儿。北平解放前夕，他和我相处过一段时间，现就记忆所及，予以追述，也算是“风雨同舟”之一例。

抗日战争后期，黎智在重庆中共办事处工作。旧政协决议被撕毁后，国民党向解放区发动全面进攻，形势日益恶化，黎智遂偕同爱人魏克回湖北浠水下巴河老家小住。后因工作需要，他们就离开老家，前往上海，不久又由上海来到北平，时间是 1947 年 11 月。他们刚到北平时，住在高真嫂家，后来魏克因工作赴天津，黎智就在我家住下了。当时我在北大西语系任教，住在沙滩中老胡同 32 号北京大学教员宿舍。

中老胡同坐落在沙滩北京大学校本部红楼的西侧。32 号原系光绪皇帝的妃子瑾妃和珍妃的娘家府邸，是一座多层次的四合院庭院建筑。1946 年年底，经修缮后，可容纳 20 多户人家，遂成为北京大学教员宿舍之一。当时，我住的房子在大院最东边，门前是一块不大不小的空地，斜着朝西穿过一家住房的后门，往左一拐，走几步路，便是电话室和门房，再往南走几步，就是宿舍大门了。绝大多数住户都集中在大院的西边，那里的房屋结构比较好，老少出入频繁，被称为

① 本文原载《群言》1992 年第 4 期。个别文字订正。——编者

宿舍的中心区域。当时法律系教授费青也住在西边。我和费青过从较为密切，但多半是我去他家，而不是他来我家。事物总是有其两面性，一个地下党员寄住在这样一个环境里，可以说是最保险而又最不保险，就因为这里是堂堂的北京大学教员宿舍。

黎智来我家寄住，须报户口，领取身份证。在户口册上，给他填写的是学生身份，这一切都交给门房老赵去办理。对外，我就说侄儿是来北平补习功课，准备考大学的；但实际上，他是中共南方局派来参加平津地下党领导学运工作的成员。黎智朴实沉着，不大爱说话，魏克则活跃健谈。当时除魏克外，常来我家的是王汉斌、李之楠同志。每逢他们交谈时，我就回避，反正彼此心里明白就是了。记得有一次王汉斌同志说要去香港，他问我需要什么，我说需要一个闹钟，承他照办了，给我带回一个苏联造的小闹钟。闹钟虽小，意义却大，可惜我没有将它保存至今。

黎智的身份证迟迟不发下来，我心里不免有些嘀咕。天长日久，也不便多去催问。可是有一次黎智不在家，我无意中发现在他的枕头底下有一张身份证，我不禁为之愕然。后来我问他是怎么回事，他笑着回答说："没有什么，常有的事！"1948 年春夏之交，北平爆发了声势浩大的"反饥饿、反内战、反迫害"学生运动，国民党军警包围北大红楼校本部，企图闯入校内，进行搜捕，红楼西面的东斋教员宿舍也遭到捣毁。在这段紧张的日子里，有一天晚上，黎智迟迟没有回家，我着实有些担心，夜不能寐。后来才知道他原本是要回家的，因为发现有人盯梢，他就设法摆脱，溜进一个小胡同，转到一个朋友家里去了。

最令人难忘的是 1948 年 10 月，黎智告诉我他要回解放区一趟，并说此行可能要多逗留些时日。可是没想到不到半个月，他就回来了。见面时，他以他平时少有的兴奋的神态对我说："形势有了新的变化，全国解放可能要比原来估计的早得多，现在我们要忙接管的准

20世纪80年代中期，闻家驷与闻立志（黎智）在北京大学朗润园家中



备工作了。”我听了当然也是无比兴奋。他还嘱咐我，可以在谈得来的同事中间，将当前的形势适当地透露出去，并向他们宣传共产党的政策是尊重知识分子的等。我在这方面做了一些工作。与此同时，我还按照他的意思，介绍他和费青正式见面了。大约是月底，黎智离开了北平，赴天津和魏克一起参加迎接天津解放的工作。天津解放后不久，他俩又奉命奔赴武汉。胜利之师势如破竹，戎马倥偬。他们路过北平，我似乎没有见到过他们。记得就是在黎智离开中老胡同不久以后，门房老赵郑重其事地把官方发下来的身份证送交给了我。

# 60年前的中老胡同32号

江丕栋　江丕权 | 数学系教授江泽涵之子
曾居住于中老胡同32号内17号

## 一　中老胡同32号——一个令人怀念的地方

1945年抗日战争胜利，1946年西南联合大学结束，北京大学从昆明复员回到北平，在沙滩红楼、马神庙等老校址复校。

本书里所谈的，是当年在景山东街的北京大学中老胡同32、33号教授宿舍（两院连通，出入的门有32号门牌，通常称为32号）。从北京大学复员回到北平的1946年起，到中华人民共和国成立后院系调整迁移到海淀燕园的1952年止，在这里先后居住过30多户教授、副教授和职员，其中包括北京大学的训导长和教务长，文、理、法、工学院的院长，以及哲学、西方语言文学、数学、化学、植物、地质、法律、电机等系的主任。

1946—1952年期间，正是在中国大地上赶走了外国侵略者之后，又从旧社会过渡到新社会，从旧中国转变为新中国的历史大转折年代。

可以说，在这座大院中居住的父辈们的工作、生活和思想等状况，是那段时期里中国高级知识分子状况的一个缩影。

北平解放前夕，在大院外，社会处于大动荡中。学生们在北大红楼后面的民主广场集合，激动地发表演讲，打着“反内战、反饥饿”的标语走上街头。经济上物价飞涨，金圆券急剧贬值。国民党军警特到学生宿舍搜捕“共党”。在32号院内，警惕的大人晚上会用手电筒照照对面的房顶，看有没有隐藏的特务。

当时院中不少人面临着关系到自己和家人命运的抉择，结果是他们都选择了留下来迎接新中国。

欢庆解放之后，他们与全国人民一起，投身到新中国的恢复和建设之中，同时也迎来了“三反”“五反”和思想改造运动，在思想上来了个脱胎换骨的洗礼。

对于我们这些当时的孩子来说，多是处在难忘的、愉快的童年和少年时代。迎来了新中国，更给大家带来了无比的欢欣和希望。

时隔半个多世纪，每当我们这些当年的“小朋友们”谈起中老胡同32号这个令人怀念的地方时，就会一起回忆当年共同生活、学习、游戏的情景，每个人的心头都充满了激动和留恋之情。

本文简要介绍当年的中老胡同32号宿舍。

## 二 地理位置

复员后的北京大学，百废待兴。为了解决教职员工宿舍问题，校方向北平当局提出，通过拨借或定价收购民房或敌伪产业，争取到一批房产。

从下页图1可以看出：当时的北京大学校舍连同各种宿舍，分布在北平城内、外多处。主要的校舍除了沙滩校区①（包括：松公府总办事处、图书馆、红楼——文学院和法学院、理学院、民主广场、东斋、灰楼、地质馆和附近的中老胡同等教员与学生宿舍）、文科研究所⑪、北河沿三院⑦之外，还有国会街的四院⑧、五院⑨、端王府夹道的工学院②、西什库的医学院③、城外罗道庄的农学院等处。

当时，北京大学的教职员宿舍也比较分散。在几处住户较多的

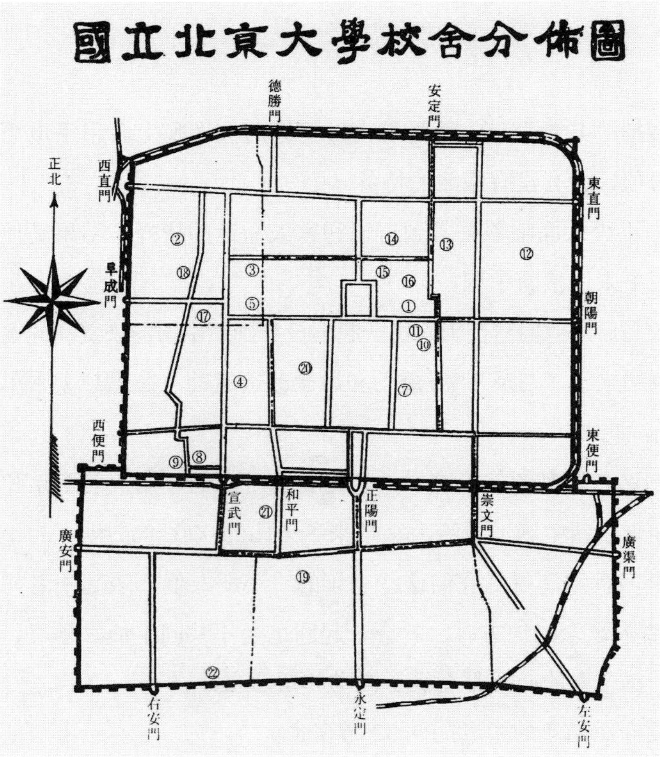

國立北京大學校舍分佈圖

图1　国立北京大学校舍分布图①

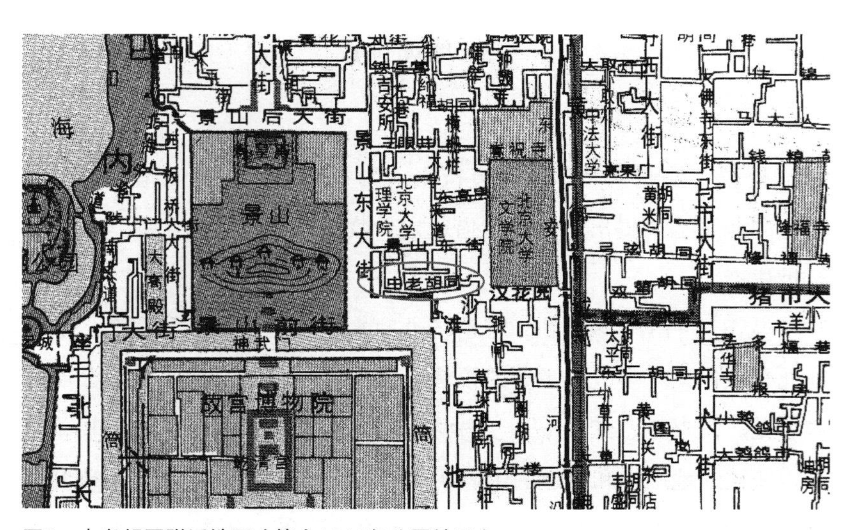


图2　中老胡同附近地图（摘自1949年北平地图）

① 国立北京大学校舍分布图，见王学珍、郭建荣主编：《北京大学史料》第四卷（1946—1948），北京大学出版社2000年版，第10页。

宿舍中，包括东四十条⑫、府学胡同⑬、南锣鼓巷⑭等，这处新争取到的"敌产"、毗邻故宫的中老胡同32号，要算是距离校总办事处和文、法、理学院最近的一处教授宿舍了。

## 三　曾是瑾妃、珍妃的娘家宅院

当年我们居住时期，院中就流传着"32号院曾是清末光绪朝瑾妃、珍妃的娘家宅院"的传说[①]。

在回忆考查过程中我们查阅了一些资料，如"珍妃纪念馆"活动年谱[②]、唐海炘《我的两位姑母——珍妃、瑾妃》[③]等，证实了上述传说。

更为幸运的是，在本书的编撰过程后期，偶遇当年曾居住此院的瑾珍二妃的侄孙女唐小曼女士，并约请她专门为本书撰写了关于中老胡同32号大院的详细回忆，为这个大院的历史做了准确可靠又生动活泼的说明。

如唐小曼文章所述，32号院于1943年被日本人强占，成为"敌产"。

## 四　院内房屋布局

中老胡同32号有红漆大门，一对小石狮守在几级台阶上面的门外两侧。门洞的右侧有门房开的窗户，左侧墙上挂着全院的配电盘和电闸。门房的门向北开在院内，东面连着门房两位师傅的卧室。进入大门经过门洞，下了台阶就进入了院内。右手是一间大的活动室，整

① 朱燕：《中老胡同32号——童年杂记》，原载《北京纪事》2001年第4期，资料来源：http://www.chinanews.com.cn/zhonghuawenzhai/2001-10-01/txt/22.htm。

② "珍妃纪念馆"活动年谱，资料来源：http://mem.netor.com/m/lifes/adindex.asp?BoardID=7858。

③ 唐海炘：《我的两位姑母——珍妃、瑾妃》，《书摘》2001年2月号，原载北京市政协文史资料委员会编：《风俗趣闻》，北京出版社2000年版。

个宿舍共用的一部电话就挂在室内的墙上，号码是：四局三二〇二。

由中华民国三十五年九月测制的“国立北京大学校址草图”，可以截取到此院的平面图（见图3）。

根据平面图及回忆，张企明画出了32号院的立面图（见图4）。

大院原先有三重院落，后来经过日本人的改造，基本上形成三排或四排房屋的格局。据唐小曼介绍，原来所有的房屋都有走廊连接。从民国三十五年的图纸看，日本人掠夺后，将房屋前的走廊都并入房屋，而连接院落的走廊都被截断，几处四合院的南房改成了北房。





在门房东面和门洞西面，分别是两长条浅进深的坐南朝北的房屋，编号为22号和1号。

穿过大门洞下了台阶，正对着一棵大的绒花树，向左几步，就面对着在磨砖对缝的照壁墙中间的一个垂花门。像两把雨伞样的站立在门前两旁的是两棵龙爪槐。进了垂花门是一个小四合院。正房是三开间的北房，在院内22户中的编号为4号。东西厢房也是三开间，分别编号为2号和3号，它们的南面与照壁后面的抄手游廊相衔接，北面有小路分别通向东面的花园和西面的院子。与正房相连的东耳房，另分为一小户（5号）；西耳房（8号）与正房中间断开，形成一个胡同通向北面院落。

北面的房屋就是这个大院的最后一排。正对着四合院正房4号的房屋，是6号，其东面连接的一家是7号，位于5号北面。6号西面连接10号、11号、18号。所有这一长排房屋，都紧贴着大院的北墙。

西耳房（8号）的西边连接着9号，是西跨院的北房。这西跨院和四合院面积差不多，但是只有北房。其北分别是最后排的10号和11号。这两排在唐小曼图（见本书第518页）中分别是两边大院的南房和北房。

西跨院再往西，还有一个稍大些的四合院。北房连同东耳房为一户，17号；东厢房为15号；西厢房16号；南房为13、14号。其南还

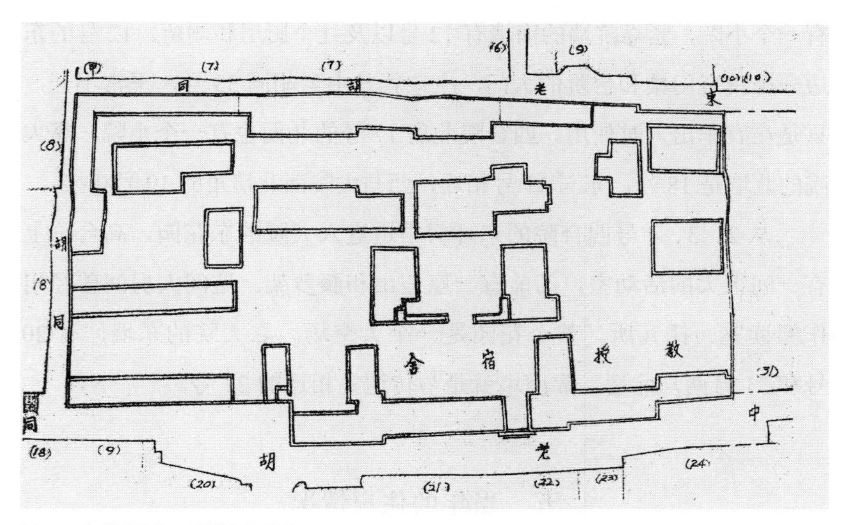


图3　中老胡同32号院平面图

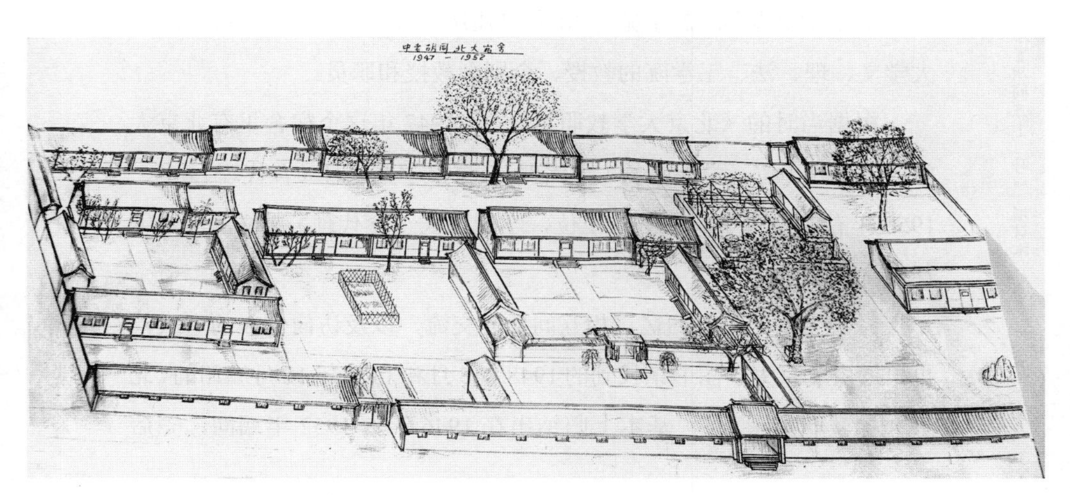


图4　中老胡同32号院立面图，张企明忆绘

有一个小院，紧靠院墙的南墙有12号以及几个厨房和厕所。12号的东边一个没有门楼和台阶的大门，应该就是中老胡同33号，平常不开，只是在有车出入时使用。四合院北房17号的北面也有一个小院，靠大院的北墙是18号，东与11号相连，西与大院西北墙角的19号相接。

从2、3、4号四合院的东耳房小道进入大院的东花园，高台阶上有一间很大的活动室，门前有一座假山和藤萝架。这间大房间曾经用作阅读室、托儿所。整个花园是一个大空场。靠大院的东墙，有20号和21号两户北房。靠南墙就是与传达室相连的22号。





## 五　当年的住户情况

1946年8月制订了北大教授住宅解决办法。9月，北京大学行政会议接受了宿舍分配委员会的分配住宅报告，对中老胡同、府学胡同、东四十条和南锣鼓巷等处宿舍进行分配。[①]

位于中老胡同32号院内20多户住房，先后居住过30余户北京大学文、理、法、工学院的教授、个别副教授和职员。

根据当时的《北京大学教职员录》：1947年这个宿舍里有北京大学的训导长1位，学院院长（含代理）3位，学系主任（含代理）8位；1950年有北京大学的教务长1位，学院院长（含代理）2位，学系主任（含代理）7位。[②]

经过当年的院友回忆，相互间反复交流，以及访问健在的老人，再根据由北京大学图书馆找到的1948年5月和1950年12月编印的《北京大学教职员录》[③]，基本上归纳出在1946年到1952年期间，先后

① 王学珍等编：《北京大学纪事（1898—1997）》上册，北京大学出版社1998年版。
② 《国立北京大学三十六年度教职员录》，1948年5月；《北京大学教职员录》，1950年12月。
③ 同上。

在此宿舍居住过的住户情况。见本书附录1“北京大学中老胡同32号宿舍住户人员表”及附录2“北京大学中老胡同32号宿舍内房号及住户分布图”。

本文写于2006年至2007年夏
2010年8月摘编

# 记忆的碎片

## ——在中老胡同32号居住的日子

陈　莹　西语系教授陈占元之女
曾居住于中老胡同32号内1号

### 我家住进了中老胡同32号

1946年11月，我们一家（父亲、母亲和我）经过长途跋涉，从数千里外的广东来到了北平，住进了北京大学教职工宿舍——中老胡同32号院。据父母讲，我们是从香港乘一艘荷兰万吨轮船先到上海，逗留一段时间后再坐船到秦皇岛，然后转至北平的。当时可能是与一部分西南联大北归的员工同行，因为直到我长大懂事时，还看到我家的皮箱上贴着“西南联合大学”的行李签。

父亲陈占元，1908年10月出生于广东省南海县九江镇。1927年年初去法国求学，先在法国沙尔特马素中学补习法文，1928年进巴黎大学修习美学和文学课程，至1934年春末回国时还是一个26岁的单身汉。

返国后至1937年抗日战争爆发这段时间，父亲先在北平后在上海，以为商务印书馆译书和《译文》等杂志译稿为生，并访学、结交文友。《译文》杂志是鲁迅、茅盾于1934年9月在上海创办的月刊，这是专门翻译和介绍外国文学的文艺杂志。由于种种原因于1935年9月终刊，1936年3月复刊，直至1937年因抗日战争爆发而停刊。鲁迅倡导和筹划《译文》，是因为他认为介绍好的外国文学作品是传播新思想、新精神的手段之一，在《译文》复刊词中将其比喻为“戈壁中的绿洲”。在那时《译文》团结了众多进步的译者，受到广大读者的欢迎，产生了深远的影响。由于父亲留学法国的同学和友人黎烈文当时参与其事，遂约父亲翻译一些法国文学作品。经我到国家图书馆逐期查证：从《译文》创刊开始直到最终停刊的两三年间，父亲陆续为该刊供稿，计有纪德的《哥德论》《论文学上的影响》《戏剧的进化》《艺术的界限》《裴利普之死》，亚兰的《论詹恩·克里士多夫》[①]《向高尔基致礼》《论个人主义与人道主义》，普式庚[②]的《驿站》以及钖斯提文《利安的陷落》等多篇译作。用父亲的话说，“这是我做翻译的开始”，“替《译文》译稿给我提供了极其难得的学习机会”。父亲也因此有机会与鲁迅接触，“他的人格，他的行事，给我留下深刻的印象”。[③]《译文》终刊后，鲁迅送给父亲一本《引玉集》（纪念本），这是一本“据作者手拓原本用珂罗版翻造”的外国名家木刻集。父亲

1935年9月《译文》终刊后，鲁迅先生赠送给陈占元的《引玉集》

① 现一般译为罗曼·罗兰的《约翰·克利斯朵夫》。

② 现译为“普希金”。

③ 以上引文均见于陈占元：《陈占元晚年文集》，人民文学出版社2006年版，第392页。

很珍惜，从上海到香港、桂林，从逃难路上到广州、北平，从中老胡同到燕园，直至病逝，很多早年的书籍（包括自己翻译或出版的书）都丢了，而这本《引玉集》则一直完好地保留着。父亲说当时书中还夹有一封鲁迅先生的亲笔信（据说鲁迅赠书一般不给人题字），可惜没有保存下来。

1940 年，父亲在香港办了明日出版社（简称“明日社”，由祖父提供启动资金），出版了卞之琳的诗集《慰劳信集》和报告文学《第七七二团在太行山一带》，以及父亲自己的两本译作。1941 年 12 月香港沦陷后，父亲出走桂林。抗日战争中的桂林被誉为“文化城”，在 1938—1944 年秋桂林疏散这一段时期，不少文化团体、学者、作家陆续汇集于此，出刊物、印书报、办书店的风气日渐浓厚。因此，父亲经人介绍在广西教育研究所工作了 10 个月后，决定辞职继续办“明日社”。开始只有他一个人，编辑及发行都在漓江对岸的家里（东江镇准提街 326 号），后来在市内太平路 22 号设立发行部，请了一位本家小姑姑陈碧然帮忙料理。父亲集翻译、编辑、印刷、出版、发行于一身，在 1942 年 8 月到 1944 年 9 月的两年多中，陆续出版发行了用土纸印刷的十余种文学著作及译著。如冯至的《十四行集》，卞之琳的《十年诗草》和他翻译的纪德的《新的粮食》，梁宗岱的《屈原》

“明日社”出版的部分书籍

和他翻译的罗曼·罗兰的《歌德与悲多汶[1]》及里尔克等的《交错集》，刘思慕翻译的歌德自传《诗与真》，以及其他人翻译的罗素、莫洛亚等人的作品。此外还出版了父亲自己翻译的一些译作，如罗曼·罗兰的《悲多汶传》、纪德的《妇人学校》、圣狄舒贝里的《夜航》、支维格[2]的《马来亚的狂人》、桑松的《山·水·阳光》等。除了出版书籍之外，父亲还与当时在西南联大教书的冯至、卞之琳和李广田等伯伯一起编辑出版了一本文艺刊物，叫《明日文艺》，后因桂林遭日军轰炸疏散人口而停刊，只出版了四期。我在国家图书馆查到了盖有“国立西南联合大学图书馆藏”印章的《明日文艺》第一、二期微缩胶片，其中刊载了父亲以及冯至夫妇、卞之琳、李广田、杨周翰、方敬、林秀清、郑敏、展之等人的创作与译作。新中国成立后，有抗战期间在延安工作的朋友向父亲谈到了当时曾在延安阅读“明日社”版书刊的印象。出版家范用先生当时是读书书店桂林分店的经理，书店就在“明日社”发行部楼下，遂近水楼台买了几本“明日社”的书。1996年，范先生在一篇文章中写道：“湘桂大撤退，别的可以不要，心爱的书不能丢，我把这几本书带到重庆，以后到上海，最后落户到北京，如今伴我安度晚年。我死了，他们会留在人间，继续给人以智慧和力量，其命运当不至于如《兰亭序》。感谢陈占元先生，在战争年代的艰苦岁月里，印了这些好书。”[3]前几年我去拜访范先生，他还拿出这些书来给我看，令我感慨万分（我们家里一本也没有了）。

父亲生性愿做一名自由职业者，有兴趣做一些与文学有关的事情，所以自1934年春至1946年秋，一直是个人从事研究、翻译与出版工作，除了应邀或由朋友介绍在一两个单位短暂工作（几个月）以外，几乎没有固定职业。据父亲说，当时西南联大的朋友曾请他留下

① 现译为“贝多芬”。
② 现译为“茨威格”。
③ 范用：《“大雁”之歌》，《文汇读书周报》1996年11月2日第8版。

来任教，被他婉言辞谢。在桂林，父亲与母亲郑学诗（广东中山人）相识、相恋并结婚，1943 年 11 月生下了我，有了家室之累。因之抗战胜利复员时，他决定找一份稳定工作，以至于受到朋友的打趣：你怎么也想找工作了？当时卞伯伯请他一起去南开大学，中山大学、浙江大学等也有意聘他，但他最后选择了到北京大学来任教。晚年父亲曾对我说：当年之所以选择北大，主要是因为北京有深厚的文化底蕴，而广东那边只讲做生意；另外也是为了回避家乡大家族中的复杂关系（父亲是长房长子长孙）。

从 1946 年 11 月到北平，至 1952 年 11 月院系调整搬到燕园，我们家在中老胡同 32 号住了整整 6 年，在这里我从 3 岁长到 9 岁，度过了无邪的童年时代。但是由于当时我年纪实在太小，留下的只有点滴回忆，可谓是一些记忆的碎片吧。



## 在 32 号迎来新中国的诞生

入住中老胡同 32 号院时，我们家先住在 12 号，是在大院西南部一个院子里的两间南房。住的时间不长（也就几个月吧），当时住在 1 号的陈振汉伯伯买了房子搬走后，我们就搬到那里，一直住到 1952 年。

1 号是紧邻大门西侧长长的一排南房。家里的“正门”朝北开，隔着院子及一条东西向的路斜对着二门及其院墙。一进门是一个小客厅兼饭厅，大约有十来平方米，墙上张贴着大幅中国地图和世界地图各一张[1]。客厅西边是我家最大的一间房（十几平方米），住着妈妈、弟弟和我，临街的南墙高处有一个小窗。客厅东南角有一条朝东的窄

① 我们在北京先后的三个家，在客厅墙上都张贴着中国地图和世界地图。

陈占元一家三口，摄于1947年



窄的走廊，尽头的一间房隔成南北两半，分别用作保姆住房和厨房，厨房的北墙有一个小门通向院内。走廊中部向南有两个门，一个门里是父亲狭长的卧室兼书房，用书柜隔成两部分，另一个是小小的卫生间。冬天在客厅生一个炉子取暖，烧块煤的大铁炉子比当时的我还高，热烟气经过烟筒通向各屋。从中老胡同时代起一直到20世纪80年代我们家从朗润园的平房搬到有暖气的朗润园9公寓为止，父亲都是家里的“炉倌儿”，每天都要坐在小板凳上掏煤灰、加煤、封火，有板有眼，一丝不苟，从不让别人插手，生怕把火弄灭了更麻烦，他把这作为一种休息方式，乐此不疲。记得有一年我家发生了一次煤气中毒，每个人都头晕并呕吐不止，后来发现罪魁祸首是在安装铁炉时忘记从烟筒里取出的一团废报纸（春天拆炉子、清洗烟筒后放进去的）。

陈莹、陈谦姐弟俩在家门口，1948年





我家北墙外有一个小院子，三面用细竹编成的篱笆围住。院里种着两棵丁香树，开花时淡淡的花香沁人心脾。树间放了一个直径约两尺的黑紫色彩釉瓷鱼缸，里面种着睡莲，养着金鱼，还有两只小乌龟。篱笆上爬满了茑萝花。花冠呈五角星形，形似缩小的喇叭花，但远比喇叭花鲜艳、精致，叶片是羽状的。开花的时候，红、白两色的小花，像无数小星星点缀着绿色枝叶缠绕着的篱笆墙，煞是漂亮、醒目，人见人爱。

北平解放前的两三年里，对我来说最重要的事是1947年12月添了一个弟弟，我们成了四口之家。弟弟出生的那天恰逢母亲农历生日。长大后听大人讲，因母亲原定那天要到医院检查，于是提前一天领着我走到东四牌楼买了一只鸡回来庆生，当天深夜即有临盆症候，不料碰上全城戒严，幸亏得到门房老赵师傅和邻居帮忙，几经周折才将她送到北大医院，天亮就生下了弟弟。

那时太小，记忆的“碎片”寥寥，印象较深的有：每晚睡觉前母亲那讲不完的故事伴随我入梦乡；第一年冬天下大雪时，全家人跑到几乎空无一人的北海公园看雪景（广东人没见过雪，稀罕）；每逢父亲发薪日，父母急忙带着我拉着小车到地安门内黄化门那边去买粮食（物价飞涨，怕钞票贬值）；解放军围城时，大院内挖了防空壕，各家门窗玻璃上贴了米字型的纸条（防炮击震碎玻璃）……

抗战胜利后，全国人民热望和平，但是国民党反动派在美国的支持下发动了内战，北平学生的爱国民主运动此起彼伏，并得到广大爱国民主教授的支持与响应，住在32号院内的教授们也不例外。据我在一本书[①]上查到，在《北京大学教授致美国大使函抗议美兵污辱中国女生》（1946年12月30日）、《北平五大学一百九十二人响应十三教授保障人权宣言》（1947年3月1日）、《北大清华两校教授一百零二人告学生与政府书》（1947年5月30日）、《平津各大学教员五百余人发表宣言呼吁和平》（1947年5月29日）、《九十教授对吴铸人谈话之驳斥及质询》（1948年4月23日）[②]、《北平各大学教授讲师等四百零四人"七五"血案抗议书》（1948年7月）、《北京大学师范学院五十五教授对"八·一九"大逮捕宣言》（1948年8月21日）中，父亲都与院内的一些伯伯一起，郑重签下自己的名字。父亲晚年曾告诉我，那时他曾多次受北大地下党之托，去找住在同院的贺麟伯伯（时任北大训导长），请求他出面与当局交涉营救被捕学生或为受学校处分的进步学生说项。更值得记上一笔的是，在这决定国家和个人命运的历史转折关头，住在中老胡同32号院中的所有22家教授（几乎都是"海归"）全都选择了留下来，迎接新中国的诞生。

1949年1月北平和平解放。解放后这段时期整个社会的氛围是昂扬向上的，留给我的是温馨、愉快的记忆。

1949年7月，中华人民共和国成立前夕，父亲参加了在北平召开

① 见北京市档案馆编：《解放战争时期的北平学生运动》，光明日报出版社1991年版。

② 吴铸人为当时国民党北平市党部主任委员。其于1948年4月19日举行总理纪念周的报告中，对"四月学潮"以及支持学潮的三位教授"极尽挑拨、污蔑、威胁之能事"。

陈占元，摄于20世纪40年代末期





的中华全国文学艺术工作者代表大会（简称“第一次文代会”）。这次大会是解放区与国统区文艺工作者的大会师，在中国文艺史上具有里程碑意义。开会的日子里，晚上经常有文艺演出，我也有幸跟着父亲去观看，可惜因年纪小，只是看个热闹，没留下多少印象。

父亲整天忙碌，不是去学校上课与开会，就是在家伏案工作。据父亲20世纪50年代的老学生回忆，父亲当时给法语专业学生授两门课：三年级全年的“翻译（中法语笔译）”和四年级的“巴尔扎克专论”（每周2学时，讲两个学期）。据他说：“他的专题课很具有知性的魅力，至少我觉得是大学课程中最有吸引力的一门课。”[①] 父亲有时还在清华大学和中法大学兼一些课。与此同时还承担并完成了一些涉外任务。我所知道的主要有：1952年4月在莫斯科举行的“国际经济会议”和同年10月在北京举行的“亚洲及太平洋区域和平会议”的翻译工作等。此外，父亲还相继翻译出版了布洛克的《共产主义的人物——斯大林画像》（上海，平明出版社，1951年）、阿拉贡的《论〈约翰·克

① 参见柳鸣九：《译界先贤陈占元》，选自《这株大树有浓荫：“翰林院”内外二集》，上海文艺出版社2008年版。

利斯朵夫〉》（上海，平明出版社，1950年）、菲盖尔的《自由越南纪行》（北京，世界知识出版社，1952年）。教学、科研、翻译，相辅相成，三者构成了父亲在北京大学逾半个世纪的学术生涯。

新中国成立之初，我家的一件大事是母亲参加了工作。20世纪30年代母亲从广东女师毕业后考入复旦大学教育系，原计划毕业后去美国留学（姥姥家是美国归侨），因抗战爆发无法成行，只得回到香港家中。香港沦陷后撤往桂林，在广西省桂林中学任教（当时桂林市是广西省会）。母亲结婚生女后即留在家中料理家务。1950年一位在全国妇联工作的女师同学汪容之动员母亲出来工作，介绍她去民航局幼儿园担任业务园长。幼儿园实行供给制，吃住穿用全包。为了解决年幼弟弟的养育问题，园方同意我家每月交15万元（旧币，合新币15元），弟弟进园并享受与其他小朋友相同的待遇。当年的幼儿园党支部书记兼园长宁健阿姨是一位1949年前参加革命的年轻女性，多年来一直在打听母亲的消息，前些年她通过闻立树大哥与我联系上，我曾去拜访她。见到我她非常高兴，一再说：你母亲是个好人，我与她合作很愉快。

母亲勤快又能干，即使是参加工作后，也将家里打理得井井有条。我们家有一部二手台式手摇缝纫机（英国胜加牌的），我们小孩子的几乎所有衣服和大人的部分衣服都是母亲手“摇”出来的；全家人的毛衣也都是母亲一针一针织出来的。耳濡目染，我也学到了一二，只不过比起母亲来手艺差远了。每到冬天，我家屋檐下挂着母亲亲手做的一条条腊肉、腊肠……也算是我家“一景”吧。

母亲和弟弟每周日吃过晚饭回幼儿园，下个周六晚上才回家。平时家中只有父亲、我和保姆邱大娘。父亲太忙，几乎无暇顾我，我几乎成了一个“没人管”的孩子，直到1952年家搬到燕园，母亲随之调入北京大学工作为止。

1949年秋，我和琚理一起考进了孔德小学（后改名“东华门小学”），当时同院的贺美英和朱世嘉两位姐姐也在同校六年级读书。我还清楚地记得，在一次全校的会演中，她们俩表演了一个四川话的“小品”。

学校生活是轻松愉快的，在孔德小学读书的三年多里，每个学年考试我都是班里前三名，得以免交学费。课余时间除了在校内参加文体活动，如跑跳、打球、学唱新歌（《解放区的天》《歌唱二小放牛郎》《卖报歌》等）外，同学们还时常相约到不远的劳动人民文化宫或中山公园游玩；有时学校还组织我们到马路斜对面的儿童剧场看电影，多半是苏联电影……1952年的“六一”儿童节，我被批准加入少年先锋队，戴上了红领巾（那时要年满9岁才能入队）。更为幸运的是当年“十一”，我参加了国庆大典的少先队员观礼。我们站在天安门对面，身穿白衬衣和蓝裤或花裙，手持自己做的桃花——树枝上粘一些纸做的粉红色桃花。观看了阅兵、分列式和群众游行的全过程。朱总司令乘坐吉普车就从我们面前通过，看得非常清楚。游行结束后，全体少先队员潮水般地涌向天安门，向城楼上的党和国家领导人欢呼、雀跃……这是一次毕生难忘的经历（当年11月搬到西郊后就再没有这样的机会了）。

大约也是在1952年，父亲带我到北大红楼后面的民主广场，坐在小板凳上聆听了中国人民志愿军战斗英雄归国代表团的报告。令我记忆犹新的是：一级战斗英雄张积慧手持两架模型飞机，生动地讲述了如何与战友们并肩作战，并一举击落美国空军英雄、少校中队长、号称“空中一霸”的“王牌飞行员”戴维斯的情景。其他的报告人还有军旅作曲家时乐濛和一位在炮火中奋不顾身抢救伤员的志愿军女护士等。

放学后回到家中，我的课余活动基本上是“自助式”的。也许是环境熏陶、潜移默化吧，我很喜欢看书。家中有我专用放书的抽屉，启蒙读物是小人书。我印象最深的是图文并茂的《中国的世界第一》，这是系列书，每出一本家里就给我买一本，攒了整整一套；还有张乐

20世纪50年代初，陈占元全家于中山公园，刘思慕摄



平的一套《三毛流浪记》；一套《水浒传》，那是父亲带着我，与上海来的周煦良伯伯一起到什刹海荷花市场喝茶，周伯伯在那儿给我买的。大一点儿了就开始读“字儿书”，包括家中订的报刊。如《格林童话》《安徒生童话》《天方夜谭》和张天翼的《大林和小林》……有一本意大利作家德·亚米契斯著、夏丏尊先生翻译的《爱的教育》给我留下深刻印象，至今还清晰地记得封面上那一颗大大的红心。广泛阅读的习惯我保持了一辈子，书中的营养滋润了我的心田，扩大了知识面，开阔了眼界和思维，也锻炼了学习能力。感谢我的父母养育了我，并培养了我不少好的习惯，“爱读书、多读书”是其中最重要的一个，使我终身受益。

除了读书，就是在大院里与小朋友们“疯玩”。每当父亲到院子里用广东话喊我“阿莹，回家吃饭”，总惹得其他小朋友起哄：你爸爸叫你回家“塞饭”了。院里同龄的女孩子较少（特别是陈琚理、杨景宜搬走后，只有李华俊和马秉君），有时只能与闻立荃、孙才先、芮太初和琚理弟弟等同龄男孩或再大一些的哥哥、姐姐们玩。他们并不愿意带我，我就跟着瞎跑凑热闹，不管是否“讨人嫌”。除了常玩的捉迷藏、“口令”等游戏外，“出格儿的事”我还记得两件：一件是捡着一只奄奄一息的小麻雀，待死后将它埋了，堆了一个坟，坟前立了一块小木碑，写上“小麻雀之墓”；一件是在东院东南角的公厕墙上刮了一些芒硝，装到玻璃瓶里用火柴点，将瓶子炸碎……我长大后有时想，自己性格中的某些“东西”是否与在32号居住时的“放养”以及常和男孩子一起玩耍有些关系呢？





印象较深的还有北平解放初期大院里开过的几次联欢晚会。以二门里的门厅做舞台，两侧的走廊当作后台。大人们坐着马扎、板凳，观看孩子们的演出，挤满了小院。担任策划、组织、编导的都是院内上中学的哥哥姐姐们，当然他们也是主要演员。他们唱的大都是新学的歌，如《民主青年进行曲》《解放区的天》《团结就是力量》等，以及不少陕北民歌、新疆民歌，还跳舞蹈、演活报剧等。他们还给我们这些小孩子当教练，排演了一些节目。在联欢会上我和琚理跳新疆舞，琚理跳得好些，我自认没有舞蹈细胞，只是跟着音乐节拍跺脚、比画手，可能因为童稚小儿憨态可掬吧，居然还颇受欢迎。演出时小院中不时响起阵阵笑声和掌声，气氛热烈又温馨。

## “发小儿”朱世乐

在大院里我交了不少“发小儿”，最要好的是朱世乐（朱光潜伯伯之女）、陈琚理（陈友松伯伯之女）和杨景宜（杨西孟伯伯之女）等几个年龄相近的女孩子。各家父辈都是同事、朋友，子女们也保持了终生的友谊。

我与琚理同龄，她小时候长得很漂亮，像个洋娃娃，大家都叫她“贝贝陈”（baby 陈）。那时候我们俩几乎可以说是“形影不离”，一起上学、放学，回家后一起玩耍。景宜比我们大两岁，也时常在一起。可惜 1950 年她们两家都搬走了。几十年来，我们的联系时断时续。自从 20 世纪八九十年代特别是退休后，我们的来往才又多了起来，一直到现在。

朱世乐是朱伯伯的小女儿，长得很像朱伯伯。我与她初识的时候，她 4 岁，我 3 岁，那时她就因患脊柱结核卧床困在家中。我和同院的其他女孩子常去她那里玩，有时我也一个人去。对我来说最大的吸引力是她家书很多，有些我没看过。我们给她讲些外面的新鲜事，要不就是一人捧着一本书，读到好玩之处就互相交流。朱伯伯工作休息的时候常过来看看，有时与我们玩“夹鼻子”游戏：他把手藏在衣袖里，不知何时出其不意伸出来，用食指和中指夹住某

1948年，陈琚理（右）和陈莹（左）在东院假山前

个小朋友的鼻子……小朋友们个个东逃西躲，逗得世乐也和大家一起开怀大笑。

在亲人、老师、同学和朋友们的关爱下，世乐一生都与疾病做着顽强的斗争。小时候她在家中学习，搬到燕园并“穿”上了钢背心后，小学四年级才开始到学校随班上课，一直读到大学毕业。这期间她经受了多少痛苦，克服了多少困难，恐怕是常人难以想象的。1967 年她从北京大学生物学系生物化学专业毕业时去了位于山西的解放军农场劳动，回京后几经辗转，1979 年调到北大医院（今北京大学第一医院）肾炎研究所从事科研和教学工作。她曾告诉我：因为有政策要求各单位必须安排一定比例的残疾人就业，单位让她填一份“残疾人登记表”，被她拒绝了：“我一直和正常人一样工作，从来没有享受过残疾人待遇，也从未以自己的身体残疾向单位要求过任何照顾。”的确，她以不到一米四的瘦小身躯，每天都和常人一样，从北三环外的家中挤公交车到位于厂桥的北大医院上班，从不迟到早退，直到 2003 年 61 岁时因身体原因退休。

世乐是肾炎研究所内的分子生物学专家，她所在的实验室是卫生部重点实验室，配合临床医生完成了多项国家级、部委级科研攻关项目。分子生物学是一门新学科，20 世纪 80 年代卫生部委托北大医院举办一个培训班，世乐是主讲教师之一。90 年代她曾去德国做了一年访问学者，进行“多囊肾”的相关研究。德方对她的工作很满意，一再挽留她。作为研究员，世乐带过两名研究生，对她们非常严格，亲自带领她们做实验，帮她们一字一句修改论文。同事对她的一致评价是“极其认真负责，极其严谨”，从不敷衍、从不苟且，在如今浮躁的学术环境中实属难能可贵，谁能说这与世乐几十年在北大居住、学习没有关系呢！

我和世乐一直都有来往。节假日我回北大父母家，有时去燕南园朱伯伯家看她；我去北大医院看病，也总要顺便到实验室去看她。彼

朱世乐在北大燕园



此聊聊各自的近况，她遇到什么烦心事会对我说说，“泄泄压”。有时也要我帮点小忙。一次她要我帮她找些锡纸（做实验用），我在单位里见到吸烟的人就开口讨要烟盒，攒了一大叠给她送去，她一看就笑了：“这么多，你可真实诚！”1989年9月，我查出了甲状腺瘤，从诊断、手术到康复都得到世乐的帮助，手术当天她在手术室外陪着我丈夫孙泰来，一直到我平安出来。

世乐于1978年1月结婚，婚后特别是生命最后几年，得到丈夫刘云峰无微不至的照顾。

退休后琚理和我几乎每年都去她家看望（琚理去得更勤些）。每次我们去都感到她的身体、精神尚好，但她坦言自身的免疫功能几乎为零，全靠药物维持。2005年8月世嘉姐姐异国意外离世，对她的打击实在太大，身体状况急转直下，以致需要在家中输氧。先是用氧气袋，身体不适时输；后来买了一台制氧机，每天晚上输一整夜，这样第二天上午可以维持较好的身体状况，下午则有时会出现意识模糊、语无伦次的情况。2006年国庆期间，我和琚理去看她，在她家一起高兴地吃了云峰做的午饭，临别时约好来年春节到她家一起包饺子。但不巧春节前我被汽车撞倒骨折，无法践约，琚理是和景宜同去的。万万没想到第二年4月我在浙江出差期间接到了她的噩耗，半年前的会面竟成了永别，令人神伤。唯一感到欣慰的是，据云峰说世乐是清晨在家中平静过世的，没有太大痛苦。纵观世乐的一生，她是一个坚强、耿直、诚恳的人；是一个严以律己、爱岗敬业的人；是一个为国家、对社会做出了贡献的人。世乐活出了一个精彩的人生，亲人、同学、同事、学生和朋友们都深深地怀念她。





## 亲人北上

不久前在一次“中老胡同老邻居”聚会上，一位“发小儿”对我说：“那时你们家给我最深的印象的，一是墙上贴着一周的食谱；二是你们家经常是人来人往。”他说得没错儿。“墙上贴食谱”是因为母亲平日在单位住，周末才回来。保姆邱大娘粗通文字，有了食谱，即使还有问题也可以询问父亲。“人来人往”主要是因为我父母都是广东人，两家的“大本营”都在广东，亲人多住在老家、广州及香港。1946年我们举家迁到北京时，除了几位父亲的老朋友外，可以说是举目无亲。然而随着时局变迁，自北平解放前两年就开始，特别是新中国成立、北京成为首都后，亲人们纷纷北上，或开会，或工作，或求学，我们家成了陈、郑两家的“北京接待站”，顿时热闹了起来。

1950年，祖父（后左二）、大叔婆（后左一）、慧芳姑姑（前左一）和我们全家在中老胡同

1950 年 4 月，民进第一次全国代表大会在京举行，祖父陈秋安[①]和大叔婆梁绿华（一位资深小学教师）等四人代表华南分会出席，祖父并被推举为民进中央理事会理事。此后他又当选为第二届全国政协委员、第三届全国人大代表。因此祖父每年都会进京开一两次会，都会顺便到中老胡同家中来。

七叔陈宗元经父亲介绍，一直跟随在马思聪先生身边学习小提琴、视唱练耳等音乐课程，1949 年又追随马先生从香港来到北京，进入中国青年艺术剧院管弦乐队（当时北京只有“青艺”有乐队，后并入中央歌剧院）任小提琴首席。我还记得抗美援朝时期，全家人曾到东单青艺剧场观看他们义演的歌剧《打击侵略者》。后来他和堂叔贞元先后发

① 祖父陈秋安 1915 年毕业于美国密歇根大学政治经济系。回国后教过书、经过商，也在政府部门中工作过，后寄居香港。1948 年年初，祖父在马叙伦、王绍鏊等人影响下加入中国民主促进会，并参与筹建民进港九分会，同年 8 月港九分会成立时被推为常务理事。年底马、王撤离香港，港九分会交由祖父负责，1949 年 4 月改称为民进华南分会。广州解放不久，祖父举家迁回广州，华南分会也回到广州开展活动。

20世纪50年代初，洁芳姑姑、志诗九姨、德成十舅与母亲（左起）在二门前

现患有肺结核，都曾在我家疗养。在此期间，心细手巧的贞元叔叔还在院子西北角给我们家搭了一个小煤棚。

堂舅郑祖明参加“两航起义”后被分配到山西太原太行仪表厂工作。1952 年举行全军运动会时入选空军足球队来到北京，带来了他的未婚妻，在我家住了一段时间。

北京更是年轻人心向往之的地方。父母在家分别是长子、长女，新中国成立前后他们的弟弟妹妹（包括堂亲、表亲）来北京求学的很多：最早来的是考上北大的锡安叔公和深元叔叔，陆续考来的有慧芳姑姑和贞元叔叔（清华）、志元叔叔（辅仁）、德成十舅（育英中学）、李静表舅（中央音乐学院）等。美仪表姑住在我家备考，因突发急病错过了清华大学的考期，她又不愿再等一年，就考去了大连工学院。我家自然成了他们的落脚、往来之处。

1948 年，九姨志诗已在广州岭南大学就读，但她受到进步思想的影响，一心想转学到北平找我父母，为此特意回到中山县去征求我外公郑道实[①]的意见。当听到九姨想转学的诉求时，外公说："我看共产党是个有希望的党。青年人应该有自己的主张，到解放区去是对的。"并当即写了一封介绍信给正在北平的老友马叙伦先生，请他帮忙。[②]当年，九姨就和她的同学、我的姑姑陈洁芳一起转学到了燕京大学。

## 邻居与来客——永生的友情



在32号院的邻居中，有几位是父亲留学时期及回国后在北平、上海或昆明认识的老朋友，如朱光潜、闻家驷、沈从文、冯至伯伯等，其他的邻居有不少是在32号相识后交往较多也成了朋友，如杨西孟、陈友松、芮沐、王岷源、田德望伯伯等，彼此结下了终生的友情。

来我家做客的，除了广东家乡的亲友外，有一些是父亲在广州岭南学校附中就读时的老师、学长和同学，如韦（悫）公公、司徒乔、刘思慕、廖承志伯伯和廖梦醒姑姑等；还有母亲广东女师同学余彩秀（又名余荻，陈原夫人）和汪蓉之（又名汪孟华，刘辽逸夫人）两家；更多的是父亲结交的文友，我记得的有卞之琳、巴金（我称呼为"李伯伯"）、周煦良和常风伯伯等。

这里我只能就自己的所见所闻，挂一漏万，记下我家（主要是父亲）与他们的一些交往。

① 外公郑道实1887年出生于广东香山县（今中山市），早年追随孙中山，1908年参加同盟会，与友人共同创办《香山旬报》宣传革命，后在广东革命军政府相继担任伍廷芳、孙科等人的秘书等职。1925年任增城县长。1925年孙中山先生逝世，为纪念孙中山先生，将香山县改名为中山县，1926年外公遂调任第一任中山县县长并于1927年连任。后又任行政院咨议、铁道部秘书主任、平汉铁路局副局长等职，抗日战争期间弃职闲居。1947年3月被聘为中山县文献委员会副主任，同年11月任中山县参议长。广东解放前夕，外公配合中共地下组织，为中山县和平解放做出了贡献。全国解放后被聘为广东省文史馆馆员，直至1957年病逝。

② 此段史实参见我大舅郑天倪撰写的《缅怀家父郑道实》以及中山市政协的有关资料。

父亲在法国留学时就认识了朱伯伯夫妇，那时他们都住在巴黎的拉丁区，有时两人和梁宗岱一起去市郊的封丹奈玫瑰村访友谈天。回国后特别是1946年父亲受聘北京大学后，一直与朱伯伯在西语系共事，无论在中老胡同，还是搬到燕园后，交往都较多。在校园里散步，有时就到朱家坐坐谈谈，用世乐丈夫刘云峰夸张的话说：有时一天能来两次。父亲曾对我讲过抗战期间他到成都时住在朱家，刚好朱伯母回了娘家。时值冬季天气阴冷，晚上睡觉时为了取暖，两人就将各自棉被摞在一起，在一个被窝里过了一夜。我弟弟出生后，父亲请朱伯伯起名，他说："莹（盈）"太满了，就叫"谦"吧。1978年11月父亲和朱伯伯同去广州参加全国外国文学工作会议。因为朱伯伯从不经手钱、粮等事，朱伯母只得将参会所需的费用、粮票等统统交给父亲帮忙打理，其实这方面的能力父亲比朱伯伯虽稍强些但也有限。1986年朱伯伯过世后，父亲仍然不时到朱家看看朱伯母，并要求我也常去看看她家有什么需要帮忙之处。

闻伯伯和父亲也交往了一生。抗战期间父亲在桂林，有时为编辑出版之事去昆明，就借住在闻伯伯家里。闻伯伯是闻一多先生的胞弟，1944年就参加了民盟。北平解放前夕，一些支持"反饥饿、反内战"学生运动的教授声明几乎都是闻伯伯叫闻大哥拿到我家给父亲签名的。小时候的我总觉得闻伯伯很严肃。有一件事我记忆犹新：小学时一次放学回家，闻伯伯正在与父亲交谈。我告诉他们自己刚考完试，闻伯伯马上纠正："不能说考完试，应该说考试完了。"还仔细给我"动词、宾语……"地讲解了一番。1971年我和孙泰来结婚，我们两家邀请闻伯伯、闻伯母一起在王府井全聚德吃了一顿饭，他们可以算是我们俩的证婚人吧。1975年，闻伯伯随北京大学代表团出访阿尔巴尼亚（据说这是"文革"期间我国第一个出访该国的代表团），因那里太穷，回来时只带回些当地产的柠檬，他还特地给父亲送了几个来，也是老朋友的一点儿心意。

20世纪80年代，父亲与朱光潜夫妇在一起

父亲与沈伯伯是 1934 年在北平相识的。1943 年，沈伯伯写的小说《长河》曾交付父亲办的“明日社”出版，“送审时，且被检查处认为思想不妥，全部扣留。幸得朋友为辗转交涉，径送重庆复审，重加删节，经过一年方能发还”[①]，因此未能如愿。北大复员以后两家成了 32 号院中的邻居。沈伯伯家在院子西北角。那时，夏天晚饭后很多同院的小孩子经常到沈伯伯家院中听他家的保姆石妈讲故事，有时我也去。记得一次听了她讲《聊斋》中的鬼故事，吓得我不敢自己回家（因为我家在院子大门边，回家要穿过半个大院）。1952 年年初沈家搬走后，一直有来往，我曾与父亲一道或自己一个人多次去过沈伯伯在交道口大头条、前门东大街以及崇文门西大街的家。1988 年 5 月沈伯伯病逝后，一次我回到家中，父亲从书柜中拿出一本《湘行散记》，从中取出一张约半尺见方的小画，对折的宣纸，我只打开瞄了一眼，上面是用毛笔白描的山形水系，似乎与书中内容有关，上面好

① 引自沈从文《长河》序言《长河题记》。

像还有字。这本书是沈伯伯赠送的，画却不知是谁画的。父亲将画用信封装好，让我尽快给沈伯母送去，说："她可能会有用。"现在这幅画不知在哪里了。老朋友去世，父亲一般是去家中吊唁、悼念。1981年母亲去世以后，父亲只去过八宝山一次，就是参加沈伯伯的遗体告别仪式。回来后给我讲了仪式上的情景：播放的音乐是贝多芬《"悲怆"钢琴奏鸣曲》和拉赫玛尼诺夫《第二钢琴协奏曲》，每位来者手执一支白色月季花，缓步走过沈伯伯身边，将花轻轻地放在他身上，三鞠躬，向他做最后的告别。





在住进32号院之前，我们家与杨西孟伯伯家并不相识，父亲和杨伯伯的专业不搭界，也不是同乡，但做了邻居后很快成为通家之好，我想这可能是从杨伯母邓昭度和我母亲秉性相投、一见如故开始的。1947年秋杨伯伯到美国休学术假，杨伯母带景宜回了重庆老家，将中老胡同的家、当时在北京大学中文系读书的景宜哥哥杨鸿培以及领工资等事情统统托付给了我父母，一直到北平解放后他们一家回来。我长大后，杨伯母多次对我说："我们回来后，你妈妈交给我们家的账目，一笔一笔，清清楚楚。送杨鸿培参军南下时，帮他打理，还给他买了一块手表。"虽然杨伯伯回国后即调到国家外贸部工作，但几十年来我们两家的联系一直不断。可记的事情不少，这里只记一件与我有关的小事吧：大约六七岁时我得了鼻窦炎，在儿童医院治疗后还是常犯，很麻烦。后来杨伯伯教了我一招儿：每天早晨用冷水洗脸的同时用双手接水洗鼻，用鼻吸水、擤出，反复多次。还解释说，这样做既能将容易藏污纳垢的鼻腔清洗干净，又能锻炼鼻子耐寒的能力。几十年来我一直坚持，还将此法"转授"给不少人，都说受益。

说不好父亲与冯伯伯是何时相识的。只知道20世纪40年代初，冯伯伯在昆明西南联大，父亲在桂林，两人有过一段较为密切的合作。1942年8月，父亲办的"明日社"出版了冯伯伯的《十四行集》；

20 世纪 50 年代中期，景宜（左一）、杨伯母（左二）和我们全家，杨西孟伯伯摄



父亲还与冯伯伯、卞之琳伯伯以及李广田伯伯共同编辑出版了文艺刊物《明日文艺》。我在国家图书馆找到了其第一、二期的微缩胶片，从中不难看出冯伯伯的主力作用：第一期总共刊登 8 篇作（译）品和 1 篇论文，其中包括冯伯伯的《伍子胥（一）》《人的高歌》（署名“君培”）和冯伯母姚可崑翻译的《从战场回来》；另有一篇是当时为西南联大学生、后成九叶派女诗人郑敏的处女作《诗九首》，也是冯伯伯推荐的；[①] 第二期共刊登 6 篇作（译）品，其中包括《伍子胥（二）》。1946 年以后父亲和冯伯伯两人在北京大学西语系共事，并成为 32 号院的邻居，合作与来往就更多了。依我的感觉父亲对冯伯伯是敬重的。晚年他曾对我讲过这样一件事：1952 年院系调整，北大、清华两校西语系合并，一位清华的同事（当时父亲在清华兼课）问他谁做系主任合适时，父亲很不以为然：“当然是冯先生。”我结婚后，冯伯伯

① 参见姚可崑：《我与冯至》，广西教育出版社 1984 年版，第 104 页。

1979年，田德望、陈占元、冯至（前排左起）等在一起

与我公公孙楷第同住在建国门外永安南里中国科学院宿舍。父亲每次给亲家拜年，都要顺道去看望冯伯伯一家。1993年2月，父亲得知冯伯伯病危的消息，立即让我代他赶快去协和医院探望。

在32号院时，卞之琳伯伯是我们家的常客。他和父亲很熟，两人之间不讲客套。往往卞伯伯进了家门，与母亲寒暄几句，就和父亲进了书房。到吃饭时间，出来一起吃便饭，如果意犹未尽，吃完饭还接着谈。父亲和卞伯伯第一次见面是1934年夏天在司徒乔伯伯家里，那天他们俩“不知疲倦地谈了整个下午”，虽然两人一个江浙腔，一个广东腔，口音都很重，而且讲话也都很快，“我怀疑双方究竟听懂了多少。但是因为我们谈论的是共同爱好的东西，再加上年青人的兴奋心情，似乎无需明确的语言就可以互相了解，这是一次令人难忘的会晤”。[①] 卞伯伯1938年8月底到延安，1939年8月中离开，期间还

① 陈占元：《陈占元晚年文集》，人民文学出版社2006年版，第386、387页。

1991年，父亲与卞之琳（左）在北京大学朗润园

去过前方太行山内外随军半年。20世纪40年代初，“明日社”先后出版了卞伯伯的《慰劳信集》《第七七二团在太行山一带》和《十年诗草》。1985年的一天我回到家里，父亲指着当天的《光明日报》上卞伯伯写的《冼星海纪念附骥小识》一文对我说：“这里说的事情与我有些关系。”文中提到，研究冼星海的扬州大学秦启明老师从冼的遗稿中发现了他为卞伯伯的诗《断章》谱曲的手稿。父亲告诉我，1935年年底父亲和卞伯伯同住上海四川北路德邻公寓，当时冼星海也在上海从事音乐创作。是父亲告诉卞“冼才华出众”，又将刚刚出版的卞的诗集《鱼目集》推荐给冼，并介绍两人见了面。[①] 父亲曾请卞伯伯不要将此情况告诉外人，卞伯伯却回信说：“大时代中讲点小事，看来也无妨。”20世纪八九十年代，父亲不止一次自己去或叫我代他去看望卞伯伯。2000年

① 父亲与冼星海是岭南学校附中校友，在巴黎留学时经司徒乔介绍相识。参见陈占元：《重访巴黎》，《陈占元晚年文集》，第341—366页。

2月2日父亲去世，整整10个月后，12月2日又传来卞伯伯去世的消息。我打电话给伯伯的女儿青桥以示悼念，她对我说："当我父亲听到你父亲去世的消息后，即刻翻出一张老照片，指着对我说：'这就是陈伯伯。'"

20世纪80年代的一天我正在父亲家，从楼下信箱中取出一份北京市作家协会的《作家通讯》拿给父亲。这一期的封底有高莽先生画的冯、卞两位伯伯的素描头像，栩栩如生。父亲看到眼睛一亮，当即叫我将封底裁下来，贴在书桌座椅后面书柜的玻璃门上。两位老朋友就这样陪伴着父亲直到他离世。





廖承志伯伯和廖梦醒姑姑都是父亲在岭南学校的校友。1923年父亲入岭南学校附中一年级读书，与廖伯伯同班，宿舍相邻。晚年父亲回忆说，当时他、廖伯伯，还有国民党元老陈少白之子陈君景是三个要好的淘气包。每次考试结束后，都要一起到校医院"泡病号"，疯玩一场。以至于医院院长一见到他们就伸出三个手指："只能三天！"1928年廖姑姑"在巴黎学习的时候，时常约广州岭南大学的旧同学到加桑（巴黎郊区小镇）她的旅馆谈天"[①]。父亲也在其中。北平解放后父亲与廖伯伯在第一次文代会上重逢：一次宴会上，廖逐桌敬酒。到父亲那桌时，他打了父亲一拳，又与父亲用广东话不知说了些什么，两人相视大笑，弄得同桌人不明所以。北平解放初期，廖家姐弟都曾多次到中老胡同我们家。一次廖姑姑来时只有我一个人在家。她非常喜欢院子篱笆上盛开的茑萝花，我和她一起采了很多花籽，用纸包好，装在信封里好让她带回家。她很高兴，后来送了一幅杭州都锦生的丝织毛主席像给我。妈妈用相框装好，很多年来一直放在我的书桌上。我不记得廖伯伯来家的情形，但前几年听德成舅舅讲过：有一次他来我家妈妈给他栗子吃，说是廖承志慰问志愿军回国后

① 陈占元：《陈占元晚年文集》，第352页。

来家时送的朝鲜栗子。

一封李伯伯（巴金）20世纪80年代给父亲的信中写道："常常想起你，因为过去在香港和桂林，解放初期在北京，我们见面较多，特别是40年代初在桂林的那一段生活，我觉得有意思，也值得怀念……"父亲1934年从法国回来后住在北平，和李伯伯相识也许是在这时，但肯定不会晚于1934年秋至1935年他在上海靠译书撰稿为生的时候。我听他说过：当来人告知鲁迅先生逝世消息时，他正和李伯伯在一起，两人立即一起赶去吊唁。1942—1944年，父亲和李伯伯都在桂林，伯伯办文化生活出版社，父亲办明日社。在艰苦岁月里，两人都是集翻译、编辑、出版于一身，相互支持，为读者奉献了许多好书。1943年父亲主编的《明日文艺》杂志上，就刊有"文化生活出版社出版鲁迅译《死魂灵》、巴金译《父与子》等九大名著"的整版广告。新中国成立后父亲和李伯伯分居北京和上海，时有会面和通信。我记得伯伯到过我们在中老胡同的家。"文革"期间我看到过伯伯告知他"被解放"消息的来信，写在一页从64开小笔记本子上撕下来的纸上。80年代前后，我知道父亲至少有两次与李伯伯会面。一次是1979年，在上海参加一个外国文学方面的会议，伯伯还请父亲等几个人到法国"红房子"吃饭；另一次是1990年春夏之交，父亲去美国探亲回来，特意在上海停留了几天，不止一次去武康路看望伯伯。那是他们最后的会见，当时李伯伯86岁，父亲82岁。

父亲的朋友以"文友"居多。他们志同道合，做学问是出于对文学（中国文学与外国文学）有兴趣，进而热爱、执着，而毫无功利之心；他们之间是君子之交，交往的核心内容是切磋学问，其中不乏乐趣和人情味。父亲在晚年的一篇文章中谈到这一点：

陶渊明说过"奇文共欣赏，疑义相与析"。几个朋友在一起阅读、钻研，是快意的事情。

在学习或工作中结成的友谊是至可宝贵的。我们有些工作需要在安静、孤独的环境中完成，但是首先得有丰富的经验和知识，师友的指导和切磋也是必不可少的。思想倾向、艺术趣味彼此相同固然很好，不相同甚至相反有时能起互相补充、促进或纠正的作用，往往得益更大。人的天赋有大小，但很难想象一个人的成就完全得诸个人的努力或颖悟。有时我觉得自己好比一盏小小的油灯，如果它能发出微弱的光，维持这盏灯的每一滴灯油却是从别人得来的。[①]





友情好比美酒，年代愈久愈加醇厚。老来人事渐疏，闲时往往回忆旧事，更加思念朋友。我的笔拙，只能在这里引用几封父亲遗留书信的片断，老友间的深情，跃然纸上，请读者细细品味。

占元兄：

听说孟实先生[②]前不久得脑血管症，不知情况何如，从文和我都非常系念。朱太太前些时动手术，身体不大好，不好写信去麻烦她。想请您代从文同我去探望一次，能把病状告诉我们，我（非）常感谢。

…………

从文、兆和上

[1984年]十一月十日

占元：

又许久不见面了，我们都来日无多，交通又那么不便，

① 陈占元：《陈占元晚年文集》，第385页。

② 孟实是朱光潜先生的字。

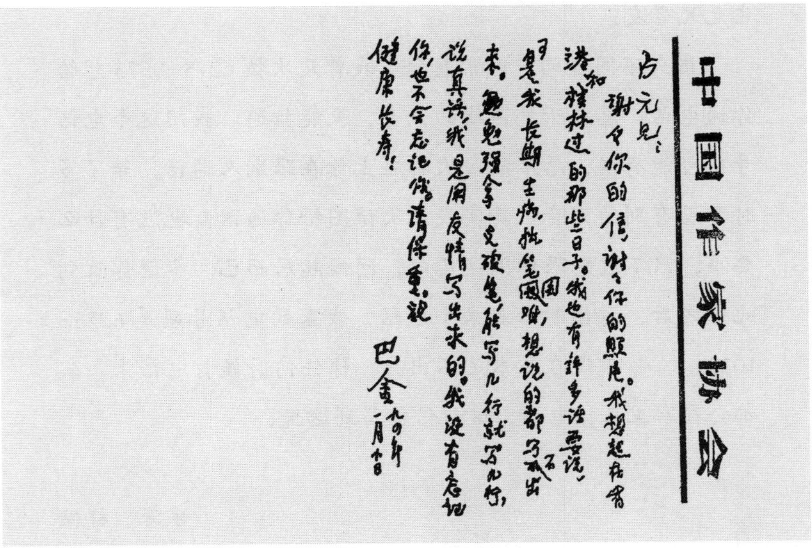
中国作家协会

占元兄：

谢谢你的信，谢谢你的照片。我想起在香港和桂林过的那些日子。我也有许多话要说，可是我长期生病，执笔困难，想说的都写不出来。勉强拿一支破笔，能写几行就写几行，说真话，我是用友情写出来的。我没有忘记你，也不会忘记你。请你保重。祝健康长寿！

巴金

一九九四年一月九日

李伯伯（巴金）1994年1月9日致父亲函

此生还不知能见几面，看来你身体总比我好，还是可嘉。

…………

之琳

[1988年]十一月十九日

占元兄：

谢谢你的信，谢谢你的照片。我想起在香港和桂林过的那些日子。我也有许多话要说，可是我长期生病，执笔困难，想说的都写不出来。勉强拿一支破笔，能写几行就写几行，说真话，我是用友情写出来的。我没有忘记你，也不会忘记你。请你保重。祝健康长寿！

巴金

九四年一月九日

占元兄老友：

很久不同音问，时常想念。我曾几次拨 6275-8573 想给你通电话，总是听见占线的声音，未能打通。我想这个电话号码可能有误，总不能每次都碰上你在跟别人通话，等了多时都没有别的声音。其实我几次试图给你通话，也没有什么要事，只不过想跟你闲谈几句，问候起居而已。希望你收到此信之后，方便时给我来个电话，我家的电话号码是 6275-1032。……我现在基本足不出户，你任何时候打电话来，我都会在家里来接电话，这封信就写到这里，

…………

岷源、祥保

99.10.25

中关园 43/305

现在，父亲和绝大多数老朋友都已升上天国，他们又可以在那里相聚、切磋、交谈，延续人世间的友情了。

2010 年 6 月完稿

# 难忘的中老胡同 32 号

贺美英 | 哲学系教授贺麟之女
曾居住于中老胡同32号内2号

1946 年 7 月下旬，我父亲贺麟随北大复员的前后两批教师从昆明回到北平，准备新学年开学。我和妈妈刘自芳及堂兄贺争于 7 月底从昆明带着行李（当时也没有什么东西，就两个铺盖卷及随身衣物）乘卡车出发，经贵州前往重庆。沿途全是山路，时常出现诸如“七十二拐”“十八盘”之类的地名。车颠簸得很厉害，有时还要赶夜路，在漆黑的夜晚只有我们这一辆车在深山老林里呜呜地喘息着前进，不时还能听见狼嚎。我当时只有 8 岁多，跟妈妈坐在副驾驶的位置上。之所以能受此优待，是因为车上只有我母亲一个妇女和我一个小孩。一天中午走下坡路，当时正在修路，路边放着大石条，修路工人吃饭去了。我们的卡车前轮过了，后轮撞在石条上，车轰然颠起，有几个坐在车斗里的人被抛出了车外，许多人受伤，一个工程师的头被摔破，露出了脑浆，还有一个把脚摔转了 180 度。当时大家都吓坏了，这时我母亲相当镇静，她把床单撕成条，把从云南带的白药拿出来，撒在伤员的伤口处并包扎起来。这时正好有一乘送亲的花轿送完亲返回，人们拦下花轿把重伤员抬走了。这一路经云、贵、川，在深山老林里走了十来天，一路的山色美景早已忘却了，只有车祸这可怕的一幕至今仍留在脑际。到重庆后，我们又等了两个多月的飞机，终于在 1946 年 10 月乘飞机抵达北平。

到北平后我们就住进了沙滩中老胡同 32 号北京大学教职员宿

舍。听说这是清朝时期的一处皇亲国戚的宅第，有好几个院子。改作教员宿舍后共有20多户人家，许多都是从西南联大过来的。我家分在32号内2号，是在大院二门的小院子里的东屋，小院北屋住的是孙承谔教授，西屋住的是袁家骅教授。我家的房子共有四跨三间，北边一间是父母的卧室，南边一间是父亲的书房，中间一间较大（两跨），我们用书柜和书架将其隔成两间，一间是饭厅，另一间就是我的卧室。这几间东边隔出了厕所和厨房。房间都很小，像我的房间只够放一张单人床和一张小桌子、一个凳子，如是而已。饭厅就放一张方桌，几张凳子。书房除一张大书桌和几个书架外，还有两个小沙发椅。父母亲的卧室放一双人床和五屉柜，还有几个破箱子就满了。我们刚来时屋里空空，没有多少东西。1938年我家逃难离开北平时，母亲把父亲的书及一些家具存在北平师范大学邱椿教授家（他们当时没有南迁）。后来母亲找到邱教授，取回一些东西，屋里才有了一些家具，也就放满了。有了这么一个家，我们都很满意。

到北平后的头两天，因为没有厨具和灶具，我们是在冯至伯伯家吃的饭。记得第一天早饭是吃馒头、小米粥、拌萝卜皮和炒咸菜丝，以前在昆明没吃过这些，觉得好吃极了，吃了很多。中午吃炸酱面，肉末炸酱加了很多油，香气扑鼻，还有黄瓜丝及豆芽做拌料，这也是我第一次吃，香得不得了。后来我们自己开伙了，也做小米粥、炸酱面等，但都没有第一顿那么香了。

我们抵达北平时学校已经开学两个月了，我插班在东华门的孔德小学三年级。我们院里在孔德小学上学的孩子有好几个，每天早上一起出门，在胡同口买上一块烤白薯，边吃边走，穿过北池子就到学校了。冯姚平（冯至伯伯的大女儿）比我高两班，朱世嘉（朱光潜伯伯的大女儿）和我同班（她比我还晚到几个月）。我在班里没有熟悉的小朋友，讲话也带南方口音，感到很孤单。特别是北方小学都学注音符号，我在昆明南菁小学没学过，开始跟班很吃力。老师对淘气的学生动不动就打手心，上课时叫起学生读生字拼音，拼不出常常拿教鞭敲脑袋。我没学过，也没人给补习，加上发音不准，开始拼音经常错，被老师敲过许多次，这逼得我很快学会了注音符号，也把南方口音改过来了。还有小学体育课学打垒球，又新鲜又有趣，也促使同学之间团结亲密。

当时父母从来没有在学习上对我施加过压力，没有强迫我学这个学那个。我父亲认为要给孩子充分的自由，根据自己的兴趣和爱好学习，只有这样孩子才会自觉。他反对强迫，也因此我学习没有压力，反而学得很愉快、很自觉，年年考试在班上都能排前三名，可以免交学费。

小学的学习很轻松，放学回家做完功课就出去和小朋友们一起玩。当时常常一起玩的有朱世嘉，冯姚平，住在我家对面的大袁、小袁（袁家骅伯伯的两个女儿），张企明（张景钺伯伯的儿子，我们在昆明就住一个院子），沈龙朱、沈虎雏（沈从文伯伯的两个儿子），大庄、小庄（庄圻泰伯伯的两个女儿），江丕桓、江丕权、江丕栋（江泽涵伯伯的三个儿子），闻立树、闻立鑑（闻家驷伯伯的两个儿子），吴小椿、吴小薇（吴之椿伯伯的子女）等。其中有一些比我们大好几岁，已上中学，江丕桓（江大哥）已经要上大学了，也和我们一起玩。还有一些小不点儿的弟弟、妹妹有时也跟着一起闹。常玩的游戏有“口令”，即把人分成两拨，敌我双方看到距离合适时，谁先喊“口令”，就由己方向对方跳七步，若跳到对方跟前，就将其捉住，押回自己的大本营，抓住对方人多的一方就赢了。我们家东边有一个大院子，南头有一棵大槐树，要几人才能合抱。树下有一大石墩，这里往往是玩“口令”的大本营。院子北头有假山，有藤萝架，夏天枝叶茂密，是藏身的好地方。紫色的藤萝花开时香气扑鼻，还可以和了面烙饼吃。32 号院内又有许多小院，墙角、旮旯和条条小路都是藏人、逮人的好地方。夏天晚上是我们玩“口令”最好的时候，我们这些小

贺美英（右）和朱世嘉（左）在中老胡同32号东院假山石上

弟小妹常常能把江老大等大哥抓住。天气不好时，或者中午太热时，我们就跑进假山旁边一间大屋子（可以开会或活动用），把桌子拼起来打乒乓球。冬天，常常相约去北大红楼后面人工泼好的冰场去滑冰。那时北平的冬天很冷，雪下得很大，积雪往往能到我们的膝盖，所以打雪仗、堆雪人大家都兴高采烈。吴小椿很聪明，但特别淘气，经常打他妹妹吴小薇，有一次大袁、小袁和我三人躲在二门后面，等小椿进门时，我们冲出去，把他推倒在雪地上，塞了一大把雪在他脖子里，叫他以后不要打人。几十年后，吴小椿已做了南航的教授，到北京出差时来清华看我，我们说起此事，大家对童年的趣事还乐不可支。到春节前后，孩子们晚上还点燃各种颜色和式样的纸灯笼，到各家串门拜年，“恭贺新禧”！当时物价飞涨，大人们都为生活发愁，孩子们的拜年给愁苦的生活增添了一些欢乐。1947—1948 年，随着解放战争的进展，学生民主运动也轰轰烈烈地开展起来，我们院子里的孩子们也学会了许多进步歌曲和舞蹈，如《团结就是力量》《山那边哟好地方》《五月的鲜花》等。有一回我们竟组织了一台节目，给院子里的家长们演出，地点就在院子二门内的小平台上。可能因为是自己的孩子演出，大人们坐了一院子，我们能参加的孩子都参加了。跳了《达坂城的姑娘》等新疆舞，还唱了很多歌，当唱到“团结就是力量…… 让一切不民主的制度死亡 / 向着太阳 / 向着自由 / 向着新中国发出万丈光芒”时，我们虽很幼小，但也热血沸腾，大人们也为我们热烈鼓掌。我记得父亲也看了我们的演出，多次说：“你们几个小姑娘演的新疆舞很有趣，很可爱，你们的歌也唱得好。”

我们家门口院里有一小块土地，春天我们全家努力把它开垦出来，种了一些指甲花、龙头花、波斯菊、死不了之类比较容易活的花草，还种了一些老玉米、茄子、西红柿等。我房间的窗户朝西，所以还种了几棵丝瓜，瓜藤用绳子斜牵在窗户上，夏天可以挡西晒。挖地时父亲也出了力，平时浇水、除草是我和母亲负责。花开起来增加了院子里的生气。菜蔬虽然不多，但也有一些收获。每年总能吃几次自己种的玉米、西红柿、茄子，这时大家都说自己种的最好吃。挂的丝瓜每年我们都留两个大的，直到枯老，其籽可以留作下年的种子，丝瓜瓤则可以用来洗碗、刷盆。这种耕种收获的快乐也是很难忘的。冬天吃心里美萝卜也是一件乐事。冬天寒冷，晚上有时父亲的朋友、学生来谈天、讨论问题，有时我们一家也围炉说话、读书。晚上 9 点来钟，总有一个小贩在胡同里吆喝“卖萝卜赛过梨”，听到这喊声，我们就跑出去买水萝卜、冻柿子。卖萝卜的是个中年男子，只有一条腿，另一条是木头做的假腿，推一辆独轮车，车上挂着一盏汽灯。他削萝卜十分麻利，几刀下去把萝卜皮切成一瓣一瓣的外圈，里面萝卜切成方条，一个萝卜变成一朵绿皮红心的花。他态度和蔼，价格便宜，从不欺骗小孩，我们都喜欢他。有时我们也目送他吃力地推着车，那条木腿咚咚的敲着地面，在冬夜寒风中随着“卖萝卜赛过梨”的吆喝声远去。水萝卜拿回家，大伙分吃，又甜又脆，在漫漫冬夜里真是一种享受。母亲说冬天烧煤炉容易上火，水萝卜是去火、去燥的好东西。

父亲在北大除讲“哲学概论”的大课外，还开过一些以读西方原著为主的课程。他讲课能吸引学生，所以课后经常有学生到家里来找他借书，或探讨一些问题。对这些学生他非常喜欢，从不厌烦，常常花时间给他们讲解和与他们讨论。除讲课外，这一时期他花了不少工夫领导“西洋哲学名著编译委员会”的工作。1940年年底，蒋介石在重庆约见我父亲，他向蒋介石提出建议成立“西洋哲学名著编译委员会”，介绍西方古典哲学，贯通中西思想，发扬孙中山三民主义精神。蒋介石答应可以由政府资助，后来在昆明西南联大由他牵头成立了这个编译委员会。在我上中学以后他对我说过，当时他对蒋介石独裁和国民党腐败也很不满意，但时值抗战最艰难的时期，他对蒋介石还有幻想，也存正统思想，希望蒋介石能用理想唯心论把国民党改造得好一点。后来看明白蒋介石约集一些社会名流在重庆讲学，只是做一个礼贤下士的姿态，蒋介石不是搞学术而是搞权术。当时蒋介石曾经问过他“歌德和康德是不是同一个人”这样无知的问题。不过，他认为这个编译委员会的学术意义还是非常重要，通过这个委员会他选拔了一些优秀人才，大家真心搞学问，出了不少成果。1946年北大复员以后，“西洋哲学名著编译委员会”就搬进了中老胡同25号，就在32号斜对面，一个三进的院落。当时编译委员会的人员有汪子嵩、邓艾民、王太庆、杨祖陶、黄枬森等人，当时他们还是北大助教。父亲和他们关系都很好。他们有时到我们家里来与父亲讨论工作和稿件，父亲也经常到他们院子里讨论问题。那一时期，他们组织翻译了20多种西方学术名著。父亲从1940年开始黑格尔《小逻辑》的翻译工作。他把翻译和对黑格尔的学术研究结合起来，精益求精，直到该书于1950年由商务印书馆正式出版。《小逻辑》出版后各方评价很好，受到读者的欢迎。虽然他已于1992年逝世，但该书至今还一直再版。

他对那些年轻人的翻译稿件也认真审阅，严格要求。汪子嵩、王太庆、杨祖陶、黄枬森等编译委员会的成员后来都成为我国研究西方哲学的著名学者和专家。北平解放后地下党公开，大家才知道汪子嵩、邓艾民、黄枬森几位还是地下党员。

父亲的朋友很多，他和哲学系的汤用彤、郑昕、张颐等教授，周辅成、任继愈等年轻教师以及编译委员会中的青年教师都常交流，探讨哲学问题。在我们院子里各家中，他与冯至、朱光潜、沈从文几位伯伯来往很多。有时晚上他们聚在朱光潜伯伯家讨论美学问题，也常和冯至伯伯讨论歌德和黑格尔的哲学与美学问题等。他常说，他们的观点和看问题的角度有时不同，但不同学科的讨论非常有益。除文学院的教授外，他和数学系教授江泽涵伯伯关系很好，我母亲和江伯母经常互相串门。

1947年下半年，北大镇压学生的训导长陈雪屏遭到学生反对，跑到南京当国民党的青年部长去了，时任北大校长胡适请我父亲代理北大训导长。这个时期，正是解放战争形势向胜利发生转变，国统区学生爱国民主运动迅速发展的阶段，当时爆发了学生“反饥饿、反内战、反迫害”的大游行，遭到国民党特务、军警的镇压，许多学生被逮捕。我父亲对学生游行示威本不太赞成，但是国民党对学生的镇压引起了他的愤怒，他要营救和保护自己的学生。他多次去找傅作义，到特刑庭去和特务头子吵架，要求释放被捕学生。他还到关押学生的监狱去看望被捕的学生。那一时期，特务多次包围学生宿舍，进行打、砸、抢，他每次听说都赶往现场。有一次进步教授樊弘（他们是好朋友）做演讲，警察包围了会场，我父亲特意出席报告会，以自己训导长的身份保护演讲人和学生。那一时期经他保释出狱的学生有一二百人，不仅有北大学生还有其他学校的学生。他多次压下了当时教育部长朱家骅通过胡适转来的要求开除进步学生的信，对特务学生报告上来的“黑名单”他都锁在抽屉里了事。为争取增加学生公费，他也多方奔走，还与校长胡适争吵，为这些事烦心。为增加学生公费，为反对国民党镇压、迫害学生等事，他曾三次提出辞职，当时校长胡适不同意，学生会也出面挽留。1948 年 12 月北大 50 周年校庆时，北大学生会送他一面锦旗，上写“我们的保姆”。他对学生的肯定感到很欣慰，这面锦旗他一直珍藏。这本是一段很清楚的历史，但在“文革”中却招来了弥天大祸，除了称他是“反动学术权威”之外，还给他扣上“特务”的帽子，说他保释出的学生都是“叛徒”，被他发展为“特务”等。不仅遭到批判斗争，还被造反派关押、毒打，受到残酷迫害。





1948 年夏天，我的堂哥贺争跑到解放区去了，引起了家里的震动。他是我在四川老家的叔叔的二儿子，大我十岁，所以我叫他二哥，从小跟着我们家长大。来北平后因我们这边房子小，他住在中老胡同 25 号“西洋哲学名著编译委员会”院内。高中毕业后，他没考上大学，在家里补习，也到北大旁听点课。受到当时学生革命思想的影响，和两个朋友化装成商人，从天津杨村一带到解放区去了（这个过程是新中国成立后他告诉我们的）。以前他每天到我们这边吃饭，偶尔也到他同学朋友处去，这次有三天没有过来吃饭，我母亲跑到他们院去看。桌子上留了一封短信，大致是不满现实的黑暗社会，他到那边（指解放区）去了，请我们不必挂念他。母亲看了急得要命，暗暗垂泪，怕他路上被国民党的兵抓住，又怕他在那边受苦。我父亲倒很想得开，他说我二哥不喜欢念书做学问，到那边也许是个出路，许多北大学生都跑过去了，他们能经受，我二哥也应受得了。

1948 年冬天，北平已经被解放军包围了，当时叫“围城期间”。小学放假，各家窗户都贴上纸条，以防炮弹打进来震碎玻璃。东单已把树砍掉，拆了一些民房，建了个临时飞机场。听说解放军还有一发炮弹打到我们胡同口外不远的新开胡同，但没人受伤。大人们感到战争将至的紧张。我们院里的孩子们并没有感到紧张，不上课可以玩得更痛快，“歌照唱，冰照滑”。但是，当时父母们却面临着一生中的重大抉择，共产党与国民党都在争夺知识分子，我父亲也面临去留问题。当时许多朋友来找他，他也和朋友们讨论这个问题。有人劝他走，但更多的人劝他留下，樊弘、袁翰青等先生多次劝他留下。一次冯至伯伯语气很重地用德文对他说：“现在是一个最后决定的关头，亲人的决定不同也要闹翻。”当时也有许多学生来看他，希望他不要走。有的学生走时，故意把带的书“忘”在我们家了，外面封皮是别的书，打开里面是毛泽东的《论联合政府》《新民主主义论》等书。当时学生会主席是哲学系的谢邦定，他很用功，常与我父亲讨论哲学问题。他也专门和父亲谈了，希望父亲留下。我父亲认为国民党政府已经腐败透顶，失去民心，是没有希望的，凡是青年向往的政府就是好政府，他愿意和青年们在一起。另外，做训导长后他扪心自问没有做过亏心事，自己是保护学生的。他还对同事说过，他不愿自己的妻子和女儿做“白俄”（指十月革命后逃到中国的俄国人）。但是他也担心自己赞成唯心论，共产党赞成唯物论，不知共产党能不能容他，会不会发生矛盾。有一天，“西洋哲学名著编译委员会”的汪子嵩来找他，对他说：“地下党城工部托我转告贺先生，城工部负责人的意见希望贺先生不要到南京去。我们认为贺先生对青年人的态度是好的。”父亲当时表示感谢他们的关心，他是不想走的，希望以后能给予学术研究的自由，安心搞学术。经过反复、郑重的考虑，他三次拒绝了南京政府请他离开北平飞往南京的要求，决定留下来，迎接解放。据我所知，院里的伯伯叔叔们也都没有走，整个北大的教授们绝大部分也没有走。1949 年 1 月人民解放军进入北平城，历史开始新的一页。

北平解放以后，我们 32 号院的小朋友们和我差不多大的，都陆续考上了初中，上初中的考上了高中。我于 1950 年考进了北京师大女附中。小学毕业时，我们都兴自己用彩纸剪成花样贴成一个小的纪念册，请叔叔伯伯们写下赠言。我做了两个，留下了极珍贵的纪念。

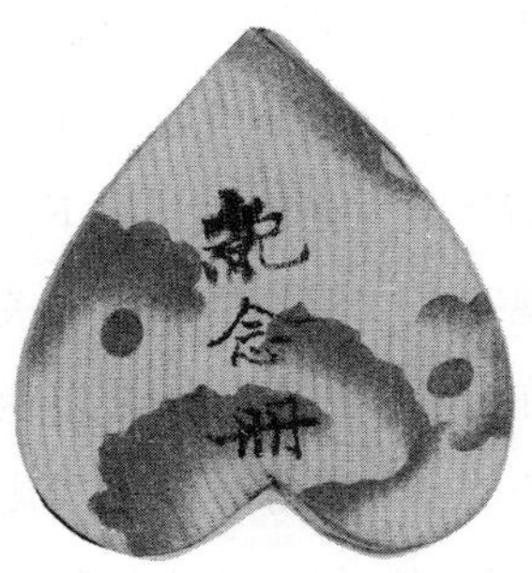


这是小学时做的手工，“皮”是用马粪纸铰成桃形，再用一薄绸子碎布头包起来。里面用彩纸剪成四瓣形花，叠起来，一张张贴起来连成册。

这是我父亲为我写的诗句，“自昭”是他的字。
空山新雨后/天气晚来秋/明月松间照/清泉石上流/竹喧归女浣/莲动下渔舟/随意春芳歇/王孙自可留/书给美英　自昭

这一页是沈从文伯伯、朱光潜伯伯和张颐伯伯（“丹崖”是他的字）写的题词。
要跑得快/可莫摔跤/美英大妹　沈从文
微雨从东来/好风与之俱　光潜
今之少年多不善写字/小姐曾考第一/功课甚佳/若再操字则尽美也/美英小姐　丹崖

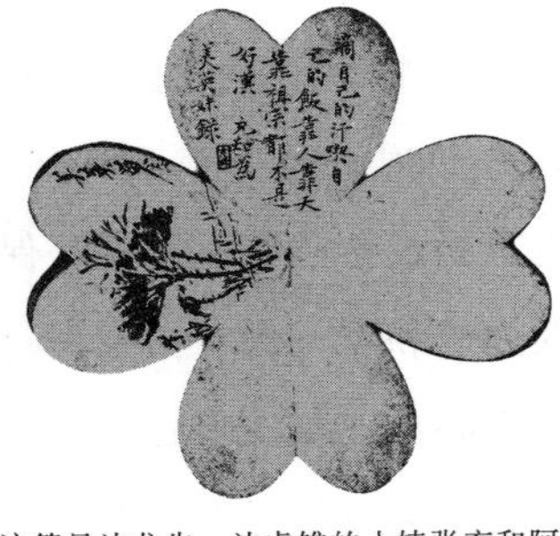

这篇是沈龙朱、沈虎雏的小姨张充和阿姨的题词。旁边的画我只记得是一位阿姨用手指画的。
滴自己的汗/吃自己的饭/靠人靠天靠祖宗/都不是好汉/充和为美英妹录　充和
美英留念　紫腴

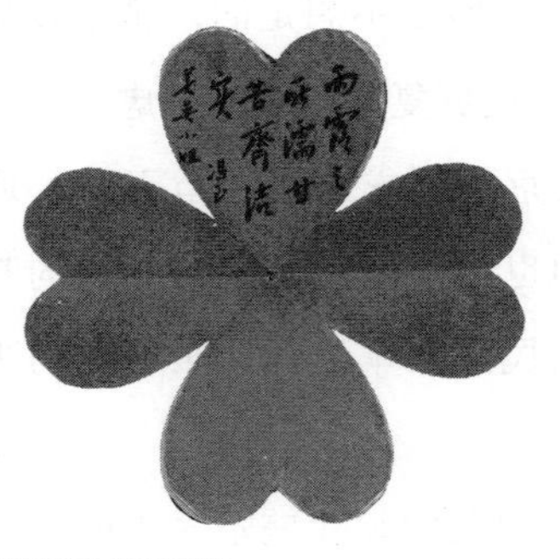

这页是冯至伯伯的题词。
雨露之所濡/甘苦齐结实　冯至　美英小姐

这是纪念册的背面。

贺美英的纪念册，题字内容及题字人

1950年，贺麟全家在北海五龙亭合影，当时贺美英13岁



经几十年来多次搬家，及“文革”时被抄家，现只找到一本，我附上以作纪念。上中学后忙起来了，朝鲜战争爆发后，大家抗美援朝的热情高涨，给志愿军寄慰问信，做慰问袋，上街宣传游行等。还有少先队的营火晚会等各种活动，加之大家也分散在不同学校，因此我们院里孩子们的活动便冷清了。

我父亲是抱着改变自己、适应社会大变化的态度迎接解放的。他说在美留学时，认识胡适的侄儿胡敦元（他思想很进步），胡敦元曾对他说：“做共产党，第一要改变生活方式，第二要改变意识形态。”此话对他印象很深，他虽做不了共产党，但进入新社会了，自己也要改造自己，不能做遗老遗少。这时他才仔细读了毛主席的《新民主主义论》，感到就像年轻时读孙中山的《三民主义》一样，他觉得这本书把中国的问题真正讲透了。他积极参加了1950年年底到陕西省长安县的土改参观团，第二年又到江西省泰和县搞了半年土改，思想感情有了较大变化。1951年，他在《光明日报》上发表《参加土改改变了我的思想》一文，公开表示赞同唯物论，认为唯物论者就要尽量到基层去，到最艰苦的地方去调查体验。唯心论只讲概念，不接触实际，而只有通过实践得到的思想才真正有力量。过去以为唯心论注重思想，唯物论不重思想，现在看到共产党的辩证唯物论也非常注重思想。一个坏干部犯错误，要找出思想上的原因，而且做思想工作，要使人从思想上转变过来。





后来他又参加了教师的思想改造运动，又叫“洗澡”。进行自我批判，交代检查自己的问题，也接受同事和同学的批判帮助。他说他是经过痛苦的思想斗争来检查自己的，虽然当时自我批判和群众的批判有些人上纲过高，但是他还是以改造自己、适应新社会的态度来对待，还是实事求是，自己想通了的才承认。当年周总理亲自给知识分子做报告，讲自己的思想改造过程，对他们影响很大。这就是新中国成立初期的知识分子改造运动。

1952年全国进行院系调整，1953年我们家随北大迁往西郊燕京大学校址，住进燕东园，从此离开了中老胡同32号。几十年后，我因怀旧曾骑车到中老胡同去看过。32号大门已经封死成了一面墙，门开到后面去了，门前的台阶和一对可爱的小石狮已经踪迹全无。里面的房屋也已变成楼房，只看见当年我们家屋后的大槐树还枝繁叶茂，大概因为是古树才被保存下来。心里感到怅然，引起对过去的深深怀念。在这里我度过了美好的童年，在这里记载着我们儿时伙伴的友情，在这里我受到众多知名教授正直为人、严谨治学精神和传统文化的熏陶，在这里我们经历了翻天覆地的历史大变动，受到了北大民主、科学、进步、爱国精神的影响。

难忘的中老胡同32号！

# 纪念我的父亲贺麟教授①

贺美英 | 哲学系教授贺麟之女
曾居住于中老胡同32号内2号

今年9月20日是我的父亲贺麟100周年诞辰，10年前的1992年，中国社会科学院哲学所举行“贺麟学术思想研讨会”，祝贺他90岁寿辰。那时他病重住在协和医院，在生日刚过，研讨会结束时，他静静地走了，所以今年也是他逝世10周年。对他的学术评价，只能由学术界和后人来做，我想写一点他的人生之路，可能可以反映那一代知识分子的道路。

## 一　求学时代

我父亲贺麟1919年从成都石室中学考入清华学校中等科，1926年高等科毕业，他多次说起在清华求学的7年是他一生中最愉快的时期。他当时理科成绩平平，由于中学时代中国传统文化的基础较深，所以读大学后对文史哲方面的兴趣更浓，当时对他影响较大的老师是梁启超和吴宓。他到梁启超的宿舍去请教过学问，借过书，梁启超也指导过他读书。他选吴宓的翻译课，这门课最后只有3个学生：贺麟、张荫麟、陈铨。他们师生共同讨论，并翻译一些英文的作品，共

① 本文原载中国社会科学院哲学研究所西方哲学史研究室编：《贺麟先生百年诞辰纪念文集》，中国社会科学出版社2009年版。——编者

同探讨翻译的原理和技巧。他和吴宓的关系由师而友。1926年他出国时吴宓曾写长诗赠他，对其中两句“学派渊源一统贯，真理剖析万事基”他终生不忘。1931年，父亲从欧洲经苏联西伯利亚回国时还与吴宓一起同行一个多月。回国后两人也一直有学术和生活的交流。他在清华求学时期最难忘的就是师生之间的交流，以及可以自由地在图书馆看大量的书籍，还有就是朋友间探讨学问。当时他与张荫麟、陈铨是好友。他们并不是一个年级的，但因兴趣相投，经常一起讨论问题，探讨如何做人做学问，一起办《清华周刊》。他与张荫麟常因对问题的观点不同而争论得面红耳赤，但彼此真诚相待，友谊更深。同班同学中他与陶葆楷关系较好，一直到20世纪80年代还有联系。1986年校庆他们班毕业60周年时返校聚会，聚集了近20人，大家捐款在学校修了个小亭子。

他们那代知识分子出国，大都抱着强烈的“知识救国”或“科技救国”的目的，他也不例外。他选择学哲学，是希望掌握西方精神世界的精髓，与中国的哲学和文化融合起来。他是抱着追求真理、强盛国家的目的去求学的。他插班进入美国奥柏林学院，用一年多时间学完了三年的课程，获学士学位。1928年3月他入芝加哥大学学习，但他感到这不能满足他的兴趣，1928年9月又转到哈佛大学学习，其间受到当时一些知名教授影响，对黑格尔哲学产生了浓厚的兴趣。1929年在哈佛大学获硕士学位后，他放弃了在哈佛大学继续读博的机会，决定在留学的最后一年到黑格尔的故乡——德国，去更真实地学习和掌握黑格尔哲学。1930年夏天他到德国柏林大学学习，他为德国学生对哲学的兴趣和热情所感染，德国著名教授对黑格尔辩证法以及德国哲学的深刻理解和讲授使他受益匪浅。这一时期的求学生活，对“功利”的考虑很少，“求知”的兴趣和在精神世界漫游的乐趣，他在晚年还津津乐道。

## 二　个人命运是和国家命运相联系的

1931年他回国后到北京大学任教，同时在清华大学兼课。“九一八”事变之后，国难当头，他写了题为《德国三大哲人处国难时之态度》的长篇文章，宣传爱国主义思想，有一定影响。

在西南联大时，经济很困难，生活非常艰苦。我记得吃饭就是糙米加咸菜，咸菜也是自己家做的。我母亲经常要到商店去领一些刺绣的活回家来做，挣点手工钱贴补家用。我在小学一二年级时也学会了绣花。虽然生活很苦，但父亲仍能发奋工作，除讲课外，也取得了较多研究成果。

抗战后期，他对国民党的腐败和精神不振感到忧虑，曾上书蒋介石，希望用黑格尔哲学的理想主义精神改造国民党，当然这都是他天真的想法。

贺麟夫妇与贺美英，摄于1955年

抗战胜利后，蒋介石、国民党坚持内战，腐败无能，物价飞涨，暗杀李公朴、闻一多，镇压爱国学生运动，使他对国民党、蒋介石完全失去了信任。他认为得不到青年拥护的政府是没有前途的。所以在1948年年底解放军包围北平期间，南京国民党政府三次派飞机到北平来接一些知名人士、教授离开，曾多次通知他，但在地下党的帮助下，他都拒绝了。他对朋友说："我的女儿不能做'白俄'。"新中国成立后，在历次运动中，他受过不少批判，特别是"文化大革命"中受到严重迫害。"文革"结束后，有国外回来的朋友来看他，说："当时你离开北平，就没有这些事了。"他说："那是历史的选择，个人的命运是和国家的命运相联系的，我从不后悔自己的选择。"





## 三　从唯心论转向唯物论

他热忱地迎接新中国的成立，和当时大多数从旧社会过来的知识分子一样，真诚地去改造自己，去适应新社会。他与许多自然科学家的转变又有不同，他是研究唯心论，且将之当作真理去追求的，现在要转到唯物论上，改变意识形态，就更艰难。我觉得他的变化最重要的有三个方面。一是20世纪50年代初参加土改，真正了解中国最底层农民在旧社会所受的剥削压迫和他们的痛苦生活，以及地主和农民的阶级对立。新中国成立后，土地改革给农村带来了变化，这一切使他的思想感情发生了很大变化。这些社会实践促使他对唯物论和唯心论重新进行思考，是他从唯心论向唯物论转变的开始。对他影响比较大的另一方面是，50年代出了一批反映中国革命历程和革命先烈事迹的系列丛书，如《红旗飘飘》《星火燎原》等，当时他几乎是每出一本都买来看，这些都使他对中国革命波澜壮阔的历程，对共产党和革命的领袖、英雄人物、革命先烈由衷钦佩，我觉得这也是对他的思想感情转变起了重要影响的因素。对他思想转变产生影响的第三方面，也是最重要的因素，是他认真地读了马克思、恩格斯、列宁的著作，特别是有关哲学的著作，他为导师们深刻的辩证唯物主义思想观点所折服。马克思、列宁对以黑格尔为代表的德国古典哲学的深刻理解，对黑格尔哲学合理内核的高度评价，又以批判的态度扬弃其神秘外衣，从而发展为辩证唯物主义，这些令父亲非常赞赏，并接受他们的思想以重新认识德国古典哲学。他说他是通过自己的业务领域来接受马克思、列宁主义的。还记得在50年代中期，我还是一个高中生和大一学生时，周末回家，我们常常到颐和园西堤散步。他不把我当小孩子，而是像朋友一样讲他看书的感受，特别还讲到马克思、列宁的书中是怎样分析黑格尔哲学的。有许多东西我虽听不太懂，但是感觉到他真的在改造自己的世界观。到了1982年，经过“文化大革命”的灾难之后，他已80岁高龄，申请加入了中国共产党。他把入党作为自己人生道路的归宿。



## 四　治学态度

在我的印象中，父亲没有什么特别的业余爱好，就是喜欢读书，一天到晚就是在书房中看书，研究他的哲学。他把研究哲学和追求真理联系在一起，也把研究哲学和他的为人相联系，既是追求真理，就不求功利，因此为人为学都很认真。

他翻译黑格尔、斯宾诺莎等人的著作，总是要自己搞懂搞透才翻译。黑格尔《小逻辑》一书，他从1940年就开始翻译，直到50年代初才出版，历经十多年的时间。他是根据下列三个版本参考对照仔细推敲译成的：（一）格罗克纳；（二）拉松；（三）瓦拉士。每次再版都要认真修改，有时还加上一篇长序。翻译的过程，就是研究的过程，序就是他研究的成果。《精神现象学》他于20年代在美读书时开

贺麟教授





始接触，到了 60 年代初和 70 年代末才翻译出版了上、下卷，他做学问始终坚持了严谨认真的态度。

父亲 50 年代批判过自己以及别人的唯心主义观点，那就是他当年的认识。对于他自己认为正确的东西，也始终坚持，而不随风倒。有几点我印象很深。50 年代他说过唯心主义中也有好东西，当时受到很多批判，但他始终坚持。他说，马克思、列宁都肯定了黑格尔辩证法的合理内核，列宁说要学习全人类的科学知识。父亲认为，对一个时代留下的文化遗产，应该批判地吸收其精华，而不是全盘否定。还有一点他常常谈起，就是他认为唯物论和唯心论在观点上可以尖锐对立和斗争，但唯心论者和唯物论者之间可以是师生、朋友的关系，是青出于蓝而胜于蓝的关系，可以是昨天的我和今天的我的斗争，而不是敌我的关系。他说费尔巴哈和黑格尔一个是唯物论一个是唯心论，费尔巴哈就是黑格尔的学生和朋友，马克思也曾属于黑格尔学派。他的这些观点，当时受到关锋等人的无限上纲的批判，也得到很多人的支持。他始终想不明白，为什么在一些运动中，特别是“文化大革命”

中，要把许多学者当作敌人对待。他常常谈起 1957 年 4 月毛主席在中南海接见他和周谷城、胡绳、冯友兰、金岳霖等人，并请他们吃饭的事情。他特别记得毛主席说，你们这些当教授的被搞苦了，我们一些干部习惯搞阶级斗争、政治斗争，就不把你们的东西当客观的学问看，就顺手牵羊搞你们。教条主义害死人。毛主席还说，苏联的哲学脱离了列宁的轨道。他还风趣地对父亲说，你可以和胡绳同志交锋、辩论。父亲坚信毛主席是把他们当朋友看待的。“文革”后期，他还在受审查，没有“解放”，批林批孔的材料里也点了他的名。有朋友劝他说，有的著名教授给江青写信，批林批孔，也检讨自己，就获得“解放”，建议他也写一篇。他曾动过心，但反复想过，接受不了“四人帮”的观点，也写不出他们需要的东西，宁可不“解放”也不写。他这种执着劲儿，在“文革”后也表现出来。20 世纪 80 年代初，他曾去香港讲学。那时一股全盘否定毛泽东思想的风还很盛，有的人去香港讲学，都要讲一番自己怎么受迫害的等。他去讲学，讲了黑格尔哲学、宋明理学，还专门讲了一讲“知行合一问题——由朱熹、王阳明、王船山、孙中山到《实践论》”，称赞毛泽东的《实践论》大大超出了前人，内容丰富、意蕴深远，对它还有再学习的必要。他认为毛泽东思想的好东西不能丢。虽然这一讲在当时并不很受欢迎，但他这样认识，就这样坚持。这些事情可以反映他的治学态度。他“以真理所在实事求是为归”为自己的学术态度。

## 五　真诚待人，热爱学生

父亲待人真诚，热爱学生。记得 1947—1948 年，“反饥饿、反内战、争民主”的学生运动掀起高潮，大学生们上街游行、示威，遭到国民党反动政府的镇压，大批学生被逮捕。我父亲当时兼任北大训导长，他当时的态度是不赞成学生游行示威，但是坚决反对国民党政府镇压、抓捕学生。他到监狱看望学生并四处奔走，找傅作义、找特刑庭争吵，力保学生出狱。经他努力，不仅保释了北大学生，也有其他学校的学生共200多人，后来北大学生送给他一面锦旗，上面写着“我们的保姆”。他对有困难的学生，总是倾心相助，送钱、送衣物是常有的事。20世纪80年代初，他回四川省金堂县老家，看到家乡农村孩子上学困难，就把他多年积攒的稿费两万多元全部捐给两所中学设立奖学金。

他非常爱才，喜欢和他探讨哲学学术问题的青年人。有些素不相识的青年人来访，和他探讨学术问题，他都热情诚恳相待，讨论到高兴处，眼睛都会放光。时间晚了，还留人在家里吃饭。除了自己的学生之外，他还有一些忘年交。他把青年学生都看作是朋友，和他们平等讨论问题。他一直崇尚“教学相长”。

还有一件事，也使我难忘。乔冠华是我父亲于20世纪30年代初在清华兼课时班上的学生，他当时认为乔冠华很有哲学素养。乔曾向他借过书，探讨过哲学问题。“文革”后期乔冠华恢复工作当了外交部部长，我父亲还在受审查。当时北大周辅成教授（乔的同学）说，可以陪我父亲去找乔冠华，也许可以帮他解决问题。他说：“不要去找，不要给他添麻烦。”后来“文革”刚结束，乔冠华被解职，生病在家。周辅成先生说起这事，我父亲说：“乔冠华是有才的人，他今后不要搞政治了，让他搞哲学吧。”他和周辅成一起去看望乔冠华，乔非常感动。几十年之后老师还记得当年的学生，还来看学生。乔冠华送我父亲出门时向他深深地鞠了一躬。

父亲诞辰100周年，过世也已10年，很多东西已经淡忘，但有些事却越来越清晰地印在脑中。他们那一代知识分子做学问、做人的态度也许可以作为今天我们为学为人的一面镜子吧。

2002年9月

# 回忆中老胡同 32 号

## ——父亲袁家骅先生的学术活动

袁尤龙　袁文麟 | 西语系教授袁家骅之女
曾居住于中老胡同32号内3号

紫禁城外，景山脚下，坐落着中老胡同 32 号大院。它原先是清朝贵族的宅邸，也许曾有过亭台楼阁。抗战胜利后被改建为北京大学教授宿舍，几乎一律四居室的平房。在二道门后及大院的西边有两套四合院，比较规整，其余大都是坐北朝南的房子，也有一些是门朝北开的房子，开有南窗，使室内有足够的阳光。大院似乎没有什么风景，但是在大院的东边有个小广场，广场西南角有一棵硕大的槐树，枝繁叶茂。在槐树根部有一块一米见方的大青石，甚是叫人喜欢。在这小广场的北端有一圈假山，由大藤萝架围着。每当藤萝花开，香气扑鼻，摘一些花拿到家中做藤萝饼很好吃，但这样做的人不多。假山围着一间考究的会室，是大人过年团拜的地方，平时是孩子们的游乐中心。

还有一道风景是，每当夕阳西下时，向西望去，在天空金红色晚霞的背景下，独立着景山高亭的身影，很是好看。我们姐妹俩为它画了一幅水彩画，但早已不知去向了。

中老胡同 32 号引人注目的是，在 1946—1952 年，这里居住着一批北京大学的教授、学者，其中不乏作家沈从文，诗人冯至，数学家江泽涵、庄圻泰，工学院院长马大猷等。要是让一个人讲这么多学者的故事不太容易，但是让他们的子女各自讲讲自己的家庭、父母，倒是可以集合不少故事。

# 一　北平解放前的生活

父亲袁家骅在 1937 年年初考取第四届中英庚款文化协会公费留英。当父亲在英国留学时国内抗日战争爆发，母亲带着两个小孩艰难地由北平向南方撤离（我们姐妹都是出生在北平的）。母亲在保姆的帮助下带着我们先是跑到长沙，后来又到了上海，那时我们的外祖父母已先期到了上海。我们住在法租界，母亲租用了一架钢琴，跟名师学声乐。后来转移到昆明后，她在当时的国立音乐学院为自己谋得了一个教师职位。

1940 年父亲学成回国，我们一家四口有一次短暂的团聚。父亲当然不会留在上海，他要带着母亲向大后方转移。父母为带不带小孩一起发生分歧，父亲说路上危险。外祖父见义勇为，挑起抚养孙辈的担子，母亲留下全部大洋，后来还不断通过各种途径托人捎钱到南京——那里是我们最后的落脚点。当时外祖父已是 60 多岁，不出去工作，以明志表示抗日。抗战期间我们俩由外祖父母抚养，当时他们还抚养我舅舅的一个女儿，我们在一起度过沦陷区艰难且有些恐怖的生活，因此我们对两位老人心怀感恩。老外祖父不时表露爱国情怀，他勇于担当，常和我们一起唱“苏武留胡节不辱……”。

那时没有带家眷跑到昆明的大鸿儒还有名作家老舍、语言学家罗常培、数学家许宝騄等。遇到节假日，他们聚在一起，由我母亲操持为他们“打牙祭”，将鸡、鸭、猪肉一锅烧，美其名曰“一品锅”。迄今我们还保存着当时老舍赠给母亲的一首七言诗及罗常培赠予的一方云南石砚。黑色的石砚上嵌刻着“英奇照灼”四字，右上方是“家骅、恺悌雅玩”，左下方为“癸未春罗常培”。

父亲从西南联大复员到北京大学时，40 多岁，任西语系教授。他在从昆明出发经过南京时将我们姐妹俩一起带到北平。爸爸把我们接

罗常培赠予袁家骅夫妇的石砚



走后，外祖父母回到了老家江阴，从此我们就再没有见到过他们。

爸爸带着我们筹机票，去找了当时的北大校长傅斯年，又找到他的一名从军的学生（在缅甸战场中国远征军中做翻译）开着吉普车跑来跑去，最后送我们到机场，搭上了一架“美国农业代表团”的包机。虽是夏天，机上却有点冷，直到中午，到达了南苑机场。

刚到北平，我们暂住在北大红楼西侧的“东斋”。这是日本式的平房，房内有两个上下铺的床和榻榻米。中午我们在闻家驷伯伯家吃午饭，看到桌上有一盘青柿子椒，我们就提出疑问：这是不是太辣了？大人们说这是不辣的。傍晚时候，我们到沙滩街上散步，姐姐的皮鞋有个钉子扎脚，就请街边的鞋匠敲平了钉子，不收钱。爸爸说：“劳您驾啦！”我们问这是什么意思，父亲做了解释，又教了我们一句“借光”。我们感到新奇，忘不了这两句北京话了。

天黑了，小孩子（一个10岁，一个11岁）折腾了一天该睡觉了。大概这一天太兴奋了，妹妹耳朵里总听见怪叫，爸爸和姐姐都试着把自己的床换给她睡，很晚才安静下来。事后，我们觉得是卖铁蚕豆的叫卖声，声音嘹亮，传得很远。后来我们听到各种有腔有调的吆喝声。走街串巷的小卖，什么“卖小金鱼、大金鱼”“萝卜赛过梨”“买

袁家骅与袁尤龙（右）、袁文麟（左）在二门内，金缇摄于 1947 年

玩意儿，换玩意儿”，等等，不胜枚举。我们俩都出生在北京，因此我们俩该算老北京了。

住在“东斋”时，我们三人天天在对面的面馆吃炸酱面，外加高汤一碗，还是挺适应的。不久，亲戚介绍了一位老保姆照顾我们的生活，我们不再到外面吃饭了。后来中老胡同 32 号宿舍修好了，一开始给了套三室的房子，爸爸说明我母亲很快就要回国，争取到了四间的房子。

在国民党的统治下物价飞涨，钞票贬值飞快。爸爸一介书生拿着刚发的薪水，也不知该怎样保持生活在一定水平。姐姐学校检查身体，查出肺部有阴影，需要加强营养。当时牛奶和鸡蛋几乎看不到，老师和医生说多吃豆腐好。这事很快被报纸的记者采访了。有一年中秋节，家中没有月饼，我们小孩子也无所谓，可老保姆向姐姐抱怨了。姐姐告诉了父亲，父亲赶紧买了给保姆，谁知老保姆反倒生气，甩手不干了。

生活虽清贫，但不时也能吃些肉食。在节假日还有兴致与没带家眷来的潘介泉伯伯一起去逛东安市场、琉璃厂、庙会、厂甸……大人们看小古玩、旧书店，小孩子就要冰糖葫芦、小面人等。每到东安市场，大家一定要去“豆汁徐”吃焦圈，喝豆汁。

当时和父亲来往的青年助教不少，有的后来到美国留学，关系都很好。但有一次父亲对一个学生发火了，好像是那个学生考试成绩很差，要求父亲加分通过，遭到父亲拒绝。那个学生还挺蛮横，父亲也不客气将他赶了出去。我们当时觉得这个小子大概是特务。



## 二　围城期间

现在我们回过头来再讲中老胡同32号大院当时的一些事。在解放军包围北平时，院里有一些异常的活动。平时看来家家都一样的安静，此时受到了区别对待，只见到有人肩扛面粉一次次往有些人家送（看来不是自己买的），有些人家就没有，我家就没人送面粉来。市面上买不到蔬菜。前面提到过的潘伯伯在我家搭伙，可惜桌上经常只有素炒萝卜干。因为怕断水，校方派人在东院的北角打了一口井，院子大门平时也关闭了。红楼周围落下炮弹，楼外西南角的新开胡同内就炸伤了一个坐在大门口的女孩。听大人说这些炮弹是国民党军队为了威胁北京大学而从景山上打过来的。

大院内表面上依然平静，孩子们依然活跃。外面不能玩了，民主广场上的冰场没有了，于是大家利用新打的压水井，在东院小广场上用砖和泥围起来，用水泼出一个小冰场。滑冰足够用，玩起来好不快乐。围城期间，兵荒马乱，院内盗窃事件也时有发生，我家就丢了一辆自行车，大概是夜间被偷走的。

## 三　大人、孩子们二三事

每家都有两三个孩子。孩子们也以群分，有时还要发生小小的对抗。起先是西南联大附小的孩子挑战沦陷区的孩子，比赛拍皮球、踢毽子、跳绳等。开始联大附小的孩子很自信，后来一比较，他们的人还少一些，实力不足，玩了几次就罢了。再就是男孩子和女孩子对抗，男孩子捣乱，专门偷女孩子的玩具藏起来，女孩们就到处找，总是在东院的假山里面找到。有一次打雪仗，女孩子把雪球事先做好，谁知刚开打，男孩子跑过来把雪球都踩烂了，于是双方打成一团，不一会儿也就一哄而散了。

随着围城和北平的和平解放，孩子们自然而然地团结起来了。开始由两个喜欢看有关解放战争儿童书籍的孩子发起组织了一个少年

朱世嘉、袁文麟、袁尤龙、贺美英（左起），王岷源伯伯拍摄

袁尤龙（左）和杨景宜（右），
王岷源伯伯拍摄





团，名曰“中北少年团”。每个孩子都很积极，准备举办一次宣传演出。就连西边四合院里的大男孩也主动出来，拉电线，搞灯光。以二道门厅当舞台，二道门院内挤满了人，大家都很兴奋，很好奇。演出的节目自编自导自演。记得跳了一个新疆舞“掀起你的盖头来”，还有一个活报剧“送郎参军”……水平自然不太高，但效果却非常好，带来了庆祝北平解放的欢乐气氛，还产生了良好的影响。

数学家庄圻泰伯伯平时整天沉思踱步。一天我们几个找她家女儿去玩，只见庄伯伯面带微笑，要求我们再跳一次舞蹈给他看，我们很愉快地跳了。这是我们和大人的首次接触。

“冯（至）伯伯的耳朵会动”，我们几个淘气的小孩喜欢对大孩子起哄，正在这时，冯伯伯微笑着走过来对我们说他的耳朵会动，并蹲下来做给我们看，我们看了很好奇，也就不起哄了。冯伯伯家平时管孩子是很严的，只要家里一叫，他们的孩子就不顾一切往家里跑，没想到冯伯伯还是这么和蔼。

“幼吾幼，以及人之幼。”已是冬天，我父亲听见邻居孙家的小孩一个人蹲在院子里哭，一看原来孙家人都不在家，只有小男孩一个人。于是父亲把他抱进我们家中，裹上毯子，直到他家人回来。

## 四 我们的父亲和母亲

父亲袁家骅是中英庚款留学生，学的是古英语专业，有丰富的语音学知识。早在昆明西南联大时期就对云南少数民族语言做过调查研究，并著有《阿细的民歌及其语言》一书。父亲与罗常培先生（中国科学院语言研究所所长）相交甚笃，1952 年院系调整以后我家从中老胡同搬到北大承泽园。父亲被任命为北京大学语言专修科主任，培养了新中国第一批语言工作者。此后他经常到外地做方言调查。父亲不仅帮助创立了广西僮语文字，还编著了《汉语方言概要》一书。

1949 年春，母亲钱国英回国后在中老胡同住了也有两三年。母

袁家骅（右）与王岷源（左）、王汝烨（中）在承泽园 11 号门口

亲回家正值我们青春发育时期，真是及时。由于注意补充营养，我们的个头超过了 1.62 米。她当时 38 岁，开始时在中国人民革命大学学习，算是参加了革命。母亲还会唱昆曲，老舍先生在他的一篇关于西南联大的文章里提到她是学音乐的。后去美国读研究生，攻英美文学中的诗歌。她回国后开始是编写和翻译一些儿童读物，如《白雪的故事》《孟猴与彭兔》《汤姆历险记》等，后到军委干校教英文。母亲在南开大学也教过英语。她每次回来都带回许多“狗不理”包子，全家大饱口福（1967 年我到天津出差还专门到“狗不理”店排队，但是自从北京的“狗不理”开店后感觉大不一样，差得多）。在罗常培伯伯的支持下，母亲翻译了语言学经典著作《十九世纪欧洲语言学史》并出版；她又主动翻译法文的《比较语言学》，这本书出版较难，一直没有找到出版社出版，直到母亲 2004 年仙逝以后，一批年轻的语言工作者才决定出版此书。我母亲还将毛主席诗词全部翻成英文，由于没有出版力量做后盾，结果连底稿也丢失了。

全家 1952 年迁居燕园前于北海公园的合影，左起分别为袁尤龙、袁家骅、钱国英和袁文麟

父亲经过长期外地工作，得了糖尿病；母亲因长期在山区工作，得了心肌劳损；姐姐上了大学；妹妹中学住校。全家还是聚少离多，但工作、学习上都有了长足的进步。

父亲待学子如亲子，将困难学生带到家中过年，对与之合作的青年人给予信任。父亲生性温和、博爱，深受学生和同事的爱戴。父亲出身贫寒，热爱中国共产党。1976年周恩来总理逝世时，我们看见父亲潸然泪下。那时父亲病情有些重了：一次低血糖昏倒，两次住进校医院。“四人帮”倒台后，拨乱反正年代，医疗条件不是太好，就靠姐姐不断从上海搞来长效胰岛素，此外没有什么药。妹妹听说“金匮肾气丸”很好，却到处买不着。一天回家看见父亲突然消瘦了许多，不能起床，妹妹十分恐慌，赶忙送到医院。天天打吊针，只几天工夫，父亲撒手人寰。是什么原因致命，直至最后才知是尿毒症。当时并未见采取有效措施，是否1980年还没有肾透析呢？！父亲77岁离开了我们，对我们是一次震撼性的打击。北大名教授王力的悼词是：“廿年消渴胜司马，犹轩一册继扬雄。”（这“一册”指《汉语方言概要》，扬雄为我国古代语言学家。）

## 五　父亲袁家骅先生的学术活动

父亲在牛津大学墨顿学院攻读印欧语历史比较语法，对印欧语系的历史概貌、各族方言分化及演变过程有比较完整的了解。这为他从事少数民族语言及汉语研究打下了坚实基础。语言学是一门科学，语言研究所今归于中国社会科学院。

在西南联大期间，父亲利用寒暑假在云南路南等地区调查少数民族语言，并在后来写成论文《窝尼语音系》和《峨山窝尼语初探》。窝尼族现称哈尼族，其语言是彝语的一种方言，属于汉藏语系，藏缅语族。父亲根据发音人提供的材料，用国际音标记录了一千余字和十四个故事，写成了以上两篇论文。他还通过记录阿细的民歌，分析阿细语属彝语方言，研究阿细语的语音系统和语法特点，将全部材料逐字用国际音标记下，译成汉语；还设计了文字方案，即为后来出版的专著《阿细民歌及其语言》。

1952 年院系调整，我们离开了中老胡同，在西郊燕园西边的承泽园有了新住所。刚搬过去时，那里真是鸟语花香，到了春天仿佛走进花廊，沿路两边有海棠、紫荆、梨树、杏树，落英缤纷。夏天池塘里开满荷花，蛙声一片。这时期是我们家繁忙的日子：父亲经常外出调研，母亲的干校在外地，姐姐上了大学住校，妹妹这个中学生也只好住校了。

父亲迎来了工作的高潮，他几乎没有和我们谈过他的工作，彼此无法沟通。直到最近我们应中老胡同的原小朋友之约，才认真地阅读纪念父亲的文章，了解了一些老一辈的工作，深深佩服他们辛勤敬业的工作态度和对专业的执着钻研精神，正是这种精神换来了丰硕成果。

从 1952 年起，中国科学院组织了大规模民族语言调查。五年内父亲三次长期在外，有时是在山区、田野搞少数民族语言调查，有时是带学生外出搞汉语方言调查。

首先是和王均、罗季光等人一起调查广西最大的少数民族壮族，进行为壮族创制文字的工作，以便进一步推广汉语。《中国现代语言学家》一书中写道："袁家骅对多种少数民族语言进行过调查和研究，其成果是很大的。他的研究特点是占有丰富的第一手资料，研究范围也较全面，从语音、词汇到语法结构，都有深入的研究，因此他的研究成果对于汉藏语系诸语言和方言的历史比较有很高的学术价值。"

教学方面，早在 1952 年受校方委托，父亲主持了为期两年的语言专修班，培养了新中国第一批年轻的语言工作者。1954 年夏天北大语言学教研室成立，父亲归队到北大中文系任教授，由一个精通古今

1952年，袁家骅在广西调查时，与广西民族学院少数民族学员合影

英语的学者转变为汉语方言研究及教学的开拓者。通过开设“汉语方言学”课程，编写讲稿，收集方言资料，父亲成就了《汉语方言概要》的底稿；1957—1958 年石安石、詹伯慧和王福堂等人参与合作，帮忙完成了全部初稿；最后请丁声树、李荣、吴宗济、高华年等人审阅全稿，这样，由父亲袁家骅主编的《汉语方言概要》于 1960 年由文字改革出版社正式出版。

《汉语方言概要》是我国第一部比较全面系统介绍现代汉语方言的著作，对建立汉语方言学体系具有重要意义。该书不仅受到国内语言学界重视，在国际上也产生了影响。当时苏联语言学界已将其译成俄文，美国语言学界也准备出版英文版。父亲工作一丝不苟。一次，为了修正一小点问题，妹妹陪他去找美方的联系人。那次已感到父亲的身体有些衰弱了。

1960 年正值困难时期，由于经常外出，回家后又不倦地伏案工作，父亲被查出患有糖尿病。受到政府关怀，父亲在北京医院疗养了一段时间。不久后他又恢复了繁重的教学和科研工作，开讲了“汉藏语研究导论”与“印欧语历史比较语言学”，与赵世开、甘世福合译了语言学经典著作——布龙菲尔德的《语言论》，此书由母亲校对全稿。之后父亲用英语做学术报告，完成了他最后的两篇论文——《英语中的汉语借词》和《汉壮语的体词向心结构》。

父亲的一位老友朱玉吾说：“家骅兄的一生是自励的一生，奋斗的一生，是一个完人而无愧的一生，是可以作为学习榜样的一生，他并没有死！”

是的，父亲在我们心中复活了，他平凡而杰出。今天写完此文，使我们深深怀念我们的父亲、母亲。

# 决定命运的日子

## ——中老胡同生活的回忆及思考

孙捷先　孙才先　孙仁先

化学系教授孙承谔之子女

曾居住于中老胡同32号内4号

1946—1952年，在北平沙滩中老胡同32号北大宿舍居住的日子，对我们这些当时的孩子来说，是永远值得怀念的愉快童年。而我们的父亲孙承谔和其他所有住在那里的北京大学教授们，当时却面临着命运的抉择。人生总有一些关口，那时不得不做出关系到自己和家人生活道路的选择。

八年抗战胜利了，云南昆明的西南联大解散了。原分属北大、清华、南开的教授们纷纷复员，回到原校。父亲1946年5月先去了北平，重回北大。母亲当时已有6个多月的身孕，带着哥哥捷先和弟弟才先又在昆明等待了一些日子，终于买到了北飞的机票。那是一架军用运输机，乘客面对面坐着，在越过云贵高原时颠簸得很厉害。三人大受折磨，到重庆下飞机时腿都软了。在重庆停了一天，又继续飞行，终于到达北平南苑机场。

当我们住进中老胡同北大宿舍时都很兴奋，在小孩子眼中，这是一个很大很大的院子，比在昆明黄土坡住的院子大多了。一进大门迎面是一棵绒花树，向左前方一转，就是大院中一个套院的垂花门。门前是一排龙爪槐，我们家就住在这个四合院的北房。屋子很大，一进门是客厅，左面南屋是父母的卧室，北屋是客房兼储存室，里面有一个旧沙发。北头向东还有个套间，堆放杂物。客厅右面连接着兄弟二人的房间。临窗有一张六屉长条书桌，一边放一张床，这就是兄弟

孙承谔全家合影，摄于1945年

俩的小天地。北面有个门，通洗手间和厨房。厨房还有个后门，出去正对着的是美学家朱光潜教授的家。他家有两个女孩，世嘉比哥哥捷先稍大，世乐和弟弟才先同年。四合院的东厢房住着哲学系教授贺麟，他的女儿贺美英和捷先同年级。西厢房住的是语言学家袁家骅教授，他家有两个姐姐，我们叫她们大袁（尤龙）和小袁（文麟）。我们家东面紧邻的是西语系王岷源教授家，他家门前有个较小的藤萝架。

还有一个很大的藤萝架在我们四合院外，东面大院的北部。春天开满串串紫花，秋天满架都是藤萝豆。那里有间托儿所。藤萝架北面住着彭鸿迈和彭鸿远兄妹俩，他们的母亲俞大缜是西语系教授。托儿所南边有口压水井，冬天就在它边上泼出个冰场，孩子们都爱在那里连喊带叫地溜冰、嬉戏。再往东，北边是大庄（建铏）、小庄（建镶）两个大姐姐的家，小庄又高又苗条，大庄就结实些，后来参军抗美援朝，穿上军装，令人羡慕不已。他们的父亲是数学系教授庄圻泰。大院东南有座假山，正对着西语系闻家驷教授的家，他家的立树、立

我们兄弟和小朋友在藤萝架前。图中的孩子从左到右依次为：袁文麟、闻立鑑、闻立荃、孙才先、孙捷先、陈莹、袁尤龙

鑑、立荃三兄弟是我们的好友，我们常常坐在那假山上面当“美猴王”。一次捷先被别人从那顶上挤下来，一只耳朵被大石头擦过，赤热了好长一阵，胳膊、腿也有多处擦伤。西南面靠近大门处有棵又高又大的古槐。树下的大方石墩虽然有点高，却是小朋友下棋、打牌的好地方。大树南边是我们的小伙伴马秉君、马秉元的家。

我们四合院西面也是个大院，又可分为几个小院。紧邻的一个住着政治系吴之椿教授和西语系冯至教授。吴家的小椿、小薇兄妹和冯家的冯姚平都是一起玩的小朋友。冯家门前是一片花圃。再往西面又是一个四合院，北屋住着数学系教授江泽涵，他家的老大(丕桓)、老二(丕权)、老三（丕栋）都是我们的老大哥。东厢房住的是法律系教授费青，有个孩子费小弟（平成），当时还较小。他家佣人的女儿叫大玉，常跟我们一起玩。西厢房是孙超大哥家，他父亲是地质系古生物学家孙云铸。江家后面是散文大家沈从文教授的家。后来读他的文集时，常想起他家的龙朱和虎雏两个大哥。他和我们母亲的老家都在湘西，他在散文中描写的美丽沅江流域风光，常引起我们无限的遐想。这个四合院的南边还有两排房子，哥哥捷先童年时最要好的朋友张企明家就在靠北的一排，他父亲是生物系教授张景钺。法律系芮沐教授住在南面一排，他家的芮太初小弟在国外出生，有时会把一些稀罕东西拿给我们看。

我们家前院还有个苗条的小妹陈莹，也是我们的小伙伴，她父亲是西语系教授陈占元。后院里还有另一个小妹叫陈琚理，她父亲是教育系教授陈友松。这么大的错落有致的院落，这么多的大朋友、小朋友，对我们这些孩子来说简直是个乐园。弹玻璃球，踢毽子，踢球，跳房子，跳绳，耍羊骨头，抽陀螺，放风筝，扔飞镖，打弹弓，打扑克，下棋，抖空竹……直到爬树，上房，“飞檐走壁”，永远有花样翻新的玩意儿。春天放飞自己做的风筝，夏夜四处捉萤火虫，中秋在一轮明月下嬉戏、演节目，过年打着灯笼放鞭炮。三五成群的孩子们始终是这个大院里最有生气的风景。但在大院之外，社会正在大动荡。我们亲眼看到教授们、学生们在北大红楼后面的民主广场集合，激动地发表演讲，打着“反内战，反饥饿”的标语走上街头。我们也看到国民党军警到东斋宿舍搜捕“共党”之后凌乱不堪的现场。经济生活上更是一片混乱，物价飞涨，金圆券急剧贬值。每次一拿到薪水，母亲就赶快去抢购几袋面粉，或去和那些在袖筒里捏手讲价钱的人兑换“袁大头”（银圆），以免货币贬值。我们的生活非常清苦，虽然不是每顿窝头咸菜，但也好不到哪里去，特别是父亲又去了美国的时候。我们穿的毛衣都是妈妈亲手织的。用的东西不少是从东单或隆福寺的小摊上买的旧货。那时买的一个美国大兵的饭盒，直到现在还在用。外出游玩，妈妈骑一辆旧自行车，车把前的筐里倒坐着妹妹，后面车架上坐着弟弟和哥哥。后来给哥哥买了辆半新的日本自行车，没骑多久，就在育英小学的车棚里被偷了。

父亲 1947 年受邀请到美国明尼苏达大学去从事研究。他们为什么请他去，还要追溯到以前的一段经历。他 12 岁（1923 年）就被山

1929年，孙承谔从清华学校毕业，
准备到威斯康星大学学习





东省选拔到北京，考上了当时是留美预备学校的清华学校。1929 年毕业后，到美国威斯康星州麦迪逊市的威斯康星大学化学系留学，两年后拿到了学士学位。1933 年他 22 岁时又获得了哲学博士学位。次年被聘为普林斯顿大学的研究助理，从事化学动力学研究。

当时的普林斯顿大学充满了浓郁的学术气氛，聚集了爱因斯坦等一批后来享誉世界或获得诺贝尔奖的数学家、物理学家、物理化学家。父亲旁听过这些大师讲的课，对他的热力学、量子力学、统计力学、光谱学和数学功底的增强有很大帮助。新建的数学系馆（Fine Hall）是学者们经常交流的地方。喝咖啡时间，他们喜欢在一起自由交谈。父亲常到那里三楼的数学物理图书馆查阅资料。他还听过爱因斯坦拉小提琴。父亲所在的弗里克化学实验室（Frick Chemistry Laboratory），在泰勒（Hugh Scott Taylor）教授领导下，有着六名物理化学家。大家知道，化学动力学是专门研究化学反应速率和历程的科学。化学反应的速率千差万别，快的亿万分之一秒就能完成，慢的十几万年还在进行中。当时已有很多实验结果，但怎样从理论上、微观上去解释、分析或预测这些现象，还是一个难题。只有一些半经验

1933年，孙承谔在美国威斯康星大学获得博士学位

THE REGENTS OF
THE UNIVERSITY OF WISCONSIN
ON THE NOMINATION OF THE FACULTY
HAVE CONFERRED UPON
Cheng E. Sun
THE DEGREE OF
Doctor of Philosophy
TOGETHER WITH ALL THE HONORS, RIGHTS AND PRIVILEGES BELONGING TO THAT DEGREE. IN WITNESS WHEREOF THIS DIPLOMA IS GRANTED BEARING THE SEAL OF THE UNIVERSITY AND THE SIGNATURES OF THE PRESIDENT OF THE REGENTS AND THE PRESIDENT OF THE UNIVERSITY.

Fred A. Clausen
President of the Regents

Glenn Frank
President of the University

GIVEN AT MADISON IN THE STATE OF WISCONSIN, THIS ELEVENTH DAY OF OCTOBER IN THE YEAR OF OUR LORD NINETEEN HUNDRED THIRTY THREE AND OF THE UNIVERSITY THE EIGHTY THIRD.

UNIVERSITATIS WISCONSINENSIS SIGILLUM

孙承谔的博士学位证书

的、不够完善的理论求解。当时和父亲一起从事研究助理工作的助理教授艾林（Henry Eyring）提出了著名的过渡态理论（也称活化络合物理论或绝对反应速率理论）。父亲通过大量计算分析，第一次应用这一理论得出了3个氢原子体系$3H \longrightarrow H_2 + H$反应的势能面图。这一成果1935年在艾林、格希诺威茨（H. Gershinowitz）和父亲共同发表的论文《均相原子反应的绝对速率》[①]中得以表述，至今仍为各国化学动力学教材及专著所引用，是近代化学动力学的重要成就之一。1976年美国化学会成立100周年纪念时，这一成果被列入化学领域百年重大成就，被评价为历史上第一个相当准确的计算，被现代的精确实验完全证实[②]。有研究成果被列入此百年重大成果的中国物理化学家，只有一两人。

1935年看到日本侵略中国，步步紧逼，父亲满怀科学救国的雄心壮志回到了祖国，应聘在北京大学任教。他时年24岁，成为当时北大最年轻的教授。他继续从事过渡态理论方面的研究，并进一步扩大了应用范围。卢沟桥事变后，他随北大南迁云南昆明，在西南联大教授“普通化学”“物理化学”等课程。后来的诺贝尔奖获得者杨振宁以及当今许多著名科学家、院士都曾在他的课堂听过课。1983年父亲去美国访问时，杨振宁对他说，孙先生讲课，每次将三块黑板写满时正好下课，自己对此印象非常深刻。在西南联大时期，尽管条件极其艰难，父亲仍然从事物质结构和物性间关系等方面的研究。1935—1940年，他先后在《中国化学会会志》上发表了17篇论文。后来，1982年斯坦福大学化学工程系教授布达尔（Michel Boudart）访问北大时回忆说，他1946年到普林斯顿大学读博士时，听泰勒教授讲到艾林和我父亲的研究，但谈到后面的延续工作时突然停止了。他便

① The Absolute Rate of Homogeneous Atomic Reactions，*Journal of Chemical Physics*. 1935.3（12）：786 ~ 796.

② D. G. Truhlar and R. E. Wyatt，History of H3 Kinetics，*Annual Review of Physical Chemistry*，1976, 27（1）：1 ~ 43.

1935年，孙承谔从美国回北平，应聘到北大任教，住自租小屋

1935年，孙承谔在北大网球场

问："以后怎么样了呢？"泰勒教授遗憾地回答："熟悉计算器的孙博士回中国了。他在中国继续研究，不然，我们还会有更多的成果。"所以我猜测，1947年泰勒教授介绍我父亲去明尼苏达大学做研究，可能就是想弥补他的遗憾。

这次父亲到美国研究的是光谱理论，再一次有了良好的科研环境。他本可大展宏图，但还没来得及完成预期的工作，祖国又

1937年，卢沟桥事变前的北京大学教授孙承谔

1947年8月，孙承谔在美国明尼苏达大学做研究时，与在美留学的原西南联大助教王积涛在大礼堂前合影。王于1950年回国，任南开大学教授

在召唤他了。

那时，父亲时刻关心着国内的情况，还曾给冯玉祥将军当过翻译。抗战胜利后，蒋介石发动内战，冯玉祥将军阻止无效，1946年便以水利专使头衔出访美国，与蒋介石决裂。1947年，冯玉祥为推动华侨的反内战活动到处进行宣传鼓动。在一次集会上他发表演讲时，父亲自告奋勇地给他当翻译，把他那慷慨激昂的演讲用英语表达得恰到好处。

父亲在美国做研究的两年，国内形势巨变，翻天覆地。解放军取得了辽沈、淮海战役的伟大胜利。北平已是兵临城下，四面楚歌。我们常听见解放军的炮声，家家窗户上都贴了“米”字形纸条，以防玻璃震碎。哥哥捷先还到翠花胡同的好友汤一玄家住的那个大院看过炮弹坑。他父亲汤用彤教授在那个大院里的历史语言研究所任职。

北平和平解放前二十天，父亲回来了。他乘一架几乎没有其他乘客的飞机从青岛飞回来。穿着潇洒的西服，精神焕发，十分兴奋。回国前，他又看望了他的同学兼好友温宁（Clarence H. Winning），并于1948年12月10日到犹他大学拜访了他那篇著名论文的合作者艾林。当时艾林已成为世界闻名的物理化学家，并担任该校研究院院长。艾林送了他好几本论文集，并在封面上亲笔写下“送给我的好友孙承谔”。美国朋友们都期望他在科学研究上取得更大成就，并挽留他在美国继续工作。1949年1月1日回国到上海后，他又遇到一些正要迁往台湾的好友，他们则劝他跟他们一起去台湾。台湾的“清华大学”也正式向他发出了邀请。和他差不多同时进北大化学系任教的钱思亮教授是他的要好朋友，他们两个人被戏称为化学系的两个“大头”。这时钱教授一家也决定去台湾。在这种形势下，父亲却回到北平，这是因为他对祖国和亲人深深的热爱，对共产党领导的革命会带来光明前途满怀信心。

后来1956年他在对台湾广播讲话中记叙了这一段经历：“在1949年1月9日，解放大军正把北平围住。有些旧友乘飞机南去，

1947年7月4日，孙承谔在威斯康星大学同学兼好友温宁的父母家

而我刚从国外回来，就在上海不期而遇了。我们虽然阔别了两年，有的是话可以谈，但是，在十字路口上，最关心的事还是何去何从。当时旧友们劝我留在上海，等接家眷来后，一同去台湾大学教书。而我决定回北平和大多数亲友们共甘苦。分别的时候，我们笑着说：‘等十年以后，咱们再看谁做的对。’”

谈到为什么认为自己的选择正确时，他说：“朋友们，我们都是旧社会的过来人。尤其是像我，我们自视清高的教授与科学家，虽然自以为是无党派，好像不参加任何政治活动。实际上谁不受反动政治的压迫？谁不受帝国主义欺侮？我们大多数人都是热爱祖国的。那时候，谁不想中国独立富强？谁不希望中国能够工业化？可是事实上，在旧中国，几十年过去了，我们只看见官僚资本家们越来越富了，祖国越来越穷了。祖国的建设没有一点影子，更谈不上工业化了。凡是热爱祖国的人，谁不为此而痛心呢？”接着他用北大化学系在新、旧

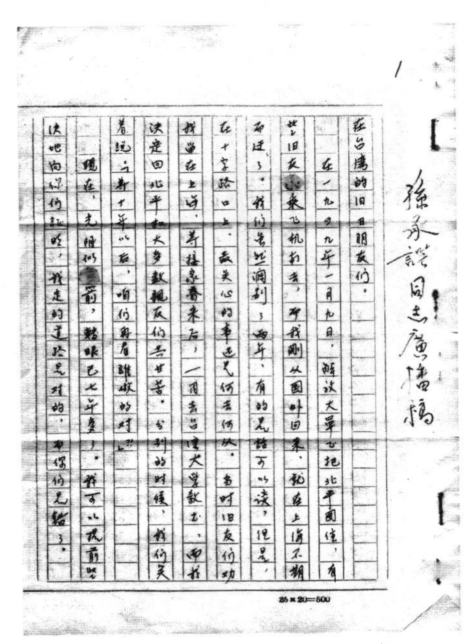

1

孙承谔同志广播稿

在台湾的旧日朋友们：

在一九四九年一月九日，解放大军已把北平围住，有些旧友已乘飞机南去，而我刚从国外回来，就在上海不期而遇了。我们虽然阔别了两年，有的是话可以谈，但是，在十字路口上，最关心的事还是何去何从。当时旧友们劝我留在上海，等接家眷来后，一同去台湾大学教书，而我决定回北平和大多数亲友们共甘苦。分别的时候，我们笑着说：“等十年以后，咱们再看谁做的对。”

现在，光阴似箭，转眼已七年多了。我可以很坚决地向你们说吧，我走的道路是对的，而你们是错了。

25×20=500

孙承谔在1956年撰写的对台湾广播讲话稿首页

社会的对比，映射了新、旧中国的巨大变化，说："自 1913 年建系起，到解放前夕止，35 年以来没有什么显著的成绩可言，更谈不上什么进展。旧化学系的面积不过两千多平方公尺，每年毕业的学生也只有二十几人。教员更是寥寥可数。都在过着愁眉苦脸、不得温饱的日子。哪里有心好好教书，做些研究呢？解放以后，北大化学系才获得了新生。现在我们使用的房屋已经有六千多平方公尺，今年又要开始建筑两万多平方公尺的大楼。每年毕业学生逐年增加。今年 170，明年 200，后年 250，将来要到三四百。教员已有 80 多位。单是一年的毕业论文数量，目前就比解放前七八年还要多。"显然，他着实为自己投奔新中国，后来代理北大理学院院长，长期担任化学系主任所取得的成绩而骄傲。这都是后话了，让我们再回到当时的中老胡同。

父亲从美国给我们带来了一个手动看幻灯片的小玩意儿，还有不少彩色幻灯片。有黄石公园的温泉、得州动物园的野兽、加州的野花等，引发了我们无限的遐想。送给妹妹的一个大洋娃娃，眼睛、头、胳臂、腿都能转动，她至今还珍藏着呢。父亲回来没几天，哥哥捷先在客厅五斗柜的抽屉里就发现了几本小书。记得其中一本是毛泽东的《新民主主义论》，还有一本是写革命青年在陕北解放区见闻的，内容很生动。哥哥当时虽然只有 9 岁，也把它一口气读完。这些书从哪里来的，他不知道，也没敢问父母，一个可能是表叔孙国梁给的。表叔于 1936 年加入中国共产党，曾任中共冀中建国中心县委书记、北平市委学校工作委员会委员、华北局城工部学生室负责人。那时曾潜入北平开展地下工作，父亲掩护过他。北平解放后，他先后任北京市教育局副局长、局长。另一个可能就是闻家驷伯伯给的。闻伯伯是 1946 年遭国民党特务暗杀的西南联大中文系教授闻一多的胞弟，是中国民主同盟的成员。父母亲先后于 1951 年加入民盟可能也是受他影响。

1949 年 1 月 31 日北平和平解放了，我们全家张开双臂迎接着新中国的诞生。哥哥捷先成了新中国第一批少年儿童队队员，戴上了红领巾。父母亲加入了土改工作团南下到湖南去土改，父亲还担任了副团长。我们三个孩子由请来的赵妈照看。赵妈胖胖的，不识字，五十多岁了，人很和善。买菜、做饭、洗衣都归她管，但钱却归哥哥捷先管，每天她买完了东西都要叫哥哥记账。放学后哥哥还要带着弟弟、妹妹玩。哥哥看过《水浒传》《七侠五义》《精忠说岳》等许多小说，每天清早都要到院子里飞跑、“练功”。一天赵妈告诉他，后面朱光潜伯伯家的李妈病倒了，因为她前两天早上遇见了一个女鬼，瘦瘦高高的，一晃就不见了。他想起前两天清早看见她端着尿盆，到压水井那儿去冲洗，和她照了个面，是不是她把“陆地飞行”的自己幻视成为“女鬼”了？哥哥让赵妈告诉她是在藤萝架边上什么位置碰见她的，他不是什么“女鬼”。后来她果然病好了。这是爸爸、妈妈从湖南回来之前发生的一件趣事。他们回来后，谈到土改时农民把地主吊起来脱光上衣拷打，让我们觉得很难想象，不能接受。抗美援朝时，西面的邻居吴小椿大哥带着捷先骑自行车，走街串巷去征集废铜烂铁，捐献给国家造枪炮，打美帝。两人的足迹遍布北京北城，还到过德胜门外。北京的大爷、大妈们对保家卫国都非常热情，每次哥俩都是满载而归。

父亲在曾昭抡教授调到教育部担任副部长后，就代理了理学院院长，担任化学系主任，他还是民盟北大区分部的主委。他满腔热情地工作，又要学习苏联，又要思想改造，迎接那一个接一个的运动。他没有多久就学会了俄文，很快能阅读俄文文献，使我们觉得非常惊讶。他还读了许多马列主义的书和毛泽东的著作，后来甚至和戴乾圜一起写了一篇题为《辩证唯物主义认识论与化学》的文章在《哲学研究》（1955 年第 4 期）上发表。他必须每天去办公室坐班、开会，当然，还要备课、编讲义、上课教书，几乎没有时间去阅读化学文献，没有时间继续搞他喜欢的科学研究。他获邀参加了中国科学院化学研究所的筹建工作。

1953 年 11 月，他成为中科院化学所十六人筹委会成员之一。在讨论化学所研究方向时，一些人提出“必须尽可能地密切结合国家经济建设的需要”，“对那些与当前国家经济建设关系不大而我们又缺乏实际基础的一些理论性研究（如量子力学等），这是属于‘锦上添花’性质的，目前均可不必展开”等意见。而父亲则指出：“作为化学界的中心，不应太只看到目前，今天要与明天相结合，如顾此失彼，即不能成为中心，故题目不应太狭隘。”父亲深知量子力学、统计力学等新兴学科对化学动力学理论和实践的发展有着深刻和长远意义。他以前所研究的过渡态理论正是利用这些先进理论进行的。世界各先进国家的化学家都在大力开展这方面工作。有的外国科学家来北大访问时还专门问我父亲在这些方面有什么想法，说如果在北大条件不许可，他可以到他们的大学去研究。作为国家级科研机构，中国科学院如果仅做些实用的应用研究，而放弃关键的基础理论研究，那只能距离世界先进水平越来越远。但当时他的这种看法既不符合领导的政治要求，又不为一些对世界科学发展前沿动向缺乏了解的“元老”所理解，孤掌难鸣。所以，后来他的名字虽然出现在1955年7月中国科

北京大学化学系主任孙承谔与苏联专家诺沃德拉诺夫研究工作

1952年5月24日，朝鲜金日成大学实习团成员与北京大学化学系教授先生合影，其中包括：第一排，李婉（左2）、黄竹坡（左6）；第二排，高小霞（左4）；第三排，蒋明谦（左2）、邢其毅（左5）、孙承谔（左6）、韩德刚（左8）、庞礼（左9）；第四排，徐光宪（右1）等

1952年7月，北京大学欢送朝鲜金日成大学实习团合影，其中前排坐者有王鸿祯（右2）、孙承谔（右3）、孙云铸（右5）、马寅初（右8）和张景钺（右10）

学院第30次常务会议决定成立化学所5个研究组中的“物理化学组”研究人员名单中，但到化学所正式成立时却不见了踪影。在《庄长恭所长对北京化学研究所筹建工作的意见》中有这样的话：“系主任孙承谔身体差、工作忙，恐不能参加。”其实，当时父亲身体很好，为什么最后未去化学所，已无从知晓。1956年他还参加了由周恩来总理主持的《12年科学技术发展远景规划》的制订工作。

新中国成立后，经济发展，蒸蒸日上，我们家的生活要好过多了。1951年母亲也找到了工作，在刚刚建立起来的北京市科学技术普及学会为开展科普活动到处奔走。她借着熟悉北大、清华等校教授的条件，常请他们到工厂、农村去宣传科学知识。她在北京城里和郊区，为工人、农民、学生和其他普通市民组织了很多科学普及讲座、展览、电影演出。石景山钢铁厂、长辛店、南口机车车辆厂等都曾是她的宣传阵地。

随着1952年进行的院系调整，我们在中老胡同的生活也就结束了。我们家随着北大搬到西郊原来是燕京大学的校园。中老胡同的邻居和大小朋友们也就劳燕分飞，各奔东西了。

父亲当年选择回到北平，让自己和家人走上了一条有苦有甜、有荣有辱、有顺境也有逆境的生活道路。他担任北大化学系主任直到“文化大革命”期间，不得不在历次运动中不断带头检讨，接受批判，“洗澡”，“过关”；为了做好系里的行政工作放弃了许多自己想做的科研，而为别人开展教学、科研搭桥铺路，解决矛盾，创造条件。但他还是在化学动力学和催化反应动力学等方面进行了一些研究，并做出了对阐明缅舒特金反应机理有很大意义的科研成果，引起化学界高度重视。他把苏联的教育体制和北大的传统相结合，组织制订新的教学计划和大纲。他为实验室的建设出谋划策，想方设法。为提高某些教师的待遇和改善工作环境，为请来傅鹰等知名教授和安置某些教师而奔走、呼吁。为解决教授住房，甚至带头让出了我们家仅住了一年

孙承谔教授，摄于1952年

的燕东园小楼，搬到面积只有45平方米、没有厨房的北大1公寓，而且在这套小公寓房里一直住到1991年他离开人世。他奉上级之命召开过“神仙会”，为发挥老教师的作用，培养青年教师想尽一切办法。他忙于这一切工作，任劳任怨，但只要多接触一点业务，就会被说成“处理不好工作和业务的关系”，而过些时候还得检讨对资产阶级知识分子的“崇拜和美化”，“对资本主义道路的恋恋不舍”，甚至“搞资本主义复辟”。1957年，母亲因为在单位发展了民盟成员而被说成“与党分庭抗礼”，被打成“右派分子”。批判她时，她突发青光眼，几乎双目失明，最后又被不明不白地解除工作，撵回家中。哥哥捷先也因家庭及社会关系缘故，被迫从清华研究原子能的工程物理系转到机械系上学。“文化大革命”中，父亲被当成“走资派”打倒。北大军、工宣队在“清理阶级队伍”时，到我们家办起学习班。在单独和我们谈话时，凭空捏造说：“孙承谔在解放前夕为什么会从美国回来？我们有证据，他是被国民党派回来的。你们要和他划清界限，动员他主动交代。”毛泽东的“五七”指示发表后，父亲虽然58岁了，还不得不去“干校”劳动改造。母亲不放心，也跟着去了。他们先到江西鲤鱼洲，又转到德安县建化工厂。他们拔草，挖土，运沙，挑砖，和泥，抹砖缝……几家人住在一间屋里，用半截布单隔开，放个屁都能共享。每天天刚亮，就要集合列队，念毛主席语录。晚上收工后，还要开会、学习、“斗私批修”。染上血吸虫，瘦得皮包骨，还不准自己买有营养的东西吃。一次父亲从所盖厂房的三层脚手架上摔下来，差点要了命。母亲也因挑水过累，晕倒在井边，险些掉到井里。幸亏他们福大命大，才能大难不死。哥哥捷先也因“资产阶级知识分子家庭”和“海外关系”，被“革命群众”三次抓去毒打，遍体鳞伤，险些致残。尽管父亲本人和家庭成员都遭受过不少不幸，但他始终对他为北大化学系的建设、发展，以及为祖国培养了几千名高级人才而做出的无私奉献感到骄傲和欣慰，也为我们三个孩子都成长为教授或研究员，各自在自己的岗位上做出很大成就而高兴。“文化大革命”后期，他天天到图书馆查阅资料，又做起了多年想做而没有充分时间做的事。拨

1971年3月，孙承谔在江西德安县化工厂工地劳动改造中度过六十大寿

1980年8月，艾林教授访问北大，分别32年后与好友孙承谔重逢，一时传为佳话

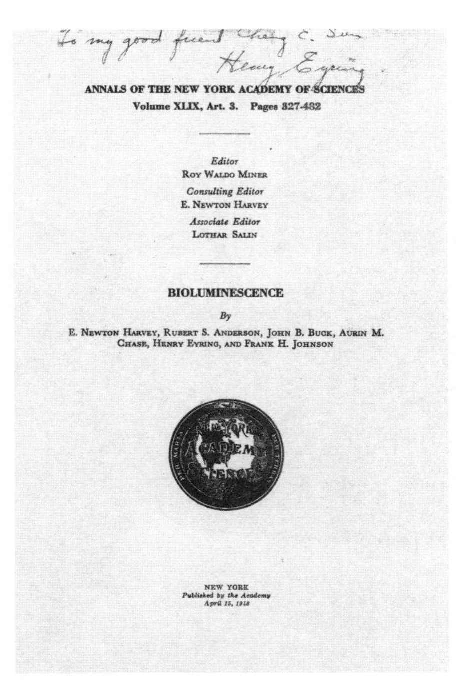

ANNALS OF THE NEW YORK ACADEMY OF SCIENCES

Volume XLIX, Art. 3. Pages 327-482

*Editor*
ROY WALDO MINER

*Consulting Editor*
E. NEWTON HARVEY

*Associate Editor*
LOTHAR SALIN

BIOLUMINESCENCE

*By*

E. NEWTON HARVEY, RUBERT S. ANDERSON, JOHN B. BUCK, AURIN M. CHASE, HENRY EYRING, AND FRANK H. JOHNSON

NEW YORK
*Published by the Academy*
*April 15, 1948*

艾林赠送孙承谔的论文集

乱反正之后，他到全国许多大学去讲学，从北到南，从东到西，所到之处听讲的人趋之若鹜，场场爆满。他对学生满腔热情，经他推荐到美国和欧洲读博士学位的学生有数十人。可惜他自己年事已高，只有寄希望于年轻人了。对他当年在“十字路口”的抉择，我们从来没听他说过半句后悔，真正是终生不悔啊！

半个多世纪过去了，再回过头去看，如果当年他选择了留在美国，以他的才华和聪慧、扎实的基底和知名度，他一定能在科学研究上做出更杰出的贡献。不管是选择去美国，还是去台湾，我们全家也会走出完全不同的生活轨迹，经历别样的命运。但是，回顾北大化学系由原来只有几十名学生的规模，发展成今天本科生、研究生已近千人的北大化学与分子工程学院的历程；再看看灾难重重、穷困落后、任人宰割的旧中国和今天富强起来屹立在东方、让世界刮目相看的中华民族；将我们全家遭遇与亿万中国人民同甘共苦、艰苦奋斗、为祖国和人民做出的贡献相比，父亲的选择无疑是正确的。命运就是命运，个人的命运总是和祖国、社会及广大人民群众的命运息息相关的。命运总爱捉弄人，但也是不得不承受的。祸兮福所倚，福兮祸所伏，要想改天换地，总要和全国人民一道，做出牺牲，付出代

孙承谔在某大学讲课，摄于1984年。1978—1985年，孙承谔应邀前往各地参加学术会议、访问讲学，曾先后到厦门大学、华侨大学、大连化学研究所、河南师大、西北大学、四川大学、云南大学、桂林师范、西安师范、太原工业大学、山西大学、杭州大学、上海化学会、曲阜师范、山东大学、济南大学、延边大学、吉林大学、南京大学、武汉大学、河南大学、郑州大学等高等院校

价。要想有大作为，干大事业，总得走起伏不平、曲折迂回的道路，吃尽千般苦，熬过万道关。

当年，中老胡同的北大教授全部选择了跟共产党走、创建新中国的道路，后来他们大多经历过许多不公正的待遇和苦难，家庭和子女也都饱经沧桑。他们的牺牲和奉献为一个和谐、繁荣世界的诞生和成长做出了不可磨灭的贡献，他们卓越的学术成就和培养人才的功绩永远为世人所怀念。无论如何，我们童年的那段回忆还是非常美好，想起中老胡同的生活和大小朋友们的友谊，不禁浮想联翩，从中是否也能品出不少人生的滋味和哲理来呢？

# 孜孜不倦　赤子之心

## ——记我的父亲杨西孟

杨景宜 | 经济学系教授杨西孟之女
曾居住于中老胡同32号内5号

在商贸部国际贸易经济合作研究院办公楼前的草坪上，树立着一位老人的铜像，那就是我的父亲杨西孟。碑文上刻着这样的文字：

杨西孟

1900 年 7 月—1996 年 9 月

杨西孟同志，中国共产党党员，原对外贸易部国际贸易研究所副所长、研究员，曾任西南联合大学和北京大学教授。

杨西孟教授长期致力于中国和世界经济问题研究，勇于探索，不断进取，在理论研究和应用研究方面建树颇丰，是当代中国著名的经济学家和统计学家。

国际贸易经济合作研究院立

2003 年 7 月

父亲杨西孟于 1900 年 7 月 8 日出生在四川省江津县（今属重庆市）的一个衰落的地主家庭，原名杨锡茂，字春宣。1916 年考入烟台海军学校，后受到“五四”爱国运动的激励，参与领导反对海军部营私舞弊的学潮，被海军开除。1920 年夏考入北京大学，先念了两年理预科，然后又就读于北大数学系、英文系。后来有一位教统计学的美国教师来北京讲学，父亲选修了这门课，成绩优秀，从此就和统计学结下了不解之缘，毕业后到陶孟和先生主持的社会调查所工作，首先搞的就是统计研究，例如1930年做的《上海工人生活程度的一个研究》。1933年在美国统计学会上发表题为《关于分割数》的论文，以一个全新的简明公式纠正了原有统计学中对此问题定义不准确的概念，被同行称为“杨氏定律”。1934年获得美国洛克菲勒奖学金，到美国深造。在社会调查所工作期间，父亲兼任北京大学经济系讲师，教统计学。1940年8月经樊弘教授介绍到北京大学（当时在昆明，北大、清华、南开三校联合组成西南联大），父亲执教统计学、数理统计、经济数学。抗战胜利后，随北大迁回北平，当时我们家住在中老胡同32号院内的5号。哥哥杨鸿培一开始在北大先修班学习，后考入北大化工系，一年后转入中文系。在北大这个民主摇篮里，父亲和哥哥都参与过许多民主运动。例如，父亲支持哥哥参加学生运动；父亲听到美军士兵污辱北大女学生后义愤填膺，在联名发表的《北京大学教授致美

留学美国的外孙女谷峪回国瞻仰外公铜像

国大使函抗议美兵污辱中国女生》的抗议书上签字。

在北大任教期间的1947年秋，父亲再次被派往美国进修，他打算把过去10年的经济计量学进展情况弄个清楚。父亲去美国后，母亲带我回到老家四川重庆，父亲在北京大学的工资由陈占元伯伯代领，留下哥哥读书费用后将余款寄给母亲。1949年全国解放前夕，父亲看到光明的中国就要到来，决定立即返回北大，通知已回老家的母亲和我到北平等他。由于当时重庆尚未解放，母亲带我辗转香港，途经台湾海峡，时经半个多月才从塘沽上岸，回到北平。当时主持北京大学工作的校务委员会主席汤用彤教授用人心切，盛情邀请母亲和我住到翠花胡同他的家里等待父亲，那时我哥哥已从北大参军去了湖北。翠花胡同汤教授家院子很大，有花园、有假山，汤伯伯一家对我们很好。但是，由于他家的小儿子汤一玄比我大不了多少，玩耍时大哥哥汤一介又总是帮我这个小客人，记得有一次我们玩捉迷藏，大哥哥汤一介把我藏到大立柜顶上，汤一玄怎么也找不着我。时间一长，小孩子之间免不了产生摩擦，这时汤伯母就责骂汤一玄，我母亲很是为难，于是谢绝了汤伯伯一家的好意，执意又搬到中老胡同32号。由于走得急，开始只在院子西边19号小房子里住下，很快调整到院子南面的22号。开国大典那天晚上，陈占元伯伯带着陈莹和我到天安门广场看灯，其实就是在天安门前的三座门的各个门洞牵了一圈灯泡，但是我们也高兴得不得了。日子又过了很久，父亲还没有返校，突然有一天，组织上通知母亲，说父亲按照组织安排，在途经香港时已被留在那里工作了，组织上还要求母亲带我过去做掩护。从那时起，父亲就离开了北大，一直在政府机关从事经济研究工作。

1990年，父亲已90高龄。那年，时任经贸部部长郑拓彬在庆贺父亲从事学术活动63周年集会上深情地说：“像我们这样从解放区来的这些人，在学术上基本是一窍不通，有一点零零碎碎的经验，上升不到理论的高度，特别是在对国际经济的研究方面完全是外行。在这

在庆贺父亲从事学术活动63周年（父亲90岁）集会上，父亲与雷任民副部长热情握手，在父亲左边就坐的是时任经贸部部长郑拓彬。父亲听力不好，我在后面当传声筒

样的情况下，每次听杨西孟同志的学术报告、讲座都有非常大的收益。在我几十年的工作中，可以说杨西孟同志确确实实是我的良师益友。”

郑拓彬部长又说：“杨老的为人是不用说的，外贸部整个大院的人都知道。特别是他在‘文化大革命’的风风雨雨中，大家都可以看到他任劳任怨，但是不丧失原则，他是一个模范的共产党员。所以，我很赞成杨西孟同志是知识分子学习的楷模的提法，不仅是知识分子，整个经贸部的同志都要学习这个模范。”会后，这次庆贺会的选集被经贸部全体干部作为政治文件学习。

## 北平解放前，对官僚资本主义的无情抨击

1948年，父亲从美国寄回论文，题为《论通货流通速率》，发表

在同年 12 月《国立北京大学五十周年纪念论文集》上，文中论证了他提出的计算公式，并算出了抗战以来昆渝两地银行存款的历年流速。实际上，从 1941 年起，父亲就一直针对国民党统治区通货膨胀问题发表文章。当时西南联大的教授中，有些人是就经济谈经济，不愿碰统治阶级，但是，父亲等一批教授却对官僚资本进行了无情的抨击。

首先，父亲在 1941 年 12 月发表了一篇题为《论战时物价动态》的文章。因为他把主要物价变动做了简单曲线图，发现物价是加速地上涨，类似“指数函数”的曲线。于是他认为是严重的通货膨胀现象，势将危害抗战经济。大学同事伍启元先生赞同父亲的看法，约了西南联大和云南大学九位教授，联名写《我们对当前物价问题的意见》，由伍启元和父亲起草，大家讨论修改，这篇文章于 1942 年 5 月在重庆《大公报》上发表。主张征收富裕阶级的税，制止通货膨胀，同时管制物资，取缔囤积。文章发表后，引起各方面广泛的注意。到 1944 年，国民党搞的通货膨胀越涨越凶，眼看要危害抗日经济以至军事。

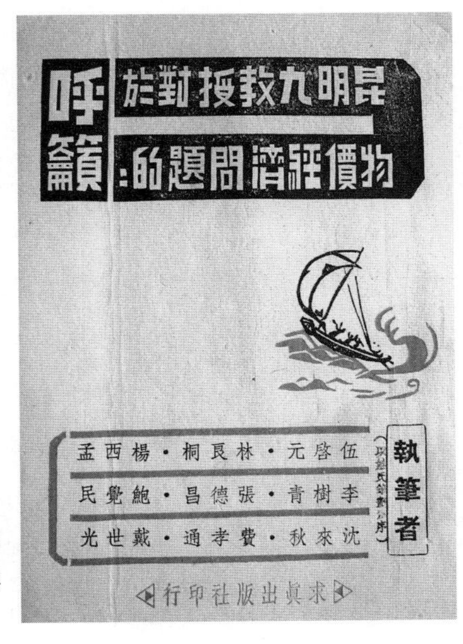


由求真出版社印行的《昆明九教授对于物价经济问题的呼吁》，杨西孟等撰文，就战时物价问题发表论述

于是伍启元先生和父亲商量，仍由他们两人起草并另约其他教授共五人联名发表第二篇文章，题为《我们对物价问题的再次呼吁》，1944年5月初刊登在重庆《大公报》上。文中提出物价情况像这样恶化下去，抗战经济有崩溃的危险；主张立即采取坚决措施，强迫富裕阶级出钱，负担抗战经费，制止通货膨胀。到1945年春，父亲和伍启元先生觉得国民党区域的物价问题之所以无法解决，关键在于既得利益集团横梗着一切经济改革。两人商量后，约请戴世光等同事共五人联名，发表了第三篇物价问题的文章，题为《现阶段的物价与经济问题》，1945年5月初在重庆《大公报》登出。文章认为"既得利益集团必须予以铲毁，否则严重的社会经济革命将无法避免"。随后，父亲又继续发表了一系列的资料和分析文章。例如《九年来昆明大学教授的薪津及薪津实值》，文中指出这些薪金实值，由抗战初期的每月350元降到1943年下半年的低点8.3元，到抗战末期（1945年）也只有18.5元。

此外，父亲还写了当时经济学界回避的问题，头一个是贪污问题，他从1945年3月起写了几篇《论贪污》的文章，他认为"凡利用公家权力以谋私自利益的，都是贪污"。并指出，当时国民党政府各种经济机构有大量的财富，而且政府的职能日益扩大，干涉国民经济。这样，掌权的人就加以利用，积累了大量的私家财富，"可积聚全国财富的甚大部分于手中"而视为当然，不算贪污，因为没有"犯法"！当时他并不知道官僚资本主义这个概念，但他已经把这个事实指出来了。还有一个当时很少人触及的问题，就是道德问题。他在联名的第一篇文章里写道："物价上涨不但在生产与分配方面产生上述的恶果，对于人心道德也发生不良的影响。在物价高涨之下有些人从事违法营私的经营，就是从前洁身自好的人，在此特殊时期，也有不少改变以往的操守，去参加这类的活动。习以为常之后，大多数人对于这些违反国家民族利益的行为，视为固然，不以为耻。"

父亲等人发表的一系列文章，引起了国民党要员的注意。在联名发表第一篇文章之后，孔祥熙派人与伍启元先生接头，想拉拢他。伍先生对父亲说了，父亲当即坚决地说，不能搞这些。他们的第二篇联名文章发表以后，孔祥熙大为愤怒，指派他的爪牙写文章反驳。再后，孔祥熙到昆明来，在西南联大教授会上拒绝改善教授的生活，随后却假意地表示要向写批评文章的教授们请教，开一次茶会，父亲和伍先生去了，但他们约好一言不发。

1945 年 10 月 5 日至 11 月 6 日，父亲和伍先生为了准备“中国战时物价问题”这个研究题目去重庆收集资料，跑了国民党政府一些部门。原西南联大常委和北大校长、当时的行政院秘书长蒋梦麟对他们说：你们写过物价、经济的文章，现在到这里提提意见，会有益处。父亲和伍先生当即推谢。随后，蒋梦麟到他们住处，再提前议，并

中國當前的經濟禍患應由既得利益階級負責

楊西孟

杨西孟在《观察》杂志发表的文章《中国当前的经济祸患应由既得利益阶级负责》

什麼是貪污？

楊西孟

杨西孟在《世纪评论》杂志发表的文章《什么是贪污？》

说：来不是做官，而是做客人，做顾问，不给薪水只给来回飞机票。父亲和伍先生商量后，决定试一试，经学校同意，他俩于 12 月 10 日去重庆，暂做国民政府行政院经济顾问。12 月 15 日，蒋梦麟安排他们与行政院院长宋子文谈话。首先是伍先生谈对当前财政经济问题的看法，随后父亲说，今后物价调整，应该照顾农民的利益。宋子文当即用英语说："要残忍！"并连说三遍。父亲很吃惊，感到宋子文说那种话简直是吃人魔王的表态。会后，父亲和伍先生商量：这情形不好，不要陷下去，要往后退。接着，在一次宴席上蒋介石的一个亲信陈方提出要他们见蒋介石，他们当即推谢说："他很忙，不必了。"这样，他们谢绝了和蒋介石的会面，并且只当了 46 天顾问就什么都不愿意干了。

在这期间，虽然父亲的阶级立场还没有根本转变，但是他实际上已经对官僚资本主义、"四大家族"的黑暗有所了解了，这样就为他

父亲杨西孟和母亲邓昭度在昆明西南联大

随后奔向光明的新中国奠定了基础。

父亲早年在海军学校时，由于当时海军部当权人排除异己，父亲感觉受到压迫，为了国家民族的利益，坚决同黑暗做斗争。现在到了抗战时期，他是不是又感到受压迫，是不是认为当前还是黑暗统治，为了国家的利益，也要同它做斗争呢？人到中年的父亲这时已没有年轻时的锐气，他的想法没有在公开的文章里表白，但是他在 1943 年下半年写了一篇没有发表的文章，题为《清高、合理与奋斗》。文中写道："就物质待遇来说，现在的教授只相当于封建时代的庶民；若不是依靠典卖旧有的衣服饰物和采取其他的手段（如减低营养，停止子女教育，以致请促太太堕胎等），现在教授们的生活，恐怕只能拿从前的农奴来比拟了。"当时父母的生活确实窘迫，靠父亲的工资难以糊口，母亲曾在校园摆摊卖面条和点心，也堕过胎。文章中又写道："人们不能保持自己的经济权利，听任他人横夺巧取，自身受欺压，国家遭危险，这是放弃公民的职责。""唯有敢于与黑暗奋斗……才是积极的气节。"这里与平时公开文章的不同之处是，提出了"受欺压""黑暗""奋斗"。从这篇没有发表的文字中可以看出父亲当时内心的愤怒与痛苦，也可以由此理解北平解放后他面对新生活，为什么那么知足，为什么能释放出那么高涨的工作热情。



## 北平解放后，怀着赤子之心忘我工作

1947 年秋，父亲再次到美国芝加哥大学研究院进修，经过大约一年的时间，他把过去十年的计量经济学进展情况大体弄清楚了。然而，由于在大学任教七年间，对中国社会经济问题做了比较广泛和深入的调查研究，他看出经济计量学虽然有一些用处，但不能解决中国经济的根本问题，决心放弃。这时，他开始接触马列主义，并且认识到今后对他的研究来说，历史知识比数学更为重要。

更重要的变化是，父亲到芝加哥后，认识了一些进步朋友（后来回国后知道其中有的是共产党员），从他们那里看到了解放区《中国土地法大纲》（如果他当时在国内，在他所处的环境下，这个文件他是看不到的），父亲看到后兴奋了很久，说道："革命一定成功。"

在马列著作中，父亲首先读了斯大林的《辩证唯物主义与历史唯物主义》，思想上震动很大，了解了矛盾由量变到质变等辩证唯物主义的基本观点。这使他的思想冲破了改良主义的束缚，因而使他从理论上看到了革命的必要性和革命必然胜利的前景。





到1948年冬，由于国内人民解放战争迅猛地发展，父亲的思想方法也随之转变为着重从历史和发展的观点看中国的问题，于是他感到在他的眼前即将展现出来的中国的翻身不只是翻近百年的身，而是翻过去一千多年的身。他一改长期在国民党黑暗统治下的郁闷和无奈，豁然开朗。他告诉一位朋友说："中国的前途光明得不得了！不是几十年的光明，而是千百年的光明。"

1949年，当时在美国纽约联合国机构工作的伍启元先生写信给父亲，说已经替他谋得联合国的一个职务，地位好、待遇优厚。父亲立即回信，请伍先生停止这件事，并且表示一定要回国，不在外国做事。父亲在回国前（1949年春夏之交），与几位进步朋友组织了一个"中国问题座谈会"，谈新中国的问题。每次有一个中心题目，由几个人先做好准备，到时发言，然后大家讨论。组织这个会的用意是想通过这样形式做些思想工作，促使在芝加哥的中国留学生回国。在一次座谈会上有人提出：我们回到国内，共产党会不会信任我们？父亲回答说：问题不是共产党信不信任我们，而是我们相不相信共产党，过去共产党流血牺牲，我们在做什么呢？他怀着这样的激情奔向无限光明的新中国。

父亲于1949年秋准备回北大工作，9月20日到香港，设法买船票去天津，转北平，回北大。当时船票不好买，经朋友介绍找高平叔帮忙。这位我党派驻香港机构的高先生一方面替父亲想办法买船票，一方面又提出可否留在当时由他主持的中国国际经济研究所工作。那时该所找研究人员很困难，只有三个人，几架书刊。但工作需要开展，需要在香港这个“自由港”收集国际经济情报。父亲经过考虑，愿意服从工作需要，提出须安排两件事：一是北大方面，因为父亲当时仍是北大教授；二是爱人和孩子已到北平。高平叔带父亲去见在港党的机构负责人舒自清同志，简单沟通后，父亲就留在该研究所工作了。父亲去电北大请求辞职，北大不放，后由舒自清同志回国办理。记得有一天，舒伯伯到中老胡同32号找我妈妈，告诉她父亲不回北大了，这个消息太突然了，完全没有思想准备，但是妈妈服从了组织决定。

母亲带我于1950年年初奔赴香港，开始住在铜锣湾，为了扩大研究所的队伍，不久搬到半山腰上甘德道一所老地下工作者卢绪章同志名下的大房子里。父亲招来他在西南联大的学生，例如罗承熙由美回国，被父亲留下。每天有十多人来我们家上班。那时的香港政治很复杂，我们住在二楼，三楼就是国民党方面的人。相互心照不宣，但需要提防。记得每次烧文稿，因为住房是地板，都是到厨房，烧一点儿，泼点儿水，要烧老半天。大人对我不断进行保密教育：不许说家住在那里；回家进门前，看看后面有没有人；有人敲门时，先听听是不是熟人，再从门镜上看看后面没有别人再开门。那时我只有9岁，觉得太不自由了，特别是每次接到中老胡同老邻居陈占元伯伯家的来信，我总要大哭一场。由于我们那时是共产党领导下的机构，有时也会遇到危险。记得有一次，父亲让我三天没有上学，陪徐小姐散心，原来她的未婚夫在被派往台湾途中牺牲了。一些老党员常给我讲他们在上海搞地下工作时如何甩掉特务跟踪的故事，使我十分敬佩。研究所在香港的工作已有所发展，研究范围和人员逐渐扩大，1951年迁

1949年9月，父亲从美国返回北大途中，被留在香港我党领导下的机构工作。这是1950年父母和我在香港的合影





往广州。出发那一天，干部们和平时一样，手提着个小公文包就出门了，等到了深圳给母亲打电话，我们才大包小包地搬家。

父亲参加该所工作时，没有正式职务，所长高平叔要他负责指导研究工作。高平叔提出的工作方针是“大饼油条”，意思是研究要切合实际，暂不要求高深。父亲同意，但加了一条“粗制而不滥造”。按照这样的方针，父亲对统计资料严格要求，数字准确以及表格格式清晰和标题明确；对正文写作，不能随便找点资料凑凑就交卷，要有相当充实的资料和分析。当时研究的内容有三类：一、根据业务工作需要，对一个个商品做统计资料和分析；二、对旧中国对外贸易关系按国别做历史的分析；三、就一些专题进行调研。结果，这样的做法是符合实际需要的，特别是商品市场资料受到国内贸易公司的欢迎。

在香港那段日子里，虽然有压力，但是一家人生活在一起，也有许多快乐的回忆。平时我在进步的培侨学校住读，培侨学校离家很远，在另一个山头。周末由机关雇佣的阿姨姗姗到学校接我回家，一路上阿姨不断地给我买雪糕。星期天，宽敞的房子里只有我们一家人在，已经50岁的父亲疼爱小女儿，任我调皮。中午睡觉，我要爬到父母床上，父亲撑着双膝，我坐在父亲膝盖上往下滑，一次又一次滑到父亲肚皮上，父亲不厌其烦地陪我玩。父亲按四川发音给我写过许多打油诗。记得有一首是："我家有个杨二娃，走起路来漫漫卡（迈步的意思），睡起像个趴（软的意思）茄子，坐起像个大冬瓜。"家庭的欢乐反映了父亲参加革命工作后的愉快心情。

1950 年 7 月，父亲 50 岁生日那天，他回顾过去，展望将来，写下了这样的诗句："书生常觉比人强，回首细看笑断肠；剥皮换骨从新起，百炼成钢上战场。"他确实是这样做的，他不仅在香港面对了复杂的斗争，而且于 1959 年 2 月加入了中国共产党。1981 年 6 月，外贸部机关党委通报表彰杨西孟是有突出表现的共产主义战士，多年如一日，一心为革命。

1951 年，研究所迁到广州。一开始机关设在广州郊区的大塘乡，在一座当地财主的大院子里。回到大陆，回到解放区的天，母亲再也按捺不住自己追求新生活的愿望，她不愿再做全职教授太太。母亲报名参干，住到了干校。父亲这时已被任命为副所长，整日忙他的工作，顾不上管我。我想妈妈了，就打着赤脚去干校找妈妈。干校离机关驻地很远，要过好几个村，我一个人走啊走啊，天色渐渐黑了，我走在乡间小路上，时不时从我面前窜出一条蛇，好害怕。爸爸妈妈各忙各的事，我这个原本娇养的女儿只好天天跟当地农民的孩子玩，整天光着脚，进城的时候连双鞋都找不到。

不久，研究所搬到广州市区，妈妈也被安排到中国人民银行工作。1951 年底，因外贸部要派人参加莫斯科国际经济会议，为参加该会做准备，组织上决定将研究所迁往北京，说走就走，母亲的工作来不及调动。我记得母亲得到组织上要她辞职通知的那天晚上，背靠在床栏上坐了一个晚上，她想不通，但服从了。

1951 年 12 月底，研究所迁到北京，在中国进出口公司办公，受卢绪章经理领导。刚到北京的时候，由于研究所的隶属关系没有理

杨西孟教授

顺，自然父亲也没有定职定薪。在香港和广州时是供给制，生活不用操心。这时可好，组织上只临时给了一些津贴。那段时间，我家住在西城区西养马营一个四合院里，隔壁邻居的曹小妹来我家玩，回去跟她妈妈说，杨妈妈家怎么就吃咸菜呀。我的母亲邓昭度是个了不起的女性，生活能上能下。她 1935 年和爸爸在美国结婚，在招待国外留学生的宴会上，年轻的妈妈穿着一件漂亮的大红旗袍十分抢眼，当时的美国总统罗斯福和妈妈握手的照片登在当年 10 月《华盛顿邮报》第一版上。在香港时，住那么漂亮的房子，一进门就摆着一架大钢琴，为了工作需要，穿得像个阔太太。那种富裕的生活会过，回来吃咸菜的日子也能过，就在经济那么拮据的情况下，妈妈为保证父亲营养还是给他开小灶，每天给爸爸带饭，我记得还装过鸡腿呢。1952 年 9 月，研究所正式划归对外贸易部，给爸爸按三级教授待遇（月薪 240 元）定级。如果爸爸还在北大，可能会在三级之上，但是，在国家机关，按这个薪金已是九级干部了，十三级以上就算高干，爸爸已经非常知足了。

研究所归外贸部领导后研究工作上有新的要求，除了研究商品市场和前景预测外，还要求研究西方国家的经济，要求写资本主义世界经济情况和经济危机、对中国的“封锁禁运”情况、资本主义国家之间的矛盾等。这些命题对父亲来说是新的领域，他边做边学。从此，父亲就潜心研究世界经济，主要是美国经济的研究。

1952年3月，父亲作为工作人员随代表团去莫斯科参加会议。会议期间，父亲作为卢绪章的秘书，起草中英文贸易协定，保管全团的资料。1953年，他接受周恩来总理布置的任务，为我方出席日内瓦会议代表准备有关国际经济资料，主要是关于“封锁禁运”，内分国别、商品、金融。他积极努力，在很短时间内圆满完成了任务。总之，在国家机关工作，经常有突击任务，有时几天几夜睡不了觉。记得有一次，爸爸完成任务回到家，手里还拎着公文包，趴到床上就睡着了。几十年如一日，父亲孜孜不倦地工作。在我的记忆中他没有什么星期日和假日的概念，天天都是工作日。80岁以后，他不到部里上班了，改成每周星期三下午，他的几名助手到家里与他讨论问题，并给他带来下一周需要看的资料。那些年，他们这组人的研究工作取得不少成果，因此在1987年，已经87岁高龄的父亲还被评为全国经济贸易行业先进工作者。

父亲为什么一生这么勤奋？他的人生信念是什么呢？从他保留的文稿资料中我找到了答案。青年时期父亲参加过一个叫作“青年励志会”的组织，这是一个没有政治背景的云集热血知识青年的自由团体，其中不少人日后在北大当过教授，例如贺麟、朱光潜、樊弘、罗志如、刘心铨等。

1932年，他所参加的“青年励志会”以“对待人生的兴趣”为题，要求每人写文章。父亲写道：“只要身体健康，拿自己的精力和时间，来做有益于学术的或事业的工作，我便觉得兴趣无穷。真是‘乐以忘忧，不知老之将至’。”他又写道：“人生的兴趣在不畏难，在疲劳后的休息，在创伤后的调养，在临死时的不惭悚！”前一段表达了父亲追求学术，只要有益于国家、社会，便乐以忘忧的精神；后一段反映了父亲努力奋斗、不畏艰难和坚持道德操守、无愧此生的人生态度。

父亲的一生实现了他年轻时的誓言，他勤奋努力，非常热爱自己的研究工作。早在20世纪三四十年代，他就以其独到的论著知名于海内外。他于1933年发表的论文《关于分割数》，在时隔半个多世纪后，还由外文出版社重新出版，可见其长久的学术价值。他不仅及时





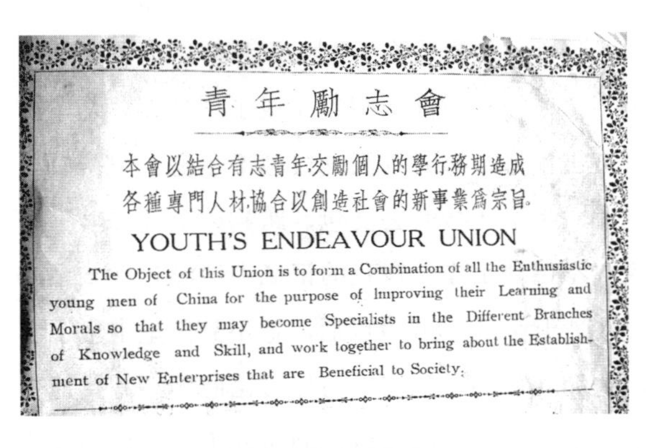

青年勵志會

本會以結合有志青年交勵個人的學行務期造成各種專門人材協合以創造社會的新事業爲宗旨

YOUTH'S ENDEAVOUR UNION

The Object of this Union is to form a Combination of all the Enthusiastic young men of China for the purpose of Improving their Learning and Morals so that they may become Specialists in the Different Branches of Knowledge and Skill, and work together to bring about the Establishment of New Enterprises that are Beneficial to Society.

当年报刊登载的“青年励志会”宗旨

青年励志会总会第四十二次同乐会合影，其中不少人日后都成为北京大学教授。前排左起第一人为贺麟教授，前排右起第二人为刘心铨教授，后排左起第五人为北大樊弘教授，后排右起第五人为先父杨西孟教授

做好领导交办的临时工作，而且研究一些重大的经济问题，诸如资本主义制度危机发展规律，经济周期与长波的关系问题，周期性经济危机与非周期性经济危机的问题，新的科技革命与资本主义经济的关系问题，而且对许多问题都有创见。例如，已经 90 岁高龄的父亲突然对自然科学发生了兴趣，找了很多有关跟踪世界高新技术的国家“863”计划的资料来阅读，那是他在研究为什么资本主义国家周期性经济危机不像过去那样频繁了。他观察到这些国家在不断运用高新技术找到新的经济增长点，是科技革命维持了经济的长时期增长。他运用系统论进一步分析了资本主义发展的“长波”问题，提出“长波”是经济与政治全面运动的结果。父亲在我国经济学界是位德高望重的专家，他的生平被收入陈云同志题名的《中国当代经济学家传略》一书。

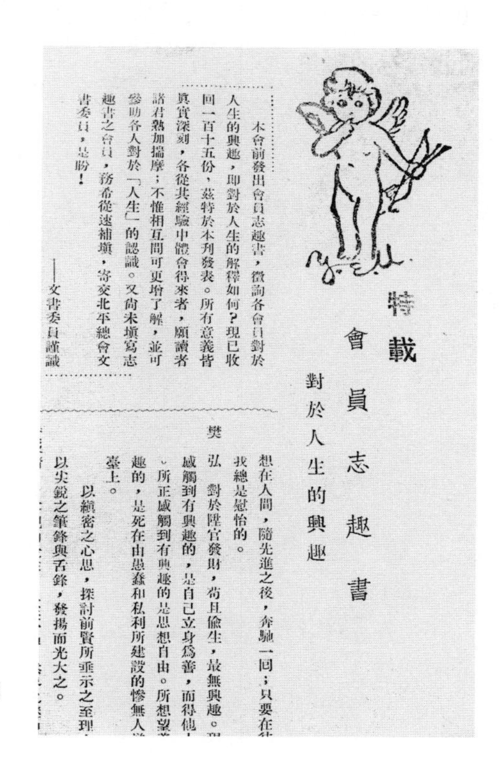
特載

會員志趣書

對於人生的興趣

本會前發出會員志趣書，徵詢各會員對於人生的興趣，即對於人生的解釋如何？現已收回一百十五份，茲特於本刊發表。所有意義皆真實深刻，各從其經驗中體會得來者，願讀者諸君熟加揣摩；不惟相互間可更增了解，並可參助各人對於「人生」的認識。又尚未填寫志趣書之會員，務希從速補填，寄交北平總會文書委員，是盼！

——文書委員謹識

樊弘

想在人間，隨先進之後，奔馳一回；只要在
我總是慰怡的。

對於陞官發財，苟且偷生，最無興趣。
感觸到有興趣的，是自己立身爲善，而得他
。所正感觸到有興趣的是思想自由。所想望
趣的，是死在由愚蠢和私利所建設的慘無人
臺上。

以縝密之心思，探討前賢所垂示之至理，
以尖銳之筆鋒與舌鋒，發揚而光大之。

杨西孟在“青年励志会”时期所撰文章

父亲在生活上严于律己，在我大学毕业以后，他觉得没有经济负担了，往往将工资的三分之一交党费。在“文革”期间，父亲被当作反动学术权威遭受不公正的待遇，每个月只发给他20元生活费，那时幸而有母亲50多元工资支撑家庭开支。1972年，他却把退还的“文革”期间扣发工资的半数交了党费。以后，他仍经常多交党费，还多次为“希望工程”捐款。父亲弥留之际，喊出三个字，我没听清楚，忙问身边跟随父亲工作多年的陈文敬副所长，他回答说：“还用问，‘交党费’。”



父亲去世后，存款只有2300元。父亲没有给我们留下物质财产，但却给我们留下了最宝贵的精神财富，那就是对事业的执着，或者说敬业精神。如今，我已过了退休年龄，但是我仍在努力工作。当有人赞赏我的工作热情时，我会说，我父亲工作到90岁，我还不到70岁，差得远呢！我每天看着墙上挂着的父亲伏案工作的照片，这是对我永远的鞭策。

# 三岁以前那些事

王汝烨 | 西语系教授王岷源、张祥保之子
曾居住于中老胡同32号内5号

三岁之前的孩子一般是不记事的，但三岁之前的故事却可以像口述历史那样，从父母等长辈的口中流传下来，只要你用心听。何况，还有发黄的老照片呢。

父亲王岷源是四川人，他在重庆上过私塾，后来又到成都上过大学预科。为找工作的需要，他还学过英文，也从此产生了对英国文学的爱好。1930 年，他同时报考了北大和清华。因为他从没有系统地学过数学，入学考试的数学成绩只有几分（百分制），但另外两个科目中文和英文成绩都很高，几乎是满分。要求三个科目成绩都及格的北大没收他，但只看三科总成绩的清华却录取了他。父亲如愿以偿进入清华大学外文系。清华这种不拘一格培养年轻人的做法还成全了其他一些没有数学天分的人，比如他的学长钱锺书，考取清华时的数学成绩也只是十几分。

父亲在清华外文系曾师从吴宓，毕业后又考入清华研究院，此后又通过考试得到了一个庚款留学美国学习语文学（Philology）的机会。为此，他还要先在国内培训一年，此时他的两位导师是赵元任先生和罗常培先生。1938 年，父亲从香港乘船到达美国，在耶鲁大学先用两年时间学习庚款限定的语文学，课程包括语言史、拉丁文、古英文、法文和俄文等语言课程。两年之后，他又用省下来的钱继续学习他所喜爱的文学。后来父亲又到哈佛大学工作过几年。这期间他在清华的

导师赵元任也来到美国，先后在耶鲁和哈佛教书。父亲和其他一些中国留学生如周一良等经常出入赵家，他还曾参与赵元任主持的一部汉英词典的编撰工作。

太平洋战争结束后，在美国生活了七年半的父亲准备回国。赵元任把他推荐给时任北大校长胡适和中研院历史语言研究所所长傅斯年，结果父亲接受了北大的聘任。他到旧金山等船回国，却遇上长达数月的海员大罢工。他在那里等到罢工结束后搭乘太平洋战争之后的第一班越洋船离开美国回到上海，然后到北平，于 1947 年年初到北大西语系任教。他开的两门课是语文学和乔叟。那时北大还在北平城里沙滩大街。像其他单身教授一样，父亲在红楼里分得一间房间，安顿下来。那时红楼的一二层是教室，三四层原来用作教室的房间成了单身教员的宿舍。

父亲到北大前不久，母亲也来到北大。母亲张祥保生长在上海，从小在她的叔祖张元济家长大。她一直接受教会学校的西式教育，先是圣玛利亚中学，接着是圣约翰大学。那时上海被日本占领，这两所教会学校的校舍被日军征用。她在中学和大学的几年中，都是在南京路大陆商场的仓库里上课。母亲原来想学的专业是物理学，但因为抗战期间学校的条件简陋，无法开出理科必需的实验课，母亲就选学主科经济、副科数学。毕业后她曾在中西女中教书。在此期间，刚从美国回来就任北大校长的胡适曾来看望过母亲的叔祖，也见到母亲，知道她在教会中学和大学受过良好的教育。此后叔祖在给胡适的信中提到母亲希望到北平工作的心愿。不久母亲就接到胡校长的聘书，请她到隶属于北大文学院的西语系任“讲员”（当时是一个介于助教和讲师之间的职称，后来与讲师合并）。有意思的是，母亲的初衷是学理科，大学的专业是经济和数学，结果却毕生从事英语教学。这当然得益于她在中学和大学里受到的英语训练。那里大多数课程都用英文课本并用英语教授，大学时期她又选修过文学写作等英文专业的课程。

國立北京大學聘書

國立北京大學聘書 三十五年字第三六四號

敬聘

張祥保 先生為國立北京大學文學院講員

任期壹年自民國三十五年八月至次年七月此訂

校長 胡適

中華民國三十五年八月一日

由时任北京大学校长胡适签发的聘请母亲张祥保为“国立北京大学文学院讲员”的聘书，时间是1946年8月1日



母亲从此离开上海老家，来到北平生活。

母亲到北大后曾几次到胡适家看望他，按辈分称他为“太老伯”，几乎每次在胡家都见到那里的满堂宾客，胡太太总是在和毛子水、钱思亮太太等打麻将。胡适有时托母亲给她的叔祖带话，让他少管商务印书馆的具体事务，多管大政。胡适还曾邀请她到他家里暂住，但母亲听从叔祖的意见谢绝了。后来她住进北大女生和女教工的宿舍“灰楼”，与父亲所住的“红楼”遥遥相对，中间隔着著名的民主广场。从那时起父母成为同事，两人共同在北大西语系教了两辈子书。

当时，中共在北平的地下活动很活跃，北大也常有“反饥饿，反内战”等活动。母亲住进灰楼女教师宿舍后，就时常有些不大熟识的人向她提出请求，借用她的房间几个小时。后来她才逐渐意识到这大概就是地下党组织的秘密会议，在她这个既无党派又不问政治的人的房间开会以避人耳目。这些人中还有人提出要借书给母亲看，大概是想启发她的政治觉悟。母亲还见过一些男生为躲避军警追捕跑进灰楼女生宿舍。那时学生们经常组织罢课，抗议政府当局。母亲记得有时她去红楼上课，却发现教室里只有一两个学生，甚至空无一人。父亲曾劝她在罢课时不要再去上课，以示对学生的支持。学生们更激烈的抗议形式就是走上街头游行集会。通常是在郊外清华、燕京的学生步行进城，先到北大的民主广场集合（那里的“民主墙”上时常贴满了学生们的大字报），然后出发到天安门游行集会。因为经常有学生和军警发生冲突被捕，到傍晚时分就会传来消息，北大校长胡适和清华校长梅贻琦又到警备司令部去保被捕的学生了。

说起学生坐牢，父亲自己也曾亲历过，那是20世纪30年代父亲在清华当学生的时候。与他同宿舍的学生是个中共地下党员，父亲自己也曾翻译过一篇文章，其中对蒋介石政府颇有非议，因此被捕，后来也是被校长梅贻琦出面保出监狱。多年后的“文革”期间，与其他坐过国民党大牢的人的命运一样，父亲也戴过“叛徒”的帽子。那时他的另一顶帽子是“特务”，因为“二战”期间他曾参与赵元任先生在哈佛主办的一个中文班，向即将前往中国参加抗日的美国士兵教授中文。“文革”后期，周恩来总理接见回国访问的赵元任先生，父亲和其他当年参与此事的人私下议论，“大特务头子被接见了，小特务也该解放了”。此是后话。

父母初次结识是在他们系里的一次茶会上，那是他们的同事、严复的孙女严倚云召集的。他们于1948年8月10日结婚。婚礼在王府井的欧美同学会举行，男女方证婚人分别是胡适和毛彦文。胡适知道父亲是四川重庆人，就送了一本《华阳国志》作为结婚贺礼。这是一本叙述古代巴蜀等地区历史地理的古书（从远古至东晋永和三年止），刻于清嘉庆十九年（1814年），后来母亲捐赠给国家图书馆保存。父母和这两位证婚人的照片就贴在家里一本老相册的首页正中。当时毛彦文住在西郊香山的双清别墅，在那里经营她去世多年的丈夫熊希龄留下的香山慈幼院。母亲与毛彦文相识是因为她的叔祖和熊希龄同年考中进士，互称“同年”，因此母亲按辈分称毛彦文为“太年伯母”。毛彦文当时曾向联合国救济总署（UNRRA）申请到资助慈幼院的经费，母亲曾帮她处理与联合国救济总署的往来账目和英文信件。父母的蜜月在毛彦文的双清别墅度过。相册里结婚照后面有好几张记录下他们在香山度蜜月的黑白照片，其中他们倚着白石栏杆，眺望远山。那时他们当然不会知道，仅在短短几个月之后，他们的这两位证婚人就将永别大陆，分别远走美国和台湾，双清别墅就会易主，成为毛泽东进中南海之前的驻地。

胡适写给我太公张元济的信，向他介绍我父亲。

菊生先生：

十一月廿一日大札收到了，谢谢先生的挂念。今夏报告关于祥保女士的消息，渐得证实，我也很感觉高兴。

王岷源先生是北大西方语文学系的副教授，现兼任训练印度政府派来北大的十一个学生的华语学习事。近年我在哈佛大学往来，见他寄住在赵元任先生的家中，见他温文勤苦，故去年邀他来北大任教。

他的家世，约如下：

父名子相，曾在重庆创立钱庄。

伯父名仲鼎，现在重庆建设银行。

无同母弟妹。有继母所出姊三人。父母及继母均已亡故。本人并未结过婚。

他的学历如下：

1930年，十九岁，考进清华，1934年毕业；1934—1935年，在清华研究院。1935年曾回四川，在中学教过书，不满一年。1936年，考取清华官费留学，依当时规定，留校受训练一年，因战事发生，延至1938年始赴美国，入Yale大学，1942年得M. A. 学位。1942—1946年，他在Harvard大学及Yale大学担任助理教学的工作，侧重用新方法教授中国语言，在Yale教授Dr. George Kennedy指导之下，甚有成绩。

王君人甚清秀，中英文都很好，写汉字甚秀雅，情性忠厚温文。我在美国观察此君，很喜欢他的为人敦厚。

以上所记，或足供先生的参考。将来如有适可以效劳之处，决不敢辞。

适大约十二月十一日南飞，在京赴中基会毕，当仍来沪小住，那时必来看先生。

敬祝

先生起居胜常

胡适敬上 卅六，十一，卅夜

婚后的变化对母亲来说就是穿过民主广场、从灰楼搬到父亲住的红楼。那时学校没有食堂，红楼里也没有厨房，父母常去沙滩大街上一个叫“小小食堂”的小餐馆吃中饭，晚上又和几个同事在学校附近一对四川夫妻开的饭馆里包饭。不久母亲怀上了我，开始定期去位

父亲王岷源在北大民主广场，旁边就是民主墙

父母的结婚照，新人和男女方证婚人。左起：胡适、张祥保、王岷源、毛彦文，摄于1948年8月10日



于王府井的协和医院做产前检查，母亲的医生是林巧稚。有一天在协和医院，林大夫告诉母亲说："你们北大的胡校长走了。"那时解放军已经包围了北平，国民政府通知社会知名人士和著名知识分子撤离北平，各大学校长都面临或走或留的选择。北大胡校长和清华梅校长都乘飞机去了南京，不久又分别去了美国，协和医院李宗恩院长选择了留下（1957 年却成了"右派"）。这是 1948 年 12 月，从此胡适再未踏上中国大陆，也再没见过留在北京的儿子胡思杜。当时国共各占南北半壁河山，母亲担心如果出现南北分治的局面，将会和上海家人长久分离，曾有回上海的想法。后来她的叔祖托付北上与中共和谈的颜惠卿带信给她，让她不要离开北平。

胡校长走后，位于东厂胡同里宽敞的校长府邸空了出来。因为时局动乱，汤用彤先生让胡思杜请人来暂住，也可以帮助照看一下那里的房舍。胡思杜就找到父母和其他一家人搬进胡适的府邸。但住在这里总不是长久之计，而且不久后我就要出生，红楼里的那间宿舍太小容不下三口之家了，父母开始找房子。恰巧母亲听系主任朱光潜先生的太太说，他们住的中老胡同32号内有人刚刚搬走，让我父母去申请那里空出来的房子。此后不久，他们就搬进了那里的一间东耳房，门牌是5号。这里有饭厅、客厅兼书房，有睡房，后面有厨房、厕所和一间小屋子。和红楼上的单身宿舍相比，这里方便多了。

中老胡同在景山东街东侧，胡同里的32号是一个很大的院落，据说当年曾被光绪皇帝的妃子瑾妃为娘家买下，因为这里紧邻景山、故宫，瑾妃在皇宫之内可以和老母遥相张望。几十年后，世事变迁，32号变成了北大教工宿舍。因为东面紧邻北大红楼，学校里很多资深教授都住在这里，有好几个系主任和名教授。与他们相比，父母还是年纪轻、资历浅的小字辈，能住进这个离学校近而且生活便利的院落，很是幸运。不久后的1949年7月，我就在协和医院出生，由林巧稚大夫接生。母子在协和住了几天，就回到中老胡同32号——我的第一个家，从此之后十几年就一直生活在教授们的圈子里了。

我出生那年的9月，母亲的叔祖张元济（我叫“太公”）应新政权之邀，从上海来北平参加新政治协商会议，住在东交民巷里的六国

父母在香山的留影

饭店。这期间父母亲曾多次去看望他，也在那里几次遇见同去看望他的中共领导人。一次，他们去那里看到周恩来从太公的房间出来；另一次，他们在太公房间里见到陈云，听他讲长征时路过少数民族区与当地头领歃血为盟的故事。还有一次母亲在六国饭店的楼梯上巧遇多年没见的龚澎，十多年前她曾在上海圣玛利亚中学教过历史，母亲是她班上的学生。母亲还记得当年的一天龚澎向她的学生们告别，说有事要离开上海，后来知道她此后就去了延安。太公在北平期间，毛泽东曾请他一起游览天坛，谈话之中还曾询问起太公在戊戌变法期间觐见光绪皇帝的旧事。



太公在北平期间有一次来到中老胡同我家，母亲请他给出生不久的我取名字。因为窗前的藤萝架遮蔽了阳光，当时屋里显得阴暗，太公就给我取名为“烨”。长大识字以后，我查了字典才知道这个字的意思是“火光很盛的样子”。这个很有寓意却又生僻的字日后给我带来不少麻烦。从上幼儿园开始，我的名字就不断被别人念错，有人叫成“华”，有人叫成“辉”。这对我来说并无所谓，反正习惯了。

后来太公见了我的周岁照片，曾赐诗一首：昨见汝烨周岁影片双眼奕奕有神似非凡相甚盼其能副余所期也因口占一绝赐之。

烨烨双眸岩下电，
才看弧矢锡嘉名。
试周知否提戈印，
定卜他年宅相成。

母亲曾把一张我乱画过的纸附在给太公的信里，结果太公回信说我写的是天书，他看不懂。后来母亲把我稍大后写的字寄给太公看，他把个别写得稍好的用红笔圈了以示鼓励。太公长寿，活了90多岁。

那些年的北平见证了改朝换代的巨大变化。父母也亲历了其中

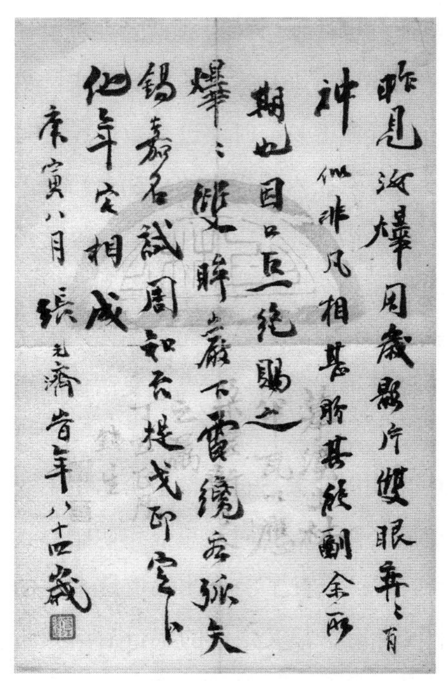

张元济为王汝烨题诗

一些重大事件。一次母亲在东四附近听到有人在动员聚集在路边的群众："到时候可一定要跟着喊口号，不许不言语啊！"老北京人说"言语"，听起来却像"原印"。这天是1949年2月3日，解放军进入北平城。北平解放之初，大学教授们还颇受新政权的重视。父亲和其他一些教授曾收到林彪、罗荣桓、叶剑英等中共高层领导人发来的请帖，请他们去和新政府的官员见面吃饭。

新政权的外交部刚刚成立，很多刚从部队转业来外交部的人员急需提高外语水平。父母和他们的一个同事袁家骅收到外交部的聘书，请他们到外交部开英文夜校，此后每周几个晚上他们就坐上人力车到当时位于东单外交部街的外交部上课。母亲还记得进入一间大房间时，看到里面黑压压地坐满了人，等着她来上课。那时物价浮动，外交部给他们的报酬都是折合成小米来计算的。母亲还保存着当时"中

这是在中老胡同宿舍内5号门前，四代人的合影。母亲抱着我，中间是太公张元济先生，右边是张元济之子张树年。摄于1949年9月25日

母亲和太公，背景是北大的民主广场

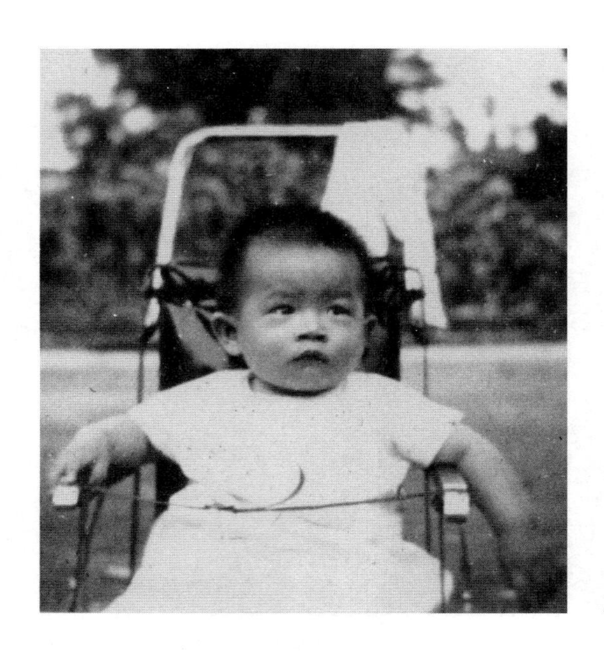
周岁时的王汝烨

央人民政府外交部”的工资单，给她“三月份车马费小米三百斤，折合人民币三十一万六千五百元整”。有一天父母和北大的教师集体步行到中南海，人们在路上曾猜测可能是哪位领导要做报告。他们到怀仁堂后才发现其他不少大学的教师也来了，大家一起听周恩来做关于知识分子思想改造问题的长篇报告。那天他一共讲了四五个小时，当谈到知识分子崇洋的问题时，还举自己为例，说他也曾有过一个英文名字。这天是 1951 年 9 月 29 日，改造知识分子的运动开始了。

解放军进城之后不久，胡校长的儿子胡思杜就搬出了他父亲在东厂胡同的校长府邸，住进中老胡同 32 号院内一间小屋。听说我的出生，他曾送给父母一瓶酒以示祝贺。因为房屋变小，他父亲的藏书和家具无处存放，结果书被北大图书馆收走，家具就陆续送给了熟人朋友，其中两个有玻璃门的书柜就送给了我的父母，从此一直放在我家。直到 50 年后，知识分子不再需要改造，胡适也不再“反动”的时候，北大开始征集前校长胡适用过的物品，母亲把这两个书柜捐赠给校史馆。想来有些滑稽，这两件我父母用了一辈子的家具，却成了供奉在校史馆内纪念前校长的文物。听母亲说，胡思杜搬来中老胡同后不久，又被调到“革大”（即华北人民革命大学）学习改造。他后来去唐山工作，1957 年被划为“右派”后自杀了。

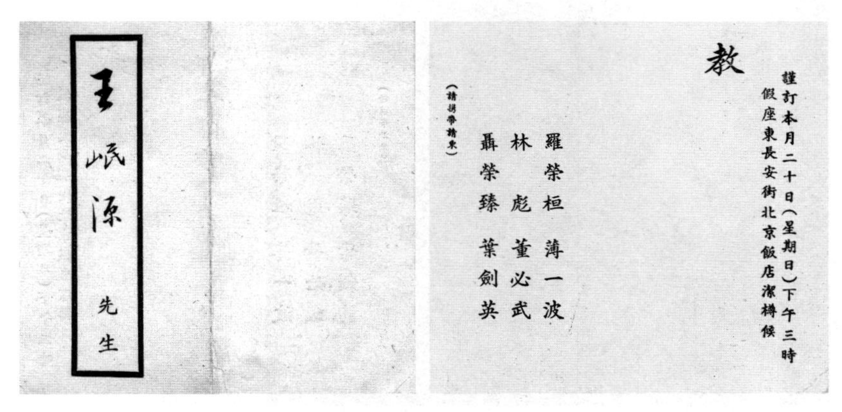
王岷源 先生

謹訂本月二十日（星期日）下午三時
假座東長安街北京飯店潔樽候
教
羅榮桓 薄一波
林彪 董必武
聶榮臻 葉劍英
（請携帶請柬）

邀请父亲王岷源到北京饭店出席宴会的请柬

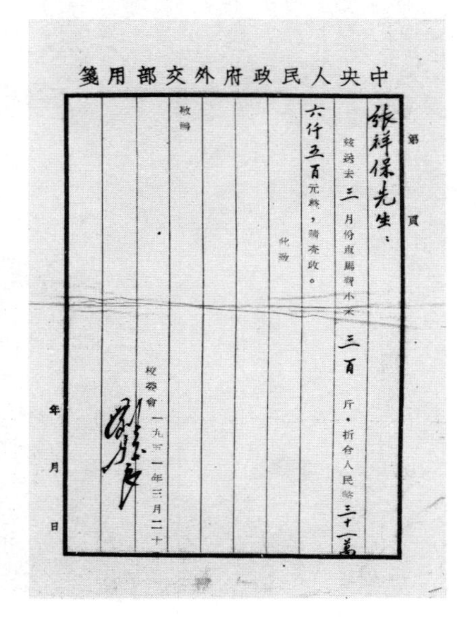
中央人民政府外交部用箋

張祥保先生：
茲將去三月份應[illegible][illegible]小米三百斤，折合人民幣三十一萬六仟五百元整，請查收。
此致
敬禮
校委會
一九五一年三月二十

母亲张祥保在外交部的工资单，
1951年3月份

我与父亲

我与母亲

因为家里刚刚增加了一口人，那本老相册的照片数量就很快多起来了，结婚照和蜜月照之后，相册的前几页贴满了一寸大小的照片。照片里那个无知无识更不记事的婴儿，当然不知道自己是中老胡同年龄最小的成员。因为父母是 32 号的小字辈，又带来一个新生婴儿，自然得到邻居们特别是好几位热心教授太太的格外关照。隔壁的孙伯母、后院的朱伯母常来我家，教母亲如何带孩子，如何给婴儿洗澡。我因为过敏全身发痒，西院的江伯母就来传授她处置自己孩子过敏的经验。前院的贺伯母见到母亲就关心地询问我的情况，前院的陈伯母也有时抱着自己几岁大的儿子来串门。同院的孩子们都比我大，少则几岁，多则十几岁。听母亲说，院子里的一个半大孩子有时到我家来，把我借出来放在小推车里在院子里推着玩，玩完再“完璧归赵”还给母亲。



因为父母都要上班，母亲把她小时候照看过自己的一个保姆又从南方请来照看我。后来我稍大一些就进了我家隔壁的一个托儿所。这

中老胡同32号里的托儿所，中间吃手指的就是我

我在中山公园

我与田德望伯伯之女田卉坐在公园长椅上

里的孩子大多是 32 号院内或院外的北大教工的子弟。这里是我学校教育的起点，是后来上北大幼儿园、就读北大附小和北大附中这一系列阶梯的第一级。

搬出北大的灰楼、红楼，住进位于古都中心的中老胡同，父母开始体验到北平四合院的生活。除了和同住一个大院的十几户教授人家往来之外，还感受到大门外胡同里北平的市井气息。中老胡同里常能听到各色吆喝叫卖声。有人收破烂，什么破旧东西都能卖几个钱，包括剪下来的头发；有人叫卖刚从天津火车运来的海鲜，每次卖海鲜的来了，住在前院离大门最近的贺伯母就通知大家去买。几十年后，母亲还记得当年听到的“花生半空多给”的叫卖声，夜深之后仍隐约传来，倍显凄凉。

当时还年轻的父母常有兴致在节假日带我出去玩。从中老胡同到附近的几个公园都十分方便。相册里开始出现了不少我在北海和中山公园的照片。其中一张是和同住中老胡同的田德望伯伯的女儿在一起照的，她应该是我的第一个“女性朋友”。其实三岁之前的孩子不记事的说法未必准确。在我最早期的记忆里，就有中山公园的红墙绿树，北海的白塔蓝天。我相信这些都来自三岁以前的印象。

1952 年院系调整之后，燕京大学不复存在，北大搬进西郊燕京大学的校园，父母和中老胡同里大多数北大教授也都搬离了 32 号。父母带着我住进燕园外新建成的中关园教师宿舍，我记得隆隆作响的压路机在修路，还有工人来家里安装纱门。那年我三岁，开始记事了。

# 中老胡同 32 号[①]

## ——童年杂记

朱世嘉　西语系教授朱光潜之女
曾居住于中老胡同32号内6号

在庆祝北大百年华诞后不久，我收到出版社送来的一本文集，其中有父亲朱光潜先生写的《慈惠殿三号——北平杂记之一》。慈惠殿是抗战前父亲居住的地方，而抗战胜利后的家就在中老胡同了。中老胡同地处沙滩，站在胡同口可以看到北大红楼，其中 32 号在 1952 年院系调整前是北大的教授宿舍。一对小石狮守在高台阶门槛的两侧，门洞的右侧是收发室、公用电话房。从大门进去基本上是一个四排宿舍的格局，院中有院，错落有致，住着二十多户人家。

抗战胜利后父亲先期回到北大。1947 年春天妈妈带着我和妹妹也来到北平，就住在宿舍大院内 6 号。它处于院子的最后一排，左右分别与俞大缜、周甦生为邻。前面是个四合院，我家正对它的北房是孙承谔家，与其相连的东耳房是王岷源家，东西厢房分别是贺麟与袁家骅家。我们的后窗外是一条很窄的小胡同。门前有棵老榆树，树干要几个小孩伸开双臂才能合围，树分两叉，伸展开会长得高过屋顶。相传这里曾是清朝一对王妃的家，也有人说就是珍妃和瑾妃。姐妹入宫后家人在靠近景山的地方买下房子，种了老榆树，它的两个分枝正是这对姐妹花的象征。当她们想家时可以站在景山上遥望大树，寄托对父母的思念。我想这大约是好心人的杜撰吧，妃子们哪儿能随意迈出

① 本文原载《北京纪事》2001 年第 4 期。个别文字订正。——编者

朱世嘉与朱世乐



皇宫登上景山呢！夏天我们在榆树下乘凉，周围种些波斯菊、指甲花之类很易成活的草花。间或我也种几棵老玉米、西红柿，但都很少有收获。倒是爬上榆树的丝瓜藤在秋天会挂上几个长长的丝瓜。

父亲除教书外还主编出版《文学杂志》，与现在不同的是书的底页上写着主编朱光潜，而编辑部的地址就是中老胡同 32 号内 6 号。除父亲及常风外还有几位不常露面的编辑，一本杂志几个人就办了，他们自己约稿、审稿、写稿和编辑，刊登过不少不同政治倾向文人的作品。它是抗战前《文学杂志》的复刊。复刊一两年后就停办了，可能与局势有关吧，但其办事效率是很高的。当然其规模也比现在的期刊小得多。

晚饭后家中客厅常是高朋满座，同院的沈从文、贺麟、冯至、陈占元及住东斋的常风等是常客。他们谈文学、诗歌，很热闹。父亲也常应朋友之约出外应酬。他喜欢喝点酒，曾自豪地说过，一次三个人喝过两罐绍兴酒，不过母亲跟着补充了一句：醉得让人抬了回来。

妹妹小时身体不好，常在院子里晒太阳。父亲空闲时就坐在门前台阶上拿着书给我们讲《聊斋》、古诗，也让我们背一些唐诗，高兴时也会抑扬顿挫地吟诗。吟诗是一种介乎于唱歌和朗诵之间，没有一定曲调、一定成规的即兴表演，一种情感的抒发，当时也只有老夫子才会摇头晃脑地吟诵诗词，如今已经绝迹了吧！家中晚上的“文学沙龙”及父亲并不生动的照本宣科的说书是我文化的启蒙教育。小学快毕业时，家长们请了一位老师在红楼为我和贺麟的女儿贺美英教国语。记得那本国语书中有《繁星》《荒芜的花园》等很多很好的诗歌、散文。其中《风雪中的北平》因我有亲身的感受而倍感其生动和准确。这次是继父亲启蒙教育后的一次提高吧！



窗后小胡同夜里不时会传来“半空儿多给”“硬面饽饽”等的小贩叫卖声，对我有很大的诱惑力，常常打开后窗要母亲买些“半空儿”吃。这是一种炒花生，大约是好花生淘汰下来的。外壳很薄多是破的，花生米又小又少，壳内真是半空的，但炒得很香很脆，比起大花生既便宜又好吃。心里美萝卜是北平冬天的一绝，走街串巷的小贩

朱光潜全家合影。左起：奚今吾、朱世乐、朱光潜、朱世嘉

中，要属一个名叫“二和”的小贩的萝卜最好，只要听到他“萝卜赛过梨”的吆喝，孩子们便争着往外跑。挑好萝卜后，只见他左手托着萝卜，右手拿刀先旋去顶盖，嚓嚓几下，把萝卜皮切成一圈竖条，但不与底分开，再在心儿上井字型地切上几刀，也不与底分开，萝卜就像花似的张开了，外面是一圈翠绿的皮，中间是红色的花心。不要说吃着清凉甜脆，看着就令人很喜欢。父亲叫它土人参。老人们还说，冬天室内升了火炉，吃萝卜防煤气呢！那时的北平冬天水果很少，它就成了我们最常吃的物美价廉的“水果”了。

进大门向右拐是一块小场地，南头有一棵高大的槐树，北端有假山藤萝。春天爬上假山，一串串紫藤花香得发甜，摘下一串和面粉搅成糊状，摊成饼，清香可口。夏天在场院里打球玩耍后进入紫藤的浓荫下，暑气顿消。1948 年冬北平被围城后，学校停了课。家家玻璃窗上贴上了白条，家长们不放我们外出，战争和拘禁都改变不了孩子们的天性，为了怕打仗断水，学校在紫藤花架旁装了压水

朱世乐和爸爸在游船上

朱世嘉在颐和园

机。我们就用它把小空场浇成冰场，穿着父母从东华门地摊上买来的旧冰鞋溜冰玩。长大后才知道，那是很艰难的日月，大人们面临着走与留的抉择，国共双方都在为争夺教授们忙碌。最后，我熟悉的人家都没走，留下来迎接新中国的成立。

新中国成立后不久开展了知识分子改造运动，开始了对父亲的批判。我虽然还小，也感受到家中紧张沉重的气氛。一次我找到了学校的负责人，问问我可以做些什么。他们要我划清界限，关心父亲的情绪反应，帮助他好好改造。我虽未能做什么，但从此背上了沉重的包袱，告别了无忧无虑的童年。

1952 年我们随北大迁到西郊，40 多年来，中老胡同 32 号院几易其主，现在是北京房地产开发公司的一部分。公司大门开向沙滩后街，后围墙上原 32 号大门的位置依稀可辨。在宏伟气派的大楼、参天的白杨和满院的鲜花绿草中，已找不到原 32 号院的踪迹，只有小广场南端的大槐树作为古树保留了不来，依然是枝繁叶茂，生机勃勃，望着它不觉心中释然。对中老胡同32号之所以难以忘怀的，不正是它给予我传统文化的熏陶和北大博采群家、开明进取的精神吗？

# 在中老胡同 32 号院的时光

彭鸿远 | 西语系教授俞大缜之女
曾居住于中老胡同32号内7号

1946 年秋日，母亲俞大缜、哥哥彭鸿迈和我从重庆经南京来到北平。母亲于抗战期间在重庆中央大学外文系教书。抗战胜利后，中央大学返回南京，母亲同时接到中央大学、北京大学、山东大学和浙江大学的四份聘书，因为我和哥哥自幼在北京长大，带我们长大的保姆李妈一直在北平，我们迫切想见到她，母亲决定应北大之聘来北平了。当时中老胡同 32 号北大教工宿舍几乎已经住满了。分给我们的只有两间半房。一间我和母亲住，半间哥哥住，还有一间是客厅、饭厅，卫生间的门就开在客厅里，厨房旁边，还有一间极小的房间（只能放下一张单人床）是老李妈住。每间房子的开间都不大。

我们是第一次住在这样一个大院落里。有二十多家住户，有不少几岁到十几岁的伙伴，可以在这样大的宅院里玩耍。我们住得虽然挤一些，但对我来说，有那么多的同伴可以来往，是十分高兴的事。

记得在我们家的门前就有假山，假山里边有一间很大的屋子，用两张桌子拼起来，可以打乒乓球。晚上我们许多年龄不相上下的伙伴就在院子里玩“口令”。有一次，我跑得太急了，摔了一跤，把下巴底下磕了一个口子，我穿了一件新的花布大褂，胸前滴的全是血。可是我不但没哭，还笑着跑回家了，把老李妈吓了一跳，赶紧帮我敷药，用纱布把伤口兜住。至今我的下巴下面还有那次受伤的痕迹。

我们西边的邻居是朱光潜伯伯，他几乎每天早上都在门前打太极

俞大缜在中老胡同32号假山石前，摄于1947年

拳，朱伯伯的小女儿朱世乐有病，总在一个有栏杆的小床上待着。看着我们东跑西颠的，她也很想玩，有时不停地用四川口音叫我“彭姐姐，彭姐姐”，我有时也站在她的床边陪陪她。

我们东边住着庄圻泰伯伯。他很严肃，我不记得和他说过话，他的两个女儿庄建钿、庄建镶，我们总在一起玩。庄建钿高一时曾和我在贝满女中同学，高一下（北平刚刚解放）我们一起去考了通县潞河中学，后来她去参加军干校了，我一直读到高中毕业才离开潞河。后来潞河校友聚会时，我总能见到庄建钿。应该说，她是中老胡同童年伙伴中，唯一联系最多的人了。

还记得有一次沈龙朱送了我一套沈从文伯伯的著作，我从那时就读了《边城》，还记得书中女主人公翠翠的命运。

俞大缜，摄于1948年

彭鸿远在东院内骑自行车，摄于1947年

孙捷先、孙才先的母亲黄阿姨，年轻时曾在中法大学读过书，我的母亲在20世纪30年代曾在中法大学授英语课，黄阿姨让孩子们称我的母亲为“太老师”。当时孙才先还很小，他见到我的母亲总大声叫“太老师”。有一次孙才先把胳膊摔坏了，打着石膏、脖子上吊着绷带。但还跟着我们这些大哥哥、大姐姐后边跑着玩。他那个样子真让人心疼又十分可爱。

还记得有一次我和母亲在院子里碰见芮沐伯伯，他问候我母亲，我母亲回答说："I am now a hermit."（我现在是个隐士。）芮伯伯说："No，you are a flying hermit."（不，你是一个飞来飞去的隐士。）听罢，我们哈哈大笑。

1948年我们搬到黄米胡同北大另一个宿舍了。在那里，我们住得比在中老胡同宽敞一些了。但是却与中老胡同的伙伴们分开了。自1948年以后，到现在已经六十年有余。现在大家又有机会聚在一起。已经是"乡音无改鬓毛衰"了。中老胡同那段时光，却永远停留在我的记忆里。

2009年11月15日

# 我的母亲俞大缜

彭鸿远 | 西语系教授俞大缜之女
曾居住于中老胡同32号内7号

前些时候南方的亲戚寄来两篇2008年6月9日及2008年8月17日《文汇报》刊登的关于我的母亲俞大缜的短文，此前也有些文章和网络涉及有关俞家的一些事情和关系，其中都有些有出入的地方。我周围的熟人说："趁着你还健在（我今年已经77岁了），应该写点关于俞家的事，以免以讹传讹。"出于对历史事实的责任感，我不得不提起笔来，以正视听，同时这也是对我母亲的缅怀与纪念吧！

## 一　母亲的家庭

我的外公俞明颐有两位兄长和一位姐姐。长兄俞明震、次兄俞明观，外公俞明颐（在兄弟中排行第三），姐姐俞明诗。有的文章说曾广珊（曾国藩的孙女，曾纪鸿的女儿）是俞明震的夫人，这是不对的，曾广珊是俞明颐的夫人，我的外婆。外公三兄弟的子女是大排行。俞明震的儿子俞大纯我们称大舅，俞大纯有四子一女，其中常被人们提到的黄敬（俞启威）是俞大纯的第三个儿子，现任上海市委书记俞正声是黄敬和范瑾的儿子（排行第三）。另外《南方周末》（2008年8月4日）刊登的文章《戏剧史上的俞珊和蓝苹》中的俞珊是俞大纯的女儿，黄敬的亲姐姐。外公的二哥俞明观有两个儿子俞大经、俞大绪，两个女儿俞大慈、俞大蕊。我的外公和外婆共有十四个子女，有四个很早天亡，我所知道的有十位。俞大维是长子（大排行四），我们称四舅，俞大纶（五舅）、俞大绂（六舅）、俞大絜（七舅）、俞大纲（八舅）；女儿有：俞大缃（二姨妈）、俞大绚（四姨妈）、俞大缜（我的母亲，大排行六）、俞大絪（七姨妈）、俞大綵（八姨妈）。外公的姐姐俞明诗是陈三立（散原老人）的夫人，现在常被人提起的陈寅恪是散原老人的儿子，在陈家他排行第六，我们称他为陈六表舅。他的妹妹陈新午和我的四舅俞大维结婚，他们是嫡亲姑表。他们的两个儿子，其中大的一个有一些天生的智障，估计是姑表近亲结婚的原因。我的四舅俞大维早年在德国留学时，曾与一外籍女子生有一子。名俞扬和，他在抗日战争期间曾作为空军驾驶员，与日本人作战。抗战胜利后转为民用航空驾驶员，后来移居美国。20 世纪 60 年代蒋经国的女儿蒋孝章赴美留学，蒋经国委托俞扬和照顾他的女儿。后来他们在美国结婚。在《文汇报》的一篇文章中说："俞大绂的儿子在美国娶了蒋经国的女儿孝章。"这是不确切的。

## 二　俞家和曾家的关系

俞家和曾家的关系，起源于我的外公俞明颐娶了曾广珊。曾国藩共有五兄弟，其他兄弟的后代和俞家也有不少来往。我的七姨妈俞大絪和曾昭抡结婚，曾昭抡是我母亲的妹夫。曾昭抡是曾国藩弟弟曾国璜的曾孙。《文汇报》的一篇文章中说："她（指俞大缜）的姐夫是曾国藩的曾孙。"这是不对的。

关于我的外婆曾广珊，我是于 1944 年到抗战胜利这段时期在重庆见到她老人家的。我很小的时候，在北平外婆也见过我，但因我太小了，没有记忆。在重庆时我已经 11 岁了，记得很清楚。外婆是个沉默寡言的人，虽然当时来往亲友很多，但她很少说话。她大部分时间都坐在书桌旁写字。外婆的诗写得很好，后来我母亲在北平把外婆的《诗钞》请人誊写并影印，是为《鬘华仙馆诗钞》。当时有一首诗我记得很清楚：

秋　兴

把卷能消白日长，为贪秋色立斜阳。
频斟旧酿仍多味，试煮新茶别有香。
书断故园劳想象，诗成雅调莫疏狂。
近来也似嵇康懒，不扫阶前叶半黄。



这首诗中的“书断故园劳想象”是指外婆的姑母曾纪芬（曾国藩的小女儿），当时在上海居住，音信不通而思念。曾纪芬老人是晚

外婆曾广珊60岁生日合影，1931年摄于上海。图中包括：曾广珊（前左二）、俞明颐（前左三）、俞大絪（中左三）、俞大綵（后左一）、曾昭抡（后左三）、彭基相（后左五）和俞大纲（后左六）等

在北大燕东园俞大絪寓所，摄于1965年1月。前排左起：俞大絪、曾念、俞大绂、俞大缜、曾昭抡，后排左起：俞启平（六舅次子）、陈昭熙（六舅妈）、彭鸿远、曾宪涤

清上海道聂缉椝的夫人，她生有很多子女。有些报刊报道当时聂家在上海的往事，就是聂老太太一家的轶事。和曾家的另一层关系，就是我和曾宪涤结婚。曾宪涤是曾昭承的儿子，曾昭抡的侄子。我的儿子曾念和曾家两房都有关系。有意思的是，我称曾昭抡和俞大絪为姨爹和姨妈，而曾宪涤称他们为叔叔和婶婶，我们结婚后，谁也没改口。

也有文章提到曾宪植和叶剑英的事。曾宪植是曾国藩另一个弟弟曾国荃的后代，她按辈分是与我同辈。我称她为荣姐（“荣”是她的小名），她的姐姐曾宪楷是中国人民大学清史教授，我称她为柔姐（“柔”是她的小名）。曾宪楷和我母亲来往很多，她们在一起总有许多历史典故可谈，她称我母亲为恒姑。我的母亲和姨妈们除了正式的学名外，都有一个别号。母亲为恒芳，七姨妈为恺芳，八姨妈（我称小姨）为怀芳。有一篇文章中提到曾宪植、叶剑英是黄敬的姑母、姑父，这也是不对的。黄敬、我、曾宪植都是同辈人。

追溯到更早些，我外婆的大哥，也就是曾纪鸿的长子曾广钧，与俞明震、陈三立，还有范当世，是晚清的“四公子”。他们不仅诗、文、书、画都见长，还有维新的思想。应该说曾家和俞家的往来，从那时已经开始了。

## 三　关于我的父亲



在一篇文章中说我的父亲是患精神病自杀的，这完全与事实不符。我的父亲彭基相于20世纪20年代留学法国，学哲学。回国后在北平中法大学执教。七七事变，日寇入侵北平，父亲不愿意在日本人统治下做事，只好住到前门外杨梅竹斜街，我们家乡的会馆和含会馆（即安徽省和县与含山两个县的会馆）里去，靠翻译法国哲学著作为生。当时在沦陷区生活非常艰苦。那时父亲的身体已经不好，他经常步行到中山公园去练太极拳。记得有一次，我和哥哥也一同前往。我当时很小，大约只有五六岁。在过前门洞时，有伪警察搜查每个进城的人。把我父亲穿的白色夏布长衫的衣扣都扯开了，而长衫的衣兜里只有一张公园年票。父亲觉得受到了屈辱，把手一甩，扭头就往回走，对我们说：“不去了！”很急地往家走，我都跟不上，一手牵着爸爸长衫的下摆，一路小跑着，跟着回家去了。我父亲后来病得很重，连一碗稀的小米汤都无法下咽，但是还是每天让人把床抬到书桌旁写作。就因为当时无钱看病，父亲在40岁时过早地病逝了。这完全是因为日本的侵略给正直的知识分子带来的灾难。不想事过70年，还有人不负责任地说话，真是令我无法容忍。

在这篇文章中还说：“曾昭抡是在‘文革’中受折磨而自杀身亡。”这也与事实不符。曾昭抡在“文革”前已患全身淋巴癌，到1967年冬天，因癌症已经很难控制病故的。曾宪涤是他的亲侄子（曾昭抡和俞大纲没有子女），特地从北京赶到武汉大学为他料理后事，并将骨灰带回北京存放。至今曾昭抡的骨灰还存放在八宝山革命公墓的骨灰堂里。近 30 年来，我每年都会到八宝山革命公墓骨灰堂去擦拭曾昭抡、俞大絪和母亲俞大缜的骨灰盒并献上鲜花。

## 四　我的母亲和我

在一篇文章中提到："俞大缜早已离婚，女儿不住在一起。"另一篇文章中提到："……丈夫早年患精神病自杀，儿子患精神病长期住院，只有女儿有时来……"这两篇文章中都提到我们的家庭情况。言外之意，我的母亲晚年生活得很孤独。事实是怎样的呢？

我的母亲和父亲的确在 20 世纪 30 年代就已分开了，那时我还太小，大约只有两岁多，所以什么也记不得了，有些情况都是我长大后听母亲和带我与哥哥的老保姆谈到的。父母离异后，起初我们俩是和母亲生活在一起的。那时我的外公和外婆住在上海，他们想把我母亲和两个孩子接到外婆家去住。母亲考虑到她的兄弟姐妹很多，如果她带着孩子回娘家住，别的兄弟姐妹会怎么看呢？而且她认为自己应该独立，不能靠父母。1935 年母亲决定到英国牛津大学深造。她打算把我们兄妹二人寄放在八舅俞大纲家中，父亲不同意，他认为母亲自己带孩子可以，如果她要出国，孩子则应该回到父亲身边，不能住到亲戚家中去。于是，我们和老李妈（从小一直带我们的保姆）又一起回到父亲家中。我的记忆是从与父亲一起住时才开始的。记得那时我们住在东城演乐胡同一个很大的宅院里，但主要部分都是房东葵太太住的，我们只是租住其中的一个跨院。院子南墙有一个圆形的月亮门，从月亮门进去是一片海棠树林，我和哥哥经常跑到果树林中玩耍。记得有一次哥哥捅了一个马蜂窝，结果被马蜂蜇了满头是包，老李妈赶

1937年，俞大缜（右）和俞大絪在从英国回中国的轮船上

快采了一些马齿苋（俗称“麻绳菜”），捣碎糊在哥哥头上，据说可以解蜂毒。

后来又搬过一次家，是在遂安伯胡同。很快就到七七事变了，日本人从卢沟桥方向攻进北平。我记得那天远处枪声不断，老李妈把棉被挂在窗户上，以防流弹。再后来就是搬到前门外和含会馆了。

父亲在会馆中病故，我们在沦陷区的生活更加困难。那时母亲已在英国牛津大学学习完毕，直接去了后方重庆。她和妹妹俞大絪都在重庆中央大学外文系任教，当时中大的学生称她们为大俞先生和小俞先生。父亲去世后，母亲通过友人拨一些钱给我们用，那时由我母亲的一位老同学俞锦文代管。俞的丈夫是协和医院大夫王叔咸，他们没有子女，我们认他们为干爹、干妈。每月我们都和老李妈一起去他们家领生活费。他们待我们很好，每次都留我们吃一顿中饭，饭桌上总有一碗红烧肉，给我留下难忘的印象。

自从 1941 年 12 月 7 日（当地时间）珍珠港事件后，日本向美国宣战，北平的日子更加难过了。1943 年 12 月，也就是日本轰炸珍珠港两周年，日本人正在北平街上耀武扬威游行的时候，我和哥哥由母亲委托的一位友人（一位来往于北平与重庆做人参生意的商人）带我们启程南行。我们和老李妈（与我们共患难，一直悉心照顾我们的老保姆）告别了。我在去重庆的两个多月路程中，经常在夜里都会因为梦见老李妈而哭醒。

1944 年年初我们到达了重庆沙坪坝中央大学，在松林坡旁的教工第四宿舍的一间房子里，看见了阔别多年的母亲，我一点也记不得母亲的模样了。我们称呼母亲为“娘”，娘看见我们风尘仆仆的样子，哭了起来。

在重庆两年多的时间里，哥哥在中央大学实验中学读书，我在中央大学附属中学（沙校）读书，直到抗战胜利。

1945 年 8 月 15 日，日本宣布投降的那天，我正好在南溪李庄我的

几位小朋友在太庙（今劳动人民文化宫）滑冰场。左起：彭鸿迈、傅仁轨、梁从诫（梁思成之子）、彭鸿远、梁柏有（梁思永之女），摄于1947年

小姨俞大綵（傅斯年夫人）家里。这年暑假我随小姨和她的儿子傅仁轨（我的表弟）从重庆的朝天门码头乘船至宜宾，到李庄去度假。当时李庄是中央研究院一些研究所所在地，还有同济大学和营造学社。小姨是一位严厉但心地善良的人。她每天早晨都要给我和捷克（傅仁轨的小名）上英文课。捷克比我小两岁（当时我 12 岁，他只有 10 岁），小孩年纪小贪玩，有时他背不出英文单词，小姨就要用尺子打他的手心。小姨特别同情我的母亲，母亲一个人工作，还要抚养我和哥哥两个孩子。在 1946—1948 年期间，因为傅（斯年）姨爹在北大担任副校长，小姨和捷克那时就住在北平东厂胡同中央研究院的住所里。小姨常要我去她家住，把她穿过的衣服给我穿。1948 年以后他们去美国了，后来小姨夫妇去了台湾，捷克留在美国读书。20 世纪 50 年代，傅姨爹担任过台湾大学校长。他人很胖，有高血压，50 年代初就在台湾病逝了。小姨一直在台大授英语课，她于 1989 年病逝于台湾。自从 1948 年我和小姨分手后，再也没有见过她。1993 年我应台湾慈济基金会证严法师邀请赴台湾临时工作一个半月，但是已经看不见小姨了。那时我的四舅俞大维还在世，我曾去探望过他。就在我在台期间，他病逝了，终年 96 岁。





我的母亲是怎样一个人呢？表面上她性格比较温和，甚至有点懦弱，碰到一些不顺心的事就会哭。但她的内心还是很刚强的。她很年轻时就和我父亲分开了。她们姐妹都曾在上海圣玛利亚中学读书，英文已经学得很好了。后来我母亲又在南京金陵女子大学读书，并且担任金女大校长的英文秘书，但她还是坚决要去英国读书。

在金女大读书期间，因为母亲得了肺病，中途辍学，到庐山牯岭养病。记得当时外婆还给母亲写了一首诗：

寄恒女牯岭

闻道仙家炼九丹，匡庐缥缈有无间。

乘舟欲破千重浪，拾级须登万仞山。

藤蔓扪时应得句，松枝采就定加餐。

养疴暂住清凉界，切莫思家独倚栏。

正是在牯岭养病期间，母亲遇到了我的父亲。他们结婚后，1931年我的哥哥彭鸿迈在南京诞生了。后来他们来到北平，父亲在中法大学教哲学课，母亲在中法大学授英语课。

抗日战争开始后，母亲从英国回来，就到重庆中央大学外文系授英国文学课。她还用英文编写了《英国文学史纲》（*A Synopsis of English Literature*）的第一部分和第二部分。

抗日战争胜利时，很多人都争取早日回到南京、上海、北平等大城市。那时四舅俞大维已由抗战时期担任的兵工署长提升为交通部长，他们一家带着外婆很快就去南京了。母亲不愿意托人（走后门），所以我们很难买到飞机票。这时中央大学也开始迁回南京，母亲临时留在四川，在劳君展（许德珩夫人）办的白沙女子师范学院当英文系主任。直到1946年9月，距抗战胜利已经一年了，我们才靠排队拿到飞机票。这时母亲收到四所大学的聘书：中央大学、北京大学、山东大学和浙江大学。我和哥哥都愿意回到北平，因为与我们风雨同舟的老李妈还在那里，我们要回去看她，所以母亲决定接受北京大学的聘请。1946年9月我们先到南京，10月回到北平。那时北京大学已经在中老胡同32号院给我们留了宿舍。一下飞机，我和哥哥立刻到前门外“和含会馆”去看老李妈。那天正好是重阳节，老李妈高兴地跑到街上的点心铺给我们买“花糕”吃，这是过重阳节时吃的一种糕饼。从此以后老李妈就永远和我们在一起了。我的母亲非常感谢老李妈，她在我们最困难的时候，照看了我和哥哥，所以母亲把老李妈当作亲人一样看待。家里的一切日常事情都交给老李妈管理，母亲可以毫无牵挂地投入她的教学工作。我们的老保姆有三个女儿，最小的一个曾经做过尼姑，后来得了疯病，曾长期住在我们家里，母亲把她当女儿一样。

彭鸿远、俞大缜、老李妈（左起）在黄米胡同北大宿舍，摄于1955年

到了50年代，母亲血压高，又患了子宫瘤，做了手术。1952年院系调整，北大搬到了西郊原燕京大学校址，我们家没有搬出城，母亲很少出城上课了。大约1955年后，母亲因病提前退休。退休后她参加了《泰戈尔作品集》和《萧伯纳戏剧集》的翻译工作，还翻译了《格莱葛瑞夫人独幕剧选》等作品。虽然不能去上课了，但她还不断在做笔译工作。

1957年3月，我们的保姆老李妈去世，时年73岁。我的儿子曾念于当年5月6日出生，只差一个多月，老李妈没有能看见我的儿子，我非常难过，给儿子取名为“念”，就是怀念我的老李妈。

自从老李妈去世后，母亲很难再适应新的保姆。最初也找到一些过去的老人，但这些老人相继不在了。1963年，母亲突发脑栓塞，半身不遂，那年她只有59岁。协和医院的张孝骞大夫是家中的老朋友，专门到家中来看望母亲，还设法帮助她住进了协和医院。经过一个多月的住院治疗，母亲病情稳定。我的姨妈俞大絪将她接到北大燕东园她的住所去疗养。那时我每周都带着我6岁的儿子出城去看母亲。从公共汽车站到燕东园要走一段路程，儿子看见乡间小路上的羊粪蛋以为是黑枣，竟然蹲下来要捡着吃，吓得我大叫："那不是黑枣，是羊粪球！"经过一段时间治疗（按摩、吃药），母亲终于能够自己行动，才又回到城里住。

母亲除了英国文学的教学工作外，她很喜欢京剧、昆曲。在重庆中央大学时，在她的房间里，经常有一些喜欢京剧或昆曲的教师和学生来清唱，母亲则吹笛子为他们伴奏。她抄有一大本工尺谱的昆曲。当时中央大学艺术系的老师们，如徐悲鸿、吴作人也和母亲来往很多。母亲曾说："吴作人吹笛子还是我教他的，但现在他吹得比我好。"那时我们住在沙坪坝，属于重庆的郊区。每次进城去看外婆时，母亲常带我去看京剧。我在四川的两年多时间，看电影的次数不多，但和母亲一起去听京剧却很多。后来回到北京，我也越来越喜欢听京剧了，有时我也主动买票请母亲看京剧。母亲开玩笑说："原来是我买

全家合影。自前而后分别为曾念、俞大缜、彭鸿远和曾宪涤，摄于1958年

票求你陪我一起去看戏，现在反倒是你买票请我了。”

母亲对中国古典文学也很喜欢，像《红楼梦》《镜花缘》等古典文学作品，她可以大段大段背诵下来。我至今还能背出的《长恨歌》《琵琶行》都是在重庆时母亲教我背诵的。

至于有人说：我没有和母亲住在一起，这是尊重母亲的意见。她也许是在英国留学受了西方文化影响，一生都很有独立性，所以一旦等我大学毕业开始工作时，她就提出：你一定要独立，不能再住在家里了。于是我向工作单位中央美术学院申请宿舍。最初学校分给我的住房只有 8 平方米左右，屋顶上还有一个大天窗。每到下雨天，我得用一个大铝盆放在天窗下接流进的雨水。后来我生了儿子，学校又给我调整了一间比较大的，约 20 多平方米的房间。一直到 1975 年，我的儿子已经 18 岁了，才分到两间住房。到了 20 世纪 80 年代，学校盖了新宿舍楼，我分到了三室一厅的单元房，虽然建筑面积只有 70 多平方米，但在当时我已经很满足了。

母亲晚年经常换保姆，她一直不能信任那些请过的保姆。最后一个年纪与母亲差不多大的保姆，我们都称她为“阿婆”。她是浙江人，与母亲还能相处，但因年纪太大，根本扶不动我的母亲，她们主动要和我住在一起。那时我和儿子、媳妇住在一起，儿媳已快要生产了，但只有两间房，所以只好让儿子夫妇住到母亲家，而母亲和保姆到我这儿来住，这大约是 1982 年 12 月的事。那时母亲已经不能下床走路，只能长期卧床。从那时起，一直到 1988 年 10 月母亲去世，她在我这里住了有将近 6 年时间。

母亲晚年糖尿病很严重，这是俞家的家族病史，据说我的外公有糖尿病，我的舅舅、姨妈有糖尿病，我的表兄弟们也有糖尿病，我到 70 岁以后血糖也明显上升。母亲每天要注射胰岛素，那时胰岛素不容易找到，我得到处托在医院的熟人帮忙。当时母亲的公费医疗关系已转到附近，每周都有医生到家里来为她看病、开药。母亲对晚年

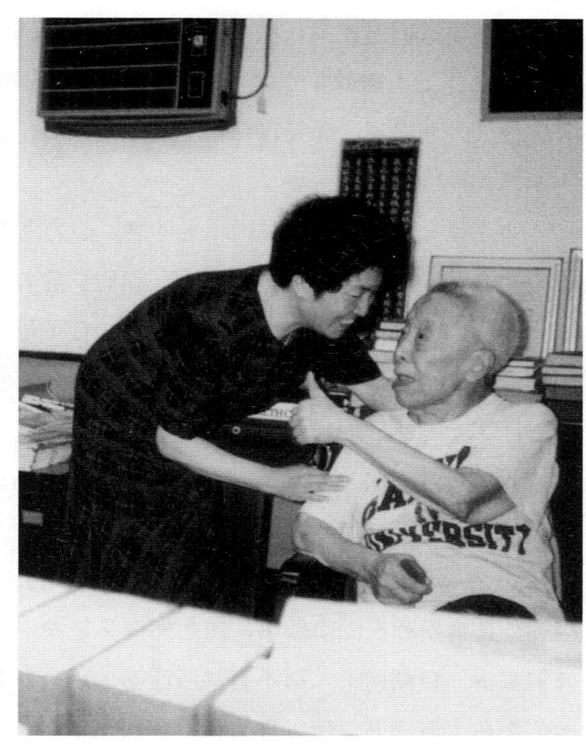

1993年，彭鸿远在台北看望阔别40余年的四舅俞大维

1993年，彭鸿远与表兄俞扬和在台北圆山饭店

能够有国家发的退休金，还有公费医疗，颇为感慨。一方面她对我们国家对退休老人的政策很是满意，另一方面又对我说："我当年没有去你外公、外婆家，而是自己奋斗，独立生活，到现在才有可能享受国家的各种待遇。"

母亲是在1988年10月因年老体衰、心力衰竭而去世的，享年84岁。北大英语系委派书记黄伟同志，我们学院人事处委派周玉兰同志和我一同办理母亲的后事，在北京医院举行了母亲的遗体告别仪式，她的骨灰由统战部出面，存进了八宝山革命公墓骨灰墙。《人民日报》（海外版）刊登了母亲去世的消息。





母亲一生为人诚实，思想进步，治学严谨，教书认真，兴趣广泛，是一位正直、善良、勤奋的知识分子。

母亲1904年4月13日生，是浙江省山阴县（今属绍兴市）人。因为外公俞明颐在湖南做事，加之外婆又是湖南人，所以她和兄弟姐妹们都讲一口湖南话，而不会讲浙江话。后来外公、外婆移居上海，他们都在上海读书，所以母亲和两个妹妹又都会讲流利的上海话。他们兄弟姐妹之间感情都很好，但又都很有独立性格。虽然四舅一直在国民政府任职，可是兄弟姐妹没有一个人靠四舅进入官场，几乎所有人都凭借自己的专长在大学中教书。四舅本人也是学者。他早年在哈佛大学获得博士学位，又在德国学习军工。他在国民党官员中是出了名的清廉官吏。他去世时，没有任何积蓄，只有满室书籍，连他的住房也是公家的，他去世后国民党政府"国防部"把住房收回去了。在四舅过世以后，他那个有病的儿子俞方济，只好住进疗养院，后来病逝在疗养院中。四舅虽然在国民党政府任职，做过"国防部长"多年，但他从来没有参加过国民党，现在看来，也是罕见之事。

2008年冬日初稿

2010年6月定稿

# 遥忆童年

吴采采 | 政治学系教授吴之椿之女
曾居住于中老胡同32号内8号

小时候，我家住在一个大院里，在我幼小的心灵里，好像那院子大得没有边际。我隐隐约约地记得，我家门口有一棵大柿子树，柿子生的时候很涩，熟了才甜。在离家比较远一些的地方，有长长的走廊，还有长长的路，路边种着苹果树、梨树。每当春天来临的时候，树上开满了花。苹果树的花是粉的，而梨花是白的。在更远的地方有假山，比我大一些的孩子常常在假山附近捉迷藏，院子里的房子是青砖的。大院里有小院，都是四合院，家里有几间睡房和爸爸的书房。朝南的客厅正对着一个大花园，父亲喜爱园艺，花园里种满了各式各样的花，花园好像是用篱笆围着的，一进门，右手边还有一个大鱼缸，在我的印象里，鱼缸就像司马光救小朋友的鱼缸那么大。鱼缸里漂浮着绿色的水草，有着不同种类的金鱼。

小哥比我大六岁，最爱把我家买好的菜放到他的小车上满院子推着去卖，我只记得，每当晚饭的时候，阿姨就得到处找他，扯着嗓子喊："吴捷，回家吃饭了。"下雨的时候，小哥就带着我在睡房里用床单搭小棚子。棚子里面黑黑的，外面雨下得越大，雷打得越响，我们躲在棚子里就越觉得好玩。家里厨房有个大灶，小哥喜欢做饭，我也就闹着要学炒菜。记得好像是七八岁的样子，我第一次学炒菜，阿姨把我抱到一个小板凳上，才能勉强够着那个很大的方形的锅台。我上小学一二年级时，常带小朋友来家里玩，父亲很喜欢小朋友，也常陪

吴之椿教授

吴之椿教授的夫人欧阳采薇

小哥吴捷

我们玩捉迷藏。

再长大一些，母亲告诉我，这个院子本来是珍妃的娘家。那时候，朦朦胧胧的，不知道珍妃是谁，可能也不懂“娘家”是什么意思，总而言之，心里有个印象，这个大院，原来是属于皇上的亲戚，来头不小。

到了小学二年级的样子，大院的地址也就深深地扎根在我的心里，“北京市，东城区，中老胡同32号”。院子里那面对中老胡同的大红门，在我脑海里留下很深的印象。记得学校里发展第一批少先队，可能是因为年龄太小，我没有入上，心里很难过。也许那是我短短的人生中第一次挫折。天快黑的时候，回家走到大院门口，想到很快就要见到爸爸妈妈了，开始发愁怎么把这个不好的消息告诉他们。大门是关着的，我站在高高的门洞里，低着头，泪水顺着我的脸颊往下滴，我感到头顶上面那高高的门洞，随着天越来越黑，也越来越高……

小学二年级快上完的时候，即1958—1959年间，爸爸说我们要搬到白米斜街去住。很快，很多人家都搬走了，然而我们家没有搬。接下来院子里开始有了变化，高高的假山被拆掉了，一行行的果树被砍掉了，院子的后院墙被推倒了一部分，开了一个能走汽车的门，这个后门正对着景山东街，后来把个"后门"反而变成了"正门"。门口好像还挂起了"医疗器械厂"的牌子。院子里面四合院的结构很快被厂房车间的组合取代了。

1961年，我家作为最后的一家居民也搬出了那大院，十几年后，我从北大荒回家探亲时，还回到大院旧址去看过。只记得那工厂车间的厂房还是青砖的，其他大院的痕迹几乎没有了。

这一次拜读唐小曼女士的回忆录，儿时的记忆又一幕一幕地在脑海里浮现，那花园，柿子树，假山，还有青砖的四合院……这就是我童年时代记忆中的——中老胡同32号。



后记："文革"后期，一个偶然的机会，我和徐光宪、高小霞先生的长女徐红成了知心朋友，但是我做梦也没想到，徐红和我曾在一个大院里住过，那就是中老胡同32号。只不过那时候我一岁，她零岁。

# 柿子树下的人家（续）

吴采采 | 政治学系教授吴之椿之女
曾居住于中老胡同32号内8号

在《老北大宿舍纪事（1946—1952）：中老胡同三十二号》书中看到由冯姚平姐姐撰写的《柿子树下的人家》一文。当年姚平姐姐和我家一墙之隔，那时我很小，她在文章里写了很多对爸爸妈妈的回忆和关于哥哥姐姐儿时的事情，很多我从来没听说过，一连看了五六遍。这篇文章勾起了我很多回忆和对亲人的思念，使我不由得想起了我们那个原来热热闹闹，后来又变得冷冷清清的家。

那之后几年中，我力尽所能地搜集了一些父亲和母亲的资料，并写下了对“家”的回忆。承蒙姚平姐姐大度，同意我沿用“柿子树下的人家”的篇名，在此谨致以诚挚的谢意！

## 一　我的父亲和母亲

### （一）吴之椿先生大事年表[①]

1894年5月，出生于湖北宜昌，本地小学毕业后入宜昌美华学院读书。

1914年9月，入武昌文华书院（大学）读书，1917年6月毕业。

1917年9月，以湖北官费留学考试第一名的成绩获政府资助赴美

① 本《大事年表》由清华大学政治系主任张小劲教授提供。

吴之椿与夫人欧阳采薇

国留学，先后获伊利诺伊大学学士学位、哈佛大学硕士学位，嗣后又赴伦敦政治经济学院和法国巴黎大学深造。留学期间，曾在留学生刊物《政学丛刊》上发表《德国之新政府》《德意志之新宪法》以及《俄国中央劳农政府之组织》等文章。在1920—1921年的华盛顿裁军会议期间，提议组成“中国留美学生华盛顿会议后援会”，声援中国对日交涉。

1922年8月，从欧洲返国，应聘就任中州大学教授，一年后转任国立武昌商科大学、国立武昌大学教授，以英文讲授专业课程。

1926年夏天，赴北京面见中共先驱李大钊，并经李大钊介绍于同年秋天南下广州，任陈友仁时期国民政府外交部秘书兼政务处长，后随北伐军入武汉，参与收回汉口英租界协定的谈判，协助收回了汉口英租界。

1927年7月，国共合作破裂后辞去外交部职务，曾受命向中外新闻界发表宋庆龄的《为抗议违反孙中山的革命原则和政策的声明》，随后于同年8月陪同宋庆龄访问苏联，旅欧期间曾写作出版

《国民党与中国革命》(*The Kuomingtang and the Future of the Chinese Revolution*)一书。

1928年夏天，从欧洲回国，随即应清华校长罗家伦的邀约出任清华大学政治学系教授兼系主任，主持增聘张奚若、莱特（美芝加哥大学国际法教授）、胡道维等著名学者任教，调整政治学本科课程，开办研究生教育，参与筹建清华大学边疆问题研究会，筹措资金出版《政治书报指南》。1929年至1930年期间，曾出任清华教务长，并在1929年清华校政动荡之际短期代理校长职务。1931年后因病告假离开清华。

1932年夏天，应青岛大学校长杨振声的邀约，出任青岛大学教授兼总务长，主持修建图书馆等重要建筑，后又兼任青岛大学秘书长。

1934年4月，赴南京就任教育部简任秘书，主持英语教学研究工作，负责编纂全国统一的小学、中学的英语教学计划以及审定部颁英语课本，并参与义务教育委员会的工作。

1937年7月，抗战爆发后，先在武汉大学政治学系任教。1939年暑假后转任西南联大政治学系教授，专门讲授“西洋近代政治思想史”和“英国宪法史”两门课程，并参与著名时评刊物《自由评论》和《时代评论》的编撰活动，发表过《转变社会中的宪法与宪政》等文章，出版论文集《法治与民治》。

1946年10月，随同抗战胜利后复员的北京大学复返北平，继续在北大讲授“近代西洋政治思潮”等课程，并积极参与当时的“反内战、反饥饿”运动。

1952年11月，在院系调整中，改任北京政法学院教授，后因体弱于1958年10月退休。

1961年11月，经宋庆龄先生推荐，被聘任为中央文史研究馆馆员。

1971年8月，因病逝世于北京。

除上述著述外，还著有《青年的修养》《自由与组织》等书；译有《德国实业发达史》《近代工业社会的病理》《论出版自由》《印度简史》等。

### （二）欧阳采薇简历[①]

欧阳采薇，江西吉水县人。1910年出生于日本东京。父母均系早期留日学生。在她出生一年多后，合家回到祖国。

她生长在官宦书香之家，自幼喜读国文与英文。四岁便能背诵四书五经，九岁通读三国，高中时就能用英语演话剧。在师大女附中毕业后，考入燕京大学。第二年又考入清华大学，成为该校首届女生。

1932年，欧阳采薇毕业于清华大学西方语言文学系后在国立北平图书馆做编译工作。曾从英法文书籍中翻译外国列强焚烧圆明园记事的史料。部分翻译文稿至今仍在圆明园展出。20世纪30年代中期，她曾翻译《当代人生哲学》选集——爱因斯坦、罗素等当代著名科学家、哲学家谈自己人生哲学的文章。1941年至1946年，在昆明国立西南联合大学及各中学任英文教师。1946年秋至1947年夏，在国立北平铁道管理学院任英语讲师。1947年秋，获美国大学妇女学会全额奖学金，赴美国南加州大学攻读英国文学。后转入哥伦比亚大学进修英语教学，于1948年秋获硕士学位并回国。此后，她继续在国立北平铁道管理学院教英语并升任副教授。

从1950年4月起，欧阳采薇在国际新闻局任英文编辑。同年10月调新华通讯社对外新闻部任记者、编辑、译审，至1986年退休。在新华社对外部的36年间，她以学者一丝不苟的严谨，为人处事的一腔纯真、热情和敦厚，而受到社内广大员工的尊重和爱戴。

她学养深厚，不仅精通英语，又能翻译法语及俄语，并能阅读德

① 母亲的简历是几年前我为吉水县的县志写的文章。其中引用了赵淮青著《山水人物》（新华出版社2009年版）中《雨中黄叶树　灯下白头人——忆念欧阳采薇先生》文中部分内容。

语。20 世纪 70 年代初，柬埔寨西哈努克亲王在华逗留期间，多次在人民大会堂举行晚宴。每次宴会上亲王的讲话都是由欧阳采薇连夜从法语直接译成英语，向全世界播发的。

她曾采访过各种各样的新闻人物，从旧社会的妓女、新疆的白胡子民间乐器演奏者，到石油战线的劳动模范徐谦、著名粤剧演员红线女（邝健廉）、中国第一名女跳伞队员林莉、著名神经生理学家张香桐、国际知名的无脊椎动物化石专家卢衍豪与穆恩之，以及著名数学家杨乐、张广厚……她报道什么便学习什么，吃透什么。为了搞好对外报道，她研究了很多冷门著作，比如敦煌学、地质学、船舶史、陶瓷器和漆器方面的专著。特别是对于考古一类，她的知识相当渊博。她从不将这些知识仅仅据为己有。对待年轻的同事，她耐心答疑，诲人不倦。她曾做过很多知识卡片，这些至今还是新华社对外部的财富。

欧阳采薇在事业上兢兢业业，勇于进取。为了报道古老的文化遗迹，她对出土文物的地质纪年以及科学、艺术价值都进行认真的查证、校对，编译这类稿件所花费的时间和精力远远超出一般稿件。她勇于承担重任，在 20 世纪 70 年代，她几乎包揽了对外部全部考古稿件。并且她能把枯燥的事物表达得生动有趣，明白易懂，通情达意地写出所报道的出土文物的科学、艺术价值。同行称她为“考古编辑专家”。她也戏称自己是与“石头和骨头打交道的人”。

为了向全世界介绍故宫博物院珍藏的历史名画，她努力学习美术史，直到熟悉这些画的年代、技巧流派、艺术特色，乃至这些画在我国美术史上的地位，从而向国外读者描绘出这些艺术珍品的气韵天成抑或幽静意远。在她 69 岁那年，她的这篇报道荣获 1979 年《墨西哥日报》老龄新闻工作者奖。

她总是通过自己的报道，让外国人了解我国的历史以及我国文化遗产的精华，熟悉我们美丽富饶的祖国。她的报道朴素中有文采，简洁中含细腻，具有女性清丽娟秀的特色。晚年，她成为新华社对外部资深的编辑、记者、翻译家，以及采写考古、医学、科技和古典文学艺术等门类文章的专家。

从71岁开始，欧阳采薇从事对文学、艺术，尤其是古典的中国艺术专著及作品的翻译。76岁退休之后，她依然笔耕不辍，直至84岁中风为止。在七八十岁的高龄，她还亲自坐公交车跑北京图书馆查资料，或者打电话请教有关专家学者。在这些年里，她将《中国陶瓷史》《中国杂技史》《中国金鱼》《丝绸之路今昔》《齐白石画集》《吴作人的艺术》《长寿之谜》等十余部中文著作翻译成英文，向西方世界介绍。

在20世纪30年代，欧阳采薇嫁给了著名学者、曾任清华大学教务长的吴之椿教授。婚后，她在照顾家庭的同时，对学业、事业依然毫不懈怠。她生有二男二女。大儿子学航空，在南京曾任总参军训部模拟技术研究所副所长多年。大女儿和小儿子曾分别在北京大学物理系和中文系就读，不幸都于70年代早逝。小儿子吴捷曾热衷于相声创作。他的作品曾数次在包括《人民日报》文艺版在内的各种报纸及刊物上发表，并得到侯宝林、马季等相声名家的赏识。小女儿在美国华盛顿大学获分析化学博士学位后留美工作。

欧阳采薇晚年经历儿女早逝的摧打之后，却能郁积悲泪，卓然自持，潜心致志地做好自己的本职工作以及翻译工作。在小女儿出国留学之后，她更加孤独，因而将精力都放在工作、学习上。晚年，她每天都听英语、法语、日语的广播讲座。她在搞翻译的同时又迷恋上书法和国画，日日与书画殷勤相伴。1994年，她患脑血栓摔倒骨折后，在病床上，还垫块木板，校对完出版社约她的最后一篇译稿。

欧阳采薇于1998年9月9日在北京病逝，享年88岁。她为我国的对外宣传事业做出了杰出的贡献。她的作品及简历收录于新华出版社出版的《中国女记者》一书。

## 二 回忆我的一家

我们家有六口人：父亲吴之椿（1894—1971），母亲欧阳采薇（1910—1998），大哥吴小椿（1936—2005），姐姐吴小薇（1940—1977），小哥吴捷（1944—1975）和我（1950年出生）。我们是幸福的一家。

回想起来，“家”给我印象最深也是我最珍视的，就是家里的气氛。人与人之间的关系非常单纯和真挚。简单来说，四个字：“平等，博爱。”



### （一）家里的平等有两方面

第一是男女平等。

父亲一生对母亲的事业一贯很支持。母亲对我说，在昆明西南联

幸福的一家。前排左起：欧阳采薇、吴采采、吴之椿；后排左起：吴捷、吴小椿、吴小薇

大时期家里经常没有保姆，老爸常帮母亲做家务，是出名的“模范丈夫”。她说，在当时的中国，很少有教授做家务的。几年以后他又全力支持母亲赴美留学。我有了孩子才能体会到，当年他自己照顾三个不满十岁的孩子，支持母亲出国留学是多么不容易。北平解放后父亲曾想去武汉大学教书，但母亲热爱新华社的新闻工作，老爸只好放弃去武汉的机会留在北大工作。母亲工作很忙时常回来很晚。老爸身体不好需要早早休息。所以父母之间的另一种交流方式就是留条子。条子贴在过道的书柜上，母亲一进门，就能看到。父母之间的平等互爱对我们儿女影响很深。



第二是大人和孩子平等。

儿时印象最深的就是老爸的慈祥、和蔼可亲。他不光对我和我的哥哥姐姐是这样，而是对我们所有的小朋友都是这样。小时候我不懂，为什么家家都有规矩，而且我的朋友们一般都怕爸爸。我觉得自己很幸运，我家就没有什么规矩，我的爸爸对我的所有的小朋友总是笑眯眯的。朋友们都喜欢在我家玩，非常自由。老爸肠胃不好，所以酵母片是家里的必备药。多少年后我回京探亲，儿时的朋友还对我说：“你还记得吗，困难时期，你把你家的酵母片分给我们当花生米吃？”长大一些，听母亲讲，老爸受西方教育的影响很深，所以不用中国传统的教育方式。我们兄弟姐妹，从来没有一个挨过打。大哥小时候，老爸总觉得老师管得太严。他最爱说的一句话是“一将成名万骨枯”，可能是讽刺老师让学生做很多作业、出好成绩，就是为了让自己出名。看到姚平姐姐回忆大哥小时候对爸爸直呼其名的故事，只觉得可笑，但一点不奇怪。在家里，不光爸爸妈妈是平等的，连孩子和父母也是平等的。如今在美国生活多年，观察到很多美国家庭，很少有人家像我们家给孩子那么多自由的。我们的确很幸运，从小就享受了平等和自由。感谢上帝，我们还没都被老爸宠坏了。

### （二）家里的博爱也有两方面

一方面是慈爱。

这一点父亲最突出。在我生病的时候，老爸就会给我做上一碗巧克力牛奶的藕粉糊，特别香。老爸还会炸土豆饼和炸裹了鸡蛋面的面包，都是我最爱吃的。据说都是爸爸在欧洲时学的。我在家里是个宠坏了的小公主，动不动就和老爸撒娇，跳脚。后来去了兵团，很后悔和父母这么没礼貌，决心回家以后一定要改。去兵团时我18岁，要离家三千里去一个艰苦的地方。老爸去过西伯利亚，知道那里冬天有多冷。当时老爸已经七十四五岁了，在家里说好了他不去送行。可是火车开动之前，拄着拐杖的老爸突然出现在我的面前！我急坏了。真是怕他跑这么远会生病，而且火车站上送行的人很多，我很怕他被挤着或摔倒。于是我摆出了小公主的架势，“命令”他马上回家。他无可奈何地离开了我。火车开动的时候，我没有看到老爸。其实我心里何尝不想和他说声“再见”呢！如今自己也成了老妈，才会去想老爸被我“轰”回家的路上，想着自己心爱的“小公主”要去那么遥远和艰苦的地方，心里会多么的难过！1969年，好不容易排到我探亲的日子。归心似箭。我和我的一个朋友，坐火车到天津，背着背包从天津往北京走。一路上几经周折，最后还是截车回到北京。到家时是老爸开的门。真是一个特大的惊喜！

母亲对我们儿女虽然不像老爸那样娇惯，但是她对我们的爱也是世上少有的。困难时期为了全家老小能吃饱饭，母亲忍饥挨饿，一直到两腿浮肿。父亲神经衰弱，我也有遗传。每当我睡不着的时候，妈妈就会放下手里的工作来给我讲书，让我入睡。我还有个奇怪的毛病，半夜醒来会着急，睡不着。这时我就把身边的熟睡的妈妈捅醒，她就会“骂”我一顿。我呢，就欠这一顿“骂”，挨了这顿“骂”，我就会“心满意足”，踏踏实实地安然入睡。妈妈的神经特棒，她也能马上进入梦乡。

工作中的欧阳采薇



1977年姐姐过世不久，可以参加高考的通知就下来了。“上大学”是我多年的梦想。我记得妈妈当时生病躺在床上。她不同意我去上学，觉得我年龄大了该找对象成家了。我是跪在床前恳求和说服妈妈的。从此以后，她就全力以赴支持我考大学，包括帮我找题目，抄题目，让我可以多多做练习。我准备考研时，每天学习十多个小时。她怕我会生病，就每天从新华社带一只烧好的大鸡腿回家，给我补充营养。当时她已经年过七十，抱着饭盒还要挤公共汽车，新华社的人都逗她：“欧阳老太太，您怎么倒着孝顺呀？”

给姐姐治病的过程更能体现父母对子女的慈爱。我记得爸爸的书房里有个糖罐，别的人都不去动。我有“特殊许可证”，可以在任何时候去拿糖吃。在我八九岁的一天，我又把我的小手伸到那个糖罐里，爸爸忽然制止了我。他告诉我：“姐姐生病了，以后糖果要留给姐姐吃。”很多的时候姐姐不得不去住院。她回家的时候家里会有很多压力，因为不知道她什么时候会发脾气。即便这样，我们还是愿意她在家里。一方面她能在家用药物控制，就说明病情比较稳定；另一方面，在家和亲人在一起，对她来讲环境总比在医院里强。为了给姐姐治病，父母到处借债，几乎到了倾家荡产的地步。

另一方面是严格要求。

在美国，这叫“Tough Love”。从父母对我们的家教中我体会，最重要的就是怎么做人。老爸的骨气和人格，是从父母给我讲的一些过去的事情中觉察到的。老爸讲到过他陪宋庆龄和陈友仁去苏联的事情。他告诉我，他和陈友仁不欢而散，是因为陈让他去做代表和汪精卫谈判。他认为这是对他人格的侮辱。诚实是做人的重要的方面。我们从小出去买东西回来要报账。我记得，家里有个记账本，每个人买了东西，都要记账，爸爸妈妈也不例外。我们小孩子帮家里买了东西要报账，爸爸妈妈再记在账本上。我五六岁时，到附近小店买东西多买了几分钱的糖，偷偷地吃了。回家交账时就出了麻烦。我很害怕就开始哭。我现在不记得爸爸是批评我呢还是安慰我呢，我只记得一张很大很大的桌子，我在桌子的一头哭，老爸站在桌子的另一头。

我家是慈父严母。严格要求一般都是母亲来“执行”的。我的英文全部是妈妈一手“逼”出来的。我在焦化厂时每天早上六点出门，下班后在厂里还要学习几个小时，所以晚上八九点钟才到家。不论多晚回家，一进门妈妈就把广播英语打开了，让我听。每天在车上都要背单词，周末练翻译。我上大学和研究生时，她要求我学大学英语系本科的课本。每个周末上一次课，然后我就带到学校去背。每天早上大声朗读一小时。我也还算听话，每次都让妈妈满意。这可能也是妈妈特别疼我的原因之一吧。

时间在妈妈眼里是最珍贵的。家里有两条奇怪的规矩：不许吃瓜子和玩牌。因为这两样是最浪费时间的了。就连做饭也不是太鼓励，因为阿姨可以做。我把时间用来学习就更有价值。而下棋是受到鼓励的，那是属于开发智力。（我在写这一段时，突然冒出来一个奇怪的想法。妈妈如果活到今天，不知她如何评价电脑网络。电脑游戏肯定是不会让玩的。）但是严格要求和母亲对后代的疼爱是不可分割的。记得 1996 年，母亲摔断了胯骨。从手术室推出来，第一句话就问的是“小丫（姐姐的女儿）的英文背了没有”。

平等和博爱的原则，造就了一个和睦可亲的家。父亲耳聋，母亲又有一副好嗓子。所以，听起来，家里总是吵吵嚷嚷的。但从来没有人耍心眼。每一个人都真心地关爱和信任家人。

比如，在“文革”中我们几个孩子都去了外地。在谁能先回城的问题上，对很多的家庭和兄弟姐妹的关系都是一种考验，在我家中从来没有为了这闹矛盾。一开始小哥办回城，我很支持。因为他在家里远远比我管用得多。后来他自己办不成，又听说可以给我办，于是他返回头，全心全意地给我办，一直到我回到北京，所有的手续都是他跑的。小哥的孝心是少有的。父母年迈，姐姐有病，家里带姐姐上医院，给父亲抓药、买东西，大事小事都是他张罗。他是父母最得力的助手，也是我们每一个兄弟姐妹的最好的朋友。小哥从十几岁就迷上了相声，这真是我家的一大幸事。因为他每天都带回笑料来，让我们大家开心。而且他有一种奇怪的本事，那就是他逗得大家都哈哈大笑，他自己不笑或者只是微笑。他那副假正经的样子，就让大家觉得更可笑。 他的幽默可以化解很多矛盾。在我去东北之前，我和母亲为了一只破旧的皮箱争得不亦乐乎。我已经不记得谁是什么观点了。我只记得小哥听到我们吵吵嚷嚷的声音，便过来问问事由。然后，他指着皮箱，只说了一句话：“就这个箱子，想上东北？东四都到不了就得散！”于是，紧张的气氛化为一片笑声。我现在还很爱笑。我想我的爱笑就是从小哥的幽默开始的。

我和妈妈相依为命的日子是从小哥因公去世开始的。这突如其来的不幸，对我们全家都是极大的打击。逢年过节是最寂寞和痛苦的。母亲和我往往是坐在电视机前，我们都会尽量避免提起伤心事，但又

欧阳采薇在家中书桌前

都是心照不宣。直到我结婚，家里才慢慢热闹起来。

母亲对我事业上的支持和鼓励，是一言难尽的。从支持我赴美留学，读博士学位，到留美工作，母亲做出了极大的牺牲。所以，家里对我影响最大的就是妈妈。我的执着和努力很像妈妈。2010年，由于美国经济危机，我失业八个月。年过六旬，何去何从，这是对我的又一次“考验”。有一天，我在电话上和一位朋友聊天，谈到我想转行去做技术翻译。她说：“你知道，你妈妈留给你的一件最珍贵的东西是什么吗？”我说：“是呀，我是要感谢妈妈教我英语，现在可用上了。”她说：“不对。”我很奇怪，“那还有什么？”她说：“你 NEVER GIVE UP（你从不放弃）。”

现在我们几兄妹的儿女都长大成人了。大哥的两个儿子都取得了化学博士，分别在美国和澳大利亚工作。我的女儿在美国行医。姐姐的女儿小丫和我的儿子都是大学毕业，他们虽然没有去拿更高的学位，但是也都很上进和努力工作。尤其是小丫，全天上班带着孩子，还利用业余时间刻苦地学英文。姥姥在天之灵若有所知，一定会派仙女下凡，每天给她送个大鸡腿的。

我们这一代，是“文革”的产物。我常拿自己取笑，我是有学位没文化。中文写作只有初中毕业程度，中文打字也是写这些文章才得以练习的。但是这些记忆是美好的和珍贵的。等我退休了，我会把这些回忆文字翻成英文，留给我们的子孙后代。

美国，西雅图

2017 年 3 月

# 中老胡同记事

冯姚平 | 西语系教授冯至之女
曾居住于中老胡同32号内9号

## 一　入住满洲贵族的大院

1946 年夏，我们全家从昆明回到北平，在红楼西边的东斋宿舍过渡了很短一段时间，就搬进了新修好的中老胡同 32 号宿舍。

说起这个中老胡同，我的父亲对它非常熟悉。他当学生的时候，曾经在这条胡同住过。在他早期的一篇小说《火》里面还写到了这条胡同。他是这样描写的：

> 因为附近大学校的原故，R 巷的组织很有些与众不同。从大街走进了胡同口，还要拐好几个小弯，才能到了它的中心；所以市声距它很远，独自具有一种寂静的深巷的情调。它隐秘在北京地图上最不惹人注意的地方……它虽然是这样的幽僻，但它的本身自有它一番异乎寻常的热闹处，绝不似北京一般的胡同那样的趣味庸常，精神涣散。它里边一所一所，一间一间的房子，无论是新旧好坏，今天贴出来招租条，明天便一定地会有人搬进去，——多半是大学校的学生。
>
> 它有如一座小小的“桃源”。
>
> 然而它绝不是那样的质朴；它无时无刻不是变幻的，浪漫的。在这不上四十家的巷子里，会听见十几种不同的方言。

其中的住户，有：满洲的贵族，公寓老板，大学教授，学生，他们的家眷——在北京结合的或是从故乡接来的，——还有学校听差，还有私娼。人烟太稠密了……所以卖零食同玩艺的更是络绎不绝于道，敲小锣，打梆子，击小鼓……整年四季不断的音乐，形成一种太平的景象。非常地复杂而且和谐。

……在那满洲贵族的门前，时常放着一辆马车，车夫横躺竖卧地谈着他们主人在前清时代的隆盛，还以鄙弃的态度来评衡着太看不上他们的眼的大学生们的言谈行动。有时“里边”忽然有了动作了，车夫似乎这方面的预感极为灵敏，即刻车铃一响，门内慢慢走出来旗装的妇女……含着几分娇爱向车夫叮咛嘱咐，话犹未了，早已端坐车内，紧接着是马蹄橐橐的声音，刹那间朱门紧闭，车马无踪……

我们搬进的就是这座“满洲贵族”的大院，只不过朱门再不紧闭，至少白天总是大敞着，由一高一矮的两位门房老赵看管。房子经过了巧妙的改造，在原有房屋结构的基础上，把前廊后厦包容进去，因房制宜地划分成20多套各不相同的单元，通上了上下水。每个单元面积虽然不算大（我家大约有75平方米），却是卫生间、厨房、保姆间、储藏室一应俱全，布局相当紧凑科学。浴室和电话是公用的，有电话来，小老赵会到院子里高声传呼。

院子虽然已经改造得面目全非，有的地方却还能让你体味到昔日深宅大院的遗韵。例如，进得大门，要横着向左跨几步，才能来到正院的门前，那是一座带抄手回廊的垂花门。门内回廊向左右延伸连接着东西厢房，门楼和回廊上的彩绘在我眼里和颐和园长廊的差不多。正房建筑在高高的基础上，显得十分高大庄严。东院的假山花厅藤萝架更是我们这些孩子最喜爱的地方，还有那棵参天的大槐树下面一米来高的大石头墩子，也绝非一般人家所有。果然，不久就听到大人们谈论，原来这里曾是光绪皇帝的妃子珍妃、瑾妃的娘家。那时，皇帝、妃子，对我这个来自边省小城的孩子来说，都是些非常神秘的人物，所以后来在种菜的时候，我把地翻挖得特别深，总期望着能挖出点什么不寻常的物件来，结果当然是除了施工时埋下的破砖碎瓦外一无所有。

院子原来的格局可能是并排五座三进的院子，但紧挨正房东边的院子里只有紧靠南北院墙的两排房子，中间部分则被假山花厅和一个大空场占据。现在内部的院墙都没有了，形成了一个大院。随着一家家的入住，大院很快地活跃起来，绝大多数的住户是我们这些从大后方光复回来的人家。可能都认为这次总算能安定下来了，所以都在积极地建设自己的小天地。





那时候，日本人仓皇逃跑，小市（旧货市场）上东西很多，从古董、硬木家具到日常用品应有尽有，物美价廉。所以地安门小市就成了大人们经常光顾的地方。当务之急当然是日用品，所以我家从茶柜到枕头，都是日本货，精巧可爱。父亲特别喜欢的一把小圆茶壶，上面画满了飞翔中的红色千羽鹤，一直到现在还用它沏茶待客。

我家住在西侧的院子里，坐北朝南，本来是两明一暗的三间房。“两明”的外间是客厅，里间是饭厅。我家有三个很大的书柜，是战前依照父亲的外文书籍量身定制的，从我三大爷家取了回来。现在用一个隔开里外屋，其余两个沿墙摆在客厅里。客厅后面是厨房和保姆的住房，饭菜可以通过墙上的小方孔传递。饭厅中间有一张方桌吃饭，窗前的二屉桌是我做功课的地方。饭厅后面连着厕所和储藏室。“一暗”分为两间，北面是父母带着妹妹的卧室，南面是他们的书房，两人的书桌垂直摆放，放上椅子紧巴巴的，门后是我睡的床。冬天取暖用“洋炉子”；我家的老炉子和我差不多高，“西门子”造，好新鲜！放在饭厅。为了充分散热，烟筒很长，穿过饭厅又沿客厅的墙走一段才出去。厨房的灶烧煤球，洋炉子烧块煤，所以冬天来临前且得忙活一阵，要“叫”煤末、煤块、黄土，会有人送来，再请工人来把煤末、黄土混合摇成煤球。

我们东边并排住的是政治系教授吴之椿，后面是教育系教授陈友松和法学院长周炳琳。吴家门口有一棵高大的柿子树，秋天枝头挂满金红色的高庄柿子。我家窗前则是一白一紫两大棵丁香，春天来到，满院芬芳。再往前是一片很大的空地，吴伯伯在他家那侧精心培植了一个美丽的花园，用秫秸秆编的篱笆围起，人们可以站在外面欣赏它的美丽。

我家在空地上种的是菜。东院有一口机井，我放学回来就去提水浇菜，后来妹妹稍大一点就跟我抬水，用一根棍子，水桶放在我手底下，她扛着棍子那头在前面摇摇晃晃地走着，很有成就感，一进我们院子就大叫："爹爹娘娘快来看，我跟姐姐抬水呢。"我们种的有西红柿、茄子、辣椒，我甚至还种过一小块地的花生，为的是看看它们怎样落花而生。屋檐下爬满丝瓜，唯一不成功的是土豆，长了马铃薯甲虫，血本无回。我们年年丰收，母亲说是因为她经营得好，我则认为是我深挖地、勤浇水的功劳。

中老胡同时期的姚可崑与冯姚平，摄于北平的公园

后面院子小，陈伯伯在他家门口台阶两旁栽了两棵松树。那时他的家属还没有来，经常见他站在门前满意地欣赏这两棵树。我心想，陈友松，陈“友松”，这就是陈伯伯的两位朋友啊！

我们在这里住了六年，一直到1952年高等学校院系调整后才离开。这六年，在中国发生了翻天覆地的变化，我们自己也在变化。

## 二　欢乐的大院——孩子们的乐园



住进中老胡同的我生活发生很大的变化，我从来没有这么快乐过。在昆明时我很孤独，院子里没有孩子，家里没有兄弟姐妹，上学独来独往，回家做完功课，没人说话，只能看书。没人跟我玩，我也不会玩。现在可好，20多户人家的大院有很多孩子。大的上大学、高中了，小的还没上学，最活跃的——恐怕也是最扰民的——是我们这批10岁上下以高小、初中学生为主的中间层。那时我们很多人都在孔德学校上学，上学放学有伴儿，很热闹。我和庄圻泰伯伯家的小庄姐姐（建镶）同班，一次放学回家，两个大个子男生把我们堵在小胡同里，扬言要打我。只见她挺身而出，厉声喝道：“想干什么你们！”那两个一愣，溜了。我真佩服她。

在院子里我们玩“口令”“官兵捉贼”，偌大个院子足够我们奔跑躲藏。往往是这样开始的：只要有人在院子里一吆喝，家家大门洞开，跑出小人儿来，迅速汇集到大槐树下。推出两个精明能干的来划拳，赢者环顾周围候选者，挑出最机灵敏捷的一个，负者再挑。如此这般，人马迅速分为两个阵营，簇拥在两位领袖周围。只听得领袖一声令下，不管是官兵还是贼，马上飞奔出去，各自占领有利地形，等待战机。不好意思的是，在这种场合，我总是处于被最后招纳的兵员之列。究其原因，首先当然是我不够机灵敏捷，更主要的是我有一个

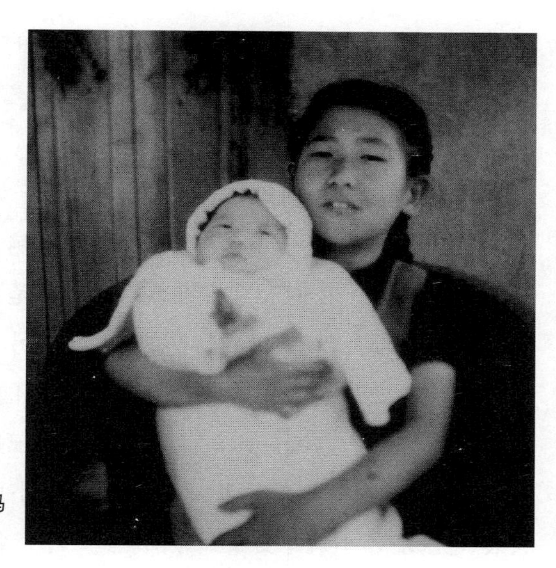

1946年2月，我和妹妹冯姚明摄于昆明励新二村



“小尾巴”冯姚明，我的妹妹。她两三岁，能走会跑了，但同龄人的团伙还没有形成，所以总是跟在我后面。对方只要看见她，就知道离我不远了。更要命的是，她非常关心我的“成败”，一见“敌人”走近我藏身的地方，就会忧心忡忡地提醒“姐姐，藏好”。虽然作为“末等兵”，我也很珍惜这玩的机会，津津乐道。前两年又谈起这些时，沈虎雏说：“哪里，那时候叫你出来玩，你总说冯伯母不让，叫你做功课，看书。”可能是这样，不过，我知足了。

过年也令我特别兴奋。在昆明，我家从来没有过节的气氛，我非常羡慕别人家过节包粽子、煮元宵的热闹。现在不同了，过年前好几天父亲就带着我开始大扫除，我们把书柜里的书搬出来，一本一本地掸去灰尘。有一次大扫除时，父亲把精装德文书的包皮去掉，露出烫金的书脊，说：“算了，我也活不了多少年了，让我多看看这些漂亮的书吧。”其实那年他才四十二三岁。家里装饰起来，电灯罩上红纸，包饺子，餐桌上有鱼有肉。最高兴的是父亲有时间和我玩。我们不会玩高级的，就玩升官图，用个色子一转，千万别转到“赃”，当了赃官要降级撤职。表现好，“升”到终点的奖励是一小堆花生。到了子夜时分，孩子们都跑出来，提着灯笼排着队到各家各户去拜年，大人们热情地用糖果招待我们。

住在北京大学附近，作为北大教授子女的我们，绝不会是只贪玩、扰民的混孩儿，受环境、家长的影响，我们也有看法、有追求。一个寒假，我们计划排练歌舞，当然是从大学生那里学来的，演给家长们看。我不善歌舞，却积极参加另一项活动——在花厅里举办寒假作业展览。记得我读了一本讲中国历史的《两千年间》，很激动。写了一篇读后感，激昂慷慨，自己颇为得意。那时我沉迷于《水浒》《说唐》等读物，把我的几位小朋友贺美英、朱世嘉、大袁（尤龙）、小袁（文麟）等都“封”了“将军”，还用马粪纸做成虎符分发给众“将军”。现在只记得袁文麟获封“伏波将军”，我们俩坐在树下曾有过一次严肃的谈话。她问：“你说，等我们长大了，能（她在选择适当的词汇）造反吗？”

北平解放时，我在师大女附中上初二，很快就入了团，成为新民主主义青年团的第一批团员。外面的世界太精彩，大院的活动已不再那么令我（或许是我们）神往，我全身心地投入学校的活动，追求进步。并且自以为“进步”了，有时对父母的“不够进步”还产生不满情绪。大院里新的一茬成长起来了。有一天，贺美英惊喜地对我说：“别看陈莹（陈占元伯伯的女儿）那么小，她都能读《中国青年报》社论了。”等到冯姚明投入 David（芮沐伯伯的儿子）麾下驰骋大院疆场时，我们的大院生活也很快就结束了。

## 三　活跃的大院

从昆明回来，我刚满 10 岁，对大人们在干些什么、想些什么，并不了解，但是我记得，大院里大人们的生活同样是生动的、活跃的，许多事情不出大院就能解决。

首先是亲戚朋友多，除了我三大爷、二姨两家亲戚，原来留在北平的朋友们纷纷来访。父亲的老友顾随伯伯经常来长谈，谈到深夜。有一天门房居然有一封给我的信，是顾伯伯写来的，问我最近读些什么书，可以推荐给他的小女儿。这是我这辈子收到的第一封信。陈逵、卞之琳等伯伯从外地来了，我就把床位让出来给他们住；昔日联大学生林书闽带着妻儿来北大工作，也暂住我家，人多，只得在外屋搭铺。我的四爷爷冯文潜在南开大学，他经常来北平，每次都给我妹妹提两盒茯苓饼。后来看到冯承柏叔叔整理的父亲致四爷爷的信："四叔尊前：信和电报都收到了，电报已转给之琳。他说他可以回南开来。"才知道四爷爷是在为南开大学文学院的建设延揽人才而奔走。我的表姑陈蔼民一家从大后方回到天津，来北平看望我父母。父亲问表姑父陈明绍愿意不愿意到北大教书，他说愿意。父亲说你等等，马上出去，去找同院时任北大工学院代理院长的马大猷伯伯。一会儿工

父亲冯至，摄于1950年

夫就回来了，说："谈好了。"于是，表姑父到北大工学院当副教授，一家人回到北平。事情就这么简单，那时候人们期待着百废俱兴，到处都需要人才。

院子里学术气氛浓厚，朱光潜伯伯家经常高朋满座，品诗论文，好不热闹；贺麟伯伯的西洋哲学编译工作紧锣密鼓；为多家报纸编辑文学副刊的工作使沈从文伯伯应接不暇。大院里文采飞扬，吸引着住在外面的人，像杨振声伯伯就经常从南锣鼓巷过来闲谈。至于理工科的伯伯们有什么活动我不清楚，只记得庄圻泰伯伯个子高高的，走路时总是仰头向天，全神贯注。怕打扰他，每次见他过来，我总悄悄地站到一边，待走近时，怯生生地叫一声"庄伯伯"，他才猛然惊觉，低头向我笑笑，然后抬头，向前走，继续他的数学问题思索（我猜想）。同时，大人们学习热情很高。那时，袁伯母在美国深造，袁家骅伯伯独自带着两个女儿，袁伯母一定非常想念他们，给女儿们带回很多可爱的玩具。姐妹俩还送给我一对精致的小烛台和一包小蜡烛，那是我的宝贝。后来吴伯母也到美国进修去了。

母亲姚可崑，摄于20世纪40年代后期

我的父母自然也都在认真工作。母亲在北京师范大学教国文，还有逻辑学（什么是“逻辑”，那时我不懂）；另外，她还兼任过北大医学院的德文教授。父亲在北大西语系，教书、写作、研究，参加学术文艺活动，接触青年等，非常充实。

## 四 父亲的研究与写作

回到了北平，搞研究、做学问的条件比昆明好多了。北大图书馆藏书丰富，家里有被我三大爷藏在煤屋里幸存的三大柜德文书，还有旧书摊。我曾跟他去东安市场，里面有个丹桂市场，专门卖旧书。书摊主人们跟父亲都很熟悉，见他来就主动拿出他要找的书，或向他推荐可能需要的书。我乖乖地陪他逛完书摊，夏天能得到一支三色冰棍，冬天则是一根冰糖葫芦。此外，北大图书馆底层东西两侧有两列供教授用的研究室，父亲分得其中一间。他可以直接进书库找寻需要的参考书，放在研究室的书架上，随用随拿。他在这安静的小天地全心全意地做他最喜欢做的事，研究和写作。

### （一）歌德研究

朱光潜伯伯是西方语文学系主任，他们家是从乐山武汉大学回来的。据说抗战前朱伯伯经常在北平的家里组织读诗会，父亲从德国回来后曾参加过两次，并给朱伯伯办的《文学杂志》写过稿。在中老胡同，父亲、母亲很快和朱伯伯、朱伯母成为朋友，我和朱世嘉、世乐姐妹也成了小朋友。世乐身体不好，朱伯母总把一架小床搬到门前大榆树下，让她坐在里面晒太阳，我和贺美英、朱世嘉常围在旁边陪她聊天、玩耍。

1948 年 8 月，父亲的《歌德论述》作为朱光潜伯伯主编的《正中文学丛书》之一出版了，书中收入他研究歌德的七篇文章。从 1941

年起，父亲开始翻译歌德专家俾德曼（Biedermann）的《歌德年谱》，并参照歌德的著作、书信、日记、同时代人的记载和后世学者的研究详加注释。稿子寄往重庆，在中央图书馆的《图书月刊》上按期发表。他说自己这个作品“盖以年谱为经，注释为纬，国人有意于德国文学者，可取作参考之手册焉”。虽然这项工作后来因故中断了，但由此他仔细研读了歌德著作，为他后来的歌德研究打下了基础。他在联大开讲歌德诗的课，很受欢迎；在联大的学术活动——如罗常培伯伯发起的“文学十四讲”、贺麟伯伯组织的哲学编译会——中做研究《浮士德》的讲演，为他和母亲合译的歌德著《威廉·麦斯特的学习时代》写出详尽的“中文译本导言”，给报纸杂志写研究介绍歌德的文章等，他的歌德研究工作一直延续到了北平。我不知道那时候出版学术著作的难易，但我相信这本书的出版是朱伯伯促成的。

贺伯伯贺伯母和我父母在昆明就是好朋友，来往密切，父亲热心参加贺伯伯哲学编译会的工作，这工作延续到北平。我不了解这项工作，但从众教授的热衷参与中，我感觉就像后来人们拿到个“863”课题似的，大家有了用武之地。母亲也积极参加，1947年她翻译尼采《历史对于人生的利弊》一书被贺麟伯伯收入中国哲学会“西洋哲学名著丛书”中（后由商务印书馆出版）。编译会会址就在中老胡同我们斜对面的一座小红门里，父亲常和贺伯伯到那里去。我很好奇，有一次跟着贺美英溜了进去，只见一座很整洁漂亮的小院子，有人（我想是贺伯伯的助手或学生）在安静地工作，没人注意我们，我们看看就又溜了出来。最近整理父亲的资料，发现一张1950年1月29日北大哲学讨论会关于冯至先生做“歌德”讲演的通知和一份未及完全整理誊清的讲稿，可能他这个阶段自由自在的歌德研究就到此为止了。

此后，他在北大教书还一直讲德国文学，“大跃进”时他和田德望伯伯还带着青年教师们“苦战40天”编写了一部《德国文学简史》，这部书在后来的德语文学教学中起了一定的作用，他却引为平生一大憾事。固然这里有他多年教学和研究的心血，却不得不接受当时认为正统的而非他自己认可的某些观点，再说这么匆忙、粗糙的工作方式也非他的作风。总之，他认为有违他的学术良心。

直到30年后，从1978年开始，他又陆续写出《〈浮士德〉海伦娜悲剧分析》等八篇文章，与《歌德论述》里的七篇合在一起于1986年9月由上海文艺出版社出版。父亲本来打算以“两个时期论歌德”作书名，后来接受出版社的意见，简化为“论歌德”，按照写作时期分成上、下两卷。说到这里，我想起一件往事。1982年，父亲辞去外国文学研究所所长职务，改任名誉所长，我曾向他建议：《浮士德》好像还没有理想的译本，现在有时间了，你是不是可以翻译呀？他笑一笑，什么也没说。母亲退休回家后也曾建议，二人合作，她翻译初稿，父亲定稿，加工成优美的诗句。同样没有得到响应。后来我明白，继续完成歌德研究才是他心中的头等大事，估计还有他的里尔克研究。

冯至著《歌德论述》

### （二）撰写《杜甫传》

另外一项工作是写《杜甫传》。“早年感慨恕中晚，壮岁流离爱少陵”，父亲年轻时喜欢中晚唐诗人的诗，与杜甫的“深交”是从抗战时期的颠沛流离中开始的。那时我家随同济大学迁校（那时叫逃难），1937 年 9 月从上海到金华、赣州、平乐，日本鬼子步步紧追，1938 年年底才到达昆明。父亲随身带着一本日本袖珍本的《杜甫诗选集》，翻来覆去地读，越读越深入，他说：“携妻抱女流离日，始信少陵字字真；未解诗中尽血泪，十年佯作太平人。”（《赣中绝句四首》1938 年 1 月）到昆明，他就努力搜集资料，做了大量的卡片，萌生了为杜甫写传的念头，试图用一个现代人的虔诚的心与虔诚的手描绘出一个唐代的杜甫。父亲利用学生选修他所开课程的选习学程单背面空白做卡片。现在还存 98 张，如选修“德文贰”的邓稼先、朱光亚、邹承鲁，选修“欧洲名著选读”的袁可嘉、卢飞白等学生的选习学程单。但首先遇到的困难是史料的缺乏。除了杜诗本身，没有任何日记、信札或同时代人关于他的记载流传下来。父亲采取了“以杜解杜”的办法，

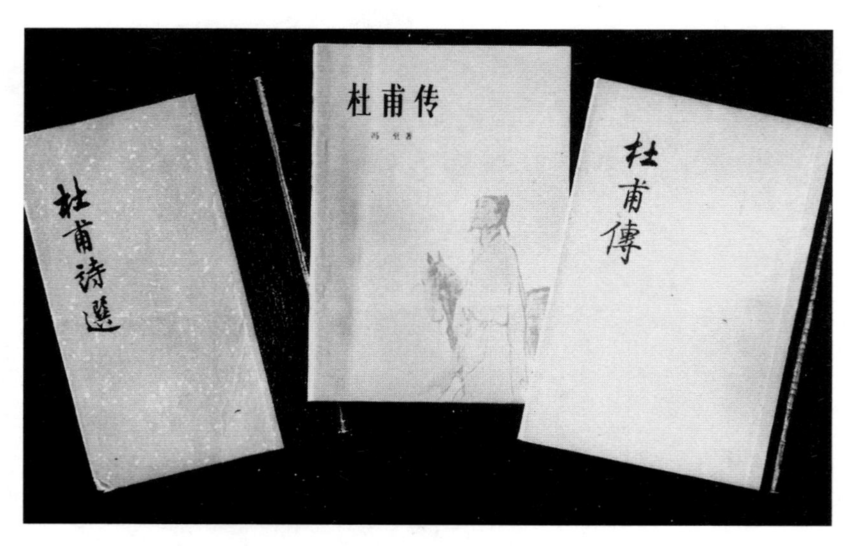


冯至著《杜甫传》两种版本以及所编《杜甫诗选》

尽量从杜甫的作品中摄取资料。回到北平，条件好多了。不仅图书馆有丰富的馆藏，他从旧书摊上搜集到不少有关唐代的文化、政治、历史、地理以及衣食住行、社会风貌等各方面的书籍，什么《唐六典》《唐会要》《长安志》《元和郡县志》《元和姓纂》《食货志》等，还有王国维、陈寅恪等近当代学者的著作。他在分析参考各种资料（有些是互相矛盾的）的基础上制作了杜甫世系表，根据杜甫诗的描述画出了杜甫壮游时期、流亡时期的路线图，他描绘了唐代长安街巷的布局。做了这些工作，心中有数了，他才动手写《杜甫传》。他以杜甫的作品为根据，一步步推求杜甫的生活与环境，随后再反过来用他所推求的结果去阐明杜甫的作品。他将审美观照与史学意识融合在一起，把杜甫及其作品作为一个整体，置于广大而复杂的社会背景中去进行描绘，回答了关于诗人的人格、他继承的传统、他的学习、他的生活经验以及他写出这些作品的原因。

他先写了《杜甫的童年》《安史之乱中的杜甫》《从秦州到成都》等篇章，发表在朱伯伯主编、商务印书馆出版的《文学杂志》上。“写这部传记，力求每句话都有它的根据，不违背历史。由于史料的缺乏，空白的地方只好任它空白，不敢用个人的想象加以渲染。关于一些个别问题，有的采用了过去的和现代的杜甫研究者所下的结论，有的是作者自己给以初步的分析或解决。”（《杜甫传》前记）新中国成立后，昆明时期《文聚》的主编林元参加《新观察》的编辑工作，在他的督促下，父亲重新整理旧稿，做了大量的补充，题名《爱国诗人杜甫传》在 1951 年 1—6 月的《新观察》上发表。受到读者的欢迎和专家的重视，纷纷来信或写了评论，提出些有见地的意见和建议，给父亲很大的鼓励。父亲非常珍惜这些宝贵资料，特别值得一提的是夏承焘先生和老朋友顾随写的两封长信，可惜顾伯伯的信被人借去不见了，夏先生的信还在，信是这年 9 月 16 日写的。他说，读完《新观察》上连载的《杜甫传》，他很高兴，“其中有许多精辟的见解……

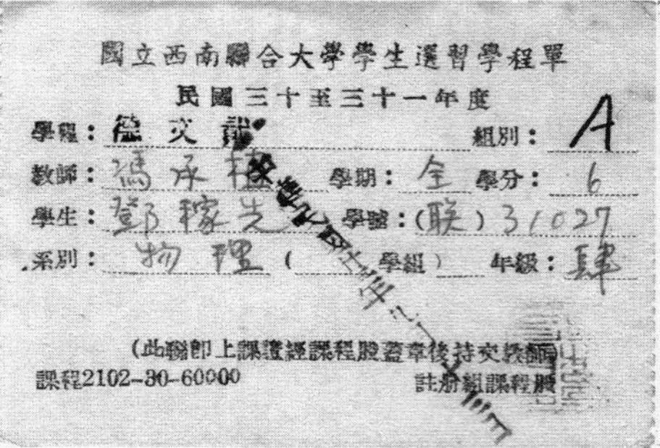
國立西南聯合大學學生選習學程單
民國三十至三十一年度
學程：德文貳　組別：A
教師：馮承植　學期：全　學分：6
學生：鄧稼先　學號：(联)31027
系別：物理（　學組）　年級：肆
（此聯即上課證經課程股蓋章後持交教師）
課程2102-30-60000
註册組課程股

杜甫研究资料卡片，正面为物理系邓稼先的德文贰选习学程单





都是前人没有说到见到的”；随后，他提出：“叙述杜甫史实，我以为需要稍稍补充的，有下列三处……”父亲参酌这些意见和评论做了必要的修改和补充后，于 1952 年由人民文学出版社出版了《杜甫传》的单行本。出版后受到读者的欢迎又重印了四五次。夏先生在长信的最后说：“像杜甫这般大作家，我们学术界是应该有一部详细的传记的。……我以为可就这篇做个底子，再来扩大补充，希望几年之后，冯先生会再写出一本精详博大的杜甫传。”其实，父亲何尝不想继续他的杜甫研究呢，可惜他没有时间！直到 1962 年纪念杜甫诞生 1250 周年时写了几篇文章，就再也没有新的研究了。

粉碎“四人帮”后，《杜甫传》重新排印出版时，父亲只做了些文字上的修改；为了不辜负读者的期望，他把 1962 年的三篇文章和历史小说《白发生黑丝》作为“附录”印在了后面。按说《杜甫传》是学术著作，付上一篇小说不合体例，但是父亲心里有气！原来，1962 年纪念杜甫，许多刊物向父亲要文章，没有新的研究，他不想用同一内容炮制些不同形式的文章来应付。当《人民文学》来约稿时，父亲想起夏承焘先生在信中曾提醒他注意杜甫晚年与奇士苏涣的交往，于是以此为题材，以杜甫的诗句为基础写了这篇历史小说，当时反映不错。谁知“文化大革命”中成了“罪行”，被批为“大毒

1962年，冯至在纪念杜甫诞生1250周年大会上做报告



草”，说他“借古讽今”。父亲胸怀坦白地把它附在这里，让读者自己去辨认。

现在，虽然《杜甫传》还在一再再版，仍然受到读者欢迎，但夏先生的，我想也是父亲的梦想却早已灰飞烟灭。望着父亲书桌旁架上整齐排列的有关唐代的书籍，书橱里仔细收放的卡片、手迹、信件、资料，我不禁感叹。我把它们照原样整理起来，捐给现代文学馆保存。希望将来若再有人愿用“虔诚的心与虔诚的手描绘出一个唐代的杜甫”时，或许可以提供些参考。

1956年，《杜甫诗选》由人民文学出版社出版。父亲在研究杜甫，写《杜甫传》的过程中，认真挑选了一些杜甫的诗编成一集，并且由浦江清、吴天五两位大家详加注释，使之更加完善。这本书备受读者欢迎，也于1962年重印。

### （三）创作和编辑

抗战胜利后，大批学人复员，各地办了许多文艺性的杂志。北平、天津许多大报都办了文艺副刊，编者都是父亲的朋友，像杨振声、朱自清、沈从文等经常向他要稿子；也有不熟悉的人来约稿。有一次，不知什么日报的两位客人带了一辆车来，邀请父亲去颐和园，把我也带去了。那时颐和园里游人很少，他们坐在长廊上谈事儿，我是“刘姥姥进大观园”，看花了眼，至今印象深刻。

虽然他的精力主要放在教学和歌德、杜甫研究方面，但为这些刊物也没少写文章。如刊在《文学杂志》上的《决断》，刊在上海靳以伯伯编《中国作家》上的《批评与论战》，为《中苏日报》写的《论时代意识》等，他把大学毕业时译的海涅《哈尔茨山游记》重新校改，寄给上海臧克家伯伯在他的《文讯》上连载。为纪念“五四”写了长诗《那时……——一个中年人述说“五四”以后的那几年》，写《从前和现在》纪念新诗社四周年，写文章沉痛悼念朱自清伯伯的逝世。这中间一些作品直到现在还被人们一再采用。与此同时，他还编辑了一年多《大公报·星期文艺》。这本来是沈伯伯编的，忙不过来，让给父亲来编。这段时间父亲没有日记，但他把《星期文艺》每期作者的名字、作品篇名和字数（为了计算稿费）都记录下来。作者中既有老一代的朱光潜、朱自清、顾随、林徽因，也有文坛新秀穆旦、郑敏、袁可嘉，更有当时还是学生，却已初露锋芒的李瑛等；内容多样，有诗、文、翻译、评论等，还有永玉、柳涯的木刻。我整理成《〈大公报·星期文艺〉编辑记录》，和他昆明时期的日记一同刊登在《新文学史料》（2001年第4期）上，或许有一些参考价值。

那是一个激烈动荡的年代，我们从他写的这些文章里或许能窥见他的思想变化过程。如散文《决断》。鉴于国内进步与反动、共产党与国民党之间的尖锐斗争，他说，人们在紧要关头要勇于决断。迟疑不决是痛苦的，决定取舍后才能走入一个新的境界。但他自己还不能做出决断。对国民党，早已不寄予任何希望；对共产党，他不了解。他只会诅咒黑暗，梦想光明。长诗《那时……——一个中年人述说

"五四"以后的那几年》是这样结尾的：

那时追求的
在什么地方？
如今的平原和天空，
依然
照映着五月的阳光；
如今的平原和天空，
依然
等待着新的眺望。

"五月的阳光""新的眺望"指的是什么？不明确。1948年8月在悼念朱自清伯伯的《忆朱自清先生》一文中，他说："不幸他在中途死去。中国的新文艺失却一个公正的扶持人，朋友中失却一个公正的畏友，将来的新中国失却一个脚踏实地的文艺工作者。"可见此时在他的眼前已经出现了"将来的新中国"。这年12月17日是北大50周年校庆。为了筹备校庆，父亲担任校史展览工作，展出了历届学生运动的照片和实物，其中也有1920年"北大马克思学说研究会"的会员合影。这时，解放军已到达海淀，国民党派飞机来，想接走一些知名的教授学者，但跟他们走的没有几个。父亲也是极力劝阻他的好朋友们：是做出决断的时候了。

## 五　动荡年代中零散却深刻的记忆

光复回来的中老胡同32号居民们本来以为，是"待从头，收拾旧山河"的时候了，应该团结一致，励精图治，各司其职把国家的事做好；自己的责任则是好好教书、做学问，为国家培养更多的栋梁之才。却谁知事与愿违，有人要打内战。在大后方早已让人深恶痛绝的贪污腐化专制变本加厉，北平的“遗民”们，流了八年泪，望来的是这样的“王师”。我们小孩子，对老百姓的疾苦、时局的动荡说不清楚，却留下一些零碎但很深刻的记忆。

### （一）父亲藏书的秘密

我爱翻父亲的书柜找书看，有一次，发现了一个秘密：原来在书柜的后层还藏着一些书。取出几本，是香港出版的杂志。我知道常有出版物从香港寄来，可从来没有关心过是些什么书。随便翻开一本，看到一篇《李有才板话》。一口气读完，非常兴奋，跑去问父亲：“这小说里说的是什么地方的事，难道中国还有这么好的地方？”父亲告诉我，那个地方叫解放区，是共产党管的地方，叮嘱我不要到外面乱说，但不限制我继续看。于是，我对香港寄来的杂志有了兴趣，又接着看了《李家庄的变迁》等解放区的文艺作品，从此赵树理成为我心中的偶像。还有一类书就更有意思了：一看，张恨水的《啼笑因缘》，老舍的“幽默文学”《不夜集》，周作人著《秉烛后谈》。肯定有意思，翻开目录，《当幽默变成油抹》等，我迫不及待地翻到正文一读，傻眼了。哪里是什么有趣的幽默，全是些新华社社论，《将革命进行到底》什么的。我恍然大悟，这肯定就是北大的学生们半夜送来的那些书！一天晚上，功课多，我睡得比较晚，又有学生来了，他们在外屋说说笑笑。只听父亲问：“军警、特务们把守得这么严，你们是怎么把这些书带出来的？”他们说：“我们就这么把书拿在手上，大摇大摆地出来。当兵的不管，当官的就是查也不怕，这些人识字不多，看看封面，顶多再翻翻目录，什么问题也发现不了。”我在屋里听着，知道他们送的是“禁书”，心中生出无限的敬意，佩服他们的机智和胆量。

时局越来越紧张，有一天我再去书柜后层找书时，发现那里已经空空如也。找遍了犄角旮旯都没有，感叹家里居然还有我找不到的地方，只得作罢。直到北平解放后的一天，父亲叫我帮忙。只见他移桌子，摞板凳，爬到里屋书架后、贮藏室门前的天花板下。天花板上有一个方洞，盖着一块木板，轻轻一推就开了。只见他一摞摞、一本本地取出不少书来。我一看，这不就是我的老相识吗！我怎么就不知道这儿还有个洞呢，原来那是为维修电路留的。前一阵看电视剧《英雄无名》，见到阎宝航也是把地下电台藏在那种地方，不由得佩服起父亲来。



### （二）“五四”营火晚会

那时候，北大的学生活动很活跃。有一天，父亲带我去参加营火晚会。只见民主广场上人头攒动，里三层外三层围出一个椭圆形的大圈，篝火已经点燃。在别人的指引下我们吃力地挤进人围，正面排了三排长条板凳，大概算是“雅座”，但是也差不多坐满了。父亲见到有个地方还有空，就带我过去，说：“咱们就坐这儿吧。”这时，前排有人回过头来，说“才来啊”，父亲一边答应着，忙让我叫“太老师”。我恭恭敬敬地鞠躬、叫人；只见那人戴着眼镜，含笑地看着我，说：“长得真像爸爸呀。”这时，音乐响起，“阿拉木罕”们已经载歌载舞地登场了。后来，我知道这位“太老师”就是胡适。

现在我知道了，我参加的是1947年纪念“五四”的营火晚会。1947年的“五四”纪念周，是北大复员后的第一件盛事，不仅吸引了北大的广大师生员工，其他大中学校的师生也都赶来参加。从5月1日到7日，先后举行了科学、文艺、历史、经济、戏剧等晚会，还有球赛、各种体育表演等。校长胡适、亲历“五四”的许德珩，还有汪敬熙、袁翰青，我们院里的周炳琳、杨西孟、陈振汉等教授都参加并讲演，盛况空前。5月4日这天全天都有活动，在图书馆里有丰富多彩的“五四”史料展览，合唱团演出了《黄河大合唱》，晚间的营火晚会达到高潮。

28 年前北大首先喊出了“民主与科学”，如今 28 年过去了，民主在哪里，科学在哪里？那年 4 月 28 日父亲写了《那时……——一个中年人述说“五四”以后的那几年》，在他述说了“那几年”之后，他说：

那时谁也不会想，
在前途
有无限的艰难；
那时谁也不会想，
艰难时
便会彼此分手。

如今走了二十多年，
却经过
无数的歧途和分手；
如今走了二十多年，
看见了
无数的死亡和杀戮。

那时追求的
在什么地方？

5 月 2 日，举办文艺晚会，会场内外挤满了人。父亲和朱自清伯伯都被约去讲演。朱伯伯说，“五四”不但是“人的发现”，而且是“青年的发现”“现代的发现”。“五四”之前，认为人越老越权威，认为古代是黄金时代；到了“五四”，这观念才被推翻。父亲介绍了“五四”

1932年6月，冯至与朱自清等摄于柏林爱西卡卜冯至住所：朱自清（前左）、朱偰（前右），后排左起为冯至、陈康、徐梵澄、滕固、蒋复璁





时代的诗歌。他认为，最好的诗就是为人民的诗，最好的诗人就是如杜甫一样的诗人。“诗人不应该以高贵人自居，应该是平平实实的。”他在讲演中还激烈批判了战前所谓唯美象征派的诗，夜半回来，在路上朱伯伯对他说：“你说得对，只是有些过分。”

5月4日白天，新诗社在国会街北大四院组织了“为‘五四’而歌”朗诵会。北大新诗社是联大新诗社的一个分支，一个延续和发展。它成立于1944年4月，由一些爱诗的同学组成。闻一多伯伯是他们的导师，父亲曾被约请参加他们的活动，有几次还带了我。后来联大新诗社随着北大、清华、南开回到平津，组织上分成三个，而精神始终是一致的，父亲对其倾注了很深的感情。现在父亲是北大新诗社的导师。1948年4月为纪念新诗社成立4周年，他写了《从前和现在》。他说，诗是时代的声音，写诗人要把它“当作一生的责任，当作生命的意义”；“诗人之可贵，不在于写几首好诗，而在于用诗证明了他的真诚的为人的态度”。他又说：“现代社会的腐朽促使我们很自然共同走上了追求真、追求信仰的正路。这是前代的诗人要经过很大的努力才能摸索得到的。……所以我们现在的问题不在于寻找道路，而在于怎样在这条道路上坚持下去。”

### （三）大学生的血衣和遭遇“反游行”

国民党打内战，经济崩溃，民不聊生。斗争越来越激烈，学生运动如火如荼。学生们游行，写标语，北大四院（位于现在新华社的位置）对面的城墙上写着顶天立地的九个大字——“反饥饿、反内战、反迫害”，震撼人心。





1947年暑假后我已经上了中学。一个大清早，学校把我们集合在操场上，师范大学的大哥哥姐姐们举着血衣，声泪俱下地控诉特务的罪行。原来头天深夜几十个特务冲进宿舍，毒打学生，还抓走了八个人。那天的控诉、撕碎的衬衣、大片的血迹，我至今记忆犹新。这就是发生在1948年的“四九”师院惨案。

过两天我和父亲出去，刚走到胡同口（那里另外有个名字，叫孟家大院），只见从红楼那边喧嚣着、踉踉跄跄地过来一群人，我们还没来得及看清他们手里拿着什么东西，只听见一声喊:“北大学生！打！”一群人就朝对面东斋门口围观人群中一个戴眼镜的人扑了过去，父亲拉住我就往胡同里跑了回来。第二天听说不少人被打伤了，红楼被砸了，东斋多处房舍被毁……我骑车上学去，道路两旁满墙涂写着“杀朱拔毛”。我不明白，父亲给我解释，这是共产党的两位领袖，一位姓朱，一位姓毛。我问，昨天的游行是怎么回事。他说，那是有人召集了些流氓和无业游民对付学生运动的。猛然，一个场景呈现在我面前：有一次我放学回家穿过中南海（为了抄近路，我经常这样走），只见平时空寂无人的回廊上、亭子里、道路旁到处都是人，坐着的、蹲着的、站着的，衣衫不整、形态各异，但每人手里都端着一碗红烧肉和两个大白面馒头，正在那里狼吞虎咽。我很吃惊，一打听，说是有人叫他们去投票选某某人当参议员，然后就能来这里吃肉和馒头。“明白了，就是那些人！”我心里想。这是“四一一”暴行——4 月 11 日特务们以所谓“民众团体”为名组织了一帮乌合之众，做所谓“反暴乱大游行”。

其实，这时候革命形势发展急剧，战场上的形势发生逆转。国民党当局对进步势力的迫害变本加厉。4 月 7 日，北平警备司令部命令学校当局交出学生自治会常务理事柯在烁等十二位同学，否则将武装入校逮捕，遭到学校当局的严正拒绝。1981 年出版的《北京大学校史》有这样一段记载：“在这紧急的时刻，红楼响起了急促的钟声，广大同学来到民主广场，围成许多圈，把十二个人维护起来，准备以血肉之躯筑成堡垒来保护他们。不少教师也坐到了这个保卫圈里。教授们闻讯后即自动召开教授联谊会，派冯至为代表向学生致词，表示‘我们全体教授愿意誓死支持你们的要求’！并转达西语系美籍教师傅汉斯的话：‘这样的事，我以一个外国人身份是看不惯的，假如你们政府真要这样无理逮捕学生，我愿意同他们十二人一起进监狱。’”



**（四）父亲敲江大哥的窗户！**

江泽涵伯伯家住最西边院子的正房，和我们家房子之间有一条窄窄的通道。有一天晚上，我惊奇地发现，父亲敲江大哥（江丕桓）的窗户，行动诡秘。我百思不得其解，对我们来说，江大哥很了不起，是大学生，一般不与我们为伍，可他也不应该与我爹为伍呀！还好，这个谜没有困惑我太久就“解密”了。

这年（1948 年）夏天，杨振声伯伯邀请沈从文伯伯一家和我们一家住在颐和园度假，过得很快活。但是附近军用机场频繁的飞机起落声却时刻在折磨着父亲的神经，他写了一篇散文《郊外闻飞机声有感》：“回想抗战期内，我在昆明也有一些时住在离飞机场不太远的地方，每天每夜飞机起落的声音与现在所听到的并不两样，但它在我心情上发生的作用却迥然不同。……只是更镇定了我的心情。”他忘不了1937年，中国空军第一次出动轰炸黄浦江上的日本军舰时，他站在凉台上观看，忘记了一切，直到夜深，飞机早已飞回不见了，还舍不得下来。他说：“飞机，我曾经那样热烈地爱过你，我曾经为了听不到你的声音而惆怅，我曾经望着你的飞翔写过诗篇。”然后，他列举了四段“如今怎样了呢”说：“……我对你只有憎恨。在憎恨中我深深认识到：用外国武器来杀害自己的同胞是最卑鄙的行为。”写完，就近交给杨伯伯看，杨伯伯拿去在《新路》上发表了。过了一些日子，有学生告诉父亲，新华社广播了这篇文章。于是，父亲就去找江大哥了。原来，江大哥爱摆弄收音机，他知道怎么“偷听敌台”。



## 六　迎接北平解放

### （一）“败兵已经退到德胜门底下了！”

童子军教官痛心疾首地说，这是他最后一堂课的开场白。然后，他大讲一通共产党如何“共产共妻”，当干部的必须活埋自己的父母等。第二天，败兵就住进我们学校，我们再也不能去上学了。

情势紧迫，都说八路军已经到了海淀，清华、燕京都已经解放。风闻要围城，城门要关了。东单牌楼到同仁医院之间的一切建筑都拆了修飞机场（现在成了东单公园）。谁知道围城要围多久，家里得多做点准备呀。这天，母亲吩咐我上街再去买点菜。那时候可不像现在一年四季什么菜都有，冬天一般人家都吃储存菜。家家弄个小地窖，存上几百斤萝卜、大白菜，再腌上一缸雪里蕻、疙瘩头，一冬天就过去了。

我来到马神庙街（现在叫沙滩后街）上，遇到一个农民挑着一担大白菜，正热锅上蚂蚁似的在街上转悠，说是怕要关城门了，菜还卖不出去。我就把这一担大白菜买下，请他给我挑回家。果然下午城门就关了。

围城了，各家窗玻璃贴上米字形纸条；只听着隆隆的炮响，我不记得有多紧张。出大院是绝对被禁止的，但院子里面“官兵”照样“捉贼”。

这期间，印象深刻的事也有：傅作义将军派士兵给每位教授家送来一袋面。父亲很恼火，不肯出去接。那士兵把面放在门前台阶上，退后十几步站在那里不动。母亲没办法，叫我拿了一点钱出去交给他。他完成任务走了，面还在台阶上。刚好父亲的德籍老师洪涛生（Vincenz von Hundhausan）来，他住在城外，进城“避难”，正需要粮食。

市长何思源的女儿被特务炸死，我震惊。我不认识她，但对她不陌生。我上女附中，她和孪生姐姐上女一中，在放学路上，我骑车，她们走路，经常在北海大桥上迎面相遇。姐妹俩留着长长的辫子，长得很美丽。我惋惜。她为北平和平解放牺牲。

北平和平解放了！解放军换防了！消息不断传来。就在换防这天的晚上来了几位客人，是解放军，其中一位还是父亲旧日的学生。他们来邀请父亲去部队参观。我在里屋书柜后面听到了，很激动，跟母亲说“我也想去”。母亲说，你自己说去。我冲出去紧张地表了态，大家都笑了，说：“欢迎啊，小妹妹，明早一起走。”

### （二）马驹桥之行

第二天一早，他们开着吉普车来接。多日没有上街，只见街道清洁，沿街肃立着头戴大毛帽子的解放军战士，一个个不苟言笑。走了很久，到达南苑飞机场，下车稍事休息。我见满地花花绿绿的子弹很好看，捡了一些，被哨兵拦住。他说这是尚未爆炸的信号弹，危险，不能拿。喜欢的话，可以捡些空弹壳。继续前行，到达马驹桥，40军（如果我没记错的话）军部设在这里。

冯至在马驹桥向部队发表讲话

接待父亲的是部队首长，他们谈了些什么我不知道。还开了一次大会请父亲讲话，他讲了什么我也不记得。我则被安排跟着宣传队的大姐姐们活动。跟着她们唱歌，看她们给老乡挑水，坐在老乡炕头上听她们检讨“小资产阶级意识”，在老乡的土炕上睡觉。过得非常快活，不知不觉两天就过去，该回家了。我对父亲说我不想回家，想参加解放军，父亲没理睬我。临走，军长送给我一个缴获日军的小发电机，线圈坏了，不能用，不过磁铁很好。

在这里，父亲还见到更多昔日的学生，他们来看望父亲，畅谈“到那边去”的经历，大家非常高兴。是的，常听父亲对母亲说“某某也到那边去了”，还感叹“好学生都走了”。有的学生走前来告别，有的女学生把心爱之物存放在母亲这里。父母好朋友夏康农伯伯的大儿子，一天也来告别，母亲匆忙间给他拿了一条围巾，怕“那边”冷。从此清华少了一个叫夏雄的学生，北方某地出现了一位叫齐怀远的青年。当然，这些事是在新中国成立后才对我“解密”的。

回来不久，同学来通知“明天去学校”。到学校一看，大部分同学都回来了。首先是打扫卫生，学校被糟蹋得不像样子，到处都是大便。然后，清华、燕京的大哥哥姐姐们教我们唱歌，“解放区的天，是明朗的天……”，“你是灯塔，照耀着黎明前的海洋……”，等等。每天唱得欢天喜地，热血沸腾——新生活开始了，眼前一片光明。

## 七 “解放区的天，是明朗的天”



虽然这只是一句歌词，但当时人们的心情确实如此。从 1949 年 1 月 31 日北平和平解放到 10 月 1 日中华人民共和国宣布成立，整整 8 个月。这 8 个月内人心振奋，非常充实。2 月 3 日人民解放军举行隆重的入城式，我和父母分头参加了各自的欢迎队伍。1989 年出版的《北京大学》一书中有这样的描述：“这天，北平各界列队迎接解放军入城。袁翰青、费青、楼邦彦、闻家驷、冯至等教授走在北大队伍的前列，兴高采烈地参加游行。……他们对北平和平解放所带来的每一个变化都感到兴奋不已。”游行回来，父亲对母亲说，他有生以来从未见过这样纪律严明、谦虚爱民的军队。

家里一时热闹起来，几乎天天有客人。父亲的老朋友杨晦、夏康农从香港，陈逵从上海，先后回到北平。青年时期的朋友柯仲平、陶钝和一些过去的学生从解放区来，都来看望父母。握手重逢，每人都有不平凡的经历。父亲也在不同场合认识了久已闻名却不曾相识的人士，如叶圣陶、胡乔木、周扬、丁玲、臧克家、艾青等人。7 月，他参加了全国文学艺术工作者代表大会。这是解放区和国统区文艺工作者会师的大会。曹靖华伯伯任北平代表团团长，父亲任副团长。他见曹伯伯拿着一本纪念册请代表们为他的女儿苏龄题词留念，就也找出一个本子也请人家给我题词。可惜这个纪念册在全国文学艺术工作者代表大会上，周恩来为冯至题词：为建设人民文艺而努力！





在“文革”中被毁掉，只剩下几张残片。我很心疼。记得当年父亲给我翻看赵树理的题词时，详细叙述了题词的过程：他边请赵树理题词，边介绍说女儿是他的崇拜者。赵树理写下“努力学习，成为建国人材”，稍一迟疑，又把“材”圈去，改成“才”，笑着说：“我只有初中文化程度，吃不准用哪个字。”父亲很欣赏赵树理的谦虚和诙谐。本子里还有郭沫若即兴写下“我有一个最大的理想，\希望每一个人永远保持\孩子时代的天真。\可是我自己便没有做到，\只诚恳地期待着下一代人”的诗句，茅盾写的“新中国的小主人努力前程”，巴金写的“青年是人类的希望”，臧克家写的“爸爸唱昨日之歌，你唱今日之歌”等。这都是对我的鼓励，也可看出他们那时的欣悦心情。

10 月 1 日，父亲以无比的兴奋随着北大师生队伍来到天安门参加开国大典和游行。中国历史揭开了新的篇章，人人感到新生，与过去告别。随着各项工作的开展，朋友们走上各自的工作岗位。一天晚上，夏康农伯伯在我家闲谈，临走时不无惋惜地说了一句：“灿烂之局，从此归于平淡。”

是的，8 个月的灿烂局面已告结束，大家都专心致志地投入新中国的各项事业，父母都努力做好人民教师。

2010 年 6 月 20 日

补充：中老胡同时期我家竟然没有一张全家人的照片，只好放一张数十年后拍摄的照片，让大家看看当年中老胡同时我家四口人多年后的样子。

我们全家于20世纪80年代摄于永安南里家中。左起：冯至、冯姚明、姚可崑、冯姚平，前蹲者为冯姚平的小儿子龚冯友

# 柿子树下的人家

## ——记吴之椿、欧阳采薇夫妇

冯姚平 | 西语系教授冯至之女
曾居住于中老胡同32号内9号

在中老胡同宿舍，我家隔壁住的是政治系教授吴之椿、欧阳采薇夫妇。我们这个院子很美，吴家门口有一棵高大的柿子树，秋天枝头挂满金红色的柿子。我家窗前是一白一紫两大棵丁香，春天来到，满院芬芳。再往前是一片很大的空地，吴伯伯在他家那侧精心培植了一个美丽的花园，我家这边是个菜园。

刚来时他们家有三个孩子：老大吴小椿是我联大附小的同学，从小就是个精力旺盛、豪爽的淘气包；小妹吴小薇常常哭着叫爸爸，上面有这么一个时时忍不住就要招惹她一下的哥哥，下面有个惹不起的弟弟，她别无选择，只有向最疼爱她的爸爸求救；小弟吴捷比我妹妹冯姚明大一点，这"一点"足以使他能威慑姚明，不许碰他的小三轮自行车等。好像不见他跟哥哥姐姐玩，也很少见他和别的小朋友玩，他自有他的玩法。常见他扛着个小木头板凳，好像还围着个半截围裙，一本正经地在院子里走来走去，听听他在吆喝什么："磨剪子磨刀来——剌耳朵！"后来他们家又添了小小妹采采，她给我留下的唯一印象是吴伯母在她的襁褓上别着的一个约有两寸长的金色大别针，我从来没见过这么好看、这么大的别针，心里想："一定是吴伯母从美国带回来的。"

我最熟悉的是吴小椿，从上联大附小我们俩就同班，而且一度同座。他有使不完的精力却无用武之地，所以打架、骂人是家常便饭

吴之椿先生在寓所门前小花园

(可绝无恶意，只要看他那张因嬉笑而显得横扁了的脸就知道，他只是“好玩儿”)，因此常被老师叫去喝黄连水，说是“清清口”。这是一种文明的惩罚方法，不会伤人，还能清火。他虽然打遍街骂遍巷，却从来没有欺负过我。我曾问他:“黄连水很苦吧?”“没什么。”他说，仍旧是那张嬉笑的脸，“喝惯了还挺好喝的。”淘气归淘气，人却很仗义。那时我们都用折叠桌凳，很容易坏，吴小椿大声宣布:“没关系，你们谁的凳子坏了给我，让吴之椿修去。”我好惊羡，他怎么有个这么能干的爸爸，而且还可以直呼其名！家长中吴伯母给我的印象最深，发辫高高盘在头顶，像乌克兰的前女总理，爽朗干练的样子。

我们两家住邻居，只记得吴伯母总是很忙，进进出出地高声喊叫“之椿啊”，这时吴伯伯在他的小花园里慢慢地抬起头来，看着她，没有声息。吴伯伯耳背，吴伯母必须大声跟他说话，以致几乎全院都能听到。吴伯伯的花园美极了，花园正中深色鱼缸里养着一缸美丽的睡莲，我每天一早跑出门去，总要先去看看它们迎着朝阳绽放的芳姿。一直到现在，我还是喜欢睡莲。为防止“顽童”的侵犯，用秫秸秆编了一个篱笆围起，人们只能站在外面欣赏。吴伯伯对小花园倾注了大量的心血。

有一次不知怎的，母亲说起，吴伯母上学时是清华的校花。我很惊讶，清华的校花必是最美丽、最聪明的一位，怎么嫁给（我心里想，总侍弄花草的老头）吴伯伯了！母亲说，你可不能小看吴伯伯，吴伯伯有学问，有能力，干过大事的。他当过宋庆龄的秘书，收复武汉租界就是他出面交涉的。





原来吴伯伯是湖北江陵人，1917年起在美、英、法多所名校学习政治学。“五四”运动时在华盛顿就积极参加中国留学生的请愿活动。1922年回国后在中州、武昌大学等校任教，支持学生进步活动。1926年，北伐军进逼武汉，他随军北伐。国民政府迁都武汉，吴伯伯任外交部秘书兼政务处长。1927年1月，汉口英租界附近发生“一·三”惨案，国民政府决定收回英租界，吴伯伯协助部长陈友仁与英方谈判，并参加“英租界临时管理委员会”工作，具体主持租界内一切事务。2月19日，中英双方达成《收回汉口英租界之协定》。其后，他又协助陈友仁收回九江英租界。7月15日，汪精卫背叛革命，在武汉秘密召集“分共”会议，宋庆龄坚决不参加，以陈友仁为代表，在会上发言表示坚决反对“分共”。同一天，由吴伯伯向中外新闻界发表《为抗议违反孙中山的革命原则和政策的声明》，并印刷成传单，在武汉三镇大街小巷广为张贴。“宁汉合流”后吴伯伯辞去公职，同年8月，宋庆龄在这危难时刻秘密访问苏联，吴伯伯是陪同人员之一，所以（听说）新中国成立后宋庆龄来到北京还专门看望过吴伯伯。

1928年，吴伯伯应聘来清华大学担任政治学系教授兼系主任。他主持政治学系后，与教师共同努力，在系务方面多有改进，相继增聘了张奚若、莱特（美国芝加哥大学国际法教授）、胡道维等学者来此任教，使得政治学系在短短两年内便拥有了阵容强大的教师队伍，同时课程类别与数量也大大增加。1929，年政治学系归属新成立的法学院；1930 年，办研究所，开始招收研究生（见《清华漫话（二）》）。在此期间开始兼收男女新生，他还营救过遭逮捕的袁博之等共产党人。吴伯伯讲西洋政治思想史，主要讲 19 世纪后半叶英国达尔文主义的社会思潮。他讲课深刻，知识渊博。1948 年的《北大院系介绍》里这样介绍他："吴之椿先生是个和蔼可亲、年高德劭的学者，治学以渊博深刻有名。从他所开的功课和他所写的文章，就可晓得他对政治学的各方面都是极有研究的。"

在院子里吴伯伯是比较年长的长辈之一，1948 年已经 54 岁了。他显得有点偏老，双耳失聪，举动表现迟缓，背脊微微驼弯。我对他一直怀着敬畏的心情。可是有一天早上，我开门出去，只见吴伯伯正在侍弄他的花草。他抬起头来，看见我站在台阶上迟疑不前，就招招手叫我过去，回身摘下一枝很美丽的花朵递到我的手上，说："拿去吧，我的女儿！"那慈祥的眼神，那一瞬间的景象，永远地刻在了我的脑海里。可惜吴伯伯的一家，除了远在美国的小妹妹采采，都已永远离开了我们，不能再和我们一同回忆中老胡同了。

吴伯母不愧是清华的佼佼者，她要强，她不甘心单纯陷身家务，挤出时间来搞翻译。她毕业于清华大学西方语言文学系，早年就翻译了《西书中关于焚毁圆明园纪事八篇》（约 5.5 万字），刊于 1933 年出版的《国立北平图书馆馆刊》第七卷第三、四号合刊"圆明园专号"上。内容是根据当时英国远征军司令格兰特的私人日记，额尔金私人秘书、随军牧师、领事、英军军医、第九十队队长卧尔斯莱等人的著述章节翻译而成。据说这是最早翻译成中文的披露"关于焚毁圆明园"的资料。

1947 年，37 岁的她考取了美国大学妇女协会给亚非国家学生资助的奖学金（据说全国只有两个名额），放下三个孩子去美国留学。

她先后在洛杉矶南加州大学英国文学系和哥伦比亚教育学院学习，获得英语教学硕士学位。看来吴伯伯对吴伯母留学这件事非常支持，他曾说过，夫妻间是纯粹的圣洁的关系，夫妻双方是平等的。吴伯母从美国回来后才有了采采。

很多年后，有一次父亲正在看《吴宓诗集》（这是吴宓伯伯早年送给他的，1935 年出版，内容极丰富翔实。父亲常爱取出来读一读里面的诗句和文章，或查找参考资料），忽然叫我："姚平来看，这里有写吴伯母的。"我忙过去接过书来，只见："吉水欧阳采薇女士，宋欧阳修三十二世孙，今吴之椿之夫人。"又见吴宓伯伯说他有诗写她，赶快找到，诗曰："容华美艳最天真，诗礼名家德性醇。力学早惊驰藻誉，痴情渐悔识秋颦。吉人天相期多福，枯树花开未易春。射影含沙伤俗薄，置身绝巘望星辰。"（《四十初度怀人诗》之四，写于 1933 年。）1934 年的一首则是写吴伯母结婚的。受父亲影响，我也时不时似懂非懂地爱翻看这部诗集，从中我感到吴宓伯伯对妇女的平等和尊重，特别对有才华、有作为的妇女的看重。吴伯母能得到这样的赞赏，可以想见她当年的风采，由此也可类推，当年吴伯伯必定也是风采不凡的了。写到这里，忽发感慨：两位吴伯伯都尊重女性，都很民主，想是他们年轻时受西方教育的结果。

1950 年，我上高中，后来又住校，院子里的事不关心也不知道了，只有回家时常看见吴小椿和他的同学们聚在柿子树下拿着飞机模型专心琢磨。1952 年院系调整，我家随北大搬到城外，吴伯伯到中国政法大学任教，他们仍留在城里。接着我去苏联学习，一去五年，所有的联系全断了。

时间是无情的，这中间发生了许多不幸的事情。听母亲说，吴小薇很优秀，上了北大，但不知怎么生了病，无法坚持学习。后来又不知怎么下到郊区农村，和一位农民结了婚，生了一个女儿，生活很艰难。她曾来看过母亲，母亲给她拿了一些钱、粮票和衣物。母亲感

吴伯母欧阳采薇八十大寿

叹：“多好的孩子，怎么会这么不幸?”“文革”后，又得到她去世的消息。祸不单行，灾难又降临到吴捷头上。也是母亲听来的。吴捷本来是个绝顶聪明的孩子，从小就富有幽默感。“文革”后教中学，写得一手好相声，据说常给当时崭露头角、如今已成大腕的年轻相声演员们写脚本。可是，在一次过铁道时撞上了火车。我和母亲痛惜又担心，吴伯母怎么能承受得住这接二连三的沉重打击啊！我在心中暗暗为她祈求，但我相信，吴伯母坚强。

吴伯母在新华社对外部做记者、编辑，一辈子和英文打交道，1986 年 76 岁时才退休。一位邻居也曾在新华社工作，我们有时向她打听吴伯母的情况。她说，吴伯母工作认真，英文水平高，业务能力强，年纪这么大了，还得到新闻大奖。最后她强调一句：“老太太特别要强!”我理解，就是不服老。

有一天，大概 20 世纪 80 年代初吧，家里来了不速之客，吴小椿带着他的儿子。全家惊喜，母亲马上吩咐备饭留客。围桌畅谈，互问近况，回忆往事，好不激动。吴小椿还是笑着，但不是小时候那种嬉笑，而是诚恳的笑。他安稳地回答着我们多头绪的问话，不时叮嘱儿子一声，然后带着歉意地对我母亲说："他太淘气。"母亲惊呼："他淘气？你小时候才真叫淘气呢，你还说他淘气！"说真的，那天孩子真没淘气；当着孩子面，被我娘揭了老底，小椿不好意思地笑了。

我们得知，他后来学的是航空，飞机制造，在南京一个军事系统的研究所工作，研发无人飞机。他热爱这项工作，干得很得力，显然是业务骨干。他自己没讲，我也没问，但我感觉是这样。我想，他应该是我国无人飞机第一代研究人员之一。从此以后，每逢他出差或是探亲来北京，办事之余，就骑个旧车满城跑，遍访中老胡同的邻居，联大附小的朋友。我们大家同在北京，这么多年没通音信，却靠身在南京的吴小椿在中间传递、通气，联络了起来。他还是那么热心肠。一次，他拿来一张《中老胡同32号布局回忆（之二）》图，说是他去江泽涵伯伯家看望两位老人家，江伯母记性极好，清晰地勾勒出中老胡同宿舍的布局、住户，甚至树木山石等。后来小椿又到沈虎雏家，经两人修正补充，由沈虎雏制作成眼前的图表。父亲听说，叫道，快给我看看！我们又一起补充了一些内容，父亲补充的是人名，我补充树木，比如陈友松伯伯的两棵"松友"。看来对中老胡同的怀念是两代人共有的情怀。

一次，忽然接到小椿电话，他妈妈病了，住在人民医院。我赶过去探望。吴伯母病很重，肺部感染，已经切开气管，只见软管交错，各种器械嗡嗡作响；她双目紧闭、神志不清，小椿轻声对她说："冯姚平看你来了。"没有反应。我看着病床上瘦弱的身躯，气管切口处冒着的气泡，心情黯然，担心她能扛过这一关吗！但她脸上的表情却是倔强的。

小椿心情沉重。原来，采采赶上"文革"，初中毕业就下了乡，直到1972年吴伯伯去世才调回来，分派到化工厂做实验员。她刻苦钻研，努力工作，很快就能独当一面，但上学无门。直到1977年恢复高考，她一举中的上了大学，做了研究生，从事专业对口的工作。但她不满足，要求深造，吴伯母坚决支持她。于是她37岁（也是37岁！）开始攻读托福、GRE，考取去美国留学。现在吴伯母身边只有小薇的女儿，正在中专学习，小椿有工作，不可能长期陪伴在北京，谁来照顾她呢！

生命力往往是意想不到地顽强，吴伯母扛了过去，康复出院，把护工请回家去照料，生活走上正轨。小椿又跑来跑去了，直到吴伯母逝世。



我最后一次见到小椿，是他从美国出差回来，虽然已经退休，但还有工作需要他。他兴高采烈地给我讲述他抽空去拜访四姨和傅汉思先生的情况。四姨张充和是沈伯母的妹妹，20世纪40年代与时任北大副教授的傅汉思结婚，后来一起回了美国。他拿出四姨写的字、

吴小椿和母亲欧阳采薇

作的诗，我们边看边感叹，高龄老人写的字还是这么秀挺有力，老一辈的功力、毅力是我辈望尘莫及的。

几年前，突然接到小椿夫人方大夫的电话，报告小椿意外去世的噩耗。我惊呆了，这么热情、爽朗的人怎么说没就没了，我简直一时反应不过来。我无法想象他的突然离去对方大夫的打击有多大，两个孩子又都在国外，哪里是几句“节哀”抚平得了的。我很歉疚，在这种时候没能给她什么帮助，愿她健康平安！

现在，只有采采远在美国了。我们期望着她写父亲母亲哥哥姐姐的文章。

我认为，这一家人是不应该被忘记的。这些年来，我一直想写他们，苦于掌握资料不够，不敢乱写。凭儿时的记忆写的这些东西也可能有错误。我希望了解他们的，掌握资料的人多写写他们，为国家留下些宝贵的史料。

# 霁清轩之夏

冯姚平 | 西语系教授冯至之女
曾居住于中老胡同32号内9号

从四季如春的昆明来到北平，真是不习惯。冬天太冷，夏天太热。幸运的是，1947—1948 年的两个暑假我是在颐和园度过的。那时，颐和园里有很多小院，门外钉着个椭圆形牌子，上写“住宅”二字，里面房子却空着没人住。其中有一座给北平市长何思源度夏用，他公务繁忙，就让老朋友杨振声伯伯暑假去住，杨伯伯邀请了沈从文伯伯和我们两家人去共同度假。

我们住的地方叫霁清轩，意思是雪停雨后景色清新之轩，是当年乾隆爷雨雪之后赏景的地方，在谐趣园北。它本来是谐趣园的一部分，在涵远堂背后的小山上，形成南水北山、南虚北实的景观。嘉庆时改为军机处，后来加墙添门，变成独立的院落。从涵远堂两侧的山路上去会见到一座朱红大门，这是我们的前门。从颐和园西北门进来不远处有一座绿色月亮门，是我们的后门。不过这前门、后门从来不曾开过。若是从谐趣园回廊的西北角出来，沿着玉琴峡东侧紫藤树下的小路上山，稍向右拐，就能发现隐蔽处有一座绿色小门，旁边钉着“住宅”牌子，这就是我们日常进出的角门了。

杨伯伯住在小山顶上的主要建筑霁清轩里，轩南面是一小块平地正对着大门，斜通角门。轩北面则是由一块很大很大的天然石头形成的“后山坡”，石头下半部，像是被劈了一刀，有一股清泉（来自后湖）自西向东顺着“刀缝”斜插着流进来，形成一支潺缓的溪流。小溪来到山脚下流进一座短而宽的小石板桥下，在小桥的另一方形成一片清澈、平静的小水潭，再从这里神不知鬼不觉地不知流向何处去了。过了石板桥，沿着蜿蜒的石阶上山可以直达霁清轩。中途有小径通往建在石峡上的一座较小的建筑，题名清琴峡，想是当年乾隆爷卧在这里，听着下面流水铿锵如清越的琴声而发。我们两家住在山脚下一东一西两座平房里。从山上下来过了石板桥就是沈伯伯家，我们家在西边。一条从山上沿着东墙下来的长廊，把霁清轩和我们两家的房子连在一起；靠着西墙有几间房是厨房和厨师、保姆的住房。





杨伯伯独自住在这里（杨伯母一直在山东蓬莱老家没出来），他身材高大，但有胃病，一位厨师锡师傅照顾他的生活；他的小儿子杨起在北大地质系做助教，有时从城里来。在昆明时，我不记得见没见

20世纪40年代末，杨振声（左二）、沈从文（左一）、冯至（右二）与1946年由英返国的萧乾夫妇在颐和园

过杨伯伯，但脑子里有他，知道他是一位德高望重、父母都非常敬重的长者。

沈伯伯深深印入我的记忆却要从一件小事说起。联大附小有个传统，每个周一要开朝会。大家站在院子里背诵《总理遗嘱》，然后经常有个节目是学生上台讲演。1946 年的春夏之交，西南联大完成了它的历史使命，宣告结束，“复员”是最热门的话题。可能是最后一次朝会吧，主题是“复员”。一个男孩跳上台去，站住就讲：要复员回北平了，真高兴呀！……回到北平，吃点什么好吃的？——喝杯酸梅汤吧，噢，不，还是来一碗豆汁儿！（大意）……酸梅汤我能理解，豆汁儿是什么，回家问父亲。父亲说：“那是北平一种特殊的食品，非常难吃。”说完，猛然想起：“你怎么会知道豆汁儿？”我说：“沈龙朱讲演说的。”父亲笑了，说：“一定是他爸爸告诉他的。”又自言自语：“这个沈从文，真有意思！”这句话，我记住了。

我家窗外是小后院，因为后门不开，没人来，很安静，母亲喜欢在这里看书、做活计。她在这里做的第一件事是剪掉我的两条大辫子，我很心疼；但考上师大女附中，规定学生头发“不得过耳一寸”，没办法。随后，她递给我一本书，叫我念，自己边打毛线边听。这是沈伯伯的《边城》。我越念越投入。那美丽的山水、纯朴的民风，特别是渡口上的祖孙连同他们的大黄狗都深深地吸引着我。念完之后，还长久地沉浸在虎耳草的氛围中，为失去爷爷的翠翠担心。

沈伯伯有这么美的作品，杨伯伯呢，我问起。母亲说杨伯伯可了不起，是新文学的老前辈，是很有影响的人物。她回忆起当年杨伯伯《玉君》出版后引起的轰动，年轻的她读后是怎样地震撼。（直到 1999 年中国现代文学馆编的“中国现代文学百家”出版，我才买到一本《杨振声代表作》，读到杨伯伯的一些作品，这是后话。）后来我知道，原来杨伯伯是父亲的北大老学长，不过 1921 年父亲入学时，杨伯伯早已毕业去美国留学了。后来父亲又去德国留学，他们真正的相遇相交估计是在昆明开始的。而父亲和沈伯伯远在20世纪20年代就相识，但并不熟悉，当时沈伯伯和父亲沉钟社好友陈翔鹤过从甚密。

1938年年底，我们到达昆明，1月11日沈伯伯就来看父亲。那时父亲在同济大学任教授，兼附设高级中学暨德语补习班主任。烦琐的行政、复杂的人事使他腻烦透了这个“兼职”，一心想找个只教书不管行政的地方。他把这个心思告诉沈伯伯。沈伯伯回去马上告诉了同住的杨伯伯。杨伯伯立即写信给乐山武汉大学的陈通伯和朱光潜，介绍父亲去教书。18日父亲去沈伯伯处，杨伯伯已经收到陈、朱二位回信，表示欢迎。第二天父亲就电告朱伯伯，决定去武大，到重庆的机票也订好了。但是许多朋友劝他不要走，说还是昆明方面广、出路多，建议他留下等待机会。他经过激烈的思想斗争，决定留下。这天他到杨伯伯处，委婉地说出不想去乐山的一些理由。不想杨伯伯一点也没有见怪这个比他小15岁的小学弟，还答应替他给陈、朱二位写信辞却。杨伯伯是这么雍容大度的长者！

父亲的机会果然来了。6月23日，联大外文系主任叶公超来访，说西南联大之北大方面拟聘父亲为外文系教授，特来和他商洽下学期开什么课程。同月27日，沈伯伯也被聘为西南联大师范学院国文系副教授。7月22日父亲有日记载：“杨今甫、沈从文在蒋先生家中宴客。”从此成为同事，或许他们要庆祝一下。父亲和沈伯伯同时开始了他们丰富多彩的西南联大生涯，他们更多的交往也开始了。听母亲说，大概是1943年秋到1944年春，杨伯伯建议，彼此熟悉的朋友每周聚会一次，互通声息。聚会地点选在我家，可能是地点适中，比较安静。参加者有杨伯伯、沈伯伯、闻一多、闻家驷、朱自清、孙毓棠、卞之琳、李广田等。他们每星期规定一个时间相聚，漫谈文艺问题和一些掌故，互相交流启发。这样的聚会不知举行过多少次，却声名远扬，令人羡慕。徐梵澄叔叔从重庆来，向父亲说：“在重庆听说你们这里文采风流，颇有一时之盛啊！”可惜这种盛况从来没被我遇到过，1942 年年底，我上小学了。

胜利后，杨伯伯为筹备北大复员开学的事先回到北平。他住在南锣鼓巷宿舍，但是经常到中老胡同来，这里有他的许多老朋友，而且“文采风流”不亚于昆明。我们家和沈伯伯家也都住在这里。那时，北平、天津许多大报都办了文艺副刊，请杨伯伯、沈伯伯担任编者，他们都向父亲约稿。这些工作使沈伯伯应接不暇，父亲接替他编辑了一年多的《大公报・星期文艺》。他们朝夕相处，二人谈文艺，谈民间艺术，谈古董，津津有味。沈伯伯在小市（旧货市场）上“淘”到不少好东西，听说后来捐给了刚成立的北大博物馆。没见父亲带回什么稀罕玩意儿，只见他书桌上出现了一块不规则形状的石头，表面磨得很光滑。他经常把玩，爱不释手，我很奇怪。他告诉我，这不是普通的石头，是原始人类制造的工具，“你看，（他比画着）他们就这样切割猎物”。

沈家有两个儿子，龙朱和虎雏，和我差不多大；我家两个女儿，妹妹比我小十岁。在霁清轩，我们三个大孩子玩得如鱼得水。我们沿着东墙廊子跑下来，欣赏廊子里发出的回声，蹲在石板桥上捞小虾，拿着竹竿去钓鱼，摘花弄草（清晨，满山坡上各色喇叭花争先开放；路旁，狗尾巴草、算命草、香蒿子随手即得），等等。沈伯伯很爱他的两个儿子，带着他们玩，讲故事，惠及我这个小朋友。他总是笑眯眯的，对小孩子一视同仁，轻声细语，沈伯母温婉和善，不由得就和他们亲近起来。

住在颐和园，学游泳是近水楼台，龙王庙前游泳的人很多，不少是清华、燕京的学生。我父亲不会游泳，沈伯伯带我们去。他会游泳，但自己不教，要我们向杨起大哥哥或别的大学生学。沈哥哥不愧叫龙朱，很快就学会，并掌握了多种技术。只见他一个猛子扎下去，有如蛟龙入水不见了，过一阵才从远处冒出头来，抹一把脸上的水，得意扬扬地游回来。而沈弟弟也不愧叫虎雏，下水不一会儿就爬上来，“虎踞”在汉白玉栏杆上。沈伯伯跟上岸来，满面笑容地仰脸看着他，鼓励他下水。可他死抱住栏杆的顶柱，表情坚定，就是不下。沈伯伯回头发现我正在旁观这一幕，摇摇头，无可奈何地笑着说：“稳健派，是个稳健派！”后来，不需沈伯伯带领了，下午，在家穿好游泳衣，套件连衣裙，光着脚，骑上车，三人直奔龙王庙而去。车子冲不上十七孔桥，不得不下来推一段，骄阳把石板晒得滚烫，光脚不敢粘地，跳着脚到达桥顶，赶快上车溜下去。就这样，沈龙朱成了游泳健将，我始终掌握不好换气，沈虎雏还不如我。





傍晚，有时三家人一同上山散步。通常是出谐趣园的门，上山，到景福阁，再沿着任意一条山路走去。大人们边走边聊，我们三个跑跑跳跳。杨伯伯看着有意思，见到前面有个高台，就叫我们比赛谁能先跳上去。又是龙朱，紧跑几步纵身一跃，上去了；我就没那么利索，而且不见得一次成功。虎雏究竟小，那个年纪，大一岁是一岁。这样一来，对杨伯伯的敬畏变成敬爱，甚至敢来点放肆。有一回，向智慧海方向走去，遇上一个双菱形的亭子。亭子年久失修，但位置很好，风景甚佳。大人们围着亭子找不到题名的匾额，都说奇怪，没有名字。我看着它东倒西歪的样子，大胆插嘴：“就叫它‘醉翁亭’吧。”杨伯伯乐了，说：“没有酒呀。”我马上接茬说：“醉翁之意不在酒。”杨伯伯看着我笑了，我暗自得意。

一天和父母散步回家，我先跑到角门前，高声叫“锡师傅”，请他来开门。跳进门来，我愣住了。只见霁清轩檐下，杨伯伯、沈伯伯、沈伯母一字排开，面带笑容，还有一位年轻女士站在杨伯伯和沈伯伯之间。父母随后走进来，只听那位女士笑道：“听到银铃似的一声‘锡师傅’，知道是你们回来了。”我心中暗喜，难得有人这样称赞我。这是谁呢，显得这么不一般？原来是杨伯伯请的客人，沈伯母的妹妹四姨张充和。

四姨的到来给生活平添了些新奇的色彩，丰富了孩子们的谈

1948年8月15日，杨振声教授与中老胡同32号的部分孩子在颐和园谐趣园后霁清轩内的留影，图中后排左一为杨振声，左二为张企明（张景钺教授之子），左三为吴小椿（吴之椿教授之子），前排左一为周浩博（周炳琳教授之子），左二为冯姚平（冯至教授之女），左三为雷崇立（雷海宗教授之女），左四为周北凡（周炳琳教授之女），张友仁摄



资。弟兄俩尽可能地向我介绍他们所知道的姨母。四姨住在清琴峡，据说每日写字作画。我好奇，但父母从来不允许我随便到别人家去。最后，还是母亲告诉我，四姨才华出众，自小在老家打下深厚的国学基础，能诗会画，写得一手好字，颇得一些大学问家的赞赏，经常和他们唱和。父母称为老师的沈尹默先生就对她的诗词书法评价很高，亲自加以指点。另外，四姨还通音律，能度曲，昆曲唱得好，曾经在重庆登台演出，轰动一时。这次她就是应邀到北大来教授书法和昆曲的。“四姨真了不起！”我心中佩服。接着母亲总结说，沈伯母家几位姐妹都聪明美丽，以四姨为最。我心中却有自己的看法，我觉得，沈伯母才是最可亲，最美丽的。

常有客人来访，都是到杨伯伯那里，父亲有时上去聊天。我们的小朋友吴小椿、张企明就曾在霁清轩出现过，一定是他们的父母来看望杨伯伯。听说抗战前，由蔡元培举荐，杨伯伯被任命为新成立的青岛大学校长。他首先带去的是老师蔡元培的各派“兼容并包”、科学民主精神。他下大力气延揽人才，一时间青岛大学名家荟萃。原来众位伯伯都曾聚集在杨伯伯麾下。

不知从什么时候起，客人中出现了一位有中国名字的美国人——傅汉思，三十出头，高个儿，帅气，和气，精力充沛。原来他是德裔美国人，北大西语系的副教授，讲授“欧美名著选读”和“拉丁文”等。傅汉思为人热情而真诚，1948年4月，当反动当局要求北京大学限期交出十二名学生时，在支援学生的教授会上他说:“这样的事，我以一个外国人身份是看不惯的，假如你们政府真要这样无理逮捕学生，我愿意同他们十二人一起进监狱。”后来，他和四姨结婚，一同回美国去了。

颐和园并不是世外桃源，我竟然在这里见到过蒋介石。1948年妹妹两岁了，每天早饭后，我背着她上山，再从景福阁下山到东门。这时已经有了游人，若有人请导游，我就跟在后面听，当时的导游都是原来宫里的太监，他们的介绍缺乏技术含量却详细有趣。一天，姐妹俩照旧上山，在快到乐农轩的一个路口，我们和几个游人被拦住了。大家不知怎么回事，又不敢问。我把妹妹放下，拉着她的小手静静地等待。过了一阵，一群人簇拥着一位身披黑色大氅的人从远处左前方路口出现了。“这不是蒋委员长吗！”我心中暗惊。那时虽然没有电视，可报纸上的照片是见过的。大家默默地注视着这一行人马慢慢向景福阁走去。后来知道是蒋介石来北平督战，那天住在景福阁。后来，虎雏说，他在谐趣园钓鱼，好些特务在里面转悠，穿着蹩脚的西服。正巧那天朱光潜伯伯也在，傍晚他们同他一起散步，被荷枪实弹的大兵拦住，看见上边草丛里埋伏的一挺挺轻机枪，正对着我们后山腰那条横路。当时朱伯伯还用四川话问他“怕不怕兵大爷”。

最折磨父亲的是附近西郊机场频繁的飞机起落声。“无论什么时候听着，都感到充满杀气。我有时只因为担受不了这个声音，想离开这里，回到城里去，虽然这里的空气和阳光使我健康，使我能够工作。”这是他在《郊外闻飞机声有感》里说的。文章写完，送去给杨伯伯看，杨伯伯拿到《新路》上发表了。

这种杀气就是小孩也能感觉到。不远的西苑驻扎着208师，叫青年军，好像又说是学生军。一天我带着妹妹在谐趣园玩，一个戴眼镜的兵背靠柱子坐在廊子上，和我们搭起话来。当他问起父亲的名字时，他说：“噢，名教授啊！”把我吓坏了，唯恐给大人招惹麻烦，赶紧带着妹妹小心地撤退。到现在，我耳际还时而响起他那悲怆的声音：“我们怎么成了这么个样子，连小孩子都躲着我们！”

如今五位老人均已作古。我最后一次见到沈伯伯是在20世纪80年代中期。父亲住进中日友好医院，一天，见我进屋就笑着说：“听说你沈伯伯也住在这里，咱们去看他呀！”“好啊！”我很激动，扶着父亲上到十四层。沈伯伯躺在病床上，很虚弱，虽然疲惫，但脸上还有那熟悉的笑意。沈伯母在旁照顾，还是那么安详可亲。沈伯伯说什么，声音细弱，很吃力，沈伯母向我们转述。待了一会，怕他太劳神，我们告别出来，沈伯母和两兄弟送我们到电梯口。就在要走进电梯的当口，两个人忽然对我讲起昆明话来，我狼狈，接不上茬；在电梯关门的过程中，弟兄俩同时指着我笑道：“她都不会讲昆明话喽！”仍然是昆明口音。

历尽劫难，沈伯伯沈伯母顽强坚定地走完他们不平凡的一生，给我们留下丰富的宝贵遗产。我怀念他们。

20世纪50年代我毕业回到北京，总听不到杨伯伯的消息，问父亲。原来1952年院系调整，杨伯伯被调到东北人民大学，1956年就病故了。“工作劳累，身体本来就不好，他的胃怎么受得了东北的高粱米啊！”父亲叹惜。可亲可敬的杨伯伯竟这样悄无声息地走了，我怅然。1999年中国现代文学馆编的“中国现代文学百家”出版，我买了一本《杨振声代表作》。我读着《玉君》，想着母亲的话。是啊，这么一位老前辈，从新文学的角度，从办教育的角度，从人格的角度，从哪个方面看过来不都是“了不起”的一位；北大、清华、青岛大学、西南联大的建设中，哪里没有他默默的奉献；多少青年在他的关怀、帮助下成长成才。他却隐去了，远离人们视线，似乎被淡忘了。我忘不了他。感谢青岛人民不忘记他，我们还能在青岛与他相遇。

60 多年过去，世事沧桑，只有四姨还健在。我们也都成了古稀老人，而霁清轩的一幕幕却总在眼前映现，恍如昨日。前些年吴小椿来京，我们曾说好，待他再来时，约上龙朱、虎雏一同去再访霁清轩。现在，他也追随老人们去了。我也改变了主意。如今，到处都在“改造”，我害怕那里也变了。还是保留着儿时记忆中的霁清轩吧，在这里我可以随时见到亲爱的老人们活跃的身影。

# 陈占元与明日社

冯姚平 | 西语系教授冯至之女
曾居住于中老胡同32号内9号

中老胡同时期，对父亲来说还有很重要的一件事，就是他在昆明时期的三部重要作品《伍子胥》《山水》《十四行集》，由上海文化生活出版社分别于 1946 年 9 月、1947 年 5 月和 1949 年 1 月重新出版。这三本书在大后方就曾引起大家的注意，文化生活出版社的再次出版使更多的读者见到它们。在后来的 30 年里，它们销声匿迹。但近 30 年来，它们又受到人们的重视，认为它们“在诗歌、散文、小说三个领域，都达到了很高的艺术水准，呈现出一种生命的沉思状态，自觉地追求艺术的完美、纯净与和谐，在四十年代，以致整个中国现代文学之林中，都是独特的‘这一个’”（钱理群《20 世纪中国小说读本》）。20 世纪末，《十四行集》被评为“百年百种优秀中国文学图书（1900—1999）”之一。说到这里，首先要感谢陈占元伯伯。

陈伯伯也是父亲的老朋友，他的名字从 1940 年 2 月开始就不断出现在父亲的日记里，当时他在桂林办明日社。陈伯伯来往于桂林、昆明之间，联系朋友，组织稿件，父亲的《十四行集》、卞之琳的《十年诗草》、梁宗岱的《屈原》（评论）等，还有别人的以及陈伯伯自己的许多译作、创作，都是明日社出版的。后来我知道，这明日社本来在香港，卞伯伯的《慰劳信集》《第七七二团在太行山一带》等就是在香港出版的。香港沦陷了，明日社迁往桂林。我还知道，这明日社实际上就是陈伯伯自己，约稿、编辑、买纸，找地方印刷、校对、发

《十四行集》封面

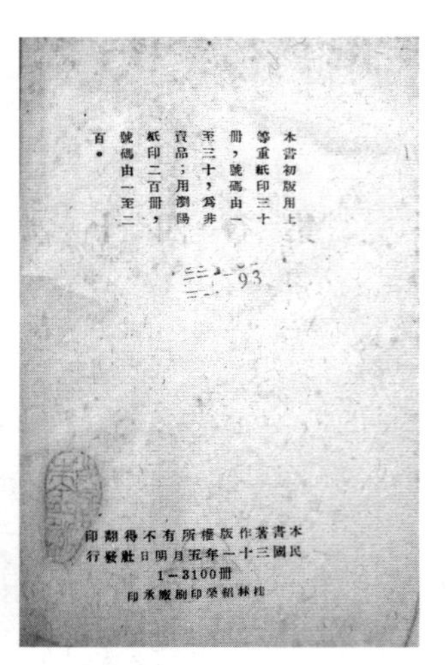
本書初版用上等重紙印三十冊，號碼由一至三十，爲非賣品；用瀏陽紙印二百冊，號碼由一至二百。

本書著作版權所有不得翻印
民國三十一年五月明日社發行
1—3100冊
桂林紹榮印刷廠承印

《十四行集》版权页

行，都是他。效率之高可见于父亲日记：1942 年“3 月 14 日复陈占元信述诗集计划；3 月 26 日发占元航快定诗集名《十四行集》；4 月 14 日《十四行集》抄好订好寄给占元”，5 月书就出版了。书还出得很讲究，印了 3100 册之外，版权页并注明：“本书初版用上等重纸印三十册，号码由一至三十，为非卖品；用浏阳纸印二百册，号码由一至二百。”陈伯伯执着，绝不肯因环境的艰辛而有丝毫马虎；他认真，出于对文学事业真挚的爱。之后，当父亲的散文集《山水》（它被称为是《十四行集》的姊妹篇）由重庆国民出版社出版时，就没有这么仔细了，以致父亲写的不足千字的一篇跋语都没有印在书后边。

随着卞之琳 1940 年暑假、李广田 1941 年夏来到昆明，他们四人志同道合，于 1942 年年末编辑出版了一个“理论与创作的月刊”——《明日文艺》。1942 年冬至 1943 年春，父亲写完《伍子胥》，首先分章在《明日文艺》连载。父亲的散文《人的高歌》、母亲的译作《战场归来后》刊登在《明日文艺》第一期上；母亲还把《引导与同伴》《楼兰》等译稿片断给陈伯伯寄去。听父亲德文课的郑敏写诗，把自己的习作拿给父亲看，父亲觉得挺好，从中选出几首，推荐给《明日文艺》。

可惜的是，因为桂林遭日军轰炸疏散人口，只出版了四期就停刊了。

明日社虽然短暂，今天知道它的人不多了，但功不可没。在抗战时期的大后方，物质条件极端恶劣，头上日本飞机说来就来的情况下，它坚守这块阵地，顽强地战斗着。它“自觉地追求艺术的完美、纯净与和谐”，我觉得钱理群的这句话同样适用于明日社。它就像黄山松，在艰难中生长，坚挺，纯洁，经得起时间考验，是立得住的。

父亲和陈伯伯的友谊延续下来。胜利后，同住中老胡同，同在西语系教书。直到晚年，陈伯伯进城时，总要来看看父亲，聊聊坐坐，很是高兴。那时父亲已经步履维艰，而陈伯伯穿着短裤，脚步轻快，一副精干的样子，让人觉得他还年轻。

# 人的高歌

## ——记田德望、刘玉娟夫妇

冯姚平 | 西语系教授冯至之女
曾居住于中老胡同32号内9号

这已经是多年前的事了，父亲翻看着一本书，赞不绝口。我走过去一看，是人民文学出版社出版的《神曲·地狱篇》，再一看，“田德望译”。我大吃一惊，“田伯伯不是教德语吗？”“你不知道吧，不只是德国文学，田伯伯还精通意大利文学！”父亲得意地说。

我认识田伯伯一家，还得从中老胡同说起。1948年，俞大缜一家从假山后面的7号搬走，田伯伯一家住了进来。这时我父亲在忙着张罗一件事，他于1947年11月给一位德国老朋友写信说：“这学期开始我在为设立德国语言文学专业而奔忙。这事我已办成，你有兴趣到我们这里来吗？”田伯伯的到来正是时候，后来担任德语教研室主任。这以前，西南联大没有德文专业，父亲只能给理工科的学生教第二外语德文，另外开讲欧洲文学名著的选修课。而田伯伯回国以来在浙江大学、武汉大学也是只能教第二外语德文。现在德语是主讲课，不只教语言还要讲文学，他们都很高兴。此后两人开始了同心合力为北大德国语言文学专业的发展努力，后来又在外国文学的研究方面密切地合作。与此同时，母亲和田伯母也成为好朋友。他们之间的友情一直保持到我父母最后的日子。我在整理父母遗物时见到田伯伯写给父亲和田伯母写给母亲的书信。看着那些小纸片上的只言片语，我不胜感慨，这么多年来，他们竟然一直互相惦记着。那时，大人们的来往我不了解，但是田伯伯的诚恳谦虚，田伯母的温婉娟秀，还有甜美可爱的小妹妹田卉，都使我爱上这温馨幸福的一家。

他们工作和谐，父亲显然很尊重这位新同事，因为他常和母亲谈讲田伯伯，对我父亲来说，这是少见的。我虽然并没有刻意去听他们说什么，但从听到的零碎信息中我知道，田伯伯 1909 年出生于河北完县（现在改为顺平县），是个农家子弟，家境不宽裕。小学毕业考上县里中学，父亲不让去。但是他天资聪慧，勤奋好学，刻苦耐劳，学习成绩优秀，得到家乡亲朋的赞赏和支持。不能升学，他就在家乡一位博学的叔祖父指导下，读了很多书，打下了深厚的中文基础，并且对文学发生了兴趣。后来他又考上保定的中学，在亲朋的推动下，父亲允许他去了。中学毕业后，先考上北京大学预科文科班，要升本科时，因家境贫穷，只好放弃北大，考入有助学金的清华大学西语系。毕业时又以高分直升入清华研究院。硕士论文通过后，田伯伯被派出国留学。后来我才知道，原来他在大学读到英译本的《神曲》后，对这部伟大的著作产生极大的兴趣，开始自学意大利语。研究生毕业时用英语写的论文就是关于

全家福，田德望刘玉娟夫妇及田卉，田卉提供

田德望，摄于留学意大利期间

《神曲》的。论文得到好评，同时还获得意大利的奖学金。这样，在吴宓教授的建议下，田伯伯被清华公费派去意大利留学。他 1937 年得到佛罗伦萨大学文学博士学位后，1938 年准备绕道德国和瑞士回国。但途经德国哥廷根大学时，他觉得机会难得，便将留学节省下的钱用来进修了一年德语文学。1939 年回国后，又是吴宓先生介绍他到抗战时期的浙江大学任教授，大学里没有意大利文可教，他就教起德文来，把德文变成了主业。

“别看田伯伯老实巴交的样子，学问可大了。他是内秀。”母亲对我说。是的，看到田伯伯忠厚朴实的笑容，我总想起父亲另一位朋友李广田。后来母亲还给我讲了一段“佳话”。原来田伯母刘玉娟和田伯伯是一个村里长大的，她的父亲一向很看重这个聪明不外露、踏实肯干、正直本分的同乡小青年，可能常在家里夸奖他。最后成就了二女儿这段美满的姻缘，老人家肯定非常满意。这位慧眼识珠的伯乐就是刘仙洲。这是一位德高望重、父母们都很尊重的前辈。这位学界泰斗、中国科学院首届学部委员（院士）、杰出的教育家，阅人无数。

他看中的人肯定学问人品绝对没说的。后来北大搬到城外，我在外学习、工作，就很少见到他们了。

父亲去世以后，我在整理父亲的资料时见到一幅照片——1957 年北京大学德语专业 53 届同学的毕业照。

后面两排站立的是学生，前面一排坐着教师，有田伯伯（右一）和我父亲（左四），还有德国专家及两位德裔中国籍老师谭玛丽和赵林克悌等。早就听说父亲曾担任这个班的班主任，而且他们从入学到毕业都是父亲和田伯伯两位老师带的。父亲教一年级的基础德语，讲授语法和后来的德国文学史：从二年级起基础德语就是田伯伯和德国专家教了，内容有选读、精读和翻译等。田伯伯还给他们开过专题课，讲凯勒等。我同这班同学比较熟，都是 1953 年升入大学的，但我学的是工科，而且在外地。所以有关父辈们的事我并不了解，经常要向他们请教。常听他们说起田先生。他们说田先生学识渊博，人品端正，丝毫没有架子，待人接物温文尔雅，有礼貌，有风度，同学们都很敬爱他。田先生上课

北京大学西语系德语专业53届同学毕业照，1957年

时态度和蔼，从来没见过他发脾气，所以上他的课时学生们感到轻松愉快。他们还说，田先生与世无争，从来没见他争过什么，他的心思都用在教学和做学问上。他曾跟学生谈起自己做翻译（当时他正在翻译被称为“瑞士的歌德”的作家凯勒的作品）时的体会，有时“一句话怎么也想不出恰当的表现，就走路在想，吃饭也在想，过两天一个想法猛然出现了！赶快写下来”（大意如此）。田伯伯的中文根底本来就非常深厚，工作态度又这么认真，所以他的译作如《凯勒中篇小说集》《绿衣亨利》都是精品。长篇小说《绿衣亨利》上下两集列入“外国文学名著丛书”由人民文学出版社出版。老师对学生的影响潜移默化，这十六位学生毕业后，三分之二以上都在高校和文化机构从事教学、科研和翻译，如今大都是有成就的日耳曼学者。这令两位老师感到非常欣慰。

田伯伯一生教书育人，毫不含糊地说是桃李满天下；在外国文学的研究和介绍的园地里刻苦耕耘，硕果累累。但是，最难以想象、令人无限敬佩的是，他在本应是颐养天年的后半生出色地完成了但丁《神曲》的翻译。

恩格斯说：“封建的中世纪的终结和现代资本主义纪元的开端，是以一位大人物为标志的。这个人物就是意大利人但丁，他是中世纪的最后一位诗人，同时又是新时代的最初一位诗人。”《神曲》是但丁的代表作，世界名著。早在20世纪初就吸引着我国的文化人，虽然先后曾有六种中文译本问世，但不是不全，就是从英、德文版本转译的，都不尽人意。20世纪80年代初，周扬任中国社会科学院副院长，委托时任外国文学研究所所长的父亲物色一位译者，认真重译这部名著。父亲毫不犹豫地推荐了田伯伯，当即聘田伯伯为外国文学研究所的“特约研究员”，专门从事《神曲》的翻译工作。父亲太了解这位老朋友了，认为他是这项工作的不二人选。

于是，田伯伯以73岁的高龄开始了这项无比艰辛的工程。历时18年，91岁时终于交出了满意的成果。这18年，除了要克服工作本身的艰难，资料的欠缺等客观的困难外，还有病魔的肆虐、体能的消失等不可抗拒的难关。正当田伯伯忘我地投入工作时，突然身患生殖系腺体癌，经受了两次大手术和三个月痛苦的放疗，大大地削蚀了他的体力。稍能支撑时，80岁高龄的老人又继续完成《炼狱篇》的工作了。不料《天堂篇》刚提上日程，与他相伴一生相濡以沫的田伯母又重病，重重地打击了他。幸好能干孝顺的女儿田卉和女婿屠顺耘操持了一切，经医院精心治疗，田伯母转危为安。田伯伯才安心地向《天堂篇》冲刺。他不向病魔屈服，不放弃自己的追求，以衰弱的身躯，惊人的毅力，义无反顾地前进，丝毫不放松对工作质量的要求。

有一种说法，冯至最佩服的两位译者是卞之琳和田德望。此说缘起是：1990年《神曲·地狱篇》出版了。1992年年初，父亲在一次关于外国文学评介的座谈会上发言说："翻译界值得称道的两个例子：一个是卞之琳同志翻译的《莎士比亚悲剧四种》，一个是田德望同志翻译

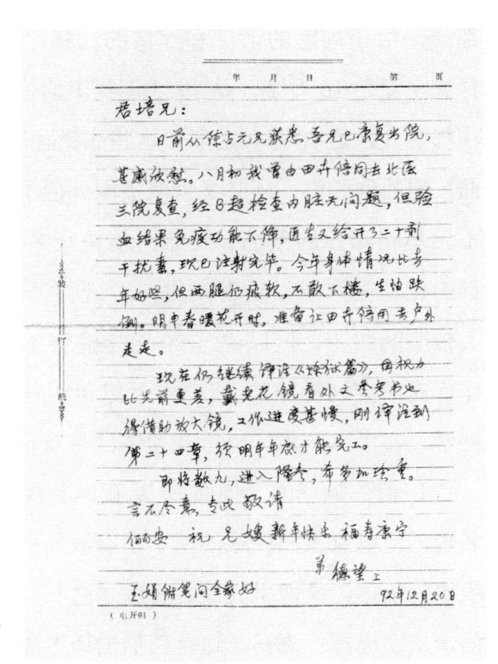

君培兄：

日前从陈占元兄获悉，吾兄已康复出院，甚感欣慰。八月初我曾由田卉陪同去北医三院复查，经B超检查内脏无问题，但验血结果免疫功能下降，医生又给开了二十剂干扰素，现已注射完毕。今年身体情况比去年好些，但两腿仍疲软，不敢下楼，生怕跌倒。明年春暖花开时，准备让田卉陪同去户外走走。

现在仍继续译注《炼狱篇》，因视力比先前更差，戴老花镜看外文参考书也得借助放大镜，工作进度甚慢，刚译注到第二十四章，预明年年底才能完工。

即将数九，进入隆冬，希多加珍重。

言不尽意，专此 敬请

俪安 祝 兄嫂新年快乐 福寿康宁

弟德望上

玉娟附笔问全家好

92年12月20日

田德望致冯至函，1992年12月20日

的但丁的《神曲·地狱篇》。他们都付出了极为艰巨的劳动。”为了翻译《神曲》,“田德望同志花了多年功夫，把有关《神曲》的研究几乎都掌握了”。田伯伯是用散文译出的，父亲说:“这散文非常精练，每一节后都有详细的注解。”我理解父亲强调这两点，首先是强调译者要把作品吃透，才可能译得准确，所以必须要有深入的研究；再有，翻译过来的作品要让读者能读懂，懂得透彻，就需要有详细的注释说明。更何况田伯伯翻译的是但丁的《神曲》!但丁，这位“中世纪的最后一位诗人，同时又是新时代的最初一位诗人”,他的《神曲》“作品的主题思想是相当明确的：在新旧交替的时代，个人和人类从迷惘和错误中经过苦难和考验，到达真理和至善的境界。围绕这个中心思想,《神曲》广泛地反映了现实，给中古文化以艺术性的总结，同时也现出文艺复兴时代人文主义思想的曙光”(《中国大百科全书·外国文学》“但丁”条，田德望)。《神曲》中的隐喻、象征，以及《圣经》、神话和古典文学典故，比比皆是。为帮助读者了解，在田伯伯的译本里，他都一一给予周密的考证和翔实的注释。如《地狱篇》正文7万字，注释文字竟达16万字。从1983年秋田伯伯着手这项工作开始，他所做的注释字数，达70万字之多。这些注释融汇了田伯伯数十年潜心研究《神曲》的独到心得，同时又吸取了国外但丁学家研究的最新成果。对其中不论奥秘幽涩的象征、隐喻，还是众多的典故和含蓄深邃的内涵，他都穷幽显隐，予以透辟阐发；对既往译本中的误译和误解，也做了令人信服的纠正。可以说这70万字注释本身就可以作为一本科学研究著作，对研究《神曲》、研究中世纪和新时代更替的历史、文化、哲学、神学、文学、艺术、语言和习俗，具有很高的学术价值和史料价值。

田伯伯翻译的《神曲》,是我国首次直接从原文译出这部世界古典名著。他以意大利权威的但丁学家波斯科和雷吉奥合编的《神曲》最新版本为依据，又博采其他各种版本之长；特色是译文紧依原著，忠实可信，文字谨严、流畅。这是田伯伯译本独到的地方，也只有田伯伯尽其一生的积累才有可能做到。

田伯伯和《神曲》的渊源深远，网上谈论很多，我参考了一些田伯伯老学生的文章，但水平有限，很难说清楚，最好还是看田伯伯自己是怎么说的。（见田德望《我与〈神曲〉》）

知道我在写这篇文章，朋友发给我一张照片，是 1999 年 7 月田伯伯 90 岁生日时，老学生们结伴去朗润园给他祝寿时照的。从照片可以看出师生间深厚久远的感情。

这一年，意大利总统奥斯卡尔·路易吉·斯卡尔法罗在来华访问期间会见了田德望教授，并把代表该国最高功勋的意大利“一级骑士勋章”授予田德望教授，以表达意大利全国对他以卓越的文笔把《神曲》介绍到中国的感激与欣赏。在祝寿的照片上，田伯伯胸前佩戴的就是这枚勋章。我猜想一定是学生们要求他戴上的，因为田伯伯从来就是低调的人，他曾获中国中外文学交流委员会“彩虹”翻译奖、意大利文学遗产

田德望先生（左四）和学生们在一起。左起为关惠文、安书祉、张玉书；右起为范大灿、韩耀成、赵荣恒。韩耀成提供

部的国家翻译奖等，往往不为人知。

2000年8月，田伯伯终于译完了最后一部《天国篇》。历时18年的《神曲》翻译完成了。两个月后，2000年10月6日，田伯伯以91岁高龄离开了我们。他是在出色地完成了社会赋予的任务，并圆满地实现了自己一生的夙愿后走的。我想起父亲在1942年写的散文《人的高歌》中说的一句话："意志坚强的人在他的事业未完成前是不会死去的。"

可惜父亲只见到他老朋友的《地狱篇》，他把它放在书橱明显的位置。《炼狱篇》出版时，母亲在，田伯伯寄了书来，我把它放在《地狱篇》的旁边。《天堂篇》出版时，母亲还在，田伯伯不在了。我去人民文学出版社的书店买了一本，把三本书放在了一起。如今四位老人都不在了，见书如见人。

我曾经多年没有见田伯伯和田伯母。一次，大概是20世纪80年代初吧，我回家，正好田伯伯田伯母在。田伯母看见我，招招手："姚平你过来。我有双凉鞋买了好多年，一直没能穿，现在老了。你来试试能穿不。"说着从身边拿出一双精致的半高跟皮凉鞋来。我见到这双素雅大方的鞋，不禁凄然，这本是多么适合田伯母的啊！这些年来一贯文雅安详的田伯母是怎样担惊受怕地陪伴着、支撑着田伯伯过来的！望着两

田德望译《神曲》，名著名译插图本（精华版），人民文学出版社出版

位长辈和善的笑容，我高兴地接受下来，穿了好多年。又一次是父亲去世后，我去朗润园看望他们。田伯伯坐在沙发里，还是那熟悉的笑容，但显得很疲惫。这时我才知道，原来田伯伯大病初愈，体力稍有恢复，又在继续工作了。

最后一次见到田伯伯，已经是和他的家人和学生们一同在医院默默地向他做最后的告别。我相信在但丁的“天堂”里一定是给他留着位子的。

田德望译《神曲》三卷本发行广告，人民文学出版社

## 附 录

### 我与《神曲》

田德望

《神曲》是但丁的代表作，是一部以诗人自己为主人公的史诗……游历过程和见闻构成了《地狱篇》《炼狱篇》和《天国篇》三部曲。

对于这部恢宏的史诗，早在我读中学时就有接触。当时通行的是钱稻孙翻译的《神曲一脔》。

…………

钱稻孙先生幼年随父母侨居罗马，当时已经读了《神曲》原文。归国后陆续将一、二、三曲译为骚体，在 1921 年但丁逝世 600 周年之际，用“神曲一脔”为标题，发表在《小说月报》上……译文典雅可读，可惜后来他搁置未续。

进了清华大学西方文学系后，得以阅读到英译本《神曲》，对这部作品发生了更大的兴趣，于是我选修了一位英国教授用英语讲授的《神曲》课。这位教授……精通意大利语，而且酷爱《神曲》……我就毅然中断已学了两年的法语，在这位英国教授的指导下，自学意大利语。

…………





进了清华大学外国研究所后，我继续自学意大利语不辍，不久便能阅读英国出版的英意对照的《神曲》了。我作研究生毕业论文时……用英文写了《但丁〈神曲〉和弥尔顿〈失乐园〉中比喻的比较研究》。论文获得了好评，顺利通过答辩，同时还获得了意大利的奖学金。在吴宓教授的建议下，由清华外国研究会公费派我去意大利留学，在佛罗伦萨大学师从莫米利亚诺教授继续攻读但丁和文艺复兴时期文学，获博士学位。

在如此长久的求学生涯中，我一直有一个强烈的愿望，那就是学成以后，一定要从原文翻译《神曲》这部传世之作。……

我 1939 年回国，回国以后一直是以德语教授身份在大学里讲授德国语言文学，没有机会教意大利语言文学。……

从 1921 年钱稻孙第一个翻译的《神曲》之后，又有 6 种中文译本问世，但除了钱译的之外，都是从英、德文版本转译的。80 年代初，当时担任中国社科院副院长的周扬同志希望外文所所长冯至物色一位译者，认真重译《神曲》。冯至同志当即决定聘我为外文所的“特约研究员”，委托我专门从事《神曲》的翻译工作。长期以来，国内一直都没有“二战”以后最新出版的、包含有最新研究成果的版本可供我翻译。可巧的是 1982 年，国际意大利语言文学学会会长勃朗卡教授来中国，访问了中国社会科学院外文所，冯至同志就介绍他来北京大学与我会晤。通过交谈发现，我俩竟然都是莫米利亚诺教授的弟子，于是一见如故……勃朗卡先生当即就答应他回意大利后，立即给我寄一套意大利但丁学家翁贝尔托·波斯科和乔万尼·雷吉奥合注的《神曲》。后来在翻译《神曲》时，译文和注释主要是根据这个版本。在其他的工作告一段落后，我开始试译《地狱篇》。那是1983年的秋天，我已是73岁高龄了。刚动笔时，感到困难重重，力不从心，茫然不知所措。对着镜子，看着自己稀疏的头发，真感到老之将至，捧起书本，读着《神曲》，又感到自己回到了从前。为了我心中已久的向往，为了把《神曲》直接从意大利语译介过来，我开始向自己挑战。我已老迈，脑力、体力不断衰退，我仿佛像一个运动员开始与时间赛跑。

…………

翻译期间我与责任编辑王央乐同志和秦顺新同志的合作非常愉快。1990年《地狱篇》出版并举行了首发式后，王央乐同志就退休了。人民文学出版社又让曾任外国文学编辑室主任的秦顺新同志做《炼狱篇》和《天国篇》的责任编辑。秦顺新同志在看完21章后，给我写了一封信，其中说："您所花费的心血，只有看了这部译稿才能了解。我代表未来的读者向您表示敬意。"我看了这些热情动人的评语也备感欣慰。……

2000年8月，终于译完了最后一部《天国篇》。历时18年的《神曲》翻译，可以毫不夸张地说，是花费了我后半生的全部心血。古人云"人生七十古来稀"，而我已是90多岁的老人了，我能在有生之年，把这部伟大的经典之作全译本奉献给中国读者，是我万万没有想到的，是值得庆幸的。

（摘自杨绛等著，郑鲁南编：《一本书和一个世界》，昆仑出版社2005年版）

# 周炳琳先生二三事

## ——中老胡同时期及其他

张友仁 | 法学院院长兼经济系教授周炳琳之甥
周曾居住于中老胡同32号内10号

### 周炳琳在北京大学的作用

北京沙滩（五四大街）中老胡同 32 号北京大学教授宿舍，是一处藏龙卧虎的大院落，里面住着 20 多位北京大学著名的教授。

走进 32 号的南大门向西约 10 米是二门，乃一座垂花门。通过二门和第一个四合院，后面就是周炳琳教授住的 10 号宅。周先生当时是北京大学经济系教授、法学院（下辖政治、经济、法律三系）院长，还曾兼代政治学系主任和法律系主任。他曾任国民党北平特别市党部委员，又是 1931 年以来的北大法学院院长，是北大大权在握的实权人物。傅斯年代理北大校长在 1947 年 6 月 19 日致周炳琳函中写道：

> 现在北大的局面，尤其是适之先生在那里受苦，兄比任何人负责都多。

长期担任北京大学哲学系主任的郑昕教授，20 世纪 50 年代对周炳琳先生在北京大学的作用有过这样生动的描述：

> 胡适、傅斯年那样骄傲，自以为“学问老子天下第一”，

周炳琳先生

> 但关于学校的大事在作出决定前都要“问问枚荪”。遇事让你三分。蒋梦麟在北大那样专横跋扈，说“我从来就姓蒋”，在国民党内摆老资格，在北大是专制魔王，谁也不敢碰他，只有你敢和他吵架，你凭的是什么？甚至当你出去做官，做什么厅长、次长的时候，北大法学院院长这个位置还空着等你，不让别人来做，为什么？是什么东西造成你在北大的地位呢？我替你说穿了：你是“挟国民党以见重于北大”的。[①]

周先生于北平解放前后住在本大院教授宿舍内的10号宅，直到1952年10月北京院系调整后才迁往海淀燕园燕东园29号。在中老胡同，10号宅的东边是北大文学院院长朱光潜教授宅，它的西边是北大教育学系陈友松教授宅。我在这所住宅里见到过多位大学校长、文坛巨子、科技精英和革命将领等人物。

早在1930年10月14日，南京政府教育部蒋梦麟部长电令周炳

① 《北大三反快报》1952年4月23日。

琳代理清华校长。周认为自己是北大毕业生，如果代理了清华校长，清华人将认为清华大学成了北京大学的“殖民地”，故坚辞不就。

1947年中央研究院院士提名时，胡适校长感到自己对社会科学界学科的人选不熟悉，特请周炳琳代为提出候选人名单。周炳琳于1947年7月12日致函胡适，信中写道：

> 院士提名，承嘱提出人文组经济学法律学两学科的候选人。兹为法律学提了郭云观、吴经熊、刘志敭、李浩培等四人；为经济学提了马寅初、陈总[①]、赵廼抟、杨西孟、蒋硕杰等九人。





## 周炳琳和何思源

周炳琳（1892—1963）与何思源（1896—1982）是“五四”运动时期北京大学的同学。在北大，周炳琳先读预科后读经济门，1920年毕业于经济系；何思源先读预科后读哲学门，1919年毕业于哲学系。他们都是“五四”运动的积极分子，在学习和运动中，他们结成了亲密的同学和战友关系。

从北京大学毕业后，周炳琳留学美国纽约哥伦比亚大学，获文学硕士学位，又留学英国伦敦大学的政治经济学院、德国柏林大学和法国巴黎大学等著名大学；何思源留学美国芝加哥大学，获硕士学位，又留学美国哥伦比亚大学、德国柏林大学和法国巴黎大学等著名大学。

1929年国民党第三次全国代表大会上，周炳琳、何思源等十二位代表反对“二陈”[②]，在大会上大吵一场后立即退出。从而，他们本

---

① 陈岱孙，原名陈总。

② 指陈果夫、陈立夫。

1920年7月1日，少年中国学会欢送周炳琳等出国留学，这是当时在北京宣武门外岳云别墅的合影，其中李大钊、张申府、邓中夏等，都是中国共产党建党初期的风云人物

1921年6月2日，旅美北大同学会在纽约哥伦比亚大学欢迎蔡元培校长。前排左起为周作仁、罗家伦、汪敬熙、周炳琳、蔡元培、康白情等；第二排左一为冯友兰，左三为段锡朋，左六为赵迺抟

来已被内定为中央委员的，就都被取消了。

回国后，周炳琳历任国民党浙江省党部组织部长、清华大学教授、北京大学教授兼法学院院长、河北省政府委员兼教育厅长、南京政府教育部常务次长、国民参政会参政员兼副秘书长等职；何思源历任广州中山大学教授、图书馆馆长、法学院院长，国民革命军总司令部政治训练部副主任，山东省教育厅长等职。北伐战争后期，由于政训部主任空缺，何曾以代理主任身份主持工作，当时曾经请周炳琳帮助推荐人员到政训部工作。





抗日战争开始后，山东省政府主席、第五战区副司令长官兼第三集团军总司令韩复榘，不战而放弃山东，1938 年 1 月被蒋介石枪决。这时作为一介书生的何思源竟组织武装队伍，开展游击战争，收复了半个山东省，被蒋介石政府简任为山东省政府主席。当他赴重庆述职时，被在西南联大任教的周炳琳教授请到昆明西南联大向全校师生做了精彩的报告，缕述他在山东开展武装斗争，部队被击溃之后，再组织，再击溃，再组织，终于取得胜利的经过。

抗战胜利后，蒋介石派嫡系军人接管山东，何思源被解除了山东的军政大权，改派到北平当一位没有军权的北平市市长。1946 年秋天的一个晚上，何思源乘飞机刚到北平的当晚，就同他的法国裔夫人一同到中老胡同北大教授宿舍看望老友周炳琳、魏璧夫妇，他们用法语亲切地交谈，何对周视同自己的兄长和老友，既亲密又尊敬。后来何思源夫妇住入中南海西花厅，他们和周炳琳夫妇仍有经常的来往。西花厅的沙发座椅，每次坐下都会弹一首歌曲。何思源在北京饭店屋顶花园上举行宴会，也曾有周先生夫妇参加。

周炳琳夫人魏璧女士是留法勤工俭学学生，曾留学法国里昂大学、巴黎大学，学习数学。这时她闲居在家，何思源提出要请她出来担任北平的一所女子中学的校长，但是不得调换原有的总务主任。魏璧担心如果财务上出现问题，将由她自己负责，而没有接受该校长职务。

解放战争时候，“伟大的正义的学生运动和蒋介石反动政府之间尖锐斗争”，“逐步形成为反对蒋介石反动统治斗争的第二条战线”。[①]在北平的历次风起云涌的学生运动中，周炳琳都要关照何思源，你作为北大的校友，一定要保证学生的安全！何思源也积极和周炳琳保持联系，力图防止和制止国民党特务针对广大学生的不幸事件的发生。何思源在1948年4月12日致教育部朱家骅部长和胡适校长的密电中写道：

> 源[②]随时与梅生[③]、宜生[④]、自昭[⑤]诸兄保持联系，力谋平息途径。

1947年5月20日，在北平爆发的“反饥饿、反内战”大游行中，国民党特务数百人埋伏在西单路口的瓶颈地带，准备袭击游行同学，周炳琳急电何思源，一定要制止流血事件的发生。经过何思源的多方努力，特务队伍终于在游行大队到达前从西单撤除，使游行队伍得以安全通过。

1947年6月2日“反内战日”，北大民主广场举行反内战死难军民追悼会，北大被反动军警特务的铁丝网和沙包所包围。特务还围攻北大学生宿舍西斋，周炳琳在大会上做报告后急电何思源市长到北大景山东街（现名沙滩后街）解救。何思源及时赶到，北大同学围着他向他控诉特务暴行。他的专车被群众围困在北大西斋门前，无法启动，车的左右踏板上各站有警卫一人，他们急向天空鸣放驳壳枪多

① 《蒋介石政府已处在全民的包围中》，《毛泽东选集》第四卷，人民出版社1968年版，第1121、1223页。

② 指何思源。

③ 即枚荪，周炳琳。

④ 指傅作义，时任华北“剿总”司令。

⑤ 指贺麟，时任北京大学训导长。

周炳琳、魏璧夫妇在北京大学理学院大礼堂前的合影

发，车前才稍有空隙，得以冲驶出去。

1948 年年底和 1949 年年初，周炳琳和何思源都从事北平的和平解放工作。他们组织成立“华北人民和平促进会”，1 月 16 日，该会推派何思源、周炳琳等作为代表，赴香山访晤叶剑英，商谈和平解放北平问题。原北平市市长何思源积极从事北平的和平解放工作，尤为蒋介石所痛恨，1949 年 1 月蒋介石密令处死何思源，并以此警告傅作义将军。此事由保密局局长毛人凤派行动处叶翔之飞赴北平指挥，并派能“飞檐走壁”的飞贼段云鹏等人夜间潜入东城区锡拉胡同何思源宅，炸死了何的二女儿何鲁美，还炸伤了何夫人和其他子女何鲁丽等五人。何思源受伤后，头颈、双臂、双手都缠满了白纱布绷带忍着伤痛及时来到周炳琳宅，向周报告受伤的经过。那时何还不知道是定时炸弹炸的，而说：“蒋介石要杀害我们。他用小钢炮（迫击炮）把我

全家打得非死即伤。你老兄也要加倍小心啊！”

北平解放后，他们都是民革中央委员。何思源曾入华北革命大学政治研究院学习，晚年为中央文史馆馆员；周炳琳仍任北京大学教授，曾任全国政协委员。

魏璧女士在十年动乱中不幸逝世，1979 年 1 月由中共北大党委统战部和九三学社共同举行的她的追悼会上，何思源曾亲临吊唁，并且用流利的书法一笔签下了他的三个字的名字。

1981 年 5 月 27 日，北京大学举行“赵迺抟教授从事学术活动 56 周年庆祝大会”。何思源说赵迺抟是我的老同学，我一定要来参加。他坐在主席台上，因年事已高，提前退席。我送他到北大办公楼东门，坐在石台阶上等车，由他在北大读书的外孙去找出租汽车，找了很久才找来车，将他送回北河沿民革宿舍。

早在抗战以前，何思源教授就有一牛皮箱（西式）的书籍，寄存在北平史家胡同 56 号周宅，胜利回京后没有取回，北平解放后也没有取回。直到周炳琳教授 1963 年逝世后，又经过十年动乱，周炳琳家所存书籍都移送到了北京大学图书馆书库。“文革”后期经周恩来总理办公室批复，将周炳琳的书籍发还，由其子周浩博领回。何思源的这一箱书则仍存在北大图书馆，内有何思源著的《经济统制论》（精装本）等，直到 20 世纪 70 年代末，才由何思源派人到北大图书馆取回。他的著作还有《国际经济政策》《社会政策大纲》《中国人口问题》《近代中国外交史》《欧美各国社会之发展》《求生教育与教育保险制度》《社会科学研究法》等。

## 周炳琳和傅作义

傅作义将军对北京大学是素有感情的。1936 年 8 月，北大教授胡适等就曾随傅作义将军赴绥远省大青山凭吊过“抗日阵亡烈士公墓”。

1936年12月12日，震惊中外的“西安事变”发生后，张学良、杨虎城在西安对蒋介石实行“兵谏”，提出改组南京政府，停止内战，释放政治犯，保障人民集会、结社自由等主张。1936—1937年，傅斯年陆续写信给胡适和周炳琳，向他们通报“西安事变”和南京政局。信中称胡适为胡适之先生，称周炳琳为枚荪兄，并且要求将这些信件“看后焚之”。1936年5月“冀察政务委员会”与日本秘密签订“华北防共协定”。宋哲元的第29军是参加过长城抗战的军队，在5月30日的干部会上，军官们反对脱离中央。胡适在31日晚写了与宋哲元书的草稿，征求周炳琳的意见后，以《敬告宋哲元先生》发表：





> 我们深信，在这个时候，国家的命运已到了千钧一发的时机。凡是反对中华民国的人，凡是存心破坏中华民国的统一的人，都是存心遗臭万年的人，我们决不可姑息这种人，必须用全力扑灭这种卖国求荣的奸人。不如此的，在今日是汉奸，在中华民族史上永远是国贼。……熙洽、张景惠、殷汝耕都没有力量，因为他们都脱离了国家的立场，所以永远成了汉汗国贼，他们不能不托庇在敌人的铁骑之下，做了受保护的奴才。这些奴才将来都有在中山墓前铸长跪铁像的资格。我们这个国家现在虽遭厄运，是决不会灭亡的。我们不可不明白这一点：一切脱离国家立场的人，决难逃千万年的遗臭！

1948年7月24日，周炳琳在《新路》周刊第1卷第11期上用笔名发表《傅将军面临一个考验》一文，文中写道：

> 他人不能打胜仗，傅将军独能打胜仗，只这样便足以引人入胜。……“七五”惨案发生，考验之期不旋踵而至，我们仍然爱护傅将军，希望他拒绝拖延的办法，迅明断然的处置，为公道求直，为死者伸雪，以争回动摇的人心。

1948 年夏天，傅将军到中老胡同 32 号来拜访周炳琳先生。那天，周不在家，周夫人魏璧女士见到传达室送来的傅作义将军的名片，十分着急，叫我出去替他应付。我走到大门外，看见傅将军穿着灰布军服，坐在吉普车的司机座旁边，后边还有几位替他带路的北大学生。我告诉傅将军，很抱歉，周先生不在家，他才离去了。

## 北平解放初期我参加庆祝“七一”、纪念“七七”的活动

1949 年夏天，我作为中国民主同盟的代表参加筹备庆祝“七一”（在先农坛）和纪念“七七”（在天安门前）大会的活动时，曾将办公地点设在中南海内西花厅。那时，我和清华大学的吴晗教授联系好，请到叶剑英市长在晚间前往清华大学讲演，后来保卫部门考虑到夜间出城有安全问题，怕人打黑枪，加以劝阻。我就打电话给吴晗教授，说叶剑英市长到清华做报告一事只好取消了。这时任北平市人民政府新闻处处长的那位同志（周游，燕京大学毕业生），竟急得用双手拍打自己的嘴巴，并说：“我麻痹大意！我该死！我该死！”

在此期间，我安排了李达同志和薄一波同志到北大民主广场来讲演，当时用的是一种有九个喇叭的叫“九头鸟”的扩音器。声音可以扩及数里。这个“九头鸟”是从北大工学院租来的，租金昂贵，我曾找北大校务委员会汤用彤主席用红铅笔签具意见和姓名，才得免收此费用。李达同志后来出任武汉大学校长，他在“文革”中被批斗，“停

医停药”身亡。

不久以后，这个西花厅就成为周恩来总理的住宅了，他住在南面的第一个四合院，北面第二个四合院是厨房和勤杂人员使用。“文革”中北面的围墙被加高了，墙外就是旧北大附属医院。

这时中共北平市委宣传部副部长李乐光也参加筹备庆祝“七一”、纪念“七七”的工作。他以八路老干部的形象出现在我们面前，说：“我不知道死过多少次了！”后来我才知道他曾是清华大学的学生，被清华大学法学院陈岱孙院长留作政治系助教。在1946年的军事调处执行部中他担任共方叶剑英的英文翻译，那时，国、共、美三方的英文翻译都是清华的校友，他是班级最高的一位。后来他作为北京市节约检查委员会的干部到北大红楼北大党总支委员会来检查过工作。不久以后，他患肺癌病故。

那时北平市委设在东交民巷前德国大使馆内，馆中有一处精美的“万镜厅”。彭真书记、邓拓部长请我们到市委开会时，我们得便参观了藏有许多精美华丽的镜子的“万镜厅”。庆祝活动结束后，市人民政府的一位副市长曾在崇文门内旧德国饭店楼顶上宴请全体工作人员。

## 周炳琳家的客人

早在抗战爆发之前，巨著《清季外交史料》的编者王亮（希隐）先生就曾来访周炳琳先生。他当时是北京灯市口育英中学的董事长，我是一年级学生，他来校视事时，在校长室约见我，对我多方加以勉励。他在民国初年任职外交官，曾出使20多个国家。

1946年年底，《观察》杂志主编储安平先生来到周炳琳的北京大学法学院院长办公室，约请周先生为《观察》杂志撰写文章。他们坐在周院长办公室会客室的长沙发椅上交谈时，我给他们拍了一张合影。1947 年夏，国民党政府突然宣布中国民主同盟为“非法团体”，甚至说“将适用‘处置共党临时办法’加以处理”。周炳琳认为“义之所在，不容缄然”，愤而起草了一份题为《我们对于政府压迫民盟的看法》的抗议书，并征得一共 48 位教授的签名，在《观察》杂志第 3 卷第 11 期（1947 年 11 月 8 日）上发表。

1947 年秋，北大经济系统计学教授杨西孟到美国芝加哥大学研究院进修。1949 年秋，他在回北大工作途中，一时买不到船票，滞留在香港。这时，我党派驻香港机构的高平叔提出请他留在香港，在当时由他主持的中国国际经济研究所工作，杨西孟先生服从工作需要，留在香港收集国际经济情报。这时，在北平的杨夫人不了解情况，到中老胡同周炳琳院长家中探询究竟，周先生则向她说明实情：杨先生在香港是替祖国做事。

1948 年夏天，南京政府国防部中将厅长於达到东北四平市，给四平战役中的国民党官兵授发大量勋章后归来，途经北平，专门到中老胡同来看望周先生。原来他们是浙江台州椒江前所天主堂小学的同学，他们在那里开始学的法文。於说：此次勋章原来准备发很多的，我考虑到发太多了，就太不值钱了，我将它们少发了一些。可是剩下的勋章太重了，坐民航飞机回南京运费太贵了，我要和空军徐司令联系，找一架军用飞机免费运回南京。周先生同於达说：你从前是连一只鸡都不敢杀的，现在居然参加打内战，杀人无数。於达听了，无言以对。

1949 年北平解放后，周炳琳当时是颇负盛名的民主人士。那时浙江大学校长竺可桢教授来宅看望过他。原来，蒋介石的“文胆”陈布雷先生曾经想请周炳琳先生担任浙江大学校长，可是他已经在北京大学任职，不能离开北大，才改派竺可桢任浙大校长的。

1949 年春夏之交，一个傍晚，曹禺和巴金一起来拜访周先生。他们执弟子之礼十分恭敬。周先生请他们在沙发上就座，他们不坐，只肯在沙发扶手边靠了一下。原来周先生任教育部常务次长时，曾经给他们各自颁发过某种奖励。

北平解放后，西北大学校长胡庶华教授经常在晚间到周宅访问和闲谈。

曾任浙江省政府委员兼温州永嘉县县长的许蟠云先生1949年来中老胡同看望周，许说他现在没有官做了，可是过去在北大学的德文还没有忘记，请周先生帮忙让他到北大当德文讲师。周没有答应。

北平电话局毛局长是黄岩人，他到中老胡同拜访周先生，请周先生出面申报宣武门外前青厂黄岩会馆的房地产。周先生同意了，但委托毛局长替周刻一图章，代为办理各种事务。

## 周炳琳与毛泽东、周恩来

还是在抗战以前，周炳琳等就曾惠赠礼物给刚到陕北的毛主席。周炳琳和毛主席的政治观点虽然不同，但周是一向尊敬和关心毛主席的。周炳琳夫人魏璧、许德珩夫人劳君展是早期湖南新民学会会员，曾同毛主席一起参加驱逐湖南军阀张敬尧的斗争。魏璧等人去法国勤工俭学，毛主席曾经在上海半淞园送行。1935年毛主席经过长征到达陕北后，周炳琳、许德珩、魏璧、劳君展等一起商量给毛主席选送些陕北急需的东西，并由魏璧、劳君展在张晓梅的陪同下，坐洋车（人力车）到东安市场选购了一批金华火腿、怀表（当时那种只有会移动的阿拉伯数字而没有时针和分针的怀表）和布鞋，用周炳琳、许德珩、魏璧、劳君展等人的名义，委托在北平的中共地下党负责人邢西萍（徐冰）教授和夫人张晓梅，设法同其他物资一起用一辆卡车送往陕北给毛主席。毛主席收到后，曾回信表示衷心感谢！

各位教授先生们：

收到惠赠各物（火腿、时表等），衷心感谢，不胜荣幸！我们与你们之间，精神上完全是一致的。我们的敌人只有一个，就是日本帝国主义，我们正准备一切迅速地进到团结全国出兵抗日，我们与你们见面之期已不远了。为驱逐日本帝国主义而奋斗，为中华民主共和国而奋斗，这是全国人民的旗帜，也就是我们与你们的共同的旗帜！

谨致

民族革命的敬礼！

毛泽东

［1936 年］十一月二号

1949 年春北平和平解放后不久，周恩来总理到北京大学孑民纪念堂来同教授们谈话，周总理多次提到周炳琳，并对他在重庆时对中共代表团的帮助表示感谢。1946 年年初，周恩来、邓颖超夫妇举行欢迎叶挺将军出狱的宴会，邀请周炳琳、魏璧夫妇作陪（我在电视上看到过叶挺和魏璧在此次宴席上的合影照片）。他们在席间话旧，十分欢洽。4 月 8 日，叶挺将军等在从重庆飞往延安途中因飞机失事遇难。周炳琳当即握笔专函致唁。周总理将此唁函发表在 1946 年 4 月 21 日的重庆《新华日报》上：

恩来先生大鉴：

此次飞机失事，贵团同志，男女老少，殉者十余人，闻悉之后，痛悼殊深。忆两月前，足下与颖超女士邀宴，弟偕内人魏璧女士，得与其盛，席间话旧，欢洽逾恒。王若飞先生、秦博古先生、邓发先生，当日皆在座，扬眉姑娘活泼可爱，博古先生同出席于宪章审议会议，接谈尤频。今则诸人已逝，倏焉隔世，人生真若朝露，聚散尤叹无常，尚乞志悲风劲草之喻，益加迈进，努力促成全国团结，循和平道途，以救中国。死者殉道，生者衔哀，牖启是珍，道将益见发扬，是固全国人之愿望也。专函致唁，并陈悃忱，死难诸先生之家属，并望代为一一致慰，临颖神驰，不尽欲言，诸惟亮察，为前途珍重。

顺候道安！

弟周炳琳敬上

［1946 年］四月十七日



## 周炳琳在思想改造运动中

新中国成立后，在 1952 年的思想改造运动中，周炳琳起初对思想改造有抵触，多次检讨，均未通过，从而成为全北大思想改造中的重点人物。马寅初校长到他家中对他多方进行帮助，叫他跟着共产党走，跟着时代前进。马校长在周炳琳家客厅和内室通道的台阶上向下一跳说：思想改造，就要痛下决心，就像我这样向下一跳，就改造过来了！马校长在全校大会上说：

周先生人很好，不贪污，如果改造过来，可以对人民有很大好处。

可是，周先生的多次检讨，均因内容不够深刻，未能通过。这时中共北京市委书记彭真同志给毛主席送上一份《对北京市高等学校三反情况简报》，其中谈到北大师生以及周先生的亲属（夫人和子女等）在思想改造运动中对他的帮助和批判。毛主席当即于 1952 年 4 月 21 日写下了一段批语：

> 彭真同志：
>
> 送来关于学校思想检讨的文件都看了。看来除了张东荪那样个别的人及严重的敌特分子以外，像周炳琳那样的人还是帮助他们过关为宜，时间可以放宽些。北京大学最近对周炳琳的作法很好，望推广至各校，这是有关争取许多反动的或中间派的教授们的必要的作法。①

1952 年 7 月 30 日，周炳琳在北京大学沙滩新膳厅的千人大会上做了第四次大会检讨。他在检讨中认识到自己过去的错误，也认识到他在新中国成立后的“自处之道”是敌视人民的，“我这一反动的态度，妨碍了自己靠拢人民，接受共产党的领导”。他表示要站到人民的立场上来，“我决心贡献我的余年来为祖国的建设尽我最大的努力”。他的检讨，得到群众的谅解而被通过。

思想改造之后，他撰写《我的检讨》一文，《人民日报》副总编辑林淡秋同志到北大党总支部办公室找到我，由我陪同他到周家中取去，毛主席将它改题为《人民民主政权给了中国人民伟大的创造力以发挥的机会》一文，在《人民日报》1952 年 10 月 9 日发表。文中写道：“新中国在政治上经济上文化上和国防上各方面的成就，得力于毛主席和中国共产党的英明领导。”他这篇文章的发表，在海内外有较大的影响，有力地驳斥了台湾编造的他在大陆受到严重迫害的种种谣言。

1954 年，他在政协全国委员会全体会议上做了长篇发言，历数新

① 《建国来以毛泽东文稿》第 3 册，中央文献出版社 1989 年版，第 422 页。

中国的伟大成就，号召台湾回归祖国。该文由中央人民广播电台对台湾及海外做了多次广播，全文刊载在《新华月报》1955 年 1 月号上。

梁漱溟在《追记在延安、北京迭次和毛主席的谈话》中，于 1952 年 8 月 7 日的谈话纪要中写道：“主席随后谈及北京大学教授周炳琳和清华大学教授潘光旦两人一些情况。据闻周之子在壁间悬挂主席像片，而周辄为撤除，人或非之。主席说此可不必；应许人有自由意志。若以尊重领袖强加于人，流于形式，有害无益。”[①]

这里毛主席允许人民意志自由的态度和观点是十分正确的，但是所指的事实却有所不同。经多方调查，周炳琳并无此事。据周炳琳之子周浩博说：“1952 年时，我在北京大学俄语系读书。我曾想将斯大林的头像挂在墙上，可是爸爸说：‘我不喜欢看见他的样子。’因此，我就没有把斯大林的像挂起。至于说我挂了毛主席的像，又被父亲撤除了，则是绝对没有的事情。”看来上述谈话是根据误传的消息而发的。

## 周炳琳与许德珩

许德珩先生是周炳琳先生的老友，周夫人魏璧女士和许夫人劳君展女士都是长沙人，而且互相以姐妹称呼。1932 年 12 月许德珩因反对蒋介石的反共反人民政策而被逮捕，周炳琳联合蒋梦麟校长将许加以保释，并亲自到监狱迎接他出狱。

1946 年秋，周炳琳再度聘请许德珩到北大政治系任教授。那时许住在府学胡同北大教授宿舍，府学胡同有一块古老的石碑叫作麒麟碑（现在移放在北海公园中）。所以许德珩自称：我住在麒麟碑！许先生到北大教课之余，常到周宅客厅闲坐。我有时前去同他闲谈。他破口

① 《梁漱溟全集》第 7 卷，山东人民出版社 1993 年版，第 450 页。

周炳琳和许德珩都是“五四”运动的参加者，图为当时周炳琳在北京街头讲演的情景



大骂国民党反动派的官僚们都是些“废铜烂铁”，等等。我当时将他和我谈话的内容在上海《文汇报》“人物志”栏（1947年2月26日、27日两期）连载发表。

1946年，周炳琳和许德珩都坚决拒绝参加伪国大。天津《大公报》1946年11月13日以“周炳琳许德珩在平对记者谈国大问题”作为新闻的大字标题。新闻报道中写道：

> 他们一致声称：愿参加一个代表各方面的国大，深恐参加了这样一个国大[①]，会增加分裂的可能。周院长……他在一年多以前，已在参政会上指出政治混乱之可怕，到今天似已感无可奈何。

① “这样一个国大”，指1946年10月在南京举行的由国民党包办的中华民国国民大会。中国共产党和各民主党派拒绝参加，并且称之为伪国大。

南京政府一再来电催他们前往参加，他们都拒绝去南京参加伪国大。周炳琳还不断劝说胡适校长不要出席伪国大，同他吵得面红耳赤。周还于 1946 年 11 月 9 日致函胡适：

适之先生：

闻先生即将飞往南京准备出席国民代表大会。此时赴会，是否为贤者之举动，琳以为尚值得考虑一番。[①]





可是，胡适校长不听周的劝导，飞往南京出席伪国大，而且将伪国大通过的伪宪法亲手捧交给蒋介石。

## 周炳琳与北京大学的几位教授

这所院子的西部住着沈从文教授。他对北大的老教授们是非常崇敬的。每当他在课堂上说起北大文学院院长胡适时，他说：

适之先生最大的尝试并不是他的新诗《尝试集》。他把我这个没有上过学的无名小卒聘请到北京大学来教书，这才是他最大胆的尝试。

沈从文教授在课堂上讲起北大法学院院长周炳琳教授时，也表现出极为敬佩的神情，说他是“五四”运动的健将，学界出洋的“五大臣”之一，并且两手叉腰表现出他（周）敢于仗义执言，善于折冲樽俎，舌战群儒的样子。

---

① 《胡适来往书信选》下册，中华书局 1980 年版，第 140 页。

周炳琳与张景钺两家人在清华大学西院的留影。图中站立者左起为魏璧（周炳琳夫人）、崔之兰（张景钺夫人）、周炳琳、张景钺、周北凡；蹲者左为张企明，右为周浩博。张友仁摄于1948 年8月15日



1948 年时，胡适虽然不住在中老胡同 32 号而住在东厂胡同，但是他的儿子胡思杜先生曾经住在那里，同沈从文先生是隔壁邻居。

北京大学政治系吴之椿教授早在“五四”运动时期就在美国华盛顿积极参加中国留学生的爱国活动，夫人欧阳采薇女士是宋代欧阳修的三十二世孙女。吴之椿早年曾任宋庆龄的秘书。北伐战争中任外交部秘书兼政务处处长，1927 年参加了收回汉口英租界的工作。1927 年 7 月 15 日，汪精卫在武汉背叛革命、实施“分共”后，吴之椿撰写《为抗议违反孙中山的革命原则和政策的声明》，向中外新闻界广泛发布。8 月间“宁汉合流”之后，吴之椿辞去公职，陪同宋庆龄在这危难的时刻秘密访问了苏联。北伐战争胜利后，他担任清华大学第一任教务长（校长是罗家伦）。吴之椿住在 8 号，在房前精心培植了一处小花园。北平解放后，他经常到周炳琳家闲坐。我最后一次看见他是1958年春，当时他在文津街北京图书馆美丽的花园里打拳。

1948年夏天，顾孟馀教授到中老胡同来看望周，他在“五四”运动时期任北京大学经济系主任，是周炳琳的恩师，他们之间的亲密关系有如父子。顾孟馀在与汪精卫决裂后被任为中央大学校长。有人对周炳琳说：你该去帮助他呀！周说：当然！当然！这是我义不容辞的！

中老胡同32号大门内西边住着芮沐教授，他当时是最年轻的教授，现在已经100多岁了，住在北大燕南园中[①]。

大门内东边住着闻家驷教授。1949年，我曾带领他的学生党凤德去请他写推荐信，将党推荐给出版总署翻译处沈志远处长。后来党凤德成了《英华大词典》1984年修订第2版的主要负责人。1985年4月，党凤德学长在送我的该书上写道：

友仁同志：

承担词典的修订总负责工作，历时五载，日夜拼搏，于八四年八月完成付型，赶在国庆卅五周年前夕出书献礼。十二月英国首相访华时，我国领导人作为纪念品，赠送英国友人。此书为我国至今收词最多、篇幅最大之英汉词典，但仍有一些缺漏，希多指正。

党凤德

八五年四月

1948年夏天，何思源任北平市长时，他将位于颐和园内谐趣园后面的北平市政府一处叫作霁清轩的内部招待所，借给杨振声教授和沈从文教授避暑之用。8月15日我去拜访他们。杨振声教授坐在摇椅上纳凉，沈从文教授在那里写作了《霁清轩杂记》，讲的是颐和园的各种掌故。我在霁清轩回廊下给他们拍了一张照片。

① 芮沐教授于2011年3月20日逝世。——编者

杨振声与周北凡、周浩博、雷崇立、张企明、吴小椿等在颐和园谐趣园后的霁清轩外的留影，张友仁摄



我又在霁清轩外的小桥上给他们拍了一张照片。我还给他们在颐和园各处拍了一些照片。至今仍完好地保存着。

## 中国社会经济研究会与《新路》

1948 年，周炳琳等在北平组织“中国社会经济研究会”，并出版发行《新路》周刊，由周炳琳等负责编辑。他在中老胡同 32 号撰写了不少评论文章，请他的女儿周北凡抄写出来，在《新路》周刊上用各种不同的笔名发表。

由于周炳琳等在《新路》上发表了严厉抨击蒋介石独裁误国的文章，终于使《新路》遭到国民党政府的严重警告，并于 1948 年 12 月 30 日被勒令停刊！

北平解放前夕，南京政府要北大南迁，周坚决反对。1949 年 1 月南京政府派飞机到南苑机场来接北大教授南下，周拒绝登机南下，留在北平迎接解放。

曾任周炳琳秘书的国家图书馆名誉馆长任继愈教授，在谈到周炳琳教授时说道：我觉得周先生的经历时间跨度很长，从“五四”运动开始一直到解放后都有活动。他的经历实在太丰富了，他这个人实在太重要了。我看周先生的一生是搞民主运动搞得很多的一生，他的思想中民主思想很深的。自从“五四”以来，他的民主一直没有丢，没有放弃，可是他一直很不顺当。他争民主，触犯了四大家族的利益，国民党是不允许的。解放后，周先生还是争这个民主，所以也不受欢迎。他是这么个命运，他的一生坎坷，它的原因就是在这里：他的主张与外部条件不协调，他又很坚持他的这个主张，是真的坚持而不是假的。周先生的一生不得志也和这有关：他不会因为外部的势力而放弃自己的信仰。恐怕这是黄岩人的性格所在吧！

任继愈教授还在《周炳琳文集》序言中写道：“周先生奋斗一生的民主事业，我们这一辈人要继续向前，大家还要继续奋斗。”“《周炳琳文集》使我们重温前辈民主人士走过的历史，使我们更加坚定地为推进中华民族民主事业继续前进。”

2010年7月12日修订于北京大学朗润园

# 32 号院中的长辈和我们

陈琚理

教育学系教授陈友松之女
曾居住于中老胡同32号内11号
现名朱理

对北大宿舍里的长辈，我们统称伯父、伯母。如今这 20 多个人家中，仅有已经 102 岁的芮伯伯和 90 岁高龄的芮伯母能够很容易地见面，其他各位有的已谢世，有的我们得知，如马大猷伯伯，也因年事和身体原因很少出门活动了。

我们对所有的长辈都很尊敬。当年在 32 号院里，小孩儿们只要见到大人都会恭敬地行礼问好，长辈们慈爱地望着我们，拍拍小脑瓜儿，拉一拉稚嫩的小手，然后说一声“乖孩子，玩儿去吧”。我们得到了夸奖，就很满足地跑开了。陈莹的妈妈曾当过民航局幼儿园副园长，20 世纪 30 年代毕业于复旦大学教育系。她当年的园长工作被园内老人们怀念着。她把幼儿园管理得那么好，无论是园里的职工、教员，还是幼儿家长，都交口称赞她的才华和热忱，她对工作和幼儿的挚爱。因为她不是一般意义上的行政干部，她是一个真正懂得幼儿教育、幼儿心理学、教育管理的称职副园长（主管业务），绝对不是外行领导内行。为了幼儿园的工作，她没日没夜地全身心地投入，以致自己的女儿陈莹刚上小学不久，就常常被扔在家里。陈莹和年龄相近的朱世乐、李华俊以及大一些的袁家姐妹们玩耍，也和男孩们一起爬高。身体倒锻炼得像男孩子一样结实，性格也像男孩子一样坚强、豪爽。按李华俊的说法，“简直就是一个假小子”。在 20 世纪 80 年代，我与李华俊竟在清华二附中相遇，那时她教语文，我教美术。如今李

1946年夏，西南联大复员返回北平前夕，陈琚理与弟弟陈重光在昆明的合影

陈伯母郑学诗与陈莹、陈谦姐弟留影

华俊落户在美国，我也退休十年有余。

陈伯伯、陈伯母都主张小孩子们要多在户外运动，跑跑、跳跳，接受日光沐浴，增加肺活量，只有身体健康，才会精力充沛。搬家后，我几乎每年暑假都会去北大朗润园找陈莹。在她家，同杨景宜一齐到颐和园游泳，在燕园的山坡、湖滨、树林、草地上奔跑，追逐蝴蝶和蜻蜓，当夜幕垂落天际时，萤火虫就出来和我们做伴了。那里是一个清凉的世界，古老的王府花园里十分幽静。

住在中老胡同时，刚一两岁的陈谦去抢我大弟陈光光的饭碗，一躲一闪，饭碗就滑掉了，饭菜撒了，瓷碗也碎了。陈光光仰头号啕，不亚于成人之失恋，抑或主帅之全军覆没所带来的悲痛。陈伯母安慰着他，只离开了一小会儿，就见她手上端来一碗香喷喷的白米饭，上面还堆着一大块红烧肉，肉的旁边还衬着翠绿的菠菜。那个小碗墩实别致，是用整块木头旋成的，呈现出本色的木纹。陈光光立刻停止了那份儿伤心，双手捧过木碗。妈妈就教他："赶快谢过陈伯母啊！"我也刮着脸皮臊他："真没羞！陈谦弟弟还小，他又不是故意的。你已经是5岁的大哥哥了，还动不动就大哭大叫，好意思吗？"大弟的脸一下子红到了脖子根儿，连那对大大的招风耳也变得通红通红。陈伯母来收场了："好啦，好啦。我们的陈光光是最聪明的好孩子，不用说，他当然懂得这些道理啦。"陈伯母摸摸大弟的头，慈爱地说："快趁热吃吧，这个木碗就送给你啦，以后碗再掉到地上，也不会破了。"一场小小的风浪，就这样平息了。我们这个院里的孩子如果吵架了，不论是谁家的，只要是没理，就会受到任何一位伯母、伯伯的管教。例如，大卫（芮太初）小时候特别顽皮，他时常不知轻重地，竹竿子也能往李华俊脸上捅！陈莹也被他弄哭过。于是，两个小姑娘的爸爸就结结实实给了大卫"一顿臭揍"。这是60多年后大卫自己说的。那天，这位老顽童把电话从美国的东海岸打到西海岸，他向我诉说着，怀念从前，怀念中老胡同的童年生活和那些发小儿。那个院里绝大多数的老老少少已经达到了这样的境界——别人的长辈，就是我的长辈；别人的孩子，就是我的孩子。大家和睦相处，相互理解，诚挚相待，珍惜友情。这院里的人们，从父辈延续下来的友谊，传到了后辈，即使老一辈不在了，他们的后人依旧是知交。人品好、学问好的一群人，是很容易相处的。他们在学问上互相切磋，在品行上互相砥砺，在生活上互相关心。朱世嘉姐姐生前曾以朱燕的笔名发表过一篇回忆童年的文章，提到用压水机抽出地下水，泼溜冰场的趣事。那时候，就是院子里的大人孩子一起动手泼水，修成了那个小小的溜冰场，为了孩子们在漫长的严冬有个户外运动的好去处。凡有节日的喜庆活动，在院里张灯结彩，给孩子们买纸灯笼，都是全院出动，无须动员。夜晚来临，院子里会游动着一个闪光的长龙，那是孩子们提着灯笼在跑。太平花、炮打灯，此起彼伏地争奇斗艳，整个大院变成一个烟花和彩灯的世界，灿烂绚丽，人们也随之心花怒放了。

说到在这个院里，我和朱世乐的友情，有一半原因缘于朱伯母和我母亲的友情。那会儿，朱伯母奚今吾先生有时要出门办事，就把小世乐放在我家。因为母亲那时不上班，整天在家。朱伯母在几十年后对我说："你妈妈真善良，有些太太就不太高兴替我照料一下朱世乐，嫌她有骨结核病，担心传染。你妈却不怕，所以后来凡是出门不便带朱世乐时，就都把她寄放在你们家里。"我也记得这样的故事。世乐坐在我的小红板凳上，我则坐在陈光光的蓝板凳上，因为大弟陈光光常在院子里疯跑，找大卫和闻小弟、吴捷他们这帮男孩子玩，这张蓝板凳就空出来了。在我和世乐面前的小方桌上，母亲用两个精美的薄胎描花的黑漆碗装上糖果和点心。两个小姑娘就津津有味地吃起来。冬天有关东糖，一种麦芽饴糖。天冷时很脆，一入口就变得像胶一样黏牙齿。那是老北京人腊月廿三祭灶王爷的，做成糖瓜形状，像个小南瓜，也有圆棍形的。我们常用舌头舔着吃。成年后方知这糖是有益肠道中双歧杆菌生长的。夏天有薄荷糖，清凉润喉，有时会让我们喝

陈琚理与母亲和弟弟，摄于1950年

藕粉、杏仁茶，或是用牛骨髓炒的油炒面，甜甜稠稠又很细腻的糊糊，一小勺一小勺往口里送。我和世乐四目相望，同样的甜蜜充盈着口腔，充盈着心田。有妈妈的关爱，小小的我们是多么快乐，多么享福呀。我和世乐在一起不光是吃喝，我们更感兴趣的是翻看图画书，一起朗读，一起唱童谣，讲故事。世乐姐会唱很多民谣，讲很好听的故事，我当然也不示弱，也讲自己听来的。我们还用线绳翻花儿，或是四只手掌两两相击，拍出花样儿。总之，我们在一起没有无聊的时候，永远有好玩儿的事情等着我们去尝试，虽然我们还未到进学堂的年龄。

我家大门斜对着吴之椿教授家后窗。吴伯伯是法学教授，他常穿蓝布或灰布大褂。吴晗曾请之椿伯伯照顾身患肺病的未婚妻袁震。吴伯母欧阳采薇英语精纯，在新华社供职，她原是大学里的校花，新华社里无人不晓，不独因其貌美，更因其内慧。吴伯母秉性温和、豪爽又强韧，上了年纪仍喜欢穿漂亮衣裳。她虽历经坎坷，却履行了个人职责，她的心思常放在未来，放在那些需要做的事情上，根本想不起来自己已经老了。我小时常扒在她的后窗外，看她对镜梳妆打扮，她长相天生就美，再一妆扮就真是非同凡响了。即便衣料普通，让吴伯母这么一穿，立刻显出那样一种雍容气度，与沈伯母的典雅清纯相比，又是另一番动人的风姿；而芮伯母刚从美国回来，那自然就更洋派、更俏丽了。印象中，奚今吾先生很不爱打扮，但也依然透着知识女性的风雅。贺麟伯伯的夫人，美英姐的生母，着装大方得体。贺伯母好学要强，是一位难得的贤妻良母，并且热心公众事业。伯母们脾气秉性不一样，日常着装也很不一样，中西皆有，土洋不同；但对孩子们却一律是蛮亲切和蔼的。



我家和沈从文伯伯、伯母张兆和两度为邻：一是在西南联大我父亲和沈伯伯共同任教，同住呈贡；二是在北大共事，于沙滩中老胡同32号院里，仅是一墙之隔。当时教授们盛赞沈夫人张兆和女士的美丽永不褪色，就用阴丹士林来比喻。阴丹士林是当时一种织物染料，可保持织物鲜艳的色泽，持久不褪。我则觉得沈伯母之美可与沈家的好友林徽因女士比肩。沈伯母直到晚年依旧美得清纯，让我的目光不愿离开。这真是人间的奇迹啊！沈伯母真诚善良，尊重别人，没有一点虚荣心，并且富有自我牺牲精神和坚强的毅力。我同时认为，这些优秀品质也是沈伯母永葆芳华的重要原因。再有，沈伯母那样能理解沈伯伯，支持了沈伯伯一辈子，她的美好气质来自于她的智慧。她有卓越的见地，且文笔超群，她是能给沈伯伯实际支持的伟大女性。沈伯母尽职尽责地度过了漫长的一生，收获了最美好的丰富回忆。她在临终之际，依旧保持着安详美好的容颜。沈伯母和我拥抱过，在我们分别时。我感受到的是一种不可抵御的慈母的恩爱，伟大的母爱。这震撼心灵的母爱使我获得力量。巨大的幸福和满足，充盈着我的胸膛。沈伯母就像妈妈一样亲，在妈妈去世后，我还能得到这样的爱，我是一个多么罕见的有福之人啊！

这个大院里的人同乐也同忧，同喜也同愁。当战事逼近北平城时，城里的人忙着备战以减少战争的损毁。在大院里家家户户的玻璃窗上都粘上了米字条，打糨糊，裁报纸。糊成米字是为了透点光亮进来，这样一来，当附近有炮弹落下时，强烈的震动即使震破了玻璃，因为有纸条粘在一起，还不至于碎成太小的、四处飞溅的玻璃碴子。那玻璃碴子相当尖锐，足可以伤人的。沈从文伯伯家的虎雏哥记得特别清楚，因为我们两家墙挨墙，离得最近，他走过我家时，就惊讶地发现，baby 陈的爸爸在玻璃窗上糊的不是米字，而是剪纸，那是四个大字“同舟共济”。天津市是打下来的，城市里有些地方已有了瓦砾和废墟。北平的城外也驻扎了解放军，城门每天傍黑就早早地关上了。城里百姓一时间弄不清局势，不知道这个仗怎么个打法儿，心里挺紧张。我家的大肚子李妈说：“掰着指头数数，才几年呀，刚打完小日本儿，又要打仗！还不是老百姓遭殃。”那时，谁也没想到会和平解放。解放军进城了，大肚子李妈带着我和大弟陈光光挤在人群中看游行，人们是多么欢喜哟！我们从战争的阴影下走出来了，北平城完好无损地保留了她三千年以来的古貌，百姓们获得了和平安全，能不欢喜吗？许多人的眼里已是热泪盈眶。我们用歌声迎接北平解放，那些歌声就在不久以前埋葬了蒋家王朝。我们大院的伯父伯母们也参加了盛大的游行。人们高唱着：“团结就是力量，团结就是力量！这力量是铁，这力量是钢；比铁还硬，比钢还强！向着法西斯蒂开火，让一切不民主的制度死亡！向着太阳，向着自由，向着新中国，发出万丈的光芒。”

正当人们沉浸在欢乐中，一种不祥的空气渐渐袭来。开始，并不针对全院大多数人，只是针对我家一墙之隔的近邻——沈伯伯。石妈对李妈说：“我们家沈先生病得差点儿死了，是心病！你知道吗？幸亏救过来了……现在已经好多了。”“这是为什么呢？”“不清楚，总归是上边儿。”她用手指头往天上舞了两下。“沈先生不是挺好的嘛？得罪谁啦？”“不清楚。这不，上边儿来人啦，说是慰问！”石妈指了指沈家门口那个摆弄枪的人，那是个卫兵，屋里还有重要客人。李妈很担心，她只说了句："多么好的一家人！"就不再吱声儿了。我的爸爸妈妈还有院里的其他伯父伯母们都在小声议论这件事。小孩子们又能懂什么，我们只隐隐地感到一种压抑与不幸似乎将解放的喜悦冲淡了。不久文代会召开了，巴金作为沈伯伯最要好的老友，在会议间隙和李健吾、章靳以等几位文坛人物来家里探望了。他们和正在恢复的沈伯伯在门前合影。这张老照片我们有幸在60年后还能见到。这就是在我家隔壁发生的故事，真真切切。





2009年11月10日，中老胡同的老伙伴们聚会。虎雏兄带给我一封信，一封我从未见过的信。那是父亲写给沈从文伯伯的，发信地址是北师大信箱390号，那时父亲还没有自己的公寓住所，因而通信地址不是多少多少楼几单元几号。因为那时父亲正住在一个办公楼的过厅里，那原是体育系的办公楼，"文革"中变成了筒子楼式的教工宿舍。公用水房，公用厕所，大约是每层两个大阳台，一东一西分布在楼道的北侧，一层有没有，我记不清了。三层楼上靠西的这座大阳台与楼梯相对，有一个公共的门，可以出入大阳台，当然要穿过这个厅。这里原来是堆桌椅、笤帚、簸箕的地方。这过厅南北无砖墙，只有木门窗，通风是极好的，因为原本不是住人的地方。"文革"中我父亲拎着一个旧皮箱，被赶出了工一楼（教授楼）那五大间的住所。在这个过厅放一张木板单人床和课桌、椅子（学生宿舍搬来的），父亲就这样住了近十年！这个过厅就是390号，但邮递员不能把信送到这里。

信中写道："沙滩旧雨中唯阁下与孟实常在寤寐中恋恋未忘。访旧半为鬼（张，俞，周，吴……杨……）[①]。欣闻阁下在故宫工作，

① 张指张颐，新中国成立前曾任代理四川大学校长等职，也是北大中文系教授；俞指俞大絪，曾昭抡先生夫人，俞大维先生的妹妹；周指周炳琳，曾任北大法学院院长；吴指吴之椿，北大政治学系教授；杨指杨西孟，经济学家。杨西孟先生于1996年9月逝世，"访旧半为鬼"之句，实指括号内的友人有一半做了鬼，或者音讯皆无。括号内，在杨后有省略号，即未指出姓名的朋友。

陶然于羲皇以上，又一次出现于中山堂，因府上地址已失，未能走访。”信中还提到：“小女在工厂当工人，工人物山水画，好文学，我家中半边天也好读‘文物’‘考古’。每念念沈伯伯的‘三姐’‘龙虎’……弟在‘文革’中将高尔基一本杂文集《在美国》译出。请问阁下旧中国是否已有此译本？我也试将主席诗词全译英文在少数老友中传批。长子在清华水利系毕业后与其同级结婚，在汉江一水坝上工作。57年生小儿，正在使馆区中学读高中。我一直在搞……翻译工作，身体尚健，唯患青光眼，开刀后已可以保证不失明，但视力不佳。孟实近况何如？倘见面希代致意，或不日亲访。”

信中所说《在美国》，我见过捆成捆的全部由父亲手写的中文译稿，主席诗词英译稿，我未曾留意，因为我不懂英文。但两份父亲手迹均已不知去向。

孟实指朱光潜伯伯。三姐指沈伯母张兆和先生。龙虎指龙朱兄、虎雏兄，沈伯伯的两个儿子。

虎雏兄交我此信时说：“可以想见当时陈伯伯的心情。只能用沉重和凄凉来形容。”那时已给我父亲平过反了，所以才敢写信给老友。事实上眼科医生的保证也终于虚化，不久，父亲还是失明了。在黑暗中摸索着，又过了近20年才离开人世。

这封信珍贵极了，我当时非常激动地收下了，因为这也是那段历史的一个见证。

2009年11月10日的聚会令我激动的事不止上述这一件。那是入冬第一场大雪之后，清华园里白雪覆盖，常青树都戴上了厚厚的雪帽子。雪后空气湿润而清新。中老胡同32号的那些学兄学姐特意为了我，应贺姐姐美英之邀在清华校园内的甲所聚餐。由于我双膝关节受伤，他们扶我下了五层高楼，又扶上轮椅，把我从东区住地一直推至餐厅，我是何等的荣幸！龙朱兄、虎雏兄说他们只推过两个坐轮椅的人，一个是母亲，一个是琚理小妹。压过松软湿滑的雪地，途经二校门、一教、日晷、二教、工字厅……这些美丽的地方我已经两个月没有光顾了。我对虎雏兄说："这情景让我想起一部影片的结尾，那是60年代初，国内放映的苏联黑白电影，是根据高尔基的《童年》改编的。母亲一死，高尔基就被外祖父赶出家门，让他这个学龄儿童到人间去混饭吃。小高尔基倒很喜欢，他和一群善良的小流浪汉，用自制的小木车，推着一个久病不能走路的小伙伴，一起来到了野外的草坡顶上，呼吸自由清新的空气，小伙伴们有说有笑的。小高尔基就这样告别了童年，走向了人间。如今是七十几岁的学长推着六十几岁的小妹，我们是去赴宴！那么多位从3岁就认识了的学长们齐聚一堂，我怎能不满怀喜悦和感激呢？"

在2010年美妙的五月里，蜜蜂在嗡鸣，鲜花在怒放，我的心花也在怒放了。原来，这些学长们竟集体出现在我面前，赶了很远的路，为我过67岁的生日！这真让人惊喜万分，我情不自禁地抱住小庄姐，热泪夺眶而出。小芮芮和冯姚平姐、张企明兄、江三哥（丕栋）[1]，还有虎雏兄等，也都被陈莹领来了。大家知道我患肺部慢性病，就都赶来了。我们像小时候那样，拍手唱着"祝你生日快乐"。大家给我戴上生日王冠，切开蛋糕，分而食之。可敬的朋友们在我的生日卡上签了名，有十几位之多！这是一份多么珍贵的厚礼呀！琚理何德，以享受了这人间最大的喜悦。这珍贵的友情就是我的良医良药，他们无私的给予，使我更生敬爱之情。我的病中生活在友谊中得到充实，真诚的友谊历经劫难而益显圣洁，成为我生存的不可或缺的精神食粮。

20世纪50年代，继沈伯伯的厄运之后，我的老家湖北京山的聂绀弩，受胡风牵连也开始倒霉了。在思想改造运动中，厄运又降临到

① 小庄指庄建镶，北京师范大学历史系教授，庄圻泰先生之次女；冯姚平是诗人、文学评论家、学部委员冯至先生之长女；张企明是生物学家、学部委员张景钺先生之子；江丕栋是数学家、学部委员（院士）江泽涵先生之第三子。

院里另一位伯伯头上，他就是美学家朱光潜，从此他就成了一名历经数十年的老“运动员”。世乐姐对我说：“我在‘文革’时，曾在解放军学生连劳动，连长在全连集合后，就要指着我的鼻子说：‘你爸是死老虎，死老虎也要继续斗！你这个资产阶段反动权威的狗仔子，要好好接受改造！只许你们这些反动分子老老实实，不许你们乱说乱动！’‘文革’结束了，我爸平反了，那个连长回北京时，托人带话给我说：‘共产党对不起你爸，我也对不起你。’”朱伯伯参加国际美学研讨会后，只能挤公共汽车赶回西郊的家，而那些各级官员都有自己的专车，他们连想也没想过，送一送这位老人。外籍华人学者气愤地在报端披露此事。在反“精神污染”期间，朱伯伯沉重地说道：“每天工作十几个钟点，义务地为不认识的人看稿、写推荐信，劳心劳到病倒，仍然被批评为资产阶级、剥削阶级，到底谁在剥削谁呢？”朱伯伯病危，由于一时借不到担架，救护车又姗姗来迟，等到上了车，人早就不行了。这就是中国当代美学大师的悲剧。在一个不讲“美”的时代，美学家的生命竟如此地不被重视。这是1986年发生的事。“文革”结束后，凡父亲有新书问世，必让我送一本给朱伯伯。朱伯伯每次都会留我吃饭，只见他的行动越来越困难，手也抖得夹不住菜，但是，他依然头脑清晰，常常在思索着什么，讲话也越来越简短了。我觉得他很累，很衰弱了。我无法窥视他的内心，但是通过他的著作，我渐渐地向他靠近。他已经在他的著作里展示了他深邃的内心世界，就像朱熹在诗里赞许的那个方塘，有涓涓的活水静静地注入，一任天光云影徘徊其间，塘水清澈见底。我暗自惊讶，经历了那么多年的批判和斗争，这塘水依然波平如镜，什么样的冲击也不能让它歪曲事实的真相，他人的爱憎左右不了他。他那双明察秋毫的大眼睛，总是充满了小孩童般的真挚和善良。当我已经长大成人，他注视我的眼神依然那样慈祥、亲切，一如我孩提时代看到的那样。我喜欢读他的书，他的思想深刻、伟大，表达方式却是简单明了，让文化程度不高的人也能读懂，不像某些人把简单易懂的东西故意说得艰深晦涩，好像存心找麻烦，以便标榜学问高深。现在我们的社会提倡和谐了。其实，美就是和谐。朱伯伯为之付出了毕生精力的美学，现已经广为重视了，这些真是好事情！让我们鼓掌欢迎吧。

院里的费青伯伯是费孝通先生的哥哥、法学专家。“我父亲如果不是病逝在‘反右’前，说不定也是‘右派’了。”他的儿子费平成先生如是说。就是当年，院里人统称为费小弟的那位。1988 年 4 月 26 日，我父亲写诗一首《忆费青教授》，由我的先生王诗宓以隶书字体抄录在洁白的宣纸上，送到北大法律系一个纪念费青教授的展览会上。其诗云：“滇燕风雨共济，麟薮声气相投。久仰法学新铎，永志政教宏猷。喜兰蕙芳百世，庆桃李艳千秋。”我只知道“反右”时，这个院里的曾昭抡伯伯和我父亲均被划为“右派”，不同的是，曾昭抡伯伯和另外五位被称为全国级的大“右派”，曾伯伯是“六教授会议”的召集人，我父亲则是小巫见大巫，只是个“急先锋”而已。他们的“反动言论”铁证如山，白纸黑字地印在《人民日报》《光明日报》《文汇报》上，只不过是些一片赤胆忠心地“帮党整风”的话。二十几年后，全给平反了，也就是说，他们当时说的话确实是想“帮党整风”，他们的话没说错。但是，无法挽回的是那被污辱与被损害的二十多年的生命。曾伯伯被撤销了高教部副部长的职务，发配到武汉大学教化学。从西南联大就相识、相知、相惜的友人，此后再也没有机会见面了。我们在北京多次搬家，1957 年以前，哪个家没留下过曾伯伯的身影和谈笑声？他曾向父亲透露过一个小秘密，那就是——当年从几百名小学生中筛选下最后的两名女孩候选者，一是张筠英，一是陈琚理。只因为张更健壮，更像中国孩子，而那时常有人说我像玛露霞——苏联儿童影片《一年级小学生》的小主人公。换言之，我长得有点像洋娃娃。张筠英就和瞿弦和双双跑上天安门给毛主席献花了。恐怕她至今也不知道她有过我这样一个“候选”对手呢。

1951年时的陈琚理



当时父母和曾伯伯只把这当作一件趣事，随便聊天时提起过，并无所谓得失。至于我自己也没把它当成多大的事。对于某次不能去献花，在我和我的那些常去的小伙伴来说是很自然的事。例如这个孩子生了病，自然就去不成了；有时因为家里有更要紧的事，请假不去也是有的。当然这次略有不同，那是给毛主席，是登上天安门。说起献花来，从我五六岁时在北大民主广场的司令台上，向苏联作家法捷耶夫献花以后，就不断领受了这种任务，一直持续到进小学，上初中，1957年夏季以前。因此，从小就有机会经常待在国家的领导人或国际友人（包括各界要人、文化艺术代表团的负责人等）跟前。在闪光灯下摄影，这是为了发新闻、登报或制成新闻纪录片。我常与小伙伴们去机场、火车站、老北京饭店、和平宾馆、新侨饭店或是莫斯科餐厅，还出入中南海和一些演出场所，例如劳动人民文化宫的露天剧场、中山公园的露天剧场、天桥剧场……因为近十年的献花经历，我得以见识大世面。在小时候有机会接近政治思想界的伟大人物，幼稚的我只觉得国家领导人仿佛就是我的家长，可敬可亲。他们在我心中有至高无上的地位，他们就是党的化身，他们的话就是绝对真理。现在想想，中国根深蒂固的“真命天子”的观念在我这么个小孩子的头脑里也有如是之反映，真是不可思议啊。以至于父亲被划“右派”时，我在家中甚至对父亲说出极端绝情的话：“爸爸，你从我们小时候就讲那些为黎民为社稷而大义灭亲的故事。我听进心里去了。现在如果你真反党，如果组织上让我枪毙你，我会毫不犹豫地向你射击。可是我弄不清楚事实，我还不能做出正确的判断，我不能立即这样做……”说着说着，我哭了，我说不下去了。我在党的最高领导人和父亲中间不能做出谁对谁错的判断，以我的年龄阅历，根本无从判断。因为我既爱毛、周，又爱父亲，对立的双方我不愿，不敢想象，究竟是谁错了。每日反复不断地想这个问题，我的怀疑真是大逆不道。这简直就是一种精神的苦刑，一直折磨了我几十年！……献花的特殊经历竟有这样难以预料的魔力，我好像是浮士德的男主角遇到了魔鬼，陷入矛盾的时空循环往复，不得超脱。这种苦闷和迷茫我只埋在心底，不想对任何人说。这真是一个祸福掺半的童年经历。

当时我也从来不对同学或其他小朋友细讲献花的经历，一来是老师不准说，这是纪律；二来想一想，自己是个幸运儿，那些没有机会的小朋友并非不如我，只是我刚巧被选上了。那就更不能讲了，否则引起他们的不愉快，那又何苦呢？做一个和大家一样的学生，不要特殊，那心里才自在，才清爽呢。事实上，我已分明感到同学中已有个别人对我的妒忌，必欲让我倒点霉他们才高兴，别看他们才十岁出点头儿。而这就是校长、大队辅导员、班主任的宠儿所必须付出的代价。再有一点，就是曾伯伯和父母教训过我：“不就是献个花吗，有什么了不起的?”我也同意他们的说法。更何况献花有时影响上课和正常的作息，曾伯伯谈起献花之事，他和父母都认为小孩子太出风头没什么好的，我当时还未解深意。可是学校的负责老师让我去，还要求母亲给我做最漂亮的衣裙，买一些精美的别针之类的纪念品，说是可以和国际友人交换，表现出我们的诚挚友谊。所有由母亲置备的衣物鞋袜，还有彩色的发带，以及从东安市场购得的牙刻和平鸽及其他式样的精致别针，都具有了重要的政治和外交意义：务必要表现出新中国儿童的主人翁意识，体现出幸福、自豪。母亲也就都照办了。我这个献花儿童于是也就被母亲打扮成一朵可爱的小花儿了。这中间展现了母亲在服装设计和缝纫方面的才华，以及她的审美格调。母亲为了积极配合，完成这项政治任务，又付出了多少心血和劳动哟！

要说常去献花，参加很多重要活动，对我也是有很积极的正面影响的。我记得，1952 年周恩来总理邀请各方代表来北京开“亚洲及太平洋区域和平会议”。在贵宾室里，和平代表们正在沙发上坐着休息，我们这些献花儿童也跟在旁边，一位国际友人拿出一个小本子，让我代表中国儿童写几句话，我立即很自豪地写道：“中国儿童热爱和平，但我们也绝不害怕战争。”回想起这样的豪言壮语，如果不是日常熏陶，怎么可能随手就写出来呢？那年我 9 岁。比我聪明懂事的 9 岁孩子多极了。只是我有了这样一个好机会，让全世界的人民知道中国儿童对战争与和平的态度。

曾昭抡伯伯和父母对献花这事的态度，给我很深的影响。那就是在闪光灯及摄影机前的热闹，远远抵不上在台灯下静静地用功读书！小孩子，毕竟学校才是他 / 她最应该待的地方，小时候的学习会为一辈子的成长打下基础。学生的正常作息，不到万不得已，是绝对不应该打乱的，要雷打不动！正是基于这种观念，后来严恭导演选《祖国的花朵》的小演员时，我曾被老师又一次选中，去了平安里与护国寺之间的那条胡同“百花深处”，在那里也见到了张筠英和其他候选小朋友，最终我没有被选上。不知是因为父亲的阻止，还是我当时的表现不入导演的法眼，反正我又一次名落张筠英这座“孙山”之外了。说“孙山”，绝无对张筠英的不敬。她后来一生从事演艺，成绩不凡，我常在台下见到她和瞿弦和。父亲问过我：“你将来想去演电影吗？

希望让人家一眼就认出你是演过什么什么的吗？”我仔细想了想，觉得自己没有演员的天赋，不具备那样的魄力和承受能力，更不愿意万人瞩目。所以回答是“不想”。《祖国的花朵》这部片子很成功，其中也有我们中央人民广播电台少儿合唱团的配歌。作为幕后的参与，只做合唱队员，对我还是比较合适的。丰富多彩的课外活动，并没有影响我在学校的正常学习生活，那些课外活动锻炼了体魄，增长了见识，促使小小的我开始关心周围的人和事，并放大到社会、国家与世界……由此产生了仔细观察、认真思索的兴趣，在我这个小脑瓜儿里，打出了很多难解的问号，于是又转向老师、家长请教，再就是大量阅读书籍，以补充知识的不足。

大约在小学三年级时，我家正住在师大一附小对面的安平里1号，那是师大南校大操场墙外的一个小跨院。有两溜儿二层灰楼，是东西向的，另有一座短的灰楼把着小院的东北角，紧挨操场的西南墙根儿。一天中午放学回来，见曾伯伯正在二楼客厅和父亲说笑，乘他们停顿的空隙，我连忙向曾伯伯请教一个问题，因为近来总听到“大资产阶级”“小资产阶级”这两个名词，就想到自己的父亲和曾伯伯，他们算哪个阶级呢。曾伯伯听罢，哈哈大笑，父亲也不由地大笑起来，曾伯伯环顾室内，然后回答我：“要论家产嘛，我和你爸爸只能算小资产阶级。”他说完就拍了拍自己的前额。“要论这里面的东西嘛，那一定是大资产阶级喽！”父亲和伯伯仰头大笑不止，我倒被笑得不好意思了。我想，我已经懂了，曾伯伯指的是自己的知识和智慧，那是最大的财富啊！我爸在“反右”中被一撸到底，从教育系副主任（主管教学）变成教学辅助人员，连教授都不是了。“文革”初始，曾伯母俞大絪先生因为哥哥是俞大维（曾任国民政府高官，在他主持下，批准杨振宁、李政道、朱光亚、邓稼先这一批学者到美国学习原子能的先进知识，他对振兴中华民族应该说是立过功的），株连之祸导致身心遭受致命摧残，几乎生不如死，最后，曾伯母选择了死。1967 年 12 月 8 日，曾伯伯也病逝于武汉。

大院里的伯伯们，都经历了知识分子的改造运动，在“反右”中漏网的，在“文革”中就不能幸免了，有谁没在“文革”中受过冲击？只是程度和时间有差别罢了。北大的教授们去了干校。在临行之前，我在张自忠路口巧遇陈莹的父亲陈占元伯伯。他说进城是为了处理家具。他老了许多，寒风把胡子吹到了一边，全白了。我心里一酸，偌大年纪了，还要发配到干校去！我的妈妈，虽然还不算老，但上有年逾八旬老父，下有十岁小儿，依然必须抛下他们独自去干校劳动，名曰“改造”。那时，街上几乎没几个行人，过往车辆也稀少，冷清空旷，所以我才能在十字路口的斜对过，一眼就看见了衰老瘦弱的陈伯伯。我们说了几句家里的情况，就匆匆告别了。陈伯伯还要乘天黑之前赶回北大朗润园。还好，许多伯伯、伯母都能随遇而安。后来我知道，杨西孟伯伯和杨伯母也去了干校，最终回了北京。但也有因营养不良，劳作太苦，健康大损的。陈伯伯属于那种低调的人，他是近现代中国出版界、翻译界的元老级人物，特别是对法国文学的翻译介绍有过很大贡献。说到他和鲁迅先生的相处，与巴金、朱光潜、沈从文等人的终生友谊，现在的年轻人恐怕要羡慕死了！在青少年的学生时代，他和廖仲恺先生之子廖承志住宿就为近邻，几十年后在某个会议上重逢，那么亲热，互相给对方一拳，惊喜得就像孩子。当年在欧洲留学时，与马思聪、司徒乔、冼星海也很熟。

说到陈伯伯的低调，我由衷地钦佩，他是个清醒的哲人，又像一个隐居在学府中的陶潜，从不居功，甚至羞于提到往昔的贡献，他像害怕火焰一样逃避名誉、地位。只有最亲近的朋友亲人知道他有哪些举世闻名的挚友，他从不对人提起，以朋友的光环来衬托自己，在他认为是害羞的事。他为人也极为谦和。他可以较为平安地度过后半生，是否同他的低调人生有关呢？我这样说，读者可能会以为陈伯伯“消极”，其实不然。他对朋友很肯帮忙，他对教学工作极端认真负责。耄耋之年依然勤于读书、笔耕不辍，对年轻人极尽爱护栽培之意。他只是对政治不感兴趣，也不愿意多谈论。自从我搬到清华以后，离北大朗润园就很近了，便有机会常常见到陈伯伯。他已从古老的朗润园平房，搬进同园内较新的楼房了，那是20世纪五六十年代建的。我去有时是专为拜访，有时是为了替父亲或朋友办事情。例如，80年代初，父亲与曹茂良先生合译的书《第一个职业革命者——菲力浦·邦纳罗蒂（1761—1837）》交付商务印书馆很久了，迟迟不见出版。父亲去了西南联大的老同事、老朋友吴恩裕家，专门拜托吴伯伯的老伴骆静兰女士，当时，骆女士尚在商务任职。骆女士确实尽力了，但是仍不见动静。父亲急了，想到陈占元伯伯在出版界的影响力，派我去见陈伯伯。我这趟差事办得非常成功，过了没多久，书就印出来问世了！这成功当然是仰仗占元伯伯的一句话啦。还有一回，有位老师托我找一位法语教师，希望能教授一些口语。我自然想到占元伯伯，因为他肯定认识合适的人。他本人是北大西语系的博导，西语系懂法语的人可多了！当我请求帮助时，他立即想到退休后住在北师大的杨维仪女士，这位正是法语口语非常好的一位教授，自幼跟着担任中国驻法大使的父亲，在巴黎住过。他说可以写一封信让我带给她，看看行不行。陈伯伯对我的事就是这么热心帮忙。让我念念不忘的事还有许多。

我在农大上学那几年，人长胖了，陈伯伯一见就说："你要多运动呀！这样下去可不行。"他本人就非常喜欢运动，在中老胡同时，就常见他穿着运动装，手里一个大大的球拍子，体型总保持得很好，走起路来健步如飞。他的儿女们也都保持了对运动的爱好，身体强壮，在繁忙的工作中才能表现出过人的精力。我写了《父亲的回忆》后，恭敬地请陈伯伯指教，他如同教自己的学生那样，过细地看了，指出了一些不足之处。为了鼓励我，还特地送给我一件珍宝，那就是巴金亲笔签名的《探索集》。陈伯伯用他那苍老而俊秀的字体，在扉页上巴金的亲笔签名旁，这样写着：“巴金兄赠我的复本，特送给理侄学习。”这本宝书和这亲切的题词让我欣喜若狂，我把书贴在胸前，郑重地对陈伯伯许诺：“我会珍藏这本书，我会牢牢地记住陈伯伯对我的期望。”又过去了许多年，陈伯伯不幸于2000年病逝了。我和杨景宜到北京大学校医院告别，陈莹站在我俩身边。我把洁白似雪的菊花双手捧着，奉献给这位可敬的老人；我把灿若黄金的菊花恭恭敬敬地佩在他的胸前。他是现代的陶彭泽，一个与世无争的人，一个依靠自己的努力和天赋获得荣誉的人。我的心里充满了敬爱和惆怅，我感觉我的生命中一位父亲般的人离我而去了，这次离别将是一次长久的离别，不会再像去干校那次了。一直要等到我也离开这个世界后，我将飞到他和父亲身边，飞到所有已经辞世的亲朋好友中间，在一个遥远的国度，在那欢乐女神的圣殿里，彼此珍爱，没有隔阂，没有误解，没有歧视，没有伤害。我知道，那是一个乌托邦的美梦。但我仍旧要做这个梦，也许和我一样做这个梦的人，越来越多时，社会就能越来越理想了。在现实的人世间，依旧是苦味多于甜味，离人人都以天下为公的日子，远着呐！所以，同志仍须努力……

50多年前，我们唱过一首歌，是在中南海的怀仁堂里唱的，我是一个9岁的撒鲜花花瓣的孩子，同亚洲及太平洋区域的和平代表们一起唱的。他们是周恩来总理请来的贵客。怀仁堂台上台下，人们手挽着手，踏着拍子，唱了这样一首歌：“世界各民族儿女，我们都热爱着和平。在这苦难的年代，我们为自由而斗争，在世界各个地方，在海洋在陆地上，年青的朋友，快伸出手来，去争取持久和平，团结的歌声挡不住也冲不散，冲不散！全世界，都同我们一起高声唱；团结的歌声挡不住，冲不散，冲不散！”今天，我已过67岁，我仍然希望这首歌响彻云霄，让所有的好日子再一次一步步向我们走来，并引导我们向前进。敬爱的占元伯伯，您等着看吧，您的世侄会努力，再努力，向着明日进发。我永远记得您仅凭一人之力办的出版社明日社，以及与友人合办的《明日文艺》刊物！

从您那里，我懂得了文章要怎么写，人要怎样生活。好文章是作者灵魂的外现，是用心和读者交流，真诚、坦白。用字造句须提炼，怎样用最简洁的文字表现最具体丰富的内容。谋篇布局，对文章的结构要动脑筋，得让人渴望读下去。

我以有您这样的亲近的世伯深感幸运，您给我在做人和作文双方面的影响是深远的。作为我精神世界的重大支柱，我怎么能不时时把您记起？然后就是更加努力地去做一个新时代的有理想、有文化的人。亲爱的陈伯伯，我会努力，再努力，向着明日进发。





芮伯伯与我家的交往，如果从20世纪40年代算起，已超过60年的历史了。2003年芮沐伯伯为我父亲教育文集作序时，已经90多岁了。

芮伯伯与伯母的两个孩子，大卫（芮太初）和小芮芮（芮晋洛）是我儿时伙伴。芮伯伯最疼爱的是小芮芮，也许因为她是个女孩。我上初中了，她可能刚进小学。20世纪五六十年代，芮伯伯常牵着小芮芮的手来我家，那时我家已住在北师大工一楼了。只见芮芮常扭在芮伯伯身上，一副天真烂漫的神气。大卫定居在美国，芮伯伯、芮伯母身边的这个女儿，聪慧干练，对二老悉心侍奉。如今芮伯伯已年过一百，芮伯母也90多岁了。二老体检居然是各种功能都属正常！

20世纪80年代初，我在北京热电总厂的瓦工－清洁班当工人。芮伯伯打发小芮芮来看我，送了一本第二年的精美挂历。那是“文革”后我第一次接触芮家的人。小芮芮能吃苦，也下过乡，在仓库里甩开膀子搬运重物。干部工人们夸她，一个大教授的女儿这么能吃苦，真是不简单啊！看来她挺能干，芮伯伯落实政策以后，她在专利局做人事部门的负责人，一直干到退休。

小芮芮一听说我得了肺部慢性病，立即打电话，给了我许多有益的建议，日常生活中，对我的事也很放在心上，对我这个异姓姐姐挺在意的。她的热忱着实让我感动。毕竟两家的世交久远，友情深重，不比寻常。芮沐伯伯患带状疱疹时，住在北医三院，我曾去病房探视过。

当时同住 32 号的还有庄圻泰、江泽涵两位伯伯，都是中国数学界的泰斗级人物。庄伯伯头颅硕大而长圆，相貌奇特罕见。在五百罗汉中我都没找到与他相像的一位。他是杨乐、张广厚的导师，人们只知杨、张两位优秀青年数学家，却鲜有人知他们这位可敬可亲的导师。是啊，长江后浪推前浪，一代应比一代强。但是如果忘记恩师前辈的栽培，哪怕你学问再大，在做人方面也毕竟是有极大缺陷的。当然，我在此绝非指杨、张二位。现在的人喜欢追捧那些能言善辩、喜欢在镜头上露脸的名嘴，而我却更敬爱那些默默不言的崇山峻岭和深不可测的大洋大海。被浪涛翻上沙滩的闪光的贝壳，也许一时名噪，但历经千年的大浪淘沙，最终能留在史上的学者，不会太多，那是有真造诣、大贡献的人。人们不把心思用在探讨学问上，尽干一些没用的“花活”，居然喜欢《打渔杀家》里那个自吹自擂的看家护院的“教师爷”的营生。学院里的学生真该警惕了。江泽涵伯伯晚年身体欠佳，卧病在床时，我去家中探视过。当时江伯母坐在床前陪护，我就和两位老人家聊天。江泽涵伯伯视力听力皆差，但他很欢喜我的到来。能给病中的老人家一丝安慰，让我这个晚辈也感到欣慰。

1952 年院系调整，原住在沙滩中老胡同 32 号大院的教授们，不少都搬到西郊北京大学的燕南园，像庄、江二伯，朱光潜伯伯等，后来芮沐先生也搬进去了。当年北大学生有个目标，即“奋斗三十年，住进燕南园”。由此得见，燕南园真是学府泰斗之园啊！我曾陪父亲去燕南园拜访故旧。记得某次，我还单独拜访过庄圻泰伯伯，不料却撞了锁，正在房前徘徊之际，忽见庄伯伯远远走来。一见是我，立刻热情地让进屋。我们谈了很多家里事，谈了很久很久。他对我那么亲切熟悉，就像和自己的女儿在谈话，好像昨天刚见过面一样。谈得最多的就是我父亲，庄伯伯说自己的情形要好多了，现在还在教书。

这园内的学者还有王力、冯友兰、陈岱孙、侯仁之等名流。住在朗润园的陈占元伯伯、闻家驷伯伯，我也都前去拜望过。

我拜访闻家驷伯伯和闻伯母朱环，好像是为父亲的事去的。他们的儿子闻立欣生于60年代初，后来在北大历史系攻读世界史。闻伯伯的孩子都在教育园地上耕耘并取得了相当的成绩，同时对学术和时事也很有兴趣，尤其是闻立树大哥。记得当时闻伯伯靠在藤椅上，身体似乎不是太好，但精神不错，说起社会上那些气人的事，立刻激动起来。闻伯母给我留下了美好的印象，她那乌黑的发辫盘在头上，越发衬出脸庞的白净。一双美丽温和的大眼睛，对我慈爱地微笑着。

朱光潜伯伯去世后，我曾多次拜访朱伯母，高高瘦瘦的奚今吾先生。那时她老人家常顶着假发，就像顶着个“移动鸟巢”，一走就晃起来，看上去很滑稽，可她却并不在乎。她就这样平平淡淡地过日子，操持家务，接待客人。单凭外表，无论如何你也想象不出，她就是一代美学大师的夫人。

杨西孟伯伯和杨伯母谢世后，景宜给我和陈莹放过一个短片，记录了杨伯伯光辉的一生。他是一个终生探索求实的经济学家，让人景仰。

哦，我的中老胡同32号！我的忠实的朋友们！我的学兄学姐们！在你们身上，折射出了老一辈的风范，我以你们为荣。我愿为了这崇高的友谊多活些时候，不叫你们再为我担心，也让逝去长辈们的英灵永远放心我。这话说得有些大了，但我是决心朝这个方向去努力的。

# 温馨的童年

陈琚理

教育学系教授陈友松之女
曾居住于中老胡同32号内11号
现名朱理

1946年，二十五岁的母亲带着三岁的我和一岁半的小弟来到北平沙滩中老胡同32号。我们从前门火车站出来坐四轮马车，一路上尘土飞扬，找到这座大院——北京大学教职员宿舍。我们母子三人是从昆明出发，先到武汉外婆家再转道抵达北平的。我父亲原来在西南联大师范学院任教，母亲就是那所学院毕业的，曾在西南联大附小当过老师。这年的早些时候，父亲只身一人来北大教育学系教书。他住进这个院子时，还有几个教授的眷属未到，于是先期到达的各位就搭伙吃饭，我记得有沈从文伯伯、朱光潜伯伯等，做饭的是大肚子李妈，她是一位阅历丰富的妇女。待各家眷属陆续来到之后，李妈就被我母亲留下了，从此，李妈这一生就与我家结下了不解之缘。

除去1947年母亲带我和小弟回武汉奔丧的一段时间，我在32号一直住到1950年，差不多4年时光，离开时虽还不到7岁，但在32号院里发生的故事，竟然还能记得。那悠远的回忆是优美的、甜蜜的，如诗如画，常使我心驰神往。如今我已经60多岁，自知没有生花妙笔，却忍不住想把这些童年往事告诉你们。我真想唱，把我那无忧的童年轻轻唱给你听，这支歌会带你走进我的童年，这支歌的开头就在中老胡同32号。

# 三个好朋友

在32号院里，有3个年龄和我相近的女孩，我和她们玩得最多。我们三四岁就相识，至今仍是朋友，这友谊已经超过了半个世纪。

我一搬进32号院，先就被1号的茑萝花给吸引住了，接着就与这花的小主人黏在了一起，她就是陈莹，陈占元、郑学诗夫妇的长女。她和我都属羊，细算起来，她比我小半岁。可是这个妹妹比我识字多。院里的贺姐姐（美英）就对别的大姐姐们夸奖过陈莹，原话的大意是："她才几岁呀，就认识那么多字，真是太聪明了。"陈莹家中有不少属于她本人的书刊画册，好像都放在书柜最下面的两个抽屉里，我一上她家就喜欢坐在抽屉前翻看她的书，也跟她学认几个字。我们经常形影不离地歌舞游戏，连进小学也是一同报考的孔德小学。

中老胡同32号二门，水粉画，陈琚理作于2010年

入学考试考了一些常识，如棉花和蚕丝都是从哪里来的等，也考了一点算术和汉字。我们都被录取了，分在一个班。接送我俩的是一辆人力车，就是骆驼祥子拉的那种。中午，老师为我们蒸热了饭盒，我们在自己的教室里一同把两个饭盒里的东西吃光。我们经常互尝彼此的饭菜，陈莹家是广东人，我家是湖北人，味道自然不同。

自从我家搬出 32 号，见面的机会就少了。但每逢学校放假，我们还是找到一起玩。陈莹后来成了 101 中学的校旗手，工作以后也是个出色的人物。她对朋友的事非常热心，不辞辛劳，有求必应。有这样一个好朋友，确实很幸运。如今，她的先生和孩子也成了我家的朋友。他们的宝贝女儿孙琰才思敏捷，兴趣广泛，和我特别投缘，共同的爱好很多。

陈莹和我在 32 号院还有一个好朋友，她叫朱世乐，是朱光潜、奚今吾夫妇的次女。陈莹说朱世乐的书比她的还多，我俩经常跑到朱伯伯门前找朱世乐玩。朱世乐属马，比我俩大一岁，由于从小生病，一直长得瘦瘦小小，体质很弱。她经常独自一人站在门前的太阳地里，是父母让她多晒太阳以增强体魄。她那若有所思的模样，带着淡淡忧郁的眼神，引人注目，惹人怜爱。她是个早慧的孩子，不知哪位大夫下过这样的断语："越是聪明的孩子越难养活。"是啊，她很艰难地长大了。她的健康状况一直不乐观，她的内心也一直不好受。她后来成为研究生物医学的学者，其间的付出是常人难以想象的，她所受的煎熬，只有她自己知道。我不懂她的专业，但我知道她一直在顽强地同命运抗争，她一直在极其努力地学习，极其认真地工作，比许多条件优越的人做得都好。我对她敬爱有加，不能不佩服。

住 32 号院的时候，朱世乐家 6 号，我家 11 号，中间只隔着 10 号周炳琳伯伯家，去她家很近便。我家门前种过草茉莉，俗称地雷花，因为它结的籽酷似小地雷。这是一种极易养活的一年生草本植物。傍晚时分，像小喇叭样的草茉莉花一朵朵绽放了。得到大人允许

三个好朋友，左起：陈琚理、陈莹和杨景宜。摄于1953年

后，我和陈莹便用针线把那些浅粉、鹅黄、雪白、紫红的小花穿成花环。小女孩大都喜欢做这件事，顶在头上做花冠，挂在脖子上当项链，绕在手臂上就是一个鲜花做成的镯子。那些花儿散放着淡雅的清香，比花露水好闻。送一串给朱世乐，她会笑起来。能看见她笑，我俩会很开心。

杨西孟、邓昭度夫妇的女儿叫杨景宜，大概比朱世乐又大一岁，景宜带着陈莹和我玩。我们三人在颐和园长廊里的合影，我一直保存了 50 年，只可惜照片太小，照得也不太清楚。但我们还有一张很清楚的合影，三人都戴着红领巾，杨景宜已上初中，陈莹和我也许刚上高小。在师大女附中，景宜依然关照我。譬如，北京市有联合大队会或多校学生的联合文艺演出，她就教给我怎样报幕。她把我推向前台，在耳边轻轻叮嘱我："不要慌，挺起胸，眼睛向着前方看，笑一点……"

后来，我、陈莹、杨景宜的家都离得远了，但在假期里，杨景宜和我常常到西郊北大朗润园的陈莹家住几天；或者，陈莹和我到东城花枝胡同杨景宜家住几天。杨景宜的功课好，也是学生干部，后来在北京机床厂当领导，从事计算机集成制造系统的研发。她的亲家是清华大学教授，所以有时也能在清华校园里见到她。

## 邱氏三姐妹——19号的临时房客



叮叮咚！叮叮咚！一只小手在轻轻地敲门。19号的三个姑娘立刻亲切地问道："是谁呀，这么早就来敲我们的门了？"门外一个稚嫩的声音很自豪地回答："是我，陈小松！"（陈小松就是我的大弟弟陈重光，学名陈重华。我们上学以前，父亲的朋友们也随口把大弟和我分别称为小松和小菊，那是从父母的名字"友松"和"良菊"演变来的。）小松接着说："我是来请邱姐姐讲故事的。"门开了，一个5岁男孩举着一本《林肯画传》走了进来。他又对三个姐姐说："要不，先让我讲一遍吧。"她们笑了笑，应允了。小松一页一页翻着，看着画儿，从头至尾把《林肯画传》讲了一遍。原来，昨天他刚听完邱姐姐讲过，今天他是想让姐姐们检查一下他的记忆。小菊和小松非常喜欢这三位姐姐。那年学音乐的大姐邱煦，23岁；学文学的二姐邱燕云，21岁；学教育的三姐邱同，17岁。她们年轻又美丽，温柔又娴雅，这使小松一有机会就想跑近她们身旁，能得到姐姐们的称赞，会让他心花怒放。这个小故事发生在1949年，北平尚未解放之时，地点就在中老胡同32号院里19号。19号的房主是张颐教授，那时张伯伯举家去了四川，房子空了出来。张伯伯的老友、同事邱椿教授（曾任西南联大师范学院教育系主任等职）和夫人商议后，觉得在那兵荒马乱的年月，北大宿舍相对安全一些，就让自己三个年轻的女儿住进了老朋友家。待解放军进城，北平局势稳定以后，邱氏三姐妹就回到自家砖塔胡同的宅院，与父母同住了。此后胡适先生的三儿子思杜就搬进了又一度空出的张颐教授家——19 号。开始，思杜被 32 号院里的保姆戏称“胡三爷”，大人小孩儿也就这么叫开了。50 多年以后，朱光潜伯伯的小女儿世乐姐和我追忆往事时，还这么叫思杜，说起来怪有意思的。其实思杜哪里像个“爷”？ 2010 年 5 月至 6 月，北京电视台播放了电视连续剧《雾柳镇》，剧中那些被称为“爷”的人物是个什么样子，大家都看得清清楚楚；至于这位“胡三爷”，则是文质彬彬、老实巴交的一个人，不会算计别人，连自卫的能力都很差。后来他的自杀，不过是大历史环境下多少知识分子之中的一个例子，一个特殊又普通的例子罢了。





还是回过头来接着说邱氏三姐妹吧。

日后，大姐和二姐，一个赴美，一个留在了瑞士，无论事业还是生活都比较好。邱同姐和父母留在北京。父母逝于“文革”期间，属非正常死亡，邱同姐迫不得已卖了砖塔胡同旧居。北师大对她很苛刻，她又迫不得已舍弃了专业，投奔大姐去了。顺便提一句，邱家两兄弟，邱炳大哥很早就去美国深造，后来是美国威斯康星大学历史系教授，晚景不错，有 90 岁了；邱焘兄的不幸是 1957 年当了“右派”，被罚去劳改，不过万幸，因他是清华高才生，有特殊才能，后来被放出，到沈阳一家工厂任工程师。2010 年 3 月 5 日殁于食道癌，享年 79 岁。

邱椿教授是我父亲的老友，他的子女也是我们这一辈人的朋友。邱二姐燕云被家乡人誉为才女。20 世纪 80 年代她从苏黎世寄给我一封短笺，在此将原笺恭录如下，以飨读者。

亲爱的琚理妹妹：

来信短短几行，却引起无限缅思。一九四九年我们住在张伯伯伯母北大宿舍时（他们回四川了），清早五六点钟你和小松就来敲我们的门……陈伯母说你像外公。当时心里很惊讶，觉得世间不会有那么漂亮的男子……快四十年了，海外见到不少大蓝眼睛的可爱孩子，记忆中你和小松却依旧是最美丽的姐弟。你们长大后，最突出的也许是智能了？小松能去加拿大深造很令人感到快慰！我自幼主张男女平等，但四十年冷眼观察，深知幸福的女人不是学识渊博或者干练的，是丈夫和孩子都有爱心，都能体贴人的。来信没谈到你的丈夫、女儿，可是相信和世间无数家庭相较，你们算很幸福的了。

你费了不少时间、金钱为我买书，多谢你和陈伯的厚赐！（那不是我，是我学生所需要的。）大后天赫泽女士飞京，托她带了两条纯羊毛围巾给你和陈伯。小意思，不过冬天很适用吧？

请代问王先生[①]，并请多抽空照顾陈伯，他是我们及下一代的典范和精神支柱。

顺祝

龙年吉顺

燕云姐姐

二月廿六日



## 大东院上空的鸟阵

我说的大东院，就在32号宿舍的最东头。大东院其实不算大，就是那么一小块空场。大人们觉得小，我和小松却觉得大。有一天，

① 王先生，指王诗宓，陈琚理的丈夫。1983年获英国曼彻斯特大学理工学院哲学博士学位，曾任清华大学自动化系教授、中国自动化学会控制理论专业委员会委员、《自动化学报》编委。2009年8月15日逝于美国加州，享年65岁。

太阳已经西斜，暖洋洋地照在我和小松身上，也给大东院这块空场抹上一层金红。我和小松正蹲在空场上专心地往小桶里装石头，忽然天一下子就变暗了。抬头一看，原来是数不清的鸟飞了过来，它们遮住了天空，像乌云一样直压下来。我们听到了震耳的鸟鸣和鸟翅扇动的声响。我和小松都惊呆了。只过了一小会儿，密集有序的鸟阵就飞过去了，声音也逐渐远去。再过一会儿，只见天边红霞里无数细小的黑点在闪动。再后来，那些黑色闪动的小点子也消失了。好久，我们才醒过神来。恐怕那是我迄今为止见过的最壮观的鸟阵。那样的鸟阵，让我如此靠近地看清了飞行的鸟群。

去年看了一部优美的、震撼心灵的电影杰作《迁徙的鸟》，它唤起了我这段遥远的回忆。想到那些鸟离我俩那么近，一点儿也不怕我们，提防我们，也许它们知道我们不会伤害它们。真的，我们只想和它们亲近，和它们交朋友。家中的画册上有它们，父母亲讲过它们的故事。

## 阅读室里的幼儿园

大东院北头有藤萝架和假山，它们的东边还有一幢瓦房。上了台阶，走进前屋，可以看见门楣上有块黑色的匾额，上书三个金字“阅读室”。

大东院的北头，是我们常去玩耍的地方。太湖石砌的假山，遮阴的藤萝架，还有它们东边的那座高大瓦房，都给我们留下了亲切的回忆。有一阵子，这间房子被开辟成一个临时幼稚园。我和小松，以及其他一些小朋友就在这里待过。一位年轻的女教师带过我们，我们趴在地上玩积木，或者在纸上涂涂画画。

下午的点心，在三点钟以后吃，“三点钟，吃东东”。点心是由各

陈琚理在1949年时的留影



家轮流送去的。那回，母亲让我端了一盘烤得金黄的馒头片。馒头片还是热的，上面抹了厚厚一层芝麻酱，最上面还撒了雪白的砂糖。从我家到阅读室，一直向东走就行了，不用拐弯，路也平坦。开始我还注意脚下的路和端盘子的手，怕不小心绊倒摔了盘子。走着走着，那香喷喷的盘中物就把我整个人都吸引住了，忍不住地就用舌头深深地舔了一下芝麻酱，我已经等不及了，真好吃呀！忽然觉悟到这是不对的，可惜已经舔过了。我惴惴不安地走完剩下的路，把那盘馒头片交到老师手里。老师望着我笑了：“看看你的鼻子尖吧！”我这个馋虫被逮了个正着。老师没有责备我，只是在小朋友都得到一片馒头后，把那留有痕迹的一片递给了我。我的脸当时一定很红，因为已经感到发热了。我感谢老师给我留了面子，保护了我小小的自尊心。我告诉自己，那样丢脸的事以后再也不能做了。

后来，我喜欢的这位女教师就要回家乡了，父母为她饯行。她是教育学系刚毕业的学生，需要路费回乡。正好，32 号院里有几个小孩子需要人管教一下，父亲和别的教授就为她安排了这个临时幼稚园的工作。

## 老槐树下的“闻司令”



前面提到大东院，在它的南头儿有棵高大的老槐树，像一把巨大的绿伞，它为我们遮挡烈日的暴晒。在老槐树下我们玩各种游戏，捉迷藏、求人、猜果子名、丢手绢、跳房子等。最好玩的是“官兵捉贼”。官兵和贼可“轮流坐庄”，但官兵司令总是闻小弟。他比我们稍大，是我们公认的“领袖”。这“闻司令”就是闻家驷伯伯的公子，大名闻立荃。那时候，院里无论大人小孩统统喊他闻小弟。他手下总有几个官兵，有时候我弟弟陈光光也在他手下当兵。陈光光这个名字是院里的人叫起来的，因为他总把东西丢得光光的。我弟弟的大名本叫陈重光，因为出生于 1944 年 10 月，小日本快完蛋了，全中国都盼望早日驱逐日寇，使大地重光，故而我父亲为他取了重光这个名字，临上学时，改成了陈重华。

刚才说到陈光光做过“闻司令”的部下，而陈莹和我却是敌方——贼——那头儿的。官兵叫我们“贼”，我们则自称“游击队”。那一天，我和陈莹结伴给自己人送饭，手挽小竹篮，内盛树叶枯草，上面苫一块小手帕。我们尽量小心提防官兵，还是不幸被捕。押到老槐树下，“闻司令”好不威风，审也不审就一挥手，说：“拖出去毙了。”我和陈莹正感不妙，只听司令身边爆出“哇”的一声大哭，原来陈光光不干了。他大哭着抗议：“要是枪毙阿姐她们，我就不玩了！”“不玩了”

这三个字说得斩钉截铁。“只枪毙五分钟，行吗?”“闻司令”在和他商量。“那也不行!”回答得很干脆。碰到这样棘手的难题，“闻司令”思考片刻，当下做出“英明”决定：“天快黑了，今天就玩到这里。”军令如山，敌我双方全都服从，小伙伴们一溜烟地跑回了家。

## 门房老赵敢吃虫子

小伙伴们在院子里跑累了，有时也会站在门房老赵的跟前，静静地看着他劈木头。一截二尺长的圆木，有饭碗那么粗，他用斧子三下两下就劈成两半。然后再劈成更细的木条。你别以为这是为了生火用，老赵的目的是为自己准备下酒菜。老赵爱喝酒，长了一个酒糟鼻子，为了与其他姓赵的门房区别，就得了一个“红鼻子老赵”的称号，他的鼻子头儿的确很红。陈莹用手指着木头，让我仔细看，那木头上生了无数虫眼儿和沟槽，都是虫子蛀出来的。一些胖滚滚、粉红色透明的虫子就从那里落下来掉在老赵事先铺好的报纸上，在报纸上它们还不停地扭动着。条凳上的一个蓝边糙碗里，已经踊动着小半碗这样的虫子，都是活的。我们看得稀奇，便问“这些虫子做什么用”。他一边劈木头，一边捡虫子，十分得意地告诉我们：“炸着吃，比花生仁儿还香呢!”

当我和小弟回家告诉妈妈和李妈时，李妈说：“那有什么稀罕的。早早年间，天津卫就已经有吃炸蚂蚱和知了的了。”妈妈也证实说：“虫子真是可以吃的，我小时候住在乡下，就吃过炸蚕蛹。当时不知道是什么东西，但真的很香。等到进城以后，才知道我吃的是蚕蛹。从那以后，我就再也不想吃了。”

老赵那时很穷，买不起下酒菜，也许炸虫子确实好吃。他敢吃肉滚滚的虫子，还知道在木头里可以找到，真是厉害!

# 树、花和压水机

在中老胡同 32 号宿舍大院里，生长着一些树木和花草。如果没有它们，我的童年生活就会减少一多半的快乐。

院里的木本植物包括四株乔木和一架藤萝，是我印象最深的老朋友。两株松树是我父亲买来栽在窗前的。一株榆树和一株槐树则是有年头了。在朱光潜伯伯门前的就是那棵老榆树，据传是清朝时种的。每年春天，老榆树都会长出鲜绿透亮的榆钱儿，那是榆树的果实。李妈告诉小孩子们，在荒年里，人们把榆钱儿撸下来就往嘴里塞，因为它能充饥。那棵槐树则长在大东院的南头。它很高，树冠也大。树下，是我们游戏的好去处。一到夏季，串串白花开满一树，那香味儿老远就能闻到，但是不同于紫藤的香。也有人做槐花饼吃，可是我只吃过藤萝饼。因为同属于豆科，槐花和藤萝花都具有同样的结构：旗瓣、翼瓣、龙骨瓣，精致小巧。大东院北头儿有一架紫藤，靠在太湖石砌的假山旁边。四五月间，一串串紫葡萄似的藤萝花就像一股股小小的紫色瀑布垂落下来。那香甜的气味引来无数嗡嗡的小蜜蜂。经过一个漫长的夏季，藤萝间渐渐显露出大大小小的豆荚，毛茸茸的，又厚又硬，一个一个像翠绿的宝刀悬垂在头顶上。我们这些孩子常爱在这些绿荫下玩耍，观赏着春华秋实，享受着无边的乐趣。

说到院内的草本植物，几乎家家门前都种了一些很皮实的品种，有死不了、凤仙花、草茉莉、波斯菊，还有石竹和金鱼草……这些花草也是我们的好朋友，美丽的朋友。我常蹲在这些草花前端详，还会用手去轻轻摸一摸它们柔嫩的叶子和花瓣。

回忆 32 号宿舍里的凤仙花，常会使我想起一个比我大两三岁的小姑娘。自从搬离这个院子以后就再也没有见过她了。算来如今她也该年过花甲了。我们都叫她“大玉子”，也没有问过她姓什么。是该

压水机旁的俩小孩，右为王汝烨



上学的年龄了，但她没有进学校。她的妈妈给这院里的一户人家做饭。不知为什么，院里其他保姆都叫她妈妈“摩登”。“摩登”是时髦的意思，也许她真的很时髦吧。虽然没有上过学，可是大玉子知道得很多，也很会干家务活儿，经常给她妈妈打下手。凤仙花也叫指甲草，用它染指甲，就是大玉子教给我的。她把十个手指头伸给我看，果然指甲都带些胭脂色。这使我很好奇，就求她也给我染一下。于是她把凤仙花瓣捣出汁，敷在我的指甲盖上，让我别动，过一会儿再取下来，指甲就给染红了。湿湿的，也带着浅浅的胭脂色。她一天到晚待在院子里，她妈妈不叫她干活时，她就和我们这些小孩子一起玩耍。在后来的日子里，也许我在茫茫的人海中曾经与她擦肩而过，只是彼此已经不再认得了。

战争可能损坏原来的供水设施，万一断水，后果会很严重。北大的后勤部门在藤萝架旁修了一部压水机，在花草茂盛的季节，黄昏时分，会有大人和孩子来这里压水浇花。在我和小松的眼里，这真是一部好玩的机器，只要用力压下铁把儿，透明清凉的地下水就会从粗大的龙头里哗啦啦地流出来。我们用小水桶接满清水，跟在提着大水桶的父亲身后，一路泼泼洒洒地走回家去，浇在门前的花圃里。那些柔嫩的花茎被冲弯了腰，晃一晃又直立起来了。小弟嘴里咕噜着："咕咚咚，喝吧，咕咚咚，喝吧……"小松的小脸蛋白里透红，晚风吹拂着他那一头金黄的小卷毛。我的皮肤是红里透黑，像个小印度人。那会儿，院里人叫我"beibei 陈"，是"baby"叫白了，发音就成了"背背陈"。李妈逗我："背背陈，背背陈，谁背你啦?"那时，我和小松走路蹒跚，在大院里是很惹人疼爱的一对小娃娃，父母为此也满心欢喜。





站在花圃边，父亲和母亲望着我们姐弟两人的神情，就像我们望着小花的神情一样，充满了园丁的爱意。我们小桶里的水，每次只能湿润一小片地，父亲的大水桶一次就能浇灌一大片。我们往返数次，树呀花呀就都喝饱了。看着它们带着水珠儿，精精神神地挺在那里，就像我们自己解了渴一样痛快。

## 我家门前的松树和花圃

从中老胡同 32 号大门进去，差不多是斜对着，稍微偏南一点，有个垂花门洞。走进这个门洞，朝西北方向斜穿过这个小四合院，钻过一个正南正北的小巷，正对着您的就是这个宿舍最北面的那一排平房了。这一排中间 11 号，就是我的家。这是由宿舍大门直达我家的中路，是最短的路线。你也可以从西路或东路弯一下，途经不同的人家，来到 11 号。我们这个宿舍里总共也就二十来家，门前的路是四通八达的，怎么走都走得通。

我家门前还有个标志，那就是两株松树和一个小小的花圃。这是

32 号院仅有的两棵松树。

五颜六色的花草可以从暮春开到中秋，松树的针叶则一年到头都是绿的。丝瓜蔓沿着墙边扯的绳子爬上了房，挂上了树梢。关于这松树和丝瓜，还有段故事，是大肚子李妈讲给母亲听的。与其说是讲故事，不如说是告状：李妈参了我父亲一本。

1947 年，因为外婆病逝，我们随母亲陪外公在武昌住了一段时间。父亲仍在北大上课，他的日常生活就交给了李妈管理。等我们回来后，李妈就来讲松树和丝瓜的故事了。

“那天大清早，我堵住先生要菜钱，您猜他老人家怎么说：‘门口的丝瓜摘两条，不就有了吗？我没钱了。’我寻思，这年头儿到日子不关饷也是常事，没钱就别要了吧。快到晌午天儿，米饭焖得了，丝瓜片也切出来了，就等先生进门再下锅炒。偏偏就是等不来。钟打过十二点了，还不见先生的影子。忽然听见先生在门口说话，我出去一瞧，您猜怎么着——先生正带俩伙计栽树呐！我抬眼这么一踅摸（北京方言：仔细看），好家伙，这么粗，这么高——您已经瞧见了。得花多少钱呀！不是没钱了嘛？心里这么想，嘴里就念叨出来了。先生耳朵还挺尖，忙说：‘上午领了稿费，钱刚刚够。’得，钱又没了，见天儿吃丝瓜吧！真的就吃了三天，第四天头上关饷，我才拿到菜钱。太太，您给评个理儿，有先生这么行事儿的吗？”

母亲听了直笑：“您还不知道他这个人呢，就是喜欢松树。多半儿早就相中了，单等领了钱就买的。您别跟他生气，没用，他的脾气是改不了的。”母亲停了一会儿又说：“他小时候不叫友松，他父亲给他起的名字是陈豹，那是因为爷爷特别佩服梁山好汉豹子头林冲。先生进城读书后，自己改成这个名字——友松，意思是佩服松树的脾气，愿意拿松树当榜样做朋友。”轮到大肚子李妈乐了：“怪不得呢。”

其实，父亲不但喜欢松树，他喜欢的花木可多着呢，但菊花又是他最爱的了。所以每年都要买几盆，放在松树旁边。那全是为了母亲。

母亲生在菊花盛开的时节，外公朱木君先生为她取名“良菊”。我的外公一生喜读古诗词，尤其是陶渊明的诗。晚年卧病在床，手指的关节因为类风湿而僵直，他仍艰难地翻读陶渊明的诗集。那本翻烂了的旧书，纸已经发黄。他背靠枕头，胸前支着一个小木架，书就放在架子上。老人扬着头，晃动着上半身，长吟短啸，抑扬顿挫，那腔调在我听来似乎很滑稽。那句“采菊东篱下，悠然见南山”，在我很小的时候就记住了，大概是长辈们经常吟哦的缘故。

父亲本来就爱菊，欣赏写菊的诗词。和母亲认识之后，更常赋菊诗。他还搜集了无数首写菊的诗词，闲暇时译成英文的诗。懂英语的诗人评价说，译文信达雅，意境美，押韵也巧妙。《红楼梦》里那十二首咏菊诗，他用毛笔工工整整地把英文稿誊写在荣宝斋监制的粉红色信笺上。那粉红色的纸上嵌着星星点点的云母碎片，闪着光，与黑亮的墨字交相辉映。真是美不胜收啊！母亲很珍爱，时常翻出来欣赏，一直到 1966 年。造反派把父亲的手迹全部没收了，甚至连我的日记也不放过，他们硬说那是陈友松的笔迹。呜呼哀哉，你珍惜的字纸，到了那些人手里，其命运也就可想而知了。



## 我家的书房和卧室

11 号有几间房，分别是客厅、书房、卧室、餐厅、厨房、厕所，还有保姆的下房——一个有床铺的小空间。

我家的陈设简单实用，家具多是从黄城根、东华门的旧货市场买来的。日本人撤退时带不走的家具，便宜能用的，我家就买了回来。它们在我家又用了 40 年，直到母亲去世的 1986 年，才被淘汰。

也许您会奇怪，一个大教授的家，为什么不买些讲究一点的家具呢。原因很简单，抗战以来直到胜利，西南联大的教授们一般不富裕，有家底的除外。我家没有家底，父亲的收入来自薪金和稿费。除了支付家庭的日常开销，他就喜欢买书。如果情况好一点，他还会买一些字画，间或也和沈从文伯伯一行人去琉璃厂逛逛，捧回一两件陶瓶、笔筒之类的东西，据说是某朝某代的。那会儿，这类东西比较便宜。至于家具的贵贱，他倒不太在乎。他那张书桌，还是邱椿（大年）伯伯借给他的。20 年后，红卫兵抄了家。家没了，这张书桌自然也没了。就是桌子回来，父亲也无法还给邱伯伯了。还给谁呢？人都被红卫兵折腾死了，邱伯伯写的《古代教育思想史》的手稿也被扔了一院子。妈妈是崇尚简朴的，即使后来家里经济情况最好的时候，她也反对买讲究的床和沙发，唯独不反对父亲买结实耐用的书柜和书架。

现在要说到父亲的书房了。其实也很普通，无论搬多少次家，布局几乎不变。书桌临窗，书架沿墙，报刊堆在墙角，一个大方凳紧靠书桌的右侧，上面摊着翻开的韦氏大词典。书桌两端是一叠叠的字纸，前方是文房四宝。书架上永远挤满各式各样装帧的图书，大小不一，新旧各异。但父亲自有他的秩序，不准别人挪动，为的是可以随手拿到他要的资料。

这个书房唯一不普通的是一幅字轴。它的贵重不在于装裱，那是很普通的装裱，贵重的是它的内容。它贵重到我父亲走到哪里就带到哪里，永远挂在我父亲的书房里。日寇轰炸昆明，殃及书斋，也把这字轴炸掉了半边。父亲把剩下的半边重新装裱起来，还请蒋梦麟校长为此事在字轴上题记，以补足那被炸掉的半边。这幅字之所以贵重，那是因为它是蔡元培先生亲赠的墨迹。

1935 年 1 月，父亲在美国哥伦比亚大学获得哲学博士后旋即回国，蔡元培先生器重他，书赠楹联“登临忽据三江会，飞动从来万里心”。上联和部分下联被炸毁，只剩下“从来万里心”五个字和蔡元培先生的名讳及印章。重新装裱的这幅字最上方是蒋梦麟先生的题字“山阴蔡孑民遗墨”以及右下侧蒋先生书写的简短纪事。这幅字后来挂在师大父亲的书房里，直到1966年再遭劫难，“文革”中造反派收缴“四旧”时被扔进菜窖。1978年它重见天日时，长了白毛，生了绿霉。父亲获得平反后，把这幅字再次送去揭裱。荣宝斋的师傅们手艺高超，妙手回春，居然使这幅伤痕累累的字轴焕然一新。于是这幅字又在我父亲兼做起居室、餐厅、客厅和书房的那间屋里挂了14年，一直陪他走到生命的终点。这幅字的命运折射父亲的命运，屡遭劫难，却从不屈服。如今我和我弟弟家中都没有地方悬挂这幅字，我怕它再受到哪怕一点点损伤，就藏进了樟木箱。





说起在书房里的故事，那也是相当有趣的。

只要一投入工作，我的父亲就像一架高速运转的机器，不知疲倦，年轻时，夜以继日地工作可以一次持续二三十个小时。书房就像巨大的磁场，书桌就是强力的磁铁，而父亲就是一块钢铁。整个身心全被深深地吸了进去，要想把它拔出来，你得费上九牛二虎之力。一进书房就像进了庙门，烟雾氤氲，烟卷或烟斗总是在燃着，我觉得那味道要比庙里的香烛好闻多了。那是一种诱人的、令人陶醉的氛围。有时烟雾太浓了，几乎找不到他的人影了，走近桌子，却见他或是含着半支香烟，或是叼着烟斗，眯缝着眼，歪着头凝神思索或濡笔疾书。新中国成立前后那阵子（20世纪40年代中期至50年代初），父亲还是习惯用墨笔书写。书桌正前方那块宁夏产的雕龙石砚，墨汁永远在散着清香。写出来的字又黑又亮，那是琉璃厂老字号的墨汁。因为熬夜，家里就为他准备些夜宵。某夜，砚台旁边放了一盘白砂糖，一个新蒸的馒头就让他左手拿着，蘸些糖吃。没承想，他老人家吃了一嘴的墨蘸馒头还不觉得。等到家里人发现后笑得前仰后合，他才恼怒地嘟囔：“根本就不该放在砚台边。”于是“根本”就变成我们家“白砂糖”的代名词，成了家人之间逗趣的笑料：“您的粥里要不要加点‘根本’呀？”每当李妈提到这件事，全家人都会嘻嘻哈哈笑个不停，父亲也会跟着我们开怀大笑。这个笑话就可以佐证，他工作起来真是全神贯注。我家住琉璃厂师大宿舍时，安平里1号南门进去，二层小灰楼的第一个门就是我家。父亲的书房在二楼，很小，下面正对底层的饭桌。据说，这是日本人住过的房子，楼板已不甚结实。那是个星期天，正中午要开饭了，饭菜已上了桌，母亲让我去喊父亲下楼吃饭，三催五请不见人影，母亲就说不等了，先吃吧。正拿起碗筷时，只见一阵石灰沙土撒下来。抬头一看，正对饭桌的天花板裂口子了，咔嚓嚓、吱扭扭的木板断裂声不绝于耳。于是兵分两路：抢救饭菜的挪饭桌，看父亲的往楼上跑。等到了书房门口，只见父亲伏案疾书，像没发生过任何事情一样。再看，墙边站着的一个书架的两条腿已陷进楼板的裂口中，书架已经倾移。可能是书架太重了，楼板吃不住劲了。再细想想，责任当然应该是盖楼房的人啦，哪里能这么不禁压呢？幸好没出什么大事，只弄脏了一桌饭菜。俗语说天塌地陷全不惊，这回虽然对父亲来说，只是地陷一角，对我们才算是天塌呢。你看出他的专注了吧？妈妈常拿父亲打比方："你们读书也要像父亲，集中注意力，高度集中，这样才能不漏掉老师讲的内容，记住也容易多了。因为你的脑筋只在这一件事上，旁的杂念就进不来，不会让你分心了。其实这是学习的最好窍门。一堂课下来，你什么都听进去了，听懂了，也就记住了。我们年轻时都是这样上课的，所以很容易掌握课堂内容，做题目专心，就不容易出错嘛……"我的外祖父也以同样的道理教育我们。例如，那个古老的寓言，"一心以为有鸿鹄将至，思援弓缴而射之"，就在我们上小学时，已听过多遍了。

在一门热爱读书的长辈中间，首先感染到的就是那种热爱文字工作及喜欢阅读书籍的气氛。除了饭后短暂的休息，全家的长辈不是伏案工作，就是默读吟诵。在大人工作和读书时，家长就教孩子们轻声说话，放轻脚步走路，关门也轻，放物也轻，总之不要打搅大人们用心。虽然父亲不怕人吵闹，但是家中已养成这种尊重长辈的习惯了。

父亲陈友松、母亲朱良菊及我们姐弟

我和弟弟从小读书不太费劲，我想，这种集中注意力的培养是很重要的。先从短时开始，一二十分钟，再逐步延长到四五十分钟。另外，从小就感受到了学习和伏案工作是长辈生活中的主要事情，这使我们也养成了读书的习惯，并且从中享受了无限的乐趣。

卧室给我留下的印象，主要有两点特别突出：一是陈设简单，二是室内洁白。卧室内一张大床，两张小床，一顺摆着，床头柜隔在床之间。映入眼中的就是一片白色，好像到了医院。母亲素喜淡雅洁净，白色易于保持清洁，所以就用白布做了全部铺盖。李妈特别有说唱天才，也不知道从哪里借过来的顺口溜，形容我们的卧室是“雪白的墙，雪白的床，雪白的铺盖在卧房”。我们家用的白布，那时候还叫“五福布”，“福”这个字也许是“幅”字吧。它是主妇们首选的物美价廉的白布。李妈夸这种布也有顺口溜：“经铺又经盖，经蹬又经踹，经洗又经晒，越洗越显白，不怕褪颜色。”（这里“色”的读音是shǎi。）合辙又押韵。

因为李妈很勤快，经常拆洗被褥，有时也会把被窝、枕头、褥子拿到太阳地里晒上半天，等太阳偏西时再抱回来。这时就会闻到一股太阳晒过的味儿。那味儿很好闻，被褥也蓬松柔软了很多，躺上去会很快进入梦乡，一觉睡到大天亮。我们的卧室真是可爱，不过只有睡觉前才可以进去，还要洗干净才行。所以我们的卧室也很容易保持清洁。

1948年冬天，在我们这个干净得像医院的卧室里诞生过一个可爱的婴儿，她的名字叫叶滢。叶滢的母亲从西郊清华大学进城来，本是想到医院生产的，但是因为戒严，医院去不成了。再想返回清华，也办不到了，因为围城，西直门的城门早早就关了，叶滢的母亲就留在了中老胡同我们家。那躁动于母腹的婴儿却不能等待，于是母亲请来马大猷教授夫人和孙承谔教授夫人帮忙接生和助产，遂使母女得以平安。在这间卧室里，她们迎来了喷薄欲出的红日。由于这件事，我们这间卧室也算立过一功，值得书上一笔。

以后，我们在北京多次搬家，而卧室大床上方的墙壁上总挂着一帧合影大照片，年轻儒雅的父亲与一位俊秀清丽的女子，很相爱的样子。当时我们年纪小，从来也不问“她”是谁。直到我们懂事后，妈妈才说，那是父亲早逝的原配夫人张铁群女士。母亲体贴父亲对她的深情，允许把这合影一直挂在卧室里，足见母亲对父亲情感的尊重和胸襟的大度，母亲是个有大器量的女子。母亲对我们讲了张铁群女士因患脑瘤，抗战期间两次到北京协和医院，由关院长开刀，第二次碰了视神经，眼睛看不见了。在她最后的日子，父亲一直陪伴她。哪怕头顶的日机在向下投弹，他说：“要死，死在一起。”病房的墙倒了，都是向外倒的，医院里仅留下的这两个人，没有被炸弹炸伤，也许是上苍为父亲的真情感动，不忍心让他们这样死吧。张铁群女士逝后，医院想要她的脑部制作标本。为了医学研究，父亲答应了，捐献了张女士长瘤的大脑。入殓时，她头上围了一个红绸子头巾，在颈前系了一个结，使别人看不到缝合的创痕。这是一个秘密，多年以后我们才得知。父亲是一个讲求科学的现代人。他冲破了世俗的旧观念，让爱妻不声不响地为医学事业贡献了人体器官，又避开了不必要的麻烦。在圆通寺的荷花缸中火化后，她的骨灰坛在抗战后被父亲运到武昌长江边上，安葬在鹦鹉洲的一个教会墓地。在修长江大桥时，母亲还特地去迁葬。

我和重华曾随父亲登上蛇山祭拜了张轶群，父亲诵读祭文前，先铺设了祭台，点了香，摆设了果品和鲜花。那样肃穆的情境，至今历历在目。清风微拂我们的脸颊和衣衫，幽静的山中，香烟袅袅，有一种好闻的气味，听见父亲高声地诵读着。那张鹅黄色洒金的大纸由父亲双手捧着，上面是父亲黑亮黑亮的墨笔字，字体刚健方正。祭辞的大意是：恨我没有生花妙笔描述你的才情和贤淑，使你流芳千古，菊妹大度，将你我合影悬于卧室，期望你在天之灵永佑菊妹和两个孩子龙宁和凤馨（指的就是大弟和我。外公在我们出生后取过这样的名字）。

这篇诔文妈妈和我欣赏过多遍。文辞竟与《红楼梦》中的《芙蓉女儿诔》极为相似。也许那时的人都是这么写诔文的吧。满纸的真情朴实感人。妈妈和我都极为珍爱。不幸“文革”时这墨宝也被抄走了，以后也没有归还。

“反右”以后，父亲和原配夫人的合影也从墙上取下来，妈妈把它极为妥帖地藏起来了。直至今日，依旧保存得很好。我们和张轶群女士的家人一直友好往来，只是后来断了联系。张轶群担任过扬州女子中学校长，是个文才出众的词人，温柔娴雅，只可恨苍天不给她长寿！也许她只活了不到40岁。中国在20世纪三四十年代的医学水平及抗战的大环境也是她早逝的一个重要原因吧。

2000年某日，偶然忆起几十年前，曾见过张轶群女士手迹。那是她从北平协和医院寄给父亲的一摞信笺。父亲远在昆明，正在西南联大教书。在一张信纸上，我见到这样一个字谜：谜底是繁体的“鄰”

字，谜面如下：

粉蝶兒分飛，
怨心已灰，
上半年無音信，
這陽關易去難回。

这似乎是她命运的一个暗示。她的信札，我在 1957 年“反右”之前读过，字迹娟秀，没有一些儿涂改的痕迹。



## 父亲的客厅和他的朋友

下面，我要讲的故事，是关于父亲客厅的，关于客人和朋友的。那是很久很久以前的事了。有的温馨，有的另类，时间段也大大超出了童年。

客厅里发生的故事要分成两段：一段在 1957 年以前，一段发生在 1978 年以后。从 1957 年到 1978 年，这漫长的 22 年中，不再有客厅，抑或客厅里极少有客人，再或者客厅里只有闯入者、打劫者，他们怎能被称为客人呢？故而，下面讲的故事基本上是不包括这 22 年的。

1946 年，我家从昆明西南联大宿舍，搬到北平沙滩中老胡同北大宿舍。之后，又在北京搬了几次家。住房面积及档次有大小高低之分，但总能有一间专用客厅，这样才方便会客。家中的客人往来频繁，父亲的朋友多，他交际广泛。有什么事都在客厅谈，不会干扰家中其他人正常的生活秩序。在中老胡同 32 号住时，正门对着的北屋就是客厅，里边有桌椅、衣帽架，陈设简单而实用。

1978 年以后，父亲只有兼用的客厅了。在那十几平方米的房间

陈友松教授和夫人朱良菊在北京师范大学校园内，摄于1985年

内，既放床又放饭桌，还有书桌和书架，沙发和茶几又占了一角。如果有几个学生来上课，有人坐在床沿，那也很平常。普通人家都住得很挤，父亲这个专家教授虽说分到了三居室，可是一间要给大儿子一家三口住，另一间要给保姆住。父亲已失明多年，日常生活必须依靠保姆。幸好，母亲、我和小弟弟不必挤住在这里。“文革”前，我家住工一楼 40 号（有 5 个大房间，过道以外另配厕所、浴室兼洗漱间）。“文革”期间，为了避难，父母商定离婚，劳动部军宣队在和平里分给母亲两居室。“文革”后，父母很快复婚，但师大（父亲的工作单位）并没有发还我们原住房的意思。故此，为了照料两个家，疲惫的母亲，每日往返于和平里和铁狮子坟两地，日复一日地奔波，历经八年的辛劳，没有过上一天不用奔波的日子。当时的母亲还不知道早已身患绝症，她累死了。1986 年 7 月 1 日，她终于因肝癌告别了这个苛刻的环境，获得了解脱、安息，灵魂得以飞升。她生于 1921 年 9 月，去世时还不到 65 岁。那些年，我们一家人从来没有在实质

意义上“安居”过，但每个人都很“乐业”“敬业”。这就是父亲在1978年落实政策以后的8年，仍然在被折腾。因为讲到客厅，不能不讲到这些生活琐事。现在言归正传，我要讲客人、朋友，客厅里的往事了。

父亲的交游广泛，一生90余年中，在不同时期，在世界不同的地方，在社会不同阶层中，无论长幼，无论男女，都有不少的熟人、老乡、师长、学生、同事、邻居、亲戚成为他的朋友。他与这些人结下终生的友谊，受惠于他们。他得到师长的教诲和提携，得到友人的襄助。他说自己是一个幸运的人，在命运的转折点，在最需要的时候，总能获得竭诚帮助。如果没有这些可敬的朋友，他将一事无成。当他学成归国后，甚至在美求学期间，父亲自己同样也是一个豪爽仗义、慷慨助人的人。特别是对那些勤奋的穷学生，他总是一心帮人解除困境，无论碰到多少阻碍，总是不改初衷。因而，那些得到他帮助的人，都从心里感激他，一辈子都记得那些往事。他们敬重我的父亲，虽说有敬佩他学问的成分，但我以为更重要的是，他们崇敬父亲的为人。父亲是一个正直的、有血性的、敢直言的人。因言获罪，他经受了那样残酷惨烈的斗争，但至死不悔所走的道路。他一生没有积下钱，留给后人的只有他的书，他的精神财富。这样的人，能没有几个挚交吗？能没有更多的神交的朋友吗？所以无论有没有客厅，他都有客自远方来，他在难中，也总有朋友会为他说话，暗中救助他。

在他的客人中，不少都是造诣颇深的学者，很让父亲引以为荣。父亲致力于公共教育事业，研究有关教育的各种理论和实践。教育是一种包罗万象的学科，父亲必须对社会科学、自然科学的概貌有所了解，对于这些学科的基础和前沿知识，他要知道得透彻和及时一些，就自然要不时地请教那些行家里手，请教最通晓那些领域的新老朋友了。那些以真知和学术为重的朋友，无一例外地会认真负责地回答的他的求问。当然，如果朋友来向他询问教育或英译方面的问题，他也会同样诚恳地答复，毫无保留地贡献自己的研究心得和翻译技巧。他们彼此以诚相待，实实在在地互相帮助。父亲被友人称为“活字典”，会行走的百科全书，都是因为他能及时帮人解决疑难问题。他和这些朋友关系融洽，彼此可以坦率指出对方的缺点错误，而对方也能虚心地、认真地考虑这些意见。有时他们通过辩论来达成共识，在辩论中爆发出灵感的闪电，产生突发奇想，让辩论中的双方都有收获。有时实在不能苟同，也会明确地告诉对方原因。在学术问题上，他们是光明磊落的君子，对就是对，错就是错，不懂就是不懂，绝不故弄玄虚，哗众取宠。唯一让他们坚持、尊重和追求的只有确凿的事实和真理。哪怕是权威错了，他们也会直言不讳。当然，态度还是恭敬有礼的，他们以事实为根据，不讲妄语，就像虔诚的佛教徒那样，谨守戒律。这些人能成为好朋友，正是因为这些相同的性情——对真理极其热爱，对学术一丝不苟……从来没有人会因为学术见解不同或别人有了成就而心生芥蒂。他们是心地醇厚、能够包容的人。他们为朋友的建树欢欣，好像自己取得了成绩。他们钦敬朋友的学问，更钦敬朋友的人品。从古至今，那些仁人志士的旷达通脱、崇高伟大，是他们共同景仰的立身之本。而在自己朋友的身上，他们总能看到同样的气象格局。至于说到做学问，他们个个才情横溢，思想敏锐，不断突破旧我，与时代同行，更或超前一步。是名士，自风流，他们总是称赞朋友之长，而自嘲一己之短，极少说别人的不是，因为那不是君子所为。对事不对人，讲评起来，力求客观公允而不以个人恩怨论事。有这样的真朋友，岂非人间快事哉！

我家的客厅，常有客来。他们或近在毗邻，或远在天涯；或经常见面，或几年、十几年、几十年才得一见。当他们欢聚一堂时，客厅里的灯光也变得格外明亮起来。那多半是在休息日或平日的晚饭后。辛苦工作之余，他们想轻松一下，最快意者莫过于自由自在的交谈。

父亲陈友松晚年与刘仁静在北京师范大学寓所，摄于1986年11月

他们品茗吸烟，谈笑风生。母亲间或送进一些自制的茶点，或是最普通的瓜子、花生、削好的水果块或心里美萝卜条，那要看是什么时代，什么年月了。饮茶的客人，会一口一口慢慢啜着，品着。一边注视着茶叶在清亮的水中上升、旋转，一边倾听着同座的清谈，茶香从鼻口沁入肺腑，茶汁则滋润了肠胃，品茗是饭后口干时最向往的一种享受了，主人的美意尽在其中。客人中不吸烟者甚少，他们相继点燃了烟斗、卷烟，轻烟袅袅升起，客厅里烟草的馥郁芳香也渐渐弥漫开来。深深地吸上一口，周身舒泰，精力充盈，精妙的谈吐就开始了。他们快活得像神仙一样，时而高谈阔论，时而低声细语，有人诗兴大发，便会离座而起，在客厅里行吟，那些即兴诗篇脱口而出，那音韵不亚于大珠小珠落玉盘……客厅里时而爆发出朗声大笑，时而又爆发出尖锐的争吵，双方各不相让，一定要争出个子午卯酉来。他们谈

论的范围很广，记录下来也许可以分列于报刊的各版各栏。他们关心时局大事、出版新闻、朋友行踪、学术动态、学生成绩等，也会评论新上演的影片、戏剧，新开的画展，甚至谈到后海的莲、中山公园的兰、香山的红叶、厂甸的古玩……还有比这更美妙的良宵交谈吗？这些赏心乐事，珍贵的时光，在我家客厅里的往事，随着父亲和朋友们相继离世，也就永远地消逝了。

## 快乐的夜晚





有时候，在滴水成冰的冬夜，西北风像狼嗥，发疯一样地在院子里扫荡，门窗在咣当咣当地响。屋里还不算太冷，花盆炉子里的火苗不时窜出来舔着大洋铁壶的底儿，开水在壶肚子里咕噜咕噜地唱。白色的水气一股一股地从壶嘴和壶盖下冒出来，壶盖被顶得咔嗒咔嗒地一起一落，好像在为壶里唱歌的开水打拍子。

我和小弟依偎在妈妈的左右，背靠松软的大枕头，整个身子都捂在被窝里，只露出小脑瓜儿。我俩的小脚丫儿从妈妈的腿上伸过去，互相轻轻地蹬着踹着，用脚指甲挠着彼此的脚心，越痒越挠，笑得手舞足蹈，被子都被蹬开了，直灌风。妈妈举起一本书，清了清嗓子，我们就安静下来，妈妈要说书了。李妈如果已经做完了厨房里的事情，也会靠近火炉坐下来，把两只手揣在袖笼里，然后放在她那硕大柔软的肚子上，很有兴趣地和我们一起听妈妈说书。妈妈有时候看着书念，有时候看着我们讲。于是，我们眼前就会展现出奇妙多彩的世界：扇着大耳朵的猪八戒，又馋又懒，还会耍小聪明；七十二变化的孙悟空，翻一个跟头就是十万八千里；哪吒脚踏风火轮，可以生出三头六臂；土行孙可以从地里钻进钻出；铁拐李、何仙姑等八个仙人用不同的法宝漂洋过海；唐明皇和杨贵妃游过月宫；小木偶皮诺曹只

陈琚理和弟弟同母亲
在小酱房胡同20号，
摄于1950年



要一讲谎话，鼻子就变得很长……我们听得入了迷。可是妈妈一合上书，故事就讲到这儿了。“妈妈再讲一个吧”，我们请求着，因为我们不想睡觉。如果时间还早，妈妈真的还会讲一个短点儿的故事，让我们心满意足地闭上眼睛。就这样，我们送走了一个又一个寒冷的冬夜，迎来了春天、夏天。

夏天的夜晚最好玩，一家人坐在门前，大人们摇着芭蕉扇，驱赶着蚊子，我和小弟坐在自己的小板凳上。这回是听妈妈讲杜十娘的故事。当善良美丽的杜十娘扔了百宝箱投江时，小弟呜呜地哭个不停，无论怎么告诉他这是故事，不是真的，都不能止住他的哭泣。他真的很伤心，“杜十娘不能死，杜十娘没有死，呜呜……”。妈妈忽然清了清嗓子：“小弟不哭，不哭。我的故事还没有讲完呢。”这句话真灵，小弟的哭声停止了。他瞪大了眼睛望着妈妈，“快讲呀，妈妈!”妈妈高兴地讲下去了：“原来，杜十娘沉到江底之后，就来到了水晶宫。宫里的龙王不但把百宝箱还给了她，还派虾兵蟹将护送她，一直来到岸上，让她嫁给了一个好心的渔夫。从此他们就快快乐乐地过日子了。那个对不起杜十娘的李甲，就被龙王变成了一只团鱼。因为是李甲变的，所以也叫甲鱼。”小弟眼泪还没有干就咧嘴笑了，这回，他很满意。

爸爸也和我们一起乘凉。有时候他教我们背诗，有时候他会让我们和他对字。比如爸爸说“红”，我们就抢着说“绿”；如果他说“白天”，我们就会说“黑夜”。以后，字数就会变成三个、四个……或者爸爸会让我们猜谜语：“麻房子，红帐子，里面住着白胖子。”李妈也有好多好玩的谜语。比如她说：“铜勺儿，铁把儿，猜不着，打你嘴瓣儿”（糖梨）；“打南边来了一群鹅，噼里啪啦就下河”（煮饺子）；“两只鸭子向南飞，一只瘦来一只肥，一年来一趟，一月来三回”（“八”字，还须是用毛笔写出来的楷书。一年一次八月，一月三个带八的日期）等。妈妈笑着和李妈打趣说：“您的谜语太多了，把肚子都给撑大了。”李妈倒也不介意，她二十几岁时长了子宫瘤，1946年（三十几岁）到我家，1953年我父亲请林巧稚大夫为她取出来时竟有十几斤重。

## 节庆日和过年

节庆日，例如10月1日，或是过年的时候，大东院从南到北扯上一根铁丝，横着挂满一只只红灯笼。母亲和陈伯母让门房老赵去买蜡烛和火柴（老北京那会儿叫“取灯儿”）。天黑后，灯笼全点着了，大东院被照得通红，孩子们欢呼雀跃。各家门前的太平花、小鞭炮此起彼伏，闪着光亮，带着响声，散发着爆竹火药的气味。大大小小的孩子们穿梭般地提着点亮了的灯笼，从这家跑到那家。提灯笼的队伍越来越长，不断有新加入的伙伴，我们一个跟着一个跑，像一条闪光的游龙。

大人们也有他们的游戏。过年时我家的餐桌就会铺上一方雪白的台布，放上新扑克牌和花花绿绿的圆形筹码，四张椅子分别放在方桌旁边。伯伯们要打桥牌了，所以那时我们就知道了打“bridge”这个词儿。妈妈和李妈会送过去一些自制的小点心，譬如酥脆的甜麻花和咸排叉，还有咖啡或者江米酒卧鸡蛋。不过年的时候，大人们有了空闲也会凑到一起打桥牌，他们总是在说笑话，斗嘴。每个人都争取战胜对方，并且要赢得漂亮。输了的一方也不生气，想方设法下回再翻回来。真是一些会玩的大人，父亲说这是换换脑筋，好好休息一下。过后他们会全力以赴、日以继夜地在书斋里工作。



## 事不过三

在我的印象中，院里的人家都喜欢在自家门前种点什么。有花木，也有蔬果，丝瓜是最常见的。一进宿舍大门，靠左手边1号，是陈占元伯伯家。他家门口的篱笆上开满了猩红的茑萝花。五角星似的花冠下是一个粉红色的花筒，就像精致的小喇叭。灿若繁星的小红花衬着翠绿的叶子，晶莹的露珠在花间闪烁。清风吹拂，那花儿叶儿都在向我们点头，惹得我手痒心动，上去就摘。小弟也跟着抓了几朵。我们忘乎所以地高举着这些花儿回到了家。

母亲看见我们，问明了花的来路，不动声色地取来一个胖口瓶，装好半瓶水，让我们把花放进水里。那些小小的红喇叭半张着口，躺在水面上，懒洋洋地喝着水，都有点蔫了。母亲把这个瓶子端到一张高桌子上后，就开始教训我们了：“去把小板凳端过来！”我俩跑进餐厅，在小方桌下掏出自己的小板凳，小弟的是蓝颜色，我的那个是红的。这个小板凳是用来坐在小方桌前吃饭用的，但也是“家法”。母亲的声音很严厉，我们的心里在打鼓。小板凳放在了母亲跟前，李妈也为我们求过情了，但这更激恼了母亲，看来这顿打是躲不过去了。

“你们一而再再而三地私自摘花，别人家的东西能偷偷往家拿吗？我早就警告过，事不过三，你们就偏偏敢把我的话忘得一干二净！”每人挨了三板凳，热辣辣的屁股在发烧，我的眼泪忍不住地往下流，小弟在哇哇大哭。这还不算完，母亲命我俩面壁思过。她从椅子上拿下两个垫子，递给我们一人一个，叫我们在东西墙下各放一个，然后两人背对背，一东一西朝墙跪着。我先照母亲的吩咐想了一回自己的过错，自己告诉自己以后绝不能重犯。想过之后就开始端详墙壁上的花纹裂缝了：这个像云头，这个什么也不像……跪了一会儿，屁股还有点发热，腿也麻了。总望着墙也没有什么意思，就偷偷回过头来望小弟。谁知他早就回过头来等着逗我呢。一看见我的脸，立刻扮出一副滑稽相，把我逗得嗤嗤笑起来，他则索性仰脖哈哈大笑，也不知他有没有“思过”。母亲正在北墙边坐着织毛衣，一边瞄着我们。见此情状，严肃地问道：“记住了为什么挨打吗？”我们止住笑，低下头，轻声说：“记住了。”“晓得为什么事罚跪吗？”“晓得了。”“都起来！把垫子拿过来，然后去洗脸。”

这次的教训让我记了一辈子。妈妈平日里都是温柔可亲的，只有我们再三犯规时才这样严厉。这叫“事不过三”。



## “背背陈”的生日聚会和陈光光额上的青印

我出生在美妙的五月。在我 5 岁生日那天，妈妈和李妈烤了一个大圆蛋糕。我和小弟非常高兴，我们请来了院里的小伙伴。一起唱歌，做游戏，表演各种节目，过了一个快乐的下午。我的小客人很多，给我留下深刻印象的有三个男孩，他们是沈从文伯伯的两位公子，芮沐伯伯的一位公子。沈龙朱、沈虎雏兄弟二人仿佛是高小生或者已经上了初中。他们肩并肩地坐在一起，腼腆地笑着，很有大哥哥的风度。芮太初与我同岁，那天整洁得像个绅士，郑重地双手捧上一对天蓝色的发卡，蝴蝶形状，非常漂亮。我向他深鞠一躬，双手接过这生平第一份生日礼物。

芮太初从美国回来不久，我们都叫他大卫。他和小弟陈光光是院里有名的淘气大王。整天在一起不是舞杆弄棒，便是对打开仗，隔着花坛扔煤渣儿。就在我们搬出 32 号院前，大卫向小弟扔煤渣时，一粒煤渣飞进了小弟的前额皮下。那煤渣三角形，有三粒小米那样大吧。因为小弟皮肤白，所以那位置便呈现出淡青色，像玉一样。五十多年过去了，那青玉般的印记，从来也没有红肿发炎，从来没有让小弟感到疼痛。这块青印便是儿时交情的见证。你们谁要见着陈重华，问问他，他一定会开怀大笑，详细地把经过讲给你听。



## 闪光的舞台

宿舍院里的大男孩们，一般不和我们玩，我们太小了。

宿舍院里的大女孩们，大概那时已经是中学生了吧，她们是我们这些小一点的女孩儿的大姐姐。其中有许多都是我在师大女附中的学姐。在我们的眼中，她们总是那么和蔼可亲。她们能带着我们玩，教我们跳舞、唱歌、说快板。我记忆深刻的大女孩儿们是贺麟伯伯的女儿贺美英，朱光潜伯伯的大女儿朱世嘉，袁家骅伯伯的两个女儿大袁和小袁，庄圻泰伯伯的两个女儿大庄和小庄，冯至伯伯的大女儿冯姚平。稍小一点的有吴之椿伯伯的大女儿吴小薇，大概和杨景宜差不多大。

朝向四合院里的垂花门洞，就是一个现成的舞台。我和陈莹常和别的小朋友在这里排演节目，比如“拉大锯”的歌谣，连说带比画，动作要和说的词句相配，节拍还要一致。还有双人的新疆舞。新疆舞是大姐姐们教我和陈莹跳的。新疆姑娘左右动脖子的动作很难学，大姐姐们让我们的身子站直，右腿、右胳膊贴墙，让脖子向墙靠，但整个身子不准动。然后再换过来，左边靠墙，脖子向左边动。我和陈莹努力地学，终于学会了。后来这个节目还被大姐姐们带上其他舞台，当时有很多庆祝北平解放的联欢会，我们去过好些地方，台下总是报以热烈的掌声。演技是说不上的，这多半是因为我俩才五六岁，稚气认真的表演使爱孩子的观众特别宽容罢了。有时演完已经入夜，还没到家，我就困得睡着了。我是趴在小袁姐姐的背上睡着的，睡得那么香，浑然不觉。她就背着我，让我舒舒服服地一直睡到家。但她一直都没告诉我她背我有多么累。





宿舍里还有大哥哥、大姐姐们的精彩演出。李妈总爱夸江丕栋（江泽涵伯伯的三公子），说江老三是个“角儿”，她的老北京话，特别强调“角儿”这个词。发音jué’er，是个儿化音。贺美英姐姐扮过《兄妹开荒》中的哥哥，那个演妹妹的也许是大袁（尤龙姐）、小袁（文麟姐）、吴小薇（吴小椿的妹妹），也许是别的姐姐。而吴之椿伯伯的大公子吴小椿总是在顽皮捣蛋。但这并不妨碍他日后成为一个颇有成就的工程师、学者。当夜幕下垂时，演出就开始了。台上的灯光人影、歌舞道白深深地吸引了全院的居民——伯父伯母们、李妈以及我们这些忠实的小观众。大人们带着会心的微笑，我们看得津津有味。那是新中国成立初期，到处是歌声，经常有联欢会。许多歌曲我都听会了，直到现在还能背得出来：“山上的荒地是什么人来开？地里的鲜花是什么人来栽？什么花儿开放呀结出了自由的果？什么花儿开放呀幸福来？”“山那边哟好地方，穷人富人都一样，你要吃饭得做工哟，没人为你当牛羊。”“你是灯塔，照耀着黎明前的海洋；你是舵手，指引着前进的方向。”“年青的人，火热的心，跟随着毛泽东前进。紧紧地跟着毛泽东前进。挺起胸膛，年轻的兄弟姐妹们，新中国的一切，靠我们担承……”“中苏的人民是永久弟兄，两大民族的友谊团结紧……”“哪里有这样的国家，比我的祖国更美丽？”那是多么

1961年夏天，陈琚理中学毕业，考入北京农业大学，这是高中毕业暨大学学生证照



令人振奋的年代啊！那样愉快的夜晚我永生难忘。贺姐姐、袁姐姐、江三哥他们这些学生演员比专业演员还让我佩服。他们让我有种亲切感，而有名的专业演员不过是陌生人。我相信，不仅是我这个学龄前的儿童，那些已是中小学生的同院哥哥姐姐们，也一定陶醉在如火如荼、如痴如醉的激情里面。那是属于我们的青少年、儿童时代，而那新中国成立初期的年代对我们而言，绝对是神圣的。

吴小椿有个弟弟叫吴捷，和我差不多高。我们叫他吴大头，他聪明活泼的大眼睛一闪一闪的。那年苏联文化代表团访华，一行人来到北大的民主广场。我和吴大头荣幸地被选为献花儿童。在雪亮的灯光下，我们肩并肩地跑上司令台，把鲜花献给中间那个外国人——《青年近卫军》的作者法捷耶夫。当他抱起我时，只觉得脸颊被他的硬胡茬扎得又疼又痒。我被他举过了头顶，台上台下一片闪光，欢呼声、掌声经久不息。

从此我就经常去献花，走上舞台，把美丽的鲜花献给一个又一个不平凡的人。他们是国际友人、和平代表、志愿军英雄、全国劳模、少数民族代表、中外杰出艺术家，以至国家领导人。他们的音容我不会忘记，因为他们牵着我的手，一同驱车进入北京饭店、和平宾馆、中南海。坐在他们身边吃饭、看演出、说话、拍照……年纪稍长，从书刊里对他们的了解就更深了一层。温暖和关怀围绕着我。我快乐地像个小天使，又像一朵即将绽放的小花朵。渐渐地，我小小的心里萌发了一个愿望：让我这朵小花快乐地开放，把芬芳和美丽献给周围的人们。那该是多么美好的事情啊！

我的那些天真可爱的小伙伴们，你们还记得吗？我们曾经拥有过那样温馨的童年，我们曾经拥有过那样纯真的友谊！那时的我们是何等的率真、自然、开朗、活泼而热情！那样的日子珍藏在我们的心底，那样的日子是我们此生拥有的无尽宝藏。

# 去和留的选择

陈琚理
教育学系教授陈友松之女
曾居住于中老胡同32号内11号
现名朱理

1948 年，一个重大的选择摆在中老胡同 32 号院的住户面前：是追随国民党政府而去，还是等待共产党而留？

这院里住的大多数是北大教授，他们是一批中国学术界的著名人物、学者、作家和诗人。

他们是一群爱国的志士仁人，他们是一群能力卓越的智力劳动者。在当时，这样的高级知识分子不是太多，而是太少。在旧中国顶着各种阻力，他们已经发愤工作了十几年、二十几年，为的就是实现救国的理想，使自己贫穷落后的祖国繁荣昌盛。他们以审慎的态度引进西方的现代科学文明，以批判的眼光来继承和发扬中国几千年的文化传统，使得中西文化融合，为我今日所用。他们努力劳动的成果有目共睹，他们的贡献不可抹杀。国民党政府的堕落腐败和倒行逆施使得这批人越来越看清了他们的庐山真面目，以至从失望到不愿听命。这批教授中也逐渐出现了掩护共产党工作的左翼人物。

老蒋已经派人来游说过了："北大胡适校长业已南下，你们还是跟他走吧，留在这里有什么好？临时飞机场已在东单修起来了，飞机票留给你们，要走马上就可以登机。"

事实是，这个院里的人留下来了，我父亲陈友松也是其中的一个。

## 教育救国的志向

我的父亲自幼跟随我爷爷读书，四五岁时就开始背诵经史子集，小时候背的东西，一辈子都记得。9岁能作文言诗文。后入本地高小、武昌博文中学。因成绩优异，得到资助去菲律宾学师范教育。在菲律宾遇到黄炎培、雷宾南等教育家，曾共同探讨教育救国之计，涉及师范教育、中等专业教育、职业教育、成人教育、乡村教育等各个方面。24岁回国，辗转河南、广西等地从事中学教育。



1929年考取官费留美，后师从杜威。由于他曾在国内不少中小城市和农村考察过教育，切实了解中国政府对教育财政投资甚微，很希望改变这种状况，于是做专门研究，以题为《中国教育财政之改进》的论文获博士学位。商务印书馆于1936年出版时，马寅初作序，称其“在教育学和经济学的边缘领域进行了开拓性的研究”。

1935年1月，父亲获得博士学位后旋即返回祖国，他跃跃欲试，要学以致用了。最初，他一边在上海教书，一边在南京中央教育电影

1935年，父亲陈友松在美国获得博士学位，旋即返回祖国

检查委员会兼任委员，主要负责引进现代西方科普教育片，他向资深电影人洪深先生请教并与之合作。那一年，有很多这类影片向国人放映，受到广泛而热烈的欢迎。同年他创办了《电影教育》月刊，这是中国首次出版的电教刊物。同时他在上海大夏大学开设了电影教育课程，深受学生欢迎，这也是我国最早在大学开设的电影教育课程。他还出版了中国第一本有关电影教育的专著《有声的教育电影》。他是我国电化教育的首创者。

好景不长，《电影教育》月刊只出了6期就被迫停刊，中央教育电影检查委员会的官他也不愿再当下去。这一切都源自他的倔强和耿介。在他任职的那个环境里，有那么一些不学无术、厚颜无耻之徒，拿了薪水不干事，因为谙熟为官之道，善要政治手腕，结党营私，见风使舵，排斥异己，使想做事的人不得施展。我父亲对政治不感兴趣，他回国来的主旨在于传播所学的教育主张，推动中国教育事业的发展。 他是一个学者，心地单纯，心里想的就是口里说的，不会拐弯抹角，不会为了迎合别人哪怕是上司而改变自己的主张，因此常有争执顶撞的情形出现，这使他很不愉快。他好像是一只蜻蜓，高高兴兴地飞起来，却被粘到巨大的蜘蛛网上。他要挣出网去，要重新自由飞翔。“安能摧眉折腰事权贵，使我不得开心颜。”李白的这句诗经常涌现心头。不如离去，薪水再多，也不干了，一心去教书、写文章，当个教书先生和撰稿人也许还快活些——能够在讲堂上和书刊里阐发自己的见解，传播有益的主张。好在，那时的他还可以为自己做主，辞官就辞官，从此不再受那种无形的压力与束缚，身心得解放。

后来的岁月基本上就是辗转地任教于华东、华南沿海的几所大学，而且也在贵州工作过。抗战后至新中国成立前，主要在西南联大和北京大学任教。1940年，他倡议和指导了昆明广播电台的“空中学校”。这是一个专题节目，他把这个节目的开播视为传播自己教育思想的又一阵地。在强敌入侵、民族存亡的关头，这是“摧坚除强，移风易俗，继绝存亡，立心立命”的有力工具。抗战期间，他还是储安平先生所编《观察》杂志的主要撰稿人之一。在储安平先生的《客观》周刊上也能看到父亲的文章。为了实现替家乡湖北办教育的夙愿，他应邀于 1941 年到湖北恩施复建湖北省立教育学院。他鼓励学生为抗日救国而学习，校园里弦歌四起，师生振奋，学风大长。他原想大干一场，但受当局多方钳制，遂愤而辞职，重回西南联大。但他仍然关怀湖北省立教育学院的前途，他与李四光等人多方奔走，终于实现了他的愿望，将学院改制为国立湖北师范学院。在西南联大，他颇受进步人士影响。目睹爱国师生被害，他写诗声讨当局：“沉沉怨气撼乾坤，白昼狰狞兽食人。”“恨无寸铁护髦士，尚有秃笔讨顽癫。”他支持进步学生运动，表达了强烈、分明的爱憎。

在对中国悠久传统文化的继承与批判中，父亲了解到中华民族的形成历史和她的伟大贡献，心中产生了深深的民族自豪感，爱国主义情绪油然而生。他年轻时就树立了为斯民立命、为万世开太平的理想，无论有多少艰难挫折，也不能打垮他、阻挡他。父亲立志献身祖国的教育事业，他是一个学者，热衷于干实事。所以，凡与中国教育有关的事，多努力参加，尽力而为。然而事与愿违，在多年的实践中，他逐渐看清了当权者的真面目：热衷于同室操戈，不愿真正为老百姓谋福利，对教育事业的投入远不及对打内战的投入。他彻底对国民党政府失去了信心，认为蒋政府是“一条必沉的漏船”。所以，尽管过去胡适、王云五等人曾对他多有扶助，也很赏识，但在此历史性的抉择关头，他仍然决定留下来。当傅作义邀请他和其他知名学者、社会名流在中南海勤政厅共商迎接北平和平解放大计时，他欣然前往，为保存古都的建筑和百姓的平安做出了自己的努力。

# 岳父和妻子的倾向

我的外祖父朱木君先生，亦名树馨、沐军，生于书香世家，与我父亲同为湖北省京山县人。朱木君先生生于1886年，长我父亲13岁。早年，朱木君与小同乡董必武先生一同东渡日本自费留学，入东京浅草高工攻读机械科，并参加了孙中山的中华革命党。1921年教育部招考留英学生，木君先生考取曼彻斯特工业大学机械工程系，后为法国巴黎大学航空系研究生。1927年学成回国。1932年冬，经董锄平（冰如）介绍，他在苏区江西瑞金兵工厂任工程师，修桥，筑坝，制作水车以作为工厂的动力。长征开始时，董必武怕他耳聋体弱，无法跟随大部队，遂一路派人护送，单独离开苏区。朱木君为人耿介正直，做事严谨求实。1942年秋，外祖父为我父母在湖北恩施主婚。抗日期间，湖北省政府迁到恩施，我父亲时任湖北省立教育学院院长，我外祖父则于1938—1941年任湖北省高等工业学校校长，1942年在

外公朱木君先生

恩施的湖北省科学馆工作。外祖父为人刚直不阿，哪怕丢了饭碗也绝不同流合污。他对国民党政府的倒行逆施深恶痛绝。1947 年，我外祖母病逝，年过花甲的外祖父孑然一身留在武汉。他与董必武、董锄平、高朗等中共人士一直都有书信往来或见面机会。由此也可见朱木君先生的政治倾向。

我的母亲朱良菊女士是由董锄平介绍进入刚刚成立的中央劳动部的唯一一人。29 岁的西南联大毕业生，从此在这个国家机关工作了一辈子。曾任民盟中央妇女委员会委员。她幼受庭训，因日寇南下，17 岁孤身赴桂林、昆明读中学，后进入西南联大师范学院学教育，正巧是我父亲的学生。母亲 21 岁时嫁给了 43 岁的父亲，不嫌他比自己年长许多，也不在乎自己是续弦，皆因仰慕其学问人品。父亲在给我外祖父的信中，称赞母亲是湖北籍女生中的凤毛麟角。20 世纪 20 年代，陈友松在湖北学界已颇有名气，外祖父朱木君对他的学问人品甚为赏识，因而这婚姻得到外祖父的支持。共同的人生旨趣缔造了这门被誉为“松菊良友”的姻缘。曾任西南联大师范学院负责人、南开大学秘

母亲朱良菊在西南联大师范学院读书期间的留影

书长、天津图书馆馆长的黄钰生（子坚）先生，在悼念我母亲时给我父亲写信，说道："在你，失去了终身的伴侣；在我，失去了学生中的佼佼者。"我母亲的秉性外柔内刚。她吃苦耐劳，做事认真负责。虽然她对我讲过李清照"生当为人杰，死亦为鬼雄"的词句，却甘于做默默无闻的贡献，不喜欢出头露面。她更因为学习师范教育，而懂得培养子女的情操。她认为第一要紧的是让孩子从小热爱真、善、美，懂得欣赏人生的美好，并为之奋斗，要有志气，勇于奉献，事事努力，不甘人后，不要怕吃苦，不要怕吃亏。母亲爱孩子、爱丈夫，更是一个极为敬老的人。



## 学生的造访

就在那一年，沙滩中老胡同 32 号院的 11 号宅内，出现过一位女大学生，叫汪兆悌。她刚二十出头，是我父亲所在的北大教育系 1945 级优等生。她离开北平已经有些时日，谁也不知道她去了哪里，当然也不晓得她是中共地下党员。这次她从解放区回来，到我家拜访的主要目的，就是宣传共产党的政策，讲述"光明与黑暗的抉择"，劝我父亲留下来。那时她头戴一顶北平很罕见的御寒帽，颇似《智取威虎山》中杨子荣所戴的那种，给院里人留下了深刻的印象。她也是湖北人，和我父母也算是同乡。因为她学习成绩优异，讲话入情入理，行事稳重大方，我母亲也很喜欢她。父亲能留下来，在很大程度上受这位女学生的影响。

后来又陆续有两个北大教育系的男生来过，分别是力易周和田家胜，后分别担任新疆大学图书馆馆长和陕西师范学院院长。当时他们描述了新中国教育事业的灿烂明天，像我父亲这样的人肯定有用武之地，总之，前景很诱人。我父亲也相信了。

30年后，那位女学生汪兆悌已是北京师范大学教育科学研究所的负责人。当时我父亲已经被北师大外国问题研究所辞退，原因是又老又瞎，不能工作。他的全部关系也被转到索家坟街道办事处，靠养老金度日。可是，汪兆悌老师却把年近八旬、双目失明的陈友松返聘到教科所，还为他配备了助手夏宁，使他得以译书，带研究生，帮助希望出国深造的莘莘学子。终于他在生命的最后十余年间，再次获得机会来实现自己年轻时候的梦想，那就是为自己贫穷落后的祖国发展教育，让祖国强盛，为中国的教育事业鞠躬尽瘁，死而后已，并且出了很多成果。田家胜后来见到父亲，第一句就是道歉的话，因为留，经受了打击，难以承受的打击，眼睛都给整瞎了。所以田家胜说对不起。可是父亲当时什么话都没说。




## 和芮沐的交谈

老蒋的青年部长、原北大教育学系主任陈雪屏送来了机票，他是遵照当时北大校长胡适先生开列的名单来发飞机票的。之后我父亲就去找芮沐教授。芮沐当时刚从外边回到北平，住在32号院的12号。我父亲和芮沐都曾留美，来往比较多，两家人本是朋友，现在又是近邻，聊天谈事特别方便。芮先生说："我刚从那边来，我知道那边的情形，我是不会走的，你也不要走。"父亲当然也是同样的选择。

当时院里还住着一位"胡三爷"，院里人跟胡思杜开玩笑时，特别是小孩子，就这样称呼他。"思杜"是胡适之先生为怀念恩师杜威，给自己的小儿子取的名字。胡思杜没有跟他的父亲走。我父亲也没有跟自己的校长走。思杜后来在批判胡适的高压下自杀了，死时还很年轻。

我父亲经受住了磨难，活到了改革开放的年月，但双目失明近二十年。

# 中老胡同 32 号与我的家

芮晋洛 | 法律系教授芮沐之女
曾居住于中老胡同32号内12号

我是 1948 年秋在北京（当时叫北平）沙滩中老胡同 32 号出生的。1947—1955 年，我们全家在这里住了 8 年。在中老胡同 32 号的后辈中我是年龄较小的，对那里只是儿时断断续续的记忆。现在，曾在中老胡同居住过并且父母仍然健在的家庭，可能只有我家了，我的父亲已经 102 岁，母亲也已经 92 岁了。这里写的只是凭着儿时断断续续的记忆和大人们常常念叨的点点滴滴，虽然不完整，但是记录下来的足以怀念我们曾经住过的大院和那些熟悉的邻居。

记得 32 号院是个非常大的院子，住着很多户人家，有很多大小孩子在一起玩，后来才知道这些人家的家长都是大学的教授，而且他们都是卓有成就的大家，能够曾经与他们为邻实是幸事。

我家门牌是 12 号，房子在院子的西南角，大概是房间不够用吧，父亲自己出资，请人在房子的东面加盖了一间屋子做书房，同我家原来的房子成为 90 度直角。我家从父亲 1947 年回国后就居住在这里，这里给我们留下最珍贵的回忆。

## 我的父亲和母亲

我父亲芮沐，1908 年 7 月 14 日出生在上海的南翔镇，祖籍是浙

芮沐教授

江吴兴。爷爷是纸商，一直在上海做生意。父亲小学是在法租界里的浦东小学完成的，以后又到英租界的马克密林中学念书，后又转至圣芳济学校，因此，父亲的英语和法语基础比较扎实。而他在上中学和大学时，学校里的神父又教授了他拉丁文，所以他还有一定的拉丁文基础。父亲大学就读于法国教会学校震旦大学文学专业，从震旦毕业后选择了去法国留学，在法国巴黎大学拿到法学硕士学位后，他又选择到德国法兰克福大学读博士，拿到该校法学博士学位后回国。

父亲在读大学的时候，我的二伯父在租界里被外国人打伤致死。在被外国人控制的租界里，根本没有中国人说理的地方，没地方可告，凶手无法找寻，二伯父的死不了了之。父亲被这件事深深地刺激了，从此他就有了转专业改学法律专业的想法，他期望学好法律，用法律来捍卫像他二哥一样的中国人的权利。后来留学巴黎大学时他便选择了法律专业。父亲分别在法国、德国拿到硕士、博士学位。他从德国回国时正值国家时局动荡，他受聘于已由南京迁到重庆的中央大学。

我母亲周佩仪原就读于南京金陵女子大学社会学专业，也由于抗战爆发，她随家人迁到重庆，并转学到由上海迁到重庆的复旦大学继续读书，在那里同我父亲相识相爱至结婚，至今结婚已有70年了。提起在重庆的日子，我父亲印象最深的除了日本飞机的轰炸就是通货膨胀。父亲回忆当年时说，那时母亲还没有毕业，他的收入简直无法维持两个人的生活，加上国民党排挤像他这样具有“左倾”思想的人，把他解聘了。

在重庆待不下去了。听说昆明情况好一些，经朋友介绍，1941年父亲就同母亲一起去了昆明的西南联大教书。国民党统治下的昆明，经济状况不好，物价飞涨。为了生活，父亲除了去学校教课外开始兼做律师，将当时租住的楼房兼作律师事务所。后来，在父亲的律师事务所的楼下又租住进一家人，两口子带着一个4岁左右的小女孩。这家人为人低调，他们的房门总是关着的，据母亲说是比较神秘的一家人。有时，母亲见到小女孩就逗逗她，并给她些糖果，她妈妈很客气，让小孩说谢谢后就拉她回屋去了。后来才知道，原来这家人是中共地下党员。“文革”后，他们在报纸上刊登回忆录时还提到这一段日子，并且他们的后代还同我家联系上了。

正是从那时起，父亲深刻体会到法学是一门实践科学，不参加社会实践，整日躲在书斋里，很难研究出对社会有用的法学理论。然而，要用苦心钻研得来的法学理论去为腐败的国民党政府立法吗？父亲很困惑，很不情愿。当时时局动荡，国民党政府不顾抗日，加紧迫害进步人士。父亲生性耿直，他在课堂上、朋友间公开表示不满，曾被校方、三青团成员注意，朋友们都替他担心。母亲说父亲为人正直，不怕得罪权贵，一次竟因替人打官司气红了双眼，愤怒得大拍桌子，结果得罪了当地恶人，情境很是险恶。所幸的是，他经一个美国朋友的劝说，接受了美国佛罗里达大学的邀请，于1945年去那里做访问学者，母亲带着年幼的太初哥哥跟他一起去了美国。

父亲虽身在国外，一直都关心着国内的政局，即使我们国家处于战乱、时局动荡的状态，他也要回来搞我们自己国家的法制建设。

1947 年秋天，为了迎接北平解放，不顾亲友劝阻，辞去美国的工作，只身一人回到北平，应聘到北京大学法律系任教。

这年的冬天，母亲带着我哥哥也回来了。父亲到塘沽去接他们，在从塘沽开往北平的火车上，为了躲避铁路两旁射进的流弹，他们和其他乘客一道趴在车厢的地板上，但是他们面色从容。是啊，他们曾经历过八年抗战烽火，南京大撤退，重庆大轰炸，什么没有经历过?！他们心里想的是，我们终于回来了。

1947 年父亲回到北平，北京大学安排我家住进了中老胡同 32 号宿舍，这里的住户大部分是从西南联大回来的，有很多有成就的知名教授。有的教授以前就熟识，比如父亲原来在中央大学法律系的领导周炳琳教授，还有当时的同行加领导费青教授，到这里认识的朱光潜、闻家驷、陈友松、陈占元等教授，父亲同他们走动较多。大院里住有很多进步教授，父亲本来就是赶回国来迎接北平解放的，所以很快就融入他们中间，积极投入爱国民主运动，参加集会、游行。他从国外带回的收音机短波很清楚，曾把收音机上盖上毛毯同进步学生一起收听解放军的宣传广播，并秘密传播。母亲记得当时有进步学生想投奔解放区，但决心难下，找父亲商量，他积极鼓励他们前往。记得上初中时，我曾在燕南园家中过道里堆放书籍、资料的壁柜中看到过一本北平解放前的油印小册子，似乎是期刊，里面记载有解放前夕进步教师、学生的革命活动，记载有北大师生“反饥饿、反迫害”游行情况，看到其中就有参与活动的父亲的名字。但是我家经过“文革”三次抄家后，很多东西丢失了，这本小册子也就不见了。

1948 年，国民党当局设立迫害共产党和爱国民主人士的“特刑庭”，北京大学进步学生孟宪功等被抓，父亲不畏国民党特务的恐吓，为被捕的学生代写诉状，出庭辩护，伸张正义，并趁天黑出城去与燕京大学教授雷洁琼等共商营救之策。他还参与联名签署“北大教授罢教宣言”，与国民党政府的“币制改革”相抗争。蒋介石逃离大陆前，国民党派飞机接教授们去台湾，并派人到教授们的住处劝行，父亲坚决不去。他和同院朋友陈友松、陈占元教授谈论此事，都表示坚决留在北平，不去台湾。

父亲在新中国成立前后参加了北京大学进步团体“教授联谊会”，还积极参加了共产党领导下的“新法学研究会”（中国法学会的前身）筹备会工作。新中国成立以后，他被任命为中央人民政府政务院法制委员会专门委员。

新中国成立前，徐悲鸿曾请父亲为他的弟子齐人（音）打过官司。齐人当时生病住进德国医院（即现在的北京医院），由于医院的医疗事故丢掉了性命。父亲义不容辞同意为他打官司，并把官司打赢了，当时的报纸曾报道过这件事。事后，徐悲鸿携夫人来我家答谢，并送给父亲一幅亲笔画，画的是老鹰，这在徐悲鸿的作品中是不多见的。我曾看见过并还记得，那老鹰是回着头的，眼神犀利，画上题写着“吉士兄雅正”（我父亲号吉士），可惜这幅画随同父母的结婚证书和其他纪念品等，在“文革”时被造反派抄去或烧毁了。

1951 年，父亲积极参加知识分子改造，参加了土改来到广西农村新解放区，担任土改工作队大组组长工作。我父亲性格中有个特点，工作中的事，不大同家里人讲的，参加土改工作回来后他也从来不说，我们也不知道其中的艰难甚至危险。还是阅读了石太有同志在 2009 年《北大人》写的文章后，才对新解放区土改工作有些了解。他当时曾做过土改工作队大组秘书，配合大组长工作，文章中对父亲土改工作中的表现有如下描述：

> 芮沐先生，朴实、坦率，待人诚恳，作风踏实，和农民“三同”交朋友，《广西日报》曾报道过他的事迹。看起来他不像个大教授、洋博士。在我心中，他始终是位值得尊敬的师长和战友。工作中我们彼此配合默契，他对我帮助很大。

父亲参加土改时，我们仍然住在中老胡同。到 1952 年，全国高等学校院系调整后，父亲随北京大学法律系转到北京政法学院，不久北京大学恢复了法律学系，父亲仍回到北京大学法律学系教书。这时北京大学已经迁到西郊。由于从中老胡同住处到西郊路途较远，学校安排他住在单身宿舍，曾在未名湖边的健斋住过。

1949 年北平解放后，康克清大姐、蔡畅大姐到位于沙滩的北京大学来做妇女工作，我母亲、陈占元教授夫人郑学诗女士和大院里的其他教授夫人们都动员起来了，积极参与到这项活动中，到街道去做普通劳动妇女的工作，特别是要做那些当时处于最底层的唱戏妇女的工作，启发、提高她们的阶级觉悟，跟上时代的步伐。母亲和朱光潜夫人奚今吾女士曾当选为北大妇女会执行委员。母亲还参加了北京市妇联领导下的新中国妇女联谊会，发挥她的社会学专业特长投入社会工作，表现积极突出，1950 年经由妇女联谊会介绍到中央贸易部工作。

1955 年我该上小学时，我们全家就从沙滩中老胡同宿舍搬到北京大学镜春园居住了。那时妈妈在中央贸易部上班，远在城里的王府井东长安街那里，每天早出晚归，路上要倒三趟车，非常辛苦，但她从不迟到，工作兢兢业业，一直到 1990 年才退休回家。

## 童年的点滴回忆

我在中老胡同 32 号出生，小时候对这里的印象就是院子很大，院子套院子有好几层，住着很多人家，院子里有花草、假山，有很大的藤萝架，院子里还有幼儿园。因此，我的活动范围就只能在大院里，没有大人带领，从不出院子大门到街上去。

32 号院子里幼儿园的老师、阿姨对我们很好，印象最深的是每天要喝鱼肝油。这是用美国军用铁桶装的鱼肝油，老师让小朋友们排

在母亲怀抱里的芮晋洛

席上玩耍的俩女孩，前为芮晋洛，后为冯姚明。摄于1953年

着队，像小鸟似地仰头张着嘴每人喂给一大调羹，很腥，很不好喝，但是好像必须要喝，逃不掉的。我曾经为躲避喝鱼肝油，总往后退，被老师看见一把拉到前面，看着我喝下去。另外，每天都有牛奶喝，那时的牛奶很浓，盛到碗里很快就结上一层厚皮，记得有个小朋友不喜欢吃奶皮，就把奶皮涂到墙上，还曾抹到我的衣服上，让我记恨了很久。幼儿园老师有时会带我们到北大红楼去看学生上操，到沙坑去玩沙子，这时是我们最快乐的日子。

大院里有很多小朋友和大哥大姐们，经常一起玩。记得印象很深的是院子里有一台压水机，用于取水浇花。压水机有一个压水把手，大人或大孩子要连着上下压好几下，水就会被吸上来，从水嘴里流出来，那个水嘴可以向180度范围内各方向的水桶里流水。看他们压水，我觉得是很有意思的事，很想试试，可是力气太小，根本压不动那个把手。

小时候，我和哥哥太初经常同陈友松伯伯家的女儿陈琚理和儿子陈光光一起玩耍，两家来往较多，陈伯伯和陈伯母经常来我家串门，妈妈也常带我到他家去，我曾认陈伯母做干妈。记得陈伯母会把江米饭的锅巴晒干，用油炸后撒些盐花，放在饼干桶里当零食，我去了就拿出来给我吃，感觉太好吃了，是我从没有吃过的。陈琚理比我大几岁，记得小时候她长得特别可爱，像洋娃娃，全院都叫她“贝贝陈”（baby 陈）。1952年院系调整后，陈伯伯调到北京师范大学去了，我家则搬到西郊外的北京大学，两家来往就少了。贝贝陈在农业大学上学时还常来我家玩，但是在后来的年代里，经过了太多太多的事，两家的来往基本没有了。虽然如此，无论是大人还是我们小辈的心里都是永远记挂着对方的。

陈占元伯伯有两个孩子，陈伯伯的女儿陈莹姐姐比我哥哥大一点，他的儿子陈谦与我同年，我们两家的关系也很好。妈妈和陈伯母经常到幼儿园去帮忙照看小孩子，同幼儿园的老师很熟。

妈妈说，那时大院里的人都能互相帮助、互相照顾，大家相处的关系都很好。费平成小时候就曾吃到过我妈妈的奶：费青伯伯和伯母年纪比较大了才得到头生儿子费平成，费伯母身体较弱，奶水不足，小平成总是哭闹。我比小平成早出生几个月，我妈妈的奶水很足，每次我吃不完，妈妈都必须挤出来倒掉。费伯母知道了这情况，就请我妈妈不要把奶水倒掉，可以放在她留下的瓶子里，叫人取回家喂给小平成吃，以解奶水不足的难题。

我妈妈从国外回来时带回一个手摇冰激凌机，是个木桶状的上面有摇把并带有搅拌器的机器。记得妈妈做冰激凌时动静挺大，准备好牛奶、鸡蛋、面粉、冰块等原料，放到桶里开始摇，好几个小朋友都来看热闹，陈莹她们也来了，都想吃到一点。可是妈妈摇的手都酸了，还只在桶壁上结了一层貌似冰激凌的东西，用冰激凌勺子刮下来给大家分分吃，大家都很高兴。其他的就像稀糊糊留在桶底没有办法吃，妈妈就把糊糊摊成饼给我们吃，也很好吃。

妈妈回国时问我父亲是否有冰箱，他回答说已经买好。结果回到家一看，真是哭笑不得，原来父亲准备好的冰箱是一个放天然冰的木冰箱，是个“中国式冰箱”。木冰箱上面有个盖子，从上面打开盖子，有个储冰室，把冰块放进去，化了的冰水可以从旁边水道流走，不会滴在下面的食品上。木冰箱的侧面在储冰室下方有柜子门，打开后里面是木格子，食品从这里放进去，放在木格子上面，冷气从上面向下走嘛，食品就可以保存时间长了。只是，夏天总要去买冰块了。后来这个家伙就是个摆设了。

我哥哥芮太初小时候非常淘气，经常闯祸、恶作剧，所以经常会挨打。有一次挨打后出走了，我妈妈领着我到街上去找他，在沙滩的大马路边临街的绿色大门旁找到他，还犟的不肯回家呢。他虽然淘气，但是院子里的大姐姐们好像还喜欢他，还曾经教他绣花，可能是让他安静下来收收心吧。我看到过家里原来留存的大手绢上绣的香

中老胡同32号院幼儿园孩子与家长老师在二门的合影。图中大人左起分别为刘玉娟、刘自芳、翁老师、郑学诗、周佩仪、叶筠；孩子有陈谦、芮晋洛等。摄于1950年

中老胡同32号院幼儿园孩子与家长老师在院内的合影。图中大人左起分别为叶筠、周佩仪、刘自芳、郑学诗、刘玉娟、翁老师；孩子左起分别为费平成、芮晋洛、陈谦等。摄于1950年

蕉、葡萄，母亲说是太初绣的，当时我很惊奇，男孩子居然会绣花。还记得那时候，大孩子们经常在院子里搭戏台演节目，我哥总是去那凑热闹、出洋相。他曾扮演过老妖婆，骑着把大扫帚跑上跑下。

我家房子的后墙临街，窗外就是中老胡同的小马路。在城里上班的表舅来时，先在临街的小窗上敲敲，看我妈妈是否在家，如在家就进来“蹭饭”吃。

我家临街的窗子，可以听到街上的叫卖声，清晰入耳，有“萝卜赛过梨”“买小金鱼嘞”“半空儿多给”等。听到街上“半空儿多给”的叫卖声一传来，妈妈或保姆就会从窗子递出去个篮子，一会儿篮子里就装满炒花生递回来了。因为都是瘦花生，所以叫半空儿。直到现在我都爱吃瘦花生。我家还经常买心里美萝卜吃，买萝卜一般只买一个。常来卖水萝卜的小贩好像有一条木头腿，他卖的水萝卜很好吃，水多不糠。他切萝卜很技术，先用刀把萝卜皮从上向尾巴切成一片片的，然后把萝卜向下切井字，切成一条条的，到尾巴处不切断，皮和瓤都能分开，像一朵莲花。外面绿皮，里面红色的萝卜，又好看又不会散，拿回家就可以一条条掰下来吃，很方便的，最后萝卜皮一腌做咸菜吃。

那时候，每天一到晚上，沙滩街边各种沿街叫卖的摊摊和推车就来了。有时我哥会带我出了院子大门，到街上卖灌肠的推车那里去吃灌肠。车上挂着纸灯笼照明，小老板把炸好的灌肠倒上蒜汁，马上香气扑鼻，盛在小盘子里，用牙签扎着吃。我踮着脚仰着头，咽着口水，眼巴巴地看着我哥吃两块给我一块，觉得那是多美味的吃食呀。后来，全家搬到了西郊，在北大附小上小学，就再没有吃过了。直到自己有了小孩，专门带他到隆福寺去吃了一次灌肠，却觉得没有以前的味道了，孩子更是觉得没有想象得那么好吃。

那时出胡同口到沙滩街边，临马路有一个澡堂，记得父母经常会带我们去那里洗澡。里面是大池塘，大家都泡在热腾腾的水里，很

芮晋洛坐门墩

芮太初上树

母亲与太初、晋洛在东院假山前，摄于1953年

芮太初、芮晋洛兄妹，摄于1953年

芮太初和爸爸芮沐在自盖书房前

暖和，洗完澡出来浑身没劲，就想睡觉。后来我们搬到了郊外，就没有再回来洗过了。以后，凡是乘坐103路电车从沙滩经过时，我都会望一下那个澡堂，回想自己曾在这里生活过。终于，在改革开放以后，这里改变了面貌，记忆中的澡堂子不见了，面目全非了。

记得那时晚上路灯很暗，马路上很黑，许多人的自行车灯是磨电灯，到晚上需要用时，把磨电灯的磨电滚子一掰，让磨电滚子紧挨着自行车轮子，通过滚子与轮子摩擦发电发亮，骑得越快轮子转得快，磨电灯就越亮。可是妈妈骑的车就没有这样的车灯，冬天天黑得早，下班时，她骑的车上经常挂着个纸灯笼照亮。倒是高兴了我们，见到妈妈回家了，我们就拿着纸灯笼到处走着玩，直到蜡烛烧光。

还记得有一件印象很深刻的事，我看到一些男孩子在活埋一只小猫，当时我还小没办法去阻止他们，真是干着急。好容易他们埋好后一窝蜂去上学了，我赶快用手去把土刨开，终于把小猫挖出来了。好在时间不太长，它还没有死，我帮它把鼻孔清理干净，它摇摇晃晃站起来了。我见它的尾巴有伤，就把它抱回家。保姆说它尾巴断了，就帮我把它包扎好。晚上妈妈回来也很支持我，就把小猫养下来了，养了很长一段时间。但是很奇怪，到它的尾巴伤长好了，居然自己就离开了。

父亲在我们盖的书房与正房中间立了一根杆子，上面钉了一个鸽子窝，养了一对鸽子，很漂亮的白鸽子，红红的眼睛像宝石。我们跟着大人每天都喂它们，每天早上起来就放飞，看着它们飞来飞去，带给我们许多快乐。可是，有一天一只鸽子不见了，听说是母鸽子，有可能被猫吃了。后来那只公鸽子就不吃东西了，怎么引诱都不吃，最后就活活饿死了。我真是好伤心呀，原来鸽子是那样重情义。

对沙滩中老胡同 32 号的记忆是零散的、肤浅的，但这里是我出生的地方，儿时的许多记忆永远留在我心中不可抹去。

# 中老胡同北大宿舍的往事：1947—1952

张企明 | 植物学系教授张景钺之子
曾居住于中老胡同32号内14号

## 从昆明到北平

昆明城小，加上联大的老师大部分都住在城市的西北一带，那时上课下课碰到的不是同学就是老师，热闹得很。抗战胜利以后，北大的老师中大部分人在 1946 年夏秋之际回到北平。原来熟人络绎于昆明街巷的景象见不到了，一下子冷清了许多。偌大的北门街 91 号，似乎只剩我们娘儿俩、老保姆和大狗小花，这时才感到和母亲的感情一下子亲近了好多。星期天为了迁就我的兴趣，不得不陪我到南屏电影院去看美国的西部片，还有《魂断蓝桥》《魂归离恨天》《战地钟声》等好莱坞的大片。但是那时年纪太小，看不大懂，只记得《青鸟》的故事感人至深，对西部的武侠片却津津乐道，回到家里还要对有悬念的惊险情节说个没完，母亲戏称“这是陪太子读书”。我父亲在 1945 年年底去美国加州大学伯克利分校讲学一年，我在联大附小读到三年级上学期，和母亲等到 1946 年年底才乘飞机经重庆抵达上海，等候返国的父亲。直到 1947 年 3 月下旬才回到了阔别 10 年之久的古城。

从重庆飞到上海时已经夕阳西下，右手的舷窗下，一弯长江如带，在晚霞中反射着金色的闪光，林立的楼群笼罩在暮霭之下显得苍茫而模糊，这是从春城昆明出来的“土包子”第一次看见大城市。上海在 1946 年年底的畸形繁荣，灯红酒绿，纸醉金迷，十里洋场中一个大胖子站在高凳上，手持纸喇叭，满面通红声嘶力竭地叫卖，满街都是“不惜血本大甩卖”“最新美国玻璃丝袜”“七彩巨片人猿泰山”的广告和招牌，永安、先施、大新、新新四大公司里里外外人潮汹涌，在这里第一次乘坐电梯和自动扶梯，橱窗里的百货琳琅满目，让人眼花缭乱，那种喧闹和浮躁的气氛始而兴奋，继而厌烦。接到父亲以后，全家回到母亲的老家芜湖过了一个春节，再返上海。从南京下了火车，到芜湖只有乘私人的老破长途卡车。从清早出发，过了长江之后，道路越来越坏，在江苏和安徽交界一段，隔不多远就有一个关卡，明为检查，不塞钱就不放行。走走停停，加上阴雨连绵，路上泥泞不堪，等到芜湖已经完全黑了。这是由昆返平中间印象最坏的一趟旅途，本来听说“杏花烟雨江南”，不知道有多好。结果是云黯江南，民不聊生，坏天气加上坏社会，感到黑暗极了。

刚到北平，正值春末，风沙扑面。似乎只有叮叮当当的有轨电车才是老百姓的交通工具，暗绿色的木头车厢已经相当破旧，司机操纵的快慢闸还是20世纪30年代的英国货。好像从来没有坐过公共汽车，后来听说有过几辆日本的老破“尼桑”车，能够开的没几辆。那时市面相当萧条，又直又宽的街道上少见行人。刚到北大时住府学胡同宿舍，想买点家具和吃饭的餐具，只有大街的地摊上稀稀拉拉的摆着几件日本货，像样子的东西实在不多，摊主也是一副愁眉苦脸的样子。跑了几处都是如此，勉强买了衣柜碗橱和几个瓷盘瓷碗，凑合过日子。胡同西口的人行道大多数是炉灰铺成的，无风三尺土。

在府学胡同住了也就是半年的时间，我和父亲临时挤在宿舍的西北角两三间小房子里。1947年秋后搬到中老胡同宿舍内14号，原来住的是吴素萱先生，这时她到英国进修去了，房间宽敞多了。中老胡同宿舍是三进带东跨院和西边两重跨院、100多间房子的格局，清末民初是珍妃、瑾妃姐妹的娘家购置的。随着社会的变迁，历史翻过了这一页，这样一座准王府的真实历史只有留给后人去考证了。我们住

张企明6周岁生日与父亲张景钺、母亲崔之兰的合影，摄于1944年1月27日

的14号是顶西头第二排，原来应该是三开间，现在隔成了四间，中间是客厅，东头是卧室，西头是一间小卧室和厕所，厨房在南边的倒座房内，三家公用。东邻是曾昭抡先生，对面南边是芮沐先生。北边二进是江泽涵、孙云铸和费青三位先生，最后排是沈从文和陈友松先生，这是最西边的情形，至于正院和东西跨院的居住情况可以参看平面布置图，一共住了20多家。自从北大的老师搬进来以后，这个四合院上承古代建筑的遗风，下接中西合璧的薪火，小日本曾经改造过的有些不和谐的东西所残留的气氛，立刻涤荡一新。这院子也像北大的一部分，弥漫着春风化雨般的文化氛围，文理工法医农的学者济济一堂，度过了艰难困苦的八年，重返故都，大家都很兴奋。

中老胡同的五年，正值从国民党败退到新中国成立之初，百废待兴的那样一个历史时期。一到北平我就领教了南方和北方小学教育观念的不同。在西南联大附小时，老师和学生相敬相爱，其乐融融，作风平等民主，文科理科内容丰富，教学水平高。1947年春末，我首先上的是位于宽街的怀幼小学。由于是三年级下半年的插班生，一个熟人也没有，老师上课只要一个答不上来，立刻打手心，教学内容也很陈旧。上了不到半个月，说不定还是靠打手心的环境压力，才记住了春秋战国有“齐楚燕韩赵魏秦”，别的什么印象也没有留下来。父亲看到学习效果不理想，干脆让我回家自学。四年级转到育英小学，有了不少联大附小时的同学，教学内容比怀幼小学强，但是仍然比不上联大附小。

我在育英小学读五年级时，音乐老师是一位胖胖的不修边幅的中年男子，除了会唱歌还会弹风琴和拉低音提琴。这年秋天，国民党在东北战场接连失守，不时有逃到北平的中上家庭的孩子来插班上课。有一天他先是难为情地说起房租太高，请同学回去问问家长，有没有空房子行点方便，感慨之余说起他当年的大学同学中有一位公认最有志气的，还没毕业就不辞而别，好久也没有音信，最近听说去了“那边”，同时用右手比了个八字。最绝是美术老师王宝初先生，戴一副白颜色有机玻璃镜框的眼镜，洵洵有儒者风，从不摆出一副师道尊严的架子，也不像有的老师靠打手心来维持纪律。常常三下五除二教完主课后还能讲上十几分钟的故事，如“汤姆·沙耶”，同学都爱上他的课，外号“小孩王”。对淘气的同学常常以诙谐幽默的态度处理，我班一位“I”同学，剃个和尚头，个子小，坐在前排，屁股老坐不住，不是与邻座说话就是做小动作，常因不交作业而被大打手心。到了美术课上遇到故态复萌的他，王老师编了一句顺口溜，“IGL，快往里，坐监牢的就是你”，将其驱入最后一排的角落，“隔离处理”了事。就是这样一位看来脾气极好的“小孩王”，北平解放后才知道是地下党员。真是“中隐隐于市”，后来任育英小学校长及东城区和市教育局的干部。40 多年后在灯市口中学的一次校庆上，又见到了他，仍是一身朴素的手工缝制的布褂子，仍是一副沐沐春风之态，最难得的是完全看不到像有些人那样的一身官气，这样的老师实在是凤毛麟角。

# 北平解放前后

中老胡同邻近沙滩，出东口就是沙滩红楼和民主广场的西墙，以及墙西的东斋宿舍。随着国民党的政治腐败而来的是物价疯涨和军事上的节节败退。抗战胜利那天晚上昆明万人空巷，火热的鞭炮声还在耳边，却恍如隔世。北平的物价上涨速度是教工的薪水永远追不上的。印象最深的是法币兑换金圆券那一阵，一天去红楼对面修自行车，师傅报出的价钱少得令我吃惊，我还以为是按法币呢，并且说“不用找了”。同伴捅了捅我说：“是金圆券！”结果口袋里全部的钱都拿出来才够。

到了 1948 年下半年，形势似乎急转直下，先是北平学生“反饥饿、反内战、反迫害”的游行，口号声响彻民主广场和沙滩内外，这九个字用油墨刷在水泥电线杆上，字体硬的像木刻，而且洗刷不掉。

不久就碰上了特务围攻东斋学生宿舍的事件。那天下午我和同院的几个小孩，刚学会骑自行车不久，相约出去遛遛，刚到胡同口就见东斋门前围满了暴徒，为首的特务在那里发令指挥，手下喽啰是临时雇用的流氓街痞。东斋木门紧闭，但里面学生人数不多，围观的老百姓在街的西侧，远远站着一大群，道路都无法通行了。对峙的时间不长，忽听头头一声大喊，就听木门被棍棒打击的乒乒乓乓声、玻璃的破裂声和呐喊声。小朋友一看形势不对，随着退下的人潮返身就往家跑。后来才听说，除了打伤了几个学生之外还有用“杀人不见血”的砍柴刀，劈裂了挂钟和几个搪瓷洗脸盆。看来特务打手们色厉内荏，不及昆明“一二·一”惨案时的那等武器水平多矣。大概自己的头头也知道：大兵压境，快了！

1948 年冬，北平临近解放，市面萧条得厉害，金圆券发行也就一年工夫，已经越发面额越大。为了保值，一发薪就马上去买粮食，黑市上银圆（即“袁大头”）成了抢手货，“买两块，卖两块”的叫声在街头巷尾不绝于耳。一个小学同学借了我一点钱，过了一个星期左右，不好意思地对我说：家里的钱都换成了“袁大头”，还得等几天兑成小票子再还你。

北大红楼西侧这一段土路越来越坏，不知怎么居然这时候想起来修路，想来必是奸商和公路部门的官儿联手。汽碾子（用烧煤的蒸汽机驱动的压路机）倒是热闹了一个多月，最后铺上极薄的一层水泥，上覆以稻草。验收时，正值隆冬，泼上一层水马上结了冰，路面冻得锃亮，就这样交了工。北平解放后没两年，蹬三轮的形容的“比鸡蛋壳厚不了多少的洋灰路”就露了馅儿。

那时小孩玩“逮老儿”。用瓦片砍成称手的巴掌大一片作为工具，离开数步，向画了方块内的香烟盒叠成的三角投掷。还记得最常见的是“大前门”“哈德门”“红锡包”“粉锡包”和“烟斗”牌，洋烟有“老刀”牌、“三五”牌和“骆驼”牌等。相当一部分洋烟是从美国大兵手中流到市场上来的。以击出多者为胜，更好的工具是锡做成的圆片，把牙膏皮熔化倒入罐头盒，冷却后就成了。家中的牙膏皮不够用，就溜到红楼内的洗手间去捡。有一次，同去的朋友在暖气片后面发现了一卷邮寄的印刷品，他反应挺快，马上就塞入怀中，并伸出拇指和食指比画了一下。回到宿舍一看，果然是解放区寄来的宣传品。内容已经记不清了，好像是《李有才板话》一类的文艺作品。

“围城”前后，对于国民党的达官贵人和发国难财的奸商确实说得上是“风声鹤唳、草木皆兵”。东单广场一带马路两旁的行道树全部砍光，匆忙改成临时机场。大家冷眼旁观“党国要员”狼狈钻进美国制造的运输机仓皇出走，大家静观“树倒猢狲散”。联想到20世纪40年代中后期收音机经常播放的流行歌曲，如《何日君再来》等一批软绵绵的靡靡之音，这种特殊的艺术形式确实能够代表那个行将结束的时代，它们和十里洋场中灯红酒绿、醉生梦死的生活相呼应，“隔江犹唱后庭花”。

在围城的1948年冬，学校纷纷停课，中老胡同32号院院内的孩子多数在上小学和初中，在这样的环境下，自然形成了一股凝聚力。打垒球、玩口令、泼冰场、打冰球、开联欢会，搞得热烈欢快。解放区的民主气氛像春风一样，越过城墙和国民党的封锁线，传遍千家万户。在家家口粮都很紧张的情况下，全院却十分亲密、团结。我最喜欢的滑冰运动就是从这个冬天起步的。老槐树下原来的王府花园成了少年朋友们的运动场，在运动场的北边是假山和一架到了春天就会开满紫花的藤萝，东、南、西三面的边界都是由三块方砖铺成的甬道。为了防备围城时断水，就在假山的东南角打了一口手动压水井。这一年的冬天特别冷，反正也无法上课，这口压水井就成了泼冰场的水源。我那时正在上五年级，和我差不多年纪的有十来个小朋友，我算其中最积极的一个吧。好在当时年纪轻，有的是力气。那么大一片操场不能一下子全泼上水，因为一方面要筑起一道土堤，工作量就不小，另一方面要不停地压水，没有三四个人合作是吃不消的，所以，一次只能泼小半个操场。看到别人在洁白的大冰场上飞驰，我羡慕极了。尽管压水泼冰非常吃力，一天下来手上都磨起了水泡，但是兴致高还是坚持了下来，整个操场大约经过了半个月才完全泼成了冰场。初学滑冰者一上去都是歪歪斜斜的，又过了一段时间总算能迈开步了。看到大些的小孩会打冰球，就用树枝先做了一支土冰杆，用锯子锯下一片圆木充当冰球，就这样，一群男孩子土法上马凑成了一支冰球队。后来北大红楼院内泼了大冰场，就在灰楼的北面，几乎占据了灰楼的整个长度。我们几个小朋友经常一起去玩，那个冰场有人管理，比起我们的土冰场又干净又平滑，玩起来特别过瘾。四周隆冬的瑞雪衬托着光滑的冰面上成群飞舞的大学生，那种热烈而兴奋的场面非常吸引刚刚学会滑冰的我们这一群小孩。再过一年，我们就有胆子结伴到北海漪澜堂冰场上去玩了。冰场上满是人，刚一去简直眼花缭乱，一个个或刚健或婀娜美妙而流畅的身影从身边流过，看着在上面飞驰和旋转的人群那种兴奋劲，到现在还想得起来。

北平刚一解放，最先学会唱的歌是："山那边哟好地方 / 一片稻田黄又黄 / 你要吃饭来耕地呀 / 没人为你做牛羊……"与国民党时代靡靡之音的流行歌曲相比，确实像是吹进来一阵新风。20 世纪 50 年代初期，一扫旧社会的污泥浊水，社会风气振奋、廉洁，蒸蒸日上，面目一新，如果不搞阶级斗争和政治运动，日子会好更多。可是，大政治家从当年横扫千军、席卷华夏的万丈豪情过渡到平淡的经济建设时期，一定是相当寂寞的，老百姓恐怕难以理解。

母亲直到 1947 年的秋天才接到清华的聘书，此前她在云南大学生物系任教，到了 1947 年春节前回到北平，开始住在西院的东北角，原来是吴晗家住过的房子，后来搬到胜因院 12 号。这样我们就有两个家，好在中老胡同的东口就有一家私人汽车行，是一个上海人开的，瘦长的身材，嘴里还镶了一颗金牙，开头是一辆美国"道奇"，专门跑北大一清华线，这样每星期不是我们出城就是母亲进城。从沙滩的中老胡同出发，多半在下午，由父亲带我直放清华，到达二校门时已是午后，大门前的空地虽然不大，但已经足够汽车掉头的了。下得车来，二校门前经常是非常安静的，本来不多的乘客很快就四散一空。石桥的左手岸边卧着三两块大条石，可能是多余护岸石。常有农妇蹲在石边卖西红柿，生意比较冷清，西红柿大而且便宜，有时也顺便买上几个。走上去新林院寂静的黄土小路，夕阳西下，从树林间吹拂过来夏末秋初微微的暖风，伴随着黄昏的寂静，仿佛把童年中对北平，尤其是清华园中的那种有一点出尘的宁静和自在都留在了 40 年代后期的这一瞬，以后人世间的红尘混合着风云变幻，似乎再也找不回这种感觉了。母亲教书在生物馆，那是在荷花池西北方向的一座有半圆形门廊、三层楼的西式建筑。门前有一个喷水池，50 多年前的地下水位还很高，半个拳头大小的水管中汩汩不停地涌出泉水。有时我们到清华二校门的时间比较早，就先到生物馆，等母亲把实验或教案准备完毕，然后一起回家。在等待的空隙，我时常跑到喷水池边或是荷花池西面去玩，那时的泉水和小溪真是清澈极了，小鱼小虾一群群自由自在地游荡。我不是玩滋水就是去河边看游鱼。北平临近解放，汽油越来越紧张，汽车行老板不得不把“道奇”改成烧木炭。又过了不久，生意更差了，卖掉了大车，换成一辆木头壳子烧木炭的小车，到了公私合营前只好关张大吉。北京的公共汽车可是一年一个样，开头是以前日本人留下来破烂不堪的“尼桑”，交通以有轨电车为主。不到一年，从南京调来了几十辆 T-234 型“道奇”改装的公共汽车，虽然是木头拉门和椅子，已经气派多了。不久匈牙利进口的“依卡露丝”是自动门，皮面软椅，就是启动时发动机与车厢共振，一开头要抖擞一阵子。再后来捷克的“布拉格”，尤其是“斯柯达”，真正代表了东欧制造业的水平，使我们大开眼界。车顶中间一排按钮，一位乘客大概是好奇，按了一下，车门立刻打开，司机马上急刹车，大家吓了一跳。他和蔼地对大家说：“你们要下车可以提前说一声，这个按钮是人家老二哥的先进玩意儿。”苏联是“老大哥”，捷克这样的自然就是“老二哥”了，咱们以后可别乱按了。过了一阵子，大概没有开过洋荤的土包子太多，上述的麻烦使汽车公司不胜其烦，干脆把按钮全撤销了。





## 思想改造运动

1949 年革命成功以后，上面有了把中国建设成“前无古人、彪炳史册”的宏伟构思，希望用域外的意识形态来批判一切、改造一切。开始的一番美意，书呆子们倒也认为无可厚非，与国民党的吏治相比，北平刚解放的那些年确是非常清廉，因此对政府的印象还是不错的。只是传统文化的改造不是那样简单——不论东方的还是西方的传统文化，要想彻底改造为我所用，都不像推翻一个政权那样容易。

据说，思想改造运动发端于1951年秋天马寅初和北京大学十二位进步教授给上面的一封信，父亲也在其中，时任教务长。如果不是有人“做工作”，这些书呆子肯定不会想出这样高明的点子。政治运动的布局已经全局在胸，还要下面“劝进”，这样运动起来就更显得冠冕堂皇和进退雍容。父亲终其一生是最不会做官的，从他的经历可以看得再明白不过，却不知道为什么北平解放不久就被上面派为教务长，大约和他冲淡谦和的性格和他的学术地位有关。其间他还短时间担任过理学院代理院长。

从1951年底到1952年夏天，思想改造运动和院系调整相继进行。对于以后历次政治运动来说，那是风起于青萍之末，斯文扫地的程度要算是最客气的了，仅在报纸上全文刊载检查者的内容而已，在社会主义国家中也算是非常礼遇。

那时，口含天宪、手握重权的思想改造运动的领导人，一位“官学”大师就站在清华大学大礼堂的讲台上面，摆出一副平等的姿态同“改造对象”讨论政治问题。当时一些不大识时务的书呆子提出一个问题：抗日战争结束，苏联人在东北为什么拆走了好多机器（总价值相当于当时4亿美元）？答曰：因为苏联是社会主义国家，由于社会主义的性质，就绝对不会做出不利于国际共产主义运动的事！书呆子们听了大不以为然，又纷纷递条子提出不同看法……如是者再，如是者三。反正是领导，高屋建瓴，势如破竹，挟百万雄师过大江的革命形势，来领导和推动这场思想改造运动，当时的书呆子们自然不懂后来才知道的次最高指示：“理解的要执行，不理解的也要执行，在执行中加深理解。”

对于思想改造运动，母亲的意见比较大，父亲很少表态。一个星期天，母亲参加清华组织的活动，到北大红楼参观纪念“五四”运动的展览，看完就近回家，一进家门就说：真是岂有此理！胡适对新文化运动还是有贡献的，怎么把他骂得狗血淋头，一无是处？父亲准是有苦难言，只好劝解了几句。父母亲无论在政治上还是经济上都是一身清白，思想改造运动顺利过关。母亲后来回忆说，真佩服这些做思想工作的年轻人和他们的领导，居然使一大批年高有德的书呆子在自我检查中痛哭流涕、声泪俱下，以前还从来没见过这种场面。

1952 年 3 月至 6 月，父亲以生物学家身份赴朝鲜，参加了美国细菌武器调查团，团长是李约瑟，这是在昆明就认识的老朋友。1952 年秋，照搬“苏联模式”的院系调整完成，父亲也卸下了不胜其负担的教务长头衔，回到北京大学生物学系，仍旧像 20 年前那样做生物学系的教授兼主任。但是，这个系主任可是不像以前那样好当，身为民主人士，要接受党的领导，上面的政策先是像春风秋雨，一阵接着一阵的，后来的政治运动更像海浪，一浪高过一浪。觉悟低，怎么紧跟也跟不上。不胜其烦，没有多久头发就花白了。不过，尽管父亲对政治运动的反应不像有的教授那样灵敏，但是在生物学系的教学和科研方面还是尽其所能地做出了相当的贡献。



## 父母亲的学术生涯

我的老家在江苏武进，就是现在的常州。远祖张惠言是清嘉庆进士，翰林院编修，常州词派创始人；为词沉着，意旨隐晦，散文简洁，又是经学家，治《周易》。祖父张长佑，原来也住在武进的老家，好诗文，善断案，先在湖北做知县。父亲于 1895 年 10 月 29 日出生于湖北省光化县老河口，祖父后来在安徽当涂做了知府，这个大家庭也就在那里生了根。当涂距离芜湖不算太远，为了能够上一个好一点的学校，父亲中学时搬到了芜湖，后来毕业于芜湖圣雅各中学。父亲从小身体比较弱，上中学期间念书非常用功，从来不愿意落在人后，繁重的功课加上远离家人的照顾，使他患上了严重的胃病，不得不休学回家养病。一直到 21 岁（1916 年）才考入清华，1920 年毕业后先入美国得克萨斯农学院，后来转入芝加哥大学植物系。在芝加哥大学获得博士学位后，父亲于 1925 年返国任南京东南大学生物学系教授，第二年兼生物学系主任，同时兼任金陵女子大学生物教授。东南大学于 1928 年改名为中央大学，他在六年的教学期间开设植物形态学、植物解剖学等多门课程，在我国最早传播植物形态学知识，是我国植物形态学的奠基人。

父亲和母亲也是在东南大学生物学系相识的。母亲崔之兰的老家在安徽黄山脚下的太平县，后来外祖父带着全家到芜湖去经商，母亲于 1902 年 12 月 20 日出生，就在那里读完小学和中学，1919 年夏毕业于芜湖第二女子师范学校。在她上中学时，外祖父已经去世，家庭的沉重负担主要由外婆操持。毕业后乘轮船来到南京，1921 年考取了东南大学农学院生物学系。1926 年毕业后留校任教，次年秋天，应聘

张企明与母亲，摄于1942年

到南京中国科学社生物研究所，开始了她毕生从事的动物组织学和胚胎学的研究。当时我四姑和母亲都是生物学系的同学，四姑比我母亲大一岁，是父母亲双方的介绍人。1928年我父母在南京订婚。母亲于1929年考取了安徽省半官费赴德留学的资格，到德国柏林大学（即现在的洪堡大学）哲学科动物系，攻读博士学位。1934年毕业，顺利取得了哲学博士学位。学成回国途中，回到老家去看望年迈的外婆，老人家高兴极了，买来了大挂响鞭，亲友也纷纷送对联，大肆庆祝。在当时落后闭塞的芜湖出了一个女博士，这是光宗耀祖的大事。外婆含辛茹苦地一心把母亲培养成才，终于在晚年圆梦，老人家的幸福心情是可以想见的。母亲同年回到北平，被聘为清华大学生物系教授，并与父亲结婚，婚礼就在清华工字厅举行的。





父亲一生的论著有10多种，其中最主要的就是抗战时期在昆明所作的《普通植物学》一部分的《植物系统学》。他在该书的前言是这样叙述的：

> 这本书是抗战时期在昆明与同仁合著的《普通植物学》中一部，现因应学者的需要，将此部修改先印出。
>
> 张景钺　北京大学 一九四七年十月

10年之后，由于再也没有这方面新的著作，不得已，父亲又在“再版前言”中指出：

> 这本书出版已经十年了，本无意将它再版。但据各方反映，这一本早已绝版的书，在目前书籍缺乏的情况下，仍然有需要，所以决定重印一次。
>
> …………
>
> 北京大学生物系 1957.9

父亲张景钺在美国加州伯克利植物实验室工作，摄于1946年

从这10年的空白可以看出，无论是父亲自己还是当时的各大学同事，都没有在这方面做出什么新的贡献。而且父亲纂写这部著作的时间，竟然是生活最艰苦的抗日战争时期。

父亲在1948年就成为中央研究院的院士，但是，一直到他去世，在父母亲的谈话中我从来没有一点印象。"文革"结束后很久，我才从各种有关文献中陆续看到对于这一段往事的回忆文章。《中央研究院组织法》对于院士的条件是"从全国学术界成绩卓异之人士选举之"，具体规定有两条：一、对所专习之学术有特殊发明或贡献者；二、对所专习学术机关之领导或主持五年以上者。他的论著前面已经叙述了，另外，他在1932—1937年一直担任北京大学生物学系教授兼主任。也许凭这些条件，北京大学在1948年4月就已经把第一批院士候选人名单报到当时的中央研究院，其中包括父亲。院士的选举是由中研院的评议员投票产生的，评议员分为当然评议员和聘任评议员，前者为院内专家，后者为国内各大院校和科研机构的著名学者。

在南京经过五轮投票，一直到1948年秋天产生第一届院士，共81人，生物组25人。从1948年9月23日与会院士在南京的合影中可以看出，包括父亲在内的许多人都没有到场。到场者仅48人，其中比较熟悉的有汤用彤先生，他是我老同学汤一玄的父亲，当时刚刚从美国回到上海，就近赶到南京与会。到会的人数如此的少，是和国民政府的时局不稳、经济状况恶化有关。当时，父亲和我住在城里，母亲在清华，教学和行政工作都离不开；同院的东邻，也是1920年与父亲同年毕业于清华、身穿灰布大褂的曾昭抡先生，还有小学同学钱仲兴的父亲钱端升先生，也都没有去。院士们大部分都是大学教授和研究所人员，是感受生活压力最重的人。国民党政府已经是风雨飘

1948年，父亲张景钺和母亲崔之兰在参加学术会议期间留影

摇，这第一届院士也是在大陆最后一届了。由于国民党政治上的无能，政治才没有过多地介入学术界，从院士的人选来看，政治色彩不浓厚，学术比较自由。新中国成立以后，在大陆的理科院士几乎全部当选了科学院的学部委员，人文科学的就要政治挂帅了。

父亲非常喜欢摄影，照片上的背景与人物配比和谐，质高景美，我们家的七大本相册，多半是父亲拍的作品。但是，后半生的照片几乎找不到。中老胡同的照片只记得有一张，以假山为背景，有我和孙捷先、闻立鑑以及其他几个小朋友，是135照片直接洗出来的，只有一点点大，经过几次搬家，再也找不到了。

父亲慈霭祥和的性格是与生俱来的，从不疾言厉色。我小时候数

我们全家和表姐雷崇立的合影，摄于1942年

学不大好，例如“鸡兔同笼”问题就是建立不起概念来，他都能够和蔼地用食指指点着书上的公式，慢慢地把概念与等式联系起来，尽管我进步不大，但是循循善诱的态度永志难忘。这样的例子太多，这里就不多说了。

母亲在清华任职时间不长，日军发动七七事变，北大清华南迁昆明，她后来在云南大学先后任教授和系主任。就是在这烽火连天的8年中，她不仅把原来仅有的植物系建成了包括动物系在内的比较完整的生物学系，而且继承了她在德国留学时严谨的学风，以身作则，精益求精。讲课条理清晰，层次分明，挂图形象生动，模型漂亮逼真。小时候放学回家路过她的实验室，吃惊地看见她用泥巴做成的胚胎模型是如此的漂亮和鲜艳，至今还有深刻的印象。因此，课程深受同学的欢迎。而且她还筹建了实验室和动物培养园，母亲养蝌蚪的大瓦缸就放在干燥的原护城河底的“培养园”中。每次走过云大西边的护城河与半毁的城墙间简易的篱笆后，就经常看见她穿着雪白的工作服，蹲在大缸边喂蝌蚪。这个实验基地在战争年月物资极为匮乏的条件下，是她一手草创的。我见她用小漏勺快速准确地捞起蝌蚪，用蜡封住放到切片机下，切成薄过蝉翼的蜡片，在显微镜下反复观察。她对教学和科研都十分重视，即使是在那些艰苦的年代，也兢兢业业，毫不放松。蝌蚪是她做实验的主要材料，倾注了毕生的精力，尤其在昆明的这几年，相对而言环境比较宁静，又正值盛年，这是最出成果的时期之一。1946年，她在英国《显微科学季刊》上连续发表了5篇有关“两栖类胚胎发育”问题的论文。这些工作推动了我国动物胚胎学的发展，也奠定了她在动物形态学领域的学术地位。父亲和母亲最主要的论文和研究工作几乎都是在昆明时期完成的。与20世纪五六十年代急功近利、拔苗助长的做法，以及今天大学富丽堂皇的建筑与昂贵精良的仪器设备相比，现在很难想象：那种简陋的条件和偏安一隅的闭塞环境怎么能够做出那样卓越的工作？汪曾祺先生说，就是自由、安宁。当然，还应该加上那个忧患时代的氛围和这样一批厚积薄发的学者。

父母亲的大学和留学经历都是在20世纪二三十年代，那时是以描述为主的生物形态学时代。他们也清醒地看到分子生物学时代的到来，传统的形态学面临着微观水平的重新解释。母亲曾经说过，希望有一个安静的晚年，以便退休以后能够重新学习这些新知识。但是，随着“文革”的到来，这样的晚年只能是美好的梦想。



## 尾 声

50多年后回眸，审视那个热情的时代，在新中国成立后不久的工业化大潮中，我们这一辈年轻人多半都选择了理工科作为自己的终身职业，成就有大小，但是都勤勤恳恳地工作了半个世纪。同时老一辈在政治上也太天真了，完全不懂政治是怎么一回事，就连我们这一辈年轻人也相当地天真。不过，天真有天真的好处，就像儿童一样，总是高高兴兴地过日子。

回溯当年，东西方文化的历史潮流在三大洋汹涌澎湃地相互冲击和融合，先辈们负笈西行，薪火东传，他们不同程度地都对中国文化的发展做出了很多贡献，他们也是科学和民主思想的传播者。民主是与君主相对立的法权观念，前者是不可能从封建社会自发地产生出来的。只有推翻了封建社会的独裁统治，民主的法权观念才可能在新社会逐步建立起来。中国受到几千年奴隶和封建社会的独裁统治，而且那些社会的统治者必然用国家机器来强化维护君主制度的全部文化。封建社会虽然被推翻了，但是代表封建文化的权力意识却不会自动退出历史舞台。历史往往在不断重复，从1911年到1976年，封建社会的幽灵就不止一次重新出现，这也是长期封建社会历史的延续和再现。

自20世纪二三十年代起，先辈追随前人的足迹，这一方向上做了他们力所能及的工作，由于历史的原因，他们在有的分支上成了国内头一批拓荒者；也由于历史的原因，他们在这方向上的努力是在内外环境都有相当局限性的条件下开创出来的。六七十年前的涓涓细流汇成今天的江河之势，自然和人文科学的洪流正穿山越岭、奔腾向前。

2003年9月底，我带着照相机重访故居，遗憾的是，中老胡同宿舍的老房子一间也没有了。30多年前去过一次，当时的老房子还有一多半，宿舍变成了一家皮鞋工厂。这回院子的轮廓还在，四周盖起来了两三层高的楼房，外表贴满了淡蓝色的马赛克，伴随着少年时光的满架紫藤、假山花坛，还有垂花门与抄手游廊围成的二进正房，全部被推平，故居的古雅风貌荡然无存。唯一可以回忆的只有那棵老槐树依然顽强地矗立在院子里。

呆立院中，秋风拂衣，50多年前的往事似乎伴着悠悠的白云慢慢回放。“先人已乘黄鹤去，此地空余老槐树。黄鹤一去不复返，云树茫然五十载。庭院深深何处觅，往事如烟梦中寻。庭树不知人去尽，春来还发旧时花。”回来以后，我写了这样一首打油诗，聊以遣兴。文化的沉淀像矿物的结晶，是一个缓慢而精细的过程。先人匆匆经过了辉煌而短暂的30年代，紧接着就是八年抗日烽火和三年内战，这以后现代社会的急功近利少有等待和宽容的时间，到了20年前才有一个比较宽松的环境，已经所余无几，及至今日，更是老成凋谢。

小学时学过的一首歌，在1948年前后，比较有历史感，抄在下面算是结束语吧：

一万里关山

秋风莽

又吹来

胡笳几拍悲声壮

斜日欲堕

立马高岗

回头了望

云水更苍茫

# 从中老胡同 32 号所想到的

费平成 | 法律系教授费青之子
曾居住于中老胡同32号内15号

我叫费平成，是费青教授的独子，今年刚好 62 岁，是为数不多在北平解放前夕出生在中老胡同 32 号的孩子之一。1949 年 1 月初，正是解放军围城的紧张时期，那时我母亲已经怀我有 7 个多月了。这天刚好赶上解放军往城里打炮，母亲为了躲避回家在院子里跑了几

费青与夫人叶筠在中老胡同32号垂花门前留影，摄于1946年冬

步，不小心摔了个大马趴。当即便被送到北大医院，不久我便呱呱坠地面见于世了。

我出生那年，父亲费青 43 岁，母亲叶筠 38 岁，是他们结婚十年后才生得的一子。听母亲说，这在当时的 32 号大院里成为轰动一时的大喜事。

我的父母是抗战胜利后随西南联大的教授们一起搬进 32 号大院的。在我的记忆中这是一个好大好大的院子。后来才知道，这原来是清朝一位嫔妃娘家的府邸。

一进 32 号院的大门，右侧是传达室，总有一个老爷爷在那里看门。每次父母带我回家，总是让我和他打招呼，有时还从他那里拿些报纸、信件什么的。老爷爷经常走出屋来，拍拍我的脸，摸摸我的头，至今让我记忆犹新。

两岁半的费平成在大院内假山上

大门的左侧是一排南房，门窗总是黑洞洞的，里面住的是什么人我不得而知。这排房子的对面是一座非常漂亮的垂花门，大院里的好多家人都在这里留过影，我的父母也不例外。垂花门的里面是个四合院，非常规整气派，我当年的小朋友小橘子、小苹果（余振鹏教授的侄女）就住在北面的大房子里。

从垂花门往东经过一个小夹道便是一大块空地，南面是一座假山，我曾在那里玩过捉迷藏。北面好远好远处是一个高台阶，上面有一副大藤萝架和一幢大房子，这里就是我幼年时唯一上过的幼儿园。在那里，留下我许多童年的记忆。那时的幼儿园，中午饭要各家自己送。我爸爸每天中午按时来给我送饭，手里总是提着一个组合式的铝制饭盒。这个饭盒设计得十分巧妙，下面一层最深，是装菜汤用的；第二层是两个月牙形的小盒，可装一荤一素两个小菜；第三层是一个扁圆盒是装主食的；然后是饭盒盖和一个倒扣着的小碗；饭盒的侧面还有一对插筷子的孔架，真可谓配置齐全。后来，这个饭盒一直伴随着我，沿用到小学毕业。

7 岁的费平成与母亲在幼儿园藤萝架前

我在幼儿园里，画画得特别好，经常受到老师的表扬。我的好多张画都被贴在教室的墙上向大家展示，那是我爸爸最得意的事了。

我们的幼儿园活动搞得很丰富，一到过年过节，老师就带着我们布置教室。在那里我学会了用皱纹纸做成彩链挂在房顶上，增加节日的喜庆气氛。还学会了用彩色纸糊成大礼包，里面装上各位家长送来的小礼品，在“六一”儿童节那天发给大家。平时，幼儿园的老师还经常领我们到北大红楼后面的民主广场，看大学生上体育，到沙坑里做游戏。

32 号大院里垂花门的西边是一大片花圃，里面是吴之椿伯伯种的各种花卉。给我印象最深的是大丽花和喇叭花，一个艳丽挺拔、热情奔放，一个柔弱蜿延、乖巧含蓄。每次随家人走过那里总是忍不住要多看上几眼。

走过这片花圃，便到了我家的屋后。我家的住房原是一排坐东朝西三大开间的起脊瓦房。在我出生前，由父亲自己出资在南面开间处往西，又接出两间平顶瓦房。整个建筑便成了“L”形。大门朝西，

北大教工幼儿园小朋友在红楼后面的民主广场上玩耍

开在原瓦房的正中间，一进门是饭厅，北边一间是客厅，南面一间是我和妈妈的卧室。新接出的两间，一间是爸爸的书房兼卧室，一间是我家的储藏室。卫生间和厨房则分别在客厅和餐厅的后面。

我家的大门前也有一个小花园，最引人注目的是其中的一棵紫丁香。据妈妈说，这是他们搬进中老胡同那年由我爸爸亲手栽种的。每年春天丁香花开时，我家门前清香扑鼻，确实叫人心旷神怡。

我的父亲费青在北平解放前是北京大学的进步教授之一。北平解放后，曾任该校的法律系主任。随着高等院校的院系调整，到北京政法学院任教务长，并兼任政务院法制委员会的特别委员、《新建设》杂志总编。北平解放后参加中国民主同盟。

父亲共有 11 个同父异母的兄弟姐妹，其中有 4 位比较出名。

大哥费振东，学生时代因闹学潮被军阀孙传芳通缉，被迫到南洋避难。抗战时期加入民盟，领导民盟南洋支部为抗战捐款。北平解放前夕回国，曾任全国政协委员，在民盟《光明日报》的印刷厂任厂长。后主持创建北京“华侨补习学校”，成为该校的第一任校长。“反右”时被打成“右派”,“十年动乱”中被“四人帮”迫害致死，享年 70 岁。

费青教授

二姐费达生，我国著名的丝绸专家，苏州市政协副主席，曾任苏州大学丝绸工学院副院长、顾问。一生致力于桑蚕的养殖、培育和丝纺工业的研究、发展，被誉为“中国现代的黄道婆”。2005 年逝于江苏浒墅关家中，享年 103 岁。

五弟费孝通，我国著名的人类学、社会学专家，清华大学教授，曾任全国人大副委员长、民盟中央主席。一生“志在富民”，自青年时代起，用自己毕生的精力深入调查研究，探索、总结出我国亿万农民发展致富的模式和规律。他 1935 年发表的著名论文《江村经济》，早已成为全世界了解近代中国农村经济发展的一篇瞩目之作。改革开放以来，他更加广泛地研究我国不同地域农村、小城镇以及大中城市的经济发展规律，先后发表了《小商品　大市场》《小城镇　大问题》以及有关在新时期农村、城市“社区建设”等一系列重要论著，为我国新时期的经济发展起到了积极的推动作用。2005 年病逝于北京，享年 95 岁。

费平成半岁，叔叔费孝通来中老胡同32号时合影

新中国成立初期，我国著名诗人柳亚子曾为费振东、费青、费孝通三兄弟写了一首七律：“松陵门第旧高华，三凤齐飞汝最遐；季子北平同讲学，长君南海早乘槎。交情远溯追名父，亲谊还应念舅家。漫笑文人封建习，一诗题赠喜天涯。”诗中的“三凤”就指的是他们三兄弟。

我的父亲费青因出生在江南的知识分子家庭，自幼受到新思想的熏陶，思想活跃，爱好广泛。青年时代又受大哥进步思想的影响，结交了一批思想进步的热血青年，经常组织和参与当年的进步学生运动。大学毕业前夕，又和五弟费孝通一起报考“庚款”，中取后到德国留学攻读“国际法律”，毕业后回国到燕京大学法律系任教。抗战期间随学校南迁到昆明，在西南联大执教“国际法”。

抗战胜利后，我父亲回京搬入中老胡同 32 号——这个北大进步教授云集的大宅院，使他有更多的机会参加到反对国民党反动派独裁统治、要求民主自由的进步活动之中。

在他的学生中，有几个中共地下党。他得知后便主动帮助这些学生秘密开展革命活动。听母亲说，学生们开会用的文件资料都曾经藏匿在我家储藏室屋顶的夹层中。父亲还通过自己的老同学吴晗，把一些进步学生送往延安。

听母亲说，有一次画家徐悲鸿找到父亲，说是他的四个学生被国民党特务抓了，硬说他们是在开共产党的会，还找来几个假证人，要公开审理定罪。希望我父亲能作为律师出庭为他们辩护。父亲了解情况后毅然出庭辩护，他要求法官将几个证人分开，分别画出学生开会地点的地形图。结果几张地图大相径庭，弄得国民党特务尴尬不已，法官只好当庭宣布释放了其中的三名学生。从此徐悲鸿与我父亲成了好朋友，不但送给我父亲他的一张亲笔画，还在我出生后专门买了一辆婴儿车送到中老胡同 32 号的我家。

许多年长的人都还记得北平解放前轰动全国的东单广场“沈崇事

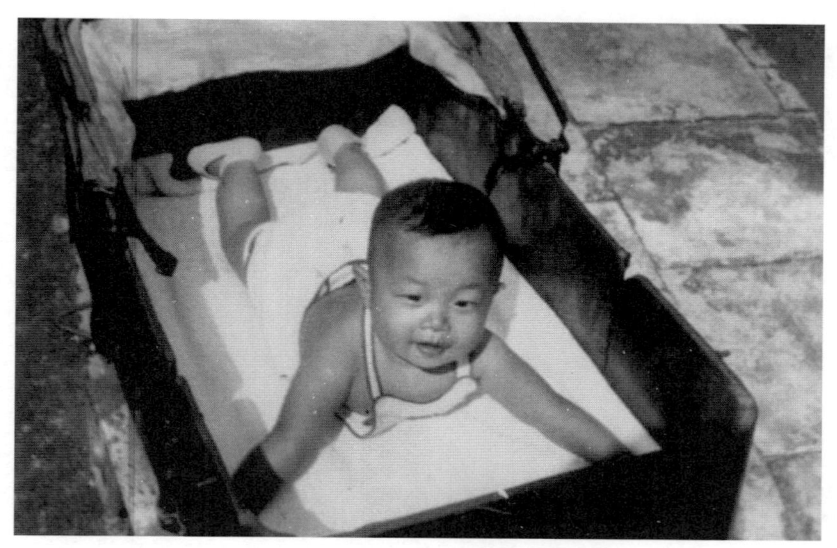

费平成在徐悲鸿所送童车里，当时7个月



件”。事出后沈崇的父母托人找到我父亲，特聘他作为沈崇的律师出庭痛斥美国大兵的流氓行径，为中国的女学生讨回公道。当时我父亲正值哮喘复发行动十分困难，但还是义愤填膺地连夜赶写辩护书，准备赴法庭伸张正义。此事件后因反动当局的极力阻挠未能在中国的法庭公开审理。但父亲不畏权势、主持正义、奋不顾身的高尚品格却永远留在人们的记忆中。

新中国成立后，由于父亲在国内法学界的威望和地位，被中央人民政府任命为首届法制委员会特别委员，在协助董必武起草我国第一部《宪法》的过程中，起到了重要的作用，并同时担任第一、二届全国政协委员，为新中国的建设和发展建言献策。1954 年由于父亲的哮喘病重，被国家安排到太湖疗养院疗养，暂时脱离了社会的各类政治生活。

1957 年，国内“反右”之风大作，本已疗养痊愈准备返京的父亲，忽在《人民日报》上看见自己的兄弟费振东、费孝通一日之内均被打成“右派”。一气之下旧病复发，一时高烧不退、呼吸衰竭，经全力抢救无效不幸逝世，享年 51 岁。由于他对国家的贡献，死后骨灰被安葬于北京八宝山革命公墓。

中老胡同 32 号，是我的出生地，它留给我的只是童年的记忆，短暂而又美好。

我将永远把它记在心底，直到永远……

# 中老胡同32号忆旧

孙　超　孙北松

孙超口述　孙北松记录整理
地质系教授孙云铸之子及孙女
曾居住于中老胡同32号内16号

## 一　童年的回忆

抗战胜利后，我于1946年跟随父母从昆明西南联合大学，回到位于北平沙滩的中老胡同32号内16号。当时我只有13岁，在这里，我们全家度过了十年春秋，直至1956年才搬离。

居住在中老胡同期间，我的父亲孙云铸任北京大学地质学系主任，母亲杨为方是北京大学教务处职员。父母非常忙碌，就是这样他们也时常关心我的生活和学习。

我在中老胡同时是快乐的幸福的。记得江丕权（江泽涵伯伯次子）家住在17号，是我家的邻居。我们俩相差一岁，年龄相近，无话不说，从小就是玩伴儿。

大院里有个会议室，大人们经常在那里开会，我母亲经常作为我家代表去参加大院的会议。过年还会举行团拜及晚会，节目精彩纷呈。

会议室周围的假山和藤萝架是我们这群玩伴儿经常光顾的地方，假山边上有个抽水井，我们常常抽水，用水桶接水后去浇各家种的树木花草，我现在还清楚记得我们家曾经种过夜来香什么的。

假山南边有个小广场是我们的运动场。我们在那里玩皮球、抓俘虏……春夏秋经常打棒球，不小心就会打碎贺麟伯伯家的玻璃；冬天我们在小广场上泼水滑冰，好一段快乐无忧的日子。

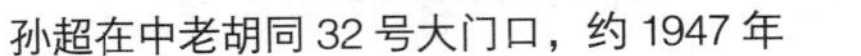
孙超在中老胡同 32 号大门口，约 1947 年

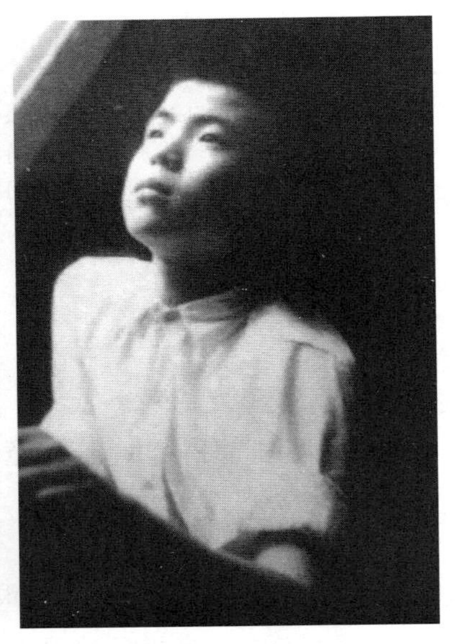
孙超在中老胡同家中，约1947年

童年的时光那么美好，现在回想起来还记忆犹新，历历在目。在中老胡同居住的那段时光，会永远刻在我的脑海里。

## 二　怀念我的父亲母亲

我有一个温馨的三口之家——父亲、母亲和我。如今父母已经远去，我也进入了耄耋之年，但父亲母亲永远活在我的心中。

我的父亲孙云铸，1895 年 10 月 1 日生于江苏高邮，1979 年 1 月 6 日于北京病逝，享年 84 岁。

父亲是中国著名古生物学家和地质学家，中国古生物学和地质学的奠基人之一，同时又是一位影响深远的地质教育家，长期以来为培养我国地质人才做出了贡献。

父亲是中国地质学会的创始人之一，历任教授，地质部教育司司

三人全家福，西南联大时期



长，中国科学院学部委员，中国地质科学院副院长，第三届全国人大代表，第二届、第三届全国政协委员，九三学社中央委员。

父亲于 1920 年以优异成绩毕业于北京大学地质学系，之后留校任教，并同时任职农商部地质调查所。1926 年赴德国留学，1927 年获哈勒大学博士学位，回国后任北京大学地质古生物学教授。1937 年抗日战争爆发，北京大学南迁，在昆明与清华大学、南开大学一起成立西南联合大学，父亲担任地质地理气象学系教授兼主任。1946 年北京大学复校后，孙云铸担任地质学系教授兼主任。中华人民共和国成立后，孙云铸继续在北大任原职，还兼任中国地质工作计划指导委员会委员。

1952 年，孙云铸出任地质部教育司司长。1955 年，孙云铸当选为中国科学院生物地质学部委员及中国科学院生物学地学部的学部委员。1960 年，孙云铸又任地质部地质科学研究院副院长兼地层古生物研究室主任，研究古生物学、地层学，直至 1979 年病逝。

1929 年，父亲倡议成立中国古生物学会，并任第一任理事长。1952 年中国海洋湖泊学会成立，他是第一任理事长。1978 年他又被中国海洋湖沼学会推荐为名誉理事长，并多年担任北京地质学会理事长。他还曾与李四光一道出席世界地质和古生物学会议，并被选为国际古生物协会副主席（1948—1952）。1958 年当选为苏联古生物学会名誉会员。

父亲自 1918 年入北京大学地质学系至 1979 年逝世，在中国地质界的活动超过 60 年。他对古生物学和地层学的贡献是多方面的，在不少领域他的工作是开创性的。父亲在地质教育方面的贡献有深远影响。他在北京大学执教 30 余年，几代地质学者都受教于他，中国有名的地层学家和古生物学家大多数是他的学生。

父亲在学术上的主要贡献是在古生物学和地层学方面。他长期从事教学和科研活动，总能将教学和科研两个方面很好地结合起来，既出成果又出人才。

孙云铸，摄于1926年

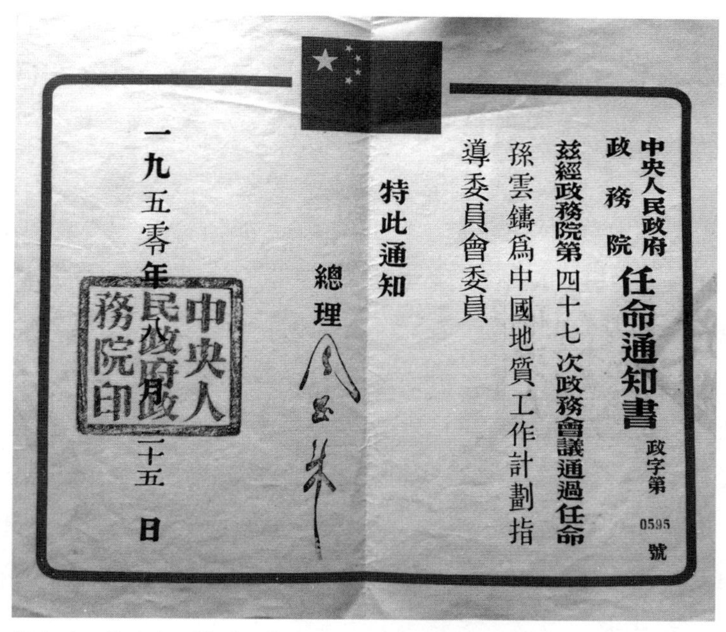
中央人民政府
政務院 任命通知書
政字第 0595 號

茲經政務院第四十七次政務會議通過任命
孫雲鑄爲中國地質工作計劃指導委員會委員

特此通知

總理 周恩來

一九五零年 月二十五日

中央人民政府政務院印

任命孙云铸为中国地质工作计划指导委员会委员的通知书，1950年8月25日

中國科學院聘任書

茲聘請孫雲鑄
爲本院生物學地學部委員

000113

院長 郭沫若

一九五五年六月 日

中國科學院

聘请孙云铸为中国科学院生物学地学部委员的聘任书，1955年6月1日

父亲的学术著作超过 100 种。其主要著作包括古生物学 24 种，地层学 16 种，古生物地理 3 种，大地构造 1 种，学科理论综述等 11 种。在古生物学著作中，有《中国古生物志》专著 6 种，其中三叶虫 3 种，笔石 2 种，珊瑚 1 种。

几十年中，父亲为了科学事业，为了祖国的发展和人民的利益忘我地工作，为祖国的古生物学、地层学和地质学教育事业做出了杰出的贡献。

我的母亲杨为方，1906 年生于上海，曾在上海教会学校就读，毕业后留校任教。1932 年与父亲结为夫妻，婚后在家相夫教子。抗战爆发后，1938 年母亲带着我从北京路经上海最后到达昆明，与父亲团聚。母亲后来担任昆华小学的教员，她也是我的第一个老师。她教我的第一首儿歌，我现在还能脱口而出：“小猫叫，小狗跳，小弟弟见了哈哈笑……”

孙云铸在野外从事地质勘查

孙云铸晚年照片



抗战胜利后，我们全家于1946年回到北平。北平解放前夕，母亲任职于北京大学教务处。

全国解放后，母亲参加过动员留美学生回国建设祖国的活动。当时我五叔叔就是在母亲的动员下，带领其他留美同学一同回国，投入到建设祖国的洪流中。母亲同时也参加了帮助恢复许多科学学会以及筹建新学会的工作，后来在中国科协当秘书，并任中国科技馆筹备处主任。

我1933年8月29日生于北京。受父母教导和影响，从小就一直努力学习。在中老胡同期间先后就读于北京四中与北师大附中，1949年高中二年级时以同等学力参加了大学入学考试，并以高分考入北京大学物理学系；1952年毕业后，分配至中国科学院地球物理研究所工作。

1956—1961年，我被派往苏联科学院流体力学研究所学习和工作。从此，我告别了居住十年之久的中老胡同32号。

孙云铸杨为方夫妇

母亲杨为方

纪念孙云铸教授诞辰100周年座谈会代表合影

# 中老胡同 32 号宿舍考

江丕栋　江丕权　数学系教授江泽涵之子
曾居住于中老胡同32号内17号

## 一　前言

离开中老胡同 32 号已逾半个世纪，但许多人还常常想起她。

早在 20 世纪 80 年代末期，江丕权与母亲蒋守方回忆将近 40 年前的中老胡同宿舍住户，画了一张简图。后来还曾经分别与张企明、闻立树、沈虎雏、贺美英等（见下图）等共同回忆。

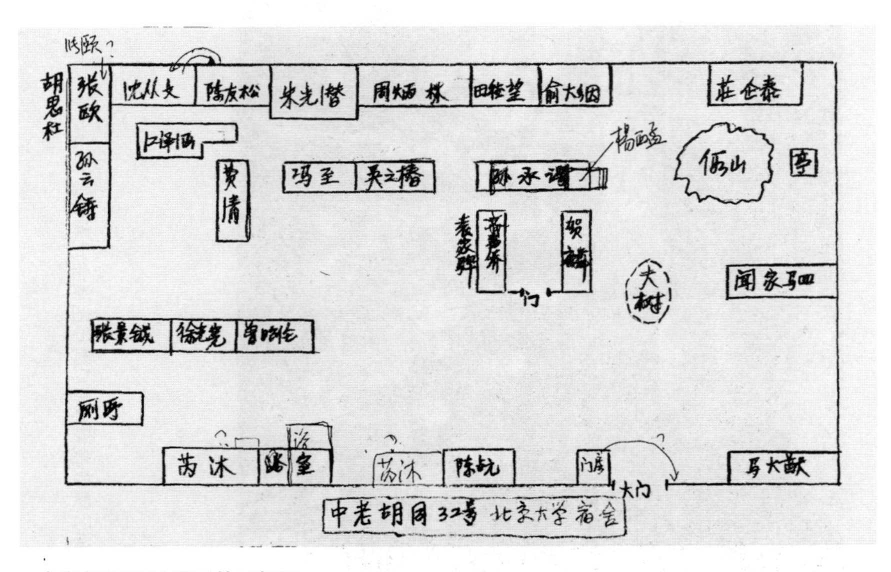


中老胡同32号最早的回忆图

沈虎雏在2003年岁末所画的中老胡同32号布局图，虽然房号和住户姓名不十分准确，但相当完整地画出了50年前全大院的房屋格局，特别是大院中的各种设施都画在了图上。对于所给出的住户情况，闻立树做了修正。

2004年年初，在北京大学档案馆查到1946年的北京大学校址草图，其中包括中老胡同宿舍。于是院中房屋布局就有了可靠的依据，从而转换出大院房屋的平面图。

后来，张企明根据由蓝图加工后得出的平面图，又精心画了一张整个大院所有房屋的立面图，有了更为直观的形象（见本书第19页之图4）。

对于住户的名单，是在北京大学文库查到了新中国成立前后的北京大学教职员录后，才有了部分依据。

历时几年，经过大家不断地回忆、沟通，以及调查、访问、分析，最后综合起来，才能够勾勒出较为接近历史情况的全貌。

## 二 追忆及查考

### （一）房屋布局

以沈虎雏的“中老胡同32号布局回忆”作为基础，为了进一步核实，要设法找到该大院的图纸。

2004年年初，江丕栋在北京大学档案馆查到一张很大的蓝图，“国立北京大学校址草图”，图左下标明“中华民国三十五年九月测制”。该图的范围包括了北京大学的整个沙滩校区。由该图的局部，得到了中老胡同32号宿舍的房屋轮廓图。经过加工，就可以得到房屋轮廓白图，即中老胡同32号宿舍的平面图（见本书第19页之图3）。

可以看出，沈虎雏的“中老胡同32号布局回忆”的房屋布局，

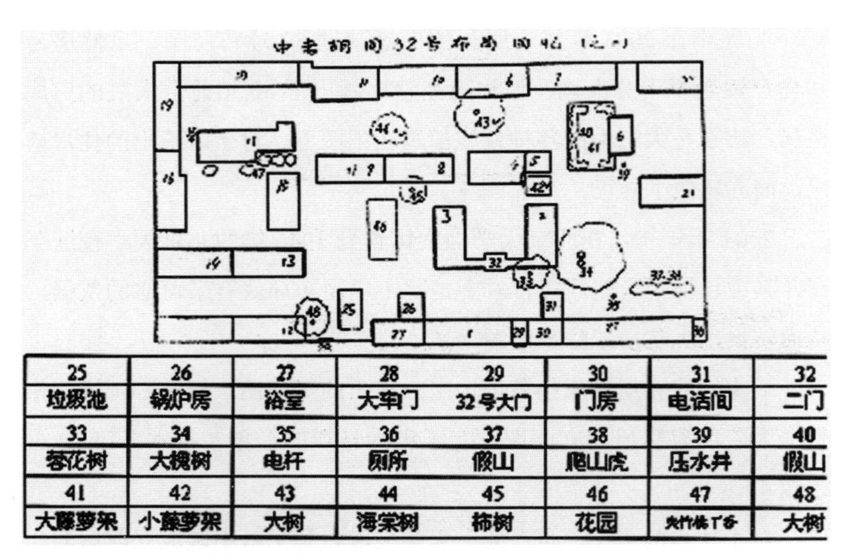


| 25 | 26 | 27 | 28 | 29 | 30 | 31 | 32 |
|---|---|---|---|---|---|---|---|
| 垃圾池 | 锅炉房 | 浴室 | 大车门 | 32号大门 | 门房 | 电话间 | 二门 |
| 33 | 34 | 35 | 36 | 37 | 38 | 39 | 40 |
| 蓉花树 | 大槐树 | 电杆 | 厕所 | 假山 | 爬山虎 | 压水井 | 假山 |
| 41 | 42 | 43 | 44 | 45 | 46 | 47 | 48 |
| 大藤萝架 | 小藤萝架 | 大树 | 海棠树 | 柿树 | 花园 | 夹竹桃丁香 | 大树 |

中老胡同32号布局回忆

与实际情况是基本符合的。

此大院有两个门，西边的大门供车出入，门牌是33号，平常不开；东边的门有门楼和台阶，供人经常出入，门牌是32号。故原名33号宿舍，却被普遍改称为“中老胡同32号宿舍”。

### （二）确定当年住户

由于时间久远，住户流动性又较大，有的住户在院中搬了两三次家，有的一个住宅前后换了三四个住户等，导致各人记忆不尽相同。经过多方回忆，反复沟通与商讨，使得确定各个住宅住户的过程，经历了很长的时间。

这个过程，较容易联系到的当年的小伙伴们都逐渐参与了进来，如陈莹、陈琚理（朱理）、沈龙朱、沈虎雏、闻立树、彭鸿远、杨景宜、朱世嘉、周北凡等。还特别访问了目前健在的父辈，如芮沐、周佩仪、徐光宪、张祥保、田淑英等。他们都满怀热情地回忆当年邻居们的情况和彼此间的友情。

经过当年的青少年院友的回忆和相互间反复交流，以及访问健在的老人，搜集回忆起来的住户名不断增多。

我们这一辈人最年长的周北凡，热心地提供了几位住户，特别是在西北角的那个小房子（19 号）前后住过的几位。

2004 年 3 月，访问了当时年近九旬的张祥保阿姨，她手画了她们家当时的平面图和家具的布置情况，还借给我们许多当时的老照片。还拜访了年近九旬的田淑英老太太，此前去过电话，她就反复跟家人念叨“要回电话”；当见面后，老人不断忆述当年的情景，还反复讲述她“两次做手术时院里大家凑钱支援”的情形。两位老人对她们前后住户的回忆，为我们判断住户变动最频繁的几个房子——如 5 号和 22 号——的住户变动情况，提供了很大帮助。

住户名单不断增多，但是时隔 50 年，大家的记忆总会多少有差异；要彻底弄清楚，总得要有可靠的根据。

2004 年 2 月，江丕栋在北京大学图书馆找到了 1948 年 5 月和 1952 年 12 月编印的北京大学教职员录（马秉焘还找出他父亲马寿枞生前留存的教职员录和一张正误表），由此可以用来可靠地证实在 1948 年 5 月和 1950 年 12 月这两个时间点的住户情况。

听说徐光宪、高小霞先生也在中老胡同 32 号住过，但经查阅 1947 年和 1950 年的北京大学的教职员名录，却并没有见到他们的名字。原来徐先生夫妇 1950 年自美返国到北大任教，但宿舍难以解决，先是 4 号的孙承谔先生借给徐先生一间朝北的大房间居住，后又承 13 号曾昭抡先生让出自己部分房间给徐先生住（孙捷先后来还画了一张 4 号的平面图，借徐先生住的一间朝北的房间，开门正好对着朱家）。从 2004 年起我们拜访徐先生多次，每次徐老都热情接待我们，并总是说，虽已经隔了 50 年了，对中老胡同依然很留恋。

1950 年的教职员录显示黄枬森、杨祖陶等居住在“中老胡同宿舍”。后来电话访问才知道，当时他们在西洋哲学名著编译委员会，位于中老胡同32号斜对面的25号。北京大学在中老胡同并非只有这一个院子。

例如，《国立北京大学三十六年度教职员录》中的教务处成绩课课员杨惠芳（女，38岁），住址也是“中老胡同宿舍”，而其电话也是“4-3202”，然而我们却未能回忆出此住户。[①]

但是，接近一半的房屋都有过住户的迁动，要想逐步接近历史的全貌，还是需要依靠大家提供的、能够得到互相验证的记忆。





不久前（2010年夏）听孙超说，唐敖庆先生也曾在中老胡同32号居住过，但此情况还未得到他人的附议。

最后综合两份教职员名录以及大家的追忆，归纳出1946—1952年（北京大学迁往海淀）期间，在此宿舍居住过的住户情况。除了当时的户主（家长）姓名，还包括他们的配偶及在这段时间内子女的姓名（见本书附录1“北京大学中老胡同32号宿舍住户人员表”）。

各户的迁入、迁出，及在宿舍内的迁移，在广泛了解后（主要根据各户自己的记忆），归纳出来一个“北京大学中老胡同32号宿舍住户分期表”（表1）。鉴于很多数据出自头脑中的记忆，其确定性可能会低些。

这20多户的住房，先后居住过30多户北京大学的文、理、法、工学院的教授、个别副教授和职员，其中包括学校的训导长和教务长，有文、理、法、工学院的院长（含代理），有哲学、西方语文学、数学、化学、植物、地质、法律、电机等系的12位主任（含代理）。见表2“行政任职表”。

① 本书出版后才知道16号之“杨惠芳”后改名“杨为方”。

表1　北京大学中老胡同32号宿舍住户分期表（1946—1952）

| 房号 | 户主 | 配偶 | 迁入时 | 何处来 | 之前 | 1947 年教职员录 | 1950 年 12 月教职员录 | 1952 年秋以前 | 迁走时 | 去何处 | |
|---|---|---|---|---|---|---|---|---|---|---|---|
| 1 | 陈振汉 | 崔书香 | | | √ | × | | | 1947 年冬前 | 燕京大学 | |
| | 陈占元 | 郑学诗 | | 本院 12 号 | | √ | √ | | 1952 年 11 月 | 北大朗润园 | |
| 2 | 贺　麟 | 刘自芳 | 1946 年 10 月 | | | √ | √ | | 1952 年秋 | 北大燕东园 | |
| 3 | 袁家骅 | 钱国英 | | 北大东斋 | | √ | √ | | 1954 年 | 北大承泽园 | |
| 4 | 孙承谔 | 黄淑清 | | 北大东斋 | | √ | √ | | 1952 年秋 | 北大燕东园 | |
| 5 | 杨西孟 | 邓昭度 | 1946 年 | | √ | | | | 1947 年 | 美国、重庆 | |
| | 张　颐 | 李　琦 | | 本院 19 号 | | √ | — | | 新中国成立前 | 四川 | |
| | 王岷源 | 张祥保 | 1949 年春 | 红楼 | | | √ | | 1952 年 9 月 | 北大中关园 | |
| 6 | 朱光潜 | 奚今吾 | 1946 年底至 1947 年春 | 北大东斋 | | √ | √ | | 1952 年秋 | 北大燕东园 | |
| 7 | 俞大缜 | | 1946 年 10 月 | 重庆南京 | | √ | — | | 1948 年下？ | | |
| | 李铭新 | | 1948 年下 | 本院 19 号 | | √ | | | | 医科院南锣鼓巷 | |
| | 田德望 | 刘玉娟 | | | | | √ | | | 北大朗润园 | |

（续表）

| 房号 | 户主 | 配偶 | 迁入时 | 何处来 | 之前 | 1947年教职员录 | 1950年12月教职员录 | 1952年秋以前 | 迁走时 | 去何处 | |
|---|---|---|---|---|---|---|---|---|---|---|---|
| 8 | 吴之椿 | 欧阳采薇 | | | | √ | √ | | 1961年 | | |
| 9 | 冯　至 | 姚可崑 | | 北大东斋 | | √ | √ | | | 北大燕东园 | |
| 10 | 周炳琳 | 魏　璧 | | | | √ | √ | | 1952年秋 | 北大燕园 | |
| 11 | 陈友松 | 朱良菊 | 1946年 | | | √ | — | | 1950年年初 | 小酱坊胡同 | |
| | 张禾瑞 | （德国裔） | | | | | | | 1950年12月前 | 魏家胡同 | |
| | 李绍鹏 | （日本裔） | | 本院22号 | | | √ | | 1951年秋 | 清华新林院 | |
| 12 | 陈占元 | 郑学诗 | 1946年11月 | 广东 | √ | | | | | 本院1号 | |
| | 芮　沐 | 周佩仪 | 1947年年末 | | | √ | √ | | 1954年 | 北大镜春园 | |
| 13 | 蔡枢衡 | 陈和慧 | | | | √ | | | | | |
| | 曾昭抡 | 俞大絪 | | | | | √ | | | 北大燕东园 | |
| | 徐光宪 | 高小霞 | 1951年9月 | 红楼 | | × | × | √ | 1952年秋 | 北大中关园 | |

（续表）

| 房号 | 户主 | 配偶 | 迁入时 | 何处来 | 之前 | 1947年教职员录 | 1950年12月教职员录 | 1952年秋以前 | 迁走时 | 去何处 | |
|---|---|---|---|---|---|---|---|---|---|---|---|
| 14 | 吴素萱 | | | | √ | | | | 1947年秋前 | 英国 | |
| | 张景钺 | 崔之兰 | 1947年秋 | 府学胡同 | | √ | √ | | 1952年秋 | 北大燕东园 | |
| 15 | 费　青 | 叶　筠 | | | | √ | √ | | | | |
| 16 | 孙云铸 | 杨惠芳 | | | | √ | √ | | 1956年后 | | 杨惠芳即杨为方 |
| 17 | 江泽涵 | 蒋守方 | | 北大东斋 | | √ | √ | | 1952年秋 | 北大燕南园 | |
| 18 | 沈从文 | 张兆和 | 1947年年初 | 南方 | | √ | | | 1951年年末至1952年年初 | 交道口 | |
| | （印度籍教授） | | | | | | | √ | | | |
| 19 | 张　颐 | 李　琦 | | | | √ | — | | | 本院5号 | |
| | 李铭新 | | 1947年年末 | | | √ | | | 1948年下 | 本院7号 | |
| | 杨西孟 | 邓昭度 | | | | | | | | | |

（续表）

| 房号 | 户主 | 配偶 | 迁入时 | 何处来 | 之前 | 1947年教职员录 | 1950年12月教职员录 | 1952年秋以前 | 迁走时 | 去何处 | |
|---|---|---|---|---|---|---|---|---|---|---|---|
| 19 | 胡思杜[1] | | 1949年后 | | | | | | | 华北人民革命大学 | |
| | 刘椿年 | | | 腊库 | | × | √ | | | | |
| 20 | 庄圻泰 | 于希民 | 1946年10月 | | | √ | √ | | 1952年秋 | 北大中关园 | |
| 21 | 闻家驷 | 刘春畹 | | | | √ | √ | | 1952年秋 | 北大朗润园 | |
| 22 | 马大猷 | 王荣和 | | | | √ | × 黄米胡同 | | | 黄米胡同 | |
| | 李绍鹏 | （日本裔） | 1949年春 | | | | | | | | |
| | 杨西孟 | 邓昭度 | 1949年 | 19号 | | | | | | 香港 | |
| | 马寿枞 | 田淑英 | 北平解放后 | 猪市大街 | | × 鸡市口三条 | √ | √ | 1952年10月2日 | 成府槐树街 | |

1　胡思杜曾任职文学院史学系抗战史料征辑会编辑员。见北京大学文库藏《国立北京大学三十□年□月份在职教职员总名册》。

**表2　行政任职表**

| 姓　名 | | 任　职 | 资料来源 |
|---|---|---|---|
| 1946年复校后 | | | |
| 贺　麟 | | 哲学系代主任、训导长 | 《国立北京大学三十六年度教职员录》（1948年5月）<br>《北京大学纪事（1898—1997）》上册，北京大学出版社1998年版 |
| 朱光潜 | | 文学院代理院长<br>西方语文学系教授兼主任 | |
| 周炳琳 | | 法学院院长兼代理法律系主任<br>政治学系主任 | |
| 马大猷 | | 工学院院长<br>电机工程学系主任（代） | |
| 江泽涵 | | 数学系教授兼主任<br>理学院院长（代） | |
| 曾昭抡 | | 化学系主任 | |
| 孙承谔 | | 化学系主任（代） | |
| 孙云铸 | | 地质学系主任 | |
| 张景钺 | | 植物学系主任 | |
| 1949年北平市解放后 | | | |
| 曾昭抡 | 校务委员会常委 | 化学系教授兼主任、教务长 | 《北京大学教职员录》（1950年12月）<br>《北京大学纪事（1898—1997）》上册，北京大学出版社1998年版 |
| 闻家驷 | 校务委员会常委 | 西方语文学系教授兼主任 | |
| 费　青 | 校务委员会委员 | 法律系教授兼主任 | |
| 马大猷 | 校委会委员、常委 | 工学院院长<br>电机工程学系主任（代） | |
| 张景钺 | | 理学院代理院长<br>植物系教授兼主任、教务长 | |
| 江泽涵 | | 数学系教授兼主任 | |
| 孙云铸 | | 地质学系教授兼主任 | |
| 孙承谔 | | 化学系主任 | |
| 冯　至 | | 西方语文学系教授兼主任 | |

## （三）综合

通过沈虎雏的“中老胡同 32 号布局回忆”，将院内的一些设施和景观，与中老胡同 33 号宿舍的平面图相结合，加上各房屋的先后所居住户户主姓名，就得到本书附录 2“北京大学中老胡同 32 号宿舍内房号及住户分布图”（见本书第 533 页）。

# 三　历史由来



## （一）抗战前：清朝皇妃娘家府邸

北京沙滩中老胡同 32 号、33 号是由几个多进的四合院组成的一座大院落。当年在此居住时，就听说这里曾经是清末光绪帝的皇妃珍、瑾二妃的娘家府邸。据传说，瑾妃和珍妃经常登上景山，遥望中老胡同家中的大树，寄托对父母的思念[①]。通过互联网看到“珍妃纪念馆”[②]和唐海炘的文章[③]，表明确有其事。皇妃的母亲按约定，在中老胡同（32 号及 33 号旁门）这套住宅东院花园里假山亭子上，用望远镜向西南故宫方向瞭望。母亲每次都要看到瑾妃下楼回宫，才放下望远镜，再往西南方向望好一阵子才含泪走下亭子。就这样年复一年地望了多年，直到瑾妃病倒，家里人怕母亲知道后伤心，就再三劝阻，母亲这时也病魔缠身，才算罢休。

但这终归是故事传说以及网上的介绍，直到有幸得到瑾妃和珍妃的侄孙女唐小曼女士关于中老胡同 32 号大院的详细回忆，才使我们了解到有关这座大院的历史沿革，同时还知道了大院自 1943 年起

① 朱燕：《中老胡同 32 号——童年杂记》，《北京纪事》2001 年第 4 期。

② “珍妃纪念馆”活动年谱，http://mem.netor.com/m/lifes/adinde×.asp?BoardID=7858。

③ 唐海炘：《我的两位姑母——珍妃、瑾妃》，《书摘》2001 年 2 月（摘自《风俗趣闻》，北京出版社 2000 年版）。

就被日本侵略者霸占的事实。

### （二）抗战后：北京大学教员宿舍

怎么会成为北京大学的宿舍呢？北京大学的校舍又为什么在北平城内这么分散呢？我们查阅了《北京大学纪事（1898—1997）》上册，其中有以下的记载。

在抗战胜利复员回到北平后，北京大学校址不敷使用。诸事待兴，解决校舍、宿舍，是头等大事之一。北京大学就向当时的北平行营主任、第11战区司令长官及北平市长提出拨借或定价收购民房或敌伪产业，并请将北平市内的一些指定区域内的敌伪房产尽先拨归本校收购（1946年6月13日京字37号代电）；后又扩大了考虑收买区的范围（1946年7月11日京字102号代电）。[①]

接收一处房屋，要经过重重手续，要由敌伪产业处理局核准，已接收房屋的单位移交，最后在信托局办理手续。最终北大争取到分布在市区各处的一批房产，中老胡同宿舍就是这样争取来的多处房屋之一。

接收房屋的交通部系统，平津铁路管理局午9903总产代电向国民政府军事委员会北平行营报告称："查接管卷内本局中老胡同32、33号房舍计107间，经奉交通部令拨借与北京大学应用，并于本年5月21日移交该校……"

再申请敌伪产业处理局核准。1946年5月22日，北京大学代理校长傅斯年公函致河北平津区敌伪产业处理局："查中老胡同三十二号房舍系敌性产业，经交通部平津区特派员办公处拨交敝校应用业已接收清楚，相应函达查照，即请赐予备案。"河北平津区敌伪产业处理局局长以平三10703号公函答复北大京字第18号公函："查中老胡

① 《北京大学纪事（1898—1997）》上册，北京大学出版社1998年版。

同 32 及 33 号房屋业经本局于 6 月 17 日平三 8053 号函复准予借用在案，即请迳向中央信托局北平分局办借用手续……”

7 月，北京大学代校长傅斯年为中央信托局北平分局立房产家具借用书：“河北平津区敌伪产业处理局核定，向中央信托局北平分局借到北平市景山东街中老胡同门牌 32 号房屋一所，计面积 2000 平方尺。内有房 107 间，建筑完整（附属家具设备另单开列），以为办公之用。……立借用书以为据。”①

这样，北京大学就可以使用中老胡同 32、33 号这个大院了。大院占地 2000 平方尺（档案原文如此，疑有误），有房屋 107 间。



### （三）住房分配

北京大学很快就分配给已经回到北平的教授居住。

1946 年 8 月制订的北大教授住宅解决办法：“分为两种：甲、学校置备简单宿舍，分配原则：房间多少大小与人口为比例，人口相等时以年资为先后：如人口年资均相同时，以抽签决定；学校置备简单家具，住者迁入后，凡有所更动及补充，皆自行负担；水电费自付，学校酌收房租等。乙、教授自租住宅者，学校根据人口比例酌予津贴。建议东四十条、中老胡同教授住宅分配办法：遵从前述甲类各条分配：先就已到平，或配偶已到平之文理法三院教授分配。”“1946 年 9 月 9 日 国立北京大学行政会议第 8 次会议决议事项：……接受宿舍分配委员会‘教授住宅解决办法’报告……9 月 12 日 国立北京大学行政会议第 9 次会议决议事项：接受住宅分配委员会江泽涵先生关于分配住宅报告……”②

同时进行分配的宿舍还有府学胡同、东四十条和南锣鼓巷等处院落。

① 《北京大学纪事（1898—1997）》上册，北京大学出版社 1998 年版。
② 《北京大学纪事（1898—1997）》上册，北京大学出版社 1998 年版。

这样，从 1946 年 10 月开始就陆续有教授和副教授迁入此宿舍。以后陆续有迁入和迁出者，1950 年时也有学校的职员入住。

## 四　周边地理

### （一）怀念旧地

梦中难忘的景山东街中老胡同 32 号，经常吸引着当年居住过的人们，陆续有人回去看看。



虽然大院已经面目全非，但中老胡同还在。可是，景山东街的名称却给了景山公园东墙外的景山东大街。附近的许多小街道，虽然名称已经不能够全记住，但是有些也明显地改变了名称。

如朱世嘉在回忆文中所写，“窗后小胡同夜里不时会传来‘半空儿多给’‘硬面饽饽’等的小贩叫卖声，对我有很大的诱惑力。常常打开后窗要母亲买些‘半空儿’吃”，这就是当时大院北墙外的小胡同，现在怎样了？

这些都促使我们设法回想当时附近的胡同、街道，以及观察目前的状况。

### （二）街道、胡同的变迁

北京大学档案馆保存的 1946 年 9 月测制的“国立北京大学校址草图”，就包含了中老胡同及东、西老胡同及周边的街道。这比所找到的北平市地图要详细些。

结合了到现场实际观察，街头询问老人，以及在网上查询，弄清了附近各个胡同、街道的今昔名称。

与景山公园东墙外的景山东大街（今景山东街）相垂直的一条东西走向的街道，叫作景山东街（今沙滩后街）。北京大学二院（理学院）

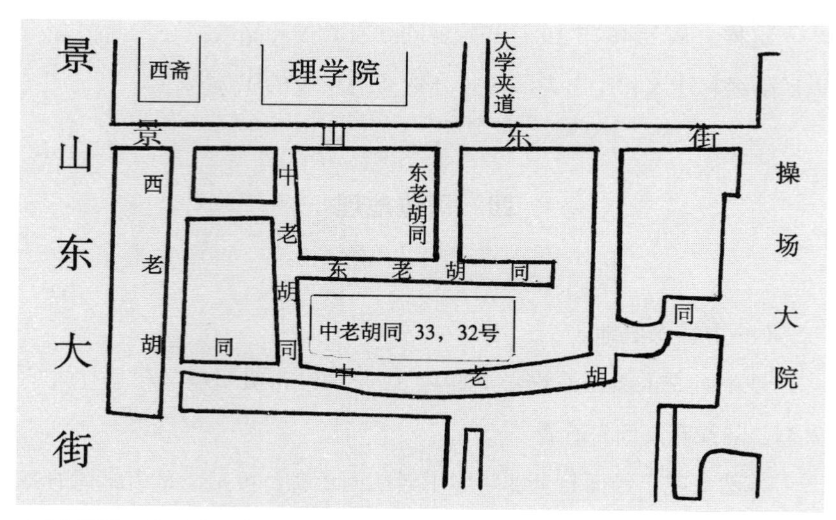


中老胡同附近街道走向图

“国立北京大学校址草图”，中华民国三十五年九月测制

就在这条街上。其西邻是西斋学生宿舍。街的东头就是地质馆，隔着松公府夹道斜对着松公府总办事处的大门。中老胡同在景山东街的南面，大致为L字形。宿舍大门开在宿舍的南墙，位于大致与景山东街平行的胡同的主段。由宿舍的西南角沿宿舍的西墙外向北，中老胡同通向景山东街。由宿舍西南角继续西行，可经过L字形的西老胡同到景山东街西口附近，对着西斋的大门。宿舍北墙外东西向和一条垂直

向北通向景山东街的丁字形胡同，叫作东老胡同。中老胡同东头出去就到了汉花园（今五四大街）到松公府夹道之间的一条短街（操场大院，现与北面的原松公府夹道连接起来，成为今沙滩北街），街对面正对着东斋的大门（后来东斋这个临街的大门不开了），可以看见其东面的红楼。

这里在新中国成立前属于北平市的内六区。新中国成立后是属于东城区的景山街道，中老胡同居民委员会。

就在中老胡同里的路南，还有中老胡同25号和西老胡同17号，也是北京大学的较小些的宿舍。



## 五　后北大宿舍时期

### （一）北京大学宿舍迁移

1952年对旧中国的高等学校进行了调整和改造，各大学的学院和学系进行调整，新的北京大学迁移到位于海淀镇的燕京大学处。新学年于12月份开学，中老胡同宿舍的大多数住户也随北京大学于此前的10月至11月间迁至西郊海淀。

中老胡同32号成为北京政法学院的宿舍。调整到北京政法学院的吴之椿、费青和芮沐三家仍留原地未动。一些调离北京大学的教授，如地质部的孙云铸先生家，也暂时继续在此居住。其后，由北京大学法学院调入北京政法学院的楼邦彦、汪暄、余叔通，由清华大学调入的于振鹏，也先后迁入。

在“大跃进”年代，由许多私营小企业组成的公私合营科伟医疗器械厂在这里建厂，工厂的大门已经改在了沙滩后街（原景山东街），对着高等教育出版社（原北京大学理学院）。估计当时那个工厂已经把东老胡同连同民房都收纳进去了。

宿舍里居住的人家逐步搬迁。据吴采采回忆，吴家直住到1961年秋天新华社的房子盖好，是此大院最后搬走的住户。

20世纪70年代初，该厂改为“北京医疗电子仪器厂”，逐步盖起了楼房。目前（2010年），使用此处的单位是“北京首都投资控股（集团）有限公司”。

### （二）目前残留的痕迹

从现沙滩后街斜对高等教育出版社的路南一个大门进去向南，走到原来中老胡同32号院的位置，除见到一座座楼房外，原来的房屋、院落、假山、道路等早年的痕迹荡然无存。只有原来东院那棵大槐树因为被定为“北京市二级古树”而硕果仅存，仍然枝繁叶茂，但是树下的大石墩子已经没有了。

2009年4月，我们兄弟三人在红楼参加北京新文化运动纪念馆重新开馆仪式之后，重回原32号院，在大槐树下留影。2010年9月，

靠它留下了唯一的旧貌

2009年4月，重回大槐树下。左起：江丕桓、江丕权、江丕栋

2010 年 9 月，重回大槐树下。左起 ：江丕栋、孙才先、沈龙朱、冯姚平、陈莹、芮晋洛

我们几个当年的邻居，在与唐小曼于景山聚会之后，再返中老胡同故地重游。中老胡同原来的走向和大院南墙的位置还大致保持未变，但原来的“西洋哲学名著编译委员会”所在的 25 号，现在的门牌号码已经改为 12 号。

# 32 号院里的无线电爱好者

江丕桓 | 数学系教授江泽涵之子
曾居住于中老胡同32号内17号

1946 年秋天由昆明回到北平以后不久，父亲江泽涵和其他北大教授先后搬进了中老胡同 32 号北京大学的教授宿舍。在院内的子女们里，我是比较大的。搬进中老胡同的时候，我正好开始我的大学生活，成为北京大学物理系一年级的学生。周炳琳先生的女儿周北凡好像和我年纪差不多，她好像也正好成为北大的学生。

在昆明上中学的最后一两年我开始喜爱无线电，那正是抗日战争结束前后，驻昆明的美军留下了很多军用物资，在地摊上可以买到。我在这段时间里也搜罗了一些无线电器材，第一步是装了矿石收音机，用耳机听到了当地电台的广播。在昆明有一次到一个亲戚家，看到一台军用的收音机，在这台收音机的短波波段上还收到了“美国之音”、英国广播公司（BBC）和陕北新华广播电台的播音。我日夜梦想着我也有一台收音机，能听到全世界各地的广播。1946 年回到北平以后，与昆明相比较，发现收音机已经很普及了，好像街上每个大大小小的店铺都有。但是这些收音机大都是日伪时代的产品，型号单一，只能收听中波波段，也就是说只能收听本地的电台。结构非常简陋，主要是没有电源变压器，喇叭是音质很差的舌簧式。这种收音机虽然很便宜，但是不能把它改装成我所希望的收音机，也就是既能收听中波也能收短波的收音机。那样的收音机市面上是很难买到的，我就计划自己动手组装收音机了。

江泽涵教授全家合影，中老胡同32号内17号门前，摄于1949年下半年

1946年年末，堂姑父胡适从美国回来就任北京大学校长，家住东厂胡同1号校长住宅。胡适的儿子胡祖望在美国给他买了一台军用的收音机，安放在他们的卧房里。那是第二次世界大战时期的军用品，它能收听广播，还能收报。它的一个特点是外泄信号微弱，这使我猜想它是潜水艇上用的，防止敌方发觉其行踪。胡适基本不去动这台收音机，我每次去他家大概都要去听一下那台收音机，它是我用过的性能最好的收音机。

在回到北平的初期，我已经从废旧物资的市场上搜罗了不少无线电器材，有各种各样的电子管、几副耳机，但是缺少一个关键的器材，就是电子管收音机必备的电源变压器。电子管要工作就需要供给两种电压，一是灯丝供电的交流低电压，二是板极供电的直流高电压。日伪时代的收音机虽然到处都是，但是都不用电源变压器，所以市面上电源变压器极为罕见。后来终于在帅府园的一家无线电商店找到一个合适的电源变压器，为了慎重还由物理系的郭沂曾老师陪我去买了回来。有了这一件关键器材，我终于装配成了一台3个电子管组成的再生式收音机了。用它在短波波段可以收听到“美国之音”、英国广播公司、陕北新华广播电台等。那时中国还不能制造所谓的全波收音机（既能收听中波波段，又能收听短波波段的收音机），后来从市面上又买到一台旧的7个电子管的全波收音机。在中老胡同32号的院子里，我们家就成了第一个有短波收音机的家庭。当时人们的消息来源主要是国民党当局控制的报纸和中央社发布的新闻，从此我的同学和院子里的大人们从我的收音机里能听到一些平常听不到的消息。



大约是在1948年，好像是南京的一个无线电厂，用美国飞歌公司的成套散件成批装配了全波段五灯收音机并投放市场。在1948年国民党召开了“国民代表大会”，中老胡同的贺麟先生是“国大”代表，会后就带回一台这样的收音机。随后在灯市口的一个商店也开始出售，慢慢地中老胡同的住户里也有其他人买了这样的收音机。

到了1948年年底，北平已被解放军包围，堂姑父胡适和堂姑江冬秀在东单的临时机场乘机南下。在解放军占领了石景山并控制了发电厂以后，切断了对北平市的供电，晚上只好点蜡烛或煤油灯，无线电活动只能停止。不过北大物理系的实验室里有一组供实验用的蓄电池组，输出电压是110伏。胡适家里的收音机既可以由交流110伏的电源供电，又可以由直流110伏的电源供电。胡适走后，他们家的一切由胡适次子胡思杜保管，我就把那台收音机搬到了北大物理系的近代物理实验室里，又可以继续收听了。不过几天以后，解放军占领的石景山发电厂又恢复了对被包围的北平市的供电，那台收音机就从北大物理系的实验室搬到了中老胡同家中，它就成了我主要用的收音机。北平解放后，公安部门要求居民拥有的能收报的收音机必须登记，我按规定去办了登记的手续。后来不记得因为胡适被定为“战犯”，还是因为这台收音机太特殊，被有关部门给收走了。

在无线电方面，我的目标是做一个“既能收又能发”的爱好者，我的下一个目标是装一个电台。对于业余无线电活动划有专门的波段，大约在7兆赫和14兆赫。当时发现上海可以买到7兆赫左右的石英振荡晶体，我设法通过当时在上海的表哥胡祖望买来。最初是试装石英晶体控制的振荡器，真正把电台装好，大概已是新中国成立之后了。一个电子管作为石英晶体控制的高频振荡器，另外一个电子管作为碳粒话筒音频信号的放大器，第三个电子管作为高频振荡器的调制器。当时北大物理系教师郭汝嵩住在沙滩红楼，我请他帮我试验电台的功能。我在中老胡同对着电台讲话，他在红楼听得很清楚。这个电台后来还真正发挥了很大的作用。北平解放后常有群众性的集会，我作为无线电爱好者参加了北京大学广播组工作。广播组的任务就是管理集会时用的扩音设备。到了1950年秋开始抗美援朝的时候，经常有首长或重要人物来北大做报告，听众很多，一个会场坐不下，学校的扩音设备就不够用了。当时我把小电台放在主会场，分会场就用从教员家里借来的收音机收听。这样就可以让好几个分会场的听众都能听得到主会场的声音。

1950年我大学毕业，留在北大成为物理系的助教。1952年院系调整，北京大学搬到西郊，大家也都离开了居住6年的中老胡同32号。

# 有关中老胡同的片段回忆

江丕权 | 数学系教授江泽涵之子
曾居住于中老胡同32号内17号

1945年，抗日战争获得胜利。1946年5月4日，西南联大结束，北大、清华、南开的人都在准备北上。父母带我们兄弟三人得到机会，于1946年6月4日跟一些同事一起乘飞机到重庆，然后等待飞机转飞北平。在重庆停留一个半月，才得以于7月19日再度起飞，途中在郑州着陆，于当天到达北平。1937年七七事变爆发后，我们家在8月11日离开北平，于1938年2月中旬和8月间分两批抵达昆明，在昆明一住就是八年。虽然离开北平时还很幼小，记不得多少北平的事，但是此时十几岁的我们，刚刚回到出生地的北平，却有一种回家的感觉，兴奋不已。在由南苑飞机场去市区的路上，弟弟和别的孩子对着汽车窗外不停地用云南话喊叫：你们是北平人！我们是云南人！

返平后，先临时住在北京大学东斋宿舍内。东斋的房间，门都是滑动推拉式的，内部为日本式的布置，室内无床，地上铺着“榻榻米”，进门后要脱鞋。不久之后，又迁入中老胡同32号内的17号房。这是自1937年卢沟桥事变离开北平的“八年抗战”以来，我们家住过的最好的房子。每家除了有卧室、起居室，还都有自己的厨房和卫生间。记得学校还给每家准备了几张单人铁床，用水管做的床头，刷成银灰色，用角铁做的床屉，床绷子用粗铁丝做成，要铺上草垫子睡。在这里安家，一直住了六年之久。1952年因院系调整，北京大学搬到西郊海淀原燕京大学校址，我们家也就迁至燕南园51号（西）。

1946年6月离开昆明前全家与表叔合影

居住在中老胡同的这六年里，是北京大学复员回到阔别八年的北平，在原址沙滩红楼和马神庙等老校址恢复和建设新的北京大学的时期，是我们的国家经历了解放战争的胜利，并建立中华人民共和国的历史时期。也是在这六年期间，父亲于1947—1949年第三次学术休假出国到瑞士进修后，又历经千辛万苦返回了解放后的北京；而我们兄弟三人，也分别经历初中、高中升入大学，再从当学生到当老师，走过了从少年到青年的时期。

这六年，我们的生活和外部的世界都是丰富多彩的，甚至有翻天覆地的变化。这里，只想追记一些生活中的片断。

大哥已经上大学了。我们两兄弟约于1946年秋插班进入私立辅仁附中，那是辅仁大学的附属中学，是个教会学校，地点在什刹海的西边。

1946年7月，全家在北平中老胡同

私立学校的学费一学期要交好几袋面粉的钱，太贵了，在辅仁附中上了一年多，就设法转到市立第四中学。高一下学期插班考入市立四中，一学期的学费减为一袋面的钱。位于西什库的四中距离家与辅仁附中差不多，骑车上学。中午就近到学校附近的小饭铺吃（汤、炒）面或（炒、烩）饼，排列组合换着样吃。

## 上学骑自行车、修自行车

当时家住在景山东街马神庙中老胡同 32 号北大宿舍，常常与我弟弟江丕栋、同院住的周浩博一起骑车上学，前后约一两年。从中老胡同到辅仁附中上学要骑车约半小时，上学正好往西北方向“顶风”

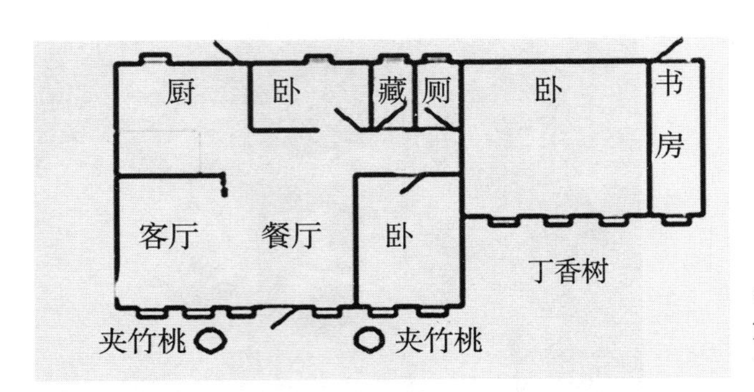


中老胡同32号北京大学宿舍院内17号平面图





逆行，刮西北风时骑车很费劲。再加上有时刮风夹带黄沙，要戴风镜及口罩。碰上下大雨，地安门南的路面地势低、积水多，骑车时水没至车轴。记得一次弟弟为躲避汽车想靠边骑，没有看出积水下面有被水没过的马路牙子，车轮撞到上面，不得不踩在积水里。下雪天，最担心的是有轨电车的铁轨极滑，自行车车轮方向与铁轨的夹角稍微小些，车轮就要被迫进入铁轨的沟槽内，自然车就要摔倒。

由于每天要骑车准时上学，所以很注意自行车的维修和保养，不能总是送出去请人修。我决心自己学着修车，从换气门芯开始，补自行车内带（钢丝带、压边带），一直到每年自己替车子“擦油泥”，换磨损的钢珠、换坏了的其他零件（车条、车轴等）。在修车的过程中，积累了多种工具。父亲滞留香港时，还嘱咐他买一辆自行车带回来。

## 劳作课学刻图章

初三有一门劳作课，旨在训练动手能力。有一项内容是学刻图章，给我留下深刻的印象。

当时常用的是淡黄色的“化石”，这种石块便宜、质软、容易刻，刻坏了可以磨平重新刻，常常一块图章石可以刻许多次，即刻了磨平、磨平了又刻……当然也用一些较正规的石料，如便宜的青田石、寿山石……这些都比较好刻。金属的就是铜的相对容易刻些。还有冻石（便宜的玉），太硬，不好刻。

学刻图章的同时要求自己书写设计图章的字样。老师给出许多历史上有名的印谱作为样本，像“宜子孙”（阳文，字是凸起的，印到纸上是红字）、“天马山房藏书印”（阴文，字是凹进去的，印到纸上是白字）等，要求学生依样刻出。我更喜欢自己想刻什么就自己写出、刻出。

刻刀一般的便宜，钢好的稍贵，都可买到。我有一把钢好一点的，还有两三把一般的，至今还保存着。

中学生刻图章，就是用左手拇指及食指紧紧拿住石块，右手用刀刻，一般不用专业的夹住图章石的“木床”。由于刻图章时左手手指要用力拿紧石块，久而久之，我左手拇指的两节几乎可以向外弯成90度角了。

要想自己不照样本刻，难在写字上，特别是中国字体又多。老师推荐我们看《六书通》，还好当时在旧书店能买到，我买到两卷的线装本，至今还在书架上，可称之为古籍了。由于刻字引发了我对于汉字的兴趣，又去翻阅《说文解字》等书。后来，凡是书法、绘画上有印章都会留神看看。

在课堂上，除了完成规定上交的作业以外，还给自己刻了几种图章。给我父亲刻过，还给父辈的朋友刻，记得曾给贺麟先生、吴宓先生刻过，可惜我的“印存”（每刻一章，盖印留存）早已丢了。

辅仁附中对于英文学习要求严。印象很深的是，记得英语课老师常要求背英文课文，每个学生都有开明书局印的课本，课文有《卖火柴的小女孩》《拿破仑的吹鼓手》《最后一课》等二三十篇。老师指定其中十余篇，在课堂临时指定一篇，随便找一个学生，要求能够背诵，背不出就整堂课罚站。这样的要求背诵，对我们学语言很有好处。

## 用照相机镜头放大照片

我的哥哥江丕桓已经上了北京大学，他喜欢照相。北大民主广场常有演出，他就去照相，回家来自己冲洗胶卷、印照片。一次他照了当时苏联芭蕾舞团的乌兰诺娃的独舞相片，冲洗并印出之后，想把照片放大，可是没有“照片放大机”，他就想了个办法：在他住的小屋中，遮住窗户当作暗室。把家中的“蔡司”相机倒过来用，即把镜头快门打开用作放大机的镜头，要放大的胶片放在底片位置处，灯光透过胶片再经过打开的镜头，照射到相纸上，就成功了。我作为他的助手，按住相机的 B 门，保持镜头总是打开，直到他叫我停止。





## 课余在院中与小朋友玩各种游戏

住在中老胡同 32 号宿舍院内的各家，都有相对独立的房屋和房前居住环境，但整个大院是一个整体。在大院中的第二代有 30 多人，主要是小学生和中学生，还有许多更小的儿童。据记忆，只有两人上大学：周炳琳先生的大女儿周北凡，上了北京大学医学院（周北凡大姐姐还很热心地一起回忆当年的中老胡同的邻居情况，可惜我们回忆中老胡同的进展过于缓慢，她没有能够和我们一起完成这个回忆的过程，过早地离开了我们）；我的哥哥江丕桓，在昆明上完高二后，回北平跳班考上了北京大学物理系。除极少数住校的中学生以外，小学生和中学生课余时常在大院中一起玩耍，时隔半个世纪，在大家的头脑中还印象深刻。虽然中老胡同距离景山公园很近，却几乎没有到这些公园去游玩过的印象。好多小朋友们是放学回家放下书包或饭后就跑出门，汇聚到东院去玩各种集体性的简单游戏。其中，大家不约而同地想起的都是那种自创的“口令”游戏。

学校放学时或晚饭后，小朋友们会聚到东大院的大槐树旁边。最常玩也最简单的游戏就是“叫口令”：把到场的人分成两队，或者是按大小个排队，按照单双数分为两拨；或者是以最大的两个人分任双方队长，轮流逐个挑选队员。一声“令下”，大家就开始分散隐蔽，奔向四面八方。房后、树后、假山后；层层的院子，房子间的曲里拐弯的小胡同，为隐藏提供了很多条件。

从开始分散时起数数目，到了事先约定的数目时，就算战斗的起始时间。游戏的规则是：自此时起凡是看到对方的人，立刻喊“口令”！此时双方互相看到的人听到后必须原地不动；以先发出口令者迈出规定数目（如10）的大步。如能够达到对方的，就将对方俘虏（达不到的，被对方俘虏）。俘虏被带回大槐树根据地。

此游戏的要点是：尽量利用各种方法隐蔽，不让对方发现，但又要尽量接近对方。年龄大者步伐大，要有利得多；年龄小者因为步伐小，同样的步数相对距离小很多，就需要更好的隐蔽和灵活的动作，要到较近时才能够喊出“口令”，但往往也能够逮住大哥哥或大姐姐。最后根据双方所剩人数，判断胜负。

“叫口令”是徒手的游戏，不需要任何器械和物品。当年的物质条件较差，家家常有的运动用品只不过是小橡皮球。小橡皮球也可以有各式各样的玩法，可以当足球，在东大院用砖头在两头做两个球门，分两拨踢足球；还可以打“垒球”，用棍打小皮球，作为打垒球，在东大院设几个垒，两拨人一拨守、一拨攻。

## 解放区的消息

我哥哥是无线电爱好者，爱听短波收音机。我们也常常跟着听到

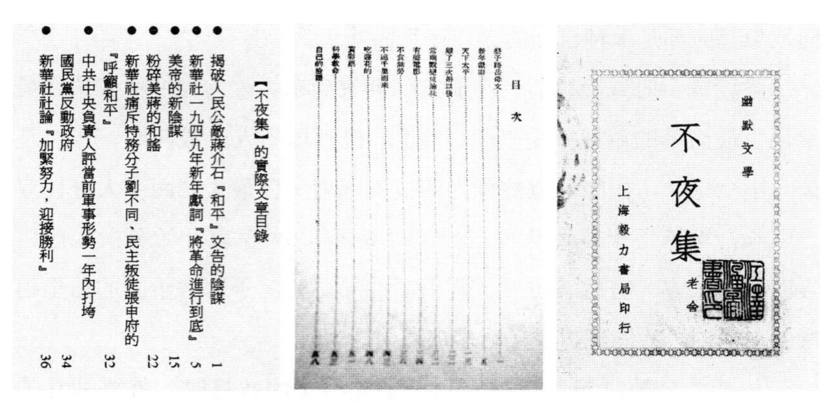

【不夜集】的實際文章目錄

- 揭破人民公敵蔣介石『和平』文告的陰謀 1
- 新華社一九四九年新年獻詞『將革命進行到底』 5
- 美帝的新陰謀 15
- 粉碎美蔣的和謠 22
- 新華社痛斥特務分子劉不同、民主叛徒張申府的『呼籲和平』 32
- 中共中央負責人評當前軍事形勢一年內打垮國民黨反動政府 34
- 新華社社論『加緊努力，迎接勝利』 36

目次

祭子路岳母文
新年醉話
天下太平
領了三次薪以後
當幽默變成油抹
有聲電影
不食無勞
不遠千里而來
吃莲花的
買彩票
科學救命
自己的臉譜

幽默文學
不夜集
老舍
上海毅力書局印行

《不夜集》的实际内容目录 《不夜集》目次 《不夜集》书封

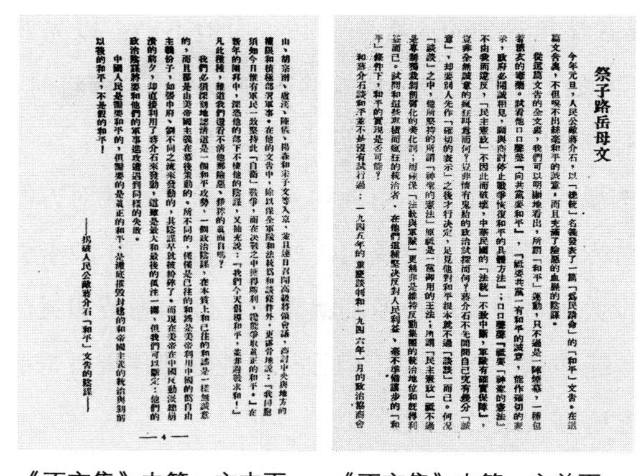

山、胡宗南、盧漢、陳儀、楊森和宋子文等入京，並且連日召開高級將領會議，商討中央與地方的權限和積極部署軍事。在他的文告中，除以保全軍隊和法統爲和談條件外，更露骨地說：「我同胞須知今日惟有軍民一致堅持此「自衛」戰爭，而在決戰之中獲得勝利，纔能爭取真正的和平。」在新年的團拜中，深恐他的部下不懂他的陰謀，又抽光說：「我們今天倡導和平，並非避戰求和！」凡此種種，難道我們還看不清他那險惡、猙獰的真面目嗎？

我們必須深刻地認清這是一個和平攻勢，一個政治陰謀，在本質上和已往的和謠是一樣無誠意的，而且都是由美帝國主義在幕後策動的。所不同的，僅僅是已往的和謠是美帝利用中國的所謂自由主義份子，如張申府、劉不同之流來發動的，其陰謀早就被粉碎了。而現在美帝在中國反動派總崩潰的前夕，卻直接利用了蔣介石來發動，這雖是最大和最後的孤注一擲，但我們可以斷定：他們的政治陰謀將要和他們的軍事進攻遭遇到同樣的失敗。

中國人民是需要和平的，但需要的是真正的和平，是推底摧毀封建的和帝國主義的統治與剝削以後的和平，不是假的和平！

——揭破人民公敵蔣介石「和平」文告的陰謀——

—4—

祭子路岳母文

今年元旦，人民公敵蔣介石，以「總統」名義發表了一篇「爲民請命」的「和平」文告。在這篇文告裏，不但嗅不出絲毫和平的誠意，而且充滿了險惡的血腥的陰謀。

從這篇文告的全文裏，我們可以明晰地看出，所謂「和平」運動，只不過是一陣煙幕，一種包著猙獰的毒藥。試看他口口聲聲「向共黨要和平」，「祇要共黨一有和平的誠意，能作確切的表示，政府必開誠相見，願與商討停止戰爭恢復和平的具體方法」；口口聲聲「祇要「神聖的憲法」不由我而違反，「民主憲政」不因此而破壞，中華民國的「法統」不致中斷，軍隊有確實保障」，豈非全無誠意的瘋狂叫囂而何？豈非懷有鬼胎的政治試探而何？蔣介石不先問問自己究有幾分「誠意」，卻要別人先作「確切的表示」之後才行決定，足見他對和平根本就不過「談談」而已。何況「談談」之中，他所堅持的所謂「神聖的憲法」原祇是一篇御用的王法；所謂「民主憲政」祇不過是專制獨裁封建的美化詞；而確保「法統與軍隊」更無非是維持反動集團的統治地位和既得利益而已。試問和這些專橫而瘋狂的統治者，在他們這種堅決反對人民利益、毫不準備讓步的「和平」條件下，和平的實現是否可能？

和蔣介石談和平並不是沒有試行過：一九四五年的重慶談判和一九四六年一月的政治協商會

《不夜集》内第一文末页 《不夜集》内第一文首页

各种声音，特别是陕北新华广播电台的消息与中央社的消息不一致，更引起注意。

在北平解放前夕，还得到过一些解放区的消息及“小册子”。现在还留有三本：《不夜集》《冀东行》及《沧南行》。《冀东行》是投身革命的学生到冀东解放区后的见闻，书的表里如一，1948 年 4 月在香港出版；但《不夜集》的封面和里面的目次页是老舍的著作原样，而每篇文章都被替换为新华社的社论，只是在文末给出了文章“社论”的题目（见图片）。实际的文章目录，抄写于左上图。

## 与胡适和江冬秀

江冬秀是我父亲的堂姐，我们叫她大姑姑，以前只是听说过，住到中老胡同后，见面的机会才多起来，常到他们家洗澡等。胡适很忙，很少与我们晚辈谈话，我们只知道他老在考证《水经注》。

1946—1948 年这段时间，北平轰轰烈烈的学生运动风起云涌，绝大多数的北大学生痛恨国民党统治的腐败，向往共产党领导下的解放区，胡适的观点与言论在学生中基本没有市场。

1948 年 12 月，国民党派飞机接胡适等人南走，由于父亲不在国内，母亲带着我们弟兄三人去送别。在东厂胡同 1 号和胡适、江冬秀告别后，母亲带着弟弟先走了。当时，胡适和江冬秀正在吃饭，胡适问我哥哥江丕桓是否愿意跟他们走。他回答的大意是：你们走你们的路，我们走我们的路，我们不走。然后就和我追上母亲一同回家了。

# 不平常的回国旅程

江丕栋 | 数学系教授江泽涵之子
曾居住于中老胡同32号内17号

## 振兴发展　战争阻滞

我父亲江泽涵在青年时代留学美国，那是 20 世纪 20 年代期间，正是美国数学蓬勃发展赶上欧洲传统数学强国的时期。美国数学界已经有不少前辈留学欧洲，到那时大约经过了半个世纪，就有伯克霍夫（G. D. Birkhoff）、莫尔斯（Marston Morse）、莱夫谢茨（S. Lefschetz）等这些人，在美国本土做出成就，扬名国际。他深信，美国人能做到的，炎黄子孙也一定能做到。于是立志要在中国终生从事教学与科研，团结同行，为祖国迅速引进现代数学理论，期以五十年，一定要使中国屹立于国际现代数学之林。自己也决心在数学的一个分支上努力拼搏，为国争光。于是，他婉言谢绝了莱夫谢茨的续聘，于 1931 年暑假毅然回国，到北大数学系任教。在北大校长蒋梦麟、理学院院长刘树杞（字楚青）等领导下，帮同整顿和振兴数学系。

当时，北大数学系的教学秩序相当混乱，学生纪律松散，课外练习和学期考试形同虚设。作为一位新教授，他承担起“整顿教学风气”的重任。按照自己的老师姜立夫所说的方法，他从低年级课讲起，随班前进，让学生受到系统的严格训练。在教学上，他针对学生自由散漫的作风，在系主任冯祖荀的支持下，坚持在纪律、训练和考试等方面严格要求。后来他主持数学系的工作后，就以美国哈佛大学、天津南开大学的模式着手进行一系列重大改革。他拟订出一个少而精的教学计划，对必修课和选修课都做了安排；制定了各种规章制度，扭转了混乱状态。为了提高教学质量，开阔学生眼界，他邀请国外许多著名学者到北大讲学，聘请新回国的留学生和有前途的年轻人来校工作。极力倡导师生开展研究工作，组织各种讨论班，引导学生做学问。他还亲自过问图书资料的建设，着手订阅期刊，许多具体事情诸如选择目录、打印订书单以及筹措经费等，他都一一亲手办理。经过多方努力，建立了数学系图书资料室。他的辛勤努力为北京大学数学系日后的发展结出硕果打下了基础，北京大学数学系的科研当时很快跻身于全国数学教育的前列，培养了一大批著名的数学家。

时过五年，他于 1936 年又出国进修一年。但是，归国次日，便爆发了卢沟桥事变，继续发展数学系的美好愿望受到日本侵略者的迎头一棒，只得随着学校举家南迁，从长沙又迁到昆明，在由北大、清华、南开组成的西南联大任教，并任算学系主任数年。八年抗战，西南联大虽然集中了当时中国北方数学界的几乎所有精英，因而使其在课程的设置与教学上达到了前所未有的高水平；但是长期处在抗日战争的大后方昆明，条件极其艰苦，学校经费短少，新书和期刊也难得到，对世界数学发展的了解、与国际的交流都极为困难。

当时，担任中国驻美大使的胡适很关注大家在抗战后方做学术工作方面的困难，竭力帮助。1941 年，胡列维茨（Witold Hurewicz）和沃尔曼（Henry Wallman）合著的《维数论》（*Dimension Theory*）由美国普林斯顿大学出版社印出。胡适买到《维数论》后，即把硬书皮撕去，将 165 页的书用航空快件邮寄到昆明，他在书上还写了几句话，大意是：我不懂数学，这本新版的书我相信对泽涵有用。父亲接到书后很高兴，在昆明装上一个用布包裹的马粪纸做成硬书皮，自己和拓扑组的许多同事传递阅读，组织讨论班，分头轮流做读书报告，并认真讨论。陈省身先生和一些同事们也曾经手抄该书。

显然，这近 10 年的时间，对于他早年留学时就立下的大志，要使得中国的数学能够立于世界之林，是个很大的挫折。

## 学术休假　出国进修

八年抗战结束了，北京大学复员回到北平，父亲继续担任北京大学数学系主任，并在饶毓泰先生回国前代理理学院院长。他积极地为重建数学系和建立较齐全的学科设置，向各处聘请教员，形成实力雄厚、团结合作的师资队伍，积极恢复教学、科研，继续充实图书资料，为培养人才和开展研究创造条件。

但是，经过了八年抗战和两年复员，亟须了解和学习自己研究领域内的国际新进展。

江泽涵1948年在瑞士苏黎世的留影，照片背面是自题“天生我材应有用”和“努力加鞭”，以为自勉

高等学校的学术休假，是一个很好的机会和条件。在发达国家已经制度化，学者可以利用此条件，解除教学和行政事务，专心学术进修学习和研究，增加学术上的积累，紧紧跟随学术前沿和国际热点问题。

抗战胜利后，当时的政府派一些教授出国进修，父亲也得到出国学术休假两年的机会，由申又枨先生代理北大数学系主任。

此次出国，原来是考虑再去美国普林斯顿大学的高等研究所，那是父亲在获得博士学位后于1930年随拓扑学大师莱夫谢茨做研究助教，以及1936年休假出国研究所去的地方。父亲于1947年暑假初动身离开北平，准备经过上海前往美国，到上海时住在中央研究院数学研究所。

当时，世界上有名的拓扑学中心有三个，即美国的普林斯顿、苏

1947年北京大学数学系教职员在景山东街理学院数学系办公室前的合影。前排蹲者（自左至右）为韩春林、王寿仁、马良、江泽培，后排立者（自左至右）为孙树本、龙季和、×××、程民德、庄圻泰、江泽涵、×××、申又枨、廖山涛、张禾瑞、聂灵沼、魏执权、×××、冷生明、关肇直和彭××等

联的莫斯科和瑞士的苏黎世。数学所的陈省身这一年来较详细地了解了国际上有关代数拓扑学的最近进展，他劝父亲不如去瑞士，师从拓扑学大家霍普夫（H. Hopf）教授。他认为霍普夫的工作既好且多，并且说“正如找一位家庭老师”。当然，找一位中学老师不及找一位大学老师。同时父亲也收到姜立夫师从国外的一封来信，信中赞美霍普夫说：“好整以暇，和蔼可亲，有大家之风。”父亲听从了他的建议，改变了计划，决定改去瑞士苏黎世国立高等理工学院数学研究所霍普夫处进修拓扑学。





于是，父亲在上海和南京，经过当地一些朋友的帮助，重新办理一切国内和出国签证等手续。他很快地改换了船票，改换了沿途各国的签证，由去美国转换为前去瑞士。然后就乘船离开上海去香港，在香港置装，7 月经香港乘船渡大西洋取道英国。同船赴欧洲的还有同济大学青年教师陈延年（去瑞士）、北大生物系教授吴素萱（去伦敦），还有吴文俊（去法国）和林兰英（去英国，学半导体）。该年的国庆节 10 月 10 日正好经过伦敦，被邀往中国驻伦敦的大使馆参加庆祝。几天后，于 10 月中就到了瑞士的苏黎世，次日就见着霍普夫教授。

在瑞士期间，见到瑞士和德国的多位拓扑学的知名专家，包括父亲翻译成中文的第一本拓扑学的作者塞弗特（Seifert）和思雷福尔（Threlfall）教授。在此期间，不仅全面地了解了自己研究领域内的国际最新进展，在学习和研究方法方面也从大师处得到很多启发。

## 休假尾声　面临抉择

在苏黎世的时间，是从 1947 年 10 月到 1949 年 5 月初，这正值解放战争的高潮时期。

1949 年 1 月 31 日北平和平解放时，他已在苏黎世待了一年半，两年进修时期已过去了四分之三，已经是应该处理订购回国船票等事的时候了。此前他只是注意国内战争，心中离不开学习拓扑学，现在却不能再如此，需要做一个抉择，是否回到解放后的北平。他后来回想起来，觉得幸而 1947 年将赴美国改为去瑞士，由此才能毅然决定并克服层层阻碍在 1949 年 8 月 8 日返抵解放后的北平。

如此决定的原因，首先是他的学校北京大学和他的家属都在北平；其次，他自认为搞理论数学，特别是拓扑学，是超政治的，回去工作是能被接受的；最后，有朋友提起苏联革命时期在北京东单附近居住的“白俄”的惨境，劝他切勿做“白华”。中国共产党将能统一中国，改变多年来四分五裂的局面。还有数学界的朋友关肇直、田方增（当时在巴黎求学，后来才知道他们都是地下党员）介绍香港大学心理系教授曹日昌给他，告诉他曹和中共在香港工作人员有联系，可以帮助他。



## 选择能够顺利回归新中国的路径

那时候出国，一般都喜欢绕地球一周，以广见闻。例如 1947 年出国到瑞士去是越过大西洋，那么回国时惯例就要越过太平洋。

5 月初，父亲由欧洲返国。为顺利返回解放后的北平，就不能够按出国时的打算（当时惯例）取道美国经太平洋回国。美国“反共”空气比较强，经太平洋就要过美国，他不愿受那种空气的影响。加之经太平洋走的终点是上海，那时上海还未解放（上海于 1949 年 5 月 27 日解放）。越洋航行的终点要避免到达当时还在国民党统治下的上海。因此，他订购了该年 5 月 4 日从伦敦启行经过大西洋前往香港的船票。5 月 4 日由伦敦出发，越过大西洋到达香港，途中约历时一个月。

父亲是5月初离开苏黎世的，4月下旬在苏黎世写信给在美国的胡适（由华盛顿国民党驻美大使馆转交），告诉他“自己决定返北平”和伦敦启航的日期。5月3日，在伦敦发生了意外，中国驻伦敦大使馆（大使为郑天锡）中一位公使衔馆员打听出他的住处，送给他胡适由美国发来的一封电报，电文只是叫他“Go to Taiwan（到台湾去）”。这位公使并要他当场起草一个复电，由他们代发。该时他知道胡适夫人江冬秀（他的嫡亲的堂姐姐）已住在台湾的台北，于是复电说“shall visit Taiwan（将访问台湾）”，意思只是“访问冬秀”。





## 访问台湾　告别亲人与恩师

船行约月余便抵达香港。当时，解放军已过长江，国民党统治土崩瓦解，退缩到西南、华南部分地区和台湾。香港与北平、上海的交通中断。

到香港时，恰遇台湾的国民党政府宣布封锁渤海湾，用军舰监视香港和天津之间的航线，禁止船只往来，香港的轮船公司因而都宣布无船开往天津。那时候国民党政府在大陆上只剩下广州一隅，而台湾当局又宣布用海军封锁渤海湾，以切断香港与天津、北平的海上交通。既不肯去广州，又无从购得船票返天津，父亲不得已被迫在香港滞留。

那时候，香港与天津的海上交通暂时中断，而香港与台湾的海上及航空交通却畅通。

他在滞留香港期间，曾将滞留的情况和返北平的决心函告知台北的冬秀。她来信说很想见他一面，毛子水还来信说他非新闻人物，去台湾一行再离开毫无困难。预计到此后将难有再见面的机会，于是他决定利用滞留等待的时间，去台湾看望自幼照顾他的嫡堂姐江冬秀和尊敬的姜立夫老师。

胡适的长子那时在香港，替他在中国旅行社代购了去台北的往返飞机票，期限为5日。他就把行李都留在香港，只带了一只手提箱，6月中旬飞赴台北，看望恩师姜立夫（姜立夫后于7月间返广州迎接解放）和堂姐，即胡适夫人江冬秀。

父亲见到他们时直言“我是在返回北平途中”，冬秀和立夫师极力支持。那时候，冬秀和钱思亮合住一所住宅，他就住冬秀家。立夫师邀他去家中住了一晚，该晚他先紧闭门窗，二人一起收听北平的新闻广播。此前在香港时父亲也没有机会听这种广播，这是他第一次听见播出的扭秧歌音乐。立夫师告诉父亲他自己的想法，认为他搬家去台北是一个大错误，并说自己是搞数学的，不应该涉入政治。可是台北的报纸在报道“中央研究院”迁台时，总把他的名字放在傅斯年之前。这种报道使他很不安，他是向来不谈政治的，而傅是有名的“反共人物”。他很想离开，但是不像父亲那样能单身旅行，他有家属在台湾，所以必须等待机会。后来，他借口去向国民党在广州的行政院汇报工作，到广州后再称病电嘱夫人和两位公子同去广州探亲。一家人然后待在广州，一直等到广州1949年10月解放。



## “泽涵的工作在北大”

北大的旧同事中，如毛子水和钱思亮，都怀有“自由主义”的理念，既然父亲要返回北平，那么他们就要帮助他由台湾返回香港。只有傅斯年有意留他在台北的“中央研究院”工作。一天，在冬秀家的客厅里，江冬秀、钱思亮、傅斯年和父亲闲聊时，傅说：“胡太太，我们把泽涵扣留在台北好不好？”冬秀大怒，说：“泽涵的老婆儿子都在北平，他又是北大的数学系主任，他怎能不回去?”因为冬秀的性情固执且常争闹无休止，傅立刻后退说，他的话只是玩笑话。临行上飞机的早晨，傅也来到江冬秀家门口送别。傅对父亲说：“我们难再见了，我这样的身体是活不久的。”冬秀则泣不成声，已预兆也不能再会见了。毛子水陪父亲坐汽车上飞机场。那时候飞机场检查员检查、盘问得很紧，还由毛打电话请陈雪屏，要他电告检查员，父亲才得以顺利地上飞机离开台北到香港。





## 香港滞留　冒险的航程

由台湾回到香港，仍无船开到天津。经过了不少周折和困难。

滞留了约两月后，才知道不定期有外籍船只北上，没有客轮，偶尔有货轮，可以带少许旅客，不公开卖票，而且是以开往仁川为名，实则在仁川等待时机冒险闯越封锁线。后多方设法，通过中共在港的工作人员和友人的帮助，才买得名义上是开往仁川的船票，船到仁川后再趁黑夜冒险闯到天津。到了 7 月，终于等到了一艘货轮。这是英国商船，开往塘沽的。货轮没有载运旅客的条件，既没有客舱，也没有餐厅。当时还要求旅客：一、如有生命财产损失，公司概不负责；二、如果轮船被迫返回香港，旅客必须付回程旅费。

利用这历经周折所遇见的难得机会，父亲和新从美国获得博士学位的王湘浩（回北大任教）、印尼华侨青年纪辉英三姐弟等五人乘同一船离开了香港。货船计划在黑夜中先暂停仁川，再于当夜闯到天津。这只船上的旅客只有这五个人：两位年过不惑之年的教授和三名年仅十五六岁的中学生。他们只能在甲板上打地铺，吃的是随身带的干粮和罐头。货轮行驶速度很慢，据船上的人说，到达塘沽需要七八天的路程。在苍茫的朝雾里，货轮驶离香港，开始了他们漫长的然而却富有传奇般色彩的旅程。

## 带领华侨青年北上

纪家侨居在印尼万隆。1947 年，其父母为使子女更好地受到祖国的传统教育，送他们姐弟四人回祖籍福建福州中学读书。全国解放前夕，蒋管区物价飞涨，民不聊生，且战火逼近福州，远在印尼的父母不免为几个十几岁的孩子担忧。1949 年春天，他们接到父母来信，要求他们四人到香港暂避一时，待时局稳定后再决定是继续留在国内求学，还是到外国留学。同年 5 月他们到达香港。这时，他们的母亲由于放心不下也亲自来港。

香港，当时有许多进步报纸和书刊，使他们几个中学生有了了解解放区的新机会。解放区的种种新鲜事儿，人民群众翻身后的新气象，共产党和解放军传奇般的事迹，感染着他们少年的心灵，对解放区产生了无限憧憬，于是便有了去北平读书的念头。说到北平，往往跟冰天雪地联系在一起，他们这些生长在热带的孩子对天寒地冻深表忧虑，在北平又无亲友，怎样去到那么遥远的北方，心中无底。那时，去北平陆路上正在打仗，道路不通；海路也被帝国主义和国民党军舰封锁了，因此只有慢慢等待时机。

后来，为他们补习英语的一位学者李儒勉教授知道了他们的愿望和人生地疏的顾虑，对他们说：我有一位朋友叫江泽涵，是一位数学家，在北大任教。他刚从瑞士回来，现在香港，恰好也要去北平，并且表示他可以介绍同江教授相识。他们姐弟几人欣喜异常，赶忙跑回去禀告母亲。母亲自然更是高兴。她把子女受教育的事看得很重，甚至超过她做的生意。

他们按照李儒勉教授开的地址和亲笔信，去拜访父亲。当他们说明来意之后，父亲毫无踌躇，一口答应下来，同意把他们带到北平。针对他们怕人生地疏和怕天冷的顾虑，他安慰说：“你们只管放心，到了北平，我的太太可以帮助你们选择学校，准备冬装，北方虽冷，只要穿得暖和，是不要紧的。”这诚挚而亲切的话语，解除了他们诸多疑虑，坚定了他们北上的信心。

那时帝国主义对解放区实行禁运政策，台湾海峡又有国民党军舰巡逻，陆路不通，海路也不安全，然而“江先生却坦然地答应带我们北上”，他们后来回想起来，觉得“这确实需要极大的勇气。那勇气从先生平静的面貌是看不出来的，因为那勇气浸沉在他对新中国光明的向往里，埋在那平静的面貌的后面。生疏的人是难以发现的，对我们这些十几岁的孩子来说，更是难以体会了”。后来一个哥哥伴随自己母亲回印尼，随我父亲去北平的是姐弟三人。



## 货轮甲板上的日子

纪辉玉在四十多年以后的回忆中写道：“货轮上的生活条件虽然恶劣，但两位学者充实的精神生活，却给我们少年心灵留下深刻印象和潜移默化的感染力。多年以后，我们总觉得我们从中得到莫大教益，一直影响到我们后来的治学和工作作风。江先生每天除读书以外，大部分时间是同王湘浩教授讨论数学问题，有时也谈北平的民俗和生活。甲板上没有椅子或凳子，两位教授席地而坐，在切磋数学问题入神时，似乎忘怀了一切。我们这三个中学生虽然听不懂他们讨论的深奥的数学概念，然而却对他们追求的学问产生了颇为神秘的感觉。多年以后，我一直对数学很感兴趣，也许是受了江先生的影响吧！特别是他对数学的执着追求，那种对学问锲而不舍的精神，感染了我们。后来，我们姐弟三人学习得都比较好，知道用苦功，江先生曾经是我们暗暗模仿的榜样。”

“江先生为人谨慎，在言谈中从不把自己的爱好强加于人。在旅途中，有一次，他问到我们三人的兴趣和志向。当他听说我对数学很感兴趣时，他却沉默起来，没有说一句鼓励我学数学的话。当时我很不理解，为什么一位著名的数学家对一个对数学表示兴趣的中学生那么吝于赐教呢。多年以后，我本人也在清华大学执教时，才体会到要学好数学是多么不容易，耗尽毕生精力，也不一定会取得多大成就，难怪江先生不肯轻易规劝一个后学把一生精力放到数学的志趣上了。况且那时他既不了解我的数学基础，也不知我是否具备刻苦钻研和进取的精神，采取谨慎态度才是对后生真正负责任的做法。从这件小事，也可以看出江先生对人对事非常严谨的作风。”



## 险过海峡

“货轮离台湾海峡不远的时候，江先生虽然仍很镇静自若，但从眼神上多少也流露出一些紧张的神情。我们必须等待夜幕漆黑的时刻，才能驶过海峡，否则是很危险的。当货轮在夜间穿过海峡时，大家都屏着气息，货轮的发动机似乎也尽量把声音收得最低。在江先生的无声手势下，我们姐弟三人顺从地听从指挥，蜷曲在甲板的黑暗的角落里，躲开万一国民党舰只的探照灯光的照射。货轮驶过台湾海峡后，我们大家又欢笑起来。

“这时，江先生跟我们讲述起北平的民俗和生活。他说，北平人吃的是窝窝头，很多人喜欢喝豆汁。窝窝头吃起来，虽不如南方大米，但也很有情趣，多年不吃还有些想哩！从窝窝头、豆汁又讲到北平冬天和春天的风沙。从他口中听到的风沙，并不令我们害怕，而是作为北平一景娓娓动听地讲给我们的。

“他似乎对北平的一切都那么有感情。

“一路上，他给我们讲得最多的是北京大学的红楼、清华大学和燕京大学幽美的校园。现在回想起来，那心情，那情感，也许是江先生对久别的北平的难以忘怀的思念吧！这难以忘怀的情感却深深影响了我们这三名渴求知识的中学生。后来，我姐姐考取了北京大学，我考取了清华大学，弟弟考取了燕京大学。江先生成为我们到北平求学的第一位引路人。”



## 终于到达

“货轮快到塘沽时，远远望见港内红旗飘扬，这时我们大家心情都非常激动，江先生平静的脸色也变得兴奋起来，眼角流露出愉快的神色。

“货轮一靠岸，江先生就带我们几人驱车去往天津。

“到天津后，江先生首先带我们去吃饭。我们已是七天没有吃热饭了，真想好好吃上一顿。然而江先生却带我们走进的是一家门面很小的面馆，看样子他对面馆很熟悉。我们坐下来后，江先生为我们每人各要了一碗面，还有一碟炸酱和一小碟黄瓜丝。面条很粗很硬，后来我才知道这种面北平称为抻面，兰州称为拉面。这种吃法叫作炸酱面。对我们这些长期生活在南方吃大米的孩子，吃这种硬面很难下咽，但为了礼貌之故，我们还是硬着头皮吃了下去。我们许多天未正经吃饭，一上岸江先生却请我们吃炸酱面，这件事我多年来一直把它作为怪癖来看，简直很难理解。

“我真正理解江先生的这一所谓怪癖，还是在三十四年之后。1983 年，我的一个小弟弟从印尼来到北京，他在 20 世纪 50 年代曾在国内学习八年之久，非常怀念北京的生活。他一下飞机就要求我

江泽涵与夫人，摄于1950年2月，中老胡同32号内17号门前

们给他做炸酱面吃，而且边吃边大叫好吃。这不禁令我联想起 1949 年江先生从天津一下船就想吃炸酱面的故事。这件事蕴含着江先生对祖国的怀念，对北平这个第二故乡眷恋的情怀，这里面有深厚之爱的情谊。”

父亲终于在 1949 年 8 月 8 日平安地回到了北平和家人团聚。最幸福的是能赶上中华人民共和国的成立和 10 月 1 日天安门的开国大典。回到北大，仍任数学系主任，继续进行发展数学系的工作。还直接参与筹建中国科学院数学研究所，并与系内其他教员一道为制订今后数学发展的规划提出建议。

# 珍贵友情[1]

沈龙朱 | 中国语文学系教授沈从文之子
曾居住于中老胡同32号内18号

巴老伯[2]在1988年9月写的纪念父亲的文章《怀念从文》中，充满感情地回忆了他和父亲四十多年交往的历程。作为家人，我反而是从巴老伯的文章和他对父亲的友情中，重新认识和理解了父亲，也认识了他们那一辈作家朋友间深厚感人的关系。下面这张照片，乍一看去，没有什么。几个作家老朋友很随意而愉快地在一起，从右向左：李健吾伯伯、章靳以伯伯、母亲张兆和、巴老伯和父亲，地点是沙滩中老胡同北大宿舍。但是如果仔细考察拍照的时间，即1949年7月，也许就能更深地从照片中看出它包含着珍贵友情的意义。

那一年，对我们国家是大解放的一年；对15岁的我是积极参加学习、努力投身革命的一年；但是对于父亲，却是如何从以“思”为基础的工作方法、态度，转向以“信”为基础，这变成了他生命攸关的艰难痛苦历程，也许直到1988年去世，他也没有真正能够完成这一转变。当年1月，外界的压力和内心的矛盾，使他感到恐惧、绝望，终致精神失常。3月自杀获救，被送入精神病院，以后时好时坏，北大任教已经无法进行。7月，出席全国文代会的巴老伯专门去看望病中的父亲，留下了这张照片。8月，父亲终于真的撇下写作和大学教职，去历史博物馆重新开始他的后半生。我不知道巴老伯的慰问、关怀在父亲克服思想上的病痛中起了什么作用，然而，在我们家庭那么一种

① 本文原载《北京青年报》2003年11月25日。——编者

② 不记得出于什么因缘，我们兄弟俩从小就这样叫巴金先生，而且那个“伯”字是按照湖南或四川腔念作bei。

艰难情况下，能得到老朋友的关心，就叫人终生难忘！

那以后的30多年间，两家各自一南一北，不论风风雨雨，巴老伯只要有机会到北京来，总要来看望父亲，甚至在停电时，也硬是爬上五层楼。父亲有机会去南方也总会去拜访巴老伯，我和弟弟虎雏出差上海，他也嘱咐我们一定要去武康路看看。

1988年父亲去世，巴老伯专门派女儿李小林到家里来吊唁和慰问母亲，参加告别。除了拍来电报，随后又寄来给母亲的慰问信，母亲今年去世以后我才看到这封信的内容，但仍然使我眼眶里充满泪水。

两家四十多年的友情，是什么在维系？读过巴老伯晚年的文章，我才知道他也在“思”和“信”上经历了许多煎熬！他们两人作为那一代作家所追求的境界，不管表达方式有多大差别，共同的地方好像是无法拆开的。前几天，参观了在现代文学馆举办的《巴金百岁喜庆艺术大展》，我还是保持着10岁左右在云南第一次见到巴老伯时的感

1949年7月，巴金等到中老胡同32号沈从文家中做客，图为在寓所前合影。左起：沈从文、巴金、张兆和、章靳以、李健吾

觉，不管是否可比，他还是比我爸爸伟大！祝愿巴老伯长寿。

## 附　录

### 1988年巴金给张兆和的慰问信

三姐：

信悉。从文这次走得太突然，又走得安安静静，没有痛苦，又不惊动别人。小林参加告别仪式，觉得他好像睡在花丛中，没有噪音，没有惊扰，他倾听着自己喜欢的音乐。

他去了，的确清清白白，于心无愧。他奉献了那么多，却又享用这么少。我想起那间小房间，想起那张小桌子，感到十分惭愧。没有同他的遗体告别，我非常难过。这些日子我常常在想三十年代、四十年代的一些事情，我多留恋在你们家“作食客”的日子！现在我也得把生活的一部分埋葬了。

谢谢你的关心和鼓励。我比从文小两岁，虽然多病，且还未完全躺倒，只是行动不便，讲话吃力，写字困难，不过我总要争取多活。想到从文，我觉得眼前多了一个榜样，不声不响的做自己的工作。我要向他学习，这不是客气话。

您多保重吧，这些年您太辛苦了。从文在困难的时候，一直得到你的照顾，这是他的幸福，没有您，他后半生会遇到更多的困难，也不一定取得这么大的成就。因此作为读者，作为朋友，我都要感谢您。再说一句，请保重。

祝

好！

巴金　六月十八日

# 我的诨名叫“狐狸”

沈龙朱 | 中国语文学系教授沈从文之子
曾居住于中老胡同32号内18号

从1947年到1950年，我在中老胡同32号这个大院度过了自己懵懂而快乐的少年时代。从抗日胜利以后的复员到迎接北平的解放，时间不长，可经历的事情不少。我也从贪玩的顽童成长为一个多少能对自己有点要求的小青年。应该说，那段时间，尤其是北平解放前夕，大院外部的客观环境是十分恶劣的：物价的飞涨，国民党的高压统治……事实上也不能不反映到大院里边来：教授家庭也不得不在发薪的日子里立即去买回整袋的面粉；被特务追捕的大学生，只好躲进大院里来；用军用卡车拉来的特务流氓，硬是把东斋、西斋砸个稀巴烂……可大院内孩子们自有一番天地，我们有着自己的快乐游戏。每到放学回来，我们在东大院玩老鹰抓小鸡；在大院的各个叽里旮旯捉迷藏；玩“口令”；组织自己的演出；一同去北大冰场滑冰；自己泼滑冰场；在大院各小院间的小胡同里骑自行车；爬树上房；在“俱乐部”玩扑克……

当时的孩子们年龄大都为高小初中阶段。比较大的如江丕桓，那已经进入自行安装无线电阶段，我们只能充满崇敬地去参观他那个塞满无线电零件的小屋；稍小一点的孙超、江丕权，还参加过“口令”的游戏，我当时最欣赏的是他们的“三枪”“飞利浦”自行车；女孩中只有彭鸿远稍大，我视之为大姐姐；其他的江丕栋、孙捷先三兄弟、吴小椿、张企明、贺美英、闻立树兄弟、庄建钿姊妹、朱世嘉、袁尤龙姊妹、冯姚平等，都是最佳玩伴。我当时简直玩疯了，放学后一扔下书包就跑了出去，直到被家里人呼叫吃饭，饭后又溜出来……什么功课、复习全扔在脑后，直到蹲班留级。所以当时我在大院里的名声恐怕可以和后来的无人机专家吴小椿比美。

在大院里，我有个不太好听的诨名，叫“狐狸”，有时还被直呼为“沈狐狸”，可以肯定这个雅号是某位小女孩栽给我的。当时的鄙人，尚缺乏基本的幽默感，当然有点耿耿于怀，对于为什么会被叫成这么一个名字，百思不得其解。我想狐狸应该是狡猾东西，我自认为不够狡猾，唯一的解释就是我当时的形象：人精瘦，尖鼻子加吊眼梢，细脖子，尖下巴颏。没办法，在孩子们中已经叫开了，我只好默认。

60 年过去了，当年的玩伴，差不多都为国家做出了贡献，成为专家、学者、有成就的管理者……也有的过早地离开了我们。我则经历了和大家差不多的历史折腾，多次改行，一事无成，仍然有些懵懂的就开始了退休生活。说实在的，我有点辜负了当年那个诨名，因为我一直没有足够的狡猾躲过本来可以避开的劫难。

# 团　聚[1]

沈虎雏　中国语文学系教授沈从文之子
曾居住于中老胡同32号内18号

## 一

分明听见爸爸在呼唤："弟弟！"

猛然坐起来，睡意全消。习惯夜间照料他，我靸上鞋，又停住了。

很静，没人唤我。街灯在天花板上扯出斜斜窗光，微暗处隐现爸爸的面影，抿嘴含笑，温和平静，那是同他最后分别用过的遗像。他不再需要照料，已离开我们半年了。

遗像下有两行字，那是他的话：

照我思索，能理解"我"。
照我思索，可认识"人"。[2]

从我还不记事起，命运一再叫我们家人远离，天南海北，分成两处、三处，甚至更多。摊上最多的是跟爸爸别离，这给每次重逢团聚，留下格外鲜明印象。

最后几年团聚，中国人在重新发现沈从文，我也才开始观察他生

---

① 本文原载《长河不尽流——怀念沈从文先生》，湖南文艺出版社 1989 年版。——编者
② 沈从文《抽象的抒情》，写于 1961 年。

沈从文在北平





命的燃烧方式。有过许多长谈短谈机会，倾听他用简略语句吃力地表达复杂跳动思绪，痛感认识爸爸太晚了。

我不大理解他。没有人完全理解他。

## 二

我刚满月，卢沟桥炮声滚过古都。

我两个月时，爸爸扮成商人，同杨振声、朱光潜、钱端升、张奚若、梁宗岱等结伴，挤上沦陷后第一列开离北平的火车，绕过战线，加入辗转流向后方的人群。待到妈妈终于把我们兄弟拖到云南，全家在昆明团聚时，我俩的变化叫爸爸吃惊：

> 小龙精神特别好，已不必人照料，惟太会闹，无人管住，完全成一野孩子。[1]

① 沈从文致沈云麓大哥信，1938 年 11 月 16 日。

小虎蛮而精壮，大声说话，大步走路，东西吃毕嚷着“还要”，使一家人多了许多生气！[①]

我俩不顾国难当头，不管家中有没有稳定收入，身子照样拼命长，胃口特别好。

尤以小虎，一天走动到晚，食量又大，将来真成问题。已会吃饭、饼、面。[②]

爸爸说：“天上有轰炸机、驱逐机，你是家里的消化机。”

消化机是大的应声虫。“大”，就是龙朱哥哥。我虽处在南腔北调多种方言环境，却跟大学一口北京话，自认为北京人，十分自得。湘西人称哥哥为大，这称呼想必是爸爸的影响，直到今天我说“哥”字还挺绕口。

1939 年 4 月以后，昆明频频落下日本炸弹，我家疏散到呈贡乡下。过不久，爸爸长衫扣眼上，多了个西南联大的小牌牌。每星期上完了课，总是急急忙忙拎着包袱挤上小火车，被尖声尖气叫唤的车头拖着晃一个钟头，再跨上一匹秀气的云南小马颠十里，才到呈贡县南门。这时我常站在河堤高处，朝县城方向，搜寻挎着包袱的瘦小长衫身影，兴奋雀跃。直到最近，我才知道他上火车之前，常常不得不先去开明书店，找老板预支几块钱。沉甸甸的包袱解开，常常是一摞书、一沓文稿，或两个不经用的泥巴风炉，某角落也有时令我眼睛发亮，露出点可消化东西。

流向龙街的小河如一道疆界，右岸连片平畴一直延伸到远远的滇池，左岸是重重瓦屋。房子建在靠山一侧坡坎上，间杂一些菜园和小

① 沈从文致沈云麓大哥信，1939 年 2 月 20 日。
② 沈从文致沈云麓大哥信，1939 年 2 月 20 日。

片果木，多用仙巴掌做绿篱。这些落地生根植物，碰到云南温暖湿润红土迅速繁殖，许多长成了大树，水牛在结实的仙巴掌上蹭痒。杨家大院挨着一排这种树，背靠一带绿茸茸的山坡，地势最高，在龙街算一所讲究宅院。除杨家几房和帮工居住，还接纳我们十几家来来去去的房客。

妈妈每天去七里外乌龙埠，给难童学校上课，爸爸下乡的日子，也到难童学校和后来的华侨中学讲几堂义务课。





孩子们日子过得还像样。龙龙每日上学，乡下遇警报时即放炮三声，于是带起小书包向家中跑，约跑一里路，越陌度阡，如一猴子，大人亦难追及。小虎当兆和往学校教书时，即一人在家中作主人，坐矮凳上用饭，如一大人，饭后必嚷“饭后点心”，终日嚷“肚子饿”，因此吃得胖胖的，附近有一中学，学生多喜逗他抱他散步。一家中自得其乐，应当推他。[①]

一人守家并不好玩，我会说“无聊”这个大人用的词，白天老想朝外跑。跑出杨家大院有五条道：去河边的，随妈妈打水洗衣天天要走几次，不新鲜；通龙街的半路有群白鹅，长脖子挺直，一个个比我还高，那神气仿佛在我脸上选择，该用善拔草的扁嘴在哪儿拧一下；去龙翔寺山道有鲜丽的巨大花蝶，无声无息拦路翻飞，肯定是坏婆娘放蛊；第四路有凶狗；第五条多马蜂，我一人出去，不敢跑很远。

爸爸在家，常问我们兄弟：

“猴儿精！稳健派！怕不怕走路？勇敢点，莫要抱。”

这真适合我们好动如球性格，于是几人四处跑去。远则到滇池涉

① 沈从文致沈云麓大哥信，1941年4月30日。

水，近则去后山翻筋斗，躺着晒太阳，或一同欣赏云南的云霞。背山峡谷里小道奇静，崖壁有平地见不到的好花，树桠巴上横架着草席包裹的风干童尸。有时跑很远去看一口龙井咕咕冒水，或到窑上看人做陶器，讨一坨特别黏的窑泥玩。若进了县城，路越走越高，冰心家在最高处。听说冰心阿姨去重庆坐过飞机，我觉得这真了不起，编进杜撰的儿歌。古城乡魁阁像楼又像塔，我挺羡慕费孝通伯伯一伙专家，天天在上边待着。我们最多的还是在野外随处乱跑，消耗掉过剩精力，再回来大嚷肚子饿。

兄弟俩不但消化力强，对精神消费也永不满足，逼得妈妈搜索枯肠，使出浑身解数来应付。于是我们听熟了她小时朱干奶奶用合肥土话哄她的童谣；又胡乱学几句妙趣横生的吴语小调，是在苏州念中学时，女同学一本正经教她的；英文歌是对大进行超前教育，我舌头不灵活，旁听而已。妈妈看过几出京戏，不得不一一挖出来轻声唱念，怕邻居听见，因此我们知道了严嵩、苏三等人物。昆曲真莫名其妙，妈妈跟充和四姨、宗和大舅、查阜西伯伯们凑到一块，就爱清唱这种高雅艺术，我们兄弟以丑化篡改为乐。救亡歌曲是严肃的，必须用国语或云南话唱。对于我跟大贪得无厌的精神需求，妈妈计穷时，如果爸爸在家，就能毫不费力替她解围。

两个装美孚油桶的木箱，架起一块画板，是全家文化活动中心。我们围坐吃饭，妈妈在上边改作业，大在上边写“描红”大字，爸爸下乡来，也常趴在画板上写个不停。轮到有机会听故事讲笑话时，每人坐个蒲团，也是围着它。云南的油灯，粗陶盏子搁在有提手的竹灯架上，可以摆放，又能拎挂。家里这盏如豆灯火，常挂在比画板稳的墙上。我学会头一件有用事，就是拿糊袼褙剔下的破布条搓灯芯。现在全家围拢来，洗耳恭听爸爸唱歌，他总共只会一首：

“黄河黄河，出自昆仑山——唵流经蒙古地——咿转过长城关！一二一！一二一！”十足大兵味，定是在湘西当兵时学的。大家笑他，他得意，从不扫兴。

“不好听？我来学故事吧！”

这才是拿手。于是“学”打老虎、猎野猪、捉大蟒故事，又形容这些威严骄傲兽物的非凡气度，捕食猎物的章法。

熊娘是可笑东西：“熊娘熊娘打空瞌，不吃伢崽吃哪个？”

我并不怕，那不过是脸被胡子下巴扎一气，胳肢窝被胳肢一番罢了。若躺着听故事，他就会眯小眼睛，迈起熊步，巴嗒着嘴，哼哼唧唧，熊娘要吃“不哉”了。我始终不明白，为什么小孩脚趾叫“不哉”？但熊娘已逼近脚丫，搞得我奇痒难忍，喘不上气，熊娘十分开心：

“啊唔啊唔好恰，果条伢崽没得掐恰！”①

学荒野故事时，爸爸还随时学蛇叫，模仿老虎叫。讲到猪被叼着耳朵，又被有力的尾巴抽赶着进山时，那猪叫声也逐渐远去。他学狼嚎听来瘆人，于是又学十几种鸟雀争鸣，自己总像那些陶醉于快乐中的雀儿。

他的故事永不枯竭，刚讲完一个就说：

“这个还不出奇，再学一个《杜十娘怒沉百宝箱》。”

我还不能听准他的凤凰口音，暗想呈贡县城马寡妇店里一坨坨鹅蛋形辣豆豉肯定好吃。

“豆豉娘是县城里那个寡妇吗？”

“当然！就学《豆豉娘怒沉百宝箱》。”

下一个更出奇的，就会学成《酱油娘棒打薄情郎》。他的故事像迪士尼先生的卡通片一样，人物情节都随想象任意揉搓变形，连眼前家人，也在故事里进进出出，方便着呢。我们兄弟心里，没有“父亲的威严”概念，而爸爸的狼狈失态丢面子经历，给许多故事大增光彩。我一个方块字还不认得时，已熟悉《从文自传》主人公一切顽劣事迹，以及受处罚的详情。他讲到曹操半夜翻墙落入茅坑，故意不声

① 湖南凤凰方言“吃”说成“掐”或“恰”（qia）音，此处后半句意为“那个孩子没得吃吃”。

张，等着伙伴跳下来一块儿倒霉，我以为爸爸跟他们是一伙。为撩拨消化机的兴奋点，故事里随时加些美味道具：

“妈妈读大学时候不肯理我，见到我就跑。有一天她到书店，喏，这样子左手挟两本洋书，右手拎一盒鸡蛋糕。头发后边短短的像男孩子，前边长长的拖到这里，快遮起眼睛了，呱！一下甩上去，要算神气喃。好，进了书店，忽然一抬头，看到柜台后边萧克木先生，戴个黑边眼镜，像我像极了。好，以为碰到沈从文，即刻，呱！丢下鸡蛋糕，扯起脚就跑！”

“后来呢？”

“跑了嘛，就完了。”他冲我微笑。

我实在不放心：“那后来呢？”

头一次团聚生活在我眼里，总像云南的蓝天和彩霞一样洁净明丽。绑成长串的枯瘦四川壮丁路过龙街，疫病肆虐，到处有人倒毙的场面，周围有时发生的残酷事情，爸爸妈妈遇到的种种烦恼，他们都小心又小心地不叫我们看见，只是没办法完全做到。

> 孩子们虽破破烂烂，还活泼健康，只是学校不成学校，未免麻烦！三姊下月即不再做事，因为学校要结束……大多数教书的都有点支持不下去……[1]

> 政治方面又因极讨厌那些吃官饭的文化人，不愿意与他们同流合污混成一气，所以还不可免要事事受他们压抑，书要受审查删节，书出后说不定尚要受有作用不公正批评……我相信有一天社会会公道一点，对于我的工作成就能得到应得待遇的。[2]



① 沈从文致沈荃三弟信，1943年1月11日。

② 沈从文致沈云麓大哥信，1942年9月8日。

## 三

浑身锈斑的“昌黎”号缓缓贴向青岛码头。我崇拜机器，这座散发着火车气味、海腥味和酽尿臊臭的庞然大物是我的圣殿，离开上海烂泥码头以来，它摇得我又晕又吐，这会儿好了，我得仔细瞻仰。

船上两根不太长的吊杆，从仓里合着揪起沉重网包，工头喊着奇怪的号令，两边吊索或张或弛，让网包凌空摆动，忽然顺势放绳，大网兜着几十个麻袋，人猿泰山一样悠向码头落稳，我对开起重机人物充满敬佩之情。

网开了，汉子们握钩掀动沉重麻袋，扛起鱼贯走向仓库。黑衣警察挥舞皮带驱赶妇孺，她们个个捏着小簸箕小笤帚，风快地收敛地上东西，原来运的是大米。

我们母子正赶去北平同爸爸会合，半年多不见，我早已十分想念。何况北平是最美好的地方，爸爸讲过许多北平的故事，那儿有我本来的家，有大跟我睡过的小床，有收音机，日本人来了，藏在煤堆里。

对面码头和港内远处，泊满灰色美国军舰，方头登陆艇来往繁忙，我跟大争论着，想知道的事情太多，答案太少。

青岛街上车马稀少，商店清清冷冷，公园荒凉萧杀，栈桥破破烂烂，海滩空无一人。沿途经过几处营房，这里好像兵多于民。青岛并不像爸爸妈妈讲的那么美。

换内衣时，胸口沉甸甸有个硬东西。

“路上不太平，给你们每人缝两块洋钱。”妈妈小声嘱咐，“还缝了地址条，失散了，就各自想办法去北平，到北京大学找爸爸。”

“有那么危险?”

“听说，八路军扒铁路，截火车，船到秦皇岛，咱们还得坐火车呐。”

我有点紧张："要是八路逮去，危险吗？"

"不一定有这事。只是怕万一铁路断了，有人趁乱抢劫。落在八路手里反而不必怕，说不定他们知道爸爸是北大教授，会送你去北平。"

"那我宁可让八路军逮一回玩玩。"

妈妈笑起来："人家要是喜欢你，把你留下当小八路。过几年这小八路再来看爸爸妈妈。"

在秦皇岛看到数不清的煤堆，想起收音机，我一心向往着快到北平见爸爸，不愿被八路逮一次了。

火车又脏又挤又慢，沿途景色灰黄单调，唯一难忘印象，是一路有无数大小驻军碉堡。



中老胡同三十二号有红漆大门，进去不远又有二门，爸爸引着我们绕过好几幢平房，才到西北角上新家，这院子真大。

大院住二十几家教授，有三十多个孩子，好些在昆明就相识。吴老倌在联大附小揍我，按照文明校规被罚喝黄连水。大闻小闻在昆中北院斗剑，拿竹竿互打，喊着："阿里巴巴四十大盗，铿！铿！铿！"那时我跟大真为他们捏把冷汗。遵从伯妈们建议，我得去几个乖女孩读书的孔德学校，插四年级班，暂时受到点管束。

跟我先前进过的五所学校相比，孔德是唯一不用体罚的地方，但学费合两袋洋面，我憋着将来考一所公立中学。因为在孔德上学，爸爸每星期交我一包稿子，带给学校附近的《益世报》办事处。我懂得这是许多人辛辛苦苦写成，要印在下星期副刊上的重要东西，心怀一种担负重任的秘密快乐。

虽说团聚了，像在龙街全家围坐忘情谈笑的机会总也等不来。爸爸很忙，没空逗我们玩，这不能在乎，我大了，爸爸也有些不同了。

在云南乡下，除了吃"不哉"，爸爸还老要"打股骂曹"，叫我趴床上，他照那椭圆形肉厚处，拍打出连串复杂节奏，一面摇头晃脑，

沈从文在北大宿舍

哼着抽象含糊的骂曹檄文。可能手感很好，总也骂不完，大在一旁等不及，自动贴到旁边：

“爸爸该打我了！该打我了！”

现在他还是幽默温和，可总有点什么不同以往，没办法跟爸爸纵情玩闹了。

空寂的北海冰已开始疏松，我头一次见到一个滑冰的人，那种式样的白塔也没见过。

“山顶那个白塔真大！爸。”

“妙应寺还有个更大，元朝定都时候修的，比故宫早得多。这个塔更晚，清朝的。”

故宫博物院金碧辉煌，我原以为凡是古董爸爸都欣赏，到这才知道他有褒有贬。

"皇帝身边有许多又贵又俗气东西，并不高明……"

他对每个角落每件器物，好像都能讲出些知识典故，或嘲笑当年的种种古怪礼仪，又或对精美展品赞不绝口，自己说得津津有味，听的人都累极了。

天坛壮美无比，圜丘坛像巨大的三层奶油蛋糕，袁可嘉叔叔站在蛋糕上环顾四周：

"这简直是几何！是几何！"

我被祈年殿的庄重完美镇呆了，什么也说不出。爸爸指着那最高处：

"梁思成伯伯和林徽因伯妈都上去过，测绘了所有构造。"

他还讲北京另外许多建筑有多美，但又说：

"啧！可惜了！已经毁掉很多了！"

日子一长我注意到，他在欣赏一棵古树、一片芍药花，或凝视一件瓷器、一座古建筑时，往往低声自语：

"啧！这才美呐！"

就跟躺在杨家大院后山坡看云彩一样，但现在经常接着轻轻叹息。他深爱一切美好东西，又往往想到美好生命无可奈何的毁灭。

他常带我上街，爱逛古董铺、古董摊。掌柜的全认识他，笑脸相迎。他鉴赏多，买得少。我看出老板们不是巴结他腰包，而是尊重一个行家。他间或买些有裂纹的瓷器，因为贱，常像小孩一样，把这新玩意得意地向朋友显摆。我对这些没兴趣，但不放弃一同上街机会，跑遍了城南城北和几个小市，路上总有话说。

"那是我二十几年前住过的公寓。丁玲同胡也频也住过，我介绍的。老板对我们特别好，肯赊账。"

我看到曾叫汉园公寓那座小楼，隔北河沿对着北大红楼，河沿死水恶臭，垃圾如山。那两个人，爸爸妈妈偶然谈起，听得出在他们心上的分量，都是特别好的朋友，但我除了见过两本爸爸写他们的书，从未见过人。

“他们现在在哪儿？爸。”

“胡也频早就被偷偷枪毙了。丁玲在那边。”

我大吃一惊。“那边”，就是八路，敢情他们是共产党！

其实，爸爸的老少朋友，即使被社会所不容，所践踏，所抛弃，他也从不讳言同这些人的交往和友情。朋友可以有完全不同信念，走不同的方向，令他倾心难忘的，总是这些人生命和性格中，爸爸所看中的美好部分。我当时一点不懂这种非功利的对待友情态度。



我家的客人很多，年轻人多来找爸爸谈写作。有个白脸长发大个子一坐必很久，岔开两腿亮出破鞋裂口，坦然自若，凡人不理，爸爸待他，同那些斯文腼腆学生没有两样。问起他的来历，才知并不是大学生。

“会写点诗，肯用功，没有事情做。啧！毕了业的也没有事情做。”

不知他想到了哪个学生？

东安市场里，妈妈让我帮着长眼，选了支大金星钢笔，是为大表姐买的。这两天以瑛大表姐在里屋和爸爸妈妈关门嘀咕，不像别的亲友大声说笑，听得见爸爸在叹气。

常有人说：“此处不留爷，自有留爷处；处处不留爷，爷去当八路！”

可现在，“姐”要当八路去了。她来去都静悄悄的，没露出“爷”的豪气。

爸爸也常带我去访友，学者教授艺术家，多是清茶一杯，记不得在谁家吃过饭。这天说要带我去看一个伟人。奇怪！他会有伟人朋友？

“你念念这诗。”他递过一本翻开的洋装厚书。

“我从山中来，带得兰花草，种在小园中，希望花开早……嗨！这种诗像小孩子写的！”我为这么厚的洋装书抱屈，“胡适之写这个，就算伟人啦？”

“当然不止这些。不过那时候能写这种小孩子东西已经很了不得。没人提倡这些，你就读不到那么多新书，我也不会写小说。”

我这时已在囫囵看些叶绍钧、鲁迅、张天翼、老舍和爸爸写的厚书。

胡适之没我想的那样可怕，敢情伟人也是人！老太太笑眯眯摸我的脑门：

“刚刚做的媒……小的都这么大了……”

我以为她刚在楼下做煤球，纳闷怎么两手雪白，而且比妈妈的粗巴掌柔软？



爸爸妈妈愁苦难过，在为朋友揪心。报上说警宪包抄了灯市西口那座房子，搜捕共党。徐盈伯伯和彭子冈阿姨就住在那儿，是《大公报》记者。两人中徐盈伯伯来访次数多些，他总是温和亲切，坐不多会就走了。爸爸妈妈常在背后夸赞他们。

> 谈中国问题，我就觉得新闻记者徐盈先生意见，比张东荪、梁漱溟二老具体。言重造，徐先生意见，也比目下许多专家、政客、伟人来得正确可靠！[①]

过几天放学回家时，爸爸正抓着徐伯伯手两人坐一张条凳上相对微笑，大一看见马上笑着嚷起来：

“我知道你和彭阿姨的事。你们都是‘那个’。”

徐伯伯和蔼如常，像什么也没发生。

十年后，他们在自己人当中遭到了更大麻烦……

四十年后，爸爸在高烧住院时，仅仅听到别人谈起他们名字，当

① 沈从文致黄灵庞邮，1946 年年底。

即老泪纵横。这是后话。

1948 年 7 月 30 日晚，在颐和园东北角一间潮湿房子里，爸爸给城里的妈妈信中写道：

> 我一面和虎虎讨论《湘行散记》中人物故事，一面在烛光摇摇下写这个信，耳朵边听着水声秋蛩声，水面间或有鱼泼剌，小虎虎即唉哟一喊，好像是在他心上跳跃。……一切如此真实，一切又真像作梦！人生真是奇异。我接触的一分尤其离奇。下面是我们对话，相当精彩：
>
> 小虎虎说："爸爸，人家说什么你是中国托尔斯泰。世界上读书人十个中就有一个知道托尔斯泰，你的名字可不知道！我想你不及他。"
>
> 我说："是的。我不如这个人，我因为结了婚，有个好太太，接着你们又来了，接着战争也来了，这十多年我都为生活不曾写什么东西。成绩不太好。比不上。"
>
> "那要赶赶才行。"
>
> "是的，一定要努力。我正商量姆妈，要好好的来写些。写个一二十本。"
>
> "怎么，一写就那么多？"（或者是为礼貌关系，不像在你面前时说我吹牛。）
>
> "肯写就那么多也不难。不过要写得好，难。像安徒生，不容易。"
>
> "我看他的看了七八遍，人都熟了，还是他好。《爱的教育》也好。"
>
> 一分钟后，于是小虎虎呼鼾从帐中传出。

## 四

“剩下许多稿子，只好尽量退还作者。”

爸爸交给我一些要寄出的邮件，而不是送到《益世报》办事处的一卷。要打仗了，他忙着一一处理别人的心血。

吉六先生：

你文章因刊物停顿，无从安排，敬寄还，极抱歉……一切终得变。从大处看发展，中国行将进入一个崭新时代，则无可怀疑……人近中年，情绪凝固，又或因性情内向，缺少社交适应能力，用笔方式，二十年三十年统统由一个“思”字出发，此时却必需用“信”字起步，或不容易扭转，过不多久，即未被迫搁笔，亦终得把笔搁下。这是我们一代若干人必然结果。如生命正当青春，弹性大，适应力强，人格观念又尚未凝定成型，能从新观点学习用笔，为一进步原则而服务，必更容易促进公平而合理的新社会的早日来临。[①]

北平要打一仗，我和伙伴们兴奋不已。兄弟俩用掉很多卷美浓纸，把窗玻璃糊成一面面英国国旗样子，好容易才完工。大跑出去转一圈，带回沮丧消息：

“人家陈友松伯伯窗户用纸条贴字，‘风雨同舟’，还有别的什么来着。”

大院各家商议，选较宽的东院挖了几条壕沟。我趁机在家门口也大兴土木。头三年早就立志挖口井，在云南大地上掏了二尺深怎么还不见水，只好提两桶灌进去自慰。这次挖了五尺深，妈妈说：

① 沈从文致吉六废邮，1948 年 12 月 7 日。

沈从文全家在颐和园霁清轩。后排左起为沈从文、张兆和，前排左起为沈龙朱、沈虎雏。摄于1947年

“把煤油桶藏进去吧，安全点。”

没有抹杀我的成就。

六年级教室窝在礼堂背后，礼堂里传来陌生的歌声，真好听！扒窗缝看，只见里边一群中学生，没有老师，自己在练唱：

“山那边哟好地方，一片稻田黄又黄。大家唱歌来耕地呀，没人为你做牛羊……”

嘿！是八路军的歌！我们几个钻进去，抄那黑板上的词谱，大同学们并不见怪。

街上到处是兵，执法队扛着大刀片巡逻。已经听到炮声，终于孔德也塞满了军人，停课了，真开心！大院孩子们天天扎堆玩闹，那些大人们你来我往，交换不断变化的消息。

来了个同乡军官，为不得不退缩城里而烦恼。我凑近去看美式配备卡其制服上的徽记。

爸爸问他："听说清华学生打起旗子去欢迎，搞错了，迎到撤退的部队，朝学生扫射，是不是你的兵？"

"没听到过。要是碰到我，也会下令开枪！"

"啧！啧！"他摇着头，"那是学校嘛！还去丢了炸弹。"

"这是战争！有敌人就要打！"

"已经死多少万人了！啧！战争……"

南京飞来的要员，以前西南联大爸爸一个上司来过家里，让他赶快收拾南下，说允许带家眷，很快就要上飞机。现在飞机只能靠城里的临时机场，住处附近已常有炮弹落下，一次总是两发，皇城根一带落过，银闸胡同也落了，筒子河上还炸死过几个溜冰的人。传说北池子北口防痨协会做了弹药库，炮是朝那儿打的。小孩子们都不知道怕，议论着八路为什么老打不中？

爸爸的各种朋友不断进出，大人们一定在商议那件重要事情，家里乱糟糟的。

我暗自高兴，期待着坐一回飞机，又很想把这一仗看到底。北平这么好！我家有什么必要逃出去呢？这样矛盾着胡思乱想，没容我想两天，事情已决定，我们不走。爸爸的一些老朋友，杨振声、朱光潜伯伯们也都不走。家里恢复了以往秩序，没客人时爸爸继续伏案工作。大家等待着必然要来到的某一天。

出乎意外，中和舅舅突然来了。他读清华土木系，随一群同学叫开德胜门路障，说要进城买烟，守军没刁难他们。全家兴奋地听他摆活，首先被告知：不叫八路军，现在叫解放军。他们所到的地方，就解放了。爸爸急着打听梁思成一家、金岳霖和其他许多朋友情况，高兴他们全都平安。我们咧着嘴整天围着中和舅舅，享受那些娓娓动听故事和新奇见闻。

“有个女八路唱了很多歌，”他还是习惯说八路，“那嗓子，从来没听过这么棒的！”

我觉得那女八路应该像以瑛大表姐样子，唱的一定有我学的那支歌。往后就不必没完没了听电台播那些“你你你你你你你你真——美丽”之类讨厌的陈腔滥调，每次听到这种歌，大就皱眉说：“黄色的！”我也说：“黄色的！”也皱眉。

陆续有人来转告，北大民主广场上贴了好多壁报、标语，是骂爸爸的。大想看个究竟，就去了。我觉得没看头，那里天天有壁报。以前同院周炳琳伯伯关闭北楼，北大贴了一大片声讨他的壁报，周伯伯并没怎么样。





大回来了：“挺长的呐，题目叫《斥反动文艺》，说爸爸是粉红还是什么桃红色作家。也骂了别人，不光是爸爸。”

这个糊涂的大，专门去看，既不懂原作者郭沫若的权威性，又忽略了那个权威论断：

> 特别是沈从文，他一直有意识的作为反动派而活动着……[1]

我其实更不明白，心想粉红色总带着点红，大概骂得不算厉害。我从小偏爱粉红色，夜里猫在房顶唱情歌，我说是“粉红哇呜”声音。

> 小虎虎且记得三叔给粉红色可可糖吃。他什么都是粉红色，连老虎也是粉红色。[2]

爸爸可受不了粉红色帽子，对这顶桂冠的分量，他心里一清二

① 郭沫若：《斥反动文艺》，《大众文艺丛刊》1948年第1辑。
② 沈从文致沈云麓大哥信，1940年2月26日。

楚，又相当糊涂。天天轰然爆裂的炮弹他不大在意，这颗无声的政治炮弹，炸裂的时机真好，把他震得够呛，病了。

后半夜爆炸声震醒了大家，何思源被特务炸伤了。一天后他裹着纱布，消失在通海甸的路上时，带去傅作义将军一生最重要的选择，也牵动着二百万渴望和平的心。

枪炮声日渐稀疏，终于沉寂。

爸爸心中的频频爆炸，才刚开始，逐渐陷进一种孤立下沉无可攀援的绝望境界。

“清算的时候来了！”

他觉得受到监视，压低声音说话，担心隔墙有耳；觉得有很多人参与，一张巨网正按计划收紧，逼他毁灭。没人能解开缠绕他的这团乱麻，因为大家都看不见。他的变化搞得全家不知所措，我们的“迟钝”又转增爸爸的忧虑。他长时间独坐叹息，或自言自语：

“生命脆弱得很。善良的生命真脆弱……”

“……都是空的！”

走近身，常见悲悯的目光，对着我如看陌生人。忽而，又摸摸我手：

“爸爸非常之爱你们。知道不知道？”

我当然知道，但很不自在，不知该怎样帮助他。

在全国正有几百万人殊死搏斗的时刻，一个游离于两大阵营之外的文人病了，事情实在微不足道，但却给一切关心他的“左倾右倾”朋友添了麻烦。大家跑来探望，带着围城中难得的食物，说着这样那样宽慰的话，都无济于事。1月末，远在清华大学的程应铨叔叔和梁思成伯伯，大冬天托带了冰淇淋粉和短信给爸爸：

从文：

听念生谈起近状，我们大家至为惦念。现在我们想请你出来住几天。此间情形非常良好，一切安定。你出来可住老金（岳霖）家里，吃饭当然在我们家。我们切盼你出来，同时可看看此间“空气”，我想此间“空气”，比城内比较安静得多。即问

双安。

思成拜上　廿七日

他去了。当天由罗念生伯伯送去的。

二十九过年，好多朋友来拜年，问长问短。妈妈独自应接，强作笑脸，明显憔悴了。这个年真没劲，我们都想着几十里外，另一个天地的爸爸。

两天后北平“解放”了。人们欣喜地迎看解放军。他们军容整肃，个个容光焕发，和蔼可亲。他们纪律严明，廉洁朴素，从此再没有腐败的官僚。大家欢喜他们，我也欢喜。

好朋友的关怀照抚治不好爸爸的病，这时仍然一天天被精神的紊乱缠缚更紧。

“我”在什么地方？寻觅，也无处可以找到。

我“意志”是什么？我写的全是要不得的，这是人家说的……[1]

我终得牺牲。我不向南行，留下在这里，本来即是为孩子在新环境中受教育，自己决心作牺牲的！应当放弃了对一只沉船的希望，将爱给予下一代。[2]

① 沈从文致张兆和信，1949年1月31日写于清华园。
② 沈从文致张兆和信，1949年2月2日写于清华园。

大院的孩子们仍然天天聚集玩闹，现在兴趣集中在学新歌上。我们很快就学会唱“他是人民大救星”，又学会唱“从来就没有什么救世主”等等，每首新歌都叫人振奋，又那么好听。

这天女孩子们商量过，一本正经找我教舞蹈。

“什么？什么？”脸红，“我可不会跳舞！”

“知道你学了‘山那边好地方’，别骗人！”

“这是进步嘛！摆什么架子！”

孔德的中学生随后的确又排练了舞蹈，我不过是旁观，那也赖不掉，只好尴尬上场，“进步”了一次。男孩们戳在一边讪笑，主要在笑我，我自己也很难忍住。

回到家，就再也笑不出来。爸爸愁眉不展，常叨念些什么，不可理解，总也不见好。

穿一身粗糙的灰棉军装，大表姐突然降临。我们欢天喜地，妈妈跟她讲了爸爸的事，以瑛表姐一点没嫌弃，对爸爸非常热情体贴。饭桌上，妈妈端出罕见的鸡汤，表姐推让着：

“我们大家伙吃！大家伙吃！”

听！听！说的都是八路的新词。全家竖直耳朵听她讲了好多真实的故事。爸爸看她，露出笑容。她不知道，我们心里是怎样在感激这位共产党姐姐。

新进城的熟人陆续来看望爸爸，有军人也有穿便服的干部。这天又来了个解放军，和大表姐一样热情关切，爸爸还记得，是他的学生，谈得很高兴。这些人给了妈妈证据，去劝慰爸爸：

“你看，人人都是真心对你，盼你病早点好，跟上时代。谁要害你？”

“他们年轻，不是负责的。”

爸爸又回到老样子。

开学了，我们兄弟奔赴学校去接受新事物，集会游行很多，锣鼓声不断。爸爸的病日益加重，陷入更深的孤独纷乱。一些年轻朋友来告别，有的进了革命大学，不久就要随军南下，有的投身崭新工作，意气风发，往后见面机会少了：

“沈二哥你多保重。三姐也得注意身体，你太辛苦了！”

他们都清楚，这个家全靠妈妈支撑着。

我们真盼望那些解放军朋友们常来。他们多少总能让爸爸精神松弛一下，还能给妈妈拿点主意。正好，来了一位戴眼镜的首长，警卫员不离左右，他受到理所当然的尊敬和欢迎。首长果然比青年人有见识，他劝妈妈尽快挣脱家庭束缚，跟上时代参加一项有意义的革命工作。眼下先进一所学校，接受必要的革命教育。真是拨开迷雾，茅塞顿开！妈妈当然愿意，我跟大也高兴，妈妈将要成为穿列宁服的干部，多带劲！可是爸爸怎么办？

几经商讨、求教、争论，事情很快定下来，筹办中的华北大学录取了她。爸爸精神更忧郁，他不乐意，完全在预料中，这叫闹情绪，扯后腿，都是八路带来的新词，准确生动。克服不了这点困难，就永远把妈妈捆住。他要是久病下去，全家怎么办？因此必须坚定勇敢，咬紧牙关，实在不行雇请个人料理家务，这是唯一合理的选择……但我们没料到，能看见大网的“疯子”，这时却望见抓纲的人居高临下得意扬扬，那狂乱的头脑，再次依稀想到老友文章里的劝告：不如自杀……

“锵！锵！七锵七！锵！锵！七锵七！停！向后——转！再来。锵……”

全校按体操队列在操场上只能扭八步。今天早操提前半小时，学扭秧歌，这不算难，一早上全学会了。放学后高年级留下再练，单列排成 8 字队形，可以连续扭了。在中心点交叉而过，真好玩。

“停下！大家掌握胳膊和腿的动作都挺好。现在缺点是脖子还没有秧歌味，这个要领很难说清楚，只有一位同学相当不错，大家再来，注意模仿他。好，开始！”

于是扭动的8字长队，一双双眼睛都追踪着那根自负的脖子。这一天痛快极了。

家门洞开，里边乱糟糟的。窗上一块玻璃碎了，撕破的纱窗裂口朝外翻。只有大在家。

爸爸出事了！

早晨我走后，他就做着解脱的尝试，被大制止了。后来他用几种办法寻求休息，幸好魁伟的中和舅舅来到我家，爸爸没成功。

这惊动了大院的众多邻居。他们中间有的人，在以后岁月里也曾寻求解脱，成功了。

妈妈很晚才从医院回来。过两天她就该去华北大学报到，只好推迟。

在爸爸遇救时，听见他叨念着：

“我是湖南人……我是凤凰人……”

他可能还想说“我是乡下人”，但已糊涂了。

糊涂中看到更多可怕的事，明白人都看不见。他老嚷要回家，躁动，又被制伏……

朋友们去探望安慰，他冲人家说希望有个负责人跟他谈谈，告诉他究竟准备如何处置？这真叫听的人为难。谁要处置他？谁才算负责人？杨刚回去商量，通知他准备派吴晗做这件不讨好的事情。

“可怕极了！你们不能想象。”

他抓紧我手，朝怀里按一按，尽量压低声气。他看见一个戴眼镜的人蒙着口罩，装成医生穿着白褂子，俯身观察他死了没有。看见……

“我认得出来，别人是医生，他不是。”

爸爸看到了收紧大网的一些人，现在正排演着一步步逼他毁灭的戏剧，有人总是居高临下出现在他的幻念里……

迫害感且将终生不易去掉。[1]

当时写下的这句疯话应验了。

爸爸出院后闭门养病。5月，妈妈才进入华北大学。爸爸照习惯，又三天两头跑去北京大学博物馆帮着筹建、布展。

“妈妈离家你想不想?”



“无所谓!”

我做出懂事样子，回答周围穿灰军装学员。王忠叔也穿着过大的军装，在远处扭秧歌，姿态滑稽但特别认真，我不能笑话。

有些认识的人问：“你爸好吗?”

“还好，挺安静的。”

安静就行了。在家里他仍旧长时间独坐叹息，写个不停，然后撕掉。晚上倾听收音机里的音乐，有时泪眼欲滴。一觉睡醒时，常见他仍旧对着哑寂的收音机木然不动。

谁能帮助他呢？指望谁来解开他心上的结呢？我们老早就想到了同一个人，她在大人的记忆里，在我们兄弟朦胧感知的印象里，是那样亲切，没有什么事情不能同她商量、向她倾诉，只有她最了解爸爸，能够开导他。爸爸也信任她，早就盼着见到这位老朋友。

终于，得到了丁玲的口信，原来这么近!

爸爸攥着我手，一路沉默。我明白他的激动和期待。没几步，到了北池子一个铁门，门岗亲切地指着二楼。暖融融的大房间阳光充足，我看见爸爸绽开的笑脸，带一点迟滞病容……

回来我一直纳闷，这相隔十二年的老友重逢，一点不像我想

① 沈从文日记《四月六日晨七时》，1949年4月6日写于北平病房，见《沈从文全集》第19卷。

的，只如同被一位相识首长客气地接见。难道爸爸妈妈那些美好的回忆，都是幼稚的错觉？那暖融融大房间里的冷漠气氛，嵌在我记忆里永远无法抹去。

但也还有朋友来访，出席第一次文代会的巴金、李健吾、章靳以几位上海的文学朋友，特意到中老胡同大院看爸爸。关心他的人却不敢询问什么，小心避开令他难过的问题。大热天，一位老革命同乡朱早观伯伯来了，自己扛个大西瓜，还没进门就高声问候，警卫员坐石阶上任我欣赏蓝闪闪的驳克枪，爸爸的笑声夹在豪放大笑中断续传出来……另一位老革命同乡刘祖春叔叔比较斯文，他劝妈妈不能操之过急：

“欲速则不达。他不是革命者，不能拿革命者去要求他，最要紧的是爱护体贴……”

他们是负责的吗？他们能证明那些梦魇并非事实吗？可惜办不到！爸爸真固执。

吴晗来时，他跟人家说愿到磁县去烧瓷，让吴晗很为难……

8月后，他被安排去熟识的午门楼上历史博物馆工作，是爸爸同意去的。

在家里，还是老样子。那年多雨，许多地方被淹。他站在门前轻轻叹息：

“雨愁人得很。”

我们兄弟就学着用新观点批评：“翻身农民不会这样想。”

晚上他还是不断地写，写写又扯烂。收音机同他对面时间最久，音乐成为他主要伴侣，唯有音乐在抚慰他受伤的心，梳理别人难以窥见的既复杂也单纯的情感。无法想象音乐对他生命复苏，起着什么样的作用。

一和好的音乐对面，我即得完全投降认输。它是唯一用过程来说教，而不是以是非说教的改造人的工程师。一到音乐中我就十分善良，完全和孩子们一样，整个变了。我似乎是从无数回无数种音乐中支持了自己，改造了自己，而又在当前从一个长长乐曲中新生了的。[1]

## 五





北平解放这年夏天，我考进了男四中。寒假，爸爸带我去午门上班，在五凤楼东边昏暗大库房里，帮助清理灰扑扑的文物。我的任务是擦去一些不重要东西上的积垢。库房不准生火取暖，黑抹布冻成硬疙瘩，水要从城楼下边端。爸爸跟同事小声讨论着，间或写下几行字。他有时拿大手绢折成三角形，把眼睛以下扎起来挡灰，透过蒙蒙尘雾，我觉得这打扮挺像大盗杰西，就是不够英俊，太文弱。中午我们在端门、阙左门、阙右门进进出出，让太阳晒暖身子。他时时讲些我兴趣不大的历史文物知识。这挺好，爸爸又在做事了，我不扫他兴，由他去说。

“这才是劳动呐！这才叫为人民服务喃。”

他边走边叨念着，说给我听，又像自语。

爸爸这一头扎进尘封的博物馆去，不知要干多少年？那十几二十本准备好好来写的小说，恐怕没指望了。在病中对着收音机独坐时候，他写过许多诗，又随手毁掉。那不过是些呓语狂言吧？也说不定，那是他写作生命熄灭前最后几下爆燃，奇彩异焰瞬息消失，永不再现？

真不明白一切错综变故，怎么会发展到这样严重？爸爸在最不应该病的时候倒下，得的又是最不合适的病。这是全家的心病，沉重得

① 沈从文致张兆和信，1949 年 9 月 20 日。

直不起腰，抬不起头。我们母子总想弄清来龙去脉，常一起讨论，冥思苦想，不得要领。我在爸爸更稳定一些时，以及后来的岁月直到20世纪80年代，曾一再找机会直接问过他。每次问到那场变故，正常人看不到的种种可怕幻觉，在他心里马上浮现出来，戏剧执导和男女角色时隐时现，继续排演那同一主题的剧目……我怕伤着他，不敢再谈下去。他的病可能从未治好，那张看不见的网我们永远无法揭去。爸爸所有回答，都一再让我想到鲁迅那篇描写狂人的不朽名作……



课堂上讲到第三条路线的文人，有张三李四，瞟我一眼，“还有沈从文”。

沉住气，千万别脸红！我目光低垂，整个脖子脑袋连头皮在内，一个劲不可抑制地发热膨胀，更糟的是我坐头排，人人都能看清这张不争气的红脸。

老师明白我狼狈，课下表示关切：

“你父亲近来好吗？”

哎呀！你不问还好点，同学都围过来了。

“挺好！正在革大学习。”

我故作轻松，但老师无意地勾起了同学的好奇心：

“你爸是辞职还是给北大解聘的？”

辞职是没有的事，可我说不清怎么就离开了北大，还没想出词，向来熟悉文坛的一位同学抢着说：

“是解聘的。”

真窝囊死了！

革命大学在颐和园附近。安排爸爸学习，是爱护和关怀，他的确应该认真学习，彻底改造思想，才能跟上形势。他被动地接受，这就很说明问题，我们得耐心帮助他。

爸爸学得别别扭扭，不合潮流。他不喜欢开会听报告，不喜欢发言和听别人发言，讲政治术语永远不准确，革命歌曲一个也不会唱，休息时不跟大家伙打成一片，连扑克牌都不肯玩，总是钻进伙房，跟几个一声不吭的老炊事员闷坐，还把我一只好看的狮子猫抱给他们。

“爸，你不参加扭秧歌，同志们一定会批评你。要不趁着星期天我在家教你行吗？”

“我不扭。我给他们打鼓。”

这真稀奇！我也是司鼓，比扭的那些人神气，怎么不知道爸爸会打鼓？我马上找来一面小扁鼓，把鼓槌塞过去。

“要考考我？好！”

鼓很差劲，他试试音，半闭起眼睛，开始了。

好像是蹄声，细碎零落，由远渐近，时而又折转方向远去。我以为它会逐渐发展，成为千军万马壮烈拼杀的战场。

没有，他不这样打。轻柔的鼓点飘忽起伏，像在诉说什么，随意变幻的节奏，如一条清溪，偶尔泼溅起水花，但不失流畅妩媚品性。他陷入自我陶醉。

我听过京戏班子、军乐队、和尚们以及耍猴人打鼓，熟悉腰鼓和秧歌锣鼓点，那都是热热闹闹的，从没听过这种温柔的打法。

“爸，你的确会打鼓。可你的调子与众不同。秧歌要用固定的锣鼓节奏，才能把大家指挥好，扭得整齐一致。你这么自由变化，人家一定不允许。”

“休息时候我才打一会。他们承认我会打鼓。”

好不容易有一天，在自由命题作文上，我能心安理得写出这样的开头：“爸爸同志……”

他从革命大学回博物馆半年多，又被组织去四川参加土改，接受阶级斗争教育。这篇作文就是给四川一封信的翻版，有机会在学校重写一遍，我得到点情绪补偿。

爸爸同志不断写来很长的信，描写见闻感受。令人惊讶，怎能写得那么快？他设想，用这些信作线索，将来可写一本《川行散记》。

有过这种事，那是抗战前写《湘行散记》办法。现在可不好说，他这些家信跟《暴风骤雨》味道不一样，写文章不是打鼓，打完就拉倒，可别辛辛苦苦写出个《武训传》第二，招来批判。他还写信给丁玲，希望提前回来写东西。放弃阶级斗争的洗礼，这多不好。我们得劝他坚持到底，现在还是老老实实跟别人一样接受教育吧……这些胡思乱想，我当然没往作文里写。

好景难长，课上讲鲁迅战斗精神，他勇敢地怒斥张三李四……可能又要听见“那话儿”了，我不禁头皮发麻。果然！鲁同志还勇敢地怒斥过爸爸同志。

孙悟空很值得羡慕，他可以向唐僧求饶，沙和尚会帮他说情，师父念紧箍咒时，他可以翻筋斗竖蜻蜓，可以威胁八戒……我却不能，连把头低一低都怕吸引更多的注意。

这年寒假，爸爸同志的家属再也赖不下去了，我们只好告别中老胡同大院，在交道口大头条胡同租私房住下。他从四川疲惫不堪拖着行李归来时，站在院门询问沈从文在不在里边住？

这小院住着不多几户，邻居家净是女孩，几张嘴一天到晚说笑不停，使我觉得很冷清。大在极远的地方读高中，活动特多，很晚回来，同我做伴机会少，于是我每天先在学校玩够了再回家。家里只有爸爸一人，总是伏案在写他的文物材料，我回来他才转过身，同我谈点什么，也趁机休息一下。

“爸，我跟同学从操场翻墙到法国茔地，老坟埋的净是侵略中国的死鬼，都解放了，干吗不把它们刨了？最新的坟埋的是何思源小女儿，特务炸死的，和平之花，有个浮雕像，我猜她妈妈是……”

爸爸不知什么时候，已沉回自己的工作，单上半身扭回书桌方向继续写下去，经我提醒才笑笑，放弃这种别扭的姿势。

只有星期日好，妈妈从圆明园回来，这儿才热闹一阵，像个家样。她回来没一刻闲空，忙着整理三个男人弄乱的家，安排下周生活。

“小弟你看，爸爸这种思想情绪不对头。”

她指着爸爸一张没写完的信，正在清理书桌，指的是“门可罗雀”四个字。

其实若没有女孩们叽叽喳喳，我真可以扣几回麻雀玩玩。从爸爸进革大之前，来访的朋友就一天天稀少了。搬到这儿以后，离老朋友远，来往机会更少了。但怎么可以发牢骚呢？归根结底，是他自己落在时代的后边，我们得帮助他赶上去。但是谈何容易？我自己还进步很慢，哪有那个水平呢？

妈妈教中学，当班主任，星期日下午就匆匆往圆明园赶，路上要两个多小时。这晚上，家里更觉冷清。在寂寞的家里，唯有思想落后的爸爸，跟我待一块的时间长。明年，大就要读大学了，他去住校，我更寂寞……



## 六

老师在出了考场的学生包围下说出正确答案，张嘴聆听的面孔，即刻变化成不同表情。笑声突起，有人把世界最长的河，答成“静静的顿河”；一个同学埋怨另一个是大舌头，传消息口齿不清，害得他把获斯大林文学奖金的作品，错答成《太阳照着三个和尚》。这里正在进行中等专科学校招生统考。北京的中专学校吸引力相当强，连外省学生也有不少跑来试一试。

我第一志愿投考竞争最激烈的重工业学校。生怕考不上，心里老

沈从文在丹江



在打鼓。同时我又满意自己的重要抉择。

我迷恋机器。热衷于亲手做个什么会动的东西，大约从六岁开的头。初中三年尽管看了许多闲书，我偏没读过《绿魇》，不然这会儿就能振振有词，用爸爸的预见去说服他自己。当年他这样描写过我们兄弟：

> ……今夜里却把那年青朋友和他们共同作成的木车子，玩得非常专心，既不想听故事，也不愿上床睡觉。我不仅发现了孩子们的将来，也仿佛看出了这个国家的将来。传奇故事在年青生命中已行将失去意义，代替而来的必然是完全实际的事业，这种实际不仅能缚住他们的幻想，还可能引起他们分外的神往倾心！[1]

爸爸先给我取了个勇猛名字，后来又希望我“从文”。十岁时，我曾把记忆中的“昌黎”号，用正投影规则，敬绘出主视图和俯视图，

① 沈从文散文《绿魇》，作于1943年。

他又大加赞赏和鼓励。今天我当真要去搞机器，爸爸却不乐意了。但是他表现得柔和、讲理。

“弟弟，你还是多读几年书吧！妈妈同我都可以帮到你，把文章写好起。”

“我搞不了文！你跟老师都说我的作文有八股味。”

“有点也可以，多写写，懂得好坏，我就不叫你沈八股了。”

“我喜欢机器，这也挺好嘛！再说……”

再说，就得离文学远点，做个不经心的读者多好！我只是不想刺痛爸爸。





过两天他又找我谈：

“弟弟，学机器也很好。家里有条件供你读大学，大学也可以搞机器。我们希望你至少能读完清华。”

“我要现在就学，四年毕业，还赶得上为第一个五年计划出两年力。”

“你还小呐，不必忙着找事情做。”

“都十五了！你十四岁当兵比我还小。”

唉！这个爸爸是怎么啦？干吗那么上心？我又不是到朝鲜去西藏，现在还不够格。我只是想跟这个家拉开点距离，越早越好！我没能耐帮助爸爸跟上时代，他却无形中影响了我的进步。跟他裹在一块，“那话儿”总叫我矮人半截，像蔫赤包①似的，谁捏一下都没辙。我选中了唯一实行供给制的学校，念书吃穿都由国家负担。我要去住校，去工作，成天生活在集体里，别人才会拿我当一个独立的人，而不是受着这样一个爸爸的供养。可惜他不能明白！

统考以后，他还不放弃希望，总想劝我再去考一次高中：

“弟弟，不读大学，我觉得很可惜，你又不是功课赶不上。”

① 赤包，北京小孩捏着玩的一种红色卵形野果，皮极柔韧，虽经反复揉捏至完全蔫软，仍不易破。

“你也没读过大学，中学也没读过。爸，有用的人不一定都念过大学。”

“可是我非常之羡慕能进大学的人。当时实在不得已，程度太低，吃饭都成问题，没有机会喃。你没有这些障碍，放弃读大学机会，可惜了……”

爸爸耐心做思想工作，一点也打不动我。他自己教了二十年大学，一阵“那话儿”就不明不白给轰得闹不清“谁是我”“我在什么地方”。他曾在辅仁大学兼一点课，离开北京大学以后，算是留在大学里半条腿，这会儿正朝外拔。他尽管没资格犯贪污、浪费、官僚主义之罪，还必须“应师生要求”到辅仁去补“三反”运动的课。因为人家搞“三反”时候，他正在接受土改和“五反”运动的锻炼。所谓补课，无非是做政治思想检查，再听些和“三反”毫不相干的“那话儿”。去辅仁做思想检查，我想大概是爸爸最后一次爬上大学讲台了。

他正在离开的那种地方，我不进去有什么可惜？那种地方大概用不着我做错事，也并非专为惩罚我，不定什么时候，张口能念“那话儿”的人多着呢！仿佛喝水、呼吸一样，是自然需要，是适应环境的一种本能，我巴不得躲开这种环境远远的呢！

……

……

电车铃声清亮悦耳。

“爸，都到小经厂了，你坐车回去吧！”

他不肯，“再走走，同你再走走。”

只好继续推着自行车走下去。

他从来对谁都不远送，这会儿怎么啦？去我的新学校才六站距离，比男四中还近，再说周末就能回家……不过，我已记不起有多少年没一块散步了，走走也好。

他三天两头劝阻，全都是旧意识的反映。从录取那天起，爸爸一

沈从文在北京





直沉默寡言，我猜他还在为我惋惜，可从来不说半句泄气的话，连叹气都没叫我听见一声。

鼓楼檐角外小燕穿来穿去。前年楼顶兽头嘴里冒烟，消防队爬上去，听说是蚊群。大概小燕在吃这种蚊子吧？它们多自在！

鼓楼斜对街铁匠铺里火星飞溅，大锤闷响和掌钳师傅榔头的脆声交替应答，新学校大概也要学打铁？我对那几个汗流浃背的师徒，产生一种亲切感。

“爸，都走出三站路了，星期六我一定回来，你快上电车吧！”

他不走，把我领进一家冷食店，要两瓶汽水。冷冻机轻轻敲击声叫人舒坦，凝一层厚霜的管子飘着冷雾，看上去挺凉快，弥漫着淡淡的阿摩尼亚气味并不讨厌，我嘬着蜡纸管，爸爸走向柜台，弄来一个小圆面包。

“吃过晚饭了，爸，不饿。”

“你吃得下，就一个。”

面包很小很新鲜，盘一圈螺旋形黄丝，他把喝了一点的汽水瓶推过来。

还不肯回去。进了弯弯曲曲的烟袋斜街。窄街上，车后行李有点碍事，我推车让来让去。这包袱太大了，好像我出远门，被塞进许多夏天用不着的东西。

他在一家棉花店前驻足，观看门楼上那些雕饰。

“清朝留下的老铺子，以前很讲究呢。”

指给我看悬吊着的老式店招，脏兮兮的大棉球扁扁的像南瓜。

“这种老店越来越少了，都毁掉了。以后只能从画上看到。”

银锭桥把着斜街西南口，桥头有鲜枣卖，他把手绢摊开来。

“别买了，爸，同学要笑话。”

爸爸像没听见。“尝了，很甜，只有半斤。”

扎上手绢，我说没法拿。他不懂自行车装载学，果然想不出该把它挂在哪，又去解开疙瘩。

消化机！消化机……

消化机早已懂得克制了。我忸怩着，被装满裤兜。他俯身捡拾滚落的几个。

“爸！我顺着后海北河沿很快就到学校，听说那是摄政王府。你到家没准天都黑了。”

“我知道，那也是溥仪的家，听说花园非常好。坐车子小心点。”

我跨上车滑开，桥上剩下爸爸一人。他总是管骑车叫坐车。

## 七

这孩子终于走在自己选择的路上了。沿岸一段缓坡，车子轻松地加快。背后大包袱坠得车把有点飘，一定要稳住，别让桥上那人看见它晃来晃去。

太阳快要沉落，微带金红，越展越宽的水面闪闪烁烁，对这孩子眨眼微笑。谁说北京的云霞赶不上云南？前边这片天空正张开最美的一幕。小燕比不上这孩子，它们只懂得爹妈教的飞法，体会不到挣脱羁绊的轻快欢畅。

银锭桥上据说是燕京八景还是十景的一个去处，闹不清朝哪方看才算真正内行。那个留在桥上的人，依然朝着一株株柳树间隔里，望那远去的孩子，孩子全身都能感觉到这件事。那个人想些什么？却不知道！孩子顾不上琢磨这些，心满意足朝一片红光的方向奔去。他将在一座漂亮的王府大花园里，“在新环境中”受到最好教育，获取那些令他心往神驰的本领。他将挥汗如雨，亲手塑造一些无机生命。一个善良单纯女孩，将伴他携手同行。这孩子会不断进步，逐渐提高政治觉悟，也接受应得的一分愚昧。沿后海这条土路总是向左拐，又向左拐，在彼岸终于折到相反方向。这条路本没修好，有平坦硬实地段，也有坑坑洼洼泥泞，绕它一圈，是条长长的路程。

有一天，孩子走过了这条长路，从另一个方向来到桥头，想听听银锭桥的传奇故事。桥上空空荡荡，一无所有，那个人早已离去。

1988 年 9—11 月病中

2010 年 5 月重校改

# 隔壁邻居胡三爷[①]

沈虎雏 | 中国语文学系教授沈从文之子
曾居住于中老胡同32号内18号

在中老胡同32号大院里，我家住西北角，北平解放那年，爸爸陷入精神迷乱，3月，曾一度轻生，幸而遇救，他没成功。突如其来的举动，震惊了左邻右舍和大院众多街坊。他们中间有些人，日后也寻求解脱，却成功了。那场灾变让沈从文成了对新时代疑惧的不祥名字，来客渐少，大院西北角变得格外清静。

开春了，大地解冻，虽然家有病人，我和龙朱哥儿俩仍像往年一样，刨松小院泥土，捡出碎砖烂瓦，盘算今年种点什么。

镐头常松动，小二看在眼里，拿来家伙打进一个楔子。我欢喜小二，他很和善，手底下麻利，什么活都会干，也肯教我。我家石妈，陈友松伯伯家李妈，都欢喜他，碰到玩不转的重活有求，小二从不惜力。

小二是胡三爷的兼差男保姆。解放军围城时候，南京政府把北京大学出身的陈雪屏派来，抢运学者教授。爸爸也在名单上，但他和大多数被抢运对象都选择了留下。在北大50周年校庆前夕，胡适校长仓促登上去南京的飞机。他小儿子思杜没走，带着在胡家多年做杂工的小二，带着一只长毛波斯猫，搬来中老胡同，成了我家的隔壁邻居。

胡适仓促间丢下一切，却没忘小二家境贫寒，留下来的胡三爷遵照嘱咐，从长远计，帮小二谋到了在北大理学院当校工的差事。

---

① 本文原载《北京青年报》2010年4月2日。——编者

那只波斯猫保养得很好，干净硕大，乌黑长毛四射，矜持自重，从不乱叫。它趴在门口晒太阳时，用两只美丽大眼睛望着你，望着这陌生院落，怎么逗引都不肯挪窝。

新邻居家悄无声息，没什么来客。胡三爷难得露面，从不在我们两家共有的小院里溜达或停留，只偶尔站在门口活动胳膊腿，远远地看我们兄弟修自行车，侍弄小菜园。听石妈说，胡三爷是对面江泽涵伯伯什么亲戚，也看不出他跟江家经常往来。

新邻居和爸爸妈妈好像素不相识，其实他们之间的缘分可追溯到1930年，妈妈暑假去胡适家的情形，保留在她当年7月8日的日记里：





> 我走到极司非而路的一个僻静小巷中，胡家的矮门虚掩着……我看见罗尔纲在院上教着一个男孩念书，他见我来，站起来同我点头。

罗尔纲从中国公学毕业后，到胡适身边工作，却是由爸爸牵的线。1930年5月初他致信胡适：

> 罗尔纲同学，同我说想做点事，把一点希望同我说过了，特意写给先生……

1932年年初，爸爸寒假期间到北平，住在胡适家，想必有更多机会接触罗尔纲和他的这位学生。北平解放前这两三年，爸爸妈妈去胡适家做客也不止一次，胡三爷早已是成年人了。现在他们做了隔壁邻居，相互竟如陌生人。

这天我跟小二闲聊，三爷过来嘱咐点什么，见我转身要走，便笑笑说：“小弟你别走，到我家来玩。”

“胡三爷”是保姆们背地里对他的尊称，我当面这样叫他好像不合适，但没有一张机灵的甜嘴，想不出该怎么称呼才对，只能尴尬笑笑，跟着进了这位新邻居家。

屋里被小二收拾得干干净净，三爷穿件中式上衣，身板厚墩墩的，人白白胖胖，可并不拖沓。他不讲礼数，好像两人早已相熟，解除了我的拘束感。

“好香啊！”一进屋我就闻到一股甜甜的酒香。

胡三爷告诉我那是他泡的枣子酒气味，刚才打开过一次。一面说着，把个圆肚青花瓷坛抱上方桌，掀开盖子让我看。嗨！更浓的甜酒香气迎面而来。

“想不想尝一尝？”

我没有食欲，摇头，断定这东西闻着香，不会喝酒的人欣赏不了。

他于是说些枣子酒怎么做，有什么好处之类。

“其实这个还不算香，茅台要香得多。小弟你尝过茅台吗？”

我摇头。他从橱柜拿出一瓶没喝完的茅台酒，打开盖让我闻。

嚯！果然好闻，还没凑到鼻子边，浓浓酒香已经扑过来把我包围了！

三爷解释说，他就是喜欢喝两口。像是在承认一个弱点。

从那以后，远远见我他就点头致意，迎面碰到，他会用轻声“小弟”打招呼，我照例还是笑笑作答。

一天，三爷招手示意，邀我再去玩。

随便聊着，他问起解放前夕有没有同学离开北平。我告诉他同班有个姓吴的，爸爸是兴安省主席，全家走了。

“哈！一直待在北平的兴安省[1]主席吧？”

我说还有个姓王的，常跟我们讲八路军好话，说家里人亲眼见。爸

① 1945年，东北共设九省，以呼伦贝尔地区为兴安省，省会为海拉尔，1947年并入内蒙古自治区。

爸是励志社职员，他家并不富裕，甭说金条，就袁大头也不会有几块，也走了。

胡三爷解释，励志社是国民党的，又问我："小弟你见过金条吗？"

"见过。有个叫虞和允的同学跟我挺好，临走时我去看他，人来人往乱哄哄的，他匆匆忙忙捧来叫我看了一眼。"

"那，见过金元宝吗？"

"没有。"

三爷走进里屋，回来时掌上托着个金灿灿东西。

"哎呀，这么小！"我只从演戏的道具和年画上见过元宝，个个都是大家伙，没想到他的真东西比饺子还小一号。

不知怎么又聊起学习，听说我们六年级同学自己成立了时事学习小组，搞不清的问题，老师要是回答不出来，就上街拦住戴"军管会"臂章的解放军询问。三爷充满兴趣，想知道问点什么。

"左派、右派说法是怎么来的？为什么共产党算左派？"

"有答案吗？"

我告诉他三个同学一块儿上街的经历，先拽住一个年轻人，那人推脱说有任务，匆匆忙忙走了。又拦个中年人，他说外国也把共产党归在"左派"，但这说法来源他本人不清楚。

三爷说这个中年人，老实。

我讲起每次游行、上街扭秧歌，学习小组的人都参加，其他同学不一定去。最近游行特别多，解放南京、解放武汉、五一、五四……我们都上了街。

胡三爷笑着说："小弟，你知道吗，毛泽东领导了'五四'运动。"

"知道，知道！"我告诉他学校集合排着队去听政治报告，北平的"五四"运动，是在少数学生、知识分子中间进行，后来毛泽东发动湖南工人，"五四"运动有了无产阶级领导，才影响全国。一边说着也笑了起来。

在我这小学生脑瓜里，原先对“五四”的零碎常识，大半来自阅读，分明记得胡三爷的父亲曾倡导新文学，算得上“五四”时代领袖人物之一。北平解放后第一次受到新的历史教育，便彻底颠覆了旧常识。

胡三爷悄无声息地搬来，没住上一年，秋天又不肆声张地走了，从此再没见过他和小二的身影。大院西北角，比原来更加冷清。

1949 年以前，北平西苑有一大片房舍，曾是青年军 208 师的夏令营，驻扎着南京政权从学生训练出来的一支美式配备精锐部队。1949 年后，那片营房做了华北人民革命大学校舍，成千上万旧社会过来的知识分子，在这座大熔炉里学习，被改造为革命同志。

听石妈说，三爷入了革命大学。在他之前进革命大学的熟人，像汪曾祺、金隄叔叔，他们和进华北大学的妈妈一样，都穿着全套军装。想到胡三爷白胖身躯套上解放军制服的模样，我觉得一定比其他熟人滑稽。他那些含着浓香的酒坛子，酒瓶子，看来全都舍弃了。

威严神气的长毛波斯猫，跟在黄花、大白后面四处流窜，成了无家可归的野猫，漂亮长毛很快就纷乱纠结。1950 年开春时候，蹲在原来主人家房顶怪叫，石妈说它两眼都瞎了，想喂点吃的，唤它，已经没有反应。

这个春天，爸爸由历史博物馆的党组织安排，也进了革命大学。两位隔壁邻居同样为了融入新社会，在思想改造的漫漫长路上，做各自不同的跋涉。

我们家人没听到胡三爷的学习情况，只是常为爸爸着急。他倒有自知之明，在 1950 年 8 月 2 日信中告诉萧离叔叔：

由于政治水平低，和老少同学比，事事都显得十分落后，理论测验在丙丁之间，且不会扭秧歌……也就是毫无进步表现。在此半年唯一感到爱和友谊，相契于无言，倒是大厨房中八位炊事员……那种实事求是素朴工作态度，使人爱敬。

那只脏兮兮的大白，开始肆无忌惮地朝我家钻。刚打出去不一会，又幽灵似的悄悄溜回来，隐藏在暗处。我加重惩罚，它并不夺路逃走，只是把整个身子俯贴地面，默默地忍受着。

妈妈看出原因："小弟别打了，我估计是怀了小猫，要找暖和地方休息。"





从此大白得到个简单的窝，并得到一份吃食。

一次周末，爸爸从革大回家，半夜床尾有咕吱咕吱响动，原来是大白擅自选中妈妈脚边被窝当作产床，正在吃掉小猫的衣包。妈妈不让惊动它，两人保持固定姿势直到天亮。被褥虽然搞得一塌糊涂，四只小猫已经被大白舔得清清爽爽。

四个小猫四个样，其中一只黑里带点白花的，长毛四射，特别精神，活像它父亲，被大家称作狮子猫。爸爸在 1950 年 9 月 12 日信里告诉梅溪表嫂：

家中养了五个小猫猫，极有趣味，虎虎成天看着，如丈母看女婿一样。

到秋天，爸爸用手绢把狮子猫包好，带去送给革大的老炊事员朋友。这时候胡三爷还没毕业，不知能不能从伙房里认出那只波斯猫的后代。

这个秋天，胡思杜在革命大学毕业前，按规定写了思想总结，其中一部分以《对我的父亲——胡适的批判》为题，被安排发表在 9 月 22 日的香港《大公报》，又被几家报刊转载。这篇著名文章在随后几年批判胡适运动中，对知识界发挥过启示作用。罗尔纲在《胡适琐记·胡思杜》里，回忆起自己读后的感受：

> 胡思杜与胡适还可以划清敌我界线，我做学生的，更可以与老师划清敌我界线了！从此解决了心头的难题，豁然开朗了。二十年前，我是胡思杜的老师，今天胡思杜是我的老师了！

听爸爸说过，统战方面的人，曾请他给胡适之写信，劝他从美国回来，共同为新中国文化事业出力。信写好了交上去，再没有下文。

他必定也学习过胡思杜的文章。对于爸爸来说，转变立场批判胡适，肃清流毒，检查自己所受的影响，即便从革大毕业以后，仍是必修课之一。交出一份勉强及格考卷，比交出几封对胡适作微笑态的信困难得多。

那个秋天，爸爸在革命大学试用新的立场、观点、方法，私下里写了赞扬劳动模范炊事员的《老同志》，又历时两年，七易其稿，是一生中倾注热情耗费精力最多的短篇习作。他企望创作生命能够死灰复燃，找回重新用笔的信心，为新社会服务。怎奈力不从心，无法驾驭主题先行的写作路数，这篇失败的习作后来被两次退稿，生前没能发表。

爸爸从革大毕业前，组织上希望他能归队搞创作，征求本人意见时，因私下写《老同志》的体验，明白自己“极端缺少新社会新生活经验”，而且“头脑经常还在混乱痛苦中”，选择了默默回到文物工作岗位，埋头于库房、陈列室的花花朵朵、坛坛罐罐间，用“有情”的笔，谱写汪曾祺说的“抒情考古学”，度过了后半生。

那些年听传言，说胡思杜去唐山铁道学院，做了马列教员。我相信他是在付出超乎常人的努力后，得到认可，已经过上改头换面的全

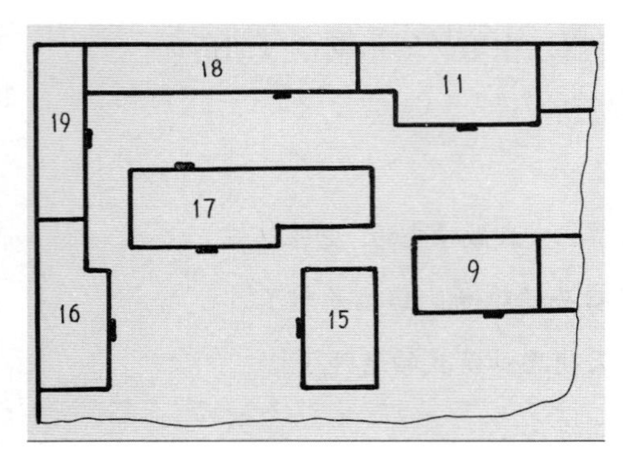


1949年中老胡同32号大院西北角示意图
9号　冯　至（北大西语系教授）
11号　陈友松（北大教育学系教授）
15号　费　青（北大法律系主任、教授）
16号　孙云铸（北大地质学系主任、教授）
17号　江泽涵（北大数学系主任、教授）
18号　沈从文（北大中文系教授，8月到历史博物馆任职）
19号　胡思杜（北大图书馆职员，9月入华北人民革命大学）





新生活。那些年，我听到接踵而来颠覆常识的新理论，已逐渐学会正面接受，再也没有哑然失笑的落后表现。胡思杜肯定更胜一筹，有资格对新一代做正面教育了。

但那些年我并不知道，这位邻居背负着无法改变的可怕出身，三十好几也交不上女朋友。尽管他一直努力工作，争取进步，一直想入党，尽量乐观，却一直是二等公民。1957 年中央号召“百花齐放，百家争鸣”，胡思杜积极响应，给学院领导提教学改革建议，随即被打成向党进攻的“右派”分子，同时把胡适抬出来，跟他挂在一起批判。经过多次大会小会，在《对我的父亲——胡适的批判》首次发表整整 7 年后，9 月 21 日他在绝望中自缢身亡，才换得永久解脱，换得不言论的自由。

有关部门 1980 年对胡思杜重新审查，得出 23 年前他是被“错划为右派”的结论。

胡适 1962 年病逝台北，在他生前，家人一直不敢把胡思杜的结局告诉其父母。据说在胡适葬礼上，夫人江冬秀对长子祖望问起：“思杜儿能知道父亲的死讯吗？”胡祖望想了想，才把实情相告。江冬秀听到后昏了过去。

曾在中老胡同 32 号西北角做隔壁邻居的两位户主，先后成为古人已经很多年。爸爸笔下称为“乌云盖雪”的那只长毛狮子猫，一直还没长大，依然在炊事员老同志身边“床上地下跳来跑去，抓抓咬咬自得其乐”，活在那篇失败习作的字里行间。

2010 年 3 月记

2010 年 4 月 16 日局部校改补充

# 甘于寂寞　毕生求索

## ——怀念我的父亲庄圻泰

庄建镶　数学系教授庄圻泰之女
曾居住于中老胡同32号内20号

2009年，是我父亲庄圻泰诞辰100周年。流逝的岁月，抹不去在我成长过程中父亲洒下的心血的点点印迹，带不走我对他的深深思念。如今，翻阅着父亲留下的自传等一些资料，他的音容笑貌仍时时浮现在我眼前，默默地引出那几十年前往事的回忆。

随着国家的改革开放，社会经济的发展，人们的思想观念和衣食住行等各个方面，都在不知不觉中改变着，思维方式、生活追求、利益取向、看人的品位，以至人与人之间的关系，都与以前有很大的不同。我曾一度为他老人家没有怎么享过福而心里难受。

父亲是一个既保留了中国传统文化，又接受了西方文化影响的知识分子。他一生生活简约，平淡无求。在北平解放前，他穿的是一身布衣长衫；北平解放后，身着褪了色的中山装。平日粗茶淡饭，偶尔带他上餐馆吃一顿普通的饭菜，便深感满足，赞叹不已。在我的印象里，父亲是一个简单到没法再简单的人，是一个特立独行、沉潜治学的人。我们家最后的住处是北京大学燕南园54号，院子里绿树成荫，花草丛生，楼前有一条长长的小路，他几乎每天都在这条路上散步，边走边思考问题，专心致志的程度，有时连我们和孩子从他身边走过，他似乎都没有察觉。

父亲热爱数学研究事业，为了探求那些我怎么也看不懂的数学符号和计算公式，贡献了自己毕生的精力，在这个领域里为国家做出了重要贡献。

## 难忘的日子

人的一生，总有几个具有特殊意义的日子，值得永远记住。对我来说，1946 年 10 月 6 日，就是一个难忘的日子。这一天，父亲把我们母女三人从青岛接到北平，住进中老胡同 32 号。我们全家终于团聚了。

1936 年 10 月，父亲被清华大学派往法国留学。那时，我姐姐建钿刚满 3 岁，我只有 1 岁多。谁料到，这一别竟是整整 10 个年头。

父亲出国半年多，日本发动了全面侵华战争。这场罪恶的战争，使我们和父亲天各一方。他只身一人在西南大后方昆明，我们母女三人在沦陷区青岛。

1938 年 11 月，父亲在法国巴黎大学获数学博士学位。他本来计划在巴黎继续研究工作，后因第二次世界大战爆发，法国对德国宣战，未能如愿。这时，他接到他的老师、时任云南大学校长熊庆来教授的邀请信，于 1939 年 11 月回到昆明，在云南大学理学院任教。

当时，昆明常遭敌机轰炸，理学院便迁到离市区较远的马坊镇。镇上有一个兴隆寺，寺内的大殿成了上课用的大教室，厢房用作办公

庄圻泰教授

1938年11月，庄圻泰获法国巴黎大学数学博士学位

室。不用说办学条件差，生活也很困难。他住在一间既黑暗又潮湿的小屋子里，吃的也不好，一度还患上了疟疾。在这极其艰苦的环境下，他除了讲课，还坚持研究工作。他后来（1947 年）在法国一个刊物上发表的论文《关于连续单调函数》，就是在云南大学期间写的。

我的外祖父在济南当律师，母亲于希民在济南女子师范学校读书。她毕业后，因外祖父年老体弱，便随家人返回莒县（今山东省莒南县）老家。1932 年 9 月父亲从清华大学毕业，留在算学系当助教。不久，他回老家和我母亲结婚。由于父亲一直在外读书、工作，只有寒暑假才回家探亲。婚后，他们俩聚少离多。

人们常在诗歌、小说里，把一个人的童年称为“金色童年”，那是因为天真烂漫的童年无忧无虑，得到的是父母百般的宠爱。可是，我的童年，缺失了父爱，又是在战乱中度过的。家庭的境遇，使幼小的我懂得了：生活中有艰辛，有苦涩，有无奈。

山东沦陷后，日军烧杀抢掠，飞机常来轰炸，母亲带着我们姐妹俩四处逃难，先在舅舅家住了一段时间，后因生活无着，只好投奔到

庄建钿（右）、庄建镶（中）和母亲于希民（左），抗日战争初期在山东老家

全家合影。由左至右：庄建镶、母亲、父亲、庄建钿，1956年7月于北京大学中关园宿舍

先期定居青岛的奶奶家（这时爷爷已经逝世）。当时，我的伯父、姑姑也和奶奶住在一起，三代人十多口的大家庭，生活异常艰难。

我母亲是一个个性很强的人。她知书达理，写得一手好字，直到晚年字体都很刚劲、秀丽。但她为了管家和照顾孩子，长期没有工作。由于战事连连，时局动荡，大后方和沦陷区音讯不通，夫妻之间难以联系。这期间，母亲对父亲的日夜思念，她内心承受着的孤寂、无助，可想而知。

抗日战争胜利后，父亲辗转得知我们母女在青岛。有一天，母亲突然接到父亲的来信，字里行间尽其所能地倾诉他多年来对家人思念之情。这封信真正打开了母亲的心扉。她盼望全家团聚日子的到来。

1946 年 9 月，父亲受聘为北京大学数学系教授。他刚安顿下来，就马上到青岛接我们来北平。

从此，我们有了一个完整的家。但不管是母亲和父亲之间，还是我们和父亲之间，都需要有一个磨合的过程。母亲需要得到感情的补偿，而我们则要熟悉这个突然冒出来的“陌生人”。父亲在我的脑海里几乎没有留下什么印象。而他又是一个专心治学的人，性格内向，不善言谈，在家庭关系的觉悟上总是比别人慢一拍。开始一段时间，我对他总是敬而远之，很少和他说话。

我们到北平后，因学校秋季学期已经开学，我只好插入以法国教育家命名的孔德学校小学六年级，一直读到初中毕业。1950 年秋，我考入北京师范大学附中三部读高中。

当时，北京大学在沙滩红楼。离学校不远的中老胡同 32 号，就是教职员宿舍。这是一个多重数进的大院。住在大院里有 20 多户人家，大多是北大文、法、理、工学院的教授。我们家住在 20 号房，前面是闻家驷伯伯家，旁边是俞大缜阿姨家。

我刚到北平，一切都感到很新鲜。大院里，孩子很多。很快，我就和年龄相近的小伙伴们玩得火热。接触较多的是冯姚平（我们是同学)、大袁、小袁(袁尤龙、袁文麟和我年龄相仿)。我经常到冯至伯伯和袁家骅伯伯家玩。在袁伯母未回国之前，袁伯伯自己照顾两个女儿是很不容易的。对于年龄大一点的，如江丕桓、孙超等，感到一副大哥哥的风度，难以接近；比我小的，像陈莹、贝贝陈(琚理)姐弟，又嫌太小，不能入列。但我很喜欢她们，包括朱光潜伯伯的小女儿朱世乐。我放学回来，都要到她的小床边陪她玩一会儿。

那时，小伙伴们在院子里一起捉迷藏，打垒球，冬天溜冰，打雪战……不一而足。真是分秒必争，有时玩得废寝忘食。赶上寒暑假，院里整天就没个消停的时候。可我们这帮小伙伴给大院里添了不少生机和活力。至今，我还记得，吴伯母(欧阳采薇)叫喊着:“小椿、小薇，回家吃饭了!”她那洪亮的声音，从院子的西头可以传导到东头。多年后，我曾偶遇吴伯母，她和我谈起吴小薇的境况，令我心酸。这种尽情的玩耍，使我贪玩的童心和在家里的拘谨得以释放。岁月悠悠，少年时代已经过去六十多年，但这些历史碎片却永远封存在我的记忆中。

随着时间的推移，我们和父亲接触多了，对他有了更多的了解，才逐渐地适应了他的性格特点，而他也发生了明显的变化。他对母亲更是眷恋有加，关怀备至。母亲体弱多病，吃得很少，吃饭时，他总是给她夹菜。母亲外出购物回来晚了，他便坐立不安。关爱之心，一切尽在无言中。

那时候，在国民党统治下，物价飞涨，货币贬值，我们一家四口，全靠父亲的工资维持生活，日子过得很拮据。每月一发工资，母亲就马不停蹄地去买柴米油盐和日用必需品。我们姐妹俩的学费都是靠她一点点积攒下来分期交纳的。

北平解放前夕，我在沙滩路口目睹了“反饥饿、反内战”的学生运动，也曾经到北大民主广场去听《黄河大合唱》。这个社会的撕裂，在我幼稚的心灵里产生了朦朦胧胧的影响。

1982年5月1日，庄圻泰、于希民夫妇于北京大学未名湖畔

1952年高等学校院系调整后，父亲仍在北京大学数学系任教。学校由城里迁到西郊原燕京大学校址，我们家随之搬到中关园宿舍。

此后半个多世纪，父亲一直在北京大学工作，把毕生精力都贡献给祖国的数学研究和教育事业。

## 毕生的事业追求

父亲几十年如一日，悉心沉潜研究，在数学这个田园里，辛勤耕耘。可以说，研究数学，是他一生唯一的事业追求，也是他生活中的最大乐趣。

父亲于1909年3月13日出生在山东莒县的一个书香门第。他的祖父是清末拔贡。废科举后，在家乡创办朱陈中学，“为莒邑教育改进之始”。他的父亲是清末秀才，北京法政学校毕业后，在济南执律师业务。庄氏先祖为子孙立下了“读好书，说好话，行好事，做好人”

青年时代的庄圻泰





的家训，留下了“读书兴家”的治家理念。

父亲在读书继世的浓郁氛围中，饱受濡染和熏陶，树立起好学上进、矢志不渝的思想。正如他自己所说：“我的祖父和父亲都是读书人，很重视后辈的成长，我在家中长期受到这种气氛的影响，所以就形成了求学上进的思想。”

父亲原名庄鸿翼。1927 年，他在天津南开中学尚未毕业，没有文凭，便借用堂兄庄圻泰的文凭考入清华大学。此后，就一直沿用“庄圻泰”这个名字。

1926 年，清华留美预备学校改名为清华大学，设有 10 多个系。次年，增设了算学系。父亲先在土木工程系学习了一年，后转到算学系。他后来谈到，当时“之所以要转系，不仅因为当时学数学是冷门，更主要是我喜好天文、数学。考虑到要充分发挥自己的特长和独立思考的习惯，于是转到算学系学习”。父亲就是当年算学系招收的第一届本科生。算学系虽然是一个比较小的系，但在当时中国数学界的阵容却是比较强的，系主任是熊庆来教授。

父亲年轻时，刻苦好学，善于思考，学习成绩很好，早就表现出出众的数学才能。他自选题目的毕业论文《隐函数的极大和极小》，虽然内容涉度不深，但写得颇为精彩，具有一定的独创性。这篇论文，受到导师的称赞，被推荐在清华大学的学术刊物上发表。这是他发表的第一篇论文。

1934 年 9 月，他进入清华大学理科研究所算学部做研究生，师从熊庆来教授，主修亚纯函数的值分布理论。在这期间，他先后在清华大学学术刊物上发表了《蒙泰尔的一个定理的推广》和《关于某些函数序列的一致收敛性》两篇论文。他的毕业论文《关于无穷级亚纯函数的值分布》发表在中国数学会会刊上。

1936 年 10 月，父亲因为学习成绩优异，被公派往法国巴黎大学留学，随瓦利隆教授继续研究亚纯函数的正规族问题。他学得非常专注、刻苦，有时为思索问题而彻夜不眠。当时，他有两篇论文摘要被登在法国刊物《科学周报》上。

1938 年 11 月，父亲完成博士论文《关于亚纯函数的正规族及拟正规族的研究》，获巴黎大学数学博士学位。

父亲默默无闻，终日伏案工作，常常工作到深夜。他对研究工作一丝不苟，精益求精，撰写论文、专著，总是认真查阅文献，核对引文，反复修改多次，直到满意了才送出。请他审阅的文稿，连标点符号也不放过，审阅过后向送审单位退稿时都要亲自去邮局办理，从不叫家人代劳。仅此，可见他做人、治学的严谨缜密。

20 世纪 50 年代初，父亲的数学研究工作取得了重要成果，发表了《关于亚纯函数与其导数的增长性的比较》等论文。1957 年，他在《中国科学》上发表的两篇论文，是亚纯函数正规族研究的继续，论述相当深刻。1964 年，又在《中国科学》第 6 期上发表了《奈望林纳的一个不等式的一个推广》一文，解决了数学家奈望林纳（Rolf Nevan Linna）1929 年提出的关于亚纯函数理论方面的一个重要问题。这是当时国际上从事这方面研究的数学家所关心的而又长期未能解决的问题。这些研究成果，赢得了国际数学界的高度评价。

北京大学数学科学学院对父亲的学术贡献做出这样的评价："庄圻泰先生在我国数学界享有盛名，在函数论方面有很深的造诣。他在亚纯函数的值分布理论及正规族理论的研究上做出了杰出的贡献。他撰写了科学专著6本，发表了学术论文50余篇，在'奈望林纳第二基本定理的推广''亚纯函数及其导数的增长性''亚纯函数的幅角分布'及'亚纯函数的正规族理论'等方面的研究成果，受到国内外同行的高度重视及广泛引用。"

在"文革"期间，基础理论研究工作一度中断。但父亲仍然坚持做应用数学理论解决生产实际问题的研究工作。当时所接的研究项目，都是来自七机部、768厂、中国科学院仪器厂等单位在生产实践中提出的问题。如在20世纪70年代初，七机部进口了一个重要部件——定向耦合器，这是用来分配或合成微波信号功率并具有定向耦合特性的微波元件。由于国外对这一军用产品只有简要的报道，给我们应用带来了很大困难，使用单位急需获得其计算方法和准确数据。父亲经过深入思考，利用Jacobi椭圆函数，并运用一些技巧，找到了一种很有效的计算方法，并写成《带状线定向耦合器的设计中的计算方法》一文，发表在1973年第1期《北京大学学报》上。又如某军工厂生产的一种原子钟，其准确度问题一直没有解决。父亲接到这个课题后，运用数学方法提出了一种计算途径，突破了这个难关。为此，1978年他出席了全国科学大会，并荣获全国科学大会奖。正是在这次大会上，邓小平提出了"科学技术是第一生产力"的战略思想，迎来了科学技术大发展的春天。

父亲退休以后，不顾年事已高，仍孜孜不倦地读书写作，坚持研究，外出讲学。赤子之心依旧。

1983年4月和1990年，父亲先后两次应邀到美国讲学，并在美

1982年5月1日，庄圻泰教授摄于北京大学校园

国数学会 1983 年年会上宣读了论文《亚纯函数的正规族的概念的推广》，引起了与会者极大的兴趣。1992 年 2 月，他已年过八旬，还应邀到香港讲学。

1996 年，父亲开始用英文撰写《亚纯函数的微分多项式》一书，到 1998 年年初，只剩最后一章即将写完。不料，3 月间，他去参加九三学社中央纪念周恩来总理诞辰 100 周年活动，因穿衣单薄受凉，患上感冒并发肺炎住院。入院时，他还将书稿带在身边，精神稍微好一些，就在病榻上写书稿。后因病情加重，书稿终未完成。9 月 2 日，父亲带着些许遗憾告别了这个世界。他逝世后，由他的学生帮助补写完这一章。这部遗著终于在他逝世一周年时出版。

在父亲生前，北京大学数学科学学院等单位开始筹备召开关于“边值问题、积分方程及相关问题国际学术会议”，原定会议于 1999 年举行，由父亲主持。父亲逝世后，这个会议于 1999 年 8 月在北京举行。出席会议的有美国、德国、意大利、俄罗斯、波兰、墨西哥、日本、塔吉克斯坦、土耳其、中国等国家的98名代表。按照与会者的意愿，会议原定安排有庆祝父亲90华诞的内容。由于父亲已于年前离世，会议期间（8月8日），在北京大学举行了纪念庄圻泰教授诞辰90周年学术报告会，他的学生、北京大学闻国椿教授在会上介绍了父亲的生平和学术成就。我和姐姐应邀参加了这个活动。

父亲的简要传记和学术成就，载入美国麻尔格斯（Marquis）出版社出版的第5版《世界名人录》。

父亲是个一门心思搞学问的人，是个典型的“老学究”。他既不太懂政治，也不了解社会，但他对大是大非问题还是清楚的。记得北平解放前夕的一个晚上，我们已经睡了，一个北大学生代表来我们家里，告诉他：第二天学生要举行游行示威，他点头示意，表示同情。1948年11月青岛解放前夕，奶奶听信了国民党的反动宣传，准备带着一家去台湾，并给我父亲写信，要他从北平直接去台湾团聚。父亲没有听从。他给母亲回信说：“学校已决定不迁，功课一切如常。教授差不多没有人离开，男亦不拟离开。”父亲毅然决定留在大陆，留在北大，迎接解放的到来。他热爱祖国，相信共产党。他深知：他的根应该在中国大陆。

“文化大革命”风暴的突然到来，父亲感到茫然和无力应对。那时，他已年过花甲，仍随师生去北京郊区农村、首钢和江西鲤鱼洲干校劳动锻炼。他养过鸡，还起猪圈、挑肥、修路。他在一份“检查”中写道：在修“五七路”卸石头的劳动中，我在卡车上爬上爬下，在修“大寨桥”的工程中，我坚持下来，连续十几昼夜的劳动。

父亲关心国家大事，家里常年订阅了《人民日报》《参考消息》和《北京日报》，每天报纸是必读的。1951年，他由孙云铸伯伯和魏壁阿姨介绍加入九三学社。曾任九三学社第八届、第九届中央参议委员会委员，北京市政协常委。九三学社和北京市政协开会、组织学习，他从不请假。市政协学习委员会的负责人称赞说：“庄老先生真认真，每次学习都来参加。”

父亲一生为人低调，表里如一，始终坚守“踏踏实实做事，老老实实做人”的行为准则。

## 甘为人梯

父亲是在著名的数学家、数学教育家熊庆来教授的培养下成长起来的。他回忆说，熊先生“一向注意发现人才，爱护人才，培养人才”，甘为伯乐。1957 年回国后，熊先生在中国科学院数学研究所工作，不顾自己体弱多病，仍亲自带研究生，还发起组织函数论讨论班，热心培养青年研究人员，推动函数论的研究。著名数学家陈省身教授说，在当年清华大学算学系，“真正传了熊庆来先生衣钵的”学生，当推庄圻泰。熊庆来先生的言传身教，对于父亲治学、处世、做人的影响，可以说是久远的。

父亲在北大数学系先后讲授过微积分、数学分析、微分方程、复变函数、整函数与亚纯函数等课程。他十分重视基本理论的学习和基础训练，要求学生大量地认真地做演题练习，提高运算能力，夯实基础，拓宽思路。

在教学中，他一丝不苟、认真负责的工作态度，严谨的学风和治学方法，很强的推理能力，给学生以深刻的印象和影响。父亲培养的学生遍布祖国各地，成为国家的优秀人才。我国著名数学家杨乐、张广厚，就是他的学生中的杰出代表。

1956 年，杨乐、张广厚考入北大数学系。杨乐回忆说：“庄先生讲课以认真、严谨著称。我在三年级（1958—1959 学年）时，听了庄先生的复变函数与实变函数两门课程。在以后的三年里，庄先生又继续为我们函数论专门组的同学讲授保角变换（几何函数论）、拟解析函数等课程，他那一丝不苟的作风深深地印在我的记忆里。”他说，庄先生对他们要求很严格。他和张广厚每天学习三段时间，上午、下午与晚上，星期天与节日也常常如此。有时演算题目长达12个小时。父亲总是要求学生反复审阅和修改论文，做到精益求精。

还有这样一个故事：杨乐在大学三年级时，一天，他做出了惊人之举，正在上讨论课的他突然对我父亲说：“我可以做出比书上第三章的这个定理更简洁的证明。”这不能不令父亲惊奇，杨乐所指的这本书是苏联著名数学家那汤松编著的作为教材使用的经典著作。该书论述简练、周到，自问世以来，一直被人奉为这门课程的标准教科书。而此刻，眼前这个20岁的毛头小伙居然可以做出一个比书上更简单的证明。“你说说看。”父亲笑着向杨乐说。杨乐在父亲的鼓励下，沉着地一步步推演起来。当然，这每一步都是向权威的挑战。父亲满意地笑了。

1962年，杨乐、张广厚大学毕业后，考上了中国科学院数学研究所研究生，师从当代数学大师熊庆来。熊先生逝世后，他们和我父亲一直保持着密切的联系。

“文革”之初，父亲被打成“资产阶级反动学术权威”，被“勒令”挤住到燕南园51号楼下一间约20平方米的房子。用两个书柜隔断，里面摆着一张大床作为“卧室”，外面就是父亲日夜工作的“书房”兼作“客厅”，我们戏称之为多功能的“三合一”。尽管住房那么拥挤，但并不妨碍他在数学王国的求索，他同样有高尚的追求。也正是在这个陋室中，他兢兢业业工作，悉心指导杨乐、张广厚研究函数理论，获得了重要成果，为祖国科学成就增添了光辉。

父亲在法国巴黎从事研究工作时，就十分欣赏那里的学术讨论班。这也是熊庆来先生多年来倡导的培养青年研究人员的有效途径。1962—1965年，熊庆来先生主持了一个北京地区的讨论班，父亲是重要成员，老中青函数论学者十四五人欢聚一堂，进行学术交流，研讨

庆祝庄圻泰75岁寿辰。1984年3月13日，庄圻泰、于希民夫妇和杨乐、张广厚等在北京大学燕南园54号楼前合影

问题。那时，父亲还为青年研究人员主持了另一个讨论班，学术气氛十分浓郁。杨乐、张广厚等都是讨论班的积极参加者。即使在“十年浩劫”时，讨论班只要有可能，一直持续多年。

父亲是北大基础数学博士研究生导师，还在数学系组织了复变函数讨论班，指导青年教师和研究生的科学研究。

多年来，父亲一直是我国单复变函数论学术交流会议的主持人，为组织函数论方面的学术交流活动，推动我国复分析的理论和应用的研究，做出了积极的贡献。改革开放以后，在父亲的倡议下，国内复分析很快便恢复了学术活动。1978 年 5 月，他主持在上海举办的全国复分析学术会议，此后，这种学术交流活动一直延续下来。

父亲和学生的关系很融洽。每逢春节，杨乐、张广厚等都来拜年。1984 年 3 月，是父亲 75 岁寿辰。那时，我们家搬到燕南园 54 号不久，住房条件改善了。杨乐、张广厚等一批学生来家里为他祝寿。父亲、母亲和他们在楼前合影留念。1998 年 5 月北京大学百年校庆时，父亲正生病在家，从外地返校的学生来看望他，留下了他与学生最后的一张合影。学生们送给他一个相册，扉页上写道：“高雅密博，道德文章，诲人不倦，桃李满园。”这就是他的弟子对他的评价。

父亲离开我们已经11年了。我深深感到，今天怀念父亲，首先要理解他——他是一个单纯的人，一个朴实无华的人，一个有事业追求的人，一个有益于人民的人。他虽然田无一亩、房无一间地走了，但他却是一个“富有”的人。他的人品、学识、风范，留给我们不尽的思索和人生启迪。

2009年9月初稿

2010年6月定稿于健翔园

# 黑夜已深黎明在望的岁月[①]

## ——怀念父亲闻家驷教授

闻立树 | 西语系教授闻家驷之子
曾居住于中老胡同32号内21号

父亲逝世以后，在搜集整理他的遗文时，重新读了 1948 年 7 月 10 日他写的《一多兄死难二周年祭》中的一段文字："最后，我知道在这些问题当中，你最关心的仍旧是一年以来的时局。关于这，一多兄，我用一句话来告诉你：黑夜已深，黎明在望。然而正因为如此，过去这一年也是内战期内最黑暗、最丑恶、最残酷的一年！既行宪，又戡乱，合法的党派被解散，进步的报刊被查封，饥饿不许诉苦，迫害不许伸冤。捣毁学府，滥炸名城，汴梁十万生灵的血迹未干，而东北流亡学生又因就学请愿而肝脑涂地。通货膨胀无法制止，物价直线上升，征兵征粮，滥发纸币，因饥饿而剜食死人肉者有之，因不堪生活的压迫而自杀者有之，民变四起，举国骚然。美援是不许反对的，反扶日尤其是大逆不道；反扶日即是反美，反美即是反政府。总之，在这一年当中，你生前所反对的残凶与罪恶，无一不是变本加厉，愈演愈烈。就是你在最后一次讲演中所称誉的中国之友人的司徒大使，你哪里想得到，他近来居然把殖民地总督的面孔摆出来了呢！"（《中建》半月刊第 1 卷第 1 期）这段话，讲得是多么真切、深刻和犀利啊！既把当年国民党统治区的情景勾勒得入木三分，淋漓尽致；又预示着蒋介石反动统治必然灭亡，人民大革命胜利的时刻即将来临。

---

① 本文原载《新视野》1998 年第 2 期。个别文字订正。——编者

掩卷沉思，回忆和追念把我又带回到50年前的岁月里。当年的情景，父亲的身影和音容历历在目。现在谨择数事，抒于笔端，借以寄托哀思并激励自己。

## 坚定地站在革命学生运动一边

半个世纪以前，国民党反动统治下的北平，曾经兴起过持续不断、波澜壮阔的学生运动。父亲同他在昆明“一二·一”反内战运动时那样，一如既往地站在爱国的正义的广大学生一边，通过签名、讲演和撰文等形式，积极支持反对美蒋反动统治、争取人民民主的各次斗争。

1946年12月，父亲支持抗议美军驻华暴行运动，在北京大学48位教授致美国驻华大使司徒雷登的抗议书上签名，并发表谈话严正指出：驻华美军奸污中国女大学生，“这不是单纯的法律的问题，胜利

闻家驷与闻一多全家及二侄闻立勋在清华大学西院46号寓所前，摄于1934年，时闻家驷刚从法国留学归国。图中左起：闻立勋、闻立鹤、闻家驷、闻立鹏、闻一多、高真（闻一多夫人）和闻立雕

1946年夏，西南联大教职员陆续复员北上，闻家驷率家人于7月中旬回到北平，这是离开昆明前全家的合影。右起：闻家驷、次子闻立鑑、长子闻立树、夫人刘春畹和三子闻立荃

為日輪侵犯中國主權事
滬航業界嚴正抗議
要求扣留敵船懲辦該船船員

【本報訊】滬訊：此間航業界對於麥克阿瑟指使日本輪船駛入黃浦江，侵犯中國主權一事，經調查屬實後，表示極為憤慨，並於上月卅日在市府舉行的「港務委員會」上要求當局立即向麥克阿瑟總部提出嚴重抗議，並主張將此項敵船扣留，將敵船船員依法懲辦。截至一日，當局仍未予處理，而此項懸着血紅的太陽旗的敵船，依然驕傲地停泊在虬江碼頭。據悉，此次駛滬敵船，共達八艘，船員大多是日本人，首先發覺者係航業界人士，時間是十月卅日。

平清華等校慶祝會上
聞家駟斥蔣暴政

【本報訊】北平訊：本月一日為西南聯大成立九週年紀念，清華、北大、南開三校聯合舉行慶祝大會，馮至、吳之椿、聞家駟教授出席講話，聞氏痛斥蔣政府屠殺學生及暗殺民主人士的無恥罪行稱：「我們算是復員了，但是「一二、一」慘案「七、一五」血案被難的同學們和聞一多先生沒有了復員的權利，而且被剝奪了活在這世界上的權利。他們的死是思想言論自由被迫害的具體表現，我們要替他們還債，死人的債是欠不得的」。此外並舉行聞一多、田間詩歌朗誦會及「一二、一慘案實錄」，「五四」「一二、一七」大遊行等照片展覽。

1946年11月1日是西南联大成立9周年校庆，清华、北大和南开师生联合集会纪念，会上，北京大学教授冯至、吴之椿、闻家驷等发表讲话，斥责国民党政府镇压学生运动的暴行。图为1946年11月10日延安《解放日报》刊载的相关报道

闻立鑑在中老胡同32号东大院假山上，北平解放初期



这么久了，美军有什么理由还在中国？同学罢课，表示抗议，是替个人争人格，替国家争国格，而且仅仅一天，既非风潮，亦非学潮”（《燕京新闻》1947 年 1 月 6 日）。真是字字有力，掷地有声，深刻揭示了抗暴斗争的正义性，捍卫了民族和人格的尊严。

1948 年，中国人民解放军展开全面战略进攻。军事斗争战线上的节节胜利，激励着第二条战线上广大青年学生的斗争。国民党反动派的血腥镇压也更加加剧。3 月 25 日，国民党政府颁布《特种刑事法庭组织条例》，随即在北平成立特刑法庭，逮捕学生。为抗议查禁华北学联，保障基本人权，各校学生实行总罢课，展开大规模反迫害斗争。4 月初，平津学校教职员工为挽救教育危机，要求调整待遇，纷纷罢教、罢研、罢工。学生的反迫害斗争和教职工的反饥饿斗争，互相配合，协力作战，形成中国革命运动史上规模空前的“六罢”（罢课、罢教、罢职、罢研、罢诊、罢工）合流的局面。“四月风暴”席卷华北大地。

国民党北平当局在武力传讯北大同学和秘密逮捕师院同学的伎俩

连遭失败后，又导演了所谓“学生民众清共大会”“反暴乱反罢课肃奸请愿团”游行，包围北大红楼校部，捣毁北大东斋教员宿舍。这一切，不但未能吓唬住广大师生，反而更加促进了各校师生工警共同参加的联防行动。4月15日，北京大学教职员工警学生团结大会在民主广场隆重举行。父亲在会上发表讲演。他说：“在这一次行动中，多少人觉醒了，散漫的凝结起来了，软弱的坚强起来了，这证明北大人勇于向生活接受教训，从今天的情形看，我觉得北大永远是年青、团结、进步的。”[①] 事实正是如此，从北京大学到北平各校，再扩大到全国的爱国民主力量，经历了这场风暴的锻炼，确实是更加团结、更加坚强了。





## 《中建》半月刊的编辑撰稿人

1948年7月，《中建》半月刊出版。这份杂志是吴晗、费青等教授在地下党同志的协助下，借用王艮仲先生主持的上海《中国建设》杂志名义出版的“华北航空版”（旋改北平航空版）。而实际上，从编辑方针、具体内容到撰稿队伍，都是“另起炉灶”的一份新刊物。《中建》一面世，就以其鲜明立场、深刻内容和犀利文风赢得进步知识界的欢迎，发挥了战斗作用。

父亲参与了《中建》的编辑和撰稿工作。在创刊号上发表了他写的《一多兄死难二周年祭》，历数国民党统治区的罪恶现实，对时局发展做了清醒的估计，反映了进步知识界的共同心声。8月12日，现代著名作家、教授朱自清先生贫病交加，病逝于北大医院。父亲敬重朱先生的为人与品格，对他在晚年主持《闻一多全集》编辑工作所付

① 北大四院自治会编：《风暴四月》，1948年，第48页。

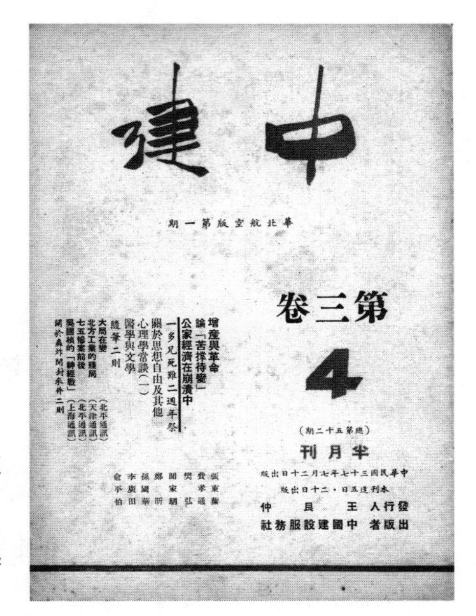


1947年7月12日，《中建》半月刊出版发行，闻家驷参与编辑和撰稿工作，在创刊号上发表了《一多兄死难二周年祭》。图为《中建》半月刊杂志华北航空版第一期（即创刊号）封面

出的精力和心血，更是铭记于心。13 日，父亲率先撰文，郑重提出从家庭、学校和民主事业诸方面来讲，朱自清先生都是“一个死不得的人”。23 日，他又以《我所认识的朱自清先生》为题再次撰文，从“和蔼可亲”“认真负责”和“追求进步虚心学习”等三方面概括朱先生的完整人格，寄托哀念，并大声疾呼：“我们要向朱自清先生学习！我们要像朱自清先生一样向时代学习！”在当年，宣传、颂扬闻一多、朱自清的高尚人格和献身精神，是把矛头指向反动营垒的投枪，是在进行一场韧性的战斗！父亲是这样说的，也是这样做的。

12 月北平围城期间，《中建》被禁止发行。一天，父亲将一根金条交给我，并郑重地嘱咐我：“这是《中建》的经费，是王艮仲先生提供的，一定要埋藏好。”入夜，我将用油纸包好的金条，放在一个马口铁的香烟罐内，埋入院内房前种花的地里。以后，每天都要认真观察一下那块土地是否被松动过。北平解放后，父亲将金条“物归原主”，送交到东华门大街南夹道 62 号《中建》编辑部了。

1949 年 9 月 8 日，《中建》复刊，更名为《新建设》。第 1 卷第 1 期刊载了父亲所写《关于北平市的各界代表会议》一文。文章的内容是记述这次会议召开的过程和决议，抒发本人首次参政议政的感想。这时，全国已是光焰普照大地，人民当家做主的新时代，文章的内容和风格理所当然地发生了变化。

## 爱护和扶持新生事物



1947 年 10 月 21 日，北京大学学生自治会创办的孑民图书室在红楼一层成立，接待读者。在这个进步图书机构中，图书的募集、编目、借阅、管理和宣传等全部工作，都是进步同学课余义务承担的。它的活动得到校内外的作家、教授、学者和进步文化机构的支持和赞助。孑民图书室在其存在的一年多时间内，以它特有的方式和引人的魅力，通过征集和借阅进步书刊，传播进步思想，宣传党的政策，团结教育了广大青年，被人们誉为“北大人的精神粮仓”。

父亲被聘请为孑民图书室的导师之一。他对图书室的活动和发展给予了积极支持。1948 年 10 月 21 日，孑民图书室举行成立一周年纪念会，父亲出席讲话祝贺，会后又写了《从一个故事说起——祝孑民图书室成立一周年》。文章通过讲述法国寓言中狮子和老鼠的故事，将北大校图书馆与孑民图书室进行对比，高度赞扬了后者的价值与意义，充分表达了爱护和扶持新生事物的心情。文章指出：“孑民图书室虽小而穷，那里面却有一部分书籍报刊是大图书馆所没有的，而且是大图书馆所不屑于有，甚至拒绝予以收藏的。孑民图书室居然有得起大图书馆所没有的书籍报刊，我认为这正是孑民图书室的意义和价值之所在。它能补大图书馆之不足，让蔡孑民先生兼容并包的精神在北大又得到一次具体的表现；它好像替北大多开辟了一个窗子，让大家在苦闷阴沉的环境中能够呼吸更多的自由新鲜的空气；它吃的是草，挤的是奶，替北大，而且替北平的教育界，'删削些黑暗，装点些欢容'；它的躯壳虽小，意义却不小。""孑民图书室在推动时代这方面确乎负起了很大的责任，它不但在可能的范围内供应北大同学的需求，而且使北平市的许多中学生也得到不少便利。像这样一个小小的图书馆，是值得爱护，值得支持的。"①

今天重读这番话，仍然如饮清泉，备感亲切。当年，我这个只有14岁的初中学生正是这样的受益者。我曾经使用父亲的借阅证，多次课余到那里去看书借书。从许多书刊中，用力地吸吮精神营养，大大地开阔了知识视野，初步树立了区分人世间是非善恶的标准，在潜移默化中接受了革命思想的教育。

## 掩护中共地下党负责同志

1947年年底，黎智六哥和魏克六嫂从上海来到北平，从事领导学生运动的秘密工作。六哥原名闻立志，是二伯父闻家骢的三子、父亲的亲侄，按兄弟大排行顺序，我叫他六哥。抗战初期，他在中共鄂西特委入党。皖南事变后因遭通缉转移到重庆，后赴延安。抗战胜利后，和六嫂一起被派回重庆工作。他们俩的共产党员身份，在闻姓家人中几乎是公开的。俩人来平后，先是寄住在地安门外白米斜街高真伯母家里。春节那天，街道巡警突然来查户口，险些暴露真实身份。春节后，六嫂调往天津工作，六哥遂转移到我们家居住。从这时候起，直到12月北平围城，父母亲不计个人和家庭的安危，毅然担负起掩护侄儿的责任。

① 《北大清华联合报》第5期，1948年11月11日。

新中国成立初期的闻家驷教授

六哥是以“从老家来平补习功课准备报考大学”的名义住下的。父亲以此为理由，委托宿舍门房工友老赵去申报户口，领取居民身份证。六哥在家时，言语不多，大部分时间都在看书，有时同父亲就国事时局问题交换些看法。除六嫂有时由天津回家短暂相聚外，常来家中找六哥的是王汉斌同志，他当时的公开身份是《平明日报》记者，天津的李之楠同志也来过几次。北平解放后秘密公开，大家才知道，他们三人组成的是中共上海局平津学委机关，通称南系学委，黎智任书记，直接受钱瑛大姐领导。每逢他们碰头交谈时，父母亲就进里屋回避，我们兄弟则到院中去玩。用父亲后来说的话讲，彼此心里明白就是了。我们家当时住在沙滩中老胡同 32 号北大教员宿舍。在这座旧宅院内，分散居住着二十多户教授。我们家住在东头，日常与他人来往不多。在这种环境中生活，表面上看起来平静无事，实际上也不尽然。六哥的身份证一直没有发下来，这使父母亲着实担心，有时不免犯嘀咕。在那样紧张的岁月里，一天六哥一夜未归，父母亲夜不成寐。后来才知道他在归家路上，发现被人盯梢，就设法摆脱尾巴，

1950年，李大钊在沙滩红楼的工作室开放，北京大学部分教授前往参观。图中左起第八人为时任北京大学校务委员会常委兼西语系主任闻家驷。其他左起依次为曾昭抡、杨振声、袁翰青、罗常培、许德珩、汤用彤、向达、马大猷、俞铭传、王寿山、郝诒纯、王利器、钱端升

闻家驷（后排戴礼帽者）与北京大学西语系学生在一起，摄于1950年

黎智和魏克在北平时期的合影。黎智时任中共上海局平津学委（南系学委）书记，与夫人魏克共同从事领导平津学运的秘密工作

从另一个胡同转到一个同志家里去了。像这种类似事件，还发生过数起。幸而都化险为夷，得报平安。北平围城后，六哥调任中共天津地下工委书记，后来又南下武汉担任领导工作，历任中共武汉市委副书记、市长和市人大常委会主任等职。父亲和六哥的这段往事，超越了叔侄的亲缘关系，可以说是与党风雨同舟、安危共济的一个例证。

# 珍妃的娘家

## ——中老胡同 32 号

唐小曼 | 珍妃侄孙女

## 简　言

2008 年 1 月我返京探亲，在与贝满女中老同学们聚会时，彭鸿远同学讲起前几天与同住于老北大宿舍中老胡同 32 号的同龄人相会，大家对那段时光的生活很是怀念，并说起他们听说中老胡同 32 号是珍妃的娘家。这时另一位同学狄妙便指着我对彭鸿远说：她就是珍妃的后代，也曾住过中老胡同 32 号。彭鸿远听了非常激动，马上追问我何年何月住在那儿。我简单地说了一下，她便提出邀我也与他们一起写回忆文章。我竟毫不犹疑地答应了。因为我对这座老宅也有着深厚感情。我在这座老宅中度过了幸福童年，这座老宅见证了我家的喜怒哀乐与悲欢离合，我家的大事都发生在这里。

我很感谢彭鸿远，她开启了我的思想闸门。她使我尘封于脑海中数十年的往事一涌而出，使我的思想澎湃，无法静止，无法停笔。我自己也感到惊奇，小时候发生的一桩桩、一件件陈年往事还记忆犹新，中老胡同 32 号和 33 号的蓝图也完整地铭刻于脑中。

对往事的回忆，使我更了解了人生的意义。先辈们的生活经历也给了我许多启发和教育，尤其是我敬爱的五皇爷珍妃的事迹，更使我领悟到要做生活的强者，要做自己生活的主人。

## 一 珍妃入宫

光绪皇帝名载湉，生于同治十年（1871）八月十四日。其父是醇亲王奕譞，其母是慈禧太后的亲妹妹。同治帝驾崩后，慈禧太后连夜将其接进宫，继承堂兄的皇位，这时载湉四岁。光绪帝在史书上被认为是求知欲极强的天子，他博览群书，寻求治国之道。他实施戊戌变法，目的是实现君主立宪制。他的雄心是在列强中占有一席之位，而绝不做亡国之君。然而他一直都是个无皇权的傀儡皇帝。他的一生被视权如命的慈禧所断送。





慈禧为了掌握皇权，迟迟不给光绪成婚。直到光绪十七岁，这已是清朝的晚婚年龄，慈禧无奈，才宣布选后、妃，为光绪准备大婚之礼。选秀女条件很严格，年龄要在十二岁至十七岁，自身无疾病，未缠足。但是，光绪皇帝的皇后二十一岁，因她是慈禧太后的亲侄女而被慈禧选中。

珍妃生于光绪二年（1876）二月初三。其父长叙早逝，她便和姐姐瑾妃长住于伯父长善广州家中。珍妃的娘家是簪缨之家，也是诗书传家，属于满族镶红旗，满族姓是他他拉氏（或他塔拉氏），汉译文便是唐氏。珍、瑾二妃之曾祖父是主事萨郎阿，祖父是裕泰，曾任湘广、甘陕总督达二十余年之久，屡建战功，以军功封为太子太保，戴双眼花翎。她们的父亲长叙曾任户部右侍郎，英年早逝。二妃之伯父长善任广州将军；二妃在伯父家受到了良好教育，也见多识广，开扩了眼界。二妃之堂兄志锐曾任户部侍郎。甲午战争时他自愿在热河为光绪帝练兵。但慈禧为了削去光绪帝的得力助手，而将志锐发配到乌里雅苏台[①]。志锐文武双全，后任伊犁将军并殉职于任上。二妃之胞

① 乌里雅苏台，清朝政区，辖境为贝加尔湖以南、以西，今蒙古和俄罗斯两国额尔齐斯河上游一带。

兄志锜任满洲正蓝旗督统、头品顶戴，长住上海。志锜是我的祖父，所以二妃是我的姑奶奶，满人称姑爷，又因她们入宫，故我这一辈称她们为皇爷，再加上她们在家中的排行，于是我这一辈称她们“五皇爷”“四皇爷”，父辈称她们为“五皇爸”“四皇爸”，昵称“亲爸爸”。

光绪十四年（1888）选妃时，志锐自作主张，私下为这两姐妹报了名，于是使这两姐妹有了不寻常的一生。选中的后、妃并非马上进宫，将由礼部衙门派宫眷、嬷嬷、太监等多人跟随选中之后、妃回娘家，进行宫中礼规之教习，半年后入宫。珍、瑾二妃当然回到长善家。划分出他们的住处由兵丁站岗。长善及家人住在外围。大婚之礼在宫中举行，娘家人不能参加。我家准备了嫁妆，其中最著名的就是翠玉白菜，祖父志锜特请著名玉雕大师精工细作。如今已成国宝，陈列在“台北故宫博物院”。

此时，祖父在故宫附近觅得中老胡同 32–33 号相连的大住宅，其中还有个大花园，园中的假石山上有个深红色的八角亭，刚巧与故宫

今存“台北故宫博物院”的
翠玉白菜

的东角楼相对。此后，这里便是亲人们相互瞭望的好地方。此外，二妃之母也经常吩咐厨师做些二妃爱吃的食物送入宫中。

初入宫时，珍妃的活泼爽朗性格，加之聪明伶俐，学啥会啥，很得太后的喜爱。年幼的珍妃错把太后的喜爱看成家中长辈的喜爱，因而说话做事都毫无顾忌。

不久，珍妃大胆敢为的作风暴露出来。太监们规定觐见太后的皇上、皇后、嫔妃和王公大臣等都要给太监红包，否则寸步难行。珍妃对此恶习非常憎恨。一天她不交红包直闯入太后寝宫，并陈述了此事。年幼的珍妃怎能想到这一恶习的祸首就是太后，她是在收买人心。所以她对珍妃敷衍了几句，以后便无下文。

珍妃敢于太后面前揭露这一黑幕，这是爆炸性新闻，大家议论纷纷，有人称赞，也有人憎恨。这一壮举也震动了光绪皇帝。他开始对珍妃刮目相看，惊奇并欣赏她的勇敢，小小年纪却有胆有识，光绪帝也自愧不如。这也给了光绪帝极大的鼓舞，激发了皇帝的进取心。从

从八角亭上拍摄的东角楼，即望家楼

此，光绪帝经常召见珍妃，除谈诗论画，也谈论国事。光绪感到珍妃也很有正义感，于是逐渐向珍妃吐露了心声。珍妃从未想到堂堂一位皇帝却如此不幸，竟是慈禧太后摆布的傀儡。珍妃从未想到个人的安危，而是开始全身心地支持着光绪帝的政见。因此光绪帝把珍妃看成自己唯一的爱侣和知心人。原本生活乏味的光绪，现在才体会到人生的快乐和幸福。

他们二人的幸福生活却招来慈禧的忌恨，正像她以前忌恨同治帝和阿鲁特氏皇后一样。光绪与隆裕不和，慈禧认为这是光绪对她的不孝、不敬和不给她面子，这些怨气也都发在珍妃身上。因此在她镇压了戊戌变法之后，便把光绪软禁，将珍妃打入冷宫。八国联军逼近北京时她带皇上等人西逃，而将珍妃赐死于井中。

此噩耗传至我家后，全家人悲痛万分。珍妃的母亲欲哭无泪。年华正茂的女儿突然魂断井中，从此分隔两个世界，再无相见机会。老祖卧床不起两天，此后要求家中人不许再提珍妃，她是把悲痛埋于心中，而不愿家中弥漫着悲痛气氛。

## 二　老宅风貌

光绪十四年，珍妃和瑾妃被选入宫后，原任职于上海的祖父志锜便在北京物色到中老胡同32号这座大宅院为新家，以便靠近自己的亲人。

这里距故宫不远，可以说只隔着一条景山大街及一些四合院平房。如果步行的话，出了中老胡同的东口，穿过沙滩，便到了景山大街，即可看到故宫的护城河（亦称“筒子河”）。这里就是故宫东侧的角楼，我们称其为“望家楼”。瑾妃和珍妃想家时，便可站在此楼上，眺望中老胡同的娘家及亲人（见中老胡同32号平面图）。

中老胡同 32 号是座深宅大院。总的看来，它是由三个三重的四合院所组成，其实最西侧的三重四合院乃是 33 号。东侧另有一个大花园，约占总面积的三分之一。花园内的北面还有两排住房。所谓三重的四合院，我指的是：除正院外，前后还有院子和住房，即前、中、后三重的结构，所以这里大小院落不下十余处。

他塔拉氏（唐氏）是我们的族姓。满族人又以名为姓。我祖父的名字是志锜，所以在大门左上方有一木牌写着“唐宅”；右上方有一木牌写着“志宅”。





中老胡同 32 号的大门并不很大，但较高，门前有八九级台阶。从大门进去后，有个较深的门洞，门洞两侧放着两条长凳，供人们休息之用。出门洞后，有一与门洞大小相似的小院。其西边有个门，直通主宅院的前院。前院内有南屋（三间大房、两间小房）与大门并排。三间大房为男佣居住；两间小房是门房，紧靠着大门。

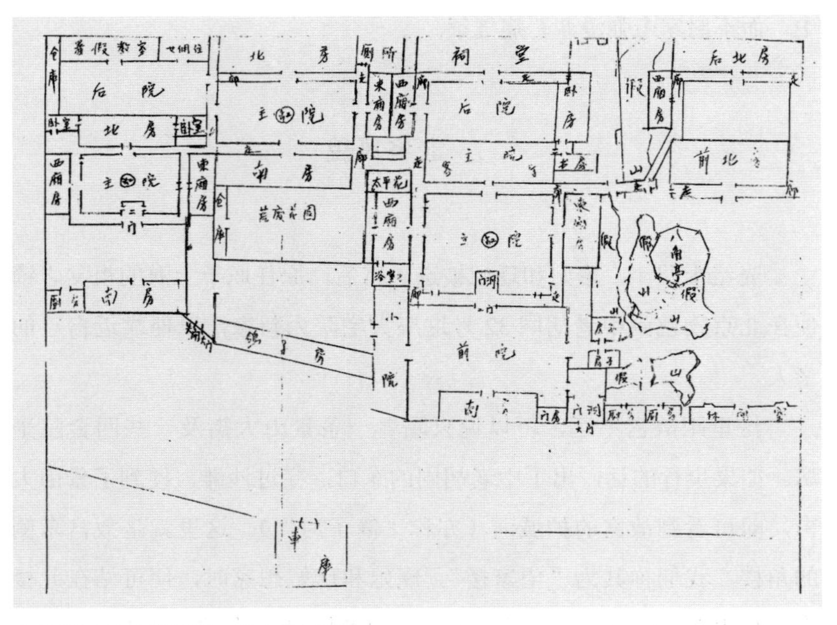


中老胡同32号平面图，唐小曼手绘

前院的东、西两侧各有小门。东侧的小门通向花园，西侧的小门通向西面的住宅区。北面是二门，也有门洞，其左、右两侧的走廊与正院的东、西厢房的走廊相通。另外，二门洞的东、西两面还有门，可到正院中。前院二门的两侧有花坛。

正院既大，又特别整齐。全院及四周均铺满光滑的石砖。院中央放着一口大铜缸。此缸极大，需三四个人环抱。缸为古铜色，上面雕刻着龙，龙体凸起。缸内养着金鱼。缸四周摆放着各种盆栽花卉，非常漂亮，四季常青，香气扑鼻。

此院的北房一连五间，是全宅最大、最考究的房间。走廊也特别宽，并与东、西厢房的走廊相连，可通向花园，又可通向西侧的宅院及其后院。此处是曾祖父母的客厅，后为祖父母的客厅。其后院狭长。后院的北房也是一连五间，是我家的祠堂。除过年来此拜年叩头外，平时无人至此。后院的东厢房是一连三间，为祖父、祖母（亲太太）的卧室。与此卧室及客厅相通的，尚有三开间祖父用的书房。在客厅的东侧，靠近花园。后院的西厢房也是三间，为亲太太的女佣所住；旁边还有一间厨房，也是亲太太所用。

主院的东厢房为三间，是大太太所居住。她去世后，此处再无人居住。这里说明一下，亲太太是祖父的正房夫人。因其未生育，故她为祖父娶了另一位妻子，即大太太。她生有三个女儿。主院的西厢房也是一连三间，但其南边尚有一浴室。这里除有前走廊外，还有后走廊。后走廊用玻璃隔扇封闭。内中有锅炉，供应热水和暖气。此三间为木地板。冬天，亲太太常来此过冬。亲太太去世后，我的亲祖母（三太太）带着我三弟住在这里。这里又需说明一下，因祖父长期在上海，故他在上海又娶了两房妻子，即二太太和三太太。二太太有一儿一女，三太太只有我父亲一子。

主院的西边大院（另一个三重四合院）是我父母亲及孩子们居住。北房五间，一间为父母亲卧室，另一间为我的卧室，当中三间是客厅。南房五间，是另一位母亲及其子女居住。东厢房又三间，中间是餐厅，旁边两间分别为二弟及四弟的卧室。

另外，在此南屋后面，是个荒芜的花园。西边有仓库。东边便是正院的西厢房，在玻璃隔扇内便可看到这个小花园。

我们住的房屋也均有走廊并相通。西面无房屋，只有走廊，通向最西面的另一个三重四合院。最西面的这个大三重四合院是我四伯父一家所住。北房一连三间，是他们的客厅。其两侧各有两间卧室，均有走廊。东厢房是他们的餐厅，西厢房是堂哥夫妇居住。





南面是二门。门两侧也有走廊，与东、西厢房的走廊均相连。出二门是前院。这里有三间南屋。东面有一小门，通向大门。从此处走向大门时，又经过三个小院。一个小院内有个从不开启的大门，即旁门 33 号。另一个小院是伯父的鸽子房，其旁边的另一个小院中仅有一口井。

大嫂抱其长子之照

四伯父的客厅后面，还有一个狭长的后院，有五间北房。

大花园北面的两排住房，为二太太及六伯父夫妇等所用。每排有五间，也有宽敞的走廊相连。在这两排住房的西面也有房屋，但从未有人利用过，我仅记得在这一带有三处低矮的小房子，据说是“狐仙屋”。

花园的南面沿胡同处，还有一排房子。这些房子的墙壁是凹凸形的，房内为地板地，有暖气及卫生设备，是六伯父的休闲处。大门与六伯父的休闲室间，有两个大厨房。一个为六伯父一家所用，另一个是我们所用。

花园中除花草树木外，尚有假山及一个枣红色的八角亭，均在花园的西侧。从两个大厨房起（厨房在假山后）到祖父的书房前面均有假山。八角亭靠近假山的东边，沿着假山上的弯曲小路便可登上八角亭的上层。亭子是敞开式的，有八根木柱支撑着亭顶。亭顶中央有一个金色圆球。亭子上层四周有矮栏杆。下层是一间八角形的屋宇。我记得里面放着桌椅、茶具及一架钢琴。

站在亭子上便可以看到故宫的东角楼，即望家楼。珍妃和瑾妃想家时便可在望家楼上遥望娘家和亲人。

我曾与堂姐到亭子上与她的一位同学核对算术题答案。她的同学住在景山大街北面、望家楼对面。她站在她家的二楼平台上，大家便能相互看到和听到对方的喊话。我想由于当时的空气较清新，汽车少，噪声也少，故而站在不太远的两处高地便能相互看到及对话。

在这所住宅的对面，我们还有一个车库，也是个四合院，四周是房屋，中间是个院子。车库门很大。最早存放轿子、马车，后来是黄包车，再后来停放小轿车。我父亲有一辆当时极为流行的灰色小轿车，也停放在车库中。

小时候，我曾陪一位老保姆去车库，她找那里的一位老中医针灸腿。老中医单身一人，我家免费让他居住在车库，并同意他为附近居民看病。

这个住宅的房屋结构非常好，非常结实，均为优质材料所建。房间均宽敞明亮。夏天，从烈日下走进屋内，真是一股凉气袭来，使人心旷神怡，极为舒服。若非人为拆毁，此宅至今是不会消失的。可惜的是未受到人们的爱护，特别是受到日本侵略者的破坏。

## 三　祖辈在老宅的生活





居住于中老胡同32号时的初期，仅是珍妃、瑾妃的母亲，即我的曾祖母，我这一辈称她为老祖；还有二妃之胞兄志锜、我的祖父以及祖母等人。曾祖母长叙夫人知书达理，在上海居住时常参与社交活动。上海犹太籍企业家之夫人拜我老祖为干妈。我曾见到过他们的合影。

珍妃和瑾妃的娘家，虽在紫禁城旁边，但二人却从未回家，家人也不能随便进宫。直到1912年，按清室退位优待条件规定：不废帝号，仍居宫中，并允许召见家人。这时家人有时被瑾妃召见进宫。伯

瑾妃玉照

唐梅和唐怡莹陪瑾妃观鱼，唐怡莹与婉容、淑妃合影　　唐怡莹宫中便装照

父、父亲及姑姑们均被召见过。进宫次数最多的是十姑爸唐怡莹，瑾妃最宠爱她。她又是女孩，经常住在宫中陪伴瑾妃。所以她与宣统皇后婉容、淑妃都很熟，经常一起玩耍。

六伯父与父亲经常同时被召见。那时伯父约七八岁，家父约五六岁。二人进宫时都穿着特制的小礼服。小帽子顶部有个红丝线结成的小球，下面有半尺长的红穗子垂于脑后。帽子正前方有块红宝石，下面还有一颗大珍珠。身穿湖蓝色长衫，外套青缎子马褂；白布袜子，一双青缎子双脸鞋。看上去二人像是双胞胎，很讨人喜爱。他们每次进宫都由家中送至神武门，再到永和宫东门下车，在殿外等候。当太监高喊一声：瑾主子有旨，传六爷、七爷觐见，二人便随太监进殿。瑾妃坐在西边宝座上等候他们。他们看到瑾妃马上上前叫声“亲爸爸”，然后行君臣大礼，即三拜九叩。口中还要说：“亲爸爸吉祥！”或说：“亲爸万事如意！”

这个大礼不知在家要练多久！

用膳时摆上八仙桌。瑾妃坐着用膳，而二位小兄弟却站在瑾妃左右用膳。当瑾妃为他们夹菜时，他们须马上放下筷子，并说“谢恩！”然后再继续吃饭。饭后到花园玩耍。瑾妃喜欢踢毽子，二位小兄弟便相陪。瑾妃写字时，他们站立两旁学习。瑾妃午睡时，他们要为亲爸爸捶腿。以后一起吃点心。直到晚餐后，瑾妃才恋恋不舍地目送他们离去，并送些小礼物带回家。两位年幼的小兄弟像出笼的小鸟，全身放松。

四皇爷瑾妃曾回过娘家一次。她是为其母亲，即我的曾祖母，祝贺七十大寿而省亲。当时是黄土铺路，净水泼街，兴师动众，好不热闹。

1924 年春，老祖长叙夫人的寿日是 5 月 17 日。在此之前，全家人已开始做各种准备。全宅粉刷一新。老祖的客厅，即正院五间北房，中间一间的四扇大门均移开，以便瑾妃在接见全家亲人时能一目了然。祖父的一套高级沙发也搬到此处，将作为瑾妃的临时宝座。房内铺了红地毯，从客厅外的走廊至大门外的台阶也铺了红地毯。四周摆满名贵花卉。全家老老小小都在练习参拜礼，唯恐出差错。寿辰之日，从清晨起众人便忙于梳妆打扮，穿上新衣。祖父、伯父和家父都穿了朝服。这时的伯父和家父已是十余岁的少年了，他们跟随我爷爷在大门口迎候瑾妃。女眷们跟随老祖站在客厅外走廊上等候瑾妃驾到。

当瑾妃乘坐的汽车到达门口时，爷爷等人马上叩头，行君臣大礼。然后，瑾妃由太监搀扶走进二门至正院。这时老祖由侍女扶着，早已热泪迎眶，她强忍泪水，伸出双手迎接久别重逢的女儿。走时是一对女儿，现在回来时却是孤燕一只！

四皇爷坐在沙发中休息片刻，便开始接见家中亲人。这时有祖父及四位祖母、姑姑及伯父、父亲，我这一辈只有堂哥一人赶上这有历史意义的一幕。

爷爷的好友哈同夫妇也特地从上海赶来，他还带了他的干儿子、干女儿以及随从。爷爷特地将 33 号住房安排给他们使用。因在慈禧太后镇压戊戌变法时，不但将珍妃打入冷宫，而且还抄了我们的家，为逃避慈禧的进一步迫害，我祖父带全家逃往上海。当时得到哈同的热情接待。瑾妃为了答谢他，赐封哈同一品官，封其夫人为一品诰命夫人。

午膳是由宫中带来，由老祖和亲太太陪同用膳。饭后，由爷爷、亲太太、六伯父及父亲陪同，游览了全宅各个院落及花园。瑾妃边看边对大家说："看看吧！不知何年何月再能看到！"

下午四时许，瑾妃起驾回宫，爷爷领着男眷们，在大门口跪送瑾妃上车离去。一场具有历史意义的省亲活动就这样画上了句号。

由于四皇爷性格内向，能委曲求全，长年过着闷闷不乐的生活，终于影响了健康，四十余岁便疾病缠身。省亲后不久，便卧床不起了。爷爷和亲太太曾进宫看望她。此时正值冯玉祥进京，逼宣统出宫，宫内一片混乱。我家人也不敢再进宫。直至瑾妃出殡，才通知我家人。爷爷一人参加了葬礼。金棺停于广化寺（位于什刹海湖畔）。享年五十岁。

数天后，亲太太带着六伯父及家父去广化寺吊唁。进了寺院，只见十余名太监反穿皮袄，在守灵。金棺上罩有棺罩。他们向瑾妃做了最后叩拜告别。

不久，珍、瑾二妃的母亲，我的老祖，也离开了人间。

1940年夏，我的祖母亲太太病逝。这也是我家的一件大事。亲太太虽无亲生子女，但祖父的子女们对她极为敬重。她对大家也很好，我记得当我经过她的住处大院时，她会把我叫进房内，拿出她特有的食品给我吃。所以这时全家都很悲伤，六伯父和家父都想把她的丧事办得圆满，以安慰她的在天之灵。

这时全家人都穿上白粗布孝衣，仆人们腰间系上白粗布带。

主院中的大铜缸及盆栽花卉全部搬走。搭起天棚，院中摆放桌椅，并铺上地毯。天棚四周挂满了挽联及花圈。奔丧者不断，和尚、老道和喇嘛的"三棚经"不断。老少家人均跪在棺柩的两侧及后面，其前方摆着供桌，桌上有香烛及供品。奔丧者来时，家人须同时陪着叩头。因天气炎热，丧事仅延续了七天。

出殡时，棺柩上罩着棺罩，棺罩比棺柩大很多且高，棺罩中央顶部突起，并有一蓝缎制绣球，棺罩是用绣着白仙鹤、祥云和莲花的蓝缎制成。蓝缎绣球上系着四条白缎带，垂向四只角，四条白缎带末端都系有白绣球。棺罩前方写着“驾鹤西去”。棺柩由六十四人抬杠。六伯父及家父手持亲太太的巨幅照片，走在棺柩之前。他们的前面有手持白缎带的仪仗队。

女眷和孩子以及其他亲友分乘数十辆马车，跟在棺柩后面送殡。送殡队伍浩浩荡荡占满了中老胡同。路边看热闹的群众也拥拥挤挤，但大家都很安静，并无吵闹。这是我一生见到过的排场最大的葬礼。

葬礼后，拆去了天棚，搬走了桌椅等，大铜缸及花卉又回原位。亲太太的大客厅中少了她本人，却多了她的巨幅照片，此照拍的极好，双目炯炯有神，好像一直在看着你。所以我们这些调皮的孩子，却无人敢独自走入客厅，她的威严仍在。





## 四 父辈及小辈们

在我的印象中，家母与伯母们是老式妇女，和我的姑姑们不同，她们嫁入唐家后便安于做贤妻良母，相夫教子，管理家务。我的祖母们却是开明之人，儿子结婚后便把当家之权交给了儿媳，自己开始了老年人的悠闲生活。所以在我家没发生过婆媳之争，大家和睦相处。

祖母和父母亲对我们的教育很为重视。祖母和母亲为了给我们寻找好的学校，她们去了不少学校，实地了解情况，最后选择了师资水平高、校风优良的教会学校博氏幼儿园、培元女子小学、育英小学，并考虑到还有贝满女中和育英中学可读。这些学校都集中在一起，距中老胡同不太远，接送我们方便。

放学后，除了做功课，便是六七个年龄接近的孩子一起玩耍。由于我下面都是弟弟，小时候我像男孩子一样，上房、攀树，从假山上很容易便爬到附近的房上，因房屋均有走廊相连，所以沿二门上走廊顶部爬很远，而且走廊顶部很宽、很平，因而走起来并不害怕。有时捉迷藏，这时须限制范围，否则无法找到。每天都要玩到保姆来叫吃晚饭，我们才散去。

家父喜欢运动，冬天常带我们去滑冰，夏天去游泳和划船。家中院子大，也常玩篮球、排球。后来弟弟们喜欢踢足球了。

祖母和父母亲都喜欢听京戏，每次都带我去，然而我却未产生浓厚兴趣。家父喜欢收集古玩字画，也喜欢高档家具，我家当时每个房间都摆着紫檀、黄洋木等硬木桌椅，古色古香，极为高雅。而我母亲最爱珠宝首饰。她还为我定做小戒指和项链等。她的一些首饰我以后再未见到过。我当时只觉得它们很漂亮，从未考虑到其价值。可能人的思维与现实生活反差极大，越是拥有，越不珍惜；越是没有，越想拥有。不过这与一个人的品德有关，有的人一贫如洗，却无贪心。对我来讲，则是失去时才知曾经拥有。

我的父母亲与我们三个孩子合影

日伪时期家父只能在家。后来他和画家溥儒成立满族协会，其目的是为满族人谋福利，并保留满族文化。抗战胜利后，他与画家溥儒被选为“国大代表”。

我家的女性中像珍妃性格的人不止一人，如我的十姑爸唐怡莹，她以后的笔名是唐石霞。幼年时被瑾妃指婚嫁给宣统之弟溥杰。当日寇强迫他们从天津去东北时，唐怡莹坚决不随行，并写信给某贵胄，誓言“宁为华夏之孤魂，弗为伪帝之贵戚”。因屡遭威胁，只得只身南下去上海。从此她长住上海，以绘画为生。后病逝于香港。





我的五姑爸唐舜君生活很独立，二十二岁时遇到湖南才子雷嗣尚而结婚。但这位姑父英年早逝，我的五姑爸一人教养子女。她也是“国大代表”，由于她高雅端庄又有才，曾被公认为“国大之花”。1996 年病逝于台北。

住在中老胡同 32 号时，人多，孩子们也多，因而每年盼着旧历年（春节）的到来。那时从阴历十二月初八喝腊八粥开始便忙着过年了。这时要进行大扫除，长年未打扫的地方都须清扫，被褥等所有用

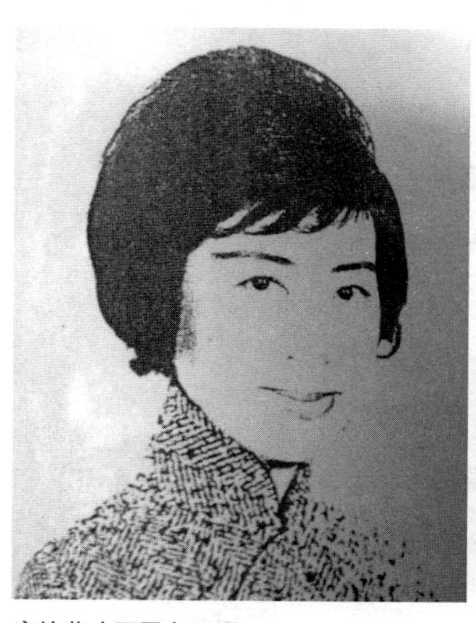

唐怡莹（石霞）玉照

唐舜君玉照

品可以清洗的均须洗涮干净。然后便开始准备年夜饭所需之食物。当然这些都是大人的事，孩子们只知开心玩耍。

大家最期待的是年夜饭后放鞭炮。每年父亲都买几个最大的烟花。午夜十二时前，老老少少许多人已经聚集在我们住的西院内，家父领头放，随着鞭炮的响声，人们的尖叫声和嬉笑声也不断，大家说说笑笑，打打闹闹，真是喜气洋洋。仆人们早已将松树枝和芝麻秸铺在经常走过的路上。放完鞭炮，孩子们都推推攘攘抢着去踩无人踩过的树枝，边踩边叫，每人都出了一身汗。好不开心。

年初一清晨，大家便忙于穿新衣戴新帽，这时要按次序去祠堂给老祖们拜年。祠堂早已打扫干净，供桌上点着香烛，并放着供品。然后，向在世的长辈们拜年，得到了压岁钿。

旧历年直到正月十五元宵节过后才结束。所以吃过元宵后，大人们便要我们收心，要看看书，做开学上课的准备了。



## 五　家园末日

中老胡同32号给我留下的美好回忆的确不少，使我难以忘怀。在这里也发生过极不愉快之事，也使我终生难忘。它见证了我家的变迁，但也是世态变迁的牺牲品。

沦陷时，由于我家人多，未能迁往内地。日本侵略者占领了北平后不久，日本鬼子便找上门，把我父亲抓往日本宪兵队。原因是他们看中了我父亲的灰色小轿车。父亲为了求太平，只好丢车保命，在忍气吞声之下，总算渡过了这一关。但不久，日本鬼子第二次找上门，又将父亲抓进日本宪兵队。这次他们是看中了我们这幢老宅，要把我们全家赶走。父亲当然不肯答应，但做亡国奴的中国人在日本侵略者面前，怎能有理可讲。父亲被放出来后，与六伯父等家人商量结果，为了全家数十人的安全，只有以“走”来了事。

这时，全家老小数十人都无法再安静地生活，大家真是茶不思饭不想，每天望着这个老家出神。在日本人规定的期限内，二位伯父家先搬离了这个老宅。

住在花园的六伯父刚搬走，日本鬼子就带领劳工们住进了花园。一天，透过原来大太太住的正院东厢房前后玻璃窗，我亲眼见到：日本人指挥劳工们将绳索套在八角亭亭顶的圆球上，然后数十人用力拉，在他们声嘶力竭的叫喊中，漂亮的八角亭轰隆一声，应声倒塌。这时，愤怒之情从我心中爆发，对日本鬼子的暴行无比憎恨，永生难忘。当我写到这里时，八角亭倒塌的画面又出现在我眼前。此后，我的心情更沉重，再无乐趣可言，每天放学回家，只想到处看看、摸摸。光绪帝御赐的太平花种在正院到西院之间的走廊旁边。每年都茂盛地开着白色的花朵，一尘不染，香气满院。然而在 1943 年，它的灵气使它感染了主人们的悲伤，花朵不似往年繁花似锦。我曾不止一次地坐在旁边的走廊上呆呆地望着它。非常遗憾，我未能将其移植，随我离开老家。现在只能于一张偶然留下它倩影的照片上，再次见到它。

最后，全家人都无能为力地在惆怅、悲愤中离开了我们这座可爱又可悲的老家——中老胡同 32 号——珍妃的娘家。

## 附录1　北京大学中老胡同32号宿舍住户人员表

| 房号 | 户主 | 配偶 | 子女（中老胡同时期） | 备注 |
|---|---|---|---|---|
| 1 | 陈振汉 | 崔书香 | 陈孟平 | 先 |
| | 陈占元 | 郑学诗 | 陈　莹（女）、陈　谦 | 后 |
| 2 | 贺　麟 | 刘自芳 | 贺美英（女） | |
| 3 | 袁家骅 | 钱国英 | 袁尤龙（女）、袁文麟（女） | |
| 4 | 孙承谔 | 黄淑清 | 孙捷先、孙才先、孙仁先（女） | |
| 5 | 杨西孟 | 邓昭度 | 杨景宜（女） | 先 |
| | 张　颐 | 李　琦 | | 后 |
| | 王岷源 | 张祥保 | 王汝烨 | 后 |
| 6 | 朱光潜 | 奚今吾 | 朱世嘉（女）、朱世乐（女） | |
| 7 | 俞大缜 | | 彭鸿迈、彭鸿远（女） | 先 |
| | 李铭新 | | | 后 |
| | 田德望 | 刘玉娟 | 田　卉（女） | 后 |
| 8 | 吴之椿 | 欧阳采薇 | 吴小椿、吴小薇（女）、<br>吴　捷、吴采采（女） | |
| 9 | 冯　至 | 姚可崑 | 冯姚平（女）、冯姚明（女） | |
| 10 | 周炳琳 | 魏　璧 | 周北凡（女）、周浩博 | |
| 11 | 陈友松 | 朱良菊 | 陈琚理（女）、陈重光（陈重华） | 先 |
| | 张禾瑞 | （德国裔） | 张汉生 | 后 |
| | 李绍鹏 | （日本裔） | 李华英（女）、李华雄<br>李华俊（女）、李华杰 | 后 |
| 12 | 陈占元 | 郑学诗 | 陈　莹（女）、陈　谦 | 先 |
| | 芮　沐 | 周佩仪 | 芮太初、芮晋洛（女） | 后 |
| 13 | 蔡枢衡 | 陈和慧 | | 先 |
| | 曾昭抡 | 俞大絪 | | 后 |
| | 徐光宪 | 高小霞 | 徐　红（女） | 曾先生借出部分住房 |
| 14 | 吴素萱 | | | 先 |
| | 张景钺 | 崔之兰 | 张企明 | 后 |
| 15 | 费　青 | 叶　筠 | 费平成 | |

（续表）

| 房号 | 户主 | 配偶 | 子女（中老胡同时期） | 备注 |
| --- | --- | --- | --- | --- |
| 16 | 孙云铸 | 杨惠芳 | 孙　超 | 杨惠芳即杨为方 |
| 17 | 江泽涵 | 蒋守方 | 江丕桓、江丕权、江丕栋 | |
| 18 | 沈从文 | 张兆和 | 沈龙朱、沈虎雏 | 先 |
| | （印度籍教授） | | （女儿） | 后 |
| 19 | 张　颐 | 李　琦 | | 先 |
| | 李铭新 | | | 后 |
| | 杨西孟 | 邓昭度 | 杨景宜（女） | 后 |
| | 胡思杜 | | | 后 |
| | 刘椿年 | | | 后 |
| 20 | 庄圻泰 | 于希民 | 庄建铟（女）、庄建镶（女） | |
| 21 | 闻家驷 | 刘春畹 | 闻立树、闻立鑑、闻立荃 | |
| 22 | 马大猷 | 王荣和 | 马晓非 | 先 |
| | 李绍鹏 | （日本裔） | 李华英（女）、李华雄<br>李华俊（女）、李华杰 | 后 |
| | 杨西孟 | 邓昭度 | 杨景宜（女） | 后 |
| | 马寿枞 | 田淑英 | 马秉君（女）、马秉元（女）、马秉焘 | 后 |

## 附录 2　北京大学中老胡同 32 号宿舍内房号及住户分布图

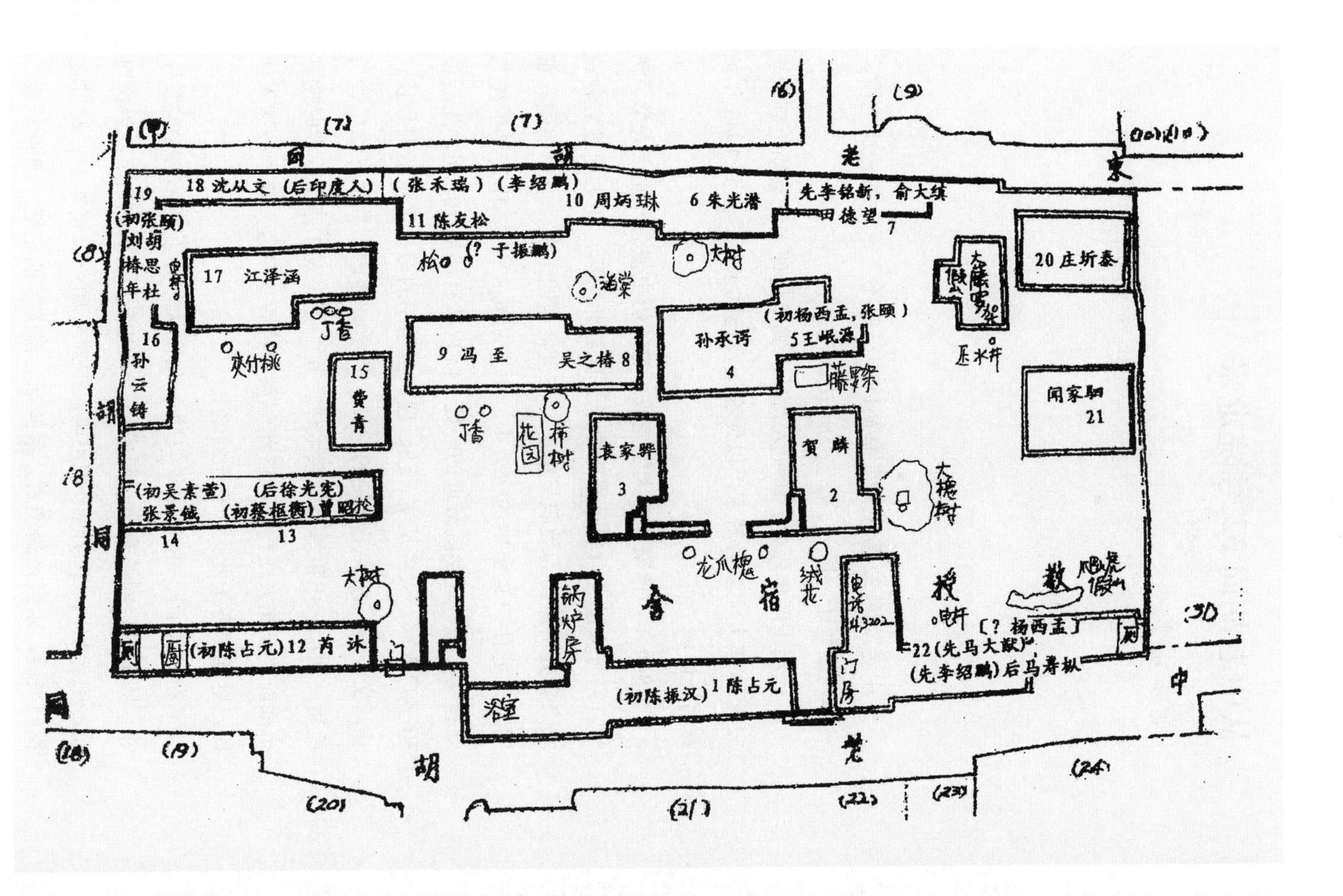

# 从中老胡同 32 号院走来

（代后记）

中老胡同 32 号是老北京胡同中一座不大不小的普通宅院，然而它却几经变迁，烙上了深刻的历史印记。

光绪十四年瑾妃、珍妃入宫后，其父兄便在北京物色到中老胡同 32 号这座大宅院为新家，以便靠近自己的亲人，直到 1943 年被日寇霸占迁出。

1946 年，西南联合大学完成了它的历史使命，北京大学、清华大学、南开大学各自复员迁回原址。回到北平后，北大通过多种途径争取来多处房屋作为教职工宿舍。在包括东四十条、府学胡同、黄米胡同等几处住户较集中的宿舍中，中老胡同 32 号院算是离学校总办事处和文、法、理学院最近的一处。院内共有房屋 107 间，先后住过近 30 多户人家，大多是文、法、理、工学院的教授，包括训导长、教务长，文、理、法、工学院的院长，哲学、西语、数学、化学、植物、地质、法律、电机等系的系主任。其中有些人在西南联大时期甚至在抗战前就在北大任教。1952 年院系调整后，多数人随学校搬入西郊燕园，继续服务于北大，直至终老。

在这期间，由于父辈应聘于北京大学，我们有缘在 32 号院为邻，同学习、同游戏，一起成长，一生的友谊从此结下。虽然时过境迁，中老胡同 32 号院旧貌不再，但对于如今长至耄耋、幼过花甲的我们来说，永远是最纯真、最鲜活、最美好的记忆，魂牵梦萦，不曾淡忘。

2005年早春，在闻立树的动议和邀请下，十几位当年的“小邻居”在首都师范大学重聚，共忆童年趣事和父辈往事，你一言，我一语，兴致盎然，意犹未尽，约定各自撰写成文。

然而，当年院里常有人家搬进搬出，谁住过，谁住哪儿，不太可能一一记清，更何况时隔60多年，同院邻居早已遍居天南海北，联系起来岂是易事？从20世纪80年代末，江丕权和他母亲就开始回忆，并与张企明、闻立树、沈虎雏等反复讨论，沈虎雏作出一张包含院内房屋布局、住户和景物的平面草图。后江丕栋、陈莹等不断调查互访，还专门拜访健在的张祥保女士（王岷源夫人）、周佩仪女士（芮沐夫人）、徐光宪先生、田淑英女士（马寿枞夫人）、王荣和女士（马大猷夫人）等长辈，获得了不少宝贵的历史资料。我们这一辈中最年长的周北凡也积极地提供了线索。经过大家的努力，直到江丕栋在北京

2005年3月11日，在首都师范大学聚会。前排左起：沈龙朱、江丕栋、冯姚平、闻立树、贺美英；后排左起：朱理、佘希娟、费平成、孙仁先、朱世嘉、孙捷先、张企明、沈虎雏、冯姚明、陈莹

大学档案馆和图书馆“北京大学文库”查到当年学校的平面蓝图、教职员工名录等文献，才掌握了房屋分布和住户的基本情况。更令人感到兴奋的是，又经大家多方查寻，并借助于现代通信工具的便利，陆续联系上了四十多位“小伙伴”，甚至远在美国的李华英姐妹以及当年尚在襁褓中的王汝烨兄弟和吴采采等，有些人竟然是小时候分别后的首次联系，颇有些“找呀找呀找朋友，找到一个好朋友”的乐趣在其中。

无论是八旬上下的江丕桓、江丕权、沈龙朱大哥和彭鸿远大姐，还是当年在大院中出生的小弟、小妹，无不欣然提笔，于字里行间再叙友邻情长。朱理（陈琚理）不顾病痛缠身，不仅写了三篇文章，一遍遍修改达十余稿之多，还绘制了精美的景物图。吴之椿先生的三个大孩子均已过世，冯姚平满怀深情地写了一篇有关吴家的散文，远在美国西雅图工作的吴家小妹采采看到后极为感动，也发来了一篇短文和几张老照片。闻立欣（闻家驷先生幼子，后“中老胡同时代”生人）也参与了本书编撰和编校工作。本书收录的大部分文章，正是由各家的“小朋友”执笔，并按照执笔人当年院内住所号码顺序编排的，力求真实地记述父辈的辗转经历、工作场景、生活状态、社会交往，从而展现在那个历史转折时期北大学者的精神风貌以及中国老一辈知识分子的群像缩影。为了使内容更加丰富、充实，大家还翻箱倒柜，找出 150 多张珍藏的老照片，很多都是首次公开发表的。

在本书的组稿、编写过程中，百岁老人芮沐先生和年已九旬的徐光宪先生自始至终给予我们热情的鼓励和支持。特别是徐先生，不仅提供了他与夫人高小霞已经发表的两篇文章，还自告奋勇要贡献新作一篇，虽因身体和时间等原因未能如期完成，但专门口述了一篇短文，作为本书的序言。92 岁的张祥保女士贡献了 1946 年北大发给自己的聘书和 1949 年北平军管会的宴会请柬，这可是弥足珍贵的文物。在此，谨向各位长辈致以崇高的敬意，祈望他们健康长寿！

2010 年初夏，我们相聚在燕园，最终商定了截稿日期以及有关结

2008年1月，为芮沐先生庆祝百岁寿辰。前排左起：江丕权、周佩仪、芮沐、芮晋洛；后排左起：张企明、江丕栋、朱理、沈龙朱、陈莹、闻立树、孙才先、冯姚平、孙捷先、彭鸿远、闻立欣

2010年5月13日，在北京大学镜春园聚会后。前排左起：贺美英、冯姚平、庄建骧、陈莹、芮晋洛、孙仁先、彭鸿远；后排左起：沈虎雏、江丕权、江丕桓、张企明、沈龙朱、费平成、江丕栋、孙捷先、闻立欣

集出版的一些具体事项。

遗憾的是，在撰写成书期间，作者朱燕（朱世嘉）和陈琚理不幸先后离开了我们；在交稿付梓前夕，芮沐伯伯也因病逝世，享年103岁。在悲痛和惋惜之余，我们谨以本书的出版问世，对逝者表示深切的怀念与追思之情。

一次偶然的机会，彭鸿远有幸遇到20世纪三四十年代居住在32号院的珍妃侄孙女唐小曼女士。她在大洋彼岸写就的文字和画出的大院平面图，使得我们过去听到的传说得以印证，为本书增添了历史厚重感。因此，也向这位“有缘千里来相识”的新朋友致以诚挚的谢意！

本书得以顺利出版，归功于北京大学出版社编审、北大培文教育文化产业（北京）有限公司总裁高秀芹女史充分的理解和支持。她

2010年9月，与唐小曼女士在景山公园会面时合影。前排左起：彭鸿远、唐小曼、江丕栋、沈龙朱、庞炳铮；后排左起：陈莹、费平成、孙才先、沈虎雏、冯姚平、芮晋洛

认为，从1946年北大复员到1952年院系调整这个阶段的历史资料比较缺乏，而我们书中丰富的史实、生动的细节及难得的老照片是研究北大历史的重要史料，在某种程度上可以说是填补了一段空白，当即决定将本书纳入“燕园记忆”丛书，并多次给予我们具体的指导和建议。责任编辑丁超先生在审稿过程中认真负责，为本书做出了切实的贡献。此外，北京大学档案馆和图书馆所提供的史料为本书奠定了必要的基础。在此，一并表示最衷心的感谢！

从中老胡同32号院走来，在半个多世纪后的今天，怀着对父辈、对童年深切的怀念，我们愿把自己刻骨铭心的记忆与新老北大人和广大读者朋友分享。

编著者

2011年5月

# 增订本后记

《老北大宿舍纪事（1946—1952）：中老胡同三十二号》一书，于2011年由北京大学出版社出版，在海内外引起良好反响。自该书问世数年来，多位作者有意对内容进行增订，希望能让其更加充实、完善。今年适逢北京大学建校120周年，北京大学出版社决定推出增订本，以作为校庆献礼。

增订工作主要涉及以下几方面：

第一，纠正了初版中的文字与标点错误，以及对个别人物生平的误记。

第二，在初版的基础上，对原有37篇文章的细节进行了少量增补，又新增了3篇回忆文章，分别对吴之椿、田德望、孙云铸这三位教授的生平与学术成就等进行了补充介绍。

第三，增加了近40幅老照片，更为细致地展现了旧时人情与风貌。

此次增订本的面世，得到了北京大学出版社与北大培文教育文化产业（北京）有限公司的大力支持与帮助，在此谨致以衷心的谢意！

编著者

2018年6月